LAS HERMANAS GRIMM

MENNA VAN PRAAG

LAS HERMANAS GRIMM

Título original: *The Sisters Grimm*

Por acuerdo con Johnson & Alcock Ltd.

Traducción: Olivia Menses Teroba

Bajo el sello editorial PLANETA M.R.
Avenida Presidente Masarik núm. 111,
Piso 2, Polanco V Sección, Miguel Hidalgo
C.P. 11560, Ciudad de México
www.planetadelibros.com.mx

Primera edición en formato epub: mayo de 2022
ISBN: 978-607-07-8723-2

Primera edición impresa en México: mayo de 2022
ISBN: 978-607-07-8725-6

Impreso en los talleres de Litográfica Ingramex, S.A. de C.V.
Centeno núm. 162-1, colonia Granjas Esmeralda, Ciudad de México
Impreso y hecho en México - *Printed and made in Mexico*

Para mi madre, mi hija, mi hermana
y todas las hermanas Grimm.

Y para cualquiera que haya estado despierta a las 3:33 a. m.

El soñador despierta,
la sombra se desvanece.
La historia que te contaré,
esta historia, es mentira.
Pero escúchame,
brillante doncella, joven orgullosa,
esta historia es mentira,
lo que dice es la verdad.

Prólogo

Todas las almas son especiales. Hijo o hija, sea Grimm o no, la vida toca con su espíritu a cada una de sus creaciones. Pero la concepción de una hija es un hecho particularmente místico que requiere cierta influencia de la alquimia. Es decir, concebir a un ser que puede contener y dar vida por sí mismo requiere algo… extra.

Cada hija nace de un elemento y trae consigo sus propios poderes. Algunas nacen de la tierra: fértiles como el campo, fuertes como una roca, firmes como un roble antiguo. Otras, del fuego: explosivas como la pólvora, seductoras como la luz, feroces como una flama incontrolable. Otras, del agua: tranquilas como un lago, implacables como una ola, insondables como el océano. Las hermanas Grimm son hijas del aire; al menos así es como comenzaron: nacidas de sueños y oraciones, fe e imaginación, un anhelo blanco brillante y un deseo de bordes negros.

Hay cientos, posiblemente miles de hermanas Grimm en la Tierra y Everwhere. Tú bien podrías ser una de ellas, aunque tal vez nunca lo sepas. Piensas que eres ordinaria. Nunca has sospechado que eres más fuerte de lo que pareces, más valiente de lo que piensas y más maravillosa de lo que te imaginas.

Sin embargo, espero que al terminar de leer esta historia comiences a prestar atención a los susurros que hablan de cosas desconocidas, las señales que apuntan hacia lugares invisibles y los pequeños empujones que te conducen hacia posibilidades inimaginables. También espero que descubras tu propia grandeza, tu propia magia.

CUENTA REGRESIVA

29 de septiembre

33 días…

9:17 a. m., Goldie

He sido una ladrona desde que tengo uso de razón, también una mentirosa. Incluso podría ser una asesina, aunque eso lo dejo a tu criterio.

—¡Goldie, sal de ahí!

Guardo la libreta en el bolsillo de mi delantal junto con el bolígrafo, aliso las sábanas, limpio una última mancha del espejo dorado del pasillo, le dedico un beso al aire y un verso a la orquídea rosa y moteada que está debajo del estante, luego salgo corriendo de la habitación 13 y entro al pasillo.

El señor Garrick me espera con los ojos entrecerrados; la cabeza le brilla bajo las luces del techo. Se alisa el cráneo con las manos grasientas. Si tan solo pudiera trasplantar el pelo del dorso de su mano a su cabeza, al menos tendría algo...

—Ve a la recepción, Goldie. Cassie se reportó enferma.

—¿Qué? —Arrugo la frente—. Pero... No, eso no es...

—Ahora. —Garrick aprieta el nudo de su corbata, demasiado ajustada en su cuello gordo, que se dobla como una sábana ondulada por encima del borde de su camisa. Luego intenta chasquear los dedos hinchados, pero está sudando mucho, así que el sonido que hace es patético. Trato de no mostrar mi disgusto.

Lo sigo y entramos al ascensor. Intento pegarme a la pared. No sirve de nada. De todas formas, esas manos ávidas y grasosas se deslizan para manosearme, para trazar las líneas de territorios que no tiene derecho a tocar. Cuando su dedo roza la parte más abultada de mi pecho, me quedo sin aliento, tenso un solo músculo, lo contraigo para detener el impulso de orinar. Nunca pude controlarlo cuando era niña; ahora, por lo general, puedo hacerlo. Cuando las puertas se abren, me lanzo al vestíbulo. Garrick se toma su tiempo, se alisa el chaleco de poliéster sobre el vientre hinchado y se ajusta la corbata de poliéster antes de pasar a la recepción.

Ya estoy ahí, esperando. Si no necesitara este maldito trabajo para alimentar y vestir a Teddy, le rompería esos dedos gordos. Fingiría que quiero besarlo, y en cuanto se acercara, lo mordería hasta que su sangre goteara por mi barbilla.

—¿Dónde está Cassie? —pregunto.

—Enferma. —Garrick baja la voz, muestra una sonrisa obscena—. Problemas de mujeres.

—¿No puede cubrirla Liv? —protesto—. No me han capacitado para estar en la recepción.

—Lo sé. —Garrick expulsa su aliento rancio y ahumado—. Pero ella no contesta el teléfono. De todos modos, solo estamos esperando a seis invitados hoy. —Sonríe, de nuevo con esa sonrisa obscena—. Así que solo tienes que pararte detrás del mostrador en la recepción y verte bonita. Estoy seguro de que incluso tú puedes manejar eso.

Miro al vacío y no digo nada.

—Hola, Goldie.

Alzo la mirada para ver a Jake, el portero, que me saluda con timidez. Estamos algo así como saliendo. Es un poco aburrido, pero dulce y amable, y no pide mucho. Lo cual es una suerte, pues tengo poco que ofrecer.

Jake se acerca sigilosamente al mostrador.

—¿Qué estás haciendo aquí abajo?

Es bastante guapo, pero no durará. Cada vez que intenta tocarme, me estremezco. No es culpa suya, pero tampoco encuentro las palabras para explicarlo.

—Cassie está enferma —le contesto.

—¿Has trabajado antes en la recepción?

—Sí —miento. Jake solo lleva seis semanas trabajando en el hotel, así que puedo decirle lo que me plazca. Puedo fingir que soy valiente, que me importa una mierda, que el hecho de que me obliguen a atender la recepción no se siente como ser exhibida en la plaza central del pueblo.

—Yo estaría nervioso —dice—. No sabría qué decir. —Apoya su mano derecha en el mostrador. Quiere y a la vez no quiere alcanzarme.

—No lo sé. —Hago una pausa—. Es mejor que limpiar excusados, supongo.

—Jake... ¿dónde diablos estás? ¡Jake!

Él retira su mano. Volteamos hacia el lugar de donde vienen los gritos.

—Será mejor que me vaya —me dice, ya emprendiendo el camino hacia las escaleras. No mira hacia atrás para sonreír o saludar, no puede. Hay muchas cosas que nuestro jefe no tolera, pero que lo hagan esperar hace que las venas de su calva se hinchen muy rápido.

Me quedo detrás del mostrador y miro el teléfono, deseando que no suene. Retiro algunos cabellos largos de la manga de mi camisa de poliéster de trabajadora de hotel. Estoy demasiado despeinada para este trabajo. Maldigo a Cassie. Ella debería estar aquí, ser la princesa de la recepción. La hermosa Cassie, voluptuosa como un jarrón de peonías. Junto a ella, soy un narciso. Solíamos limpiar habitaciones juntas, pero ella siempre se mantuvo alerta ante la oportunidad de que la ascendieran. Es más dinero, más prestigio. No hay que usar un uniforme convencional y el salario se gana sonriendo a los huéspedes y no acercando la cabeza a inodoros que huelen (con suerte) a desinfectante. En lo personal, mientras menos gente vea, mejor. Ya con Garrick tengo bastante que soportar día a día.

Hablando de soportar, no es realmente un secreto lo que hizo Cassie para que la transfirieran de los inodoros a la recepción. Garrick no puede mantener sus manos grasosas muy lejos de mí, y yo me he asegurado de que nunca estemos solos el tiempo suficiente. Parece que solo sabe manosear, acariciar e insinuar.

Un día tomaré algo pesado y lo arrojaré con fuerza en su cabeza calva.

De pie, detrás de la recepción, con el escudo del hotel en el uniforme y una sonrisa fija en el rostro, siento la presión que hace la libreta en mi bolsillo. Quizá lo peor de que me asignen a la recepción es que no puedo escribir. Verás, no solo soy una ladrona, también soy escritora. Puede que incluso sea poeta, pero a mi manera. Tengo una charla constante en mi mente, donde voy comentando cada pequeño acontecimiento de mi vida. No lo puedo controlar. Pero, cuando puedo, escribo lo que pienso que vale la pena. Me calma un poco la mente.

Como hoy no puedo escribir, pienso en Teddy. Me pregunto qué estará aprendiendo, qué nuevos conocimientos harán que sus ojos se abran con emoción. Pensar en mi hermano siempre me calma. Tiene casi diez años y es como todo niño debería ser: inocente, alegre, amable. Me aseguraré de que siga así. Cueste lo que cueste. Él es un alma buena y yo soy una causa perdida desde hace tiempo.

Quitando la renta y los gastos, la mayor parte de mi salario está destinada a pagar las colegiaturas de Teddy: 8 590 libras esterlinas al año. Gano 7.57 libras por hora durante 63 horas a la semana: por eso los robos. Sé que él podría ir a una escuela pública, pero es tan feliz en Saint Faith... Y, después de todo, quiero que sea feliz el mayor tiempo posible. Así que, de vez en cuando, aligero el equipaje de nuestros huéspedes más ricos y tomo algunas de sus frívolas posesiones. Es sorprendente cómo la gente no se da cuenta cuando tiene demasiado.

—¿Disculpa?

Alzo la vista y me encuentro ante un caballero dirigiendo su nariz romana hacia mí.

—Lo si-siento, se-señor, no quería... ¿Cómo puedo ayudarlo?

Él ignora mi sonrisa, mi intento por compensar mi desatención.

—Charles Penry-Jones —me dice—. Nos quedaremos diez noches. Mi esposa pidió una habitación con vista al patio.

Digo que sí con la cabeza. No tengo ninguna charla casual que ofrecer. Solo ruego por que hayan hecho caso a la solicitud de la esposa. No tengo tacto con los clientes furiosos. Me sacan de quicio con su desprecio y su condescendencia.

Selecciono el nombre en la computadora y aparece triunfal, con la petición de la esposa y todo. Cuando vuelvo a mirar, él ha aparecido junto a Penry-Jones.

Él es alto y delgado, pero fuerte como un abedul plateado y casi tan sobrenaturalmente pálido como uno de esos árboles; su cabello rubio es como la luz del sol coronando sus ramas más altas. Los iris de sus ojos tienen media docena de tonos de verde: el de la más luminosa hierba recién sembrada, los brotes frescos en primavera, verde bosque oscuro, verde laurel gris, verde pino brillante, verde mirto resplandeciente, verde aguacate cremoso... Me lanza una sonrisita tímida. Lo miro y de repente siento algo que nunca antes había experimentado: estoy repentina y completamente acalorada.

—¿Dónde estabas, Leo?

Sonrío por dentro; ahora sé su nombre. Deben de ser padre e hijo, aunque no son tan parecidos. El padre encaja perfectamente en esta habitación sofisticada, como un cactus cultivado en interiores. El hijo, en cambio, parece un poco fuera de lugar.

—¿Dónde está tu madre?

—Sacando algo del auto. Ya viene para acá.

Su voz es suave y elegante. Sus manos, que cuelgan de forma despreocupada a los lados, son robustas. Sus dedos son largos, así que imagino su tacto tierno y su agarre fuerte. Siento indicios de un deseo que se comienza a desplegar dentro de mí. Intento detenerlo de tajo.

—Está de mal humor —dice Penry-Jones—. Ella siempre insiste en venir a estos viajes de negocios, luego se queja cuando me dedico a trabajar. Al menos estarás aquí algunos días para aligerarme la carga.

—Las llaves de su habitación —digo, y las deslizo a través de la madera pulida.

—Quisiera que me despertaran a las seis y media. —El padre juega con las llaves en su mano—. ¿A qué hora abre el restaurante para cenar?

—A la-las siete en punto —respondo—. ¿Quiere hacer reservación?

—No será necesario —mira hacia Leo—. Vamos. Tu madre puede alcanzarnos en el bar.

Dicho esto, el padre cruza el vestíbulo. Su hijo lo sigue.

«Date la vuelta», le susurro. «Date la vuelta», le pido. «Date la vuelta y mírame».

Cuando llega al ascensor, lo hace. Tan pronto como nuestros ojos se encuentran, bajo la mirada hacia el mostrador. Cuando miro de nuevo, ya se ha ido.

10:11 p. m., Leo

¿Qué sucede cuando una estrella cae a la Tierra? Leo solo se lo puede imaginar, pues nunca pudo darse ese lujo. Lo arrancaron, lo convocaron, recibió una orden desde los cielos. ¿Habría conservado su pureza y su inocencia si tan solo hubiera caído? Tal vez fue el hecho de ser arrancado a destiempo lo que lo corrompió. La desesperación y la rabia echaron raíces en su corazón frío y de piedra, y crecieron. Hasta que pudo hacer cosas que las estrellas nunca harían. Excepto aquellas que fueron arrancadas de forma similar, para cumplir con su mandato.

Leo a veces reconoce a otras estrellas, aunque ahora sean chicos y hombres, no esferas de gas ardiente. La palabra *estrellas* ya no es la apropiada ahora que han caído. Ya no brillan ni emiten luz, solo oscuridad y muerte. *Soldados* es quizá un término más apropiado. Porque él no los trajo acá abajo para centellear. Los trajo para matar, erradicar, exterminar. Un ejército con una sola misión: extinguir aquello que ha sido iluminado.

Como ellos mismos son antiguas iluminaciones, estos soldados están perfectamente preparados para la tarea. En la Tierra pueden detectar a una chica Grimm a un kilómetro de distancia. En Everwhere pueden marcarla, rastrearla y (a veces) matarla, sin usar ninguno de sus sentidos humanos. Estos soldados estelares, o *lumen latros*, como él, pretenciosamente, prefiere llamarlos, solo tienen que esperar hasta que su propia luz interior empiece a parpadear, al reconocer a su contraparte.

Pasó mucho tiempo antes de que Leo descubriera que el término *soldado* también era engañoso, porque implicaba la lucha por una causa contra un enemigo. Pero las chicas Grimm no son el enemigo de su padre, sino su mayor esperanza. Y, en verdad, los soldados son carne de cañón, lanzados contra sus hijas para probar su fuerza, para incitarles un gusto por la sangre y la muerte, para conducirlas hacia la oscuridad. Wilhelm Grimm no quiere una guerra, quiere una batalla. Quiere que sus soldados pierdan y que sus hijas ganen. Quiere una masacre.

Esto a veces enfurece tanto a Leo que siente la urgencia de abandonar este ejército y abandonar a su general. No lo hace porque no puede, pues su padre castiga a todos los desertores con la muerte; además, Leo necesita matar para vivir; la luz que absorbe lo mantiene con vida. Por último, pero no menos importante, también está vengando la muerte de alguien a quien amó.

Leo ve a otros soldados cuando él sale a cazar, aunque es raro, ya que no suelen invadir el territorio de otro. Cada mes, la noche en que la luna está en cuarto menguante, salen a cazar, pasando por las puertas a las 3:33 a. m., desde la Tierra hacia Everwhere.

Everwhere es de donde ellos vienen, donde se reúnen, donde él los encuentra. Las hermanas pueden visitar el lugar cuando quieran, sin importar la hora o el día, mientras que él solamente puede visitarlo el día establecido, a la hora establecida. Y ellas no tienen que caminar a través de ninguna puerta, aunque a veces les gusta hacerlo; el ritual es agradable. Solo necesitan quedarse dormidas, cerrar sus ojos y deslizarse en ese lugar entre la luz y la oscuridad, entre el mundo de la vigilia y el mundo de los sueños. Algunas, en especial las más jóvenes, ni siquiera recuerdan que han estado ahí: despiertan sin idea alguna de lo que han vivido. Pero la mayoría viene intencionalmente, para conocer a sus hermanas o ejercitar sus poderes, y se preparan para la noche en que tendrán que luchar por sus vidas.

Leo pudo saber de un vistazo que Goldie no recuerda Everwhere. Ella se ha olvidado de sí misma, no tiene idea de quién es, ni de su propia habilidad o su fuerza. Mientras siga ignorándolo, la balanza seguirá a favor de Leo, así que sonríe. Casi puede sentir la luz de aquel espíritu disperso circulando por sus venas, como una descarga eléctrica que le devuelve la vida.

11:11 p. m., Goldie

El asombro de ver a ese hombre, Leo, me hace preguntarme cómo me describiría a mí misma. Tenemos el mismo cabello, pienso, aunque el mío se riza sobre mis hombros. Solía rizarse hasta mi espalda, pero me lo corté después de que mamá murió. Mi piel no es tan pálida y mis ojos son azules, no verdes. Me gustaría decir que contienen media docena de tonos de azul: delfinio, espuela de caballero, jacinto de los bosques, aciano, hortensia, clemátide... pero estaría mintiendo, e intento no mentirme. El azul de mis ojos es claro, acuoso, azul nomeolvides. Común, nada especial.

Que volteara a verme fue solo una coincidencia. Aunque en verdad se sintió como si yo se lo ordenara. Sé que es una tontería, pero no puedo evitar considerarlo. Pensamientos, preguntas, ideas circulan por mi mente, se multiplican hasta que me duele la cabeza.

Para distraerme, rocío la orquídea púrpura de la repisa de la chimenea. Acaricio sus hojas, susurro Wordsworth en sus pétalos. Sus tallos están tan cargados de brotes que busco lápices e hilo para atarlos. Antes de que llegara a trabajar aquí, la tasa de mortalidad de las flores era impactante. Podían morir doce en un mes. Pero lo he revertido, siempre he tenido dedos hábiles para la jardinería. Después de un rato, miro la computadora. Vuelvo a pulir el ya muy pulido mostrador. Ordeno y reorganizo los cajones. Incluso deseo que aparezcan huéspedes retrasados. Pero no puedo dejar de pensar en ese momento, el momento en que volteó al llegar cerca del elevador. Estoy tan acostumbrada a sentirme siempre al margen, como una liebre agazapada, lista para volver a su madriguera, que no sabía que podía sentir algo distinto. Pero en aquel momento me sentí fuerte. Como si pudiera dirigir ejércitos. Como si pudiera derribar naciones. Como si tuviera magia en la punta de mis dedos...

11:11 p. m., Leo

Hasta donde Leo sabe, nunca antes había soñado. Él no necesita el descanso reparador del sueño REM. De hecho, no necesita dormir, pero a veces se complace con ello. Sus noches no suelen ser interrumpidas por imágenes innecesarias y sin sentido. Por eso, esta noche, tras quedarse dormido y despertar con la imagen de Goldie merodeando en su cabeza, se sobresalta. Quizá es una advertencia subliminal contra la autocomplacencia, su subconsciente aconsejándole que no la subestime como oponente. Vino al hotel para vigilarla, pero tal vez debería acercarse más, evaluar sus puntos fuertes, determinar su potencial. O quizá está desarrollando una obsesión antinatural. La verdad, volver a ver su rostro no sería para nada desagradable... Aun así, la pregunta de por qué de repente está soñando, y si Goldie podría ser la causa, mantiene a Leo alerta hasta el amanecer.

30 de septiembre
32 días...

6:33 p. m., Bea

La primera vez que Bea despegó en un planeador, estaba aterrorizada. Aunque se habría estrellado antes que admitirlo. Es más, incluso le habría molestado admitírselo a sí misma. No fue el vuelo (en cuanto estuvo en el aire sintió una alegría que nunca antes había conocido), sino el despegue el que requirió cierto tiempo para acostumbrarse. La caída de una montaña rusa en reversa: el estirar lento y el jalón de la catapulta, el ajuste, el chasquido todopoderoso y el lanzamiento.

El ascenso, ¡oh, sí, el ascenso!, fue sublime. Después del abrupto chasquido vino el resplandor radiante. Elevarse en el aire como si la gravedad no existiera, la catapulta olvidada, el avión olvidado, todas las cosas olvidadas; toda la experiencia pasada borrada por ese único, espectacular momento de presencia absoluta. Un momento que se estiró hasta que el planeador comenzó a temblar y a inclinarse, lo que apuró a la piloto a sujetar la palanca de mando y buscar una corriente ascendente.

Se necesitó media docena de vuelos antes de que Bea comenzara a disfrutar el despegue tanto como el ascenso, el clímax tanto como el lanzamiento. Ahora, desde que la banda elástica gigante se tensa, Bea nota la emoción anticipada como un resorte que se tensa dentro de ella. Se sienta en un estado de quietud absoluta y temblor incesante, como si todo su cuerpo estuviera al borde de la risa. No tiene idea de la dinámica física o los fenómenos meteorológicos que mantienen el planeador en vuelo sin motor, y tampoco quiere saber. Definir términos, entender conceptos, la saturaría, volvería concreto un hecho que debe permanecer celestial.

Bea mira por la ventana al doctor Finch, cuya figura se difumina allá abajo. La está saludando, ella no le devuelve el saludo. Su amorío le da acceso sin restricciones a los planeadores de la Sociedad Aeronáutica Real de la Universidad de Cambridge, y ese es su principal propósito. El sexo está bien, pero ella no siente nada por él más allá de eso, salvo disgustos ocasionales.

A medida que se eleva, la respiración de Bea se hace más lenta y profunda. Un mechón de cabello se escapa de su moño y le cubre la vista. Lo empuja de vuelta. Cuando vuela, Bea a veces siente el impulso de afeitarse la cabeza, para dejar así el paisaje inmaculado. Una acción que enfurecería a su elegante mamá, como llamaba a su madre en su lengua materna, razón suficiente para hacerlo y liberarse. Pero, aunque esto nunca lo admitiría, Bea es demasiado vanidosa. Cuando se mira al espejo, se compara con lo que ama. A veces su piel y su cabello son del color café nuez de la hembra del mirlo; sus ojos, del color negro medianoche del macho. Aunque tal vez el color de su cabello esté más cerca al del ala de un cuervo e incluso es así de delgado. En secreto, desearía que su cabello fuera un poco más fuerte. A veces…

«¡Ten cuidado!». El gemido del doctor Finch invade el silencio sagrado de la cabina. Bea lo expulsa de su mente. Olvida lo de afeitarse la cabeza, ahora mismo quisiera una lobotomía, aunque solo fuera para conseguir un poco de paz.

«No seas tan imprudente».

«Cállate». Bea se presiona la sien con el dedo índice y el pulgar. «Vete a la mierda».

Se aferra a la palanca de mando, baja la punta del planeador y luego jala bruscamente hacia atrás. El avión se arquea hacia arriba y, durante un momento largo y paradisiaco, todo lo que puede ver es el cielo: alrededor, arriba, dentro de ella. Es libre.

Bea lanza un grito de éxtasis:

—¡Yuuujuuu!

En el campo, abajo, su tutor seguramente está maldiciendo y temblando, con la mano empuñada hacia el cielo. Sin tomarlo en cuenta, ella mira las nubes rosadas con el sol poniente de fondo, mantiene el planeador suspendido un segundo más de lo que debería, antes de permitir que el avión caiga hacia atrás, el frente cayendo en picada hacia el suelo, dando la vuelta completa, así que todo lo que ve es paisaje: campos cosechados y árboles en otoño. Hasta que, por fin, la tierra invertida se pone en su lugar y el avión se endereza y se vuelve a nivelar.

Bea lanza otro grito de júbilo:

—¡Yuuujuuu!

«Así es, niña, demuéstrale que no eres una tonta, eres una hermana…».

«¡Vete a la mierda, mamá!», susurra en la lengua materna, molesta por la aprobación de su madre que irrumpió de pronto, como lo estaría por el regaño de una profesora. Durante casi dieciocho años, su madre la ha alentado para actuar audazmente y, aunque Bea disfruta más que nada en el mundo el comportamiento imprudente, estaría condenada si le diera a su madre la satisfacción de saberlo.

Gira bruscamente a la izquierda, vuelca el avión de forma tan repentina y brusca que se desliza sobre su asiento, por lo que casi estrella su frente contra la protección antideslumbrante del tablero. Con mano firme sostiene la palanca, la empuja todo lo que puede para que el planeador se incline y el cielo se deslice. El suelo se eleva a su derecha; luego, de repente, el avión rueda hacia los lados, dando vueltas, invirtiendo el mundo, de manera que la tierra es el cielo y el cielo es la tierra; Bea queda suspendida como un murciélago en la cabina, a punto de caer de cabeza los setecientos veinticuatro metros que la separan de los campos de abajo, en una mezcla de cuerpo, hueso y fuselaje. Pero después está rodando, siguiendo el arco que forma el ala izquierda, que da vueltas en círculos como si estuviera chocando los cinco una y otra vez en el aire.

—¡Yuuujuuu!

Mientras el planeador se balancea, los gritos extáticos de Bea se unen a los gritos de maldición de Finch abajo, ambos ascendiendo a los cielos en una armonía discordante de rabia exaltada.

—¡Yuuujuuu! ¡Carajo!

—¿A qué mierda estabas jugando?

—Sabía que estabas furioso —dice Bea, y sale del planeador después de aterrizar—. Podía sentirlo. Te oí aullar groserías al…

—Claro que estaba furioso, carajo. —El doctor Finch está al lado de Bea antes de que sus pies toquen la tierra—. ¿Qué diablos estabas pensando? En quince años de vuelo, nunca hice un truco como ese. Una voltereta y un tonel, sin una elevación térmica decente. ¿Qué demonios…?

—¿… estaba pensando? Ya sé, ya sé. —Bea avanza hacia el tramo del elástico suelto que serpentea a través del césped. Ahora que está en tierra, solo quiere volver a estar en el aire—. Ahora, deja de lloriquear y dame una mano con la catapulta.

—¿Qué? —El doctor Finch, anclado al suelo, la mira fijamente—. ¿Estás mal de la cabeza? No vas a volver ahí. Ya casi es de noche.

—Casi. —Bea levanta el elástico y encuentra el cabrestante—. Pero todavía no.

—Claro que no.

—Ay, ya —responde ella con brusquedad—, no seas tan nefasto.

—Son reglas de la Sociedad —replica el doctor Finch—. Harás que me expulsen. Maldita sea, probablemente harás que me llamen la atención.

Bea maldice para sus adentros. Quiere volar, se quiere sentir libre de nuevo. Es todo lo que siempre ha querido: una herencia dejada por una niñez peripatética gobernada por extraños que enviaron a su mamá a la mazmorra de Saint Dymphna, e internaron a Bea en una docena de hogares de acogida distintos, de los que trató de escapar una y otra vez.

—Eres un maldito cobarde.

—Y tú eres una maldita suicida.

«¿Y qué si lo soy?», quiere decir Bea. Seguro que es un elogio no acobardarse ante la muerte, sino saltar a sus fauces con un grito de guerra. Su mamá, perturbada y maniática, al menos le enseñó eso. Bea abre la boca, a punto de decírselo, luego lo piensa mejor.

—Vete a la mierda.

El doctor Finch la mira.

Un silencio tenso se extiende entre ellos: la catapulta estirada demasiado lejos, lista para romperse. Con una última mirada reticente hacia el planeador conectado a tierra, Bea deja caer el elástico a sus pies. Entonces lo mira: el cuerpo delgado y flácido, el rostro de rasgos débiles, la palidez levemente anémica de los sobreeducados, el cabello minuciosamente desaliñado y la barba incipiente para insinuar que su mente está ocupada en temas mucho más elevados que el aseo personal. «Qué imbécil». Bea desearía tener acceso inmediato a una mejor opción. Lamentablemente, ahora mismo no la tiene.

—Entonces —dice Bea— si no puedo volar, necesito la siguiente mejor opción... ¿Tu esposa te espera en casa?

Más tarde, Bea está acostada en el sofá del consultorio del doctor Finch, mientras él busca su ropa y actúa como si no pudiera imaginar cómo pasó esto, como si de esa forma pudiera afirmar más tarde que no sucedió nada. Ella mira los títulos de sus libros, en busca de algo de su filósofo favorito.

Bea ya no quiere estar ahí. Quiere estar en el aire, o, si no puede, entonces leer un libro. Lo hizo todo mal. El orgasmo, especialmente de la forma en que lo ejecutó el desatento doctor Finch, fue un eco patético del vuelo. Debió quedarse en el aire. Debió robar el avión. La próxima vez lo hará. La próxima vez no bajará.

Primero de octubre
31 días…

5:31 a. m., Liyana

El primer zambullido es siempre el mejor. El momento en que ella rompe el agua y se desliza por debajo. Así es. Su momento cumbre. Cuando se sumerge, los brazos como una flecha, moviéndose tan rápido y tan libre que ya no se siente sólida sino líquida, una singular ráfaga de alegría inunda sus venas, como una inyección de morfina.

—Odio ser humana —dice a menudo Liyana—. Imagina que te deslizas por el agua toda tu vida en vez de chocar con el aire.

—Gemirías como una ballena varada —le responde a menudo su tía Nyasha—. O esa sirena de la película que…

—Madison —interrumpe Liyana—. *Splash*. Sí, excepto por el cabello rubio y los ojos azules, ojalá fuera ella.

Liyana se permite esta alegría una vez al mes. Ella «toma prestada» la membresía de su tía, camina un kilómetro hasta el Spa Serpentine en Upper Street y se dedica a nadar durante una hora. Ni más ni menos. Entonces se va y no regresa, no importa cuánto lo desee, hasta el próximo mes y el siguiente viaje autorizado. La limitación autoimpuesta es una penosa pero necesaria disciplina para mantener a raya las secuelas inevitables de la tristeza.

—Entonces, ¿por qué vas, *vinye* —pregunta Nya—, si te entristece?

—Por la misma razón que persigues a los hombres que te hacen sentir miserable —responde Liyana—. Porque, si no lo hicieras, es como si estuvieras muerta.

Hace casi cinco años, Liyana pasaba seis horas al día en una piscina. En ese entonces la natación le traía solo alegría. A los diez años había ganado trofeos suficientes para llenar un gabinete de roble, a los trece años estaba lista para el estrellato olímpico. Luego ocurrió el accidente que la dejó varada durante un año y la envió para siempre de vuelta a las aguas de aficionados. Ahora nadar le trae alegría y tristeza en igual medida. El primer zambullido es todavía el más agradable, el último siempre es el más triste. Y luego Liyana se va antes de que el anhelo de quedarse se vuelva demasiado abrumador. Ya es bastante difícil dejarlo ir después de solo una hora. Y en los días siguientes el olor a cloro se le pega a la piel sin importar cuánto se frote, le retuerce las tripas y le escuece los ojos. Cuando por fin se va, su piel, oscura como las profundidades del océano, así como sus ojos negros y brillantes como piedras en un lecho del río, está reseca de nuevo. Hasta el mes que viene.

Bajo el agua, mientras su cuerpo pierde la velocidad del primer impulso, Liyana abre los ojos ante los extensos y relucientes azulejos de cerámica de tono añil, que forman una serpiente de mar, dos letras S de mosaico curvado. Está lista para dar vuelta, para impulsarse apoyada en las baldosas y empujar su rostro hacia la superficie, cuando ve un resplandor en la esquina: una piedra de color blanco brillante, como una calavera. Es tan grande como su puño y, mientras se desliza hacia ella, Liyana piensa en el rostro de Kumiko y en su piel pálida como un hueso entre cortinas de cabello negro, como la luna menguante en el cielo de medianoche.

—Si yo soy la luna —le había dicho Kumiko—, entonces tú eres el cielo nocturno, que me rodea.

Liyana rio.

—Me parece bien.

—No, no soy la luna. —Kumiko se inclinó hacia ella—. Soy los dientes en tu boca oscura y húmeda.

Kumiko tocó con sus labios los de Liyana. Lentamente, Liyana la besó.

—Estás intentando distraerme.

Kumiko sonrió.

—¿Está funcionando? —La sonrisa de Kumiko se hizo más profunda.

—Estoy tratando de… Quiero dibujarte.

—Y yo quiero cogerte.

Liyana se rio de nuevo.

—No eres muy dama, ¿verdad?

Kumiko se apartó.

—¿Según quién?

—Bueno… —Liyana golpeteó sus dientes con la pluma—. Probablemente, no le hablarías así a mi tía.

—Eso depende. —La sonrisa de Kumiko se hizo más profunda— ¿Ella se parece a ti?

—Está bien —dijo Liyana, soltando el bolígrafo—. Ahora es un hecho que no la vas a conocer.

Kumiko puso los ojos en blanco.

—Como si alguna vez fuera a conocerla…

—Lo harás —dijo Liyana—. Solo estoy…

—«Esperando el momento adecuado» —dijo Kumiko—. Lo sé, he escuchado tu perorata las veces suficientes para recitártela de vuelta.

—Por favor —dijo Liyana—. Tienes que…

—… darte tiempo —finalizó Kumiko—. Sí, sí. Bla, bla… ¿Sabes qué? Tú tienes que dejar de ser tan dama y tener los huevos, o los senos, o lo que sea el equivalente femenino… y dejar de ser una maldita cobarde.

Las manos de Liyana aún se aferran a la piedra. Mientras sacude el agua de su cabello, mira hacia arriba y ve el rostro de un hombre. Le frunce el ceño y cruza los brazos sobre el borde de la piscina. Él inclina la cabeza para mirarla.

—Pensé que tendría que llamar al salvavidas —le dice.

Liyana frunce aún más el ceño.

—Es posible contener la respiración durante mucho tiempo —le aclara.

—Parecía que no ibas a salir.

—Quince minutos, treinta y siete segundos —responde ella.

No quiere hablar con ese hombre y no tiene idea de por qué él está hablando con ella, pero el deseo de conversar sobre la natación siempre está presente, las palabras se escapan antes de que ella pueda detenerlas.

—Antes aguantaba durante dos… Bueno, más tiempo.

—¿Antes?

Liyana se encoge de hombros y deja resbalar algunas gotas.

—Falta de práctica. —Mira hacia atrás, a la piscina. Está desperdiciando tiempo valioso en el agua—. Debería…

—¿Qué tan seguido vienes por aquí?

Entonces vuelve a fruncir el ceño.

—¿Me acabas de preguntar si vengo a menudo?

Él se ríe.

—Sí, supongo. Lo siento, no quise hacerlo. —Se pasa la mano por el pelo. Liyana nota que es bastante atractivo: alto, musculoso, la piel del color de la tierra mojada; muy atractivo, podría decir alguien que tuviera esas inclinaciones—. No quise decirlo de esa manera. Solo estaba preguntando… Este no es mi gimnasio local. Quería saber si vale la pena pagar la cuota de membresía.

Liyana frota su pulgar sobre la piedra mojada. Quiere volver al agua.

—Supongo, no lo sé. Yo solo vengo a nadar.

—¿Con qué frecuencia?

—Una vez al mes.

Las cejas de él se elevan.

—¿En verdad? Tú no… Tú te ves mucho más en forma.

Liyana se agita en el agua y acerca sus brazos hacia sus pechos, para cubrirlos de la vista.

—No creo.

—Mierda —dice él—. Lo siento mucho. Esa oración debió quedarse en mi cabeza. Yo no…

—¿No quisiste decirlo de esa forma? —Liyana levanta una ceja.

—Sí —dice—, eh, solo quise decir que tú… pareces una atleta.

Liyana lo mira. Además de ser guapo, tiene una voz que, incluso cuando está apenado y tartamudeando, suena como un río alisando rocas. Quizá por eso ha dejado que esta conversación se prolongue tanto.

«Alguna vez fui atleta». Las palabras esperan en la garganta de Liyana. Pero dejarlas salir provocaría preguntas que no tiene intenciones de responder.

—Tengo que irme —prefiere decir—. Solo tengo cuarenta y siete minutos.

—Eso es… Eres muy… precisa.

Le vuelve a sonreír y Liyana se siente encantada. Le recuerda algo de hace mucho tiempo. La luna atravesando las nubes, un río captando su luz.

2 de octubre
30 días...

10:36 a. m., Scarlet

Scarlet no quería ir, pero su abuela había insistido. ¿Por qué había pensado que un día de aprendizaje con un herrero de Hatfield era un regalo apropiado para su décimo octavo cumpleaños? No tenía idea. Pero sospecha que es otro lamentable ejemplo de lo lejos y rápido que se está deteriorando la mente de su abuela: su cumpleaños es hasta fin de mes. De todas maneras, ¿qué puede hacer ella sino aceptarlo?

El herrero, Owen Baker, es el hombre más fuerte que Scarlet haya visto. La cabeza de él es tan calva como el vientre de ella, el cuello tan grueso como su muslo y las manos tan anchas como largas eran las de Scarlet. El herrero podría cargarla sobre su hombro y desaparecer en el bosque en un instante. Aunque no es como si desde ahí se pudiera ver el bosque. El taller se encuentra en un patio, a un lado de una granja de cerdos. Todavía, cuando Scarlet piensa en herreros, si alguna vez lo ha hecho desde los ocho años, piensa en cuentos de hadas que involucran bosques y chicas vulnerables. ¿O quizá eran cazadores?

—Muy bien, entonces, ¿qué es lo que quiere hacer ahora, señorita Thorne?

Scarlet, en blanco por un momento, mira hacia arriba. Había estado oyendo la presentación del herrero sin estar demasiado atenta, la historia simplificada del noble arte de fabricar remaches, pero no esperaba que terminara tan pronto.

—¿Perdón? —Scarlett comienza a recogerse el cabello en un chongo, sus rizos gruesos de color rojo oscuro brotan como llamas de su cabeza, lo que enmarca sus ojos, cafés como la madera que alimenta al fuego—. No pensé que yo…

—Bueno, como le decía… —El herrero apoya sus manos anchas en su yunque y se inclina hacia adelante—. Puede hacer lo que quiera. Un remache, un clavo, una espada…

Scarlet lo mira fijamente, soltando el cabello que tenía agarrado en sus manos.

—¿Una espada?

—Claro. —El herrero sonríe, los ojos repentinamente brillantes como los de un niño de tres años— ¿Quiere hacer una espada, señorita Thorne?

Scarlet considera esta curiosa propuesta.

—No, la verdad no.

—Me parece bien. —Se endereza, la luz en sus ojos oscuros—. Entonces, ¿qué será?

Scarlet vuelve a recoger su cabello.

—Pensé que tú me dirías qué hacer.

Owen Baker niega con la cabeza.

—¿Qué hay de divertido en eso? No, depende de usted.

Scarlet está confundida. Se acaricia el pelo, se muerde el labio. Entonces, de pronto, se le ocurre una idea.

—Muy bien, ya lo sé. —Sonríe, encantada con su inspiración—. Quiero hacer una reja.

—¿Una reja?

—Sí. —Scarlet se entusiasma con el tema—. Una de esas elegantes, con adornos curveados y remolinos. ¿Sabes a qué me refiero?

—¿Los remates y los adornos? —El herrero dobla los brazos—. Bueno, admiro su ambición, señorita Thorne, en serio. Pero me temo que eso podría ser demasiado para un solo día de trabajo. Solo tenemos cinco horas.

—Ah, claro. —Scarlet mira un martillo que cuelga en la pared de piedra—. Ya veo.

—Pero podríamos hacer una parte de la reja —sugiere Owen—. ¿Qué le parece?

Scarlet se ilumina.

—Genial.

—Entonces, ¿qué prefiere? —pregunta él—, ¿un acabado curveado o puntiagudo?

—Sí, quiero que termine en punta, use la esquina cuando esté dibujando... Bien, esa es una buena técnica. Sí, eso es, un poco más lento ahora. —Él asiente—. Tiene una mano hábil para el martillo, señorita Thorne.

Scarlet mira hacia arriba, sonriendo, con el rostro enrojecido.

—¿En verdad? Yo nunca...

—¡No, no se detenga ahora! —dice el herrero—. No lo deje enfriarse. Así es, no en el plano, en las esquinas, lo que quiere es empujar el metal a lo largo, como hace un rodillo con la masa, o algo así me dice mi esposa.

Este comentario la distrae, así que Scarlet pone toda su atención en el movimiento de su brazo, del martillo, en el crujido cuando golpea la barra de metal en llamas, el impacto en el yunque si es que falla su objetivo.

—Bien, regréselo al centro, eso es todo, recuerde que ahora debe usar la parte plana del martillo y empezar a refinar la forma. Golpee con más suavidad, o se deformará.

Scarlet golpea la barra, le da golpes suaves a la pendiente, primero de un lado y luego del otro, haciendo el metal más y más delgado hacia la punta. Espera que tengan tiempo de hacer otro, de sumergir más metal en el horno, para ver las llamas saltar y escupir con deleite por tener algo que quemar. Scarlet quiere mirar el fuego hasta que se vuelva brasa y ceniza. Quiere azotar el yunque con el martillo, una y otra vez, sentir el poder del golpe cuando empuja hacia abajo, la gloriosa fuerza que la recorre de la punta de la cabeza a los pies. Ella cree, aunque lo sabe imposible, que el fuego será amable con ella. Que la acariciará tibiamente, que el calor se extenderá y se elevará hasta que su centro se vuelva incandescente.

Lo cierto es que Scarlet debería temer al fuego, debería odiarlo porque se llevó a su madre y su casa. Pero, quizá porque no tiene memoria del evento, ella se da cuenta de que solo cuando piensa en el fuego se siente asustada. Cuando lo mira, se siente fascinada.

—¿Qué estás haciendo con ese pico espantoso? —Su abuela se encoge hacia atrás en la silla, como si Scarlet la hubiera apuntado hacia la garganta con la punta—. Guárdalo.

—Yo lo hice —dice Scarlet, enseguida voltea la punta hacia su pecho y la abraza de manera protectora— con el herrero, esta mañana.

En este momento, están sentadas en la cocina del café, cenando bollos con mantequilla. Es su regalo semanal.

El ceño de Esme Thorne se arruga.

—¿El herrero?

Scarlet muerde su bollo para reprimir una expresión de tristeza.

—Me compraste una sesión de aprendizaje para mi cumpleaños, ¿te acuerdas?

Los ojos de su abuela se nublan y Scarlet maldice para sus adentros. ¿Por qué usó esa maldita frase? Debería tener más juicio a estas alturas. Pero lo olvida con demasiada frecuencia.

—Pero no es tu cumpleaños. —De repente su abuela parece una niña: los ojos muy abiertos, ansiosos, las pecas en la nariz, legado de tres generaciones de las mujeres Thorne—. ¿O sí? No... No olvidé tu cumpleaños. ¿Verdad?

—No, no, abuela —dice Scarlet muy rápido—. Por supuesto que no. Es hasta fin de mes.

Su abuela se relaja.

—Sabía que no podía olvidar el cumpleaños de mi Ruby.

Scarlet deja su bollo.

—No, abuela, no soy Ruby —dice, ya lamentando sus palabras—. Soy… Soy Scarlet.

—Lo sé —dice Esme, irritada de pronto—. Es lo que dije. —Se echa hacia atrás el largo cabello gris (hasta los setenta y ocho fue cuando perdió sus últimos mechones rojos) y se acomoda algunos mechones detrás de las orejas—. Me gustaría que dejaras de corregirme, es de lo más detestable.

Scarlet espera, lista para apagar las llamas del fuego que acaba de encender. Pero de pronto parece apagarse por sí mismo. Su abuela se lame la mantequilla derretida del pulgar.

—Cuando eras pequeña querías ser herrera.

—¿De verdad? —dice Scarlet, aliviada pero no del todo convencida. En los últimos años se ha vuelto complicado distinguir los hechos de las ficciones en la mente de su abuela. Aun así, Scarlet le sigue el juego.

Su abuela asiente.

—Oh, sí. Incluso una vez te compré un yunque y un martillo, para tu cumpleaños doce, creo. Era un juego pequeño, pero bastante realista.

—Asombroso, abuela. —Scarlet sonríe amablemente—. Yo no me acuerdo.

—¿No? Dios, yo… —Esme se queda en silencio, mirando hacia abajo, su plato—. Te habías ido de excursión a la escuela, después de eso me suplicaste una y otra vez que te los comprara.

Scarlet no logra recordarlo, pero tiene la impresión de que esta vez lo que dice su abuela es verdad.

—¿Y qué pasó entonces? —pregunta—. ¿Dónde están?

—No sé —su abuela parece pensativa—. Dijiste que no era lo mismo.

Scarlet frunce el ceño.

—¿Qué no era lo mismo?

—No sé exactamente. —Su abuela levanta la vista del plato, entrecierra los ojos mientras el recuerdo se desvanece. Lo sujeta en el aire para alcanzarlo—. Creo que tú… no querías las herramientas. Querías el fuego.

3 de octubre
29 días…

1:03 a.m., Leo

Después de ayudar a sus padres a instalarse en el hotel (vendrá a quedarse el fin de semana con ellos ante la insistencia de su madre, más tiempo sería insoportable), Leo regresa a Saint John. Esta noche la luna está en cuarto menguante y la puerta más cercana a Everwhere es la que guarda el Master's Garden. Esta noche Leo debe cazar, para mejorar sus habilidades, y matar, para alimentar su tenue luz. Después de observar a Goldie durante varios días y de seguir soñando con ella, Leo sabe que debe prepararse con diligencia para tener posibilidades de sobrevivir a la lucha que viene. Porque, aunque se haya olvidado de sí misma, Goldie sigue siendo la chica Grimm más poderosa que él haya visto. Será un combate cuerpo a cuerpo, pero al menos tendrá el elemento sorpresa de su lado.

Son más de las tres cuando Leo sale de su habitación. De vez en cuando estallan sonidos momentáneos que acompañan su paseo por el pasillo que cruza las habitaciones de los estudiantes; la risa borracha que sale de una habitación, la copulación entusiasta de otra. Leo se apresura. Estudia en Saint John porque es una de las pocas universidades con una puerta que da a los jardines del campus, lo que para Leo significa que no tiene que vagar por las calles de Cambridge en las noches de luna.

Solo las universidades más antiguas y prestigiosas tienen esas puertas: aquellas cuyos ladrillos, torres, árboles y suelos han estado inmersos en sus pensamientos durante varios siglos. Desafortunada y afortunadamente a la vez, Saint John también es una de las universidades más grandes y la habitación de Leo está lejos del Master's Garden, por lo que siempre corre el riesgo de que lo vea algún portero nocturno demasiado vigilante.

Mientras avanza deprisa a lo largo de pasillos de piedra y atraviesa furtivamente jardines prohibidos, Leo se da cuenta de que se siente mal. Esta suele ser su noche favorita del mes, pero ahora no siente su entusiasmo habitual. Resulta raro, porque Leo es el mejor de todos, la estrella más brillante, el mejor recluta de su diabólico padre. Tiene el récord de asesinatos entre todos los soldados. Y con solo dieciocho años, aunque eso depende del mundo en que estés haciendo la cuenta.

Leo ha escuchado que es posible, al menos en teoría, que un soldado viaje a Everwhere montado en los sueños de una chica Grimm, y así sortear los límites que restringen su entrada a fechas y horas exactas, pero no piensa intentar él mismo ese método, pues requiere ciertas habilidades y una profunda intimidad con la chica en cuestión. Y Leo no soportaría amar a una chica Grimm. En verdad que no. No después de lo que esas chicas les han hecho a otros como él.

Diez minutos después, y un tanto agitado, Leo se pone de pie frente a la puerta. Mira su reloj de reojo. A las 3:33 a. m. levanta el brazo y presiona su palma ligeramente contra los elaborados adornos de hierro forjado. La puerta reluce plateada, como si la hubieran pulido con la luz de la luna. Leo la abre y la atraviesa.

6:35 a. m., Goldie

A estas alturas se han ido mis pensamientos acerca de comandar ejércitos y derrotar naciones, y en su lugar están mis preocupaciones habituales sobre cuidar a Teddy, evitar a Garrick, pagar la renta… y lo agradezco. Hay algo inquietante en sentirme tan poderosa.

—G-G, ven aquí.

—¿Qué pasa? —Salgo de la cocina (todo en nuestro departamento está solo a unos pasos de distancia) y me dirijo a la cama de Teddy para saber qué quiere. Aunque en realidad ya lo sé, porque pasamos por lo mismo todas las mañanas. Y, en efecto, encuentro a Teddy desnudo, excepto por sus calzoncillos de Batman, junto a una pila de ropa.

Me lanza una mirada afligida.

—¿Qué puedo ponerme hoy?

Examino la situación.

—¿Pantalón verde con camiseta roja y suéter azul?

La expresión en el rostro de Teddy me dice que soy una tonta.

—¿Y tu suéter favorito? —Señalo la bola esponjosa de cachemira azul suave, extraída del guardarropa del hijo de un banquero suizo (habitación 23) hace un mes. Era uno entre una docena de suéteres idénticos, podría haber tomado dos sin problema. Pero también robar tiene límites: cuando te vuelves codiciosa, te pueden atrapar.

—Lo he usado casi diario —apunta Teddy—. Ayer Caitlin me dijo que me prestaría diez monedas para que me compre uno nuevo.

—Ay, esa… —Me muerdo el labio. Niños. Algunos son dulces, la mayoría necesitan una buena bofetada. Pienso en la familia francesa que se está quedando en la habitación 38, con un niño de la edad de Teddy.

—Te conseguiré algo nuevo pronto —le prometo—. No te preocupes.

—¿En serio? —Teddy se acerca a mí con los brazos abiertos. Le devuelvo el abrazo. Es ligero como un árbol joven recién plantado, sus extremidades son tan delgadas que me preocupa romperlas si lo abrazo demasiado fuerte.

—Sí —le digo—. Algo tan estupendo que incluso esa pequeña duende malvada lo tendrá que admirar.

7:07 a. m., Bea

—Levántate ahora mismo.

El largo bulto debajo de las mantas de Bea gime.

—Vamos. —Ella encuentra su muslo con el talón y le da una patada fuerte—. Idiota holgazán.

Una mata de pelo enmarañado, junto con una cara que Bea recuerda vagamente de la noche anterior, emerge desde debajo de las sábanas y entrecierra los ojos, deslumbrado por la luz blanquecina de la mañana.

—Ten compasión. —Él deja caer la cabeza en la almohada—. Apenas está amaneciendo.

—No, no es cierto —responde Bea con brusquedad. Desearía, y no es la primera vez, haber metido de contrabando a Gatito en su habitación de estudiante, ya que él brinda comodidad sin exigir nada a cambio—. Ahora lárgate, que tengo una conferencia.

Esto no es verdad, y ambos lo saben. Pero no es solo que Bea quiera deshacerse de él, también tiene una cita con la Biblioteca Universitaria en cuanto abre, como cada mañana, para estudiar filosofía. Eligió esa carrera con el fin de considerar y evaluar ideas que podrían, en otro contexto, incitar dudas sobre su salud mental. Y es que aún le preocupa que se cumpla aquello de «de tal palo, tal astilla».

Su mamá es la primera en recordárselo. Su mamá, que tiene cara de halcón y una nariz casi tan filosa como su lengua. «Este no es tu destino, niña», le dice, «lo encontrarás bastante pronto».

Siempre habla con una autoridad que a veces a Bea le resulta difícil de ignorar. Cleo García Pérez suena sincera cada vez que cuenta historias inventadas que según ella son ciertas, de lugares inventados que afirma que son reales. Como si no estuviera burlándose, o como si no estuviera chiflada. Ambas cosas son reales. Por eso pasó la infancia de Bea entrando y saliendo del hospital psiquiátrico Saint Dymphna, mientras que la niña se la pasó entrando y saliendo de albergues. Cleo también dedica una cantidad de tiempo inusual a exaltar las virtudes del vicio y le insiste a Bea para que siga sus oscuros pasos. A diferencia de otras madres, Cleo aprueba el mal comportamiento y amonesta el bien. Alaba a su hija por actos egoístas, cuando siente ira o cuando no es compasiva, y castiga cualquier desliz de bondad o generosidad. Esa es su mamá, un viento helado de crueldad que sopla a través de un mundo por lo demás tranquilo, un ejemplo de libro de texto de cómo los seres humanos pueden ser jodidamente dañinos con sus semejantes.

«La vida es la lucha por sobrevivir», dice su mamá. «El bien, por naturaleza, perderá la batalla y dejará que el resto gane. ¿Entiendes? Por eso no puedes ser buena si quieres sobrevivir».

«Muy bien», piensa Bea, aunque no es una opinión que comparta. Siempre le ha parecido gracioso que, entre todas sus fervientes divagaciones sobre la guerra entre el bien y el mal, su mamá nunca haya dicho que aquellas hermanas Grimm de las que tanto habla, y de las que afirma que Bea es una de ellas, estén luchado por defender el bien. Porque ¿para qué ser buena cuando puedes ser genial? «El mal», dice siempre, «es grandeza». Significa tener el arrojo y la habilidad para hacer lo que se necesita para triunfar: librar al mundo de los débiles.

«Si dejas el futuro de la humanidad en manos de los buenos», dice Cleo, «crearán una raza vergonzosa: gente dañada por la compasión, la tolerancia, la empatía; gente que acepta lo que es, en lugar de luchar por lo que podría ser. Deja la patética raza humana en sus manos y seremos aniquilados, por los elementos, por los animales, por invasores de raza alienígena…».

Bea ha aprendido a asentir lentamente y a no decir nada cuando su mamá habla así. Discutir solo hará que no se calle nunca. Bea vino a Cambridge para escapar, para distanciarse de las opiniones fascistas de Cleo, para sumergirse, en cambio, en la meditación, la especulación, la reflexión. Socializar, a menos que sea para conseguir satisfacción física, no le interesa.

Finalmente logró sacar al intruso de su cama. Bea va en bicicleta (demasiado rápido) a la biblioteca y disminuye la velocidad hasta que cruza el Queen's Road, para mirar hacia atrás, al otro lado del río, y agasajarse con la belleza de la capilla del King's College, con sus intrincadas puntas talladas que se extienden como dedos inmortales hacia el curveado sol naciente. A veces Bea imagina que esas puntas tratan de levantar el gran peso de la universidad y llevarla hacia el cielo, volando como un majestuoso pájaro migratorio para calentarse en el invierno. En París, tal vez, para sentarse al lado de Notre-Dame, o en Barcelona, para tener La Sagrada Familia como ilustre compañía.

Todos los días Bea agradece estar aquí, entre tal belleza e inspiración. Agradece poder sentarse en la Biblioteca Universitaria para sumergirse en las opiniones de Bertrand Russell, quien, como es de esperar, demuestra ser una mucho mejor compañía que el torpe estudiante que echó de su cama.

11:48 a. m., Liyana

Liyana acomoda su libreta sobre las rodillas para esbozar el siguiente panel de su novela gráfica, en la que lleva trabajando casi dos años. Con tinta y bolígrafo dibuja a BlackBird lanzando a LionEss desde lo alto del roble más alto en Elsewhere. BlackBird se ríe mientras LionEss se agita, incapaz de volar, y cae en picada al suelo pedregoso. Cuando Liyana termina de sombrear la última hoja de hiedra, comienza a escribir la historia del origen de BlackBird.

BlackBird

Érase una vez una niña que nació con piel de ébano, cabello negro azabache y ojos sombríos como manchados de tinta. Era tan oscura que podía confundirse con cualquier sombra, tan oscura que casi brillaba a la luz de la luna. También era la chica más bella, encantadora y sabia de los siete reinos. Mucho más hermosa que sus pálidas hermanastras: todas ellas tenían la piel cenicienta, el cabello decolorado y los ojos del color del yeso, todo bastante aburrido y demasiado tenue.

Había una actividad que le brindaba un gran deleite a esta chica: en las noches de luna llena podía volar. Se quedaba desnuda en el jardín, su piel negra iluminada por un brillo azul, y esperaba a que los rizos de su cabello azabache atraparan el viento y se transformaran en unas alas magníficas. Entonces ella se elevaba sobre las tierras y los mares, sus plumas brillaban bajo la luz plateada y se deslizaban entre corrientes de puro gozo.

Sus hermanas no podían volar. Estaban tan fijas en la tierra como las vacas que pastaban en los campos. Pero, en vez de admitir sus celos, las hermanas fingieron que sencillamente no les importaba volar, que caminar por la hierba era más grandioso que volar en picada por los cielos. Sus hermanastras estaban tan celosas de Bee (como la llamaban, ya que decían que no era nada más que un insecto) que diseñaron un plan para convencerla de que era tonta y fea. Todos los días la llamaban de ese modo, bajo excusas muy elaboradas, y se daban la razón unas a otras. Al principio, Bee, sabia como era, entendió lo que trataban de hacer. Pero, a medida que pasaban los días y los meses, comenzó a vacilar y a dudar de sí misma. Y como era una contra tres, poco a poco comenzó a creerles. Hasta que se convenció de que en verdad era tonta y fea.

Y así, sintiéndose avergonzada, Bee solo volvió a volar en secreto, de vez en cuando. Y descubrió que cuando lo hacía ya no lo disfrutaba tanto como antes. Meses de lunas invisibles se volvieron años, hasta que no volvió a salir a la luz de la luna en absoluto. Llegó el día en que Bee olvidó que le podían crecer alas, olvidó que podía volar;

había olvidado la única cosa que le traía más alegría que nada en el mundo.

Casi había pasado una vida cuando, caminando en el bosque, Bee conoció a una extraña anciana con la piel, el cabello y los ojos oscuros como ella. Después de que intercambiaron las habituales frases de cordialidad sobre el clima, el precio de las vacas y demás, la anciana bajó la voz hasta susurrar:

—Te olvidaste de ti misma —dijo la extraña—. Tanto que ni siquiera puedes recordar tu propio nombre.

Bee tuvo que admitir que era verdad, pues, sin importar lo mucho que lo intentara, no podía recordar que tuviera otro nombre aparte del que le habían dado sus hermanastras.

—Pero ¿cómo? —preguntó Bee—. ¿Cómo puedo hacerlo?

—Sube a la cima del árbol más alto de este bosque —dijo la extraña—. Entonces, salta desde la rama más alta. Al caer, recordarás quién eres.

Bee miró a la mujer con horror.

—¿Crees que valdría la pena dar la vida para recordar quien soy?

—Sí —dijo ella—. Hazlo.

Durante muchos meses, Bee ignoró a la mujer, pensando que estaba loca. Pero, conforme los meses se fueron convirtiendo en años y ella se fue sumiendo cada vez más en el dolor, terminó por decidir que no tenía nada que perder: ya no le importaba vivir o morir.

Así pues, encontró un roble antiguo en el bosque, tan alto como tres casas, y, escalando rama por rama, subió hasta la parte más alta. Ahí se sentó a recuperar el aliento mientras miraba el suelo que estaba muy, muy abajo. Bee esperó hasta que el día se convirtiera en noche, luego se puso de pie. En un susurro se despidió de los vivos y saludó a los muertos.

Después, saltó.

Cuando cayó, tan rápido que el aire tronaba en sus oídos, recordó su nombre: BlackBird. Y así se acordó de sí misma.

Justo cuando su cuerpo estaba a punto de golpear el suelo y su cráneo a punto de estrellarse contra las piedras, BlackBird echó su cabeza hacia atrás y empezó a reír, mientras su cabello azabache se transformaba en alas gigantes detrás de ella, que la levantaron por el viento hasta que se elevó por encima de los árboles. Sus plumas brillaban a la luz de la luna y ella se deslizaba con suavidad y una inmensa alegría.

BlackBird nunca más se olvidó de sí misma, de su nombre o de lo que amaba. Y así pasó el resto de su vida volando por los cielos y nunca más volvió a la Tierra.

Si estás en el jardín de tu casa una noche con luz de luna y escuchas con atención, aún hoy podrás oír el eco de su risa en el aire.

Liyana muerde la punta de su bolígrafo. Y entonces recuerda la vez que se manchó los labios de verde, así que se limpia la boca. Selecciona un bolígrafo más grueso y agrega algunos rizos al afro de BlackBird, dibujando sobre sus alas. Liyana trabaja con lentitud, sin prisa por terminar; el mundo del cómic que ha creado es infinitamente mejor que la realidad: el bien triunfa, el mal perece y, si el caos surge en el camino, al final el mundo permanece en armonía y la justicia prevalece.

A menudo, Liyana se descubre siguiendo los pasos de las largas y negras botas de cuero de su superheroína feminista. Ella lucha contra el crimen, salva vidas, suspira por su amante, honra la memoria de su madre. A decir verdad, Liyana pasa más tiempo en Elsewhere que en Londres. Puede estar caminando por la calle, sentada en el metro, chocando con los peatones, cuando en realidad está sola, volando por los aires en aquel lugar mágico.

—¡Ana, necesito tu ayuda! —se escucha el grito de su tía en las escaleras.

De mala gana, Liyana abandona a BlackBird y LionEss (que tiene un extraño parecido tanto a su tía como a Catwoman, un problema que Liyana planea resolver cuando haya una posibilidad de que le publiquen, lo que por ahora parece bastante distante) y, junto a sus dibujos y bolígrafos, vuelve a la Tierra.

5:48 p. m., Scarlet

—¡Scarlet!

Echando un vistazo al remate que colocó con orgullo en un estante, equilibrado entre un tarro de azúcar y otro de sal, Scarlet deja de tamizar. Deja de golpe la bolsa de harina en la barra de la cocina, que suelta una nube de polvo blanco, y se apresura a salir de la cocina del café.

—¿Qué pasa, abuela? —pregunta Scarlet, acercándose a la mesa.

Esme se sienta en su lugar favorito, junto a la ventana más amplia y con vista a los intrincados arcos y torres del King's College. Contempla las habitaciones tenuemente iluminadas por las lámparas del colegio donde conoció a su marido. Antes de que llegara el Alzheimer, Esme contaba grandes historias sobre su esposo, aunque rara vez hablaba de su hija. La única historia sobre ella que llegaba a contar era la del nacimiento de Scarlet, que nació con los pies por delante en medio de un río de escandalosa sangre, en el momento entre un día y el siguiente. Siempre que Scarlet preguntaba por otras anécdotas menos sangrientas respecto a su madre, Esme la engañaba con frivolidades. Y eso fue antes, ahora Scarlet solo obtiene información en la que no puede confiar en absoluto.

Además de esa extraña imagen, lo que Scarlet recuerda de Ruby es cómo se veía: los mismos rizos rojos, los mismos ojos cafés. Y eso es bastante decir, pues no tiene una sola fotografía: todo se destruyó en el incendio de la casa hace menos de una década, el incendio que mató a su madre.

—Mira, Scarlet. Hermoso, ¿no?

Scarlet sigue el dedo de su abuela, apuntando hacia el cielo anaranjado que se rompe y se extiende como un huevo roto por encima de las espirales de piedra, que parecen cubiertas de queso. A veces, mientras limpia mesas, Scarlet se detiene a mirar el King's College, al otro lado de la calle, los vitrales enrejados de la capilla encajados en los muros de piedra esculpida, rematados con pináculos acanalados. Una bandera ondea encima de la torre central, como una llama. Cuando piensa que esa vidriera fue cocida en un horno hace casi seis siglos, y que fue creada y elaborada por manos expertas durante el transcurso de doscientos años, Scarlet se siente reconfortada, aunque no puede explicar muy bien por qué. La solidez del King's es reconfortante. De alguna manera, es algo agradable y permanente en un mundo que cambia demasiado rápido.

—Sí. —Scarlet sonríe—. Es como la Noche de las Hogueras. Hice rollos de canela, ¿quieres uno? Un regalo para la cena.

No importa que hayan cenado bollos anoche, su abuela no lo recordará.

—Oh, sí. —Esme sonríe como una niña encantada—. Son mis favoritos.

—Lo sé. —Scarlet toca el hombro de su abuela antes de alejarse. La verdad es que no preparó rollos de canela, pero todavía tiene un lote de ayer. Los calentará en el microondas, aunque a Esme le daría un ataque si lo supiera, pues piensa que los microondas son obra del diablo. Le dejó de hablar a Scarlet durante dos días después de que compró uno, aunque ahora ya tampoco lo recuerda.

El truco de recalentar es no exagerar, solo calentar el centro, después poner el pan sobre la parrilla para que tenga una textura ligeramente crujiente, de recién horneado. Y la abuela nunca se dará cuenta. Aunque el calor del plato podría traicionar a Scarlet. Está tan caliente que cualquiera lo dejaría caer, pero Scarlet puede sacar directamente las charolas del horno sin inmutarse, algo que su abuela nunca pudo hacer. Además, Esme lleva varios años sin usar el horno.

En la cocina, Scarlet llena el lavavajillas, una concesión a la modernidad que ni siquiera su abuela pudo resistir, mientras el microondas zumba. Cuando suena el *bip* del aparato, pone el plato en la barra para que se enfríe un poco y, mientras, enciende el lavavajillas. Pero no pasa nada, no hay sonidos laboriosos tras la puerta de plástico abatible. Scarlet espera. Presiona el botón de nuevo.

—Mierda.

Patea el electrodoméstico. Nada. El mes pasado fue el refrigerador, que por 356 libras resultó más barato reemplazar que reparar, a pesar del costo adicional de 125 libras para llevarlo al basurero. Y ahora el maldito lavavajillas, que a 2 575 libras debe repararse, no reemplazarse.

«Mierda, mierda, mierda».

Mientras desliza los rollos de canela por la parrilla, Scarlet mira fijamente el lavavajillas, con la vana esperanza de intimidarlo lo suficiente para que funcione. Cuando eso falla, le da otro rápido puntapié, recoge el plato y sale de la cocina.

Pone los rollos sobre la mesa. Por un momento, Esme no parece darse cuenta, luego desvía la mirada de la puesta de sol a Scarlet.

—¿Qué? ¿Por qué? —Un ceño fruncido cruza la frente de su abuela—. ¿Qué es esto?

—Rollos de canela. Un regalo para la cena, recuer... —Scarlet se traga esta última palabra y le acerca más el plato—. Son tus favoritos.

Su abuela vuelve a fruncir el ceño, pero esta vez se dirige hacia los rollos.

—¿En serio?

—Prueba uno, abuela. Te encantarán, lo juro.

Esme se queda mirando el plato. Antes del Alzheimer, adoraba todos los productos horneados. Si tenía harina, azúcar y mantequilla, se lo comería sin dudarlo. Ahora ella sospecha de todo, como un niño que mira con aprensión un plato de brócoli. Y eso a Scarlet siempre le rompe un poco el corazón.

—Por favor, abuela, pruébalos.

Esme se queda dudando de los rollos de canela un rato más, después empuja el plato, se cruza de brazos y levanta la mirada para contemplar la puesta de sol.

Hace más de una década

Everwhere

Es un lugar de hojas caedizas y hiedra hambrienta, niebla densa y liviana, luz de luna y hielo, un lugar siempre en movimiento y siempre quieto. Nunca cambia, pero la niebla sube y baja, se desplaza a través de las costas y el mar. Y al mismo tiempo, la luz de la luna nunca se desvanece, el hielo nunca se derrite, el sol nunca brilla. Es un lugar nocturno, un lugar creado a partir de pensamientos y sueños, esperanza y deseo. Está iluminado por la plata de una luna inquebrantable, ininterrumpido por nubes e ilumina todo menos las sombras. Es un lugar otoñal, pero lo que se siente al estar allí es un frío de invierno. Imagina un bosque que se extiende desde ahora hasta siempre, con antiguos troncos que se estiran hasta el cielo jaspeado y una infinita red de raíces que se extienden hasta el borde de la eternidad.

La entrada a este lugar está custodiada por puertas. Puertas perfectamente ordinarias, aunque inusualmente ornamentadas, que, de vez en cuando, en el día indicado, a la hora indicada, se transforman en algo extraordinario. Y, si tienes un poco de sangre de Grimm en ti, es posible que puedas notar el cambio.

Al atravesar las puertas, primero te encontrarás con árboles. Te saludarán con hojas blancas que caen como lluvia y que, mientras avanzas, arrojarán un confeti crujiente, el cual resonará bajo tus pies conforme empiezas a encontrar tu camino. Pisa con cuidado por las piedras resbaladizas, o podrías caerte. Extiende tu mano para equilibrarte, presiona la palma contra el musgo blanquecino que cubre cada tronco y rama. Pronto escucharás el torrente de agua, un regato del río interminable que corre y sigue, se retuerce a través de los árboles, gira con los caminos, pero sin encontrar nunca los mares.

Pasará un tiempo antes de que te des cuenta de que todo a tu alrededor está vivo. Sentirás el rumor de la tierra bajo tus pies, el aliento de los árboles en el susurro de sus hojas, el murmullo de los pájaros en vuelo. A medida que tus ojos se adapten a la luz, verás las marcas en las rocas, montones de hojas aplastadas, marcas de resbalones en el lodo.

Huellas.

Otros han estado aquí antes y tú estás siguiendo sus pasos. Te preguntas cuántos te han precedido, qué caminos tomaron, a dónde fueron y qué encontraron. Y así sigues caminando…

Ten cuidado mientras caminas. Evita las sombras, mantente lejos de las criaturas que acechan allá adentro. No escuches sus voces, los susurros persistentes que permanecerán en tu mente. Más bien, permanece en el camino, sigue tu corazón y déjalo conducirte a los otros, como ellos serán conducidos a ti.

Goldie

Quería ser distinta, especial, excepcional. No cabe duda de que todos se sienten de la misma forma, excepto las siete personas en este planeta que son felices exactamente como son. Yo no. Quería ser extraordinaria desde que tuve la edad suficiente para saber que no lo era. Supongo que por eso me gustaba tanto dormir, porque en mis sueños era espectacular. Volaba, exhalaba fuego, me volvía invisible. Movía objetos con la mente, escuchaba los pensamientos de la gente, me transportaba de un lugar a otro en un abrir y cerrar de ojos.

Me veía distinta. No era hermosa. Al menos nunca nadie me lo dijo. No me importaba. No me importaba no ser bonita como

Juliet du Plessi, quien se sentó en mi mesa de lectura, aunque en realidad nunca le interesaron los libros. No necesitaba ser bonita porque tenía mi mente. Mis pensamientos. Siempre podría esconderme en mi propia cabeza. Un poco como François, quien siempre supo las respuestas a preguntas que ni siquiera nuestros profesores conocían. Por lo general, yo también las sabía, aunque, a diferencia de François, nunca levanté la mano.

En mis sueños, a veces usaba mis poderes mágicos para el bien; otras, para el mal. No importaba, ya que nunca nadie resultó herido en mis sueños. Eso a veces era un alivio; otras, una pena. Por la noche mutilaba a mi padrastro de formas elaboradas e inventivas. Todas las mañanas él permanecía, para mi decepción, indemne. Otra razón por la que ir a dormir era mi momento favorito era que despertar era el peor.

Scarlet

Pasó un tiempo antes de que Scarlet se diera cuenta de que la observaban; su madre la miraba con curiosidad, de reojo. Scarlet bajó la mirada y notó que las yemas de sus dedos estaban requemadas, como si las hubiera expuesto por mucho tiempo al sol. Pero aquel fue un silencioso día inglés, lo suficientemente cálido para sentarse en la hierba y recoger margaritas, pero demasiado frío para quitarse el abrigo. Scarlet llevaba un chaleco de algodón bajo su vestido, pero de algún modo los pétalos de la margarita que sostenía estaban chamuscados.

—¿Qué hiciste?

Scarlet no miró a su madre a los ojos.

—Nada.

—Entonces, ¿por qué…?

—Solo sucedió —protestó Scarlet, y sintió que la ira de su madre, siempre dispuesta a encenderse, estaba comenzando a hacerlo.

—Yo… yo no hice nada.

Los ojos de Ruby Thorne se entrecerraron.

—Como cuando «no» inundaste el baño. O quemaste mi blusa favorita, la única de seda. O cambiaste el azúcar por sal ayer que horneé los rollos de canela.

Scarlet abrió la boca para volver a protestar, luego la cerró. ¿Qué podía decirle? Ella había hecho esas cosas. Aunque no había abierto la llave, empujado la plancha o tocado la lata de azúcar, Scarlet sabía que era responsable. Cómo, o por qué, no podía explicarlo, pero cosas extrañas sucedían a su alrededor. Y, después de siete años de esos acontecimientos, había llegado a aceptar que así era.

—Lo siento… —Tocó los pétalos de la margarita. Su madre se enojaba más cuando Scarlet afirmaba no saber cómo habían sucedido estas cosas. Era mejor simplemente confesar y aceptar las consecuencias—. Yo, eh… —Se jaló el cabello y lo giró lentamente para hacerse un rizo en la nuca—. Estaba jugando con una lupa… la profesora Dixon nos habló sobre quemar cosas con…

Su madre gruñó, sacudiendo la cabeza.

—¿Qué diablos enseñan en las escuelas hoy en día? Es una educación inadecuada para niños de ocho años. Yo no…

—Siete, mamá —murmuró Scarlet—. Todavía tengo siete años.

—Claro. Aún peor, ¿no crees?

Scarlet también sacudió la cabeza, sorprendida de que su madre hubiera aceptado una mentira ilógica en vez de una verdad improbable. Ahí estaban, sentadas en el jardín sin una lupa a la vista, pero Ruby Thorne creía esa explicación. Y ya antes había creído peores mentiras.

A pesar de tener una madre racional, Scarlet era una niña que rezaba para que algún tornado se la llevara a Oz, que había volcado varios guardarropas en busca de Narnia y echado a perder varios jardines por cavar hoyos en el pasto para encontrar el País de las

Maravillas. Ruby no creía en ninguna de estas cosas y no le gustaba que su hija creyera en ellas. Por eso Scarlet había aprendido a callar sobre sus aventuras y, de hecho, sobre todo lo demás.

Ruby se puso de pie y sacudió de su falda cualquier insecto o pedazo de hierba lo suficientemente impertinente para adherirse al algodón.

—Vamos. Tu abuela quizá necesite una mano con la locura de la tarde del té —dijo—. Todas esas viejecitas clamando por pastelitos.

—¿Qué es *clamar*? —preguntó Scarlet, mientras se impulsaba desde el suelo.

Pero su madre ya andaba a zancadas al otro lado del jardín, a medio camino de la casa. Después de mirar con desánimo la margarita carbonizada, Scarlet corrió tras ella.

Liyana

—Tengo algo especial que mostrarte.

Liyana volteó para ver a su mamá, que estaba sentada en el sofá. En su regazo sostenía una pequeña caja de madera tallada, pintada de blanco. Liyana supuso, por la forma en que Isisa la sujetaba, que era una caja valiosa.

—¿Qué? —Liyana abandonó su libreta, los borradores incompletos sobre árboles blancos que dejan caer hojas blancas, en la mesa de centro. Su mamá la cargó sobre su regazo.

—Te lo mostraré —dijo—, pero no puedes decírselo a nadie.

Liyana lo pensó un segundo.

—¿Ni siquiera a *Nɔɖi*?

—Tía —la corrigió su madre—. Y no. Menos a tu tía Nya.

Liyana asintió. No le preguntó a Isisa por qué. Nunca preguntó por qué. No preguntó por qué una noche dejaron Ghana para viajar a Londres y nunca irse de ahí. No preguntó sobre su padre; ni su nombre, su paradero o si estaba vivo o muerto.

Erguida e inmóvil, Liyana esperaba sobre el regazo de su madre. Sintió un secreto a punto de salir de sus labios. Y, ya que Isisa Chiweshe guardaba muchos secretos, pero rara vez, si es que alguna vez, los revelaba, esto era todo un acontecimiento. La emoción crispó las yemas de los dedos de Liyana.

—He querido mostrarte esto durante mucho tiempo, *vinye* —dijo su madre—. Pero tuve que esperar hasta que tuvieras la edad suficiente.

Liyana la miró, alzando la cabeza.

—Pero solo tengo siete años.

—Quizá.

Liyana frunció el ceño.

—Bueno, sí, supongo que eso es cierto —le concedió Isisa—, si estás contando en años. Pero estás mucho más avanzada que la mayoría, recuérdalo.

Liyana no sabía qué responder, así que no dijo nada.

—Sentémonos en el suelo. —Bajó a Liyana a un lado y se deslizó desde lo profundo del sofá, se quitó los zapatos de piel de serpiente y acomodó los pies debajo de la mesa de centro. Liyana la siguió.

—¿Estamos jugando un juego, *Dadá*? —preguntó Liyana, cuando su madre abrió la caja y, con la misma delicadeza con la que levantaría de su cuna a una bebé recién nacida, sacó una baraja.

—No del todo —dijo Isisa. Sostuvo las cartas entre sus palmas durante un rato, luego comenzó a barajar. Murmurando un secreto inaudible en voz baja, Isisa sacó lentamente tres cartas del mazo y las colocó boca abajo en la mesa de centro, junto al dibujo de Liyana—. Y deja de llamarme así. En Inglaterra soy «mami». Recuérdalo.

—¿Burro castigado? —dijo Liyana, esperanzada. Su mami rara vez permitía juegos, a menos que tuvieran fines educativos.

—No. —Isisa descartó la sugerencia con un movimiento de su muñeca—. Estas cartas son especiales. Si les haces preguntas, te darán respuestas.

—¿Acerca de?

—Acerca de todo.

—Pero ¿cómo? —preguntó Liyana—. Si no pueden hablar, ¿cómo responden?

—Ellas no hablan como nosotros —dijo Isisa—. Tienes que escuchar… distinto.

Liyana intentó darle sentido a esto. Pero no pudo, así que tuvo que preguntar.

—¿Cómo?

Su mami se inclinó hacia adelante para voltear la primera carta.

—Con tus ojos, no con tus oídos.

Liyana también se inclinó hacia adelante, mirando la imagen en la carta: un hombre y una mujer encadenados por los tobillos. La mujer vestía elegantemente, con seda y piel. El hombre estaba desnudo, su piel verde, sus ojos rojos, su cabello formando cuernos, sus pies en forma de pezuñas. La mujer se alejaba, pero él la miraba, como si quisiera algo que ella no le quería dar. Entonces, Liyana comenzó a llorar.

—¿Qué pasa, niña? ¿Por qué lloras?

—No, no quiero, no quiero saber —murmuró—. No pregunté. No, no…

—¿Qué no quieres saber?

—Es peligroso, Da… mami —dijo Liyana—. Él te va a lastimar. Te…

—No seas tonta, Ana —la calló Isisa—. El Diablo no es real, es solo un símbolo.

—¿Qué es un símbolo? —preguntó Liyana.

Isisa frunció el ceño.

—¿No lo sabes?

—Por supuesto que sí —dijo Liyana, aunque en realidad no lo sabía—. Yo solo…

—Bien. —Isisa le dio un abrazo tranquilizador a su hija—. Y no te preocupes, el Diablo no significa lo que tú piensas. Mira…

—Estiró la mano por encima de Liyana para voltear las otras dos cartas.

Todavía sollozando, Liyana las miró desde abajo del brazo de su madre.

El Seis de Copas: una mamá sirena con su hijo tritón, que sostenía un jarrón de flores y estrellas para su mamá. Esta carta animó un poco a Liyana. Pero después se dio cuenta de que La Torre era incluso más inquietante que El Diablo. Ahí soplaba un viento gris, una alta torre de piedra se derrumbaba junto a un árbol desnudo, y un hombre y una mujer caían hacia la muerte desde sus ventanas.

Sintió que su mami se tensaba. Y aunque Isisa no dijo nada, ni entonces ni después, Liyana sabía que sus miedos se estaban confirmando. Incluso cuando su mami dejó las cartas a un lado y cambió el tema por completo, Liyana sintió una turbación que pesó en el aire durante los próximos días.

A la semana siguiente, Liyana se metió en el dormitorio de su mami varias veces. Barajó el mazo lo mejor que pudo, después eligió tres cartas. Pero no importaba cuántas veces barajara o cuántas veces eligiera, las tres cartas eran las mismas. Siempre. A veces aparecían en orden diferente. Pero siempre contaban la misma historia.

Bea

—No quiero.

—Anda —dijo su mamá—. No seas un gatito asustadizo.

—No lo soy —dijo Bea—. Simplemente, no quiero.

Con un suspiro, Cleo recogió la piedra y la rompió contra el caracol. Bea se estremeció al oír el crujido. Su mamá levantó la roca para revelar los restos aplastados: el caparazón astillado, el cuerpo suave y pegajoso que ahora rezumaba a través de la losa.

Bea quería pedirle perdón al caracol porque no había hecho nada que mereciera una agresión tan a sangre fría. Había sido sacrificado en el altar de práctica, fue una lección para una mayor crueldad futura.

—No seas tan aprensiva, niña —dijo Cleo, mientras removía el largo pelo de su cara—. Ese es el punto. No hacemos esto sin razón. Necesitas endurecerte. Si no puedes aplastar un caracol, ¿cómo matarás a un ciervo o cazarás a un hombre? ¿Cómo estarás lista para lo que está por venir?

Bea asintió. Sabía lo que vendría: era el tema favorito de Cleo, del que podía conversar por horas, pero Bea no quería hablar de eso. Se preguntó qué pensaría su abuela, a quien solo le gustaba abrazarla y alimentarla, acerca de cómo su nieta pasaba la tarde del domingo, o lo que dirían sus amigos de la escuela. Cuando la profesora Evans le preguntara a la clase cómo habían pasado su fin de semana, Bea dudaba que alguien respondiera que asesinando moluscos. ¿Por qué no podía su mamá llevarla de compras a Selfridges, como la mamá de Lucy, o a lecciones de ballet, como hacía la mamá de Nicky Challis?

Bea no podía confiar en su propia mamá para ninguna de esas dos actividades. Estando a sus anchas en los grandes almacenes, a Cleo incluso la habían expulsado por sus dramáticas exhibiciones en público, en las que involucraba a parejas elegidas al azar a las que pretendía separar fingiendo tener una aventura con una u otra de las partes. También la expulsaron de las clases de ballet, para evitar que lanzara comentarios en voz alta sobre la mirada masculina y la autocensura femenina. Bea había aprendido esto por cuenta propia cuando rogó por lecciones de ballet a los cinco años; cuando su mamá finalmente accedió, se dedicó a repartir a las otras madres copias de *Cómo odiarse a sí misma para conseguir una talla seis*, un libro de autoayuda irónico que ella misma había escrito y publicado en una pequeña editorial feminista.

—Crees que la compasión es una virtud —le dijo su mamá—. No lo es. En una guerra, ¿crees que los compasivos sobrevivirían? ¿No piensas que serían eliminados por los despiadados, los de sangre fría y los degolladores? ¿Entiendes? Los animales no sufren por nada de esto. La naturaleza es «roja de dientes y garras», recuérdalo.

—Sí, mamá —dijo Bea, mirando hacia abajo al caracol untuoso y muerto—. Pero ¿por qué tengo que pelear una guerra? ¿Por qué no puedo simplemente vivir como otras personas y...?

Las facciones de halcón de su mamá se afilaron y clavó su mirada sobre Bea con ojos furiosos.

—Porque, gracias al diablo, tú no eres normal —dijo—. Has nacido con habilidades y fortalezas inalcanzables para los simples mortales. ¿Y cómo vas a utilizar esos talentos únicos? ¿Los desperdiciarás? ¿O apoyarás la gran misión de tu padre de purificar la raza humana?

Cleo le entregó la piedra a Bea.

—Vamos, niña, basta de quedarse mirando.

Bea sostuvo la piedra por encima de la siguiente víctima, que hacía un intento demasiado lento por liberarse, atravesando las losas de piedra de la terraza. Se le quedó viendo, como si estudiara el largo rastro de baba que el caracol en retirada dejaba a su paso.

—¡Por amor al... demonio! —Cleo extendió la mano para pellizcar la barbilla de su hija con el índice y el pulgar—. Nos quedaremos aquí hasta que lo hagas, así que bien podrías hacerlo de una vez.

—¡Ay! —Bea se retorció—. Detente, eso duele.

Su mamá apretó más fuerte.

—Hago esto por tu propio bien. No querrás estar desprevenida cuando venga La Elección, créeme.

Bea apretó los dientes, mirando a su mamá, pensando en lo engañosamente hermosa que era: mitad española, mitad colombiana. Nadie hubiera adivinado la crueldad que ocultaba dentro.

—No estaré ahí para protegerte, niña. —Cleo soltó a su hija—. Tendrás que luchar por ti misma. —Bea no dijo nada—. Por eso necesitas endurecer tu corazón desde ahora. Si no puedes matar un caracol, entonces ¿cómo vas a matar a un hombre?

—Sigo sin entender por qué debo matar a un hombre —dijo Bea—. ¿Cuál es el punto? Si somos hijas de mi padre y ellos sus soldados, ¿por qué nos hace pelear entre nosotros? Yo no…

Cleo hizo un gesto con la mano, como si la inevitable matanza de hijas o soldados no importara.

—Porque él quiere que solo los más fuertes se unan a su ejército, por supuesto. Es una prueba, como una entrevista de trabajo. ¿Entiendes?

Bea asintió. No porque entendiera, sino porque estaba harta de todo y ya no deseaba oír sobre el tema nunca más. Quería ser adulta para tomar sus propias decisiones sobre su vida. Entonces, ante aquel discurso alarmante de su mamá, Bea anhelaba su décimo octavo cumpleaños como un prisionero espera la libertad condicional.

Leo

—¿Qué pasa después de que morimos?

—No sé —dijo su madre—. Algunas personas piensan que pueden ir al cielo. Otras creen en la reencarnación, pero la mayoría no cree en na…

—¿Qué es la reencarnación? —preguntó Leo.

—Es la creencia en que vivimos muchas vidas. Que, después de morir, nuestra alma nacerá una y otra vez. —Su madre sonrió—. De hecho, cuando eras pequeño, poco después de que aprendiste a hablar, solías decirme que habías vivido antes.

Leo se sentó y se quitó las mantas.

—¿Lo hice?

—Oh, no, jovencito —dijo su madre, metiéndolo a la cama de nuevo—. No volveré a caer en ese viejo truco. Es hora de ir a la cama.

—Por favor, mamá —gimió él—. Por favor, cuéntame, solo por cinco minutos. Por favor…

Su madre suspiró.

—Muy bien, pero después se apagan las luces, ¿okey?

Leo asintió.

—Lo prometo.

—Bueno, cuando tenías unos tres años solías contarme de tu otra vida como estrella.

Leo frunció el ceño.

—¿Una estrella?

Su madre asintió.

—Hablabas con mucha seriedad acerca de ello y me dabas muchos detalles. Respondías a cada pregunta que te hacía. Me dejabas muy impresionada.

—¿No pensabas que estaba loco?

—No, solo pensaba que eras un excelente narrador. Pensaba que algún día podrías convertirte en escritor. —Su madre se inclinó para besarle la mejilla—. A veces todavía lo pienso —dijo, bajando la voz a un susurro—. Pero no te preocupes, no se lo diré a tu padre.

4 de octubre
28 días...

2:58 a. m., Leo

Leo ha sido soldado desde que cayó a la Tierra. Lo encontraron con la forma de un niño (aparentemente) humano, llorando desnudo bajo un roble en Hampstead Heath. Como era bello, hermoso, brillante y blanco, Charles Penry-Jones y su esposa lo adoptaron rápidamente. Así que Leo tiene una doble identidad: como la privilegiada progenie de un empresario millonario y como soldado. Interpreta ambas partes de manera brillante porque eso es lo que esperan de él, y él nunca lo ha cuestionado. Como Penry-Jones Junior, estudia Derecho en Cambridge y se espera que se gradúe con las mejores calificaciones. Como un soldado estrella, ha luchado y eliminado a cada chica Grimm que se le ha presentado. A la fecha, nunca ha perdido una pelea.

Durante casi seis años, desde que entró por primera vez a Everwhere, ha vivido estas vidas paralelas y, durante todo ese tiempo, no ha cuestionado los méritos o la moralidad de ninguna de ellas. Sin embargo, se ha dado cuenta de que piensa en su objetivo más reciente de manera distinta a la forma fría y calculadora en que debería hacerlo. Y entre todos estos pensamientos, Leo comienza a preguntarse si, de tener la opción de elegir, habría decidido luchar esta batalla.

Ahora sabe por qué pensó que ya había visto antes a Goldie. El parecido es bastante sorprendente. De hecho, es una sorpresa que no se haya dado cuenta de inmediato. Goldie es más hermosa, aunque no parece saberlo. Y, naturalmente, mucho más poderosa, aunque tampoco parece darse cuenta.

Estas cavilaciones sobre Goldie no le impedirán cumplir con su deber cuando llegue el momento. Ya antes ha sentido atracción por alguna chica Grimm, pero eso no lo detuvo. A Leo le gustan bastante las mujeres, aunque nunca ha amado a ninguna. Lo cual es una suerte, en vista de lo que se le pide que haga con ellas. Es cierto que nunca había sentido tanta atracción por una antes, y se pregunta el motivo de la atracción por ella cada día más profunda. A todas luces, ella está extraordinariamente dotada, incluso para una Grimm, aunque tampoco lo sabe, todavía no. Pero es más que eso. Leo siente curiosidad. Quiere conocerla. Quiere escuchar todos sus secretos, está seguro de que ella tiene bastantes. Quiere escuchar, quiere hablar. Quiere decirle a Goldie cosas que nunca ha dicho en voz alta. Lo cual es extraño. No se ha sentido así desde que era niño. Y ha conocido a muchas personas hermosas en todos estos años, en este mundo y en el otro, por quienes siente cariño, incluso admiración, pero nada más. Entonces, ¿por qué sería diferente con ella?

7:32 a. m., Goldie

A diferencia de lo que suelo hacer, estoy en el tercer piso, limpiando el hotel de arriba abajo. A Garrick no le importará, ni siquiera se dará cuenta, mientras siga ocupado con Cassie en su oficina.

He trabajado en el Hotel Fitzwilliam durante nueve meses y he desarrollado una especie de sexto sentido sobre sus huéspedes. Puedo decir, con un vistazo a sus habitaciones, qué hábitos tendrán: cuándo entrarán o saldrán, si se despertarán temprano o seguirán fuera hasta tarde, si serán limpios o sucios. Los de la familia francesa de la habitación 38 son madrugadores, turistas, salen a almorzar, cenan a las seis, luego van directamente a la cama.

Entonces, cuando llamo a su puerta, sé que nadie responderá. Empujo mi carrito al interior y dejo la puerta abierta detrás de mí. La familia francesa es pulcra y limpia; la mayoría de la gente con hábitos matutinos lo es. No lleva mucho tiempo cambiar sus sábanas, reemplazar sus toallas, quitar el polvo, aspirar y lavar. Un denso pero delicado aroma a madreselva flota en el baño y, cuando termino de limpiar, levanto la pesada botella y rocío el aroma sobre mi piel, en las muñecas y el cuello. Hago una pausa para acariciar las hojas de la orquídea blanca junto al lavabo de mármol, murmurando un poco de poesía a sus pétalos.

Luego me dedico a mi verdadero trabajo. La ropa del niño no está colgada en el armario, sino apilada con cuidado en su maleta. No posee múltiples versiones de la misma prenda, pero todo lo que tiene, desde calcetines hasta camisas, es de la más alta calidad. Dejo pasar, a regañadientes, una suntuosa chamarra de lino azul marino, forrada de seda, con un escudo y una corona cosidos en hilo dorado en el bolsillo. Teddy adoraría esta cosa, pero tomarla es demasiado arriesgado. Cualquiera armaría un escándalo por la pérdida de algo así. Debo ser rápida, así que selecciono tres pares de calcetines de seda y una camisa de algodón a rayas. Los meto en mi delantal, echo una última mirada a la habitación, después arrastro mi carrito por la alfombra hasta la salida y cierro la puerta.

Mientras empujo mi carrito por el pasillo, miro hacia un reloj en la pared: 11:11 a. m. Sonrío. Suena tonto, pero siempre que veo esta hora, sea de mañana o de noche, siento que es una señal. ¿De qué? No estoy segura. Un consuelo, un recordatorio de que podría haber más en la vida. No hablo de magia. Yo no creo en la magia, pero creo que las cosas no están tan dadas como la mayoría de la gente cree. Me pasa a las 11:11 porque esa es la hora exacta en que nació Teddy. Hace casi diez años. En el piso de nuestra sala. Su parto duró menos de dos horas; su repentina aparición tomó a Ma por sorpresa. Más tarde, en el hospital, me miró por primera vez con sus ojos azules, no azul agua como los míos, sino un brillante y hermoso azul aciano, sin parpadear.

Cuando el reloj marca las 11:12, sigo. Y dado que no estoy prestando atención, empujo mi carrito derecho hacia Leo.

—Mi-mierda, lo siento —le digo—. ¿Te lastimé? Lo siento...

Me sonríe como si fuera una situación divertida.

—No —responde—. Estoy bien.

—Estupendo. Gracias a Dios por eso. Si me demandaras, y-yo… acabaría totalmente jodida. —Lo miro, un poco horrorizada—. Lo siento, no quise ser tan…

—No te preocupes —me interrumpe antes de que pueda quedar completamente en ridículo—. No te demandaré.

—Gracias.

Sigo mirándolo, aunque ya me he quedado sin palabras. Y ahí está de nuevo, con la apariencia de estar fuera de lugar, como si perteneciera a otra parte. Hoy no me recuerda a un abedul plateado, sino a un raro pino huyoco, arrancado de Utah y replantado en este elegante invernadero de hotel.

Lo miro. Me mira de vuelta. Su mirada es extraña, diferente, lenta e íntima, como si me conociera demasiado bien. Como si supiera lo que he estado haciendo, como si supiera todo lo que he hecho alguna vez. Espero que no. Su mirada está inquieta, pero, curiosamente, no me asusta. Es íntima, sí, pero no invasiva. Como una ofrenda en un altar. Un regalo entregado sin pedir nada a cambio.

Al final asiento con brusquedad, bajo la mirada y empujo mi carrito, sus ruedas antiguas se arrastran a través de la espesa alfombra. Probablemente sea mi imaginación, pero siento que su mirada se queda sobre mí mientras me alejo, tan cerca y cálida como si hubiera colocado su palma con suavidad en mi espalda.

8:31 a. m., Scarlet

—Hola, Walt.

—Hola, Scarlet. —Walt se detiene en el mostrador—. ¿Debo seguir derecho?

—Sí. —Scarlet asiente—. Tengo un lote de brownies enfriándose en la cocina; ¿tienes ganas de comer algo antes de empezar?

El electricista sonríe.

—Sería fantástico, gracias.

Cuando Scarlet regresa unos minutos más tarde, con dos brownies y una taza de té, Walt ha sacado una silla de la mesa donde está sentada su abuela y dice algo para hacer sonreír a Esme. Scarlet podría besarlo por eso, pero piensa que los productos horneados y la pequeña fortuna que le está pagando (90 libras por venir, 120 por hora de mano de obra, 365 por el material, más impuestos) para arreglar su lavavajillas son un pago más que suficiente. La maldita cosa, por supuesto, esperó a que pasaran dos meses después de que expirara la garantía para descomponerse.

Suena la campana que está colocada sobre la puerta. De pie, tras el mostrador, Scarlet levanta la vista para saludar al primer cliente del día, pero las palabras permanecen sin salir, atoradas con torpeza en su boca abierta. Mira al hombre caminar hacia ella. Se mantiene tan erguido y quieto que parece deslizarse a través de las tablas del suelo. Sus ojos son de un azul sorprendente, su cabello negro cae en rizos sobre sus orejas. Cuando extiende la mano, Scarlet cree escuchar a Esme jadear. O quizá es ella misma.

—¿Supongo que usted es la propietaria de este magnífico establecimiento?

Su voz es profunda, suave. Scarlet logra asentir levemente. Ella pensaba que Walt estaba bien, pero no era del tipo que ella miraría dos veces al pasar. Pero este hombre es de los que hace que las mujeres se detengan en la calle para contemplarlo. Ella sujeta su mano extendida.

—Soy Eli —dice—. Ezekiel Wolfe. Mis amigos me llaman Eli.

—Scarlet —dice, olvidando momentáneamente su apellido.

—Es un placer conocerte, Scarlet.

Vuelve a deslumbrarla con su sonrisa y ella se siente embrujada, atraída. Como esas tenaces polillas suicidas que chocan sus cuerpos contra luces brillantes hasta que mueren.

Cuando Ezekiel Wolfe comienza a retirar la mano para terminar el saludo, Scarlet mira hacia abajo y ve chispas en la punta de sus dedos. Chispas reales, como de un encendedor antes de que prenda una llama. «Imposible». Parpadea y las chispas desaparecen.

—Estoy haciendo una visita de cortesía —dice Eli—. Mi empresa va a abrir una nueva sucursal en esta calle.

—Ah —dice Scarlet distraída, pensando que debió imaginar que de eso se trataba.

Él asiente con la cabeza, dudando por un segundo o dos.

—Es una sucursal de Starbucks.

Scarlet le suelta la mano.

8:57 a. m., Liyana

Cuando Liyana se hunde en una bañera de agua caliente y perfumada, siente algo que se acerca a la felicidad. Si solo pudiera quedarse así por una hora. No llega a equipararse con la alegría de nadar en la piscina, pero al menos no le produce el mismo dolor momentos después. El húmedo calor del baño permea la soledad que ha impregnado su piel desde que murió su madre. Ella no tiene derecho a sentirse tan sola, tiene novia, buenos amigos y a su tía Nya. Sin embargo, cuando su madre murió, Liyana sintió que había perdido mucho más que a su única progenitora. Era como si Isisa Chiweshe, reacia a dejarla ir, hubiera arrebatado una parte esencial de su hija y se la hubiera llevado a la otra vida; dejando a Liyana con una eterna necesidad de buscar hasta encontrar esa pieza faltante. La misión es aún más difícil porque no sabe qué está buscando.

Liyana se sumerge y mira cómo las burbujas que provoca su aliento revientan en la superficie.

Un golpe en la puerta. Una voz apagada.

—¿Puedo pasar?

Liyana envuelve los dedos alrededor de la fría porcelana y se retira a regañadientes del agua tibia. Las gotas brillan en su cabello, ocho centímetros de afro saltando libremente en el aire.

—Adelante.

La puerta del baño cruje al abrirse y la tía Nyasha se desliza a través del suelo de mármol tibio, todavía en pantuflas y bata de seda, para posarse al borde del retrete.

Su tía, de ojos grandes, labios carnosos y cabello retorcido en un intrincado laberinto de trenzas, como un elaborado tatuaje grabado en el cuero cabelludo, es innegablemente radiante, pero esta mañana está apagada.

—¿Qué pasa? —pregunta Liyana, impaciente por sumergirse de nuevo.

Nyasha mira con atención las pantuflas en sus pies.

—Hay algo…

—¿Sí?

—Bueno, *vinye.* —Nyasha juguetea con la tapa de la botella de champú de Liyana—. Estoy en… bueno… es un poco complicado.

Liyana reprime un suspiro, anhelando el silencio y la quietud de nuevo.

—¿No puede esperar hasta el desayuno? No tardaré.

Nyasha asiente, pero no se mueve.

—De acuerdo. —Liyana se hunde bajo el agua, aunque deja sus rodillas y pezones aún expuestos al aire frío.

De un manotazo, su tía tira la botella del borde de la bañera, que cae rodando detrás del retrete.

Liyana se levanta.

—Muy bien, ¿qué está pasando?

—Estoy… financieramente, estamos…

—Ya, escúpelo.

Su tía respira hondo.

—Estamos en quiebra.

Liyana frunce el ceño.

—Una perspectiva interesante... Creo que la mayoría de la gente diría que somos indecentemente ricas. —Nyasha se inclina, pone las manos sobre sus rodillas, buscando la botella de champú—. ¿Nya? —Su tía mira hacia arriba, botella en mano—. ¿A qué te refieres exactamente con «quebradas»?

—Significa que no tenemos dinero.

Liyana entrecierra los ojos.

—Sí, sé lo que significa. Solo que no entiendo por qué lo dices.

Nyasha vuelve a sentarse en el retrete y devuelve la botella a su lugar en el borde de la bañera.

—Lo digo porque mi contador acaba de llamar para decírmelo, y al parecer es cierto.

—¿Qué? No, eso no puede... —Liyana anhela sumergirse de nuevo para esconderse bajo la quietud del agua—. ¿Cómo es que...? No podemos estar... Esta casa por sí sola debe valer una fortuna.

—Lo vale. —Nyasha hace círculos con uno de sus pies, metido en su respectiva pantufla—. Esa es la razón por la que, eh, la volví a hipotecar hace un tiempo.

—¿Hiciste qué? ¿Por qué?

—Bueno, parece que nosotras... eh, hemos estado... viviendo un poco más allá de nuestras posibilidades.

—¿Sí? —Liyana se siente tentada a oponerse al uso que hace su tía del plural, pero decide dejarlo ir—. Continúa.

Su tía no mira hacia arriba.

—Estamos, eh, un poco endeudadas.

—¿Cuánto? —Su tía, siempre tan fornida, tan serena, una roca alisada que toma la forma que le da el océano durante mil años, ahora parece como si de repente estuviera desmoronándose. Liyana murmura—: ¿Nya?

Finalmente, Nyasha se encuentra con los ojos de su sobrina.

—Una vez que vendamos la casa... Después de eso, será un poco menos de, eh... seiscientas ochenta y seis mil libras, más o menos.

Liyana se sienta tan rápido que el piso del baño se empapa de agua jabonosa. Mira a su tía, incapaz de responder.

—Lo siento, *vinye.* —Nyasha vuelve a observar sus pies—. Yo... me descarrié un poco cuando el que no debe ser nombrado me dejó por esa... niña. Podría haberlo superado, bueno, parece que yo...

—¿Qué? ¡Escúpelo!

Nya tose.

—Bueno, supongo que canalicé mis sentimientos... reprimí mis sentimientos con un poco de… —aprieta su bata— apuestas.

Un rubor de vergüenza colorea sus mejillas.

—No, *Nɔḏi.* ¿En serio?

—Pensé que podía arreglarlo, no quería preocuparte. Lo intenté, pero yo... —Los ojos de su tía se humedecen—. Nunca debí haber firmado aquel acuerdo. Fue monumentalmente ingenuo de mi parte. Pero pensé… pensé que esta vez...

Cuando Liyana era niña, se sentía tan frágil como un vidrio quebradizo, listo para romperse con un toque. La estoica solidez de su tía, que la había acogido bajo su protección, no lo había permitido. Ahora Liyana es la adulta y su tía la niña. Quiere extender la mano y secar las lágrimas de Nya, pero también quiere abofetearla. Luego se da cuenta de algo más.

—Pero… estoy por empezar en Slade... —Liyana se siente como si se resbalara por el agua—. El semestre comienza pronto, en menos de tres semanas. Yo, yo...

Estudiar en Slade, posiblemente la mejor escuela de arte en Inglaterra, ha sido todo lo que Liyana ha querido desde que tenía catorce años, ya que ese ligamento desgarrado le arrancó el sueño olímpico. Nyasha asiente de forma apenas perceptible.

—Lo sé, *vinye,* lo sé. Está bien, lo pospondremos... Les escribiré, les explicaré. Estoy segura de que pueden darle una prórroga a tu admisión, mientras nosotras conseguimos el financiamiento, y podrás empezar dentro de un año.

Liyana mira a su tía, incrédula.

—No quiero esperar otro año. Estoy lista, tengo tanto que… Necesito comenzar ahora.

—Lo sé, lo sé —dice su tía, afligida—. Pero las cuotas, no podemos costearlo...

—¿Y si no aceptan? —Liyana comienza a temblar, el agua se pone helada de repente—. ¿Y si no me dan prórroga? ¿Entonces qué?

—Lo harán. Por supuesto que lo harán —dice Nya—. Todo está bien. Va a estar bien, Ana. Tengo una idea, solo...

—¿Qué? —Liyana chasquea—. ¿Vas a conseguir un trabajo?

—Bueno... —Su tía se muerde el borde de la uña del pulgar—. Sí, claro que estoy en eso, pero también estaba pensando...

—¿Qué?

—Bueno... En el matrimonio.

Liyana deja escapar una carcajada, haciendo ondas a través del agua, que está más caliente ahora.

—¿Vas a casarte de nuevo?

—*Nye me nya o* —murmura su tía—. *Ao...*

—En inglés —dice Liyana—. Lo sabes…

—Bueno, no. No exactamente... —Nya pierde la palabra en los pliegues de su bata—. Yo estaba, eh, pensando que tal vez podrías ser tú.

Liyana mira a su tía.

—¿Qué?

—Bueno…

—¿Hablas en serio?

—Espera, déjame...

—Tengo que salir. —Liyana se pone de pie, haciendo ondas sobre el borde de la bañera y salpicando los pies de su tía—. El agua está helada.

Toma su toalla del radiador y camina hacia la puerta. A su paso, el silencio ocupa la habitación como una inundación repentina.

6:32 p. m., Bea

—¿Crees en el libre albedrío?

Cuando Bea levanta la vista de *Lógica y conocimiento* ve al otro lado de la mesa a un estudiante que la mira, sentado. Es rechoncho, barbudo y tiene esperanza en los ojos.

—No hables —le responde, luego vuelve a su libro.

El estudiante tose. Bea lo ignora y se concentra en Russell. Tose de nuevo.

—¿Qué? —sisea Bea.

—¿Sí crees?

—No, no creo en el libre albedrío —dice Bea en voz alta, lo que provoca miradas desaprobatorias de varios estudiantes sentados a lo largo de la misma mesa larga—. O sí, sí creo. ¿Qué quieres escuchar?

—Lo primero —dice él, peinando con rapidez su barba—. Pensaba que tal vez... si creyeras en el predeterminismo podrías...

—¿Podría qué?

Le responde hablando en un susurro.

—¿Podrías ir a tomar un café conmigo después de que hayas terminado tu cita con Russell?

Bea le frunce el ceño, molesta. Su expresión se vuelve furiosa una vez que se da cuenta de lo que está intentando decir.

—Esta es, sin duda, la frase más pretenciosamente ridícula que me han dicho —responde—. Y no, no creo en el destino. Así que no.

Él parece abatido, pero luego sonríe.

—Bueno, yo sí. Así que espero que nuestros caminos se vuelvan a cruzar.

Bea le devuelve la sonrisa, la que tiene reservada para los libidinosos.

—Sí, qué bueno que mantengas las esperanzas —le susurra—. Ya veremos qué te depara el destino entonces.

Hace más de una década

Everwhere

Sales de un claro, donde las piedras dan paso a una espesa alfombra de musgo que se hunde gratamente bajo tus pies. Avanzas y el musgo vuelve a brotar. Dejas de caminar para mirar los árboles que flanquean este espacio oculto, tan estrecho que el dosel que se forma con ramas y hojas enlazadas no deja ver el cielo. Y en ese momento, mientras escudriñas la oscuridad, el espacio se torna más brillante: las sombras retroceden, los sonidos se detienen, el aire se queda quieto. Poco a poco la niebla retrocede y la bruma se disipa. Las venas de las hojas brillan plateadas a la luz de la luna.

También notas que te sientes más ligero. Empiezas a darte cuenta de que cada uno de tus sentidos se agudiza. Ves el rastro de las sombras mientras se alejan, hueles el olor menguante a turba y leña del humo de la hoguera, escuchas la llamada de un pájaro a la distancia y sabes, sin saber cómo, que es un cuervo. El batir de sus alas perturba el aire mientras toma vuelo. Te acercas para tocar el árbol más cercano y te das cuenta de que las yemas de tus dedos están trazando los surcos de la corteza incluso antes de llegar al tronco. Sientes el sabor del rocío en tu lengua, aunque no has abierto la boca: tierra mojada y sal.

Te sientes despejado. Te das cuenta de que sabes las respuestas a las preguntas que te has hecho durante semanas, tienes soluciones para problemas que te han atormentado durante meses. Te sientes tranquilo. Tus ansiedades, hasta ahora bien alimentadas, se desmoronan y se disuelven hasta hacerse polvo. Estás contento. Las heridas violentas se suavizan y se desvanecen, sin dejar cicatrices por dentro o por fuera. Te detienes y respiras el aire lunar, lenta y constantemente, hasta que ya no distingues tu aliento de ese aire. Hasta que ya no sabes dónde terminas tú y dónde empieza el bosque.

Goldie

Siempre tuve sueños vívidos y siempre los recordé al despertar. A veces me decían cosas, cosas que iban a suceder. Otras, iba a algún lugar especial. Esa noche, por primera vez en mi vida, no pude dormir. Hundí la cabeza debajo de la almohada, tratando de no escuchar a Ma discutiendo en la otra habitación. Solían discutir sobre tonterías, casi siempre por dinero. Ma le dijo que debería ganar más para que pudiéramos salir de aquel departamento, él respondió que debería dejar de molestar y que, si tanto le importaba mudarse, se consiguiera un trabajo ella misma. Ella dijo que no podía, por sus ataques de pánico. Peleaban por los bebés. Ella quería uno, él no. Algunas veces las peleas terminaban en silencio, otras en sexo. Yo prefería el silencio.

Antes de que sucediera, miré desde debajo de mi almohada las manecillas luminosas del reloj de White Rabbit marcando los números. Era muy tarde o muy temprano, casi las tres y media. Me preocupaba quedarme dormida al día siguiente en mi pupitre en la escuela porque la profesora Drummond odiaba que hiciera eso. Me decía que estaba «desperdiciando mi potencial». Le respondí que solo tenía siete años. Ella me dijo que tenía casi ocho y que debería tener aspiraciones más elevadas. La distraería pidiendo definiciones de sus palabras favoritas, como *onomatopeya*. Eso siempre había funcionado. La profesora Drummond amaba el sonido de su propia voz; solo había que pedirle que explicara o enunciara algo para librarte de sus reprimendas.

De cualquier modo, recuerdo que eso era lo último que había pensado estando en mi cama, o, mejor dicho, en el sofá donde dormía. Después estaba en un lugar lleno de árboles y rocas, y todo era un silencio blanco, algo así como Navidad, pero en vez de nieve caían hojas. Estaba oscuro, pero la luna brillaba lo suficiente para poder ver por dónde caminaba y, extrañamente, aunque nunca antes había estado en ese lugar, sabía a dónde iba: a conocer a mis hermanas. Lo cual era aún más extraño, porque no tenía hermanas. Mi padrastro había ganado aquella pelea.

Caminé por un sendero de piedras mezcladas con hojas blancas, que todavía caían a mi alrededor. Trepé por rocas resbaladizas y árboles caídos, sus troncos medían más de ancho que yo de alto. Algunas veces las nubes cubrieron la luna y el aire era niebla y no podía ver del todo bien. Me lastimé la rodilla y me corté la mano, pero no me importó. Sentía el deseo de volar, porque a menudo podía volar en mis sueños.

Por un rato el camino desapareció, sin dejar señales de la dirección que debía tomar, pero no estaba asustada ni tenía dudas sobre hacia dónde ir. Sabía si debía o no cruzar un arroyo, sabía si tomar algún camino hacia la izquierda o a la derecha sin pensarlo. Se sentía bien saberlo. En mi vida fuera de los sueños no era así. Por lo general me sentía perdida, consideraba opciones durante horas, e incluso entonces, después de decidir finalmente algo, todavía me preguntaba al respecto, preocupada por haber cometido un error al elegir. Pero aquí no pensaba, simplemente iba hacia donde yo misma me llevaba. Además, era un alivio estar sola, libre de Ma y de sus miedos por mí.

De pronto ya no estaba sola. Me resbalé al pisar una roca cubierta de musgo y caí en un claro donde el suelo estaba completamente cubierto de hiedra. Estaba entrelazado con hojas de nervaduras blancas que formaban una alfombra y a su alrededor se retorcían los troncos de cuatro sauces gigantes. Tres chicas estaban jugando ahí, corriendo y riendo, y llamándose unas a otras. Se detuvieron cuando me vieron. Por un segundo me asusté, como si estuviera de vuelta en el patio de recreo de la escuela. Luego, la más alta, con el pelo rojo que le caía por la espalda, sonrió y me hizo señas. Las otras dos, una con piel oscura y el cabello oscuro y esponjado como diente de león, la otra delicada como un pájaro, con el pelo largo y castaño, me saludaron.

Mi hermana, mis hermanas.

Di un paso hacia adelante para encontrarme con ellas.

Scarlet

—¿Cómo te llamas?

—Goldie.

—Yo soy Scarlet —dijo. De las tres chicas, ella parecía ser la líder—. Ella es Liyana...

—Liyana Miriro Chiweshe. —La chica con el cabello de diente de león me estrechó la mano.

Me quedé mirando su mano, sin saber qué hacer, luego la tomé. Ella la agitó y luego me soltó.

—Puedes llamarme Ana —dijo, y agregó después de pensarlo un poco—: si quieres.

Asentí.

—Okey.

—Y ella es Bea —dijo Scarlet, señalando con la cabeza a la chica pájaro, que no me ofreció su mano—. Estamos jugando a «las traes». ¿Quieres unirte?

Asentí de nuevo, pero les dije que, aunque conocía las reglas, nunca lo había jugado antes. No era un juego que se pudiera jugar sin amigos, a menos que seas buena para conjurar amigos imaginarios, como yo. Y también debías ser buena para que no te importara lo que pensaran otros niños, lo cual no era mi caso.

—Bueno —dijo Scarlet—. Tú empiezas. Cuenta hasta diez para que podamos alejarnos; los árboles son las bases, ¿de acuerdo?

Asentí con la cabeza por tercera vez.

—Cuidado con ella. —Scarlet miró a Bea—. Te va a engañar para que la atrapes, siempre quiere «traerlas».

—Bien —dije, mientras Bea se reía. Pero, la verdad, si ella quería «traerlas», yo felizmente la dejaría. Prefería estar detrás de uno de los sauces y mirar.

Scarlet dio la señal y mis hermanas volaron. Sus gritos de alegría se deslizaban como cintas detrás de ellas. Liyana se lanzó al árbol más cercano y se aferró a él, mientras Scarlet corría alrededor del borde.

«Corre, corre tan rápido como puedas», cantó Bea, saltando alrededor de mí en círculos cada vez más pequeños. «No podrás atraparme, soy el Hombre de Gengibre».

Di un paso adelante, extendiendo la mano para agarrar el borde de su manga antes de que se apartara, riendo.

—¡Yo las traigo! —gritó Bea—. ¡Las traigo!

Me volteé y corrí hacia un árbol. Bea, claramente dispuesta a aferrarse a su elevada jerarquía, me dejó ir.

—Oh, Goldie —dijo Scarlet, reduciendo la velocidad hasta detenerse—. ¿Qué te dije? Ahora nunca nos alcanzará a ninguna de nosotras.

Bea iba de arriba abajo, repitiendo su estribillo. A pesar de su irritación, Scarlet sonrió.

—Eres tan rara —le dijo a su hermana—. No te entiendo nada.

Bea sonrió.

—Eso es porque soy un enigma.

—Deja de presumir tus palabras elegantes —dijo Scarlet, en un tono que contenía tanto molestia como afecto—. Ni siquiera sabes lo que significa.

Bea no hizo caso de Scarlet y me miró.

—Es una pena que no recordarás nada de esto por la mañana —me dijo.

Liyana

Liyana se sentó a los pies de su cama, con las cartas robadas en su regazo. Había estado teniendo sueños extraños cuyos detalles no podía recordar muy bien al despertar, aunque de verdad lo intentaba, cerrando los ojos con fuerza, luchando por echar un vistazo a las imágenes que se evaporaban. Pero, aunque no recordaba lo que había visto u oído, seguía con la sensación del sueño, insistente al borde de sus pensamientos, intentando captar su atención. Esperaba que las cartas pudieran ayudar, traer las imágenes de vuelta, convertirlas en una historia. Aunque no fuera exactamente la historia que acababa de vivir.

Liyana barajó las cartas una y otra vez, y una más para la buena suerte. Mientras se deslizaban unas sobre otras, pasando de su mano izquierda a la derecha, una se salió del montón y cayó al suelo.

Liyana se bajó de la cama para recogerla. Era el Cuatro de Copas. Miró la imagen: cuatro mujeres de pie en círculo, cada una sosteniendo una copa, grabada con una estrella, en lo alto, para hacer un brindis. Una imagen surgió de los bordes de sus pensamientos: la luz de la luna sobre hojas blancas. Risas. Otras chicas que la llamaban por su nombre.

Dobló las piernas para arrodillarse en la cama y colocó el Cuatro de Copas en el edredón frente a ella. Escogió otra carta. El mago. Una mujer con un manto sostenía una varita brillante que iluminaba el cielo. Había pájaros volando a su lado, un búho se cernía sobre ella, hadas y duendes bailaban a sus pies.

Liyana colocó esta carta al lado de la primera y eligió una tercera. La luna. Un lobo de pelo púrpura, parado al borde de un río, aullaba a una gruesa luna amarilla. Altísimos árboles blancos flanqueaban el río, sus troncos rodeados por un par de serpientes con dos cabezas.

Liyana miró las cartas. De golpe, el sueño volvió.

Bea

—¿Quién quiere escuchar una historia?

Todas miramos hacia arriba. Yo quería, pero no lo iba a decir en voz alta. Sabía quién lo iba a hacer.

—Yo —dijo Liyana.

Bea sonrió. Nos miró a Scarlet y a mí.

—Querrán escuchar esto también. Puede que aprendan algo.

Scarlet desvió su atención de las hojas a las que estaba prendiendo fuego (ninguna de mis hermanas pareció alarmarse por eso, así que fingí que a mí tampoco me importaba), y miró a Bea.

—¿Están todas cómodas? —dijo Bea, como si ella fuera nuestra mamá y nosotras sus bebés—. Entonces empiezo...

Liyana aplaudió. Scarlet sonrió. Yo no hice nada.

—En el tiempo anterior al tiempo —narró Bea—, antes de que existieran Everwhere o la Tierra, no había nada, no había ningún lugar, solo la luz y su sombra. —Hizo una pausa, satisfecha de sí misma—. Entonces, por fin, con la chispa de la vida llegó la creación de la humanidad. Tal fue la fuerza explosiva de esta creación que la luz y su sombra se dividieron y, cuando pasaron separadas el tiempo suficiente para olvidar que alguna vez fueron una sola, una mitad se convirtió en la personificación del bien, y la otra mitad, la del mal.

»Cuando esto ocurrió, las fuerzas del bien y del mal lucharon una batalla para ver quién dominaría a la humanidad. Pero ambos bandos siempre mantenían un empate, sin que ninguno venciera al otro. En algún momento los poderes inventaron el juego de ajedrez para decidir el destino de la humanidad; sería un método menos sangriento y mucho más rápido. No obstante, esto no funcionó, ya que cada juego terminaba también en empate.

»Finalmente, se decidió, tras una muy larga y tediosa reunión, que la influencia sobre la humanidad se compartiría: las fuerzas del bien podrían dominar sus corazones, las fuerzas del mal dominarían sus mentes. Los ángeles y los demonios se esparcieron por la Tierra y Everwhere para ejercer su influencia por estos medios.

»Entonces, la humanidad tuvo la oportunidad de elegir seguir a su corazón o a su cabeza. Pero, una vez hecho el acuerdo, pronto quedó claro que a los humanos les resultaba mucho más fácil escuchar a sus cabezas que a sus corazones; esto aseguraba que la influencia demoniaca sería mucho más fuerte que la angelical. Entre los ángeles comenzó a rumorearse que los demonios habían hecho trampa. Sin embargo, dado que nunca pudieron probar cómo, y que los términos del trato, sellado por espíritu y alma, eran irreversibles, no había nada que hacer.

»Así, la humanidad fue sometida a un destino terrible: luchar por sentir la influencia del bien, por sentir plenitud, placer y felicidad, aunque con demasiada frecuencia las personas terminaban arrastradas al miedo, la tristeza y la desesperación. Al ser malditos con un libre albedrío permanente, los humanos intentaban resistirse y eran a menudo arrojados de ida y vuelta entre una y otra fuerza, hasta una docena de veces al día. Muchos enloquecieron. —Otra pausa de autosatisfacción.

»Afortunadamente, aquellos con sangre Grimm pura corriendo por sus venas solo deben soportar el libre albedrío durante los primeros dieciocho años de sus vidas. Entonces pueden elegir entre el bien y el mal. Cada camino tiene sus propias consecuencias, pero ambos poseen la bendición de tener que elegirse una sola vez. —Bea sonrió.

»Entonces, conozcan su cabeza y su corazón, hermanas. Recuerden lo que hay detrás de ustedes, piensen en lo que se espera de ustedes y elijan con cuidado».

Incapaz de contener mi lengua, la detuve con una mirada.

—¿Cómo sabes todo esto?

Bea se encogió de hombros, pero me di cuenta de que estaba contenta de haber incitado mi curiosidad.

—Mi mamá me dijo —respondió—. Ella me cuenta todo.

—¿Es verdad? —preguntó Liyana.

Bea sonrió.

—Cada palabra.

Leo

Cuando era una estrella, Leo nunca se sintió solo; de niño, rara vez sentía otra cosa. Ansiaba la compañía, pero sin hermanos, con una madre frecuentemente distraída y un padre distante, confiaba solamente en sus amigos imaginarios. A veces imaginaba a un chico inquieto con el que podía hacer travesuras, un chico que sustituiría al hermano que jamás tendría. Otras, imaginaba una chica con ojos azules, rizos rubios y un delirante desprecio por la autoridad, como la protagonista de un libro sobre unos osos que había leído una vez. El propio Leo no podía permitirse el lujo de despreciar a la autoridad, ya que Charles Penry-Jones era un hombre al que siempre había que obedecer. Leo esperaba tener algún día el valor de desobedecer las reglas de su padre, aunque estaba seguro de que eso sería mucho más fácil y menos aterrador si contara con un aliado.

5 de octubre

27 días…

6:28 a. m., Goldie

Teddy está encantado con sus nuevas adquisiciones. Da vueltas por la alfombra del salón (pisa el sitio que yo nunca toco, porque no tiene idea) y rebosa de alegría. Si la familia francesa sigue allí mañana, volveré por la chamarra de lino. No debería, porque es infinitamente más arriesgado robar dos veces a la misma persona. Pero el deseo de volver a ver a Teddy con esa sonrisa supera mis pensamientos más racionales.

—¿Tienes hambre, Ted? Tenemos pichones rellenos de hierbas, polenta y zanahorias bebé para desayunar.

Todos los días comemos lo que sea que hayan servido en el hotel. Estuve saliendo con Kaz, el asistente del chef, durante unas semanas cuando empecé, y cada vez que terminaba su turno me daba dos raciones de algo *gourmet* en recipientes de plástico. Rompí con él cuando me di cuenta de que le coqueteaba para que me diera de comer. Pero Kaz sigue dándome las sobras siempre que puede.

Teddy deja de dar vueltas.

—¿Puedo desayunar con mi nueva camisa?

—Si tienes cuidado, sí. —Me dirijo a la cocina para vaciar los recipientes de plástico refrigerados en los platos. Me detengo un momento para acariciar las hojas de mi bonsái, que parece agitarse levemente a modo de agradecimiento. Su tronco parece un poco más grueso de lo habitual, como los tobillos de Ma cuando le pesaba Teddy; eso indica que pronto florecerá y llenará nuestro departamento de un aroma tan fuerte y dulce como el caramelo quemado. Comemos en una pequeña mesa de madera apoyada en la pared junto a la cama de Teddy (yo sigo durmiendo en el sofá). Es curioso, dado el poco espacio que tenemos, que no utilicemos la habitación de nuestros padres, pero ninguno ha puesto un pie dentro desde que Ma murió.

—Está delicioso, gracias. —Teddy se lleva a la boca una cucharada de polenta, entrecierra los ojos ante el regusto de la salsa de soya cuando traga. Pero nunca se queja, nunca pide hamburguesas y papas fritas, nunca dice que no paso suficiente tiempo en casa, que tiene que cuidarse casi siempre por sí solo. Cuando vuelvo por la noche, lo encuentro terminando la tarea de la escuela o los quehaceres domésticos, o sentado a la mesa, dibujando. O, si tengo turno en la tarde, ya roncando.

Lo compenso lo mejor que puedo. Siempre que algún niño se aloja en el hotel se va con menos lápices de colores y cuadernos de los que ha traído. He formado una colección bastante ecléctica durante los últimos nueve meses. Suelo llevarme solo lo que puede perderse de forma natural, en los respaldos de los sofás, debajo de las mesas de los restaurantes, entre los asientos de los coches, para que ni los niños ni sus padres noten nada raro. Aunque debo reconocer que la semana pasada me llevé un paquete entero de pasteles de óleo: todos los colores del arco iris y los tonos intermedios. Teddy duerme con ellos bajo la almohada. Hace unos dibujos exquisitos. El departamento está empapelado con los personajes de Teddy, que usan extravagantes trajes que él mismo diseñó.

—G-G... —Él suelta el tenedor.

Siento que se acerca una petición. Trago saliva.

—¿Sí?

—Sabes que pronto será tu cumpleaños.

—Sí...

—Hay un viaje escolar a Londres ese fin de semana. —Vuelve a sonreír, olvidando el miedo que tenía de contármelo—. Mi grupo va a ir al teatro a ver el verdadero Macbeth.

—¿En serio? —Llevamos semanas practicando esa obra, especialmente la primera escena del primer acto porque Teddy es la Segunda Bruja en la producción escolar. Sonrío—. «¿Cuándo volvemos a vernos? En la lluvia...».

—No, no, no. —Teddy sacude su cabeza tan vigorosamente que su pelo rubio se agita de un lado a otro.

—«¿Cuándo *volveremos* a vernos *las tres*? ¿En un trueno, un relámpago o en la lluvia?».

—Sí, claro —digo—. Lo tenía en la punta de la lengua.

Teddy me mira, como si fuera la mayor mentira que hubiera oído. Luego respira profundamente; está serio de nuevo.

—También vamos a visitar el Palacio de Buckingham. Y pasaremos la noche en un hotel.

—¿La noche? —Mi sonrisa decae—. Eso es...

—Pero no iré —me interrumpe—. Si no quieres. Puedo quedarme aquí y celebrarlo contigo y...

Me paso una cucharada de polenta. Es pegajosa y afilada.

—No, yo... Por supuesto que debes ir. Yo... probablemente estaré trabajando de todos modos. —Parece tan contento que desearía no tener que preguntar—. Entonces, ¿cuánto va a costar?

Teddy picotea sus zanahorias.

—Trescientas cuarenta y cinco libras.

Contengo la respiración. Él vuelve a levantar la vista.

—Tengo que darle el dinero a la profesora McNamara el viernes.

—Está bien —digo de inmediato—. Muy bien. No hay ningún problema.

—Gracias, G-G. —Teddy sonríe de nuevo, y luego se mete tres zanahorias en la boca—. Eres la mejor. —Asiento con la cabeza, y logro sonreír.

«Cinco días para conseguir 345 libras. Carajo».

10:28 a. m., Liyana

Liyana rechazó la absurda idea de su tía, la descartó por completo. Pero, aunque Nya no la había vuelto a mencionar, no ha podido pensar en otra cosa. La preocupación le revuelve los pensamientos: ha olvidado llamar a Kumiko, no ha podido dibujar. Aunque, ahora que su admisión en la escuela de arte pende de un hilo, ¿acaso importa?

Ya solo encuentra consuelo en el baño. Quiere volver a la piscina, pero no se lo permite. Dos veces en una misma semana es demasiado arriesgado, la nostalgia que invocaría sería demasiado grande. Ya le corroe el vientre y los huesos.

Se hunde bajo el agua, completamente envuelta en su manta de seguridad. Se remoja hasta que su piel se arruga y sus sentidos se adormecen. No puede tolerar lo que le pide Nya. Sin embargo, su tía ha hecho mucho por ella. Aunque lo haya hecho con la fortuna de su segundo marido, financió la huida de Ghana cuando Liyana era un bebé. Y pagó todo después. La noche en que murió su madre, Liyana se metió a la cama de su tía. Durmieron, o al menos se acostaron juntas, todas las noches hasta que Liyana estuvo lista para mudarse a su nuevo dormitorio en su nueva casa adosada en Barnsbury Square, Islington.

Nya asistía a todas las competencias de natación, a todas las clases, a todas las obras de teatro de la escuela, a todos los conciertos. Dejaba a Liyana en el colegio y la recogía. La consolaba cada vez que los niños de la escuela la insultaban, le lanzaban insinuaciones veladas o directamente le decían que volviera a África, aunque era muy probable que no pudieran siquiera encontrar Ghana en un mapa. Estuvo presente cuando Liyana perdió su primer diente y cuando, cinco años después, se rompió el ligamento de la rodilla izquierda, lo que la dejó fuera de la carrera olímpica y la tuvo en depresión durante casi un año. La tía Nya se sentó junto a su cama ese verano: le llevó comida, le cepilló el pelo, le leyó cuentos... Lanzó un salvavidas al mar de la desesperación y poco a poco condujo a su sobrina a la orilla. Nya le compró a Liyana su primer cómic, la animó a empezar a contar sus propias historias, a escribir y a dibujar. Sin su tía, Slade no habría sido posible, para empezar. Tomando en cuenta todo esto, y mucho más, Liyana se pregunta si puede rechazar esta petición de su tía. O cualquier otra, por muy poco razonable que sea.

Liyana se limpia las manos en una toalla y busca su teléfono. Envió un correo electrónico a su tutora de admisión en el Slade la misma mañana en que Nya le reveló el devastador estado de sus finanzas. Lleva veinticuatro horas y cincuenta y siete minutos esperando respuesta. Cada hora que pasa, una enorme ola de angustia se levanta tras ella. Cuando salga del baño, volverá a preguntar al tarot. Todavía no le ha dado ningún buen indicio, pero eso no hará que deje de intentarlo. Liyana aún no pregunta a las cartas si debe o no hacer lo que su tía le pide. Tiene demasiado miedo de la respuesta.

11:38 a. m., Scarlet

No es solo por razones económicas que Scarlet desea que la cafetería tenga más clientes esta mañana. Cuando se dedica a hacer espuma de leche, deslizar pasteles o sacar plastas de comida para bebé de las tablas del piso, Scarlet se olvida del señor Wolfe. Pero esta mañana no hay más que un grupo de estudiantes tacaños para entretenerla, así que Scarlet debe encontrar otras fuentes de distracción. Por ejemplo, Francisco, la máquina de capuchinos. Scarlet la compró, haciendo un gasto considerable, en su decimosexto cumpleaños, después de que su abuela engrapara un cheque de tres mil libras a una tarjeta brillante. En aquel momento, Scarlet estaba encantada. Ahora ve aquello como una representación más de la decadencia de Esme, un desliz de la mente y la pluma.

Scarlet está a media limpieza cuando la puerta se abre y el señor Wolfe, con aspecto satisfecho y engreído, entra al café. El cuchillo que Scarlet está utilizando para sacar los granos de café congelados se resbala y raya la fina superficie de acero inoxidable de Francisco.

—¡Mierda! —Scarlet frota el arañazo y le da una palmadita a la máquina—. Lo siento, Frannie.

—¿Estás hablando con tu máquina de capuchinos? —pregunta Ezekiel, al acercarse a ella—. ¿O has olvidado mi nombre?

Scarlet lo ignora.

Ezekiel palmea el bolso de cuero que cuelga de su hombro.

—Yo llamo a mi maletín Fred. También tiene un apellido, pero siempre lo olvido.

Scarlet baja el cuchillo, que había estado blandiendo como una espada.

—Eres un hombre raro.

—Gracias.

—No fue un cumplido.

Él sonríe.

—Ah, pero *raro* es mucho mejor que *aburrido*. Denota profundidad de carácter, un hombre con estilo y gusto.

—No, claro que no.

Su sonrisa se hace más amplia.

—Claro que sí. Si no lo crees, quizá deberías consultar un diccionario. Estoy citando al Oxford English. Cualquier volumen con menos autoridad puede haberte informado mal.

Scarlet se cruza de brazos.

—¿Qué quieres?

—¿Así saludas a todos tus ilustres clientes? —Señala con la cabeza al grupo de estudiantes, encorvados sobre sus laptops—. ¿Por eso tienes tan pocos?

—Los clientes que pagan son tratados con el máximo respeto. —Scarlet deja el cuchillo—. Tú, en cambio, no viniste por un trozo de pastel, ¿verdad?

—Así es, supongo —dice Ezekiel, luego levanta su maletín sobre el mostrador—. Te traigo una oferta.

Scarlet entrecierra los ojos.

—¿De qué?

—Para comprar tu café. —Ezekiel abre su maletín y saca una gruesa carpeta—. Vi tus ingresos, estás en apuros. Te ofrecemos asumir el contrato de arrendamiento y, de paso, darte una generosa prima por firmar.

Scarlet siente que el calor le sube a las manos, como si las acercara demasiado al fuego. Las aprieta en puños a sus lados. Quiere agarrar el cuchillo y marcar su hermosa cara. Imbécil arrogante.

—¿Estás dispuesta a...?

Se detiene en seco por la caída de una antigua lámpara *art déco*, que el día anterior Walt había fijado en el techo. Se desprende con trozos de yeso y golpea la cabeza de Ezekiel. Él se tambalea mientras la lámpara se rompe en el suelo con una explosión de color. El grupo de estudiantes levanta la vista de sus laptops y, al saber que no están en peligro inminente, todos vuelven a sus pantallas.

—¿Qué demonios fue eso? —Ezekiel se tambalea hacia el mostrador, agarrando el borde. Toma una servilleta y se la pone en la frente—. Mierda. Me duele, carajo. Mierda.

Scarlet lo mira fijamente, sin palabras. Un fragmento de vidrio cortó la línea del peinado de Ezekiel. La sangre corre por su cara. Necesitará puntos de sutura. «Una cicatriz en su hermoso rostro». Los pensamientos de Scarlet se aceleran. No, eso es imposible. Pero, entonces, ¿qué demonios está pasando? Mientras Ezekiel sigue maldiciendo y gimiendo, Scarlet siente que sus manos se calientan más.

Mira hacia abajo y ve que vuelven a salir chispas de las puntas de sus dedos.

6:38 p. m., Bea

Bea mira fijamente sus manos extendidas sobre las páginas de *El análisis de la mente* de Russell, tratando de concentrarse, pero pensando en su madre, en la línea que separa la locura de la cordura, la fantasía de la realidad. Aunque Bea se dejaría arrancar las uñas de los pies antes que admitir cualquier debilidad, no puede negar el terror enfermizo que le da la locura, heredar el ADN materno. Bajo los dedos de Bea, las letras se desdibujan en líneas y curvas negras, las palabras que tan bien conoce se vuelven jeroglíficos.

La tinta de la página comienza a acumularse bajo sus palmas, empapa sus manos y mancha su piel. Bea observa cómo se filtra lentamente en sus venas, hasta que estas se vuelven negras en lugar de azul lechoso.

Bea levanta la mano izquierda y se la lleva a la cara. «No, claro que no».

Aprieta los ojos, luego abre uno y mira afuera. Pero sus venas siguen palpitando oscuras, su piel está tatuada. El pánico aumenta, caliente y húmedo. Tiene que salir de ahí. Empieza a ponerse de pie, pero cuando está a punto de abandonar su escritorio y huir al baño más cercano, el miedo se va transformando en calma. Y Bea empieza a sentir que puede estar sin problemas en esa nueva piel con vetas de tinta, hasta que se encuentra en una perfecta alineación de cuerpo y alma. Como si Judas hubiera llegado desde el infierno para susurrarle al oído: «No temas. Esto es lo que eres, lo que siempre has sido».

Bea empuja su silla y se levanta. Solo hay un puñado de estudiantes sentados en sus pupitres, todos con la cabeza inclinada sobre sus libros. No es que a ella le importe si de pronto la miran fijamente, sonriendo y burlándose.

Sonríe. Qué maravilloso es que no te importe lo que puedan pensar los desconocidos. Qué espectacularmente liberador.

Se sube a su silla, primero apoya uno de los pies, calzado en la bota, y después el otro. Mira a su alrededor. No es lo suficientemente alta. Así que se sube al escritorio. Ahora Bea puede observar su reino sin impedimentos. Da una vuelta lenta para admirar cada estantería, cada libro, cada escritorio, cada ocupante. Desde ahí puede ver hasta el escritorio del bibliotecario, incluso al bibliotecario inclinado sobre su computadora, frunciendo el ceño ante la pantalla.

Qué espléndido es estar tan elevada, ver lo que los demás no pueden, sentirte dueña de todo lo que observas, en unidad de espíritu y estatura. Bea siempre ha considerado su pequeño tamaño como un impedimento, como si le ofreciera un punto de vista inferior. Odia la frecuencia con la que tiene que mirar hacia arriba a la gente, la facilidad con que la empujan en una multitud. Como una maldita niña. Ahora no siente nada de eso. Es alta, poderosa, letal.

Se despierta sudando. Sacude la cabeza, se mira las manos: vuelve a ser un pajarillo, no un cuervo. Parpadea varias veces para alejar las imágenes, distanciarse del sueño. Nunca se había quedado dormida con un libro. Bea piensa en su mamá. Y, aunque apenas se permite admitirlo, la posibilidad de que ella se vuelva loca también mancha sus pensamientos, como la tinta imaginaria que manchó sus manos. Es el mayor temor de Bea: perder la cabeza. Mucho más que la muerte.

Todavía temblando, busca con la mirada a su acosador regordete, deseando de repente el consuelo de su rostro barbudo. Pero ahora está sola en la biblioteca, no hay ningún otro estudiante a la vista.

11:45 p. m., Leo

Por cada Grimm que ha matado, Leo tiene una cicatriz. Por cada chica, una luna creciente. Por cada madre, una estrella. A lo largo de sus omóplatos y su columna vertebral hay una constelación, una galaxia de cicatrices. La mayor parte del tiempo las olvida, pero últimamente piensa en esas marcas más a menudo. Porque también piensa en ella.

Si, como ha empezado a imaginar, se vieran de cerca y desnudos, ¿cómo explicaría esas cicatrices? Ella preguntaría. Todas las mujeres con las que ha estado le han preguntado. A no ser que la cantidad suficiente de alcohol hiciera que muchas cosas pasaran desapercibidas. Pero Leo sospecha que Goldie no es del tipo de las que se emborrachan y pasan la noche con cualquiera. No puede estar seguro, pero sería una sorpresa. Parece haber una curiosa mezcla de luz y oscuridad en ella, un extraño equilibrio alquímico de inocencia y experiencia.

En cuanto a las cicatrices, mentiría, por supuesto. Porque no podría decir: «Ah, sí, se graban en mi piel en el campo de batalla, mediante el último aliento de cada una de mis víctimas, cuando las mato. "¿A quién mato?". Pues a tus hermanas, madres, tías, primas... A algunas las cazo por deporte, a las que no son de sangre pura, para mantenerme alerta, así me preparo para combatir contra aquellas que debo matar la noche en que cumplen dieciocho años. "¿Te mataré?". Pues sí, si puedo. Me temo que no tendré elección, querida».

El mejor tema de conversación de todos los tiempos.

Por derecho, él no debería tener la capacidad de mentirle. Por derecho, ella debería saber, sus poderes están muy por encima de aquellas simples habilidades mentales. Y, sin embargo, ella no tiene idea. Sus poderes permanecen sin explotar, sin tocar, en potencia.

A pesar de ser el enemigo, Leo sigue sintiendo un estremecimiento de dolor ante la ignorancia de Goldie. Es como un fuego artificial que nunca se enciende, una flor que nunca se abre, un bebé que nunca nace. Siente el deseo de decírselo, de enseñarle, de ser el primero en liberar su potencial, el primero en ver encenderse los fuegos artificiales, abrirse la flor, nacer al bebé.

A pesar de sí mismo, Leo quiere decirle: «Eres una Grimm única, la más poderosa que he visto. Podrías ser fenomenal, invencible, si lo supieras».

Por supuesto, no lo hará.

Algo así sería una estupidez. Un suicidio.

11:59 p. m., Goldie

Me tumbo en el sofá, miro el techo agrietado con parches de humedad, escucho los ronquidos de Teddy que resuenan por toda la habitación. Pronto necesitará más de lo que yo pueda proporcionarle. A medida que crezca, los gastos aumentarán. Trescientas cuarenta y cinco libras no parecerán nada. ¿Cuánto tiempo más podremos compartir una sola habitación? Pronto querrá una propia. No lo pedirá, pero aun así va a necesitarla, sobre todo cuando empiece a hacer cosas de adolescente.

Voy a necesitar un plan más grande, mejor. Un atraco. Un gran golpe. Empiezo a pensar en los bancos, y luego me pregunto cuánto guarda Garrick en la caja fuerte del hotel.

6 de octubre
26 días...

7:08 a. m., Goldie

De camino a la sala para empleados, me asomo al restaurante. Allí, comiendo un desayuno inglés de la mejor calidad, está la familia francesa. La madre mira la morcilla con desagrado, pero el padre y el hijo mastican con avidez. Esta es su última mañana aquí, sus maletas deben estar preparadas allá arriba. No puedo explicar cómo lo sé. Es un aire que tienen, un aire de preparación, de expectativa, como si sus mentes se hubieran adelantado a sus cuerpos y ya estuvieran a medio camino rumbo a Francia. Esto significa que debo apresurarme.

Diez minutos después, estoy en el tercer piso, abriendo la puerta de la habitación 38. Y, sí, tiene esa sensación de vacío, de desocupación, incluso antes de que entre. Sus maletas están alineadas en una ordenada fila contra la cama matrimonial: una grande, una mediana y una pequeña. Saco el cable y enchufo la aspiradora. No la enciendo, porque el ruido me impediría oír si alguien volviera a la habitación. En vez de eso, sujeto el mango del plumero con los dientes. Así, si me descubren robando, puedo fingir que limpio. Ya me ha pasado antes y siempre ha funcionado.

Primero me acerco a la mochila que está junto al espejo dorado, el tipo de bolsa que la gente lleva consigo cuando viaja y contiene lo esencial, como pasaportes, boletos, itinerarios y dinero en efectivo. Pero aquí viene la parte complicada. Si me llevo la bolsa al baño, por ejemplo, tengo privacidad para registrarla. Pero, si alguien vuelve a la habitación y me encuentra, no tendré forma de defenderme, ninguna excusa. Me hallarían con las manos en la masa. En cambio, si dejo la bolsa donde está, estoy a la vista, con la puerta abierta, y no hay excusa plausible en esas circunstancias. Pero es lo más rápido y podré oír a cualquiera que se acerque por el pasillo.

Husmeo, pues, en la mochila en la habitación, con el corazón palpitando y los ojos inquietos que van de la bolsa a la puerta abierta. Encuentro rápidamente dinero en efectivo: un puñado de billetes de 50 y 20. Más de 1 000 libras. Lo sostengo y hago una pausa, que podría ser fatal, para dejarme absorber por la fantasía de lo que haría con todo ese dinero; luego me meto en el bolsillo seis billetes de cincuenta libras. La culpa y el alivio se entrelazan mientras cruzo la habitación hacia las maletas. Como norma, me limito a un billete por persona/habitación. Pero esta vez no pude evitarlo: ahora solo necesito otras cuarenta y cinco libras para el viernes.

El alivio se sobrepone al sentimiento de culpa. Es curioso lo rápido que se desvanece, una vez que el acto está hecho. Llego hasta las maletas, que por suerte están lejos de la línea de visión de la puerta, aunque son más difíciles de abrir y, si me descubren buscando en una de ellas, mi destino será el mismo. Dejo el plumero sobre la cama, tomo la más pequeña, la pongo en el suelo y jalo del cierre. Jalo demasiado fuerte y se atasca.

Me obligo a ir más despacio, mientras escucho el sonido del ascensor y pasos en el pasillo alfombrado. Bajo el cierre lentamente, mirando cómo se separan los dientes de plástico, la maleta se abre y se libera el contenido.

Empiezo a buscar, pero no veo de inmediato la maldita chamarra. Levanto montones de ropa, mis dedos pasan cerca de varios juguetes. Entonces oigo el inconfundible *ping*. Tengo unos treinta segundos, según la velocidad de los ocupantes del ascensor, hasta que me vean. Debo cerrar la maleta. Es demasiado tarde. No tengo tiempo. He fracasado.

Pero estoy muy cerca. Mis dedos vuelven a recorrer la maleta. Nada. Espera. Mi pulgar se engancha en una manga de seda. Jalo. La chamarra de lino se despliega como una flor de tela en el suelo, trae consigo varios pares de calcetines.

Siento un cambio en el aire. Me meto la chamarra y los calcetines en el delantal, mientras me arrodillo sobre la maleta y recorro el cierre.

—*Que faites-vous?*

Mientras me pongo de pie, aplano el bulto de mi delantal y enderezo la maleta. No sé con certeza qué está diciendo el padre francés, pero puedo adivinarlo. Agacho la cabeza, adoptando una postura respetuosa e inocente.

—Lo siento, se-señor. Su maleta se cayó mientras limpiaba. —Hago una pausa, mordiéndome la lengua y las ganas de continuar. Hay que tener valor para dar respuestas cortas a preguntas complicadas, las explicaciones largas delatan la culpa. Recojo mi plumero—. ¿Qui-quiere que salga de la habitación mientras usted recoge las maletas?

Él duda, sus ojos entrecerrados van de mí a su maleta.

—*Non* —dice, con un movimiento de muñeca—. *Nous partons maintenant.*

Asiento con la cabeza y resisto el repentino impulso de hacer una reverencia.

—Muy bien, señor. —Me dirijo al espejo y le quito el polvo con gran vigor, hasta que la familia francesa se ha marchado con (casi) todas sus pertenencias, hasta que la habitación 38 vuelve a estar silenciosa y vacía.

Luego me siento en la cama y exhalo.

Durante mi insignificante descanso para comer, escondo el contrabando en mi casillero. Meto las trescientas libras en mi brasier. Hoy tendré que esforzarme más para evitar al mugriento Garrick, o al menos mantenerlo alejado de mi pecho izquierdo.

7:58 a. m., Scarlet

Desde el incidente con el Ruin Señor Wolfe, como Scarlet lo llama para sí, se encuentra distraída. Tanto por el hecho de que él quiere destrozar su vida como porque ella podría tener el poder mental de causar daño. De mala gana, lo llevó al hospital para que lo trataran por la herida en la cabeza que pudo o no haberle infligido, aunque hubiera deseado dejar que se desangrara en el suelo. Pero no le convenía tener una muerte en el local: era malo para el negocio y después ella tendría que limpiar toda la sangre del piso. Así que condujo a Wolfe al hospital de urgencias en Addenbrooke, sobrepasando el límite de velocidad y saltándose varios semáforos en rojo. Al llegar, expulsó al cerdo capitalista a la banqueta sin contemplaciones, enseguida se marchó a toda velocidad y se prometió que se desharía de todo pensamiento sobre él. Hasta ahora ha fracasado de forma espectacular.

8:08 a. m., Bea

—¿Qué haces aquí? —Bea atraviesa el arco del Trinity College y avanza por el adoquinado. El estudiante regordete y con barba, cuyo nombre desconoce, está sentado sobre el bajo muro de piedra que rodea los jardines delanteros del colegio—. Esto no es el destino, es acoso.

El estudiante se pone de pie.

—No, no —dice, con cara de mortificación—. Bueno, sí, ya veo que puede parecer así, pero... esperaba que me ayudaras con la tarea. Los, eh, conceptos más sutiles de *Principia Mathematica* se me escapan.

Bea abraza sus libros contra su pecho y frunce el ceño.

—¿Tu tarea? ¿Qué, tienes doce años?

—Eres chistosa. —Le sonríe—. Por eso me gustas.

—No te gusto —dice Bea, el desprecio curvando su labio superior—. Ni siquiera me conoces.

Comienza a caminar.

—También eres hermosa, impresionantemente hermosa. —Se apresura a seguirla—. Pero eso es accidental. La gracia supera siempre a la belleza.

Bea deja de caminar.

—¿Qué quieres?

—Te dije...

—No, no tus frases cursis para ligar —dice Bea—. Quiero decir, ¿qué esperas ganar con esto, un acostón?

Al oír esto, él parece asustado y ligeramente horrorizado. Peina su barba con nerviosismo.

—No, no... No me lo imaginaba, ni en mis mejores momentos... bueno, quizás en mis mejores momentos, pero no en este mundo. No, solo quería conocerte.

—¿Conocerme? —Bea entrecierra los ojos—. ¿Para que así intentes...?

—No, no, no. —Él levanta ambas manos y da un paso atrás—. Para nada. Hay algo en ti. Me siento... atraído por ti. Pero no, no de una manera pervertida. Solo quiero, eh, pasar un poco de tiempo contigo, si me dejas. Quiero... conocerte, aunque sea un poco, eso es todo.

Bea lo mira como si no pudiera haber imaginado una respuesta más patética. Empieza a caminar.

—Pues yo no quiero conocerte —dice, lanzando las palabras detrás de ella—. Así que, por favor, lárgate.

Solo cuando está segura de que él no la sigue, Bea se relaja. Sus hombros caen y su vista se desplaza hacia los edificios de madera que bordean la calle Trinity y los grupos de palomas reunidas en los alféizares de las ventanas, por encima de las gárgolas y las esculturas de eminentes figuras históricas, todas ellas masculinas, desde sus elegantes sombreros de piedra hasta sus fornidos pies de piedra.

Por un momento, Bea imagina que puede oír el lenguaje de los pájaros, que solo tiene que escuchar más de cerca para descifrar su significado: un brillante gorjeo de alegría, un grave graznido lúgubre, un luminoso chirrido galante... pero luego se dice a sí misma que deje de ser tan fantasiosa y se apresura a seguir.

4:31 p. m., Liyana

—¿Casarte? ¿Quiere que te cases? —Kumiko se desliza hasta el borde de la cama—. ¿Con un hombre? Es una locura.

—Bueno... —dice Liyana, que se siente a la defensiva, aunque ella misma ha pensado lo mismo muchas veces—. Después de todo, el matrimonio arreglado es costumbre en muchas culturas, ¿no? En Ghana no es poco común, al menos no lo era…

—No es eso lo que quería decir. —Kumiko golpea sus tacones contra la madera—. No estaba cuestionando a la institución en general, sino específicamente... —Mira a Liyana—. Le hablaste de nosotras, ¿verdad?

Liyana, sentada en el suelo, juguetea con el dobladillo de la alfombra de Kumiko y empieza a trenzar las hebras finas de lana negra.

Kumiko entrecierra los ojos.

—No lo hiciste.

Liyana no levanta la vista.

—Claro que sí. Y le dije que trabajaría en los turnos de noche en Tesco antes que seducir a un viejo inútil para que me otorgue la mitad de su reino.

—¿Y qué dijo ella?

—Dijo que no duraría ni una semana. Y que ella misma se encargaría de seducirlo, si pudiera. Pero...

Kumiko se desliza al suelo.

—¿Pero qué?

—Dijo algo sobre perversiones... —Liyana se encogió de hombros—. No lo recuerdo.

—Claro que sí te acuerdas —dice Kumiko. Se acerca a ella, extiende una pierna y con ella le rodea la espalda, quedando casi sentada en el regazo de Liyana.

Liyana suspira.

—Ella dice que un viejo rico no quiere a una vieja cualquiera, quiere...

Kumiko levanta una ceja que desaparece en su flequillo de sedoso pelo negro.

—A ti.

Liyana rodea con sus manos los tobillos de Kumiko.

—Supongo que... estaba bastante borracha. De todos modos, le dije que iría por la solicitud a Tesco mañana.

Kumiko entrelaza sus dedos con los de Liyana.

—En eso, creo que estoy de acuerdo con la vieja decrépita. No durarías ni una semana.

—¡Oye! —protesta Liyana, zafa las manos y se cruza de brazos—. ¿Qué...?

—Ay, Ana, te quiero, pero no puedes trabajar en Tesco.

—¿Por qué no?

—Por favor, ¿has tenido un día de trabajo duro en tu vida?

—¿Qué? Me entrené para ser nadadora olímpica —dice Liyana—. No hay nada más difícil que eso, ¿verdad?

—Sí, pero ese tipo de cosas son estimulantes, esto sería totalmente tedioso. —Kumiko se inclina hacia delante y se detiene a un centímetro de la boca de Liyana—. Me temo que solo sirves para dos cosas, querida. La primera es dibujar, la segunda...

—¿Sí?

Kumiko fija su mirada en los labios de Liyana.

—Eres una coqueta. —Liyana se acerca para besarla—. Tú...

El teléfono en el bolsillo de Liyana vibra y suena. Por apresurarse a sacarlo, vuelca a ambas y casi se golpea la cabeza contra la cama.

—¡Mierda, mierda! —Liyana teclea su contraseña y abre su correo electrónico.

Ahí está. El primer y único mensaje sin leer en su bandeja de entrada. La respuesta. Puede ver el principio de la primera frase, pero no el final. Liyana respira profundamente, cierra los ojos, susurra una oración y luego da clic en el mensaje.

De: Dr. Martin Conway, admissions@ucl.co.uk
Para: Liyana Miriro Chiweshe, liyanamc333@gmail.com

Estimada Sra. Chiweshe:
Gracias por su consulta sobre la posibilidad de aplazar su lugar para estudiar Bellas Artes en la Slade School of Art. Entendemos que sus circunstancias han cambiado repentina e inesperadamente, pero lamentamos informarle que no podemos...

Liyana cierra los ojos. La ola de ansiedad, siempre en aumento, finalmente se desploma.

11:59 p. m., Leo

El hecho de seguir soñando no deja de sobresaltarlo. Pero tal vez ha soñado todas las noches de su vida y simplemente no lo recordaba en las mañanas. ¿Es eso posible? Lo más seguro es que no, dado que ni su cuerpo ni su mente son totalmente humanos. Pero, entonces, Leo piensa: «Hay más cosas en el cielo y en la tierra, Horacio...». Así que podría ser.

El hecho de que sueñe con Goldie y se despierte siempre antes de que se toquen es una fuente de frustración y alivio a la vez. La razón por la que se frustra es obvia. Y se siente aliviado porque sabe lo que pasaría después del beso y no quiere verlo.

En su corta vida, Leo ha asesinado a más mujeres en Everwhere de las que puede recordar. Algunos años han sido más, otros menos, según las circunstancias. En los meses posteriores a la muerte de Christopher se embarcó en una ola de asesinatos. Se preparaba para cada primer cuarto de luna como si entrenara para el Campeonato Mundial de Boxeo de Pesos Pesados. Cada mañana meditaba durante horas para afinar la precisión y la fuerza de sus sentidos. Todas las tardes corría varios kilómetros y se detenía de vez en cuando para aniquilar los obstáculos que encontraba en su camino: derribaba contenedores, destrozaba bicicletas, perseguía a las vacas por los campos. Todas las noches acechaba las calles, con la piel erizada por la necesidad urgente de torturar y mutilar, de infligir tantas muertes violentas como su imaginación y su habilidad le permitieran.

El hecho de que Leo solo pudiera llegar a Everwhere una vez cada veintinueve días más o menos, dependiendo del ciclo lunar, era una fuente de angustia que agudizaba su pena hasta convertirla en la rabia al rojo vivo que atravesaba el corazón de muchas chicas Grimm. Leo triplicó su número habitual de muertes. Se abría paso a través del lugar de las hojas caídas, separaba las brumas y las nieblas mientras recorría los senderos de piedra, saltaba por encima de los troncos en descomposición y los ríos turbulentos, en su furioso empeño por convertir con sus propias manos a Everwhere en un cementerio, más grande que cualquiera en la Tierra, y así poder vengarse.

Al final de cada noche, sin importar a cuántas hubiera matado, seguía insatisfecho. Por muy violentas o ruidosas que fueran las muertes, la satisfacción por cada una de ellas se disipaba muy rápido, al igual que la niebla que llegaba para engullir el espíritu de la chica muerta. El hecho de que el cada vez mayor número de muertes no disminuyera en lo más mínimo el dolor de Leo no sirvió para suavizar su ahínco ni para calmar su sed de sangre. De hecho, solo alimentó su rabia y lo impulsó a seguir matando más y más rápido con cada mes que pasaba.

Hace más de una década

Goldie

Miré fijamente mi libro de texto; los números flotaban en la página y traté de frenarlos, de ponerlos en orden. No me esforcé. Los números no tienen mucho sentido para mí, a diferencia de las letras, que siempre lo han tenido. Me encanta leer. Aprendí yo sola. Ma, que solo leía el periódico local, me dio un ejemplar del *Libro de los Récords Guinness*, el único libro que teníamos, y me dejó aprender por mi cuenta. No me animó a leer más allá de eso, tal vez pensando que aquello podría darme ideas peligrosas y aventureras.

No podía concentrarme en las fracciones porque seguía recordando ese lugar, cómo se veía, cómo se sentía. Cómo *me* sentía. Había tenido el mismo sueño durante varias noches. Cada noche veía más, sabía más. Empecé a llamar a ese otro lugar Everwhere, porque era donde siempre quería estar, no donde estaba. Lo más frustrante era que no podía controlar mis sueños de Everwhere, no podía averiguar cómo llegar allí o cómo volver. Así que, cada noche, antes de dormir, imaginaba cada piedra iluminada por la luna, cada sombra cambiante, cada río, cada árbol. Centímetro a centímetro, respiración a respiración, trataba de conjurar mi presencia allí con mi simple fuerza de voluntad. A veces funcionaba, a veces no.

No siempre encontraba a mis hermanas en Everwhere, no estaban ahí cada vez que iba. Pero no importaba, porque a veces prefería estar sola. Sin embargo, siempre sentía su presencia: su tacto en las hojas que caen, sus voces en los vientos y por las corrientes del río. También las sentía mientras estaba despierta, mientras almorzaba al borde de la cafetería, mientras caminaba a casa desde el colegio, mientras veía la televisión antes de que Ma llegara a casa para interrogarme sobre mi día mientras preparaba papas fritas y huevo para la merienda. De hecho, mis hermanas de ensueño empezaron a sentirse tan reales que, cuando les hablaba en voz alta, oía sus respuestas en mi cabeza.

Liyana

—Deja de retorcerte, Ana. —Con la espátula en una mano, su madre se apoyaba en los hombros de su hija, presionándola contra la silla—. Ya casi termino.

—Se está quemando, *Dadá* —protestó Liyana—. Por favor, para, me duele.

Isisa se agachó hacia el oído de su hija.

—*Mami* —siseó—. Llámame *mami*. ¿Cuántas veces te lo tengo que decir?

Liyana no dijo nada. No se atrevió a desafiar a su mami, que era tranquila y amable, hasta que la presionaban; entonces tenía la fuerza de una ola creciente. En vez de eso, Liyana miró con el ceño fruncido el espejo del baño y el frasco que había junto al lavabo: «Alaciador del Dr. Miracle sin cloro». Lo odiaba, como en ese momento odiaba a su mamá, que le había asegurado que solo tardaría un minuto y no sentiría nada. Ya había tardado treinta minutos y aquella sustancia le estaba quemando el cuero cabelludo como si le hubieran echado una botella de ácido en la cabeza.

—¿Practicaste tu escritura hoy? —le preguntó su mamá.

—Sí —dijo Liyana, pensando que aquella pequeña mentira era una inocente venganza comparada con que la estuvieran quemando viva.

—Bien. —Isisa esparció la espesa sustancia blanca sobre la nuca de Liyana—. Te compré un nuevo libro para leer antes de dormir. No deberías perder más tiempo con esas historias tontas que te da tu maestra, son demasiado fáciles.

Liyana cerró los ojos y apretó la mandíbula. Odiaba la hora del cuento, cuando ella tenía que leer en voz alta mientras su mamá la observaba y se abalanzaba sobre cada palabra que pronunciara mal.

—Aquí debes trabajar más que los demás, Ana —le dijo—. En Ghana eras alguien: hija de Isisa Sibusisiwe Londiwe Chiweshe, nieta del difunto Zwelethu Sibusiso Londisizwe Chiweshe. Aquí no eres nadie. Eres menos que la mujer blanca más pobre y sucia que vive en la calle.

Liyana abrió los ojos. Una protesta subió a su garganta, se la tragó. Ya libraba bastantes batallas con su mami, elegiría las que tuviera alguna posibilidad de ganar.

—Para sobresalir debes luchar —continuó Isisa, aún extendiendo la sustancia alrededor de las orejas de Liyana—. Nadie te hará favores, cada oportunidad la arrebatarás de la mano de otro, ¿de acuerdo?

Cuando Liyana se dio cuenta de que su madre la estaba mirando, esperando una respuesta, asintió.

—Debes entrenar más, estudiar más, hablar con inteligencia y fuerza —dijo Isisa, blandiendo en alto la espátula cubierta de alaciador. Debes luchar cada día para demostrar que eres mejor que las mejores. Entonces podrás sobresalir, entonces podrás sobrevivir.

Liyana quería responderle que, aunque ciertamente quería sobrevivir, no tenía grandes deseos de sobresalir. Todo lo contrario.

En vez de eso, asintió con la cabeza, mientras soportaba el dolor ardiente en su cuero cabelludo y se preguntaba por la contradicción que había entre esforzarse por sobresalir y a la vez trabajar duro para encajar.

Scarlet

Scarlet juraba que cuando tuviera una hija la mimaría mucho, le daría todo lo que pidiera y mucho más, aunque no lo pidiera. No estaba del todo segura de cómo conseguir una hija. Pero si su madre, que no parecía haber querido una, se las había arreglado para tenerla, entonces no podía ser demasiado difícil. Y una vez que Scarlet hubiera resuelto los detalles, se aseguraría de que su propia hija se sintiera excesivamente querida.

La hija de Scarlet crecería bajo un manto de devoción que casi la asfixiara, no tendría que aferrarse a pequeños retazos maternos, a rasgaduras de afecto descuidado. Scarlet no sabía por qué su madre no sentía por ella lo que se suponía que debían sentir las madres, pero sabía que ella sería diferente. Scarlet adoraría a su hija, la amamantaría, acariciaría sus suaves mechones de pelo rojo, sus mejillas regordetas, sus puños apretados. Scarlet adoraría a su hija desde el principio, antes de que hiciera algo para ganarse su afecto, aun cuando todo lo que Red (porque ese sería su nombre) hiciera fuera llorar.

Scarlet se preguntaba a menudo cómo se sentiría ser amada sin ninguna razón en especial. Sin tener que disimular para parecer agradable, sin tener que dar lo que no quisiera dar, con la seguridad de que la amaban solo por ser ella misma. Con su propia hija, Scarlet se empeñaría en demostrar que el amor incondicional era posible, en demostrar que era su madre, y no ella, la que estaba mal.

Bea

—¡Cuidado! —Liyana gritó a las suelas de los zapatos de Bea, que desaparecían—. No subas demasiado.

—No la escuches —gritó Scarlet—. ¡Ve tan alto como puedas!

Bea se detuvo para mirar desde la rama. Cuando se encontró con la mirada de Scarlet, sonrió, se enderezó, alargó la columna vertebral y se acercó a la copa del árbol.

—¡Voy a llegar hasta arriba!

«¿Por qué no?», pensó. No estaba demasiado lejos. Y, después de todo, ese lugar era diferente. No era como la Tierra, donde una caída desde un árbol tan alto la habría matado. Las leyes físicas en ese lugar estaban torcidas. ¿De qué otra manera se explicaba la caída perpetua de las hojas? La gravedad era más indulgente en Everwhere.

Cuando Bea llegó a la rama más alta, encontró un punto de apoyo firme y se preparó para saltar. Ahí, mientras movía los dedos de los pies hasta el borde, miró hacia abajo, buscando los ojos de sus hermanas, para asegurarse de que estaban fijos en ella.

—Yo te atrapo si te caes. —Liyana se situó en la base del árbol, con las manos pegadas al tronco— Pero, por favor, no te caigas.

—No me voy a caer —gritó Bea—. ¡Voy a volar!

Leo

—¡Pssst!

Leo, rígido y erguido en su cama del dormitorio, se removió en sus mantas para girar a medias hacia la cama de al lado. Vio una mano extendida en la oscuridad. Esperó.

—Pssst.

—¿Qué? —siseó Leo.

El chico de la cama de al lado agitó la mano, como si esperara que Leo la tomara.

—Marsden, Christopher —susurró—. Puedes llamarme Chris, si quieres.

Leo miró la mano, pero no la estrechó.

—Penry-Jones, Leo.

—Un gusto conocerte —dijo Christopher.

Retiró la mano y se sentó. Leo hizo lo mismo.

—Eres nuevo, ¿verdad?

—Sí.

—¿Por qué tan tarde?

—¿Qué quieres decir? —dijo Leo, abrazando sus rodillas.

—Bueno, la mayoría de los chicos empieza aquí antes de los seis años, ¿no? Ese fue mi caso.

—Sí, bueno, mi madre quería que estuviera en casa —dijo Leo—. Mi padre lo permitió durante un tiempo, pero, cuando cumplí ocho años, él insistió.

Christopher se deslizó de nuevo bajo las mantas y apretó la cabeza contra la almohada.

—Tienes suerte. —Sonrió—. De seguro tu madre te extraña con locura. La mía ni siquiera se ha dado cuenta de que me fui.

Leo le devolvió la sonrisa.

—Si has estado aquí tres años, apuesto a que sí.

Christopher soltó un leve bufido, dando a entender que Leo no se daba cuenta de lo equivocado que estaba.

—¿Extrañas a tu madre?

—Yo... —Leo era reacio a confesar cuánto la echaba de menos.

—Puedes venir aquí conmigo —susurró Christopher—. Si quieres.

Leo sabía que, aunque varios metros de suelo y varios centímetros de sábanas y cobijas los separaban, Christopher percibía como su insistente y frenética sensación de soledad llenaban el aire. Leo echó una rápida mirada a las otras doce camas del dormitorio, a los chicos acurrucados entre las sábanas apretadas y sus sueños. Y, antes de que pudiera acobardarse, dio un rápido jalón a sus sábanas y puso los pies en el frío suelo de piedra.

Unos minutos más tarde, Christopher estaba dormido, acurrucado con Leo, con sus suaves ronquidos haciéndole cosquillas en el oído. Hasta el amanecer, Leo miró a su nuevo amigo dormir. Y no fue hasta que el sol de la mañana empezó a iluminar el dormitorio cuando volvió a acostarse en su propia cama.

7 de octubre
25 días...

7:11 a. m., Goldie

Tengo que hacer una confesión. Estoy acechando a Leo. No es como si lo llamara o lo siguiera a casa, aunque sé que está estudiando Derecho en Saint John's y, por alguna razón (probablemente una madre sobreprotectora, reconozco las señales) pasa algunas noches en el hotel con sus padres. Admito que limpio la *suite* de su familia más a fondo de lo estrictamente necesario y me detengo en ciertas cosas, como su champú y sus camisas. Sé que no forma parte de mi trabajo ocuparme de su guardarropa ni oler sus artículos de aseo, pero me gusta ir más allá de mis obligaciones.

Anoche, mientras limpiaba el interior de la mesita de noche de Leo, descubrí su diario. No lo leí. Puede que sea una ladrona y una mentirosa, pero todavía tengo ciertas normas morales. Ni siquiera lo abrí. Y no lo haré. No importa lo tentada que esté. Lo juro por mi madre.

Después de la curiosa experiencia de ordenarle con la mente que volteara hacia mí, no ha ocurrido nada fuera de lo común. La vida ha sido aburrida y benévola, lo cual, aunque no me deleita precisamente, es sin duda preferible a lo extraño e inesperado. Voy al trabajo, limpio los lavabos, sueño con Leo, limpio los pisos, lustro los espejos, desempolvo los relojes antiguos. Vuelvo a casa, doy de comer a Teddy, le ayudo con la tarea, limpio el piso y me acuesto. Después de una semana así, casi he olvidado la experiencia por completo. Por eso me sorprendo cuando vuelve a ocurrir.

Estoy limpiando los pasillos del primer piso cuando alzo la vista y veo al señor Penry-Jones acercándose. Por un segundo me quedo quieta, pues hay muchas posibilidades de que su hijo esté caminando tras él. No lo está. Pero, antes de que pueda seguir aspirando, el señor pasa delante de mí y pisa el cordón de la aspiradora sin decir una palabra de disculpa o cualquier otra cosa que reconozca mi existencia, y continúa alegre su camino.

«Idiota», pienso. «Ojalá te caigas y te tuerzas el maldito tobillo».

Un segundo después, tropieza con un montón de cuerda enredada y sale despedido hacia delante. Cae tendido como una estrella de mar en la alfombra púrpura. Estoy a punto de reírme, pero el susto me detiene. Fue una coincidencia, sin duda.

—No te quedes ahí embobada, niña idiota —me grita, levantando a medias la cabeza—. Llama al médico. Creo que me torcí el maldito tobillo.

Me quedo boquiabierta unos segundos más, pero me recompongo y me voy. Mientras me apresuro por el pasillo, siento una oleada de fuerza. De pronto soy más alta, más fuerte, más rápida. «Puedo dirigir ejércitos», pienso. «Puedo derribar naciones, tengo la magia al alcance de la mano...». Siento como si mi cabeza rozara el techo y mis pies se levantaran del piso. Me embarga una extraña sensación de deslizar los dedos en tierra húmeda, de tocar raíces alargadas. Las estoy manipulando, controlando; extraigo del suelo un árbol completamente formado. Entonces, de repente, las raíces se rebelan, rodean mis muñecas y me arrastran bajo tierra. Una oleada de pánico se apodera de mí. Empiezo a encogerme y a hundirme, de modo que, cuando llego a las escaleras, vuelvo a ser pequeña e insignificante. «¿Qué demonios fue eso?», pienso mientras me apresuro a buscar ayuda.

7:48 a. m., Goldie

Garrick ordena que me vaya en cuanto llega a donde está el señor Penry-Jones, todavía postrado en la alfombra y gimiendo como una niña, agarrándose el tobillo. Salgo del lugar expresando lo preocupada que estoy y adulando al pobre ricachón, como si fuera una madre neurótica. Cuando me encuentro a salvo detrás de la puerta de la habitación 17, suelto una carcajada, sofocando el sonido con mi delantal.

Después hago todo más despacio, distraída por mis pensamientos. No sé, es extraño. De niña, lo único que quería era ser fuerte. Más fuerte que los adultos que me rodeaban. Pero, ahora que puedo serlo, me parece extrañamente desconcertante.

Dejo la habitación de Leo para el final, así como me reservaba los dulces para lo último cuando era niña. No he tomado nada, pero he hecho cosas peores, ya que la violación de la intimidad es un pecado mucho mayor que el robo. Está bien, mentí. No solo revisé las cosas personales de Leo, sino que ya he leído sus pensamientos más privados, y algunos de ellos son bastante sorprendentes.

Todavía estoy sentada en la cama individual cuando él entra en la habitación. Por suerte yo acababa de devolver el diario a su cajón. Me levanto de un salto.

—¿Qué estás haciendo?

Lo miro con la boca abierta, pero no digo nada. Me mira con curiosidad.

—¿Estás robando?

Frunzo el ceño, antes de fijarme en una cartera de cuero negro sobre la cama, junto a la marca que dejé en el edredón.

—Ay, no, yo... —Luego lo reconsidero. Es mejor que piense que soy una ladrona (después de todo, lo soy) que una fisgona. Así que agacho la cabeza.

Leo cruza la habitación en tres zancadas. Está delante de mí antes de que pueda respirar, con su boca más cerca de la mía de lo que jamás ha estado la de un hombre desde...

—No eres... —Estira la mano hacia mi mejilla y me sobresalto. Pero al sentir el calor de su mano, el pulso de sus dedos, descubro que no tengo miedo. Lo miro a los ojos, de media docena de tonos de verde y, ahora me doy cuenta, con un toque de amarillo al centro. La luz del sol sobre las hojas. Hay curiosidad en sus ojos, pero también ternura.

—¡Leo! ¿Qué demonios está pasando?

El señor Penry-Jones aparece en el umbral de la puerta, apoyado en un bastón dorado, con el pie izquierdo elevado y el rostro enrojecido por la furia.

Leo baja la mano y se aleja.

—¿Quieres explicarte? —El señor Penry-Jones entra cojeando a la habitación y observa la escena: su hijo, yo, la cartera—. ¿Leo?

Miro a Leo, que mira fijamente a su padre.

—Leo. —Su voz baja—. ¿Estabas haciendo algo inapropiado con esta...?

—No, señor. Por supuesto que no.

—Bueno, entonces, ¿qué demonios estabas haciendo?

—Solo le estaba preguntando...

Doy un paso adelante.

—Me atrapó —le digo— Yo... yo estaba... intentando tomar su... cartera.

11:59 a. m., Goldie

Leo lo niega, le dice a su padre que no es cierto. Intercambian palabras acaloradas (el padre en voz alta, el hijo en voz baja). Mientras, yo me quedo de pie junto a la cama, mirando a uno y otro, y luego hacia mis pies. No sé por qué lo hice, por qué lo dije. Fue un impulso estúpido, muy estúpido. Solo sé que sentí un repentino deseo de protegerlo de sentirse avergonzado frente a su padre. Después de un rato discutiendo, el mayor de los Penry-Jones cojea hasta el teléfono y lo levanta.

—Quisiera hablar con el gerente, por favor. Sí, espero.

Mis ánimos se hunden desde el piso hasta el despacho de Garrick. Sabía que esto iba a pasar, ya me estoy arrepintiendo de mi tonta amabilidad. Pero ahora es demasiado tarde para negarlo.

Me doy cuenta de la gravedad de mi situación porque Garrick ni siquiera intenta meterme mano en el ascensor. Entro primero en su despacho y él cierra la puerta detrás de nosotros. Al oír el clic de la cerradura, mis ánimos se hunden hasta el sótano. Mientras Garrick acomoda su pesado cuerpo en la silla barata tapizada con tela imitación de cuero que hay detrás de su escritorio, la tela chirría y él tose para disimularlo. Cruza sus piernas gruesas.

—Ay, Goldie. Qué decepción—. Suspira de forma teatral, como si fuera un juez del tribunal supremo sentenciando a un asesino en serie. Reprimo las ganas de poner los ojos en blanco—. Bueno, entonces... —Se recarga en el respaldo, junta los dedos y los presiona contra sus labios: la ridícula pose que ha adoptado para reflexionar sobre mi destino—. ¿Cómo... vamos a solucionar esto?

Me mantengo en silencio. No negaré las acusaciones ni pediré clemencia. Siento que las arenas movedizas suben y sé que cualquier táctica de ese tipo solo acelerará mi descenso. Garrick baja las manos y descruza las piernas. Se inclina hacia delante, está excitado, tiene la calva brillosa de sudor, que le sale en forma de ondas pegajosas.

—Mira, en circunstancias normales tendría que despedirte de inmediato. Y llamar a la policía. Sin embargo… —Hace una pausa para sonar más dramático—. Hay... opciones alternativas a tener en cuenta.

Empuja la silla hacia atrás y se pone de pie; el cuero de imitación chirría al liberarlo. Camina alrededor del escritorio. Al verlo me muerdo el labio superior, que se queda pálido, sin sangre.

—¿Qué opinas? —No digo nada, miro de reojo la puerta cerrada—. Está bien, no hace falta que hables. —Sonríe—. Es decir, me gusta una boca sucia tanto como a cualquier otro hombre, pero no necesito que me estimules. Ya estoy excitado. —Da otro paso hacia mí—. Ponte contra la pared como una niña buena. Yo haré todo el trabajo.

Se acerca. Yo tropiezo al hacerme hacia atrás. Estira la mano para sostenerme. Retrocedo, pero como su despacho es casi tan pequeño como el ascensor, me veo arrinconada contra la pared. Empiezo a hiperventilar. Garrick me empuja con todo su peso y me presiona contra la pared.

—¿Te gustaría hacer los honores? —Señala con la cabeza su ingle—. ¿O lo hago yo? —Intento hablar, pero me cuesta respirar—. ¿El gato te comió la lengua? —Acerca tanto su cara que puedo ver los poros de su piel sudorosa y oler su aliento rancio y ahumado. Por un momento horrible, creo que va a besarme. En lugar de eso, desliza un dedo gordo en mi boca. Mis ojos se abren de par en par, sin pestañear—. ¿Te gusta? —Vuelve a sonreír—. Chupa esto, cariño, un pequeño adelanto de las próximas atracciones.

Entonces, de alguna manera, hago lo que nunca había podido hacer antes. En lugar de congelarme, lucho. Es un impulso, no pienso en la estrategia, simplemente muerdo. Muerdo su dedo con tanta fuerza que su piel se rompe y su sangre llena mi boca.

Garrick grita y retrocede de un salto. Sostiene su dedo ensangrentado, salta, se retuerce y grita como un cerdo siendo sacrificado.

—Tú... ¡maldita perra! —grita—. ¿Qué carajos haces...?

Le brota una cascada de maldiciones, palabras tan crudas, tan coléricas, que por un segundo me quedo clavada en aquel sitio, conmocionada. Entonces me doy la vuelta y salgo corriendo.

12:34 p. m., Liyana

Además de sus cartas de tarot, cuando Liyana se siente perdida, busca a los mirlos. Son ángeles personales, mensajeros de un universo benévolo, si es que existe tal cosa. La tranquilizan, le recuerdan que va por buen camino. Al ver un mirlo, Liyana siente que, en última instancia, todo está bien en el mundo, a pesar de que en ese momento todo parezca poco esperanzador.

Prefiere a los mirlos porque, aunque nunca lo admitiría ante otra alma viviente, Liyana cree que, de alguna forma esotérica e inexplicable, encarnan el espíritu de su madre. Tal vez porque Isisa solía cantar una canción sobre aquellas aves con tanta frecuencia que se convirtió en la banda sonora de los sueños de Liyana. A veces despertaba con la letra en los labios. Por desgracia, ya no recuerda ninguna de las palabras, por mucho que lo intente.

Lleva semanas sin recoger una pluma ni ver un mirlo. Los ángeles la han abandonado. Así que vuelve al tarot. Pregunta por el dinero, por el matrimonio, por la posibilidad de que ocurra un milagro. Salen la Torre, el Tres de Espadas, el Cinco de Copas. Pregunta lo mismo varias veces, buscando una y otra vez la posibilidad de obtener cartas diferentes. Baraja y vuelve a barajar, reparte y vuelve a repartir, con la abrumadora esperanza de obtener una sola señal que la tranquilice. No consigue ninguna.

2:59 p. m., Scarlet

Scarlet se apoya en su querida máquina de capuchinos. Limpia a medias el costado de Francisco con un trapo de cocina, intentando no pensar en Ezekiel Wolfe y sus planes de erigir otro monumento al capitalismo global en el lugar donde ahora está el pequeño café de su abuela. Se siente una tonta. Sin embargo, no dejará que el señor Wolfe ponga sus garras en el café. A la comunidad aún le gusta, después de todo. Los viejos incondicionales todavía vienen. Cambridge es una ciudad de tradición, de ritual, de memoria. Lamentablemente, esa lealtad no aumenta con la misma ansiosa ferocidad que el alquiler.

Mientras mira su reflejo borroso en el brillante acero inoxidable, Scarlet se pregunta qué haría si no estuviera haciendo esto. Hace años que no considera hacer otra cosa. ¿Por qué iba a pensarlo? No está capacitada para nada, ¿a dónde te puede llevar por sí solo el certificado de secundaria? Incluso si pasaste con honores.

Lo cual, dado que durante toda su educación básica ella siguió ayudando a su abuela en la cafetería todos los días después de la escuela, es bastante impresionante. Pero ¿qué empleador pensaría eso? Debería seguir estudiando o hacer un curso de formación. Aunque todo ello requiere tiempo y dinero, que no tiene en abundancia.

Cuando Esme aún trabajaba en la cafetería, antes de que le diagnosticaran la enfermedad, Scarlet se había propuesto ir a la preparatoria, con la vaga idea de especializarse en química. Le gustaba imaginar que pasaría el tiempo sentada en un laboratorio haciendo explotar cosas; parecía la carrera perfecta. No le importaba que no se hubiera hecho realidad, pues solo lo había pensado porque no había otra materia que le interesara. Además, la cocina era una alternativa satisfactoria al laboratorio. Es verdad que la alquimia burbujeante del bicarbonato de sodio con agua no era tan intensa ni satisfactoria como la explosión del fósforo rojo con clorato de potasio, pero seguía siendo bastante mágica.

Scarlet fue notando las señales poco a poco. Al principio, Esme empezó a olvidar los nombres de cosas sencillas: un plato, el refrigerador, los rollos de canela. Luego empezó a perder cosas y a encontrarlas de nuevo en lugares inapropiados: las llaves del coche en el congelador, un litro de leche en el armario del baño, una cuchara de té en la caja registradora entre los billetes de cinco libras. Aun así, Scarlet no le dijo nada a su abuela. No quería que se confirmaran sus temores; esperaba que los síntomas desaparecieran como una araña en la bañera que, si se deja el tiempo suficiente, acaba cayendo por el desagüe.

Finalmente, ni Scarlet ni Esme pudieron ignorarlo por más tiempo. Así que Esme fue al médico y se confirmó lo peor. Y Scarlet se rindió ante el hecho de que hornear pasteles iba a ser su experimento científico más emocionante.

10:58 p. m., Bea

Además de su inquietante experiencia en la biblioteca, en la que se encontraba en una perfecta alineación de cuerpo y alma mientras la tinta se introducía sin problemas en su piel, Bea ha empezado a notar cosas. Cosas que le hacen preguntarse, con toda la evidencia en contra, si los cuentos de su mamá podrían ser ciertos. O si al menos provienen de un pequeño núcleo de verdad. La razón dice que es imposible, pero Bea se está viendo obligada a ampliar los límites de lo que cree posible.

Últimamente ha descubierto que sabe lo que la gente va a decir antes de que lo digan. No palabra por palabra, pero sí lo esencial. Piensa en las personas justo antes de encontrárselas. Y la semana pasada predijo casi todas las preguntas de su trabajo de filosofía moral, un fenómeno que podría haberse atribuido a la diligencia del estudio si no fuera porque había soñado con ellas la noche anterior. Estas experiencias están muy lejos de las oscuras premoniciones de su mamá, pero son inexplicables.

Como resultado, Bea, muy a su pesar, ha estado buscando ciertas puertas, las estudia en busca de anomalías, señales de que podrían no ser exactamente lo que parecen. No se ha atrevido a intentar atravesar alguna a las 3:33 a. m., aunque no está segura de si esto se debe a que se niega a respaldar las ideas de su mamá sobre mundos fantásticos o a que la luna no estará en la fase correcta hasta el primero de noviembre. Como sea, si no tiene nada mejor que hacer esa noche, podría intentarlo.

—Cuando eras niña podías hacer todo eso mientras dormías —le dice su mamá cuando la llama, cosa que hace más a menudo de lo que a Bea le gustaría.

—Así que sigues con eso —responde Bea—. Me gustaría que pararas, me haces sentir incómoda.

—¿Por qué? Debería ser lo contrario. Espera y verás.

—No tengo recuerdos de esas cosas y no hay evidencia de ellas ahora, así que... —Bea se encoge de hombros—. Solo me queda la diferencia entre lo que tú dices que soy y lo que yo siento que soy.

—Deja de encogerte de hombros —dice su mamá—. Es malo para tu postura.

—Deja de regañarme —contesta Bea—. Y no me estoy encogiendo de hombros.

—Miéntele a quien quieras, pero no a mí —le responde Cleo—. Solo te rebajas a ti misma. Además, es demasiado molesto. ¡Por amor al... demonio!

—Eres demasiado molesta —dice Bea, queriendo colgar—. Y no sé por qué te empeñas en contarme esas historias absurdas; cualquiera pensaría que quieres volver a Saint Dymphna. Pensaba que ya te habías cansado de ese lugar. —Su mamá se queda en silencio—. Volverás allí si alguien te escucha —dice Bea, sin poder resistirse a retorcer el cuchillo—. Pensarán que te volviste loca.

—Eso es porque la mayoría de la gente tiene cero imaginación y aún menos inteligencia —dice su mamá—. Podrías acompañarlos a través de una puerta, llevarlos de la mano hasta el amanecer y seguirán diciendo que todo fue un sueño. *¿Entiendes?* Si vieran un destello de luz azul en sus mundos en blanco y negro, eso haría explotar sus pequeñas mentes mortales. Si vieran algo extraordinario, lo racionalizarían hasta convertirlo en polvo. —Bea pone los ojos en blanco—. ¡Oye! —Cleo estalla—. Deja de faltarme al respeto.

—No lo hice —dice Bea, molesta por la extraña habilidad de su mamá para saber exactamente cómo reacciona, incluso cuando hablan por teléfono.

—¿Sabes?, me caías mejor cuando eras más joven.

—Eso me dices siempre.

—Bueno, ya lo dije. Y lo diré otra vez. No puedo esperar a que cumplas dieciocho años y por fin tenga a mi hija de vuelta.

Bea quiere volver a poner los ojos en blanco de nuevo, pero se contiene.

11:11 p. m., Leo

A Leo le gusta pasear de noche por las calles de Cambridge, especialmente cuando los colegios están repletos de estudiantes, cuyos pensamientos se filtran a través de las antiguas piedras, caen por cada ventana y puerta abierta, y se quedan flotando en el aire como el humo de una hoguera. Respira sus deseos, sus decepciones, su desesperación.

A diferencia de Londres, aquí las calles suelen estar vacías a altas horas de la noche, salvo por algunos vagabundos solitarios, unos cuantos acurrucados y dormidos en las fachadas de las tiendas.

La luz se derrama sobre las banquetas e ilumina a sus residentes. Leo se pregunta quiénes son esas personas cuyos pensamientos puede oír, pero cuyos nombres desconoce. Detrás de una ventana, percibe a una chica Grimm, con fuerzas y habilidades aún latentes, que aún no sabe quién es ni lo que está por venir.

Piensa sobre todo en Goldie y se pregunta qué le habrá pasado en manos de su jefe. Lo sabrá mañana. Espera que aquel pequeño sapo no le haya hecho ninguna porquería, espera que ella le haya dado su merecido y le haya mordido el diminuto miembro. Sonríe cuando piensa en ella leyendo su diario. Por suerte no había escrito nada incriminatorio, o habría perdido su ventaja más importante: el elemento sorpresa.

Hace más de una década

Everwhere

Al salir por las puertas se nota el cambio. Es tan sutil que, al principio, apenas lo percibes. Pero cuando empiezas a dejar atrás Everwhere, cuando el olor de las hogueras ya no permanece en tu piel, cuando tus ojos se adaptan a la luz más nítida, tus pies se aceleran sobre el cemento en lugar del musgo, tus orejas se afinan al oír el claxon de un coche y el ladrido distante de un perro, notas que te sientes un poco más apagado, un poco más pesado, un poco más triste. Te duele la cabeza, como si no hubieras dormido bien. Algo te preocupa, como si acabaras de recibir una mala noticia y no la recordaras.

A medida que te adentras en el mundo que siempre has conocido, ese lugar donde los ladrillos y el cemento son tan familiares, el cambio se siente cada vez más fuerte, más intenso. La satisfacción que sentiste, la calma, la claridad, se evaporan. La tristeza te oprime el pecho, tanto que parece atravesarte. Poco a poco sientes como si tu espíritu, cada recuerdo alegre, tu capacidad de reír, te fueran succionados, igual que las nubes filtran la luz del cielo.

Quieres volver atrás, quieres correr de regreso al lugar que dejaste, pero sabes que no puedes. No hay vuelta atrás, no hasta la próxima luna menguante, no hasta que las puertas se abran de nuevo. Así que sigues caminando hasta que ya no notas el denso dolor de la decepción y la pena, porque ahora forma parte de ti como la sangre que corre por tus venas. Y después de un tiempo te olvidas de cómo te sentías antes. Y finalmente olvidas que alguna vez estuviste allí.

Goldie

—Sabes que solo quiero mantenerte a salvo, ¿verdad, cariño?

Asentí con la cabeza. Quería decirle a Ma que dejara de llamarme así. Quería preguntar «¿a salvo de qué?», pero intuía que desataría un torrente de nerviosismo y miedo con el que no quería lidiar. Cuando Ma estaba de ese tipo de humor, lo más fácil era estar de acuerdo con todo y esperar. Así que me desconecté, respiré hondo y me sumergí en las aguas para que las corrientes de ansiedad se arremolinaran encima de mí mientras Ma parloteaba.

Deseaba poder decirle que estaría bien, que no había nada de qué preocuparse porque podía cuidar de mí misma. Quería hablarle de mis hermanas, de lo que podía hacer en Everwhere. Pero sabía que me ignoraría como a una niña tonta con sueños fantásticos o, peor aún, me echaría encima un sermón sobre los infinitos peligros de la vida. Así que contuve la respiración y me quedé callada.

—¿Por qué no te cuento un cuento? —preguntó Ma, y se acercó para enredar un dedo en mi pelo. Tenía el pelo rubio como el mío, pero con una fina pelusa de rizos que tenían un efecto de halo, que le daba un aspecto de santa que a veces desmentía su comportamiento—. Uno nuevo.

Me estremecí. No solían gustarme sus historias, pero nunca supe cómo decírselo. Ma contaba historias para asustarme, para que me mantuviera a salvo, para que nunca hiciera nada audaz. No quería que tuviera aventuras, que me elevara (o volara) por encima de las expectativas. Un día lo haría. No mientras estuviera bajo la mirada de Ma, pero sabía que me iría cuando fuera lo suficientemente mayor. Dejaría mi casa y me iría a Londres, incluso más lejos. Quizás ni siquiera volvería.

O tal vez volvería algún día, cuando hubiera estado fuera el tiempo suficiente para echar de menos a Ma. Pero solo después de haber visto todo el mundo que fuera posible ver. Nada de lo que ella dijera cambiaría eso; sin importar cuántas historias tristes contara, no me impediría huir en cuanto pudiera. Ya había aprendido que mientras más aprensiva fuera y más intentara retenerme, solo me incentivaría para luchar con más fuerza para lograr escapar.

Pero Ma era una buena narradora, eso es innegable. Cuando era bebé, sus palabras me envolvían tan cómodamente como las mantas. Pero eran historias tontas de chicas cuyo único deseo era casarse, chicas solitarias que anhelaban tener maridos y hogares, y familias crecientes a las que dedicar su vida. Historias aburridas. Intentaba no poner los ojos en blanco cuando comenzaba a contarlas y nunca me interesaba saber cómo acababan. Pero, a pesar de que los cuentos eran tan secos que su polvo se atascaba en mi garganta, la forma en que Ma los contaba seguía siendo encantadora, lo cual significaba que no podía dejar de escuchar cómo entrelazaba las palabras, hilando hebras de frases a través de mis dedos y mi cabello.

—Cuéntame la historia de mi nacimiento —le dije.

—Ay, cariño. —Ma se rio y me cargó. Siempre fue un poco extraño sentarme en el regazo de mi madre porque ella era muy pequeña, casi como una niña. Como si a los trece años ella hubiera decidido que no podía hacer el esfuerzo de crecer más. Yo no tardaría en ser tan alta como ella—. Te lo he contado mil veces.

—No importa, me encanta.

—No, esta noche tengo una historia diferente —insistió.

—De acuerdo —dije, pensando que quizá esta vez sería diferente.

Ma sonrió y me abrazó con fuerza.

—Muy bien, cariño. Esta se llama *Rapunzel.*

—La conozco —dije.

—No —dijo Ma—, no esta versión.

Me encogí de hombros y me aparté ligeramente, de modo que aún quedara un centímetro de aire entre nosotras.

—Había una vez una reina que deseaba tener un hijo —comenzó—. Desgraciadamente, aunque intentó todos los trucos y hechizos para concebir, la reina seguía siendo estéril.

»Un día, un hada oscura llegó al reino y le prometió a la reina que le podía dar lo que más deseaba. Pero después de lanzar su hechizo, le advirtió que no debía intentar adueñarse de lo que no se podía poseer. "El amor que se anhela demasiado", sentenció, "el amor que nace de un anhelo blanco y brillante, y de un deseo oscuro, traerá más penas que alegrías".

»Al cabo de un año, la reina dio a luz a una hermosa niña a la que llamó Rapunzel. Y, felizmente, la reina descubrió que el hada estaba muy equivocada, pues Rapunzel solo le proporcionaba más alegría cada día que pasaba. Nunca había amado a otra alma tan profundamente, ni había recibido a cambio un amor tan intenso.

»Cuando la princesa cumplió trece años, la reina había olvidado la advertencia del hada. Sin embargo, ahora que era mayor, Rapunzel se apartaba con frecuencia de su madre. Comenzó a amar a los demás. Tenía muchos amigos, y príncipes de diferentes reinos la cortejaban. Así que la reina se asustó.

»"¿Todavía me amas?", le preguntaba cada noche, "¿Aún me amas como yo te amo?".

»"Sí", respondía siempre Rapunzel, pues así era.

»Pero la reina no le creía y un día la encerró en una torre para que no pudiera ver a nadie más. Todas las noches la reina le volvía a preguntar. Finalmente, Rapunzel dejó de responder que sí porque descubrió que ya no la amaba como antes. Le rogó a su madre que la liberara, pues ansiaba ver el mundo. Pero la reina no podía dejarla ir. Una noche, el hada oscura visitó a la reina para recordarle lo que le había advertido.

»"Si no la dejas ir", le dijo, "ella pronto llegará a odiarte".

»"No me importa", respondió la reina, "siempre y cuando se quede".

»“Entonces ya no la amas”, dijo el hada.

»La reina estaba desolada. Después de todo, ¿alguna madre había amado más a su hija? Vigilaba desde fuera la torre para asegurarse de que el hada oscura no volviera. Sin embargo, todos los días la reina notaba que el dolor de Rapunzel no hacía más que crecer; diario escuchaba a su hija llorar más fuerte que la noche anterior. Hasta que, un día, la reina se llenó de arrepentimiento y la liberó.

»Maravillada de ser libre al fin, Rapunzel huyó a los confines de la Tierra. La reina se quedó llorando el amor que había perdido y rezaba cada noche para que su hija volviera. A medida que pasaban los años la reina se ponía pálida y delgada de tanto dolor, pero nunca perdió la esperanza de que su hija volviera. En el otro extremo del mundo, Rapunzel sintió cómo la llamaba la nostalgia de su madre y huyó aún más lejos.

»En la víspera de algún invierno, cuando la reina estaba finalmente en su lecho de muerte, envió un mensaje para pedirle a su hija que volviera a casa. Rapunzel, sorprendida por la noticia y repentinamente arrepentida por todo lo que había hecho, tomó el barco más rápido con destino a su reino y rezó por que llegara con su madre a tiempo.

»Por desgracia, Rapunzel llegó demasiado tarde: la reina había muerto unas horas antes. Llena de arrepentimiento y culpándose por la muerte de su madre, Rapunzel no volvió a salir del castillo. Todas las noches se encerraba en la torre y lloraba por el amor que había perdido y que nunca volvería a encontrar».

Ma se detuvo en ese punto, probablemente esperando a que yo dijera algo. No dije nada. Intenté no llorar. Lo intenté con todas mis fuerzas. Pero no pude evitarlo. Me puse rígida, apretaba los ojos mientras las lágrimas caían por mis mejillas. No debí sorprenderme. Pero me odié a mí misma por llorar, por no tener el valor de quitarme las frases melancólicas de encima, como me encogía de hombros ante los abrazos demasiado apretados de mamá. Pero no podía. Al fin y al cabo, solo tenía siete años y la estúpida historia se había metido en mi blando y estúpido corazón, a pesar de todos mis esfuerzos por mantenerla fuera. Y la estúpida historia ni siquiera era cierta. En boca de un narrador menos hábil habría sonado tonta y rancia, pero no en boca de Ma. En su boca solo sonaba a verdad. Ma me contó esa historia una y otra vez, hasta que memoricé cada palabra. Y así, mi madre pudo retenerme con más fuerza.

Scarlet

El temporizador del horno cantó: era el sonido favorito de Scarlet. Corrió por la cocina y apretó la nariz contra el cristal.

—¡Abuela —la llamó—, están listos!

—Entonces sácalos —dijo su abuela desde la cocina—. No dejes que se quemen.

Era la única que le permitía a Scarlet tomar ese tipo de responsabilidades. Su madre no le permitía ni acercarse al horno, mucho menos sacar pasteles calientes de su interior. Scarlet miró a su alrededor, tomó un paño de cocina con una mano y jaló la puerta del horno con la otra. En realidad no necesitaba el paño porque sus manos no parecían sentir el calor, pero sospechaba que su abuela (que siempre utilizaba dos paños de cocina, uno para cada lado de la charola) podría considerar extraño que tocara el metal caliente con los dedos sin protección.

A Scarlet le encantaba la sensación de calor al abrir la puerta del horno. A veces tenía que reprimir el deseo de meterse y unirse a los rollos de canela. Pero como había leído *Hansel y Gretel*, no haría nada tan estúpido. Oyó el suspiro de placer de su abuela cuando el aroma del azúcar y las especias recorrió la cocina hasta donde ella estaba, mezclando la masa de los bollos.

—Qué maravilla —dijo su abuela—. ¿Sabes?, tu abuelo solía hornearlos para mí cada domingo por la mañana mientras bailábamos en la cocina al ritmo de Bessie Smith. Y a veces...

—¿A veces qué? —preguntó Scarlet mientras ponía cada bollo en la rejilla que usaban para enfriarlos.

—Oh, nada. —Esme sonrió—. Debería esperar a que fueras mayor antes de contarte esas cosas.

—Tengo casi ocho años, abuela —dijo, con las manos en las caderas—. Creo que ya soy bastante mayor.

Esme se rio, sumergió el dedo en el tazón y lamió lentamente un poco de la masa de las galletas. En ciertos aspectos, su abuela le hacía a Scarlet el honor de tratarla como a una adulta, en otros la trataba como si aún fuera una bebé. El cuándo y el cómo eran imprevisibles.

—Ven a probar esto.

Scarlet se acercó corriendo, con la boca abierta. Su abuela se inclinó para ofrecerle una cucharada de masa. Scarlet la probó y se quedó pensando.

—Necesita una pizca más de sal —dijo, repitiendo una frase que había oído decir a su abuela muchas veces.

Su abuela añadió una pizca de sal al tazón.

—Sí, yo también lo pensé.

Scarlet la miró y pensó cosas que nunca admitiría en voz alta: cómo deseaba que Esme fuera su madre en lugar de Ruby, cómo quería vivir en el departamento de encima de la cafetería y desayunar rollos de canela todos los días, cómo no quería volver nunca a casa. El otro deseo secreto de Scarlet era tener hermanos, pero, por desgracia, estaba segura de que ese era otro anhelo que nunca se cumpliría.

Bea

Bea no solía levitar en la Tierra, aunque a veces se elevaba unos centímetros por encima del suelo, solo para divertirse, para recordar su propio poder. En Everwhere podía volar por horas, y en ocasiones lo hacía. Se deslizaba entre las hojas de otoño, observaba los lagos y los árboles hasta que dejaba de ser la chica que todos creían conocer para volverse apenas una ráfaga de aire. Sin embargo, por lo regular, Bea prefería quedarse con sus hermanas, aunque nunca lo expresara abiertamente.

Ese amor por sus hermanas era una debilidad, como le recordaba a menudo su mamá. No debía encariñarse demasiado, dada la probabilidad de que corrieran la misma suerte que las tías de Bea. O de que se volvieran oscuras. Entonces Bea tendría que cuidar de sí misma.

—Especialmente Goldie —le advirtió su mamá—. Tu padre la tiene en alta estima. Si él las obliga a enfrentarse una a la otra, querrás asegurarte de que...

—Pero ¿por qué? —Bea frunció el ceño—. ¿Por qué haría eso?

Cleo dirigió a su hija una mirada que era a la vez de complicidad e incredulidad, que indicaba claramente que Wilhelm Grimm era capaz de cualquier cosa.

—¿Cuándo fue la última vez que viste a papito?

La sonrisa de su madre era como una flor brotando.

—Lo veo bastante seguido.

—¿Cuándo lo conoceré?

—Tu padre va y viene a su antojo —dijo Cleo—. Pero su visita más importante será cuando venga a conocerte en tu décimo octavo cumpleaños. ¿Entiendes?

Cuando su mamá le reveló su propia historia de cómo entró a la madurez omitió algunas partes, sobre todo las que trataban de asesinato e incesto. De todas formas, Bea comprendió que debía mantener las distancias; sabía que sus hermanas probablemente habrían preferido que se alejara del todo, que las dejara disfrutar Everwhere sin ella. No las culpaba. Les decía cosas crueles, aunque parecía no poder evitarlo. Las palabras se le escapaban antes de poder detenerlas.

A veces Bea pensaba que sería mejor para todos que pasara el resto de sus días planeando por encima de los árboles, elevándose a la luz de la luna a poca distancia de las estrellas, sin hablar ni ver a otra alma. Probablemente sería más seguro así; en su ausencia sería mucho más querida. Y podría estar con su padre, sentir su aliento en los vientos, su susurro en el aire. Ellos dos solos, allá arriba. Podría hacerlo. Tendría que parar de vez en cuando para comer, no importaba qué. Se había convertido en una salvaje, comía todo lo que encontraba: setas, bayas, bellotas... ¿Sería comestible el musgo?, pareciera que sí. De todos modos, nunca le había importado mucho la comida, siempre había sido delgada como un gorrión, a pesar de los esfuerzos de su abuela por engordarla. Últimamente, sin embargo, Bea había evitado la comida a propósito: se saltaba el almuerzo en la escuela, solo revolvía su cena en el plato hasta que su mamá finalmente desistía de intentar obligarla. Y es que Bea razonaba que, cuanto más delgada estuviera, más alto podría volar. Si tuviera huesos huecos como los pájaros, podría volar hasta la luna.

Goldie

A veces descubría que mi padrastro me observaba. Aunque lo hacía siempre desde el rabillo del ojo o desde el borde de una habitación, lo sentía con tanta certeza como si me estuviera iluminando con un foco. Me encogía cuando sentía su mirada, como un árbol que pierde sus hojas. A veces estaba segura de que sentía también sus pensamientos, largos zarcillos de anhelo que jalaban de mi falda como un niño pequeño tratando de llamar mi atención.

Y era un niño, mi padrastro, un bebé enfermizo y asqueroso con un cuerpo alargado, delgado y fibroso como hierba. Siempre buscaba la silla más cercana para dejarse caer con las extremidades dobladas, demasiado perezoso para estar de pie. Dedos insidiosos como la hiedra, que se aferraban a lo que no lo quería. Se sentaba en el sofá a engullir bolsas grandes de dulces, acababa con azúcar por toda su ropa, dejaba caramelos tirados para que yo me revolcara en la cama, como una versión de mal gusto de «La princesa y el guisante».

Se comportó así desde que Ma lo trajo a casa. Intenté decírselo a ella, pero no me escuchó. Lo quería demasiado, Dios sabe por qué. Insistía en que era bueno, a diferencia de mi impresentable padre, e ignoraba todas las señales que advertían lo contrario, incluyendo el hecho de que era un burdo remedo de ser humano. A veces yo lo miraba y pensaba que, si Ma lo consideraba mejor, entonces mi padre debía ser el diablo.

Mi padrastro empeoró cuando perdió la discusión sobre los bebés con Ma, en el momento en que ella empezó a pasearse por el departamento sonriendo para sí misma. Nunca la había visto tan feliz. Me pregunté si había sido tan feliz mientras estaba embarazada de mí. Lo dudaba, ya que este bebé era producto del supuesto amor, mientras que yo era el producto del deseo blanco y negro, según Bea. Le pregunté a mamá si eso era cierto, pero no lo confirmó ni lo negó. En cambio, una extraña mirada pasó por su rostro, como si se esforzara en recordar algo sobre mi concepción. Después me preguntó qué té quería tomar.

A medida que el embarazo de mamá avanzaba, empezó a replegarse sobre sí misma, lo que fue un alivio. Pero entonces mi padrastro entró en el espacio que ella había dejado, y eso no fue precisamente tranquilizador. Durante la cena, empezó a preguntarme por mi día (algo que Ma olvidaba hacer). Se inclinaba sobre nuestra mesita para que yo pudiera oler la cerveza en su aliento. Empecé a cerrar la puerta del baño cuando me bañaba y a envolverme en el edredón cuando me acostaba. Empecé a desear tener mi propia habitación. Estuve de acuerdo con Ma en que debíamos mudarnos. El departamento era demasiado pequeño para tres y mucho más para cuatro. Pero mi padrastro insistía en que no podíamos permitirnos pagar una renta más costosa, no con la llegada del bebé. Extrañamente, a mamá ya no parecía importarle, así que no lo presionó. Quizá lo hizo para que él dejara de quejarse por todas las cosas nuevas que estaban teniendo que comprar para el bebé. Ella engordó y se alejó, y él estaba cada vez más delgado y más cerca, mientras las paredes de nuestro pequeño departamento parecían cerrarse sobre nosotros.

Leo

Últimamente Leo sufría ataques de ira repentinos e inexplicables. Hacía poco había roto seis ventanas del refectorio con un bate de cricket, y solo se libró de la expulsión porque su padre hizo una importante donación al fondo discrecional del director. Después arrancó el bolsillo de la chamarra de Robin Walker y se ganó cinco días de castigo a la hora del almuerzo. Mientras estaba sentado en su pupitre, de cara a la pared escribiendo una y otra vez «Controlaré mi temperamento», se preguntaba por qué lo había hecho. No podía explicárselo ni a sí mismo. A pesar de los castigos, golpeó una y otra vez a un niño al azar en el patio de recreo, y solo se libró de la sanción porque el niño estaba demasiado asustado para denunciarlo.

Entonces, una tarde, Leo encontró en la biblioteca del colegio un libro de Robert Louis Stevenson: *El extraño caso del Dr. Jekyll y Mr. Hyde.* Al parecer se trataba de una primera edición y el bibliotecario se negó a que Leo la sacara de su vitrina. Pero necesitaba leerla. Y no cualquier edición, sino esa misma. Tampoco podía explicar por qué. Así que, pensando que el viejo y bobo bibliotecario no se daría cuenta, se robó el libro y lo sustituyó por otro. Bastaron tres noches bajo las sábanas con una linterna (también robada, para colmo, a Robin Walker) para leer el libro de principio a fin.

Cuando terminó, Leo tenía la respuesta. Él era peligroso. Un loco con dos caras: una (relativamente) buena y otra (cada vez más) mala. Se preguntó si el bastardo de Walker lo habría envenenado con algo inventado en el laboratorio de química. Se preguntó si habría un antídoto. Entonces se dio cuenta, con cierta sorpresa, de que aunque lo hubiera no lo aceptaría. No quería reprimir su rabia, porque, aun si las consecuencias externas podían ser desafortunadas, los efectos internos eran más bien gloriosos. Cuando lo invadía la rabia, cuando la furia pura bombeaba por sus venas, se sentía más exaltado, más invencible, más él mismo que nunca.

8 de octubre
24 días...

9:59 a. m., Goldie
Necesito conseguir un trabajo rápido, uno que no requiera referencias y donde paguen en efectivo. Por desgracia, mi búsqueda debe limitarse geográficamente, es decir, excluir un radio de un kilómetro alrededor del Hotel Fitzwilliam. Aunque Garrick rara vez se aleja más de unos cientos de metros de su oficina y prefiere enviar a sus subordinados a hacer mandados afuera, sé que va a la tienda de la esquina por cigarros cuando está harto del lugar y quiere salir. En lo personal, me gustaría volver y cortarle los otros dedos, pero necesito estar a salvo, aunque solo sea por el bien de Teddy.

Dejé a Ted en la escuela y me fui directamente a la ciudad para empezar a buscar. Pero para cuando llegué a King's Parade ya me habían rechazado en dos cafés y tres restaurantes. Empiezo a sentirme tan desesperada que incluyo tiendas en mi búsqueda, pero me dicen «no» antes de que haya abierto la boca. Veo el letrero del Café Núm. 33, una especie de institución en Cambridge, creo, aunque nunca he entrado. Sin embargo, parece bastante agradable desde fuera, tiene un gran ventanal con vista al King's College. Sentada en una mesa, mirando a la calle, hay una señora mayor, de unos setenta u ochenta años, con una masa de pelo blanco y una sonrisa melancólica. Le hago señas y me sonríe. Lo tomo como una señal.

—Buenos días —digo, al empujar la puerta. Pero ahora la anciana no me mira, no aparta la vista de la ventana. Además de ella, la cafetería está vacía y, cuando me acerco al mostrador sin personal, empiezo a dudar. Si no hay clientes, no hace falta personal adicional y ya me he hartado de rechazos por el día de hoy. Estoy a punto de voltearme cuando una joven de abundante cabellera roja y rizada sale a toda prisa de la cocina, limpiándose las manos en el delantal. Hay algo en ella que me resulta familiar, aunque no sé qué es. Tal vez la haya visto por la ciudad, aunque estoy segura de que habría recordado ese pelo rojo.

—Lo siento —dice ella, un poco sin aliento—. ¿Qué puedo ofrecerte? ¿Té? ¿Café? ¿Pastel?

—No... yo... —dudo—. Yo no... Solo quería saber si necesitan personal.

Se ríe.

—¿Parece que necesitamos personal?

—N-no —admito—. Gracias. —Me doy la vuelta para irme.

—Espera.

Me detengo. Ella me mira.

—¿Nos hemos visto antes?

—Creo que no.

Me observa detenidamente, como a veces me ve Teddy, como si buscara secretos. Luego observa a la anciana sentada junto a la ventana, una mirada tan privada, tan íntima y llena de dolor que me da vergüenza presenciarla. Comienzo a retroceder.

—Gracias de todos modos. Y... ¡buena suerte!

La chica hermosa no dice nada. Sigue mirando a la anciana, tan ensimismada que ni siquiera me ve salir.

11:15 a. m., Scarlet

Cuando Scarlet vuelve a mirar, la otra chica ya no está. Aunque está y no está, porque es como si hubiera dejado una huella de sí misma en el aire. Scarlet aún puede ver el pelo rizado, como el suyo, pero dorado en vez de rojizo. Todavía puede oír su parloteo nervioso, todavía puede percibir la sensación de fuerza un poco fuera de cauce. Por un momento, Scarlet se sorprende ante la idea de que podrían ser amigas. Luego piensa que hacerse amiga de ella podría ser un poco como morder una dona fresca sin estar totalmente segura de lo que va a encontrar en su centro.

—¡Scarlet!

La sonoridad del pánico de su abuela saca a Scarlet de sus pensamientos. Se mueve tan rápido que se golpea la cadera contra el mostrador mientras corre por la cafetería.

—¿Qué hay? —Scarlet se acerca a su abuela—. ¿Qué pasa?

Esme señala la ventana, donde una gran polilla café choca contra el cristal. —Aléjala, Scarlet, aléjala de mí...

—No pasa nada —dice Scarlet, aliviada, mientras se acerca a la ventana—. Es solo una polilla, la sacaré.

Recoge al insecto entre sus palmas y abre la puerta con el pie. Sus frenéticas alas revolotean en sus manos.

—Lárgate, maldito alborotador. —Scarlet se asoma a la puerta, al aire fresco y frío, y abre las manos. Pero la polilla ha desaparecido. En lugar de las alas frenéticas solo hay una pizca de ceniza que salpica el pavimento, como azúcar glas en un bollo.

11:59 a. m., Liyana

—Entonces, ¿eres... lesbiana?

Liyana levanta la vista para ver a la tía Nya plegando y desplegando sus largas piernas. A los cincuenta y dos años su tía sigue siendo una mujer extremadamente bella. «Seguramente», piensa Liyana, «podría encontrar otro marido si se lo propusiera».

—Supongo que sí —dice Liyana, aunque no es así como se etiqueta en realidad. No se piensa como amante de las mujeres, sino como amante de Kumiko. Liyana no puede separar el conocer a Kumiko de amarla. Porque, desde el momento en que se conocieron, no fue nada y lo fue todo. Su aspecto: pequeña y delgada, piel de porcelana, cabello de medianoche, ojos almendrados y oscuros que parecen ocupar la mitad de su rostro. Su forma de vestir: seda negra, algodón blanco, labial rojo. Su forma de hablar: lenta y suave, de modo que hay que inclinarse para escuchar. Su forma de moverse: parece que no camina, sino que se desliza por la vida como un pez de río. Su forma de ser: confiada, segura, diferente a cualquier otra adolescente que Liyana conociera antes. Y, tal vez lo más importante, es la forma en que Kumiko hace que Liyana se sienta sobre sí misma: siente que es exactamente como debe ser.

Nyasha vuelve a doblar las piernas. Toma su taza de té.

—Oh.

—¿Oh? —Liyana levanta la vista de su café con leche. Durante días, semanas y meses ha estado anticipando la reacción de su tía ante esta noticia, cavilando entre el rechazo, la burla, lágrimas o gritos. Lo que no esperaba era que no hubiera ninguna reacción—. ¿Es todo lo que tienes que decir?

—¿Y qué debo decir, Ana?

Liyana lo considera.

—No sé. Pensé que dirías... algo.

La tía Nya da un sorbo a su té.

—¿Tienes novia?

—Sí —dice Liyana—. Se llama Kumiko.

—De acuerdo. —Nya asiente—. ¿Y cuánto tiempo has... estado con Kumiko?

—Nueve meses y medio.

—Vaya, vaya. —Su tía levanta una elegante ceja—. Ciertamente lo has mantenido en secreto.

Liyana rodea el borde de su taza de café con el dedo índice.

—Quería decírtelo antes, no estaba segura de cómo reaccionarías.

La tía Nya vuelve a cruzar las piernas.

—¿Y cómo lo estoy haciendo?

—Bueno, pensé que estarías un poco más... sorprendida.

—Yo fui lesbiana una vez, ¿sabes? —dice su tía—. En una fiesta con una chica llamada Sefryn. Era muy bonita, como un duendecillo. Eso fue... hace más de treinta años, ¿puedes creerlo?

—Esto no es una noche de fiesta, *Nɔɖi* —dice Liyana—. La amo.

—¿Y te ama?

Liyana mira el trago de café que aún queda en su taza. Asiente con la cabeza.

—Entonces eres una chica con suerte, *vinye.* —Nya se sienta en su silla y deja su taza—. Así que he estado pensando que voy a conseguir un trabajo, uno que pague lo suficiente para...

—Lo siento, ¿qué? —Liyana se endereza en su silla—. Debo estar equivocada, pero escuché que dijiste que ibas a conseguir un trabajo.

—No te equivocas —dice su tía—. Eso es exactamente lo que voy a hacer.

Liyana reprime una sonrisa. Nya frunce el ceño.

—¿Y qué tiene de gracioso eso?

—Lo siento, pero... —Liyana sacude la cabeza—. Apenas puedes apilar el lavavajillas. ¿Para qué estás calificada?

Liyana no le dice que ya ha solicitado varios puestos de trabajo, incluido el de Tesco, y que está esperando a que le contesten.

—Eso no es justo —protesta Nya—. Tengo varias habilidades muy deseables...

—Es cierto, pero no se puede cobrar por ellas.

Su tía frunce el ceño y suspira.

—Pero hace veinte años podría haberme ganado la vida de forma excelente. Posiblemente diez.

Liyana sonríe.

—La Julia Roberts africana.

—Oh, creo que puedo conseguir a alguien mejor que Richard Gere. —Nyasha se levanta, el pecho hacia adelante, los hombros hacia atrás—. Prefiero ser Violetta en *La traviata.*

—¿Y morir de tuberculosis? Creo que Julia tuvo un final más feliz.

Su tía se encoge de hombros.

—Depende de tu perspectiva, supongo. Dios, recuerdo la primera vez que viste esa ópera, lloraste tanto cuando murió que tuvimos que irnos.

Liyana busca en su mente el recuerdo, pero no lo encuentra.

—Yo no...

—Nos escondimos en el baño de mujeres —continúa Nya—. Una intendente con un gran busto nos echó a patadas.

—Ah —dice Liyana, un poco para sí misma. El café en su taza empieza a hervir—. Sí, tú… prometiste que nunca tendría que ser una cortesana, que siempre...

—Dormiste en mi cama durante una semana.

—¿Ah, sí? —dice Liyana. El café burbujeante se detiene—. Lo había olvidado.

La tía Nya da un sorbo a su té y se vuelve a sentar en su silla.

—Yo no.

Durante unos instantes ninguna de las dos habla, luego Liyana suspira con suavidad en el silencio.

—De acuerdo, tal vez podamos llegar a un acuerdo.

Su tía se anima.

—¿Podemos?

—No prometo nada —dice Liyana—, pero hablaré con Kumiko de nuevo... Y, si puedes encontrar un hombre que acepte un matrimonio platónico, entonces...

—¿Qué? —La sonrisa de su tía decae—. No, eso es ridículo. Ningún hombre estará de acuerdo con eso, a menos que sea gay.

—Entonces busca uno gay —dice Liyana—. O uno que acepte un matrimonio abierto, pero sin nada de...

—No —objeta Nya—. Eso nunca...

—Esas son mis condiciones —dice Liyana—. Y no son negociables.

4:37 p. m., Goldie

He leído historias sobre personas que descubren habilidades desconocidas en ellas mismas cuando se les somete a una presión extrema, como las madres que levantan camiones para salvar a sus bebés. Pues bien, la pobreza ha hecho aflorar en mí una aptitud hasta ahora inexplorada para ser carterista. La descubrí por accidente.

Recorrí las tiendas, los restaurantes y las cafeterías en busca de posibles puestos de trabajo, caminando entre multitudes de turistas y grupos de estudiantes. Entonces, en algún lugar de King's Parade, la vi: una cartera gorda que sobresalía de un bolso Chanel. Mi primer impulso fue alertar a la propietaria de que su bolso estaba abierto. Mi segundo impulso fue tomar la cartera. Seguí el segundo.

Me limitaré a un robo al día, y solo tomaré bolsos y carteras con evidente abolengo. Si llevan menos de treinta libras, dejaré que se las queden. De todo lo que supere esa cantidad, me quedaré con la mitad. Dejaré lo importante: tarjetas de crédito, licencias de conducir, pasaportes. Es un robo, sí, pero suavizaré el impacto. Excepto cuando encuentre a un tonto con una tarjeta Coutts. Es un juego justo.

8:58 p. m., Bea

—Tal vez quieras contestarlo. —Bea señala el teléfono que suena en el escritorio—. Es tu mujer.

El doctor Finch busca a tientas sus lentes.

—No puede ser, está en el cine viendo...

—No me importa. —Bea se levanta en el sofá—. Y sí es ella.

Él se coloca los lentes y mira la pantalla.

—¿Cómo demonios sabías que era ella?

Bea se encoge de hombros.

—Tal vez ella puede oler tu conciencia culpable. —Toma su vestido y se lo pasa por los hombros.

—No me sorprendería—. El doctor Finch deja caer el teléfono en el escritorio—. A menudo he pensado que es una bruja.

—No seas idiota —le dice Bea, sin saber por qué le molesta tanto el uso de esa palabra—. Estás hablando de tu esposa, la mujer que dio a luz a tus hijos... Porque tienes hijos, ¿verdad? Y apuesto a que no eres un ángel doméstico. Dejas la tapa del inodoro levantada, nunca haces la cena ni vas por ellos al colegio y... —Bea busca otro dato que no sabe de dónde sale—: Descargas porno muy perverso en la computadora de tu hijo.

Su profesor de Lógica y Lenguaje le lanza una mirada incrédula y luego se dedica a reordenar los cojines de su sofá, sin decir nada que confirme las declaraciones de Bea sobre su carácter. A ella no le importa, sabe que tiene razón.

—No estás para lanzar una desaprobación moral. —Él se sienta—. No mostrabas mucha preocupación por el bienestar de mi esposa hace veinte minutos.

Bea se levanta y recoge su bolso del suelo.

—Bueno, yo no estoy casada con ella, Príncipe Azul; tú sí.

Ella no oye lo que le responde, algo sobre problemas con su padre, porque ya está cerrando la puerta tras de sí. El sexo, como estuvo, no hizo que valiera la pena salir de la biblioteca. Ya lo había sospechado desde que él la invitó, y a Bea le molesta no haber seguido sus instintos.

11:58 p. m., Leo

Mañana Leo se encontrará con ella. Ha esperado lo suficiente para que parezca una coincidencia. Siente que el poder de Goldie aumenta cada día, cada hora que se acerca a su décimo octavo cumpleaños. Ahora sabe que, si quiere tener una oportunidad de vencer, debe maximizar su táctica. Todavía tiene el elemento sorpresa y sabe cómo podrá potenciarlo. Sería bastante fácil, y muy agradable, seducirla; eso la dejaría mucho más vulnerable para el momento del ataque. Es cierto que Leo no se siente orgulloso al pensar en una emboscada tan poco deportiva. Pero, si es su única oportunidad de sobrevivir, tendrá que tomarla.

9 de octubre
23 días...

1:57 a. m., Scarlet
Scarlet tarda horas de intensa racionalización en recuperarse del episodio de la polilla. Al final, se decanta por la explicación de la combustión espontánea. No está segura de cómo pudo haber ocurrido, pero es algo científico y significa que no está delirando, ni está embrujada, ni es peligrosa, y sin duda es lo único que importa.

A Scarlet le gustaría poder hablar con su abuela, compartir sus preocupaciones, pedirle consejos. La mayor parte del tiempo Scarlet está bien, es fuerte y autosuficiente. Es casi una adulta que parece, por lo general, tener las cosas claras. Pero a veces se siente como una niña de ocho años asustada y sola, y con deseos de que la abracen porque acaba de perder a su madre. Sobre todo a última hora de la noche, cuando lo único que oye es el tictac del reloj del abuelo en la quietud y le parece que pasa una eternidad antes de que llegue la mañana.

Es lo que siente esta noche. Desea que llueva. Las tormentas son lo mejor cuando se puede disfrutar de escuchar la lluvia cómodamente a salvo en vez de salir a empaparse. Lamentablemente, la noche es tranquila, el cielo está despejado. La luna está casi llena, un fragmento de su luz cae en la habitación.

Scarlet siente como si algo la jalara hacia la ventana, como si un amante la persuadiera a salir de la cama. Sin pensar por qué, se quita el edredón de encima y pisa la alfombra. Mira la luna y piensa en el café; se pregunta si está haciendo lo correcto al luchar con tanto ahínco. Quizá debería dejar de pelear para salvar un barco que se hunde, sobre todo cuando su abuela se está ahogando. Tal vez debería aceptar el bote salvavidas que le ofrece el señor Wolfe, aunque no ha sabido nada de él desde que lo dejó en el hospital. Quizá debería venderlo y cuidar de Esme como es debido. Scarlet podría encontrar una bonita residencia de ancianos, conseguir un trabajo en una cafetería (en cualquier lugar que no sea Starbucks) y dejar que otro se preocupe de las facturas mientras ella cobra un sueldo por hora y tiene comida gratis.

Por un momento la luz de la luna parece brillar. Los hombros de Scarlet se relajan, su respiración se hace más suave y tiene una sensación de calma que no había sentido en mucho tiempo. Observa el cielo hasta que las nubes cubren a la luna y, de repente, se imagina que las nubes se deslizan por el cielo y caen en la Tierra. Entonces ya no son nubes, sino hojas, que caen perpetuamente desde un cielo nocturno.

6:46 a. m., Goldie

—No quiero que consigas otro trabajo —dice Teddy, mientras mastica con incomodidad un pan demasiado tostado. No le importan los interminables panes tostados ni las latas de frijoles, ya que eso significa que estoy en casa para desayunar con él cada mañana y para cenar cada noche—. Quiero que te quedes en casa.

Sonrío. Yo también quiero eso. Y, si de repente encontrara unos cuantos miles de libras, es lo que haría. Pero, desgraciadamente... estoy a punto de responderle: «el dinero no crece en los árboles», pero eso es algo que solía decir mi padrastro, así que no lo hago.

Una vez más, me lamento de no haber podido saquear la caja fuerte antes de huir del hotel. Teddy interrumpe mis pensamientos.

—¿Qué tipo de trabajo vas a conseguir?

—No sé —respondo—. Nada del otro mundo, no estoy calificada para hacer gran cosa.

Teddy me mira por encima de su pan chamuscado, con sus ojos azules.

—No me importa —dice—. Creo que puedes hacer cualquier cosa en el mundo.

Le dedico una sonrisa triste, me inclino sobre la mesa para acariciar su pelo, cuyos rizos son suaves como el musgo, y no le respondo.

6:45 a. m., Liyana

—Buenos días.

Liyana levanta la vista. Le sorprende ver a su tía entrar en la cocina, rara vez se despierta antes del amanecer. Eso la molesta porque quiere estar sola mientras llena solicitudes para trabajos explotadores con salario mínimo. Todavía no le han respondido en Tesco.

—Buenos días, *Nɔɖi.*

Su tía arrastra una silla como si pesara diez toneladas y se deja caer en ella con un profundo y apenado suspiro.

—Café —dice—. Necesito café.

—No bebes café —le responde Liyana—. Bebes raros tés de moda.

—Está amaneciendo, necesito cafeína. —Nyasha apoya la cabeza en la mesa—. Por favor. Ayuda a una débil anciana.

Cuando Liyana deja la taza a su lado, escucha unos suaves ronquidos que emanan de debajo de un intrincado laberinto de trenzas. Liyana le da un codazo a su tía en las costillas.

Nya grita y se incorpora de un salto, con cara de disgusto.

—¿Por qué hiciste eso?

—Acabo de preparar una excelente taza de café. No iba a dejar que se desperdiciara.

—¿De qué estás hablando? Estaba bien despierta. —Nya le da un sorbo tentativo al café hirviendo—. *Vinye*, creo que he encontrado al Elegido.

—¿Cuál?

—Bueno, el primero —dice Nya—. Es demasiado privilegiado, flexible en su sexualidad y busca una esposa. Al menos —deja su taza— su madre le busca esposa. En cualquier caso, es perfecto.

Su tía la mira con expectativa. Liyana se sienta, con el corazón acelerado. Necesita esperar un tiempo, necesita prepararse.

—¿Dónde lo encontraste?

—Su madre es la cuñada de mi prima. Ella arregló mi primer matrimonio.

—¿Quién? —pregunta Liyana, confundida.

—Mi prima. Presta atención, Ana, llegará en cualquier momento.

Liyana se incorpora.

—¿Qué? No, espera, yo no...

La interrumpe el timbre de la puerta, que hace que Nya se levante de la silla. —¡Yo abro!

Mientras escucha el sonido de la puerta abriéndose, Liyana se pregunta si tiene tiempo para huir. Cuando oye que la voz de su tía se vuelve tan dulce como la miel, sabe que su tiempo se ha acabado.

Nya vuelve a la cocina con el orgullo de una domadora de leones guiando a su león premiado. Lleva a un hombre tomado del brazo. Un hombre que Liyana reconoce, pero no puede ubicar.

—Es maravilloso que hayas venido a desayunar —le dice—. Sé que estás muy ocupado.

—Está bien. —Sonríe—. No tengo que ir a la oficina hasta las nueve.

Nya asiente con la cabeza como si él acabara de decir algo profundamente sabio. Luego dirige la mirada hacia su sobrina, con cara de sorpresa, como si hubiera olvidado que Liyana estaba allí.

—Ana, permíteme presentarte a Mazmo Owethu Muzenda-Kasteni.

La mano de Nya se apoya en el hombro de Mazmo.

—Mazmo, me complace que conozcas a mi sobrina, Liyana Miriro Chiweshe.

Después de pensarlo un rato, Liyana le responde.

—Pero ya nos conocemos.

—¿De verdad? —Nya parece encantada—. ¿Dónde y cuándo? ¿Se conocen bien?

—Todavía no —responde Mazmo—. Nos conocimos hace una semana en el gimnasio de Upper Street...

—El Spa Serpentine. —La tía Nya lanza una mirada de satisfacción a Liyana, ya que ha sido su afiliación la que propició el encuentro inicial—. Voy tres veces a la semana. Me sorprende que nunca haya tenido el placer de encontrarme contigo.

—No es mi gimnasio habitual —dice Mazmo—. Pero ese día tenía una reunión en Islington, así que fue casualidad.

Embelesada con Mazmo, de pronto Nya sale de su ensueño.

—¿Dónde están mis modales? ¿Qué puedo ofrecerte, Mazmo? ¿Té, café, agua de limón caliente?

Él se desliza en la silla junto a Liyana.

—¿Tienes kombucha?

—Se me acabó. —Nya está momentáneamente mortificada—. Pero puedo salir a...

—No, no, está bien —Mazmo agita la mano—. ¿Qué tal té verde y matcha?

—Por supuesto. Ana, ¿qué quieres...?

—Nada para mí.

Liyana mira de reojo a su tía, que está ocupada con las tazas de té, y luego echa una mirada de soslayo a Mazmo. Es cierto que no es un septuagenario calvo con panza y halitosis. Es, como prometió su tía, joven y atractivo. Excesivamente atractivo; demasiado atractivo. Y esa voz. Ella había olvidado el terciopelo de su voz, un río que alisa las rocas.

—Así que... —comienza Mazmo—. He oído que te gusta bailar.

—¿Ah, sí? —Liyana le echa una mirada abrasadora a su tía, que está acomodando el filtro de agua.

—Soy buen amigo del dueño de la M25, si quieres ir.

Liyana frunce el ceño.

—¿La autopista?

Él se ríe y ella lo mira, sorprendida de nuevo por el sonido del río. Liyana siente cómo la satisfacción de su tía emana desde la máquina de café. Un momento después, le entrega a Mazmo su té como si fuera una ofrenda de incienso y mirra, y permanece a un lado de la mesa.

—¿Leche de avena? ¿Almendra?

—No, gracias. —Mazmo se acaricia el estómago—. Soy paleo.

—Por supuesto —dice Nya, como si fuera la única opción dietética sensata—. Bueno, entonces, los dejaré para que se conozcan mejor...

Mazmo hace el ademán de levantarse.

—¿No te vas a quedar?

—No —dice Nya, la palabra cargada de reticencia y anhelo—. No, me tengo que ir.

—No, quédate. —Liyana sujeta la mano de su tía y la aprieta con fuerza—. Realmente deberías quedarte, *Nɔɖi*. Ya sabes cómo conocí a Mazmo, ahora quiero escuchar cómo...

Con un rápido jalón, Nya se libera de Liyana.

—Dejaré que él te cuente esa divertida historia. Volveré en unas horas.

Mientras su tía sale de la cocina con aire de arrepentimiento, Liyana se voltea con la misma reticencia hacia Mazmo. Es embarazoso volver a encontrarlo en estas circunstancias. ¿Y cómo, se pregunta, se puede seducir a un hombre sin la promesa de favores sexuales? Piensa en lo que dijo su tía sobre su sexualidad: ¿es gay y quiere un heredero para satisfacer a su madre? Ella no puede hacer eso. ¿O simplemente quiere una esposa para cubrir sus prácticas pansexuales? Eso sí podría hacerlo, si Kumiko lo permite. Sin embargo, ¿cómo plantear el delicado asunto de las finanzas? Liyana piensa en su heroína. BlackBird se limitaría a amenazarlo con daños corporales si no entrega los fondos premaritales inmediatamente, pero Liyana tendrá que ser un poco más sutil.

—Así que... —dice Mazmo.

—Así que... —Liyana hace eco.

Él vuelve a sonreír. Y de nuevo ella se siente atraída al recordar ese algo de hace tiempo. La luna abriéndose paso entre las nubes. El río captando su luz.

11:03 a. m., Nyasha

Nyasha nunca olvidará su primera vez. La primera vez que probó el champán. La primera vez que vio diamantes. La primera vez que escuchó ópera. Y cada una de estas cosas ocurrió la misma noche. Y, como no podía ser de otra manera, fue su primer marido quien la condujo a todas ellas. Por esta sola razón siempre le ha tenido un gran aprecio. El hecho de que fuera un amante desconsiderado y un mujeriego en serie hizo que no le agradara mucho, pero sí llegó a amarlo.

Bajo la atenta mirada y las instrucciones de su prima Akosua, Nyasha llevaba tres semanas cortejando a Kwesi Xoese Mayat, cuando le dijeron que aquella noche debía aceptar finalmente casarse con él. El tiempo, según Akosua, lo era todo. Hay que hacer esperar a un pretendiente por un periodo adecuado: lo suficiente para ganarse el respeto, pero no tanto que genere frustración. Y así, Nyasha estaba preparada. No es que deseara especialmente casarse con Kwesi, pero Akosua le había asegurado que el amor tenía poco que ver con las relaciones, todo era cuestión de familia.

—Si te gusta y te cuida —dijo su prima—, es suficiente.

Que le gustaba estaba claro. Aquella noche la llevó de Ayitepa a Accra para pasar una noche en el Teatro Nacional y ver *La traviata*. Después cenaron en La Chaumière, un restaurante de una elegancia y restrictivamente caro. Nyasha había quedado tan fascinada por la ópera que pasó la cena aturdida. Una pena, ya que apenas probó la exquisita y costosa comida. Estaba tan embelesada que, cuando Kwesi deslizó una larga caja de cuero negro por la mesa, Nyasha no se dio cuenta hasta que él tosió disimuladamente.

—Lo siento —dijo ella—. ¿Qué? —Y luego miró hacia abajo—. ¿Ao? ¿Es para mí?

—Por supuesto—. Kwesi sonrió, como si fuera un juez que concede una medalla—. Ábrelo.

Lo hizo, y *La traviata* quedó eclipsada por tres largos cordones de diamantes resplandecientes y perlas gordas que destellaban y relucían a la luz de las velas.

Kwesi se rio.

—Bueno, ¿no te lo vas a probar?

Como si estuviera hilado de luz de luna y nubes, Nyasha extendió los brazos lentamente para levantar el collar entre los dedos índice y pulgar.

Kwesi dio un trago a su champán.

—No te va a morder.

Sin levantar la vista, Nyasha asintió mientras se ponía el collar, tanteando el cierre hasta que, finalmente, lo abrochó. Cuando las frías joyas tocaron su cálida piel, contuvo la respiración.

—¿Puedo... quedármelo?

Kwesi volvió a reír. Era una risa fácil, de seda, cachemira y whisky, la risa de un hombre que nunca había tenido que esforzarse por nada.

—Por supuesto, te lo acabo de dar.

—*Nyó ta.* Sí, yo... —Nyasha dejó caer sus dedos, que habían estado acariciando las perlas—. *Akpe*… Y, ¿es... o yo... tengo que devolvértelo si…?

La sonrisa de él se hizo más profunda, sus mejillas se hincharon de satisfacción.

—¿Quieres decir qué pasaría con él si terminamos?

Nyasha volvió los ojos a la mesa, posando su mirada en los cubiertos de plata, resistiendo el impulso de volver a acariciar la joya en su cuello.

—Espero que eso no ocurra. —Kwesi Xoese deslizó su mano por el grueso mantel de lino y tomó la de ella—. Pero sí, si te divorcias de mí, seguirá siendo tuyo.

Ella levantó los ojos para encontrarse con los suyos. Eso fue todo. Una propuesta de matrimonio que era una suposición en lugar de una pregunta. Ni siquiera le habían dado la oportunidad de decir «sí».

—Podrías divorciarte de mí —dijo Nyasha, en vez de eso.

—¡Oh, ao! —Kwesi levantó la mano de ella para besarle los nudillos—. No me puedo imaginar algo así.

Nyasha le dedicó una pequeña y tímida sonrisa, y levantó la otra mano para volver a apoyar los dedos en las cuerdas de diamantes y perlas. Eran suyas. Sin importar lo que pasara. Fue entonces cuando Nyasha experimentó otra nueva sensación. Fue la primera vez que se sintió segura.

11:11 a. m., Goldie

—¡Espera!

Estoy procesando mi sexto rechazo del día cuando lo veo. En la calle Trinity, entre los bulliciosos turistas y estudiantes. Afortunadamente, no me atrapa en el acto de sacar una gorda cartera de un elegante bolso. Aun así, no tengo ganas de revivir la vergüenza de nuestro último encuentro, así que me giro para evitarlo.

—Goldie, espera.

Me detengo. Cuando se acerca a mí, no me atrevo a encontrarme con su mirada.

—¿Estás bien? —dice—. He estado preocupado por ti desde...

—Estoy bien. —Finjo que me encojo de hombros ligeramente—. No me pasó nada, ni me falta nada.

—Pero... tu jefe ¿no llamó a la policía?

—Probablemente —digo—. No me quedé para averiguarlo.

—Vaya.

Espero que me pregunte exactamente cómo logré escapar, pero no lo hace. En vez de eso, estira la mano como si fuera a tocarme el hombro, pero enseguida la baja.

—Entonces, ¿encontraste otro trabajo?

—No, eso hago: busco otro trabajo, pero parece que nadie está contratando. —Miro la banqueta—. Supongo que elegí un mal momento para robarte la cartera y arrancarle el dedo a mi jefe.

—¿Le arrancaste el dedo a tu jefe? —me responde Leo, incrédulo.

No es de extrañar, supongo, que Garrick se guardara ese detalle.

Vuelvo a alzar los hombros, como si no tuviera importancia, como si mordiera dedos ajenos todo el tiempo.

—Estoy exagerando —admito—. Pero solo un poco.

Leo sonríe.

—¿Y cómo te hiciste de su dedo en primer lugar?

—Una larga e indecorosa historia. Digamos que no suspiro por recuperar mi antiguo trabajo. —Vuelvo a mirar la mano que casi me toca el hombro. Sigo sin poder mirarlo a los ojos—. Aunque me gustaría que no fuera tan imposible encontrar uno nuevo.

—Qué terrible —dice Leo—. Pero no te preocupes, puedo conseguirte trabajo.

—¿De verdad? —Levanto la vista, que al instante atrapan esos ojos verdes, y ya no puedo apartarla. Debería estar hablando, debería estar preguntando por los detalles, explicándole mis habilidades, pero no puedo formular una frase o pensamiento coherente.

Él sonríe.

Le devuelvo la sonrisa. Se acerca a mí. Contengo la respiración. Alarga la mano. Me acerco a él.

Luego volteo a un lado, tras el golpe de una turista distraída que busca el mejor ángulo con un *selfie stick* en la mano. Me enderezo y vuelvo a captar su atención.

—Ese trabajo suena muy bien. ¿En qué consiste exactamente?

—Bueno —Leo lanza una mirada de soslayo a la torpe turista—, mi padre es dueño de una cadena de hoteles, está aquí para abrir uno nuevo.

—¿Tu padre? —le pregunto, y enseguida siento que el enorme precipicio de riqueza y clase entre nosotros se hace más profundo—. No creo que me contrate para...

Leo se ríe.

—No te preocupes por eso. No se acordará de ti, no presta atención al personal. De todos modos, él no hace las contrataciones, las hago yo.

—¿Tú? —No puedo evitar la nota de sorpresa en mi voz, aunque no me atrevo a revelar que sé muchas otras cosas sobre él, como las que solo se pueden averiguar leyendo el diario privado de alguien.

—Solo le estoy ayudando porque estudio aquí, así que... —Leo se interrumpe, tal vez para evitar resaltar aún más el abismo de nuestras circunstancias—. Como sea, acaba de adquirir el Hotel Clamart, el que...

—Lo conozco —digo—. Es... elegante.

—Bueno, si quieres un trabajo allí, es tuyo.

—¿De verdad? —pregunto, intentando no sonar tan desesperada como lo estoy—. Eso sería tan... Pero ya sabes que yo...

—Ah, no creo que tengamos ningún problema con eso. —Leo sonríe, como si estuviéramos compartiendo un secreto especialmente agradable—. Siempre y cuando seas discreta.

Lo miro, pero se encoge de hombros.

—El salario mínimo es escandaloso, sobre todo como compensación por la limpieza de los sanitarios. Nuestros huéspedes son más ricos de lo que merecen. Dudo que un poco de redistribución de la riqueza perjudique a alguien.

Sonrío.

—Eres el jefe más comprensivo que he conocido en toda mi vida.

—¿Significa que vas a aceptar el trabajo? —Sonríe y, de repente, quiero besarlo—. Me sentía tan culpable por haber hecho que te despidieran, y ahora...

—No fue tu culpa. Si no hubiera estado... —miro a los desconocidos que nos rodean, aunque nadie me escucha— robándote en primer lugar, entonces...

La sonrisa de Leo se hace más profunda.

—Vamos, ambos sabemos que no me robabas.

—No, yo...

—Estabas leyendo mi diario.

Ahora desearía haber corrido.

—Dios, lo siento —digo, incapaz de negarlo—. Nunca debí hacerlo, es... imperdonable. Es que... después de verte, sentí... Y no pude, simplemente no pude...

—Nada es imperdonable —dice Leo, y levanta la mano para posarla ligeramente en mi hombro—. Y menos algo tan insignificante como eso.

—¿De verdad?

—De verdad.

Entonces me mira con tanta ternura que lo único que puedo pensar es: «Voy a trabajar en su hotel. Lo veré todos los días. Apenas puedo creer en la suerte que tengo».

4:34 p. m., Leo

Leo sabía lo que había pasado en el hotel. Sabía lo del dedo, el despido y el hecho de que el asqueroso gerente había tratado de denunciar a Goldie con la policía. Pero, dado que Garrick no estaba dispuesto a divulgar las circunstancias en las que su dedo había llegado a la boca de ella en primer lugar, esa investigación al final no procedió.

Ahora Leo se pregunta si puede lograr que su padre acepte algunos turnos más de los que ya tiene en el hotel. No debería ser problema: su padre es un gran partidario del trabajo duro, de «ensuciarse las manos». Es un decir, porque su padre nunca se ha acercado a un lavabo sucio.

Dios, qué ganas tenía de abrazarla y besarla... Se pregunta cómo reaccionaría Goldie si supiera que no ha pasado un día en que él no haya pensado en ella. Sintió lo mucho que ella quería tocarlo también, el esfuerzo que hacía para contenerse. Seducirla sería incluso mucho más fácil de lo que había imaginado. Aunque deberá tener cuidado para no desequilibrar la extraña alquimia de deseo y muerte que mantiene en su interior. Porque, independientemente de la lujuria que siente hacia su oponente, en veintitrés días deberán luchar hasta la muerte. Y, sin importar lo que Leo sienta por Goldie, sigue prefiriendo vivir a morir.

6:40 p. m., Bea

Bea se ha sentido inquieta, como si la observaran, como si la acechara algo o alguien que quisiera delatar su presencia. De vez en cuando se gira para verle, para dar forma a la sombra que parpadea en los bordes de su mirada. Pero, cada vez que voltea, la sombra ha desaparecido. Varias veces ha tenido la sensación de que este cambio se produce desde dentro, como si algo se estuviera arrastrando dentro de ella con sigilo. Bea se dice a sí misma que probablemente tiene gripe, que le vendría bien tomarse un descanso de la biblioteca y pasar unos días en cama. Sin embargo, nada menor que la peste bubónica alejaría a Bea de su escritorio. Una prueba de lo mal que se siente es que últimamente no ha podido siquiera contemplar el subir a un planeador. Así que se resigna a esperar hasta que pase el malestar, que se manifiesta en ese momento como dolor de cabeza.

Cuando las páginas de un denso texto filosófico empiezan a lastimarle los ojos, apoya la cabeza en su libro, pone el papel fresco sobre su piel, y siente una repentina necesidad de compañía. Desde la muerte de su abuela, hace tres años, Bea no tiene a nadie cuya compañía la alegre. Su mamá, desde luego, no cuenta.

Cierra los ojos y se envuelve en un manto de añoranza. Unos minutos después, lo ve: un hombre de pie frente a ella. Un hombre de ojos dorados, pelo blanco y cara arrugada como una ciruela seca.

—Bella —dice—. Qué placer verte de nuevo, mi amor.

Su padre. Tiene que ser él, porque Bea siente una repentina y reticente afinidad que solo había sentido antes con su mamá. Además dice su nombre como si fuera él quien se lo otorgara.

—Puedes hacer lo que quieras, Bea —dice, como si respondiera a una pregunta—. No estás sujeta a nada. Ni a las leyes de la gravedad, ni a las propiedades del mundo físico. Solo los límites de tu propia imaginación.

Ella no responde; él extiende la mano izquierda, con la palma hacia arriba, como si hiciera una ofrenda. Luego levanta el brazo. Bea observa cómo, de repente, toda una estantería de la biblioteca se despoja de libros que se elevan en el aire como uno solo, de tapa a tapa, de lomo a lomo. Quedan suspendidos durante un momento, luego comienzan a separarse para mostrar un acordeón de páginas. Ella mira con la boca abierta cómo las páginas se convierten en plumas, y las plumas, en alas. Y los lomos de los libros se desplazan y engordan hasta convertirse en cuerpos de pájaros.

Su padre asiente. Es una instrucción. Entonces, Bea empuja su silla hacia atrás, se sube a ella y se coloca sobre la mesa como ha hecho antes. Luego extiende el brazo izquierdo, abre la mano con la palma hacia arriba y comienza a enroscar y desenroscar los dedos.

—Así es, buena chica.

Ella se imagina tocando teclas invisibles, como si hubiera aprendido a tocar el piano hace mucho tiempo y estuviera intentando recordar su sonata favorita. Pero los pájaros-libro no se mueven. Se quedan en el aire, esperando. Bea está a punto de soltar la mano cuando su padre hace un movimiento casi imperceptible con la cabeza. Los dedos de ella siguen buscando algo, hasta que toca la primera nota de la sonata y, de repente, los pájaros-libro empiezan a transformarse.

Los volúmenes encuadernados en cuero se estiran y se transforman en águilas que se elevan hasta el techo de la biblioteca, dando vueltas en largas y elegantes espirales, agitando el aire viciado con el batir de sus alas. Los libros de bolsillo amarillentos y ligeros se convierten en canarios que revolotean y trinan; los densos libros de texto se convierten en urracas, cuervos o arrendajos, según el tema. Los manuscritos de gran tamaño adquieren la forma de cisnes que planean sin esfuerzo entre todas las demás aves y que bien podrían estar completamente solos. Cada primera edición flota con elegancia en el piso de madera, mientras las páginas blancas se alargan en plumas color zafiro esmeralda para adornar a los pavorreales, que se pavonean con orgullo por los pasillos de la biblioteca.

Boquiabierta, Bea contempla sus creaciones. Se ha transformado en Hera, Isis, Gaia. Todas las diosas del nacimiento, de la vida, de todo lo que contempla. Siente la sonrisa de orgullo de su padre; el calor repentino del sol en su mejilla. En este momento haría cualquier cosa por mantener esa sonrisa, por evocarla de nuevo.

—Bien —dice él—. ¿Y ahora qué?

Sin preguntar, ella sabe lo que él quiere. Así que, bajo su mirada, Bea cambia y se transforma hasta ser Kali, Neftis, Atenea. Las diosas de la muerte y la guerra.

Con un solo chasquido de sus dedos índice y pulgar, Bea hace que las águilas desciendan en picada desde el techo, chillando en el aire, sus garras rasgando plumas, sus picos atravesando huesos en un derroche de sangre y color. Hasta que, al final, la biblioteca se vuelve un campo de batalla silencioso donde las vencedoras se dan un festín con las muertas, mientras las plumas de las asesinadas siguen flotando hacia el suelo, como hojas de árbol que no dejan de caer en cualquier lugar.

Bea capta la mirada de su padre e imita su sonrisa. Ha cumplido su deseo y lo ha hecho sentirse orgulloso. Ella es su protegida, su legado. Cumplirá todos sus deseos.

Su padre asiente.

—Sí, eres mi amor. Y sé que lo lograrás.

Luego se va, antes de explicarle cuáles son sus deseos. Sin embargo, el eco de su voz permanece, junto con el brillo de su sonrisa. Pero esto no es lo que deja pasmada a Bea cuando abre los ojos, tampoco la conmoción ni la mancha de sangre. Es la sensación de que la masacre no fue un sueño sino un recuerdo.

Hace más de una década

Goldie

Quería crecer rápido, salir de casa y encontrar mi propio camino en el mundo. Tal vez otros niños se sentían seguros en manos de sus padres, atados a la tierra, arraigados al suelo. Pero yo no, yo anhelaba ir a la deriva por la vida como una semilla sin plantar, un afortunado soplo de diente de león o algodoncillo, sin que nadie me vigilara, sin que nadie me dijera lo que tenía que hacer.

En Everwhere era diferente. Allí podía ser una semilla al viento en un lugar lleno de semillas al viento y hojas caídas. Allí podíamos ir a donde quisiéramos, antes de converger en las corrientes de agua y aire. No necesitábamos un lugar de encuentro ni un mapa. Nos sentíamos atraídas las unas por las otras, como los salmones que desovan o las aves que migran. En cuanto entré a Everwhere, algo en mi interior se encendió: un radar que resonaba con mis hermanas. Anteriormente desconocía la sensación de pertenencia, de conexión, pero la primera vez que la sentí, supe lo que era. Y cada noche seguía ese faro hasta encontrarlas.

La mayoría de las veces permanecíamos juntas, pero en ciertas ocasiones nos separábamos. Una noche me senté con Bea en el claro mientras Scarlet y Ana buscaban un río para bañarse a medianoche. Yo había inventado una elaborada excusa para no ir; Bea simplemente pidió que no la molestaran.

—Este lugar es real, sabes. No estás soñando —comentó Bea—.

—¿Cómo lo sabes?

—Mamá me lo dijo. Ella también es una Grimm, así que lo sabe.

Fruncí el ceño.

—¿Qué es una Grimm?

Bea se rio. Su nombre completo, y no sé cómo yo lo sabía, ya que nunca se lo había preguntado, era Bella. En lo personal, a mí me mortificaría tener un nombre así, pero a ella no parecía importarle.

—¿No lo sabes? —preguntó Bea, todavía riendo—. ¿Cómo es que no lo sabes?

Me encogí de hombros, tratando de fingir que no me importaba.

Pero Bea, leyéndome la mente, esbozó una sonrisa de satisfacción.

—No puedo creer que no sepas lo que eres —dijo—. Eres una Grimm. Yo también lo soy, mi mamá también. —Su sonrisa se transformó en algo más: un poco agradable, un poco desagradable, como si me amara y me odiara a la vez—. Tu mamá no lo es, o te lo habría dicho. Así que no eres una Grimm pura como yo.

Intenté encogerme de hombros de nuevo, pero no pude.

—Está bien —insistí, aunque deseaba no tener que volver a preguntar—, pero ¿qué es una Grimm?

Liyana

—Tengo noticias.

Liyana miró a su mami, emocionada por la promesa en su voz.

Isisa sonrió.

—La tía Nya viene a quedarse unos días.

El entusiasmo de Liyana se evaporó.

—Aburrido —dijo, volviendo a su dibujo.

—No digas eso, Ana. Tú quieres a tu tía.

Liyana sacó un crayón rojo de su caja.

—Solo viene de visita porque se siente sola, porque se va a divorciar de nuevo. Si no, nunca vendría.

—Eso no es... Bueno, de todos modos la animaremos. Se alegrará de verte. Puedes ayudar a curar su corazón roto. Para eso está la familia, Ana.

Liyana reprimió la repentina rabia que se apoderó de ella como una ola. No quería ser responsable de curar el corazón de nadie. Cargar las expectativas de su mamá ya era suficiente, para qué añadir las esperanzas de su tía.

—*Nɔɖi* no tiene el corazón roto. —Liyana tomó un crayón de color naranja para dibujar el pelo de Scarlet y el fuego que chispeaba en sus manos—. Ella ama el dinero, no a los maridos.

—Calla —dijo su mamá—. Y no deberías ser tan categórica con el dinero, solo la gente que lo tiene habla así. Estamos aquí gracias al dinero de la tía Nya.

Liyana quiso decir que eso no le parecía tan bueno. Quiso preguntar el significado de «categórica», pero no lo hizo, porque su mami podría regañarla por no saberlo ya.

Mordiendo la punta de su crayón, Liyana también quiso preguntar por qué su mami nunca había tenido ni siquiera un marido; sería una forma de tomar furtivamente un atajo a la pregunta sobre su propio padre. Pero el momento lo era todo con su madre y ahora no era el momento adecuado. Quizá cuando se emborrachara con la tía Nya.

—Tal vez podrías encontrar un marido, *Da…*, mami, entonces podrías ser...

—¡Silencio! —La ira de Isisa se desbordó de repente—. No digas tonterías, *vinye.*

—Pero, quizá él sería mejor que papá —persistió Liyana—. Tal vez...

Isisa se detuvo, como si acabara de recibir una bofetada. Entrecerró los ojos. El silencio cambió el aire como la estática antes de una tormenta.

Liyana fijó los ojos en su dibujo, tratando de pensar en qué decir para volver a la tranquilidad.

—Yo, eh... ¿te gusta mi dibujo? —Liyana lo levantó, ocultando su rostro detrás de la página.

Su mami lo miró.

—Colorea dentro de las líneas, Ana —le dijo—. Ya no eres una bebé.

Scarlet

Scarlet miraba las llamas. Estaba lo más cerca posible del fuego, más cerca que nadie, con sus manos sin guantes sujetando la barandilla de protección, que brillaba a la luz del fuego. Desearía que la Noche de las Hogueras se celebrara todos los días, en lugar de una vez al año. Desearía que su madre encendiera el fuego en la chimenea de su casa, desearía que la dejaran hacerlo sola. A veces, Scarlet miraba la rejilla vacía y conjuraba flamas imaginarias. En ocasiones lo hacía tan bien que podía sentir su calor en las mejillas.

Por un momento, desvió la mirada de la hoguera hacia su madre, que estaba de pie tras ella y miraba el fuego con atención. Pero, misteriosamente, Scarlet también sintió como si no estuviera allí, como si se hubiera alejado para buscar manzanas de caramelo, tal vez. La oportunidad de observar a su madre así, sin ser vista, de mirarla todo el tiempo que quisiera, era rara. Así que la miró fijamente. Y, mientras lo hacía, deseó poder atar a Ruby al suelo, para evitar que emprendiera el vuelo.

Finalmente, Scarlet dio un paso atrás y se acercó para deslizar su mano desnuda en la mano enguantada de su madre. Cuando sus dedos se tocaron, Ruby se estremeció. Miró hacia abajo, frunciendo el ceño como si pensara que estaba sola, como si hubiera olvidado que su hija estaba allí, como si hubiera olvidado del todo que tenía una hija.

Bea

—¿Volviste a volar? —preguntó Liyana—. ¿Más alto que la primera vez?

Bea asintió.

—Por encima de los árboles, hacia las nubes.

—¿Estás segura? —preguntó Liyana—. ¿No lo imaginaste?

Bea frunció el ceño ante la impertinente pregunta y no se dignó a responder.

—Pero ¿cómo? —insistió Liyana—. ¿Cómo lo hiciste?

Bea se encogió de hombros.

—Volar aquí es sencillo. Solo hay que desearlo lo suficiente, *et voilà*.

De repente, se elevó sobre el suelo y le sonrió.

—Tienes mucha suerte. —Liyana suspiró mientras miraba a su hermana elevada en el aire—. ¿Puedes enseñarme?

—Ya te lo expliqué —dijo Bea—. Este lugar se crea a partir de los pensamientos, de los anhelos blancos y brillantes, de los deseos oscuros. Todo lo que tienes que hacer es querer volar, y lo harás.

El ceño de Liyana se frunció; la sonrisa de Bea se hizo más extensa.

—Estamos aquí para descubrir lo poderosas que somos —dijo, subiendo un poco más—. Y cuando podamos hacer lo que queramos en este mundo y en el otro, podremos elegir.

Liyana inclinó la cabeza hacia atrás para mirar a Bea, aunque ahora solo alcanzaba a distinguir las suelas de sus zapatos.

—¿Elegir qué? —preguntó Scarlet, adentrándose en el claro, con los pies descalzos sobre el musgo.

La risa de Bea les cayó desde el cielo, como si acabara de vaciar un balde de agua sobre sus cabezas. Se elevó aún más y, cuando volvió a hablar, se esforzaron por escucharla, pero solo captaron algunas palabras que no pudieron hilar en frases comprensibles.

Aunque le encantaba burlarse de sus hermanas, a Bea le entusiasmaba verlas. Todas las mañanas y las tardes contaba con la punta de los dedos cada una de las lúgubres horas del día y nunca se resistía a acostarse. A veces incluso se dormía antes de las siete para poder visitar Everwhere mucho antes. Pero, además de que era el lugar de encuentro con sus hermanas, Bea adoraba Everwhere porque ahí sentía a su padre con más intensidad que en ningún otro lugar. Era el único sitio donde no lo extrañaba, porque su huella estaba en cada hoja que caía, en cada gota de lluvia, en cada ráfaga de viento. A veces Bea sentía que él la observaba. A veces ella le susurraba y él le respondía.

En ocasiones Bea deseaba, con culpa, no tener hermanas; ser la única hija a la que amara su ausente padre.

Leo

—¡Déjalo en paz!

—¿Ah, sí? ¿Y qué vas a hacer al respecto, Penury-Holmes?

En lugar de responder, Leo se acercó al capitán del equipo de rugby, que estaba inmovilizando a Christopher contra las puertas del colegio, y le dio una fuerte patada en la espinilla.

—¡Pedazo de mierda! —gritó Henry Sykes, y soltó a Christopher para agarrarle la pierna a Leo—. ¡Estás muerto por esto! Estás jodidamente muerto.

Leo tomó la mano de Christopher y lo ayudó a levantarse, mientras los improperios de Sykes, que no habían disminuido, incendiaban el aire.

—Estás loco, Sykes —dijo Christopher, frotándose el cuello—. Escuché que una vez le mordiste la cabeza a una rata.

Ahora Leo se acercó de nuevo a Sykes, sonriendo. Se dio cuenta de que no se sentía asustado, ni remotamente. Y esa sensación, la ausencia total de miedo, era electrizante. No le importaba lo que pasara después, no le importaba un carajo. La emoción de ser intrépido lo recorrió y, para cuando llegó a Sykes, los ojos de Leo se abrieron de par en par.

—Nunca-vuelvas-a-tocar-a-mi-amigo. —dijo Leo—. ¿De acuerdo?

Detrás de él, Christopher aplaudió.

—Ahora sí estás jodido, chico del rugby.

Sykes se quedó en silencio. Los dos chicos que lo flanqueaban retrocedieron hacia las puertas. Leo esperó. Y, mientras lo hacía, se dio cuenta de algo más: no solo no tenía miedo de que lo hirieran, sino que quería que Sykes lo golpeara, porque entonces él podría contraatacar, estrellarlo contra las puertas y golpearlo hasta que sangrara.

Pero Sykes asintió, luego murmuró en dirección a sus compañeros y los tres chicos se alejaron. Al verlos partir, Leo sintió que la emoción eléctrica de la violencia empezaba a disminuir, siendo sustituida por el dolor sordo de la decepción.

10 de octubre
22 días...

8:34 a. m., Scarlet

—Entonces, ¿qué vas a hacer? —pregunta Walt. Ha vuelto, después de una ausencia de seis días mientras esperaba un interruptor de repuesto para el lavavajillas; seis días de descontento para Scarlet, porque tuvo que lavar todo a mano. Agradeció, por primera vez, que la cafetería no hubiera estado demasiado ocupada.

—No tengo ni idea.

Están sentados encima de la barra de la cocina, disfrutando rollos de canela y café. Detrás de ellos, el remate de puerta que Scarlet creó a martillazos parece brillar, como si aún estuviera en el horno, por lo que Scarlet imagina el calor volcándose sobre su espalda como si realmente lo estuviera sintiendo.

—No venderé el café, y menos a él.

—Sabes... —Walt da el último bocado a su rollo de canela—. Además de ser un experto de la llave inglesa, también trabajo como sicario. No es por presumir, pero, en ciertos círculos, mi experiencia es bastante conocida.

Scarlet no puede evitar sonreír.

—¿Ah, sí?

Walt asiente.

—Pero tendrás que aceptar mi palabra. Mi clientela no es de las que ofrecen referencias.

—Me imagino que no.

—Por suerte —dice—, me especializo en el asesinato de cerdos capitalistas corporativos.

—Eso es conveniente. —Scarlet da un sorbo a su café—. Entonces, ¿solo asesinas o también mutilas?

Walt lo considera.

—Un simple asesinato, sin complicaciones, te costaría cinco mil dólares. Cobro un cargo extra por torturar y desmembrar. Ahora bien, el paquete de lujo, que incluye extracción de los globos oculares, eliminación de las uñas de los pies y estrangulamiento de la víctima con su propio tracto intestinal, te puede costar hasta diez.

—¿Aceptan transferencia bancaria?

—Me temo que solo efectivo —dice Walt—. Como podrás imaginar, la Agencia Tributaria no ve con buenos ojos mi trabajo.

Scarlet deja su taza de café.

—Puede que vean con malos ojos tu evasión de impuestos.

—Es cierto —admite Walt—. ¿Puedo confiar en que serás discreta?

—Bueno, prefiero tener mis intestinos en su lugar, así que, sí, creo que puedo hacerlo—. Scarlet se acerca y le da un empujón de gratitud—. Gracias.

—¿Por qué?

—Por permitirme olvidarme de todo —dice Scarlet, pensando en su abuela, sus problemas económicos y la polilla incendiada— durante unos minutos.

8:11 p. m., Liyana

Liyana se queda mirando el techo, intentando no pensar en todo lo que la hace sentir miserable: la inminente pobreza y su fracaso hasta ahora para conseguir un empleo. En vez de eso, piensa en Kumiko, en Mazmo, en el Slade... lo cual no es mejor. Suspira y se le humedecen los ojos. Parpadea para que las lágrimas desaparezcan. Una se rebela y rueda por su mejilla.

Se sienta. Es inútil, necesita a alguien o algo que la reconforte. Considera sus opciones. Primero, su novia. Pero ya está caminando sobre hielo fino con Kumiko y no quiere romperlo. En segundo lugar, su tía. Un pensamiento reflejo, ya que cuando se trata de afecto físico (del tipo platónico) Nya es, a menos que las circunstancias sean excepcionales, tan tierna como un tiburón. Lo intenta, pero se ha vuelto demasiado frágil. En tercer lugar, el refrigerador. Pero, teniendo en cuenta cómo se siente en este momento, Liyana lo engullirá todo y después pasará a la alacena. Entonces queda una cuarta opción: su madre. Por desgracia, Isisa Chiweshe no fue una gran fuente de consuelo en vida y tampoco lo es en la muerte. Así que Liyana saca la caja debajo de su cama. Contiene doce objetos, entre ellos un ejemplar de *Los bebés de agua,* que su mamá solía leer como una lectura especial, cuando no estaban metidas de lleno con Dickens. También, sus cartas del tarot.

Liyana baraja las cartas hasta que el pánico empieza a desaparecer. Selecciona cuatro y las coloca sobre la cama, con sus dibujos brillantes sobre las sábanas blancas. La Sota de Bastos: un niño erguido y orgulloso, con una pluma blanca en la mano. «Nuevas perspectivas, sin miedo a los retos ni al riesgo». El Cinco de Oros: dos chicas acurrucadas en la nieve, tres pájaros vigilando de forma protectora, las monedas esparcidas a sus pies. «Desesperación, pérdida, dificultades, pobreza, supervivencia». La Luna: un lobo púrpura arqueado aúlla al cielo. «Sueños proféticos, ilusiones, la mente inconsciente». El Rey de Bastos está sentado en su trono con una serpiente a su lado, vigilando su reino. «Autoafirmación, liderazgo, confianza».

Liyana mira fijamente las cartas. Algo cambió. Mientras las observa, los elementos de las imágenes empiezan a cambiar y a conectarse, formando patrones hasta que le dan una clara instrucción. Frunce el ceño, confundida. El eco de la voz de su madre se escucha, agudo, en su cabeza:

—No pretendas saber nada, Ana, hasta que estés absolutamente segura.

La duda se filtra entre todas las sensaciones. Pero el mensaje es claro. Las cartas le dicen que debe encontrar a sus hermanas.

Lo cual es raro, ya que no tiene hermanas.

8:59 p. m., Bea

—Estás empezando a creerme.

—Por supuesto que no —dice Bea, deseando no haberla llamado.

—Sí. Puedo sentirlo.

—Que no.

La risa de su madre es una advertencia.

—Un pequeño consejo, querida. Cuando se trate de mentir, no subestimes a tu mamá.

Bea guarda silencio. Piensa en la noche anterior, en lo vívido que fue el sueño, en lo impactante de las emociones. Pero lo que más le impacta es la creciente sensación de que aquello no tuvo lugar en una biblioteca, ni en Cambridge, ni, de hecho, en este mundo. Los libros eran en realidad hojas blancas; la biblioteca, un bosquecillo de sauces, y el lugar, uno muy recurrente en los cuentos de su madre: Everwhere. Pero, aunque Bea está acostumbrada a jugar con las nociones filosóficas de verdad y realidad, tiene trazada su línea en la arena muy lejos de lo fantástico.

—Bueno, ¿y qué pasa si empiezo a creerte?

—Bueno, gracias al diablo por eso. —Su mamá deja escapar un suspiro teatral—. Ahora puedes dejar de ser una maldita sombra de ti misma y empezar a aceptar lo que realmente eres.

—Y, según tu teoría, mi destino es ser una perra malvada —dice Bea—. ¿Verdad?

—Lo dices como si fuera algo malo.

—Creo que debes admitir que es el consenso general.

—¡Mierda! —Cleo vocifera—. A la mierda el consenso general, pura mierda. El consenso general está compuesto por millones de conformistas pasivos, por lo que el consenso general es invariablemente una mierda.

Bea se imagina quitándole el seguro a una pistola y preparándose para disparar.

—Tal vez no soy quien crees que soy.

—Ya veremos. —Se escucha la sonrisa en la voz de su madre—. Ya veremos.

Bea aprieta los dientes.

—Mira, tengo que irme. Mi ensayo de Filosofía Moral es para el lunes...

—Ya te lo he dicho. —Ahora se le ha borrado la sonrisa, Bea lo sabe—. No me mientas.

—Te llamo el domingo por la noche —le responde Bea antes de colgar.

10:27 p. m., Goldie

Trabajar en el Hotel Clamart es un sueño, comparado con el Fitz. Tanto por la ausencia de Garrick, como por la presencia de Leo. Limpiar la mierda es lo mismo, las sábanas también están pegajosas y los suelos de los baños sucios... pero poder limpiar (y hurtar) en las habitaciones y caminar por los pasillos sin tener que cuidarme de que me toquen, y con la expectativa de ver a Leo, es un auténtico placer.

Además, el lugar es una mina de oro. Leo tenía razón en eso. Si los huéspedes del Fitz eran ricos, estos son superricos. Es algo que hay que ver. Y los estadounidenses dejan propinas increíbles. Esta mañana una familia de cuatro personas me dejó un billete de veinte libras en el tocador. Me sentí un poco culpable, pues no era lo único que les había quitado durante su estancia. Aun así, supongo que nunca se darán cuenta.

Pero, por mucho, lo mejor del trabajo es que veré a Leo todos los días. Lo mejor y lo peor. Porque la tentación es una tortura.

Me gustaría que me tocara. Esta mañana intenté hablarle mentalmente, como la primera vez que nos vimos, sin éxito. Creo que estaba demasiado nerviosa. Podría decirle algo. Pero no lo haré. Si me rechazara, me sentiría tan mortificada que tendría que dejar el trabajo, y no puedo darme ese lujo.

11:59 p. m., Leo

Después de la muerte de Christopher, Leo decidió no volver a involucrarse emocionalmente con nadie más, chico o chica, mortal o inmortal. A partir de aquello, se ha sentido más seguro por su cuenta, más fuerte. Había que renunciar al amor para escapar del dolor, y él siguió aquella regla con gusto. Hasta ahora, hasta Goldie, nunca se había sentido tentado, ni siquiera curioso. Con ella es diferente, y no puede decir por qué. Ahora tiene curiosidad. Ahora quiere saber. Y, aunque sabe mucho de ella y ella no lo sabe, también sospecha que ella tiene secretos que él no puede ver. Y quiere saberlo todo. No mediante engaños o persuasiones, sino por ella misma, por su propia disposición y libertad.

Quiere fingir que es real, jugar a la fantasía. Quiere abrazarla, sentir el pulso de su corazón bajo su palma. Quiere imaginar que, si la estrechara contra su pecho, ella también sentiría el latido de su corazón.

Leo nunca había pensado que fuera posible que el deseo coexistiera con el odio, no de esta manera. Parece imposible desear tanto a alguien y saber que, llegado el momento, tendrá que matarla.

11 de octubre
21 días...

3:33 a. m.
Wilhelm Grimm observa a sus cuatro hijas favoritas. Observa y espera. A lo largo de los siglos ha desarrollado la paciencia de un santo, por así decirlo, porque es todo menos eso. Sin embargo, cuando se trata de humanos, los demonios deben ser tan pacientes como los ángeles. Ya no tiene que esperar tanto, apenas un relámpago, un parpadeo de la luz de las estrellas. En tres semanas cumplirán dieciocho años.

Todavía no sabe cómo será la noche de La Elección. Será una pena si tiene que matarlas, como ha hecho antes con muchas otras de sus hijas; después de todo, no puede permitirse que existan fuerzas tan poderosas trabajando en su contra. Pero Wilhelm tiene grandes esperanzas en estas cuatro, especialmente en Bea. Y, si puede ganarse a Goldie, será un golpe perfecto. Ella es la chica Grimm más poderosa que hubiera visto en cuatrocientos años, y eso que no tiene ningún indicio todavía de su poder. Su potencial de oscuridad lo deleita. Es sorprendentemente elevado, más tomando en cuenta que su madre era una simplona. Por fortuna, el padrastro contribuyó a torcer el espíritu de Goldie y avivar su rabia. Ahora todo lo que necesita es un empujón en la dirección correcta.

Se imagina la devastación que ella podría causar, la agonía, la miseria... Desatada en el mundo, podría llevar a cabo en una semana lo que a una docena de hermanas diligentes les tomaría una década. Si Goldie se vuelve oscura, Wilhelm sabe que será imparable.

3:33 a. m., Goldie

Cuando me despierto, la sensación de que estuve con Leo, de que lo tengo tomado de la mano, es tan fuerte que puedo sentir el calor en mi piel. Pero él no está a mi lado. Estoy sola. Mis sábanas están frías. Excepto en donde me he acostado, ahí están mojadas de sudor.

En la oscuridad, pienso en la primera vez que lo vi. Empiezo a preguntarme si puedo llamarlo, invocarlo con mis pensamientos como hice la primera vez que nos vimos, y si puedo anular su reticencia. ¿Es posible que tenga el poder de hacerlo?

3:33 a. m., Leo

Por ahora, Leo espera. Seducir a Goldie tiene sus ventajas estratégicas, es cierto. Pero aún no está seguro de que no se involucrará en el proceso. Ya está pensando en ella con demasiada frecuencia. Ya siente más de lo que debería sentir.

No es fácil. Cuando hablan, intercambiando bromas sobre el clima o el desayuno, quiere pedirle que se quede. Cuando se cruzan en el pasillo, quiere tomarla entre sus brazos. En vez de eso, la mira alejarse y se queda esperando hasta la próxima vez, cuando vuelva a pasar lo mismo.

6:58 a. m., Scarlet

Scarlet no tardó en descubrir que las residencias de ancianos, incluso las de mala muerte, cuestan una fortuna. Ahora está considerando algo entre quinientas (nefastas) y dos mil libras (un lujo) a la semana. ¡A la semana! Eso significa que Scarlet no solo tendrá que vender la cafetería por una suma considerable, sino también encontrar algo mucho más lucrativo que ser camarera, para así lograr financiar el déficit. Pero no tiene sentido preocuparse por todo eso ahora mismo. Lo primero es lo primero. Muy a su pesar, ha llamado a Ezekiel Wolfe.

Quedaron de verse mañana, en territorio neutral. Walt, que sigue trabajando en el maldito lavavajillas, ha accedido amablemente a acompañar a Esme mientras Scarlet no está, a cambio de una charola de rollos de canela. Ella le ofreció también una tanda de brownies para endulzar el trato, pero él pareció ofendido y dijo que no necesitaba que lo sobornaran para hacer algo que haría con gusto de forma gratuita. En ese momento, Scarlet deseó poder contratarlo para que cuidara de Esme de tiempo completo. No podía permitirse 120 libras por hora, pero tal vez podría pagarle con pasteles.

9:09 a. m., Bea

Está sentado en los escalones de la biblioteca, empapados por la lluvia, cuando Bea lo vuelve a ver. Ella disminuye su paso y se detiene en el escalón de abajo.

—No entiendes las indirectas, ¿verdad? —dice Bea—. Y pensé que no había sido sutil.

—No fuiste sutil —le responde—. Dejaste muy claros tus sentimientos.

—Sí, eso pensé —dice Bea, mientras hace girar su paraguas—. Entonces, ¿por qué estás aquí? Supongo que no estás sentado ahí solo para empaparte con la lluvia. —Él duda—. Vamos, no tengo todo el día.

—Yo... pensé que podría pesar en tu conciencia la manera ligeramente insensible en que me hablaste —le responde—. Así que pensé en darte la oportunidad de ser un poco más amable esta vez.

Bea lo mira como un búho a un ratón.

—¿Hablas en serio?

Él se encoge de hombros.

Bea le da una patada al escalón de piedra.

—Muy bien. Entonces seré civilizada cuando te mande a la mierda esta vez. Dime, ¿cómo te llamas?

Él se jala la barba.

—Valállat.

Bea estrecha los ojos.

—¿Lo inventaste? —pregunta, molesta por no poder pronunciarlo—. Nunca lo había oído.

—Dime Vali.

—Eso no es lo que acabas de decir.

Él vuelve a encogerse de hombros, mientras se baja el suéter para que no se le suba por la panza.

—Es húngaro. Lo estoy adaptando —no puede resistirse a mirar la boca de Bea cuando dice— a la lengua inglesa.

—Cuidado —le advierte Bea.

—Lo siento, lo siento, yo... Como sea, puedes llamarme Vali, o Val, lo que quieras.

—¿Por qué no debería llamarte de la otra forma? —pregunta Bea—. Soy perfectamente capaz de aprender a pronunciar tu verdadero nombre.

—Lo sé, pero preferiría que no lo hicieras.

—¿Por qué no?

Vali titubea, limpiando el agua de lluvia de su frente.

—No es un nombre propio.

—¿Qué es, entonces? —dice Bea, su curiosidad supera momentáneamente su crueldad.

Vali fija sus ojos en sus pies.

—Pues… significa… «bestia».

Bea frunce el ceño.

—¿Por qué demonios te llamó así tu mamá?

Vali se encoge de hombros.

—Al parecer, así era cuando nací, como una pequeña bestia, toda roja, arrugada y cubierta de pelo.

—¿Pelo?

—Tenía mechones en las orejas, supuestamente, y en la espalda. No mucho, creo, pero lo suficiente para influir en la decisión de mi madre. Y creo que su opinión sobre mí no mejoró con los años, en realidad... —De pronto parece sorprenderse de lo que está diciendo—. Oh, pero deberías saber que ya no lo tengo. Mi espalda está ahora completamente libre de pelo.

Bea lo fulmina con la mirada.

—¿Por qué demonios debería importarme si eres o no lampiño?

—Sí, claro. Para nada. Perdón por la digresión —dice Vali—. De todos modos, ahora que sabes mi nombre puedes mandarme a la mierda otra vez.

—Bien. —Bea lo mira. Y él a ella, que se muerde un labio—. Muy bien, entonces... Tal vez eso pueda esperar. Levántate, estás empapado. —Vali se levanta con el ceño fruncido. Bea extiende su paraguas. Vali sonríe—. Deja de sonreír. —Vali no lo hace—. Basta ya. —Bea pone los ojos en blanco—. Pareces un hámster gordo.

12:34 p. m., Liyana

Liyana hace una larga fila para comer en Ottolenghi, el café favorito de su tía en Islington. En la época anterior a su crisis financiera, a Nyasha le gustaba decir que la comida de Ottolenghi solo podía ser superada por Blé Sucré en París o Panificio Bonci en Roma. Ahora, por derecho, Liyana no debería estar ahí. Pero cuando todo está perdido y la alberca está fuera del alcance, se puede buscar un pequeño consuelo en las tartas de brûlée de limón de Ottolenghi.

La fila para comprar un almuerzo avanza mientras los apesadumbrados pensamientos de Liyana se dirigen hacia el Slade. Ha decidido volver a presentarse para el próximo curso académico, resuelta a pasar el tiempo que queda hasta entonces trabajando y ahorrando para conseguir las 18 900 libras por concepto de cuotas y gastos del primer año que no serán cubiertas por los préstamos, los cuales pa sará el resto de su vida pagando, pero no tiene otra alternativa. Es una pena que sus pasiones y talentos no se inclinen hacia una carrera que le prometa mayor estabilidad económica, como Economía o Derecho. Incluso Comunicación sería una apuesta más segura que Bellas Artes. Liyana suspira y decide pensar en asuntos menos molestos. Reflexiona sobre un punto problemático de la trama de la última aventura de BlackBird. ¿Podría arrancar las hojas de los árboles y coserlas para...?

«Voy a matar a Cassie cuando la vea».

Sorprendida por lo ácido de la afirmación, Liyana mira a la clienta que está detrás de ella.

—Lo siento, ¿qué?

Una mujer blanca y refinada, toda de lino y oro, mira a Liyana con silenciosa sospecha. Avergonzada, Liyana vuelve rápidamente a su lugar en la fila.

«Ay, abuela, ¿qué vamos a hacer?».

Confundida, Liyana vuelve a mirar por encima del hombro. Pero la mujer sospechosa sigue en silencio y ninguna de las charlas a lo largo de la fila se dirige a Liyana. Sin embargo, esas dos frases sí eran para ella, está segura. Las escuchó tan claramente como si alguien le hubiera hablado al oído.

La fila avanza. Una escuálida mujer rubia transmite su intrincado pedido a la paciente chica rubia detrás del mostrador. ¿Por qué en estos lugares todo el mundo, tanto clientes como personal, siempre tienen la piel tan blanca? Liyana espera, alerta, hasta que llega su turno.

—¿Qué se le ofrece?

Liyana busca a tientas su lista.

«Ahora pareces un hámster estreñido».

Liyana frunce el ceño.

—Seguro que no. Perdón, ¿qué acabas de decir?

La chica rubia frunce el ceño.

—¿Qué?

Liyana siente una oleada de frustración.

—¿Por qué me insultas? ¿Qué te hice?

La chica parece alarmada.

—No la insulté, solo pregunté qué iba a pedir.

—Pero te oí...

Entonces es cuando, al ver la cara de perplejidad de la chica, Liyana se da cuenta de que nadie le está hablando. Al menos no en Ottolenghi. Está escuchando las voces en su cabeza.

Hace más de una década

Goldie

Casi en cuanto las palabras salieron de mi boca supe que no debí decirlo. Pero la señora Chadha me miraba, pidiendo más.

—¿Crees que Reyansh no debería ir a su viaje?

Volví a mirar la fila de clientes que se alargaba (una mujer gorda detrás de mí lanzaba suspiros de impaciencia) y de repente ya no estaba nada segura de lo que había querido decir. Era solo un sueño tonto, debí callarme la boca.

—N-no... —sacudí la cabeza. No podía decirle a la señora Chadha que cancelara las vacaciones de su marido, no por algo que yo había soñado. Y, sin embargo, no podía deshacerme de aquella imagen: la cara bajo el agua, los ojos muertos mirándome fijamente—. No lo sé —dije—. Tal vez. O tal vez podría ir en otro momento. Yo, yo…

La señora Chadha se inclinó hacia delante, con sus grandes pechos aplastados sobre el mostrador.

—¿Qué viste? Dime.

Volví a abrir la boca, tratando de convertir la imagen en palabras.

—Yo, yo…

—¡Goldie!

Me di la vuelta, Ma se abría paso a través de la fila, lo que provocó más resoplidos de los airados clientes. Cuando llegó al mostrador, sus ojos pasaron del litro de leche y la moneda de una libra a la señora Chadha.

—Lo siento. —Ma tomó mi mano—. ¿Goldie te está molestando?

—Oh, no —dijo la señora Chadha, sacudiendo la cabeza—. No, solo estaba preguntando...

Tosí y, afortunadamente, la señora Chadha captó mis ojos suplicantes y se detuvo.

—Bien. —Ma volteó hacia mí—. Llevas afuera media hora. Pensé que te habían atropellado, secuestrado o...

Tomó el litro de leche, olvidó el cambio y me arrastró fuera de la tienda.

Caminamos juntas por la banqueta. Normalmente la gente confundía a Ma conmigo, ya que era muy bajita y delgada, pero no con su gran vientre de embarazada.

—Lo siento, Ma. —Entrecerré los ojos a la luz del sol— Yo... no me di cuenta de que había estado...

—Entonces deberías pensar, Goldie, en lugar de... —Con un suspiro, dejó de caminar y levantó el vientre para arrodillarse y luego ponerse de cuclillas en la banqueta, de modo que quedamos frente a frente—. Me preocupo por ti. Eres diferente, debes tener cuidado con lo que haces...

Esperé a que Ma terminara, a que me dijera en qué era diferente, de qué tenía que cuidarme y por qué se preocupaba tanto por mí. Pero en lugar de eso, se levantó de nuevo, dejó la frase a medias y me tomó de la mano para llevarme a casa.

Scarlet

Algo molestaba a Scarlet, una piedra en el zapato que no la dejaba en paz. Las imágenes parpadeaban en los bordes de su vista: sonidos, olores, la sensación de algo irritante, pero que nunca se revelaba del todo. A veces le parecía ver a alguien que conocía, chicas de su edad, cada una con el pelo rizado pero de un color diferente: rubio, castaño, negro. Aunque, cuando veía sus rostros, Scarlet se daba cuenta de que eran desconocidas.

—Hoy es el día —dijo Esme en cuanto Scarlet entró en la cafetería y se oyó el tintineo de la puerta—. Llegas tarde.

Scarlet miró su reloj mientras se apresuraba a cruzar el chirriante piso de madera hacia la cocina. Había llegado temprano.

—No es cierto —le respondió en la puerta. Ella Fitzgerald llenaba la cocina (*My Baby Just Cares for Me*), se elevaba en el aire con el aroma de la canela—. Dijiste que a las seis.

—Bueno, siempre es mejor llegar cinco o diez minutos antes de la hora requerida —dijo Esme—. Demuestra un agradable entusiasmo.

Scarlet puso los ojos en blanco.

—No soy uno de tus empleados, abuela. Por eso estoy aquí a las seis. Esos holgazanes no estarían aquí a esta hora ni aunque les pagaras el doble. Y yo estoy aquí gratis.

—Es cierto. —Esme rio—. Y bien, ¿dónde está tu madre?

Scarlet pasó saliva.

—Me dijo que te dijera que está cansada, que vendrá más tarde.

Su abuela frunció el ceño.

—¿Te dejó venir sola?

Scarlet se encogió de hombros y Esme murmuró en voz baja.

—¿Ya empezaste? —Scarlet frunció el ceño cuando vio el tazón con la mezcla—. ¿Cuántos hiciste?

Esme mantuvo la cabeza baja.

—Cinco charolas.

—¿Cinco? Pero eso es…

—Sesenta —completó su abuela—. Lo sé, lo sien...

Scarlet dejó escapar un pequeño grito.

—Prometiste que me esperarías...

—Lo sé, querida, lo siento. —Esme parecía avergonzada—. Me ganó la emoción, no pude esperar.

Scarlet entrecerró los ojos.

—Es Navidad y la niña soy yo, no tú.

Esme rio.

—Sí, tienes razón. Entonces, sigamos. No hay tiempo que perder.

Tres horas más tarde estaban apilando ciento sesenta y ocho bollos *choux* (Scarlet había engullido varios durante el proceso de horneado, para hacer el necesario control de calidad) rellenos de crema pastelera, de canela y nuez moscada, en una torre de croquembouche atada con hilos de caramelo. Todos los bollos estaban espolvoreados con azúcar glas y diamantina para que la cobertura fuera cubiertos de color plata y oro.

Esme había bañado cada bollo en caramelo caliente y lo había colocado con precisión sobre la creciente torre de azúcar y especias. Cuando el último bollo estuvo colocado sobre el resto, Scarlet fijó a lo largo de la torre estrellas de pan de jengibre, copos de nieve de azúcar y pequeños búhos de chocolate. Por último, Esme perforó el campanario almibarado con seis largas bengalas para encenderlas en Nochebuena.

Se apartaron para comentar su creación.

—Definitivamente, es más alto que el del año pasado —dijo Scarlet cruzada de brazos—. También tiene más estrellas. Creo que es... —Buscó en su vocabulario un adjetivo adecuado y, al no encontrar ninguno, tomó prestado uno de su abuela—... realmente espléndido.

—Estoy de acuerdo. —Esme sonrió—. Creo que este año nos superamos.

Ya se había reunido una gran multitud frente al ventanal del café para contemplar la escultura de azúcar con los ojos muy abiertos y la lengua húmeda. Unos cuantos se acercaron a la puerta con la esperanza de calentarse los dedos con tazas de té y llenarse con trozos de tarta, pero en cuanto veían el cartel de «Cerrado los lunes» se daban la vuelta.

—Mamá debería estar aquí.

Esme jaló a su nieta para abrazarla.

—Estoy segura de que vendrá pronto. No se perderá esto.

Scarlet asintió, dejando que las mentiras se elevaran en el aire y se posaran entre las estrellas de jengibre.

Liyana

Todo el mundo en el patio se reía y la señalaba. Al menos eso le parecía a Liyana. Incluso sus supuestos amigos se unían a la burla. ¿Por qué lo había dicho? ¿En qué estaba pensando? Christine Bradley nunca había guardado un secreto en su vida. A pesar de ser la mejor amiga de Liyana, se lo había contado a Olivia Greene, que se lo había contado a Rosie Bailey, que se lo había contado a toda la escuela. Así que ahora todos pensaban que Liyana deliraba: afirmaba que podía volar. Ella quería desaparecer, quería morir. Quería deshacer el tiempo, regresar y mantener la boca cerrada. Había dicho algo monumentalmente estúpido, ya que no podía volar, no aquí. Aquí ella no podía hacer nada en absoluto.

Si Liyana pudiera llevarlos a Everwhere, les demostraría que sí. Pero, para empezar, ni siquiera sabía cómo había llegado hasta allí. Y si le creía a Bea, la mayoría de la gente no era capaz de llegar allí de todos modos. Liyana no tenía ni idea de por qué era así, pero como, aparentemente, Bea sabía todo sobre Everwhere, no parecía haber ningún motivo para que no tuviera razón en eso también.

En cualquier caso, Liyana estaba en muchos problemas. Esta humillación se grabaría en la memoria de la escuela. Y la memoria de la escuela era larga. Se convertiría en «La chica que creía que podía volar». Nunca nadie la olvidaría. Y se transmitiría a través de los cursos, así como la leyenda de «El niño que se ahogó en la piscina de la escuela» de hace veinte años.

Entonces, mientras Liyana se sumía en la más absoluta desesperación, se produjo un milagro. Alguien empezó a gritar desde lo alto del muro para escalar y todos voltearon a verlo. Un niño, más o menos de la edad de Liyana, estaba de pie a horcajadas sobre las barras de metal, proclamando en tono insistente que él también podía volar. Una carcajada recorrió la multitud.

—Sí puedo —gritó—. ¡Ya lo verán!

Las risas cesaron y los niños contuvieron la respiración, esperando, con el aliento y la esperanza en vilo, que el chico cumpliera lo que estaba prometiendo. Liyana los observó, profundamente agradecida por la distracción y preguntándose cómo aquel chico podría salir airoso de la situación.

No obstante, él hizo lo impensable. Saltó.

Liyana vio cómo el chico caía por el aire en cámara lenta antes de golpear el asfalto con un ruido sordo. Nadie se movió. Ni él, ni ningún niño de la multitud. Hasta que, como un mago haciendo un truco, se levantó e hizo una reverencia. Durante un único y tenso segundo, el aire se quedó quieto. Al siguiente, la multitud estalló en una cacofonía de vítores y aplausos, agitando los brazos y silbando.

Liyana exhaló. Estaba a salvo. Ahora nadie recordaría su ridícula afirmación, solo recordarían al chico que dijo que podía volar y que saltó desde el muro para escalar con la intención de demostrarlo. Ella volvería a pasar a segundo plano.

Esperó a que la multitud se dispersara por las cuatro esquinas del patio y se acercó al chico.

—¿Cómo lo hiciste?

Él sonrió.

—Llevo años practicando.

—Gracias. Creo que me salvaste la vida.

Curiosamente, al día siguiente nadie hablaba de «El niño que voló desde el muro para escalar». En cambio, la escuela bullía con un incidente que había ocurrido al mismo tiempo. Mientras el grupo de Cuarto B daba vueltas en la piscina de la escuela, el agua había empezado a hervir como una tetera. Por suerte nadie murió, aunque la mayoría de los niños estaban recibiendo tratamiento por quemaduras de segundo y tercer grado en el Hospital Saint Thomas. Una niña estaba en cuidados intensivos, aunque se pensaba que viviría. Liyana, tan conmocionada como todos los demás, no tenía ni idea de que el incidente tuviera algo que ver con ella.

Bea

Me senté a horcajadas sobre un enorme tronco de árbol podrido junto a Bea. La corteza era tan blanda que se desprendía en grandes tiras; los trozos se caían dentro del hueco al patearlo como dándole una coz a un caballo para que galopara. Al menos eso es lo que decía Bea, ya que, naturalmente, ella ya había montado a caballo. Ella había hecho de todo.

Una hoja blanca se posó sobre mi cabeza. Me la quité de encima.

—¿Te ha hablado de este lugar? ¿De verdad?

Bea se encogió de hombros.

—Mamá me lo cuenta todo.

La miré fijamente. Estaba celosa, pero no quise admitirlo.

—Nadie más le cree. Pero yo sí. —Me quedé en silencio—. Tu mamá probablemente no sepa nada. Si no es una Grimm como nosotras, no tiene ni idea. —Bea suspiró, como si la brillantez de su familia fuera una carga—. La mayoría de la gente tiene cero imaginación y aún menos inteligencia, eso es lo que dice mamá.

—Vaya. —Sentí el impulso de defender a Ma, pero no supe cómo.

—Es raro. —Bea le dio una patada al tronco para que se soltaran trozos de corteza, que resonaron en la cavidad del árbol—. Que una mamá y una hija sean ambas Grimm puras.

—¿Por qué?

—¿No lo sabes? —Sospeché, por el parpadeo de frustración en su rostro, que ella tampoco lo sabía—. La mayoría de las mamás tienen algo de sangre Grimm —dijo, como si eso respondiera a mi pregunta—. Si tienen solo un poco, pueden venir aquí, pero pensarán que fue un sueño, como tú al principio. Si tienen mucha, pueden atravesar una de las puertas, pero eso es raro. —Asintió con conocimiento de causa—. La mayoría no conoce las puertas.

Quité una suave tira de corteza y la doblé en forma de arco. No quería preguntar, sobre todo porque Bea me estaba incitando con esta información, era un cebo para distraerme de su anterior ignorancia. Pero la curiosidad no tardó en imponerse al orgullo.

—¿Qué puertas? —pregunté.

Bea levantó una ceja en señal de sorpresa.

—Ah, ¿tampoco sabes lo de las puertas? —Suspiró, como si le pesara mi ignorancia y su conocimiento—. Parece que eres tan despistada como tu mamá. —Rompí el arco de corteza—. Las puertas son la única forma de venir aquí. —Se cruzó de brazos—. Así es como quienes no son Grimm pueden entrar en Everwhere.

Había imaginado que tener una hermana sería una fuente de alegría, no de competencia. Ahora me preocupaba el bebé en el vientre de mamá, aquel hermano al acecho.

Bea volvió a sonreír, increíblemente bella, incluso cuando era mala.

—Así es como llegan los soldados —dijo—. Pero solo en las noches de cuarto menguante.

Clavé una uña en el tronco del árbol, luego la deslicé para marcar una línea.

—¿Soldados? —dije, sin levantar la vista.

Bea rio.

—¿Tampoco sabes de ellos? Mierda, no sabes nada, ¿verdad?

Levanté la vista, sorprendida por el uso de esa palabra. Había oído a mis padres usarla, y cosas peores, pero nunca frente a alguien de mi edad. Bea me miró, con los bordes de su hermosa boca crispados por la información retenida, esperando que admitiera mi ignorancia, que reconociera públicamente su superioridad.

—No —dije tan descuidadamente como si acabara de quitarme una hoja caída de la rodilla—. No lo sé.

Bea se sentó un poco más recta.

—Pues entonces qué afortunada eres de que yo sí lo sepa.

Leo

Cada mes, cuando la luna alcanzaba su primer cuarto, Leo abandonaba su cama a primera hora de la mañana para pasear por los jardines de la escuela. Cuando todos aún dormían, él salía a escondidas. No recordaba cuándo fue que el impulso de esos paseos se había apoderado de él, ni sabía qué buscaba, pero sin duda buscaba algo.

Caminaba por jardines prohibidos, presionando con los dedos desnudos la hierba húmeda; andaba por pasillos de piedra, sin que sus suaves pasos tuvieran eco. Se sentaba bajo la sombra de la capilla de la escuela, contemplaba la torre del reloj que terminaba en una gran cruz de bronce y se preguntaba por el significado de la hora de esta noche. Y, con cada segundo que pasaba, sentía la atracción de la luna que lo impulsaba.

No importaba la ruta que tomara, Leo siempre terminaba en el mismo lugar, frente a las puertas de la escuela. Eran altas y anchas, de la altura de cinco chicos subidos en los hombros unos de otros, y tan anchas como diez de ellos sujetando los brazos estirados de los demás. Tenían cuatrocientos diecisiete años, fueron forjadas cuando se excavaron los primeros cimientos, soldadas cuando se pusieron los primeros ladrillos. Eran feroces: gruesos piquetes con puntas afiladas que atravesaban el aire como trinches, una severa forma de disuadir a cualquier estudiante que pensara en escapar. Estaban adornadas con postes grabados en latín, envueltos por largos zarcillos de delicada hiedra que se arrastraba por los piquetes y se enroscaba en elaboradas curvas. Había sido forjada a mano por el herrero del rey Jaime I, o eso decía la leyenda escolar.

Leo contemplaba las puertas durante horas, estudiaba las venas de cada hoja de la hiedra, recorría con sus dedos cada rizo con tanto cuidado que un espectador ignorante podría haber pensado que él era quien había quemado su propia piel en el fuego de creación de las puertas.

Cada vez que la luna salía de entre las nubes y proyectaba un brillo plateado sobre el hierro, a Leo lo invadía el repentino deseo de empujar las puertas y atravesarlas, como si no estuvieran cerradas y el camino no estuviera bloqueado. Pero, por muy extraño que fuera este deseo, no lo era tanto como el pensamiento que lo acompañaba: la certeza de que, si lo hacía, no entraría en la grava y el concreto, sino en otro mundo.

12 de octubre
20 días...

6:33 a. m., Leo

Él sabe dónde encontrarla. Ahora ella es como un faro para él. Ni siquiera necesita pensar. Todo lo que hace es cerrar los ojos y la ve. La luz que se desvanece en él parpadea, chisporrotea, se acelera, mientras se apresura hacia la luz siempre brillante de ella.

Afuera de la habitación 13, Leo duda. Si va con ella ahora, dirá y hará cosas que no deberían decirse ni hacerse. Cosas que solo conducirán a un mayor dolor y miseria sobre lo que ya se está aproximando. Aprieta los puños y se dice a sí mismo que debe dar marcha atrás. Es demasiado arriesgado, demasiado difícil de sortear, demasiado difícil estar en equilibrio sobre esa línea entre la lujuria y el amor.

Cuando Leo entra al fin por la puerta, Goldie levanta la vista. No parece sorprendida, como si supiera que iba a venir, como si hubiera estado esperando. Cuando él llega hasta ella, cuando le acaricia las mejillas con las manos, ella levanta la cabeza para recibirle, abre la boca y lo deja entrar.

6:33 a. m., Goldie

Estoy robándole dos pares de calcetines de seda a la familia de la habitación 13 cuando levanto la vista y lo veo de pie en la puerta, observándome, sonriendo como si estuviera haciendo algo increíblemente maravilloso, en vez de algo medio inmoral. Se acerca a mí y me detengo, aún con los calcetines en la mano.

Sonrío.

Incluso ahora, no puedo creer que haya funcionado. Lo invoqué, se lo ordené. Tal como lo hice la primera vez. A través de la fuerza de voluntad lo he conjurado a mi lado. «Detente», pensé. «Sube las escaleras, gira a la izquierda. Abre la puerta de la habitación 13. Entra y bésame».

Había pasado tanto tiempo imaginando ese momento que me pareció totalmente natural, normal, nada nuevo. Conozco cada centímetro de él, me acomodo a su abrazo, anticipo lo que dirá a continuación. Y, sin embargo, la sensación de estar con Leo ahora es una que nunca había sentido antes. No en toda mi vida, no con nadie más. Tardé unas horas en darme cuenta de lo que es. Es lo correcto. Se siente bien. Nada en mi vida se ha sentido bien antes. Siempre he luchado por hacer que las cosas encajen, por parchar agujeros, por ignorar grietas, por presionar piezas de rompecabezas que no encajan en su sitio. Pero con Leo no tengo que ser lo que no quiero ser, ni hacer lo que no quiero hacer. No tengo que hacer nada diferente, nada especial. No tengo que hacer absolutamente nada. Solo respirar. Solo ser. Y eso es suficiente.

3:03 p. m., Scarlet

Scarlet se encuentra con Ezekiel Wolfe en Fitzbillies, uno de los pocos cafés de Cambridge que no es un Starbucks o una cadena similar. Aunque ella llegó diez minutos antes, él ya está sentado. Quisiera comprar un trozo de tarta Bakewell, pero piensa que eso podría demeritar su profesionalidad, así que pide solo un café.

Él levanta la vista cuando ella se acerca a su mesa.

—Viniste. —Ella lo mira. ¿No te vas a sentar? —le pregunta él.

Scarlet se sienta, molesta porque ahora debe hacerlo después de su invitación. Deja su taza de café sobre la mesa y mira los bollos con mermelada a medio devorar.

Ezekiel se inclina hacia delante.

—Quería disculparme por...

—¿Arruinar mi vida? —Scarlet toma el bote de azúcar y vierte una buena cantidad en su café—. ¿Destruir mi medio de vida?

—Eso es un poco duro, ¿no crees?

—No, la verdad no. Si los malditos Starbucks no aparecieran en cada esquina, si les dieran una oportunidad a las cafeterías independientes... —Scarlet revuelve el azúcar en su café, tratando de calmarse—. Vas de cafetería en cafetería haciendo que cierren, sin que te importen una mierda los propietarios que han invertido toda su vida, todo lo que tienen, todo su tiempo, todas sus esperanzas en...

Ezekiel espera para ver si ella va a terminar su frase, luego empuja los bollos a un lado.

—No tienes que vender, nadie te obliga. —La mira a los ojos—. Pero si lo estás pensando, aunque sea un poco, te recomiendo que lo hagas cuanto antes. He examinado tus cuentas y mi empresa te ofrece más que el valor de mercado. Esa cifra bajará, mientras más esperes para tomar una decisión.

Se recarga en su asiento.

Scarlet respira profundamente y luego suelta:

—¿Alguna vez has tenido algo que querías, algo que te importaba tanto que... que... te sientes incompetente sin ello, como si te faltara una parte?

—No —dice Ezekiel—. No puedo decir que me haya sentido así. Debe sentirse como una conexión muy profunda.

—No si lo pierdes.

Él duda, como si contemplara la sabiduría de lo que va a decir.

—Pero el café no es algo tuyo, ¿verdad? Es de tu abuela.

Scarlet guarda silencio. Bajo la mesa, su rodilla izquierda empieza a temblar. Sus dedos se crispan. Mira el azucarero y luego la taza de café sin tocar de Ezekiel.

—No te estás tomando tu café —dice Scarlet, aún sin encontrarse con su mirada.

—Está demasiado caliente. Creo que el camarero quería que me quemara la lengua.

—Probablemente tenía sus razones.

Ezekiel sonríe, lamiendo su cuchara.

—¿Has estado esparciendo rumores sobre mí?

—Es una ciudad pequeña. —Scarlet se encoge de hombros—. No puedo evitar que se corra la voz.

Sus dedos vuelven a crisparse y, de repente, Scarlet siente que tiene un secreto, escondido como un chocolate en el bolsillo. Está mirando la taza de Ezekiel cuando esta se tambalea y se derrama con todo su dulzor sobre su mano.

Él sacude la muñeca con velocidad, adolorido.

—Maldita sea.

Scarlet suelta su taza y toma fajos de servilletas para contener el lago de café que se expande.

—Lo siento, no sé, no quería...

Él ya está de pie.

—Eres toda una amenaza —dice, medio sonriendo a pesar del dolor—. A este ritmo estaré hospitalizado de nuevo antes del atardecer.

—Rápido, pon tu mano bajo el chorro de agua fría.

Ezekiel desaparece y Scarlet mete las servilletas empapadas en la taza de café vacía. Seguro que la taza no se volcó por sí sola. Ella rozó el plato con la mano y la volcó. Esa es la única explicación sensata. Y Scarlet es muy sensata. El pan no sube sin levadura y las tazas no se caen si no las empujas. Del mismo modo explicó la polilla incinerada y las chispas (estática), y la lámpara que cayó sobre la cabeza de Ezekiel Wolfe (cableado defectuoso). Pero lo que Scarlet no puede negar es la oleada de energía que sintió justo antes de que la taza se inclinara. Como si sus venas fueran cables de cobre que zumbaran con corrientes eléctricas.

—Oh, no te preocupes por mí, estoy bien.

Scarlet levanta la vista. Se había olvidado por completo de Ezekiel, que ahora está de pie junto a la mesa extendiendo la mano: una salpicadura de rojo abrasador recorre su pálida piel.

—Lo siento —dice Scarlet—. Fue un accidente.

—En verdad lo espero —dice Ezekiel—. Pero teniendo en cuenta el número de accidentes que siguen ocurriendo a tu alrededor, estoy empezando a preocuparme por mi seguridad.

—Yo... no quise hacerlo.

Él sonríe.

—¿Estás segura? Probablemente me odias lo suficiente para...

Scarlet frunce el ceño. En verdad, ella creía que lo odiaba. Pero ahora que escucha las palabras en voz alta y de su propia boca, ya no está segura.

—No te odio.

Ezekiel asiente, mirando hacia la puerta.

—Mira, ¿quieres dar un paseo? Creo que necesito alejarme de las bebidas calientes por un tiempo. Podemos hablar de todo pero con mejor vista.

Scarlet se encoge de hombros, asiente a medias.

—Supongo que sí.

—Bueno, trata de contener tu entusiasmo. —Ezekiel se ríe—. O podrías darme la idea equivocada.

¿La idea equivocada? Scarlet piensa en cómo se sintió la primera vez que lo vio, en cómo se ha sentido desde entonces, aunque ha intentado negárselo a sí misma. «Huye». Debería huir. Nada bueno puede salir de esto. Solo cosas muy equivocadas y en realidad complicadas. En vez de eso, se levanta y sigue a Ezekiel Wolfe al exterior. En la calle, él se detiene abruptamente y ella choca con él, se tropieza y él gira para sujetarla. La misma sonrisa se dibuja en sus labios.

—Me estás mirando como si fuera esa rebanada de tarta Bakewell —dice.

Scarlet frunce el ceño.

—¿Yo...?

—Era lo que querías —dice—. Hace rato, cuando entraste a la cafetería.

Scarlet quiere decir algo, pero solo puede mirarlo, solo puede desear que se vaya, solo puede intentar canalizar sus crecientes poderes para desterrar a este hombre de su entorno inmediato y de su vida. Pero Ezekiel no se mueve. En cambio, se inclina para acercar su boca a la oreja de ella.

—Sé lo que estás pensando —susurra—. Y yo también te quiero a ti.

«Corre».

En vez de eso, lo besa.

15:31 p. m., Liyana

Liyana está sentada en el tren, moviendo las piernas con impaciencia mientras espera llegar a la undécima parada de la Línea Norte, haciendo la cuenta en cada estación, mientras el tren avanza a lo largo del andén y vuelve a salir. Intenta no pensar en la voz que escuchó en Ottolenghi, intenta no pensar en la palabra *esquizofrenia*. Está de camino a casa, aunque no será su casa durante mucho tiempo, a menos que pueda convencer a Kumiko, a menos que pueda negociar con Mazmo, que ha resultado ser mucho más agradable de lo que esperaba. Podría, posiblemente, aceptar casarse con él. Siempre y cuando fuera un matrimonio abierto, muy, *muy* abierto.

Cuando el tren llega a la estación de Kennington, Liyana se levanta. No es su parada, aún le quedan tres. Así que, ¿por qué sale a la plataforma cuando las puertas se abren? Entre la agitada multitud de viajeros, Liyana se queda quieta, preguntándose qué hacer a continuación. Nunca ha estado en Kennington, no conoce a nadie que viva aquí, no sabe cómo moverse. Puede que el barrio no sea amistoso (demasiados rostros pálidos suelen significar demasiadas mentes pequeñas), así que, probablemente, debería volver a tomar el tren.

Entonces Liyana ve, detrás de la línea amarilla, una pluma. Se agacha y la recoge. Es una pluma de mirlo. Se la pasa por la mejilla y sonríe. Quizá se esté volviendo loca, pero ahora mismo no le importa. Por fin ha recibido una señal.

Todavía con la pluma en la mano, Liyana sube a la escalera eléctrica y se queda de pie hasta que esta la deja frente a las máquinas expendedoras de boletos. Entonces sale y espera en la banqueta en busca de otra señal. Como no se presenta ninguna, gira a la izquierda y sigue caminando.

Diez minutos y cuatro giros a la izquierda después, Liyana se encuentra al pie de una iglesia: Great Saint Mary's. En un abedul junto a la iglesia, un mirlo se posa en la rama más baja. Liyana sonríe y comienza a subir los escalones de piedra.

Abre de un empujón la pesada puerta de madera y avanza por el pasillo. A punto de sentarse en una banca, ve el confesionario. Entonces cae en la cuenta. Está aquí para confesarse, para contar los acontecimientos de las últimas semanas a alguien que no la conoce, que no puede verla y que no puede juzgarla.

Así que, cuando unos minutos después una mujer diminuta sale del confesionario, Liyana entra. Se queda un rato en silencio antes de darse cuenta de que el sacerdote está esperando a que ella hable.

—Confiéseme, padre, es decir, perdóneme, padre, porque he pecado —dice Liyana—. Bueno, yo no lo llamaría realmente pecar, pero...

—¿Cuánto tiempo ha pasado desde tu última confesión?

Liyana se pregunta cuál será un tiempo razonable.

—Eh, dos... semanas.

—Continúa.

—De acuerdo, bien, pues en casa están pasando muchas cosas. Mi tía nos ha llevado a la bancarrota y ahora quiere que me case por dinero para salvarnos, que es lo que ella siempre ha hecho, pero mi novia no está dispuesta y yo tampoco lo estaba al principio, pero ahora creo que podría resolver muchos problemas, aunque...

El sacerdote tose.

—En verdad tienes mucho que decir —interviene—. ¿Empezamos por el principio? Recuérdame...

—Ah, y también he empezado, bueno, me ha pasado solo una vez, bueno, en realidad tres veces en un día. Pero, sí, también estoy escuchando voces.

Liyana se prepara para la censura, la risa y el despido inmediato.

—¿Dices que es la primera vez que oyes voces?

Liyana asiente.

—Sí.

—¿Tomas actualmente medicamento para algún...?

—No, no, yo...

—¿Y qué dicen las voces?

—Bueno —responde Liyana, reacia a entrar en detalles—, es un poco como escuchar la mitad de la conversación de otra persona.

El sacerdote guarda silencio durante varios minutos. Retuerce las manos en su regazo. Liyana espera el veredicto.

—Está bien —dice por fin—. Mientras no te digan que mates gatitos o que empujes a las ancianas de sus bicicletas, yo no me preocuparía demasiado. Quizá quieras decírselo a tu médico, a ver qué dice. Pero, ya sabes, no estás en mala compañía. Juana de Arco oía voces, Francisco de Asís también. —Hace una pausa.

«¿Pero por qué no puedo dejar de pensar en Ezekiel Wolfe en la cama comiendo rollos de canela?».

—¿Perdón? ¿Quién es Ezekiel Wolfe? —pregunta Liyana, considerando si es un oscuro santo católico: el patrón de la panadería, quizás.

—¿Perdón?

—¿E-ze-kiel Wolfe? —repite Liyana, pensando que tal vez lo había pronunciado mal—. Me hizo una pregunta, sobre él... eh, desnudo.

—¿Perdón? —El sacerdote parece divertido—. Ciertamente, no creo que lo haya hecho. Y, dada la inflexible posición de la Iglesia respecto a la homosexualidad, si tuviera alguna pregunta, con toda certeza me la guardaría para mí.

—Oh, no. —Liyana se echa hacia atrás—. No, por supuesto que no, no quería...

—Puedo sugerirte —la interrumpe el sacerdote— que busques apoyo de una naturaleza menos espiritual y más... corporal. —Tose de nuevo—. Psiquiátrica.

Cuando Liyana sale de la iglesia, el mirlo está cantando. Mira hacia el abedul cuando vuelve a oír la voz: «Es hora de encontrar a tus hermanas».

4:57 p. m., Bea

—Eres encantadora.

Bea piensa en la masacre de los pájaros, en la tinta que corre por sus venas, en caracoles indefensos aplastados.

—No lo soy.

—Lo eres.

Bea mira a Vali por encima del borde del café que él le compró, cuando por fin ella accedió tras varias insistentes peticiones.

—Si piensas eso, entonces no creo que debas estudiar aquí, porque es evidente que eres un idiota.

—Al contrario. —Vali añade tres terrones de azúcar a su té—. Te veo *a ti*, no esa mierda de humo y espejos que lanzas a todo el mundo.

—¿Mierda? —Bea arquea una ceja—. No tardaste mucho en bajar de nivel, ¿verdad?

—No es como si tú fueras muy refinada. —Vali da un diminuto sorbo a su té. Añade dos cucharadas más de azúcar—. Pero, está bien, déjame decirlo de otra manera. Tu id, o superego si lo prefieres... —Toma otro sorbo de té y asiente con la cabeza—. . .lucha por presentar...

—Ay, Dios, estás estudiando de Psicología. —Bea bebe su café como si fuera ginebra y necesitara emborracharse—. Debería... Me has traído aquí con engaños. Dijiste que estudiabas Filosofía.

—No, nunca dije eso. —Vali toma el plato de bollos que hay entre ellos. Le da un mordisco a uno y se quita las migajas de la barba. Tú lo has asumido y yo... de todos modos, estoy estudiando filosofía, pero no oficialmente.

Bea lo mira.

—¿Qué significa eso?

—Los bollos deben servirse calientes, ¿no crees? Y con mantequilla que se derrita y gotee por la barbilla. —Vali suspira y se encoge de hombros—. Bueno. De todos modos, la cuestión es que asisto a las clases de filosofía por diversión y leo sobre varios temas siempre que puedo.

—Dios, eres más patético de lo que pensaba. —Bea toma con prisa los restos de su café—. ¿Quién lee *Principia Mathematica* para divertirse? No te metes así como así en esas cosas, tienes que... —Mueve los dedos, como si quisiera apartar humo de cigarro, pero es incapaz de evitar la nota de admiración en su voz—. Eres ridículo.

—Estudiar filosofía es una forma tan buena de pasar el tiempo como cualquier otra —dice Vali, terminando el bollo y tomando otro—. Mucho mejor que beber hasta desmayarse o jugar a los videojuegos hasta las cuatro de la mañana.

Bea retuerce la pasa de un bollo.

—Algunas personas encuentran esas cosas divertidas.

—¿Y tú?

—No.

—Entonces, tal vez estoy intentando compensar... —Vali vuelve a encogerse de hombros—. No lo sé. Tal vez si mi madre no me hubiera considerado tan jodidamente feo, yo no estudiaría tanto.

Bea mastica la pasa.

—No eres tan jodidamente feo.

Vali se jala la barba.

—Gracias.

Bea se encoge de hombros. Se quedan en silencio.

—No te equivoques —dice ella—. De todos modos, no me acostaría contigo.

13 de octubre
19 días...

3:33 a. m., Goldie

—Es extraño —digo, pasando mi dedo por su rostro, siguiendo la forma de sus cejas, su nariz y sus labios.

—¿Qué?

—Lo único que quiero hacer es tocarte.

Leo sonríe.

—Lo mismo digo.

—Sí, lo sé, eres insaciable —digo, apoyándome en su mejilla—. Pensaría que no has estado con una mujer en cien años.

—No he estado contigo —dice—. Que es lo mismo.

Me río.

—Apuesto a que estás con una mujer diferente cada noche de la semana.

Por la cara de Leo pasa una mirada que no reconozco y me doy cuenta, a pesar de lo que siento, de lo poco que lo conozco realmente. Puedo saber cómo se siente Teddy, incluso lo que piensa, por su mirada o el tono de su voz. En ese sentido, Leo sigue siendo un desconocido para mí.

—¿Te ofendí? —pregunto.

Sonríe.

—¿Sugiriendo que soy algo así como una zorra?

—Creo que no he utilizado esa palabra en particular, ¿o sí? —le digo—. Quizá hice una ligera insinuación. Pero eres un hombre, ¿no? Así que...

—No habríamos podido hacer todo lo que acabamos de hacer si yo no fuera...

Le pellizco la nariz y se ríe.

—Me refiero a que, como hombre, con cuantas más mujeres te acuestes más macho serás, a diferencia de...

—Si hubiera sabido que pensabas así sobre la promiscuidad —dice Leo—, me habría esforzado más antes de conocerte.

—Cállate. —Le doy un codazo juguetón—. Ya sabes lo que quiero decir.

No obstante, me conmueve su uso de la palabra *antes.* No puedo hablar de amor todavía, sé que es demasiado pronto. Pero no puedo evitar preguntarme si existe la posibilidad de que sienta por mí lo mismo que yo siento por él.

—Pero ¿qué tiene de raro? —dice Leo.

—¿Qué?

—Que quieras tocarme. Habría creído que era lo más natural. —Me dedica una sonrisa tímida—. Dadas las circunstancias.

—Sí, supongo que sí. —Me encojo de hombros, aún no estoy preparada para decírselo—. No sé.

—Dices mucho eso.

—¿Ah, sí?

Leo asiente.

—Sí.

—Ay, lo siento.

—No —dice—. No hay nada que lamentar.

3:33 a. m., Scarlet

Scarlet lanza a *Rebecca* por la habitación. Golpea la pared con un golpe satisfactorio. Entonces se siente culpable. Es su libro favorito y también el de su madre. Aunque aquel ejemplar, el que había leído por primera vez de pequeña, se había quemado en el incendio. Scarlet se apresura a salir de la cama para recuperar la novela, le da a la cubierta una caricia de disculpa y vuelve a meterse en la cama. Suspira. Quiere estar inconsciente. Estar despierta la hace vulnerable a pensamientos que no debería tener. Pensamientos sobre cafés que fracasan y besos desaconsejados. Scarlet vuelve a abrir *Rebecca*. Parpadea en la página, tratando de conseguir una frase. Pero no lo consigue. La cierra de nuevo y apaga su lámpara de cabecera.

En la oscuridad, los pensamientos de Scarlet vuelven inevitablemente a Ezekiel Wolfe, a su mano tan cerca de su muslo, a sus dedos casi tocándose, a ese beso. Comienza a acariciar su pecho con la mano, imaginando que es la de él, su tacto tan ligero y suave como las sábanas de algodón. Estremeciéndose un poco, Scarlet desliza la mano por sus costillas y recoge la camiseta para que se acomode en pliegues sobre su vientre. Scarlet cierra los ojos, se lame el dedo y lo pasa por su piel mientras la farola de la ventana empieza a parpadear.

Ezekiel desliza la mano por el muslo de ella. Scarlet retuerce su cuerpo en las sábanas. Él la atrae hacia su regazo. Scarlet contiene la respiración. Abajo, en la cafetería, el fusible del enchufe de la tetera echa chispas. Comienza a desabrocharla, a depositar besos sueltos a lo largo de su garganta, hacia sus pechos, sus costillas...

Cuando Scarlet comienza a estremecerse, las luces de la cocina empiezan a parpadear y a parpadear. Hasta que, por fin, Scarlet suelta un largo y bajo gemido de placer y la farola de afuera se rompe, esparciendo cristales y chispas en la noche.

3:33 a. m., Esme

Esme piensa en su hija en plena madrugada. Se despierta del mismo sueño que ha tenido cada noche durante los últimos diez años, desde la última vez que vio a Ruby.

En el sueño, Esme está en un carrusel, no fabricado con metal pintado psicodélicamente, sino cosido con telas de araña, y el cual gira tan rápido que Esme se aferra al hocico del caballo esculpido en el que está sentada. Es sorprendentemente sólido, dado que, junto con todos los demás animales, está hecho de hilos sedosos. A medida que el carrusel gira, Esme empieza a encontrar el equilibrio, se adapta a la vertiginosa velocidad.

La luna brilla y las telas de araña resplandecen al captar la luz. Esme se da cuenta de que el carrusel está suspendido en el aire, atado a las nubes, siempre girando, pero siempre quieto. Entonces es cuando ve a su hija pequeña sentada a horcajadas sobre un unicornio de gasa, con el pelo rojo suelto mientras giran, ve cómo su mano regordeta suelta el cuerno del unicornio para saludar.

—¡No! —grita Esme—. ¡No te sueltes!

Esme se baja del caballo y corre: se acerca a su hija, resbala, tropieza, grita... Y entonces él aparece. Cada noche sueña lo mismo. Un hombre alto, de pelo blanco, ojos dorados y un rostro tan lleno de arrugas que podría tener diez mil años. En un momento está solo, al siguiente está al lado de Ruby, con las manos en la cintura.

—¡No! —grita Esme—. ¡No la toques!

Pero levanta a Ruby del unicornio. Ella patalea y empieza a llorar.

Cuando Esme avanza a trompicones, las telas de araña se ablandan y sus pies se hunden en hilos pegajosos. Está quitándoselos cuando aparecen las arañas, sus largas y delgadas patas cosquilleando sus tobillos. El carrusel gira, cada vez más rápido, mientras Esme grita por su hija. El captor de Ruby salta en el aire, se eleva hacia las nubes como un globo y mira hacia atrás con una última sonrisa de triunfo.

Esme se despierta a las 3:33 a. m. Todas las noches es lo mismo. Como si la hubieran encendido, iluminado, alarmado. No hay vuelta al sueño, no todavía, no por un largo tiempo. Hace años luchaba contra ello. Ahora se rinde. Ahora espera. Mira el techo mientras las puertas entreabiertas crujen y los corredores de la memoria se abren.

A veces Esme ve a su hija como un bebé, con grandes ojos cafés, rizos rojos y pequeños dedos de los pies rosados. A veces, como una adolescente, con aparatos de ortodoncia, acné y dudas sobre sí misma. A veces está embarazada, o jugando con su bebé, o enseñando a Ruby a montar en bicicleta. Durante la última década, Esme debe haber recordado cada momento, cada día, mes, año de la vida de Ruby. La única forma en que Esme nunca ve a su hija es de vieja.

4:37 a. m., Goldie

Cuando por fin vuelvo al departamento, Teddy sigue dormido, tal y como lo dejé. Sé que no debí dejarlo, pero me sentía segura. Rara vez se despierta antes de las seis. A las siete, si tengo suerte. Cualquier cosa después de las ocho es, quizás, un milagro que ocurre cada dos años. En lugar de desplomarme en el sofá, me acurruco a su lado. Es tan pequeño, tan delgado, todo huesos. Después de estar con Leo, acostarse junto a Teddy es casi como estar sola. Sigue siendo apenas la mitad de un humano, casi una mascota. No puedo encontrar consuelo en los brazos de mi hermano pequeño. Y, sin embargo, sé que me quiere más que a nada en el mundo. Incluso más que a su nueva chamarra azul, que, ahora me doy cuenta, lleva puesta encima de la piyama.

4:37 p. m., Bea

—He estado pensando en lo que dijiste ayer —dice Bea.

Vali sonríe.

—¿Has estado pensando en mí?

—No, eso no fue lo que dije.

La sonrisa de Vali no hace más que ensancharse.

—Entonces, ¿en qué estabas pensando?

Pasean por la calle Trinidad, uno al lado del otro. Vali trajo café y croissants. Bea se lo ha permitido.

—Toda tu psicología. Toda esa mierda que decías sobre mi ego y las expectativas de los demás —dice Bea—. Mamá me dice que soy... Siempre se vuelve a la madre, ¿no?, eso es lo que piensan todos los malditos psiquiatras, ¿no?

Vali se zampa su croissant.

—Bueno, Bowlby y Freud sin duda desviaron las cosas hacia esa dirección. Pero no te olvides del padre, es justo que cargue con la mitad de la culpa.

—Nunca tuve uno. —Bea muerde el borde de su vaso desechable con café—. Entonces, ¿eso hace que la culpa sea solo de mamá, o la mitad mía?

—Tu padre sigue teniendo repercusiones. —Vali mastica—. Después de todo, la ausencia afecta tanto como la presencia, ¿no crees?

Bea se encoge de hombros.

—No recuerdo haberlo extrañado.

Vali toma su café a sorbos.

—Eso dices tú. Pero creo que esa actitud de dureza, como si no necesitaras nada ni a nadie, es fingida.

—Vete a la mierda.

—Psicológicamente hablando, los que tienen los exteriores más duros tienen los interiores más suaves —dice Vali volviendo a morder su croissant—. Y viceversa. Nadie se da cuenta, por supuesto, porque todo el mundo se lo toma al pie de la letra, pero en el fondo los violentos son los más vulnerables. Aunque probablemente nunca lo sepan. O, si lo saben —le lanza una mirada mordaz—prefieren matar o morir antes que admitirlo.

Bea frunce el ceño.

—Ay, lo siento, no me di cuenta de que estaba pagando por el privilegio de este traguito contigo.

—No lo estás —dice Vali—. Yo sí.

—Entonces deja de analizarme.

Vali vuelve a sonreír.

—¿He tocado un nervio?

Bea lo ignora. En la esquina de Trinity Lane, Vali no gira, sino que sigue caminando.

—¡Oye! —Bea se detiene—. ¿A dónde vas?

Él se encoge de hombros.

—¿Cuál es la prisa? Vamos a tomar la ruta panorámica.

Bea frunce el ceño, pero lo sigue.

—¿Sabes?, lo contrario también es cierto —dice Vali, pasando lo último de su croissant—. Hay que tener cuidado con los simpáticos. Los simpáticos y los sonrientes son los que secretamente quieren abofetear a todo el mundo...

—Así que debería tener cuidado contigo. —Bea da un sorbo a su café. Vali se ríe—. *Touché.*

—Bueno, te equivocas —dice Bea—. Soy de piedra por dentro y por fuera. Nunca extrañé a mi padre. Y, francamente, también me gustaría que mi mamá se fuera a la mierda. Te diré a quién extraño: a mi gato.

—No lo dices en serio.

—Claro que sí —dice Bea—. Me encanta ese gato.

Al pasar por la capilla del King's College, la luz del sol a través de los vitrales esparce en el pavimento, a sus pies, cubos de luz de colores que se ven como caramelos envueltos en papel colorido.

—Sabes a qué me refiero.

—Sí —dice Bea—. Y no conoces a mamá.

—Me gustaría hacerlo. —Vali se anima.

Bea deja caer su vaso desechable en un bote de basura.

—No hay posibilidad. Nunca. No va a suceder.

—Bien, no hace falta endulzarlo. —Vali se acaricia el estómago—. Tengo suficiente relleno para absorber los golpes.

—No hagas eso.

—¿Qué?

—No eres muy perspicaz para ser psicólogo, ¿eh? —Bea mordisquea su croissant—. Me refiero a toda esa mierda del autodesprecio. Solo porque tu mamá te trató como una mierda no significa que tú tengas que hacerlo también.

Vali se jala la barba, sonriendo.

—No sabía que te importaba.

—No me importa —dice Bea—. Solo es molesto. De todos modos, si vas a arreglar la mierda de los demás, será mejor que arregles la tuya primero, ¿no crees?

—Nunca he pretendido hacer nada de eso —dice Vali—. Mi enfoque es más teórico que práctico. ¿Te vas a comer eso?

Bea le da a Vali su croissant mordisqueado.

—¿Y de qué sirve tanta teoría?

—Gracias. —Vali lo toma—. Dice la filósofa.

—Eso también dolió, pequeño idiota. —Bea sonríe—. Y tu mamá estaba equivocada. Ser gordo no es tan malo. —Deja de caminar para mirarlo de arriba abajo—. Eres suave y tierno, como un bebé búho.

—Pensé que tú eras el búho —dice Vali—. Y yo el ratón.

—Sí —dice Bea—. Eso fue antes de conocerte. De todos modos, si tú eres un búho, yo soy un águila.

Por encima de ellos, las veletas doradas del Colegio del Corpus Christi giran hasta casi desaparecer en el viento. Al captar el reflejo de la luz en el pavimento, Bea levanta la vista y planea ir con el doctor Finch más tarde para convencerlo de que le permita acceder de nuevo al planeador.

11:59 p. m., Liyana

Liyana no puede dejar de pensar en la maldita voz y sus crípticos mensajes. Se sorprendió y se asustó al escucharla de nuevo. Pero, a medida que la experiencia se fue convirtiendo en recuerdo, el miedo empezó a desvanecerse y la frustración se fue apoderando de ella. Buscó pistas, un posible código. Pero nunca le han gustado los crucigramas; además solo tiene cuatro frases con las que trabajar: «Voy a matar a Cassie cuando la vea». «Oh, abuela, ¿qué vamos a hacer?». «Ahora pareces un hámster estreñido». «Es hora de encontrar a tus hermanas».

Liyana no quiere matar a nadie. No tiene abuela, al menos no viva. Y, desde luego, nunca ha llamado a nadie hámster estreñido. Sus insultos, aprendidos de su tía, están en su lengua materna. Pero lo más extraño de todo es la instrucción, ya que Liyana no tiene hermanas. Además, ¿por qué iba a intentar encontrar a esas hermanas ficticias, cuando lo que realmente necesita es encontrar un trabajo?

Liyana se sienta en la cama mientras sombrea los contornos de los pechos de BlackBird por debajo de su chamarra de cuero. Mientras marca los rizos del pelo de su heroína, se detiene. Se lleva la mano a su propio pelo y piensa en su mamá y en el frasco de espesa baba blanca que hace mucho le quemó la piel. Un eco de dolor hace que su cuero cabelludo enrojezca. Se frota el escozor y el recuerdo la lleva a imaginarse sentada en los brazos de su mamá, acurrucada en su aprobación, pidiendo que le cuenten la historia de su nacimiento.

«Naciste con la lluvia. Cuando te di a luz, la lluvia se precipitó desde las cunetas y los desagües, las calles se inundaron. Naciste en el puente de un día a otro: tu cabeza emergió un momento antes de la medianoche, tus extremidades un momento después. No lloraste. Casi nunca lloraste. Eras una buena bebé, tan suave, tan tranquila.

»Fui la primera en cargarte, la primera en susurrar secretos en las pequeñas conchas de tus oídos. Hablamos en un idioma sin palabras, cimentando una conexión que surgió de las raíces de la vida misma. Cuando parpadeaste, vi tu alma en tus ojos acuosos y supe tu nombre. Eras una hija de la lluvia, así que te llamé Liyana. Un nombre zulú bueno y fuerte, en honor a tu bisabuelo materno, que significa "está lloviendo". Y supe que cada vez que dijera tu nombre, estaría llamando a la lluvia. Ese sería mi regalo para ti. Naciste en una inundación y tú, como todas las plantas y los animales de nuestro magnífico país, prosperarías con la lluvia. Entonces la tía Nya añadió tu segundo nombre. Miriro: la que fue deseada».

Liyana mira fijamente su dibujo y se da cuenta, de repente, de que debe parar. Dejar de ser tan suave y silenciosa. Dejar de ser una sombra enferma y delicada de su propio espíritu. Dejar de ser tan blanca, un pálido fantasma de sí misma. Dejar de ser tan cobarde. Para dejar de estar tan llena de malditas dudas sobre sí misma.

Necesita deshacerse de las expectativas de su madre. Ya basta de pasar desapercibida, de esforzarse tanto por ser aceptada, por encajar en su patria adoptiva con un falso pelo liso y voz suave. ¿Por qué su madre no la dejó ser quien realmente era? ¿Por qué su madre se esforzó tanto en limar aristas, en moldearla para que encajara, en despojarla de su esencia? ¿De qué sirvió sino para llenarla de miedo? Miedo a ser diferente, miedo a destacar, miedo a ser juzgada.

Pero Liyana no sucumbirá a ese miedo. Se ha esforzado tanto en ser aceptada y aprobada, en ser bien hablada y bien portada, en ser lo que no es. Pero ya no. Lo ha intentado y ha fracasado. Su verdadero yo ha estado luchando para ser sentido, para ser visto. Ahora se levantará.

El sacerdote estaba equivocado. Liyana no pierde el control de la realidad. No sabe qué demonios está pasando, pero sabe que no hay nada que temer. Las voces le están diciendo algo. Y, en lugar de asustarse por el estado de su cordura, Liyana escuchará. Consultará sus cartas. En lugar de acobardarse en un rincón, se lanzará a la lucha. En lugar de esconderse ante lo desconocido, se enfrentará a ello, tratará de darle sentido. Dejará de esconderse, dejará de evitar a su novia y se enfrentará a la situación. Devolverá las llamadas de Mazmo. Se presentará a todos los trabajos que encuentre. Y, aunque dude que tenga hermanas, empezará a buscarlas.

Hace una década

Everwhere

Has estado esperando la siguiente luna menguante, contando los días, las horas, los minutos. La primera vez fue un accidente. Esta vez lo has planeado todo, hasta el último segundo. No sabes si hay otras entradas, así que vas al mismo lugar, a la misma puerta frente a la que te encontraste antes. A las 3:33 a. m. ¿Qué estabas haciendo ahí? ¿Puedes recordarlo? ¿Podrías explicarte, si alguien te preguntara? Probablemente, no te importaría hacerlo. Sola por las calles de Londres a las primeras horas de la mañana, vagando sin rumbo, hasta que te encontraste frente a una iglesia encantadora en Tavistock Place, Bloomsbury. No es tu barrio habitual. ¿Qué fue lo que te trajo aquí la última vez? ¿Estabas desbordada de tristeza o de alegría? En cualquier caso, te quedaste allí un rato. Pasó una hora, quizá dos. El reloj de la iglesia sonó y levantaste la vista.

Fue entonces cuando lo sentiste. Un cambio en el aire. Miraste a tu alrededor, preguntándote si alguien te estaba observando. No viste nada entre las sombras, pero te fijaste en la puerta de hierro forjado, una antigua entrada al cementerio que hacía tiempo estaba cerrada y enrejada. La miraste, embelesada por alguna razón (¿por el intrincado funcionamiento del metal, quizás?) durante varios segundos. En el momento en que, dando un paso adelante, alzaste la mano para tocar los pétalos negros de una rosa de metal, la luna salió de entre las nubes y proyectó un brillo plateado sobre el hierro, y cuando presionaste la puerta con las yemas de los dedos, esta se abrió. Como si te hubiera estado esperando.

Esta noche llegas temprano. No recuerdas bien la hora exacta en que se abrió la puerta antes. No sabes si era importante o no (¿habría que llegar a una hora precisa?), pero no te arriesgas. Aunque la experiencia de Everwhere se ha desvanecido, sigue estando en el fondo de tu mente, zumbando en los bordes de cada día, de cada hora desde que te fuiste. Unas cuantas veces, tal vez más, has dado largos paseos desde el trabajo hasta tu casa, simplemente para mirar la puerta, aunque nunca intentaste abrirla, ni siquiera la tocaste. Si alguien te hubiera preguntado, le habrías dicho que estabas allí por las galletas de chocolate con nueces que venden en la cafetería de enfrente. Incluso te dijiste lo mismo al principio, aunque en realidad no te gusta tanto el chocolate.

Esta noche, las calles están vacías, gracias a lo avanzado de la hora y al frío del aire. Te encoges en tu abrigo, desearías haberte puesto un suéter y, casi, desearías que la cafetería estuviera abierta para poder tomar una taza de café caliente, e incluso una o dos galletas. Metes tus dedos desnudos bajo las axilas y los aprietas contra el pecho. Vas de un lado a otro, marcando el tiempo con cada bocanada de aire brumoso.

Cuando llega la hora, tu corazón se acelera. Las tres en punto. Sigues caminando. Esperas que no haya nadie mirando, ningún curioso insomne detrás de las cortinas que se mueven, o gente buscando un lugar cálido en una noche de invierno. Cuando por fin llega la media hora, vuelves a sentir ese cambio en el ambiente y sueltas una larga bocanada de aire que no sabías que habías estado conteniendo. Últimamente has tenido dudas, te preocupa haber imaginado todo esto. Tal vez habías estado borracha, o soñando.

Pero ahora sabes que no te equivocaste.

Las yemas de tus dedos se mueven al reconocer el momento. Es lo mismo. La luna. El aire. La puerta. Está a punto de repetirse. Y, efectivamente, a las 3:33 horas exactas (lo compruebas en tu reloj) las nubes se separan y la luz de la luna ilumina la puerta. Alcanzas a tocar la misma rosa negra, empujas el portón y lo atraviesas.

Goldie

Lo que más anhelaba era un jardín. Más que un padre de verdad, porque, según Ma, no me perdía de mucho de todos modos. Y si tomaba en cuenta a mi padrastro... De cualquier forma, decidí que un jardín era mejor que un padre, en muchos sentidos. Una cosa viva y que respira, que trae consuelo, pero que nunca te abraza demasiado fuerte ni te interroga sobre tu día. En vez de eso, espera, firme y fiable, a que acudas a él en tus propios términos. Así, cuando me sentaba bajo un árbol o junto a unas margaritas, me sentía sola y acompañada a la vez.

Creía que los jardines tenían sus propios dioses, espíritus protectores que impregnaban cada lugar de un sentimiento particular. Lo mismo pensaba de los lugares interiores, pero era un poco distinto. Cuando tenía seis años, Ma me llevó, en una rara incursión a la cultura, a escuchar los villancicos en la capilla del King's College en Nochebuena. Era el espacio más espectacular en el que hubiera estado, y cuando miré los altísimos vitrales que llegaban hasta el delicado techo de piedra tallada, me puse a llorar. Pero, aun así, estar en un jardín siempre me ha parecido más espiritual que estar en una casa, por muy bonita que sea.

En cuanto entraba a cualquier jardín me sentía más tranquila. Me sentía conectada a todo: como si las plantas de mis pies fueran la tierra y las ramas de los árboles las yemas de mis dedos. Imaginaba que si me quedaba quieta el tiempo suficiente, de los dedos de mis pies saldrían raíces que me plantarían en la tierra. Me sentía fuerte, tan inamovible como un roble milenario.

Tuve esa sensación desde que era una niña. Uno de mis primeros recuerdos es un rompecabezas de hojas, con trozos de cielo blanco visibles entre el verde. Quizá por eso me sentí tan atraída por

Everwhere, donde la naturaleza parecía haberse apoderado por completo del lugar, sin un ladrillo a la vista. Me habría encantado vivir en un sitio así. No sabía cómo sobreviviría, pero pensaba que estaría bien.

En nuestro minúsculo departamento solo tenía una cosa propia que amaba de verdad: un bonsái, un enebro en miniatura. Lo encontré abandonado en la calle, con las ramas desnudas, las raíces secas y el espíritu roto. Me costó meses de cuidados, pero lo devolví a la vida, frondoso y feliz. Estaba sobre la mesa de centro, así que era lo último que veía cada noche antes de dormir. Me encantaba que compartiéramos el mismo aire mientras dormía, que yo inhalara el oxígeno de Juniper, y él mi dióxido de carbono: inhalación y exhalación, en un perfecto equilibrio de respiración.

Un día, mi padrastro empezó a mover a Juniper, lo sacó de la mesa y lo dejó en lugares aleatorios para que yo tuviera que ir hasta allá a recuperarlo. Yo no entendía por qué, probablemente era otra forma en la que disfrutaba atormentándome. Muy a menudo lo encontraba en el baño o junto a su lado de la cama. Yo siempre lo devolvía a su lugar sin hacer comentarios, negándome a participar en sus tontos juegos, fueran los que fueran. Mi único temor era que un día llegara a casa del colegio y no lo encontrara, que él lo hubiera tirado por el retrete o triturado en la licuadora. No me habría extrañado que lo hiciera. Tenía un historial de estupideces similares.

Antes de Juniper, había tenido un oso de peluche llamado Teddy. No sé cuándo me lo regaló Ma, simplemente siempre estuvo ahí. Y entonces, un día, dejó de estar. Nunca lo encontré. Ella sostenía que yo lo había perdido, que se me había caído en un parque, que lo había dejado en un autobús, pero no era así. Nunca fui descuidada. Mi padrastro se lo llevó. Nunca pude probarlo, pero sabía que, lo que fuera que le hubiera pasado a Teddy, él era el responsable.

Deseaba poder proteger a Juniper, tener algún otro lugar donde mantenerlo a salvo, pero no lo tenía. No había escondites en el departamento. Solo podía esperar mientras mi padrastro se nos acercaba, día a día, acechando.

Scarlet

Scarlet se mordió el labio y entrecerró los ojos, escudriñando la brillante torre de azúcar en busca de imperfecciones. A lo largo de la semana, la magnífica creación de *croquembouche* había aguantado bien: dejó caer solo unas cuantas estrellas de pan de jengibre, que los clientes más observadores del Café Núm. 33 se encargaban de recoger rápidamente. Las mentiras que su abuela le había contado sobre su madre («estoy segura de que vendrá pronto, ¡no se perdería esto!») también habían resistido, demostraron ser tan robustas como el resto de la creación, a pesar de estar hechas de aire en lugar de azúcar. De hecho, parecía que se habían solidificado con el tiempo, como si hubieran tomado forma con el paso de los días y se hubieran vuelto más crujientes y duras cada vez que Ruby Thorne la defraudaba. Ahora eran tan importantes para la estructura que podrían haber sido espolvoreadas también con diamantina.

Aquella tarde, Scarlet y Esme planeaban colocar el árbol y Ruby había prometido ir al café para reunirse con ellas, después de terminar con «algunos mandados». No tardaría demasiado, sería tan rápida que ni siquiera se darían cuenta de que se había ido. Pero ya había pasado una hora y aún no había rastro de ella.

—Quizá deberíamos empezar —sugirió Esme. La maltrecha caja de cartón, que contenía adornos de plata envueltos en papel de seda, ángeles de cristal y el hada, estaba a sus pies como un perro paciente.

Scarlet negó con la cabeza.

—Lo prometió esta vez. Probablemente, está atascada en el tránsito debido a las multitudes de compradores navideños.

Esme estuvo de acuerdo.

—Espero que ya esté en camino.

Scarlet asintió con la cabeza mientras Esme acercaba una silla. Observaron la ventana en silencio mientras el cielo se oscurecía y los clientes disminuían.

Finalmente, Scarlet se deslizó hacia la caja y empezó a arrancar una tira de cinta adhesiva, con capas nuevas pegadas sobre las viejas. Distraída, levantó el borde elevado de una caja, clavando la uña en el suave cartón para abrirla. Esme observó a su nieta, respirando como si estuviera resfriada y pellizcándose el puente de la nariz.

—¡Vaya!

Scarlet levantó la cabeza para comprobar que su abuela estaba bien. Luego, al ver que miraba por la ventana, se giró y vio a su madre en la puerta. Se puso de pie y corrió a su encuentro.

—Llegaste —dijo Esme, relajándose en su silla.

—¡Llegaste! —gritó Scarlet.

—Por supuesto —dijo Ruby, con fuego en la voz y hielo en los ojos—. ¿Por qué no iba a venir?

No parecía feliz, pero estaba allí, y eso era suficiente para Scarlet. Las mentiras cristalizadas que coronaban la torre de *croquembouche* finalmente se hicieron añicos y decoraron el pastel con sus fragmentos brillantes.

—Te estábamos esperando, mamá —dijo Scarlet—. No hemos hecho nada sin ti. —Dio un rápido e insistente apretón a las piernas de su madre.

—Permítanme dejar estas bolsas —dijo Ruby, acercándose a la mesa más cercana y poniéndolas en el suelo, aunque después no se acercó a su hija.

—¡Vaya! —Su mirada se posó en la caja—. ¡La caja de las delicias!

Se inclinó rápidamente hacia el suelo, con la falda ondeando como un paracaídas, luego abrió las solapas de cartón rasgando con habilidad la tira de cinta adhesiva más reciente. Sacó varios pliegos de papel de seda, desenvolvió con destreza los adornos y los colocó entre los pliegues de su falda. Mientras la miraba, Scarlet deseó poder alargar el tiempo y almacenar cada momento, para así tener raciones de recuerdos para mordisquear por la noche.

—Este año te toca poner el hada en la punta del árbol —dijo Ruby mientras le pasaba a su hija la pequeña muñeca de porcelana y encaje.

—¿De verdad? —Scarlet tomó la muñeca como si fuera un gatito recién nacido—. ¿Puedo?

—Oh, claro que sí —dijo Esme—. Has esperado lo suficiente. Tu madre tenía ocho años, creo, la primera vez que lo hizo.

Scarlet sonrió. Llevaba una eternidad esperando esa oportunidad. El hada había pertenecido a la familia desde que su abuela era una niña, y colocarla en la punta del árbol cada Navidad era una tarea muy importante y codiciada.

Durante la hora siguiente, las tres generaciones de mujeres Thorne decoraron el árbol. Scarlet colgó los adornos de plata, pensando en la luna de Everwhere cada vez que una sombra plateada se proyectaba sobre el dorso de su mano. Se preguntó si se encontraría con sus hermanas esta noche. Hacía poco que Bea le había enseñado a Scarlet a desearlo, a establecer la intención antes de quedarse dormida, en lugar de limitarse a esperar a que sus sueños la llevaran ahí de paseo.

Esme envolvió las ramas de los pinos con las luces parpadeantes, mientras Ruby colocaba cuidadosamente los adornos coleccionados a lo largo de los años: un diminuto caballo mecedor victoriano, un puñado de muñecas rusas pintadas a mano, una docena de estrellas en miniatura, un grupo de animales del bosque tallados: un ciervo, un búho, un zorro, una liebre. Cuando todas las esferas, adornos y cascabeles estuvieron en su sitio, Esme sacó al hada de su lecho de papel de seda.

—Ya es hora —dijo Esme, poniendo el hada en las manos abiertas de su nieta.

Scarlet sostuvo a la muñeca, que miraba con ojos vidriosos hacia el árbol como si esperara su ascenso.

—¿Cómo lo haré?

—Párate sobre la mesa —la instruyó Ruby—. Desde ahí podrás alcanzar la punta del árbol.

Scarlet dudó.

—Está bien, cariño —dijo Esme—. Puedes hacerlo.

—Claro que puedes —dijo su madre—. No seas tan miedosa.

—Ven. —Su abuela se acercó a Scarlet—. Te ayudaré.

Cuando Scarlet estuvo de pie sobre la mesa, se estiró y colocó el hada en el recodo de una rama alta.

—Ahí no, en lo más alto —dijo Ruby—. Vamos, no te vas a caer.

Scarlet se puso de puntitas.

—Abrázame.

—Te tengo —le dijo su abuela.

Scarlet volvió a estirar su cuerpo hasta que las yemas de sus dedos rozaron la copa del árbol, y luego colocó a la pequeña muñeca de porcelana sobre la rama más alta.

—Ahí está. —Su madre aplaudió—. Te dije...

Cuando el hada cayó, tres pares de ojos siguieron su rápido descenso. El crujido de la porcelana contra el suelo de madera fue como el chasquido de un látigo.

—¡Scarlet! —La ira de Ruby vibró como troncos echados al fuego.

Esme levantó a Scarlet de la mesa.

—Tranquila, Rube, no fue su culpa.

La madre de Scarlet ya estaba recogiendo fragmentos de la cara de porcelana: los labios rojos pintados, los ojos azules con pestañas negras, la curva de una nariz, cada rasgo separado del otro, esparcidos por las tablas del suelo.

Scarlet se quedó mirando la muñeca rota, con lágrimas resbalando por sus mejillas.

—Scarlet, eres muy descuidada —le espetó su madre—. Nadie la ha dejado caer en más de un siglo y la primera vez que la tocas...

—Cálmate, Rube, no fue su culpa. Podría haber sido cualquiera de nosotras.

—Pero no fue así, ¿verdad? Fue ella.

Scarlet miró fijamente a su madre, que le devolvió la mirada, hasta que el resplandor de su furia se fue enfriando poco a poco, para volverse hielo en su mirada, que se extendió hasta congelar su rostro en el desprecio. Scarlet volteó hacia el árbol y extendió la mano para sujetar una rama y tomar una de las luces parpadeantes entre el dedo y el pulgar.

Más tarde, Esme insistió en que un fusible fundido había iniciado el fuego. Ruby no dijo nada. Scarlet nunca olvidó cómo explotó cada luz, una a una estallaron en una lluvia de chispas, luego todo el árbol ardió en llamas.

Bea

A diferencia de sus hermanas, a Bea le gustaba escuchar a las sombras, a las criaturas invisibles que susurraban cosas desconocidas. A menudo no entendía exactamente lo que decían, pero sabía cómo canalizar la oscuridad. Después de todo, era la hija de su mamá. Y, esperaba, de su padre.

Cleo, que era una belleza, se enamoró de una bestia. Aunque esa bestia no era un apuesto príncipe hechizado. Era guapo, sí, pero también era diabólico, en el sentido más literal de la palabra. La madre de Bea lo amaba antes de darse cuenta, pero también lo amó después. De hecho, aún lo ama. Se conocieron en Everwhere la noche en que Cleo cumplió dieciocho años y Wilhelm Grimm tenía, bueno, había existido tanto tiempo para entonces que había perdido la cuenta.

Fue amor a primera vista.

También era la noche de su elección, la noche en que elegiría la oscuridad o la luz, la vida o la muerte. Y como Cleo estaba enamorada, la elección fue muy clara. Sus hermanas, sin embargo, no eligieron lo mismo. Tal vez el carisma de su padre se agotó una vez que eligió a su favorita. Así que rechazaron su oferta y murieron por hacerlo. Cleo las vio morir. De hecho, ella fue quien las mató. En circunstancias normales su padre lo habría hecho, pero esa noche, en un acto de generosidad, le concedió el honor a su hija. Cleo apreció ese regalo y lo agradeció con creces. Y, aunque era nueva en eso de los asesinatos, descubrió que tenía habilidad para ello.

Bea fue concebida esa noche, sobre un manto de rosas despedazadas y humedecidas con la sangre de sus tías.

«Las sombras tratarán de engañarte, niña», le dijo Cleo a Bea, «tratarán de tomarte desprevenida. Si lo hacen, pueden abatirte. ¿Entiendes? Pero, si estás preparada, puedes ser tú quien las engañe, aprovechar su poder y utilizarlo para elevarte tan lejos y tan alto como desees».

Así que Bea se quedó en las sombras, esperando el susurro. Cerró los ojos y se armó de valor. En silencio, murmuró un conjuro e imaginó que sus costillas se estiraban y engrosaban a lo largo de su pecho, que cubrían su corazón hasta que el hueso fue lo suficientemente sólido para resistir cualquier bala, pero tan flexible que soportaría cualquier golpe. Bea se fortaleció hasta que pudo filtrar los susurros, escupir su intención y absorber su poder, hasta que descubrió que era capaz de hacer cualquier cosa, tanto en ese mundo como en este.

Cuando Bea volvía a casa con su mamá, le contaba historias de lo que había hecho y siempre le pedía una historia a cambio.

—Cuéntame —dijo Bea, aunque ya la había oído mil veces, aunque podía decir cada palabra en sueños, aun así pidió—: Cuéntame *mi* historia.

—Estrictamente hablando, debería ser la historia de tu hermana —dijo Cleo, como siempre—. Porque esta Bella es un espíritu del agua, como Liyana. Pero creo que un día te escribirá una historia, aunque creerá que es suya hasta que se dé cuenta de que no lo es, así que todo se equilibrará.

—No me importa —dijo Bea—. Es la historia que más me gusta y por eso me pertenece.

—¡Bien! —Rio Cleo—. Como quieras. Cierra los ojos, niña, voy a empezar.

Bea sonrió e hizo lo que su madre le indicaba.

—Había una vez una niña que nació tan extraordinariamente hermosa que su mamá la llamó Bella —comenzó Cleo.

La Bella y la Bestia

A medida que Bella crecía, se hizo evidente que su temperamento coincidía con su nombre, porque era tan amable y sincera como hermosa. Conforme pasaba el tiempo, su dulzura y su amor también aumentaban. Mucho antes de alcanzar la mayoría de edad, todos los príncipes la querían como esposa. A los dieciséis años, Bella deseó casarse, pues, aunque era amada por todos, todavía se sentía consumida por un anhelo, aunque no sabía de qué.

—El verdadero amor es lo que quieres —le dijo su mamá—. Porque, aunque es agradable ser amada por muchas personas, la verdadera felicidad está en ser amada completamente por una sola.

Como hija obediente, Bella hizo caso a las palabras de su mamá y se casó con el príncipe que parecía amarla más que a ninguna otra. Sabía que ella llegaría a amarlo a su vez, porque de seguro era fácil amar a alguien que te adora tan completamente. Por fortuna, Bella descubrió que, al menos en esto, tenía razón. Le encantaba ser esposa, madre y reina. Ayudó a su recién coronado marido a gobernar su pueblo con mano firme y justa, y su reino prosperó. Sus hijos crecieron, se casaron y tuvieron sus propios hijos. Sin embargo, con el paso de los años, Bella empezó a sentir de nuevo la nostalgia de algo que no podía ubicar. Y notó que los extraños ya no la miraban con la boca abierta ni hablaban de su resplandeciente figura con un tono reverencial.

Así que Bella hizo cubrir todos los espejos del castillo con gruesos paños de terciopelo, y prohibió a los criados que pulieran demasiado cualquier ventana o cubierto de plata para no tener que volver a ver su reflejo.

Al año siguiente, en su cumpleaños setenta, un mago llegó sin invitación a las celebraciones de palacio, exigiendo conocer a la reina. Al principio, Bella se asustó, ya que el mago tenía una reputación temible, pues era conocido en todo el reino como La Bestia. Pero una vez que empezaron a hablar, descubrió que le agradaba.

—Tengo un regalo para usted, mi reina —dijo—. Una invitación.

—¿Sí? —preguntó Bella, ya no temerosa sino intrigada.

—La invito —dijo el mago— a fingir, por un año, que usted es yo.

La reina frunció el ceño.

—¿Qué clase de regalo es ese? —dijo—. Creo que preferiría la felicidad eterna o la juventud eterna, por favor, ya que sospecho que está en condiciones de concederme ambas cosas.

—Oh, pero, Su Majestad, el regalo que le ofrezco es mucho mejor que cualquiera de aquellos dos —prometió el mago—. Confíe en mí.

La reina no le creyó ni un instante, pero descubrió, curiosamente, que sí confiaba en él, aunque no podía explicar por qué. Así que aceptó la invitación del mago y comenzó a actuar como si fuera él, con algunas pequeñas modificaciones.

Bella dejó de decir «sí» cuando quería decir «no», dejó de sonreírle a alguien cuando quería abofetearlo, dejó de callar cuando necesitaba gritar. Se subía a los pretiles y gritaba al viento, tan fuerte y tendido que los aldeanos temían que hubiera dragones cerca. A veces, la fuerza de su voz traía la lluvia de las nubes y con ella a los cuervos, cuyos chillidos caían a coro con un ritmo lúgubre. Bella lanzaba flechas al aire y hacía estallar cañones. En las noches en que no había luna nadaba desnuda en los ríos; hacía que las olas cayeran sobre los espías, a los que después capturaba ahogaba a cualquier hombre que se atreviera a lanzarse sobre ella.

Bella corría por los pasillos de piedra blandiendo una enorme espada, aterrorizando a los sirvientes e incluso al rey, que le cedía el paso cuando veía que su esposa no iba a hacer lo mismo.

En resumen, Bella comenzó, por primera vez en su vida, a complacerse a sí misma y a actuar como quería. Y descubrió, para su sorpresa, que el mago tenía razón: aquel regalo era mucho mejor que la felicidad eterna y la juventud eterna que había pedido.

Una noche, la reina atravesaba el salón de banquetes, camino hacia un pretil, cuando vio un espejo envuelto en una gruesa tela de terciopelo. Ya había olvidado por completo su decreto, y ya no tenía miedo de su propio reflejo, así que arrancó la tela. Al verse de nuevo a sí misma, con la luz brillante de sus ojos y las profundas líneas de su rostro, Bella se dio cuenta de que el regalo del mago no solo había sido mejor que los regalos que ella había pedido, sino que también le había dado aquellas otras cosas.

Desde aquel día, y durante el resto de su vida, la reina no volvió a sentir el anhelo de algo que no podía saber bien qué era. De hecho, no volvió a anhelar ninguna otra cosa.

Liyana

Liyana le había mentido a su mami. Y ahora tenía miedo, tanto de la mentira como de estar sola en las calles de Londres en medio de la noche, pero también estaba emocionada. Nunca había hecho algo tan imprudente, tan peligroso. Nada remotamente cercano. Nunca le había mentido a su madre. Sin embargo, tenía que averiguar si lo que decía Bea sobre las puertas era cierto. Llevaba casi un mes esperando el próximo primer cuarto menguante, y ahora por fin había llegado.

Meses antes, Liyana nunca, ni por asomo, habría soñado con hacer algo tan descabellado. Habría tenido demasiado miedo de desobedecer a su mamá y, francamente, demasiado miedo a la muerte o al desmembramiento, o a cualquier consecuencia espantosa que pudiera derivarse de acciones tan estúpidas. Pero, desde que encontró Everwhere, desde que descubrió que no había estado soñando, empezó a sentirse diferente: dotada, especial, valiente.

Bea le había dicho la hora, el momento preciso en que debía abrir la puerta a Everwhere, pero no le había dado la ubicación precisa, ni siquiera aproximada, de ninguna de esas puertas. Solo comentó que sería una prueba de sus habilidades. Al principio, Liyana pensó que su hermana se había burlado de ella.

Pero Bea no le había hablado en su habitual tono burlón. Era como si realmente quisiera enseñarle a alcanzar todo su potencial. Y no de la forma en que lo hacía su madre, intentando que Liyana fuera menos ella misma. Bea quería que Liyana fuera más ella misma, no menos. Y, por eso, Liyana estaba profundamente agradecida. Tanto que había convertido a Bea en su nueva hermana favorita, por lo que desplazó a Goldie del primer puesto. Las posiciones de Bea y Scarlet se intercambiaban casi todas las noches. Pero la tranquila y reflexiva Goldie siempre había sido la favorita de Liyana. Hasta ahora.

Al no estar acostumbrada a confiar en sus instintos, Liyana había asumido que salir en la noche sería un ejercicio de valentía infructuoso. Se había preparado contra el aluvión de violadores y asesinos, se armó con diversas alarmas y defensas. Pero las calles de Islington estaban tranquilas durante las primeras horas de la mañana de aquel miércoles, sin que hubiera una sola persona con intenciones ominosas a la vista.

Mientras caminaba, Liyana se sorprendió al descubrir que, a pesar de no saber a dónde iba, parecía saber hacia dónde. Aunque no conocía su destino, sabía el camino. Así que siguió caminando, giraba a la izquierda o a la derecha cuando llegaba al final de un camino, según hacia donde la condujera su inclinación. Liyana se detuvo cuando lo vio. Estaba frente a un jardín amurallado en el que nunca había reparado. La puerta estaba cerrada y rodeada de una hiedra tan espesa que parecía que no se había abierto en décadas.

Seguramente, no es el correcto, pensó Liyana. Y, sin embargo, al mismo tiempo sabía que lo era. Se quedó mirando la cerradura, que estaba tan manchada de óxido, tan intrincadamente entrelazada con enredaderas, que debía ser imposible de abrir, incluso si ella tuviera la llave, que no era el caso.

Miró su reloj. Según las instrucciones de Bea, solo le quedaban cinco minutos para el momento esencial. Pero ¿qué debía hacer a continuación? Entornó los ojos ante el problema, se apoyó en uno y otro pie para agitar sus neuronas.

Faltaba un minuto.

Liyana se agarró de una rótula de hierro oxidado y sacudió la puerta. Fue recompensada con varias reverberaciones satisfactorias. Pero eso fue todo. Volvió a intentarlo, la sacudió tan fuerte esta vez que cada miembro de su pequeño cuerpo tembló con ella. Y entonces Liyana descubrió que no tenía que hacer nada en absoluto. Precisamente a las 3:33 de la madrugada, la luna salió de entre las nubes e iluminó con su suave luz el metal. Y, a pesar del óxido y lo imbricado del ramaje, el portón se abrió con un ligero chirrido. Liyana dudó un segundo antes de atravesarlo.

Al otro lado de la puerta, Bea estaba esperando.

—Bien hecho —dijo, con una ligera sonrisa de suficiencia—. Has pasado la prueba.

14 de octubre
18 días...

9:45 a. m., Goldie

—¿Qué es esto?

—Bueno, *es* una mascada de seda —dice Leo—. Pero supongo que puedes usarla para lo que creas conveniente.

Estamos en un pasillo vacío de la tercera planta. Debería estar limpiando la habitación 16, pero Leo me interceptó.

—Ya sé. —Sonrío—. Pregunto para qué es. Quiero decir... No tiene sentido lo que estoy diciendo, ¿verdad?

—No mucho, no.

—Quiero decir: ¿por qué me la estás dando?

Ahora Leo sonríe.

—¿No puedo darte un regalo solo porque sí?

—No sé... —Me encojo de hombros—. No estoy acostumbrada.

—Bueno —dice—, he estado pensando que siempre estás consiguiendo cosas para tu hermano pequeño. Pero parece que nunca consigues mucho para ti.

—Lo dices como si fuera una compradora generosa —le digo—, en lugar de una ladrona dotada.

—Dotada, ¿eh? Me gusta que conozcas tus propias habilidades. Nada peor que la falsa modestia.

Vuelvo a encogerme de hombros.

—Me doy el crédito cuando puedo. No es que tenga mucho más a mi favor. Yo no...

—No, creo que debo detenerte ahí y discrepar respetuosamente —dice Leo, y se inclina para besarme—. Tienes un montón de cosas a tu favor.

Me alejo de él.

—No tendré nada a favor si alguien nos encuentra besándonos y se lo comunica a la dirección, señor Penry-Jones.

Pero Leo se acerca para susurrarme al oído.

—Entonces tengo suerte de que nadie me haya visto robando esa mascada de la habitación veintisiete.

Entorno los ojos hacia él.

—¿Fuiste capaz?

—No eres la única con habilidades.

—¿Qué? No, no puedes hacer eso, eres el gerente, estás loco…

Me da un beso rapidísimo en la mejilla mientras meto la mascada en el bolsillo de mi delantal.

—Por ti.

Pongo los ojos en blanco.

—Ahora estás loco y eres cursi.

Leo se encoge de hombros. Lo miro y le sostengo la mirada.

—No robaste esto de la habitación veintisiete, ¿verdad? —le digo—. Lo compraste.

Leo se ríe y me besa de nuevo. Se lo permito esta vez.

2:59 p. m., Scarlet

El beso. Scarlet no ha podido pensar en mucho más desde entonces. Eso es una especie de bendición, un alivio, porque eclipsa los acontecimientos que precedieron al beso y sus implicaciones. Sin embargo, eso fue hace dos días y no lo ha visto desde entonces. Scarlet está limpiando una mesa que acaban de dejar unos estudiantes de Cambridge demasiado confiados y ruidosos, de los que tienen la ilusión de que son los únicos en la cafetería y los más importantes, cuando él entra.

El alivio y la alegría chispean en la punta de sus dedos.

—Tú.

—¿Qué, pensaste que te besaría y huiría? —Eli sonríe, mientras se acerca a ella—. ¿Qué clase de canalla crees que soy?

—Ah, sé muy bien qué clase de canalla eres. —Scarlet pone los platos de nuevo en la mesa. Está coqueteando. Una actitud monumentalmente tonta. Pero parece que no puede evitarlo.

Eli se ríe.

—Eres aguerrida, ¿eh?

Scarlet se encoge de hombros.

—Es el pelo. Pero imagino que eso ya lo sabes.

—En realidad... —Eli extiende la mano para tocar su mejilla—. Nunca he tenido el placer de conocer de cerca a una pelirroja.

Cuando sus dedos rozan su piel, Scarlet siente un repentino y perturbador deseo de que la levante en brazos y la acueste sobre la mesa más cercana.

—Oye, Scarlet, ¿qué madera querías...?

Se da la vuelta. Eli retrocede y Walt, de pie en la puerta de la cocina, los mira a ambos con el ceño fruncido.

—¿Interrumpo?

—Oh, no. —Scarlet se endereza—. No, el señor Wolfe y yo solo estábamos... Es que él trajo...

—Unos papeles para que los firme la señorita Thorne —termina Eli.

—Bueno, eso no es de mi incumbencia —dice Walt—. Solo vine a preguntar si querías pino o roble para las estanterías que voy a reponer.

—Yo, eh… —Scarlet lo intenta, pero no consigue interesarse en el tema—. Lo que te parezca mejor.

—Muy bien —dice Walt, y se da la vuelta para volver a la cocina.

—¿No deberías estar supervisándolo? —pregunta Eli—. Se le podría ocurrir pintar las estanterías de color naranja o verde lima.

—No es pintor —dice Scarlet, distraída—. Ni siquiera es carpintero. Solo me hace un favor. Es... agradable.

La sonrisa de Eli se hace más profunda.

—¿A diferencia de mí?

—Absolutamente. —Si Walt fuera fuego, piensa Scarlet, sería una vela que chisporrotea. Ezekiel Wolfe es un infierno—. ¿Trajiste los papeles?

—Por supuesto. Los había llevado a Fitzbillies, pero me abandonaste insensiblemente después de ese beso tan espectacular. Así que ahora los llevo siempre conmigo. —Eli golpetea el bolsillo de su chamarra—. Para atraparte cuando estés lista para entrar en razón.

—Burlarse del objetivo ¿es una especie de estrategia de psicología inversa? —pregunta Scarlet—. ¿O en realidad estás tratando de arruinarte una venta a ti mismo?

—Ninguna de las dos, solo me estoy divirtiendo un poco. —Eli saca una silla para sentarse a la mesa, que está hecha un desorden—. Bien, empecemos de nuevo.

Scarlet espera antes de sentarse y tomar los papeles. Durante varios minutos los examina con atención, intentando dar la impresión de que sabe lo que está haciendo.

—Solo tienes que leer uno —le dice él. Son duplicados.

—Ya lo sé —responde Scarlet—. Ahora, cállate.

Eli se recarga en su silla, con aspecto de niño travieso. Sus enormes ojos parecen aún más grandes, sus labios húmedos, su sonrisa amplia, sus dos filas de dientes blancos y perfectamente rectos... Scarlet aparta los ojos de su rostro y se obliga a concentrarse en la página.

Cuando por fin termina de leer, levanta la vista.

—Muy bien. —Se cruza de brazos—. ¿Qué tal si añades otros cinco mil euros a tu oferta?

—Me temo que no estoy autorizado para hacer eso —dice él—. Tendría que volver con mis jefes y consultarlos.

Scarlet lo mira.

—Oh, estoy segura de que te dieron un pequeño margen de maniobra.

—Eres muy astuta, ¿verdad? —Eli le dedica una sonrisa tímida, saca una pluma de su bolsillo, ajusta la cifra usando tinta púrpura en ambos documentos y firma las modificaciones.

Scarlet respira profundamente.

—Dame la pluma.

—¿No quieres que tu abogado los revise primero?

—Dame la pluma.

Sus dedos se tocan y se enciende una sola chispa.

—¿Qué fue eso?

—Estática —dice Scarlet, concentrada en los papeles. Luego se detiene, con el bolígrafo en alto, y levanta la vista—. Diez mil.

—¿Perdón?

—Creo que te han autorizado a aumentar la oferta en diez mil.

Eli no dice nada.

—¿Tengo razón? —Él aún no dice nada. Pero ella se da cuenta, por la sorpresa en sus ojos, de que acertó—. Excelente —dice ella—. Haz eso, y definitivamente tenemos un trato.

Ella vuelve a deslizar los papeles y el bolígrafo por la mesa. Él los toma.

—Es usted muy dura, señorita Thorne —dice Eli, con una sonrisa de lobo.

7:45 p. m., Goldie

—¿Qué pasa?

—Nada.

Estamos detrás de la barra del restaurante del hotel. Él está agachado junto a las neveras, haciendo el recuento del inventario. Yo estoy de pie en un taburete, limpiando a medias las botellas de Bollinger que cubren los estantes de cristal.

—Claro que no es nada —le respondo.

Leo deja de contar y levanta la vista.

—¿Alguna vez has querido algo que no hayas podido tener?

—No sé. —Me encojo de hombros—. Un millón de cosas, supongo. Pero, en este momento, cuando siento que tengo todo lo que podría querer, es difícil precisar algo. Soy una ladrona extraordinaria, aun así —digo, en un susurro escénico—. Lo que quiero lo tomo.

Leo se ríe, pero no es su risa habitual. Es más pesada, arrastrada por sus pensamientos, sean los que sean.

—Ni siquiera tú eres tan buena ladrona —dice—. Nadie lo es.

Nos quedamos en silencio.

—Estaba pensando en lo que dijiste el otro día —le digo. Él espera—. Sobre que yo digo muy seguido «no sé». —Él asiente—. Bueno, siento que, yo... tal vez solía saber. Cuando era niña. —Busco las palabras, tratando de encontrar un significado. Leo espera—. Antes de que pasaran cosas que no sabía que podían pasar. Cosas que... —Me quedo sin palabras.

—¿La razón por la que te estremeciste cuando te toqué por primera vez?

Asiento una sola vez, con certeza.

No pregunta nada más, solo toma mi mano y la sostiene suavemente entre sus palmas.

11:47 p. m., Liyana

Lo ha hecho. Liyana es valiente, se ha enfrentado a la vida. Rellenó quince solicitudes de trabajo más, dejó de darle largas a Kumiko con mensajes de texto y finalmente la llamó para acordar una reunión mañana. También quedó con Mazmo el sábado por la noche. Así que tiene doce horas para preparar un argumento ganador para su novia y cuatro días para preparar una propuesta de matrimonio poco convencional para su posible marido. Ahora está sentada con las piernas cruzadas en su cama, barajando las cartas del tarot y, antes de que haya tenido la oportunidad de tirarlas, una cae desde el mazo entre sus piernas dobladas.

El Tres de Copas. «Espíritu de equipo, unidad, amistad, amor incondicional».

Liyana la recoge y estudia la imagen de tres mujeres en un bosque, cada una con una copa en la mano. Las rodean pequeñas criaturas del bosque que las miran y aplauden. Ha visto esta carta muchas veces, pero nunca la ha dibujado.

Liyana pone el Tres de Copas sobre el edredón, luego saca más cartas de la baraja: el Tres de Oros, El Diablo, el Nueve de Bastos. Un ejército. Guerreros, como la propia BlackBird. Un oponente. Una batalla.

Liyana pasa otra hora estudiando las cartas, tratando de descifrar una historia, esperando que las capas más profundas de significado salgan a la superficie si espera lo suficiente. Pero esta vez nada pasa.

11:57 p. m., Bea

Bea se quedó dormida en cuanto entró a su habitación, había dejado caer su bolso y se había desplomado en la cama sin quitarse los zapatos. Su intención era acostarse solo un momento, pero cae en la madriguera del conejo en cuanto cierra los ojos.

Observa cómo los objetos comienzan a desplazarse: un reloj antiguo en su escritorio se eleva en el aire y luego se posa en su mesita de noche. Desplaza a una lámpara *art déco* y esta cae, se detiene y flota un centímetro por encima de las tablas del piso antes de posarse, de forma digna, en el borde de una estantería.

Entonces se desata el caos. Como si solo necesitaran un empujón, todos los objetos de la habitación de Bea se lanzan al aire y cobran velocidad en un tornado arrollador que rasga el aire, arranca la alfombra, arrastra todo lo que aún está inmóvil en su vórtice, incluida la cama y Bea sobre ella.

Se despierta gritando y se incorpora tan rápido que casi se cae. Pero no hay objetos que vuelen por encima de su cabeza, ni una tormenta que cause estragos en su habitación. Todo está callado y quieto. Deja de gritar y se queda en silencio. Está respirando profundamente, buscando la calma, cuando ve la pluma de pavorreal que descansa en la palma de su mano izquierda. Está tan inerte como todo lo demás, como si hubiera estado esperando con paciencia a ser vista.

Bea la mira fijamente. Tal vez, con un gran esfuerzo de imaginación, pueda explicar su presencia. Tal vez dejó la puerta entreabierta, tal vez un amigo embaucador o un exnovio malintencionado esté tratando de asustarla. Es muy poco probable, pero posible. Lo que sucede a continuación, no lo es.

La pluma, en su mano, se transforma. La punta comienza a oscurecerse, como si estuviera sumergida en tinta. La pluma entera se ilumina, la tinta se extiende a cada púa hasta que se vuelve negra por completo.

Primero un libro, ahora una pluma.

Y la sensación de que la observan.

15 de octubre
17 días...

3:33 a. m., Leo

«Sé lo que estás pensando».

Leo se tensa. Goldie está acostada a su lado en la cama y, aunque no puede oír la voz que acaba de invadir su cabeza, se siente demasiado cerca. Él intenta acallar su mente para que su padre no pueda leer sus pensamientos.

La risa de Wilhelm cruje a lo largo de las sinapsis de Leo. «Creo que es tal como tapar el pozo después del niño ahogado. Ya estoy en tu mente, puedo verlo todo».

Leo está en silencio.

«Te estás enamorando de ella».

«No», piensa Leo, «Yo...».

«Sabes que no puedo permitirlo».

Leo está en silencio cuando piensa: «Lo sé».

Wilhelm espera.

«Si no quieres luchar contra ella, me temo que no me sirves de nada. Me duele, pero...».

Leo siente que todos los músculos de su cuerpo se convierten en piedra. Siente que Goldie se mueve a su lado, comienza a despertarse.

«No. Yo, yo… lo haré. Lucharé contra ella».

«No me convences del todo».

Sus palabras son suaves, lentas, marcan el tiempo.

«Tal vez debería extinguirte ahora, encontrar otro para reemplazarte».

«¡No!». Un grito se agita en el pecho de Leo. «Por favor, no. Yo, yo...».

«Ay, cálmate». El suspiro de Wilhelm hace que un soplo de frío recorra el cuerpo de Leo. «Soy un viejo tonto y tú eres mi hijo favorito, así que te daré una segunda oportunidad».

Leo espera.

«Tienes hasta la noche de su Elección». Hace una pausa. «Admito que estoy bastante seguro de que ella ganará de todos modos. Aun así, debe someterse al desafío, como todas las demás». Su risa vuelve a resonar en la mente de Leo. «Después de todo, ¿qué sería de un gladiador sin un león?».

Leo se imagina atravesado por la espada de Goldie. Parpadea para alejar la imagen.

«Si te resistes, encontraré a otro que lo haga».

3:36 a. m., Goldie

—Me encanta dormir contigo.

Leo gira la cabeza para besar mi mejilla, pero en su lugar me besa la oreja.

—A mí también.

—Creo que nunca duermes —le digo—. Siempre que me despierto, tus ojos están abiertos.

—Estoy haciendo guardia —dice.

—Qué amable, pero creo que Teddy y yo podemos cuidarnos solos —digo con una sonrisa—. No hablamos con extraños, somos bastante agresivos con los asesinos y, después de un incidente terrorista que estuvo a punto de ocurrir el verano pasado, ahora aplicamos una estricta política en nuestros cocteles: solo se puede asistir con invitación. Así que creo que estamos a salvo.

—Me alegra oírlo. Pero ¿cómo sabes que puedes confiar en mí? —Leo sonríe, aunque hay algo en el tono de su voz que sugiere que no está bromeando del todo—. Yo también podría ser un terrorista.

—No —digo—. Hago pasar a todos mis amantes por un riguroso sistema de selección.

La sonrisa de Leo se hace más profunda.

—¿De verdad?

Asiento con la cabeza.

—Has sido sometido a una comprobación de antecedentes, a pruebas de ADN...

—... Escrutinio de los diarios personales.

—Oh, por Dios —murmuro, y escondo mi cara en su pecho—. Esperaba que hubieras olvidado el momento más vergonzoso de mi vida.

—Nunca —dice Leo—. Te lo seguiré recordando cuando...

Espero a que termine la frase, con la esperanza de que sea una promesa sobre nuestro futuro. Pero no lo hace.

3:39 a. m., Goldie

Todas las noches tengo el mismo sueño. Al principio todo es blanco: miro fijamente un foco, un campo de nieve, un cielo de catálogo Tupperware. Las sombras empiezan a tomar forma. Estoy de pie en un jardín, aunque todo permanece blanco: la hierba, las plantas, los pájaros, las mariposas... Un gato blanco se pasea por la hierba blanca, metiendo sus patas entre las margaritas y los dientes de león, antes de desaparecer con un grupo de vacas. Los mirlos albinos trinan desde los sauces blancos y su canto flota en una brisa que lleva a los abejorros blancos a ir y venir entre las rosas blancas.

Cientos, miles de rosas, esparcidas por el jardín, tan voluptuosas como las peonías, en cada tallo y en cada rama. Mientras estoy de pie, preguntándome si yo también seré color blanco puro, veo que el jardín se hace más grande, se expande en todas direcciones, cada vez más, hasta que todo lo que puedo ver son millones de rosas, su aroma es tan fuerte y dulce que puedo saborear su néctar en mi lengua.

Hay algo especial en estas rosas, aunque no sé qué es. Pero cuanto más tiempo paso entre ellas, más segura me siento. Estoy conectada a ellas de alguna manera. Y, mientras estoy allí, empiezo a preguntarme si yo también soy una rosa.

4:34 p. m., Liyana

—Sigo pensando que va a implosionar.

—Tal vez no —dice Liyana, y extiende la mano para atrapar la lluvia que cae. Tiene las manos libres, pues Kumiko, con los brazos cruzados sobre el pecho mientras camina, ha rechazado en silencio los intentos de Liyana de tomarla de la mano.

Estuvieron tres horas sentadas en el interior de Ottolenghi, haciendo que dos tartas de brûlée de limón duraran más de lo que nadie creía posible, analizando las posibles complicaciones de la propuesta desde todos los ángulos posibles. Al final, Liyana convenció a Kumiko de que necesitaban aire fresco.

—Creo que podría funcionar.

—¿Eso dice tu tía? —dice Kumiko por trigésima vez esa tarde, cada vez con más amargura.

—Vamos a ver qué dice él. —Liyana sigue a Kumiko por la calle Shillingford—. Nunca se sabe, tal vez podamos resolverlo de una manera que convenga a todos.

—Entonces eres más ingenua que tu tía —dice Kumiko—. ¿Y si no se conforma con acostarse con otras personas de vez en cuando? ¿Y si quiere tener hijos?

—Entonces deberá tenerlos con otra persona.

—Es rico. En algún momento va a querer un heredero legítimo —dice Kumiko—. Va a querer fotos familiares y ridículas tarjetas de Navidad con sus bebés gordos y escandalosos vestidos de querubines. Va a querer...

—No sabremos lo que quiere hasta que se lo pregunte —dice Liyana por vigésima vez, aunque parece la quincuagésima.

—¿Y quién seré yo en ese escenario tan acogedor? —Kumiko resopla—. ¿La niñera?

—No seas tan melodramática. —Liyana no lo admite ante Kumiko, pero la idea de no tener que trabajar en turnos nocturnos en Tesco (la llamaron para una entrevista el próximo sábado) con el objetivo de financiar tres años en el Slade, la idea de graduarse sin deudas, la emociona de forma desconcertante.

—No será tan malo. No cambiaría absolutamente nada.

—Si crees eso —dice Kumiko—, entonces eres la idiota más ingenua de todo Londres.

—Confía en mí —dice Liyana, desesperada por salir del agotador carrusel de esta discusión imposible de ganar—. Lo único que importa es que acepte un acuerdo platónico. No me acostaré con él. Ni siquiera lo besaré, lo prometo.

—De verdad espero que no.

Liyana suspira, pensando en BlackBird y en lo diferente que podría ser la conversación si ella tuviera el coraje de su heroína. ¿Qué pasó con dejar de ser un pálido fantasma de sí misma, con ser valiente, con ser audaz? ¿Qué pasó con ser intrépida? Excepto que Liyana no puede fingir que no le aterroriza perder a Kumiko.

—Puede que no sea tan malo. Es... sugerir la posibilidad de algo, eso es todo.

—Sí, sigue diciéndote eso —dice Kumiko—. Solo es cuestión de tiempo, ya verás.

—Pero no tenemos que preocuparnos por todo eso todavía, ¿verdad? —dice Liyana—. Aún es pronto. Ni siquiera ha aceptado nada todavía. —No le ha contado a Kumiko lo de su visita al cura. Ni tampoco de la voz ni de la orden de encontrar a sus hermanas. Quiere hacerlo, pero su novia no está muy receptiva.

Kumiko sacude la cabeza.

—Estás jugando con fuego, Ana.

—Puedo con esto.

—Sí, claro, lo que tú digas.

4:58 p. m., Bea

Bea se sienta en la Biblioteca Universitaria frente a Vali, que tiene la nariz pegada al *Tractatus Logico-Philosophicus* mientras Bea estudia los *Principios de reconstrucción social* de Russell.

—¡Jesús! —Bea da un fuerte golpe con la mano sobre la mesa y parece un poco avergonzada—. Lo siento —susurra, pero no se dirige a Vali, sino a la biblioteca—. Lo siento.

Afortunadamente, el lugar está vacío excepto por ellos dos, aunque el bibliotecario le lanza una mirada de advertencia.

—¿Por qué hiciste eso? —le pregunta Vali en un susurro.

Bea, mirando al bibliotecario, se inclina sobre la mesa.

—Bertrand Russell es un maldito genio —dice en un susurro—. Uf, si estuviera vivo hoy, yo... ¿Alguna vez has tenido sexo con alguien solo porque es tan jodidamente inteligente que te deja boquiabierto?

Vali dirige a Bea una mirada de advertencia, impregnada de ternura.

—Un discurso poco adecuado en las condiciones actuales, ¿no crees?

—¿Por qué? ¿A quién voy a ofender? —susurra Bea—. Eres el único que está aquí.

Vali se encoge de hombros.

—Quizá por respetar la santidad de la iglesia.

—¿De qué hablas? —Bea frunce el ceño—. No estamos en la iglesia.

Vali señala las vastas estanterías que los rodean en todas direcciones y levanta las cejas como si sugiriera que los libros son feligreses amontonados en sus bancos.

—Bien —concede Bea, y asiente como si hiciera una reverencia ante los libros—. Lo siento. Pero ¿por qué de repente eres tan puritano? ¿Qué hay de malo en fornicar de vez en cuando?

Mira a Vali, que ahora está mirando el *Tractatus Logico Philosophicus* con renovada energía, escudriñándolo como si tratara de descifrar un teorema filosófico particularmente problemático.

—Ay, Dios—suspira Bea—. Ya entendí. Eres virgen. —Vali sigue pegado a la página—. Lo eres —insiste—, ¿verdad?

Vali levanta la vista y le dirige una mirada valiente que rápidamente, bajo su mirada de águila, se convierte en un encogimiento de hombros.

—Oh, Val, tenemos que hacer algo al respecto.

Vali intenta sonreír, pero solo consigue una mirada afligida. Bea frunce el ceño al reconocerlo de nuevo. Puede leer la verdad en su rostro regordete y peludo con la misma facilidad con la que puede leer la verdad en *Principios de reconstrucción social.* Bertrand Russell es un maldito genio y a Vali ni siquiera lo han besado.

—¿De verdad? —dice Bea—. ¿Nada, nunca? ¿Ni una mamada, ni un beso en los labios?

Vali cierra su Wittgenstein, y fracasa al intentar encogerse de hombros con indiferencia.

Bea suspira.

—Jesús, Val, justo cuando pienso que no puedes ser más lamentable, vas y te superas a ti mismo una vez más.

6:26 p. m., Scarlet

Después de entrar en la cafetería, tras haber ido a M&S por un emparedado de pescado (ya era hora de alimentar a su abuela con algo nutritivo), Scarlet se detiene. Escucha música procedente de la cocina. Y risas. Se apresura a cruzar las crujientes tablas del piso y se detiene ante la puerta abierta.

En la cocina, Esme baila un vals sobre el linóleo con Walt. Él le susurra al oído y ella se ríe. En la radio, Bessie Smith canta *Backwater Blues.* Scarlet se sabe cada palabra de esta canción y de todas las que ha cantado Smith. Se crio con Bessie Smith, Ella Fitzgerald, Nina Simone... En este momento, ver a su abuela feliz, despreocupada, siendo ella misma de nuevo, le brinda a Scarlet más alegría de la que podría haber imaginado.

—Hola, jefa —dice Walt, cuando Scarlet entra en la cocina—. No me habías dicho que tu abuela fuera tan rápida con los pies.

—Oh, sí, es muy rápida —dice Scarlet, luego se pregunta por qué él sigue ahí, si el recalcitrante lavavajillas, por una pequeña fortuna, ya resucitó y todos los estantes ya están instalados—. Me enseñó todo lo que sé.

—¿De veras? —pregunta Walt, mientras le da a Esme una rápida vuelta que la hace reír—. Entonces, ¿me concederás el siguiente baile?

—Ay, no —Scarlet sacude la cabeza—. No, ella es la bailarina, no yo.

Walt sonríe y extiende la mano hacia Scarlet.

—No permitimos la falsa modestia aquí —dice—. Vamos.

Tras encogerse de hombros, y solo porque Esme sigue sonriendo, Scarlet cede y se deja arrastrar a la pista de baile. Nina Simone se hace con la siguiente canción y las notas aceleradas de *Sinnerman* llenan la cocina.

—No podemos bailar con esto —protesta Scarlet. Es demasiado rápido.

—Shhh —dice Walt—. No seas tan derrotista. De todos modos, tienes motivos para celebrar.

—¿Ah, sí?

Él acerca a Scarlet hacia su pecho y empieza a hacerla girar por el suelo de la cocina.

—He dejado tu factura encima de la caja —dice—. Vengo de arreglar el aire acondicionado en Pembroke y...

Scarlet disminuye la velocidad y retrocede.

—¿Por qué eso es motivo de celebración?

Walt sonríe.

—Porque solo te cobré las piezas, no la mano de obra. Ciento cuarenta y cinco libras en total.

—No, pero yo... —Scarlet se detiene—. No puedes hacer eso.

—Puedo y lo hice. —Walt mueve los pies—. Así que anda, vamos a bailar.

—Pero —dice Scarlet, todavía arrastrando los pies—. Pero ¿cómo?

Walt se encoge de hombros.

—Es mi empresa, puedo hacer lo que quiera. Ahora, ¡a callar y a bailar!

Scarlet se queja mientras él la hace girar, una y otra vez. Su abuela aplaude.

«No me imagino cómo», piensa Scarlet, «podría ser más feliz que en este preciso momento». Mientras Simone empieza a cantar «Vete al diablo, dijo el Señor», Walt tiende la mano a Esme y lleva a Scarlet a los brazos de su abuela. Sonriéndole con agradecimiento, Scarlet empieza a bailar lentamente un vals por la cocina con su abuela.

—Rube solía hacer eso a veces —susurra Esme.

Scarlet frunce el ceño.

—¿Qué?

—Eso —dice Esme, y señala con la cabeza las chispas que salen de las yemas de los dedos de Scarlet.

—Mier... —Scarlet mira a Walt.

Afortunadamente, el electricista no está mirando, en vez de eso está tomando a escondidas un rollo de canela de una lata abierta en el mostrador. Por fortuna, Esme tampoco parece sorprendida ni preocupada por el fenómeno.

—¿A ella... también le pasó esto? —susurra Scarlet—. ¿Segura?

—¿Qué? —pregunta Esme.

—Esto —dice Scarlet, señalando sus manos. Pero las chispas han desaparecido y sus dedos están fríos. Y, por mucho que lo intente, no consigue que vuelvan a chispear.

11:48 p. m., Leo

Leo sigue planeando cómo matar a Goldie, aunque, paradójicamente, ahora siente que no soportaría hacerle daño. Últimamente piensa cada vez más en la noche en que mató a la madre de Goldie, y no puede decírselo porque le causará mucho dolor y eso es lo único que provocaría, sin duda, que ella deje para siempre de amarlo.

Él no hizo nada fuera de lo común. La mayoría de las madres corren la misma suerte, ya que quedan indefensas cuando llegan sin saberlo a Everwhere debido a la inercia de los sueños de sus hijas. Fue lo que ocurrió con la madre de Goldie: su cuerpo permaneció en la Tierra y su forma áurica en Everwhere, aunque la adolescente Goldie ya no podía unirse a ella. Y una vez que su espíritu se extinguió en un mundo, su cuerpo simplemente murió en el otro. Los soldados las matan por deporte, para practicar. O porque su luz es escasa y la muerte de una madre les conseguirá otro mes de vida.

Sin embargo, como esas muertes eran tan poco deportivas, Leo nunca había sentido un placer especial por apagar aquellas llamas. Y no estaba de acuerdo con la creencia de su diabólico padre en que las santas madres suponían una gran amenaza al influir en sus hijas para que hicieran el bien. ¿Acaso la mayoría de las hijas no se rebelaban contra sus madres? Por eso sus muertes tendían a pesarle, como nunca lo habían hecho las muertes de las hijas. Aunque no podía saber que tendría motivos para lamentar tanto una muerte.

Aquella noche no había tenido nada de extraordinario. Nada especial, nada diferente, nada extraño. Le habían asignado un objetivo. Había escuchado su nombre, cerrado los ojos y la había visto.

Leo tenía catorce años. La puerta más cercana estaba en los terrenos del Museo Británico, a quince minutos a pie de su casa. Se sabía el camino de memoria: cada calle, cada escalón de piedra. Seguía las farolas, migajas de pan doradas a la luz de la luna; su camino se retorcía entre ventanas oscuras y puertas silenciosas. El portal estaba detrás del museo, era una pequeña entrada lateral en la calle Bloomsbury. Estaba cerrado, y parecía que había estado así durante la mayor parte de los últimos doscientos años. Hacía tres meses que Leo había cumplido años y su padre le había comprado un reloj Patek Philippe que, como Charles Penry-Jones siempre se esforzaba en señalar, era muy caro. Sus intrincados y delicados engranajes de platino brillaban bajo la luz plateada. Leo mantenía los ojos fijos en las manecillas del reloj, a punto de marcar la media hora. A las 3:33, la luz plateada iluminó la antigua puerta oxidada; Leo la abrió de un empujón y la atravesó.

No pisó el pasto recortado de los terrenos del museo, sino un lugar de hojas caídas y hiedra rapaz, de bruma y niebla, de luz de luna y hielo; un lugar siempre cambiante pero quieto.

No tardó en encontrarla. Incluso de niño, sus sentidos eran más agudos que los de cualquier otro soldado, hasta de los que llevaban siglos. Lo hizo sin preguntar ni dudar. Sin esfuerzo. Cuando Leo colocó su mano sobre el corazón de ella, cuando le quitó la luz, cuando su último aliento grabó la séptima estrella en su piel, no se lo pensó dos veces.

16 de octubre
16 días...

3:33 a. m., Liyana

Liyana se despierta con el pelo pegado por el sudor y la camiseta pegada al pecho. Su corazón late tan rápido que las puntas de sus dedos palpitan junto con su pulso y los pulmones le duelen como si hubiera salido a la superficie para tomar su primera respiración después de haberse sumergido bajo el agua durante demasiado tiempo.

Acaba de ver a su hermana.

11:11 a. m., Goldie

—Siempre me han gustado los jardines —comento.

Caminamos por el Jardín Botánico sobre los jardines de rocas, hacia el lago.

—A mí también —dice Leo.

—Algunos de los árboles tienen más de quinientos años.

—Magnífico —dice Leo—. ¿Sabes?, Plinio el Joven escribió que los jardines se sienten tan espirituales porque los árboles solían ser los templos de los dioses y ni los árboles ni los dioses lo han olvidado.

—¿Quién es Plinio? —Con cualquier otra persona no preguntaría, dejaría que la conversación continuara, fingiendo que lo sabía. Con Leo nunca me siento avergonzada por mi ignorancia.

—Un tipo romano inteligente que escribió bastantes cosas —dice—. ¿Cuándo podré conocer a tu hermano?

—¿Qué?

—Ya lo escuchaste.

Me quedo en silencio.

—Yo... no lo sé.

—¿Lo estás protegiendo de mí?

Me encojo de hombros, sin querer admitirlo. Llegamos a la orilla del lago. Cinco rocas aplanadas y elevadas, sumergidas a medias en el agua, se encuentran entre nosotros y la otra orilla.

—¿Por qué? —pregunta Leo.

—No solo de ti —respondo—. De nosotros.

—No entiendo.

Vuelvo a encogerme de hombros.

—Bueno, si nosotros… No quiero que te conozca y se encariñe y...

—¿Y qué? —pregunta Leo—. ¿Y que luego yo me vaya y no me vuelva a ver?

Me quedo en silencio.

—Ay, Goldie —dice Leo, y envuelve mi barbilla con sus manos—. De todas las cosas horribles que podrían pasar, te prometo, te juro, que eso no ocurrirá.

Sonrío. Luego frunzo el ceño.

—¿Qué cosas horribles?

Esta vez es Leo quien guarda silencio.

2:34 p. m., Bea

—Me gusta que pienses que soy agradable. O que pienses que tengo el potencial de ser agradable —dice Bea—. Eres la primera persona que...

—¿En serio? —pregunta Vali. Ella asiente—. Entonces parece que tu madre es tan perra como la mía —dice él.

—Sí —responde Bea—. Excepto que la mía está orgullosa de ello.

—Parece una madre desafiante.

Ella sonríe.

—No te voy a contar una historia triste sobre mi infancia, si es lo que esperas. Puedes buscar desahogar tus emociones en otra parte.

—Oh, anda —dice Vali, peinándose la barba—. Solo una corta.

—Vete a la mierda.

Vali sonríe.

—Te contaré una mía, si tú me cuentas una tuya.

—No, gracias.

Vali se encuentra con la mirada de Bea.

—Eres impenetrable.

—Qué bueno. No voy a tenerte merodeando en mi psique. Te daría pesadillas.

—Me subestimas.

—Podrías tener tres doctorados, uno en psicología del comportamiento, otro en filosofía moral y uno más en política teórica. —Bea mira hacia otro lado—. Y aun así, no estarías calificado para adentrarte en mi mente.

Vali se alisa el suéter sobre el estómago.

—¿No te cansas de ser mala?

—Te encanta —dice Bea—. Te recuerdo a tu mamá. Y todos los hombres se enamoran de su mamá, ¿no? Eso es psicología de escuela primaria. Si fuera más agradable, ya no me querrías.

Vali sonríe, mientras se acaricia la barba con el índice y el pulgar.

—¿Quién dijo que estaba enamorado de ti?

—Estás loco por mí.

—Bueno, la verdad estaría loco si lo estuviera.

—Eres un loco de remate.

—Tal vez. Pero no creo que sea el único.

Bea sonríe y sus miradas se cruzan. Esta vez ella no aparta la vista.

8:07 p. m., Scarlet

Cuando ya no puede soportar el silencio, Scarlet suelta el libro tras el que se había escondido para refugiarse en las palabras y el mundo de la Tierra Media.

—¿Qué pasa, abuela? ¿No te gusta el pollo?

Hoy se había esforzado en preparar una comida decente, pero su abuela no ha tocado su plato. Ahora sostiene un vaso de agua y lo mira con el ceño fruncido, como si no solo no recordara haberlo levantado, como si tampoco entendiera para qué lo hizo, en primer lugar.

—¿Abuela? —Esme parpadea ante su nieta—. ¿Todo bien? —pregunta Scarlet, repentinamente paranoica, pensando que quizá su abuela sabe que está vendiendo el café. Ella espera que, cuando finalmente se lo confiese, la pérdida ya no signifique nada para Esme—. ¿Quieres algo más?

—Tu madre fue concebida en este café —dice su abuela, casi para sí misma—. ¿Lo sabías?

Scarlet se emociona.

—¿De verdad?

—Una noche, detrás del mostrador, después de cerrar. —Esme mira el mostrador, como si viera algo que Scarlet no puede ver—. Harry me trajo rollos de canela después.

—Nunca me habías contado eso.

—Un día le enseñarás a tu hija a hacerlos. Y tal vez tu marido también te traiga rollos de canela después.

—Pero no tengo hija, abuela. No quiero tener hijos.

—No seas ridícula —dice su abuela con una sonrisa—. Cuando eras pequeña me dijiste que tendrías una hija y la llamarías Red. ¿Te acuerdas?

Scarlet trata de recordar, de olfatear el rastro de migajas de pan que podría llevarla de vuelta a lo desconocido. Un recuerdo se agita en los bordes de su mente: pensar en tener una niña, acariciar sus suaves mechones de pelo rojo, sus mejillas regordetas, sus puños apretados...

—Si tienes dos hijas, quizás puedas llamar a una de ellas Ruby.

La mención de su madre enciende una llama en el corazón de Scarlet, pero la apaga de inmediato.

—Ya no soy una niña, abuela.

Esme se inclina hacia delante para sujetar la barbilla de Scarlet con la palma de la mano y mirar a su nieta directamente a los ojos.

—Ay, Scarlet —le responde—. A veces dices las cosas más tontas.

Y de repente Scarlet se da cuenta de que, por mucho sentido que tenga, no puede vender el café.

11:59 p. m., Goldie

—No sé cómo funcionas —le digo.

—¿Qué quieres decir?

—Parece que nunca duermes.

Se encoge de hombros.

—Duermo más que antes.

Aprieto mi cara contra su pecho.

—A veces me pregunto si eres completamente humano.

—No lo soy.

Sonrío.

—Yo tampoco.

Leo me besa la frente.

—Lo sé, es una de las cosas que más amo de ti.

Por un momento, no estoy segura de haber oído bien. Pero luego estoy segura de haberlo hecho, y me incorporo tan rápido que casi me caigo hacia atrás y me golpeo la cabeza con la cabecera de la cama.

Leo sonríe.

—¿Qué?

—Pensé... ¿Acabas de decir lo que creo?

Leo se ríe, como si la declaración lo sorprendiera tanto como a mí.

—Sí —dice, todavía sonriendo—. Creo que sí.

Hace poco menos de una década

Everwhere

Esta vez se siente diferente. Esta vez tienes miedo.

Dudas. Te planteas volver atrás. Pero has esperado tanto tiempo que la curiosidad supera el miedo. Lo suficiente para empujarte de un mundo a otro.

Caminas por el sendero de piedra, tímidamente al principio, luego más rápido a medida que empiezas a olvidar el miedo. ¿Qué hay que temer, después de todo? Todo es exactamente como lo recuerdas: el aire brumoso de la hoguera, la quietud, las sombras, los árboles arrojando hojas blancas y brillantes a tus pies.

A medida que te adentras en el bosque, mientras las hojas caen sobre tus hombros y los pliegues de las ramas torcidas tocan la punta de tus dedos, descubres que ya no tienes frío ni te preocupa lo que te haya preocupado antes. Esperas volver a encontrar aquel claro, esperas sentirte como te sentiste, esperas aferrarte a esa sensación durante más tiempo esta vez.

Oyes un ruido detrás de ti: ¿el crujido de una rama?, ¿el canto de un pájaro?, ¿el roce de un zapato sobre una piedra?, pero cuando te giras no ves nada. Tus ojos se han adaptado a la luz de la luna y observas las sombras a tu paso, mientras te adentras cada vez más en el lugar.

Cuando escuchas otro sonido, te detienes. Las hojas crujen. Alguien *te está siguiendo*. Esperas. Y esperas. Pero nadie viene.

Ahí está de nuevo.

Contienes la respiración. Pero no son solo las hojas, son murmullos. Voces suaves, bajas. Escuchas. Las voces no son humanas. ¿Cómo lo sabes? No estás segura, pero lo tienes tan claro como tu propio nombre. Tu nombre. Las voces dicen tu nombre. Es un anzuelo en tu boca, que te jala. Avanzas a trompicones hacia las voces, hacia las sombras. Eres un pez enganchado a un sedal que se enrolla lentamente. Entonces el anzuelo comienza a retorcerse. Se desgarra en tu mejilla mientras las palabras se oscurecen, se burlan de ti, dicen cosas que nunca quisiste escuchar en voz alta, que nunca quisiste creer que fueran ciertas. El miedo y la desesperación recorren tu sangre, obstruyen tu corazón. Te aprietas el pecho cuando empieza a contraerse. Intentas pasar saliva, pero el aire es gas mostaza. Tu respiración se vuelve entrecortada, hasta que se interrumpe. Y caes a través de la bruma y la niebla hacia el suelo.

Goldie

Mi hermanito nació ayer. Esa misma tarde mi padrastro me llevó al hospital para verlo, pero no estaba emocionada. A decir verdad, ni siquiera quería ir. Habría inventado una excusa si hubiera sido capaz de pensar en una.

Cuando Ma me preguntó si quería cargarlo, negué con la cabeza. Nunca la había visto tan feliz, tan tranquila, tan contenta, y no quería estropearlo, quería que durara lo más posible. Solo cuando insistió, cedí. Ella lo colocó con cuidado, suavemente, en mis brazos.

—Cuidado con la cabeza —dijeron mi madre y mi padrastro al unísono.

—Sí —dije—. Ya sé. —Aunque no lo sabía.

Lo miré. No levantó la vista ni abrió los ojos. Tenía un vello de diente de león tan ligero que pensé que podría volar si estornudaba. Contuve la respiración.

—Está durmiendo —dijo Ma—. Duerme mucho.

—¿Cuánto tiempo te van a retener aquí? —le preguntó mi padrastro, con un tono de voz un tanto nervioso.

—Cinco días como mínimo —dijo. Mi corazón se hundió.

—Mierda —dijo mi padrastro.

—Cállate —dijo mamá, ya que nunca le gustó que él dijera groserías cerca de mí.

Empezaron a discutir y me alejé de ellos. Sacudí un poco más bruscamente al bebé con la esperanza de que llorara y los distrajera. Y entonces abrió los ojos. No me miró a mí, sino que vio sin pestañear el espacio que nos separaba, enfocando algo que yo no podía ver. Sus ojos eran pequeños y redondos y de un azul brillante, brillante. Y descubrí que me había equivocado. No quería a mi bonsái más que a nada en el mundo. Amaba a mi hermano.

Liyana

Liyana tenía ocho años cuando descubrió que era pluviófila. Aprendió la palabra durante la clase de arte, mientras dibujaba su día favorito: arropada en el sofá bajo una manta de lana, mientras la lluvia que caía afuera empapaba las ventanas.

—¿Así es tu día favorito? —preguntó el profesor Nash.

Liyana se encogió de hombros y asintió.

—¿No prefieres la luz del sol? —señaló con la mano a sus compañeros de clase. Todos habían hecho dibujos con un sol amarillo brillante, independientemente del tema.

—No —murmuró ella. Se sentía ansiosa por provocar la desaprobación de su profesor, pero se resistía a mentir—. Prefiero la lluvia.

Quería decirle que su nombre en zulú significaba «está lloviendo», pero no quería llamar la atención sobre el hecho de que no se llamaba Stella o Susie o Sarah, que ella (igual que su nombre, su color y su origen) no era como la mayoría de sus compañeros.

Se sorprendió cuando el señor Nash sonrió y le hizo un guiño.

—Entonces eres pluviófila —dijo—. Debemos apoyarnos unos a otros porque no hay muchos como nosotros.

Inclinándose cerca de ella, escribió con su minúscula y pulcra letra de profesor en la parte superior de la hoja donde ella estaba dibujando:

> *pluviófilo: m. Amante de la lluvia, alguien que encuentra alegría y tranquilidad en los días de lluvia.*

Liyana leyó las palabras y luego volvió a su dibujo, fingiendo haber perdido el interés. No le dijo que a ella también le gustaba dar largos paseos bajo la lluvia sin abrigo, hasta que su ropa estaba empapada y su piel resbaladiza. Imaginó que esto no era algo que hiciera la gente normal. No le dijo que al volver a casa no se secaba ni se daba un baño caliente. En cambio, se sentaba en la cocina y goteaba sobre el suelo de baldosas, disfrutando la evaporación de cada gota. Tampoco le dijo que había aprendido a aguantar la respiración bajo el agua durante veinticuatro minutos y treinta y un segundos, gracias a lo cual batió el récord mundial por dos minutos y nueve segundos.

Liyana había comprobado que esas cosas impulsaban a la gente a hacer preguntas, a empezar a indagar en emociones que debían permanecer intactas. A Liyana le agradaba el profesor Nash y, al descubrir que ambos eran pluviófilos, quiso contarle sus secretos, ya que era posible que él también compartiera esos rasgos y hazañas, lo que los hacía más parecidos que diferentes. Sin embargo, él era un adulto y, peor aún, un profesor. Y a los adultos, Liyana lo sabía, no se les puede confiar secretos.

Había aprendido de Bea la importancia de ocultar cierta información a los padres y otras autoridades. A veces parecía que era peor decir la verdad que mentir. Especialmente cuando se trataba de Everwhere.

—No lo entenderán —dijo Bea—. Y no te creerán, y entonces te meterás en problemas. Si nunca han venido, si no pueden llegar hasta aquí, si no tienen nada de sangre Grimm, entonces pensarán que estás loca y te enviarán a un psiquiatra.

Liyana, que no contaba con el profesor Nash para explicarle lo que era un psiquiatra, se estremeció ante la idea de encogerse como Alicia cuando bebió la botella «Bébeme». Después de eso, nunca podría empaparse de lluvia, ya que se ahogaría en una simple gota.

—Enviaron a mi mamá al manicomio —había dicho Bea, en tono sombrío—. Durante tres meses, hasta que les dijo lo que querían oír, lo que ellos creían que era verdad.

La madre de Bea, al parecer, era la única excepción a la regla de los adultos poco fiables. La madre de Liyana, sin embargo, al ser una simple mortal, una humana aburrida desde la sangre hasta los huesos, seguiría siéndolo.

Liyana no quería mentir, pero tampoco quería que la encerraran. Entonces, cuando llegó el momento de elegir, resultó bastante fácil.

Bea

Bea no tenía ningún reparo en mentir a su propia mamá ni, de hecho, ningún temor a que la encerraran. Sabía que escaparía fácilmente. Tendría éxito donde su mamá había fracasado. Mientras Cleo se dejaba atrapar tontamente por instituciones como la temida Saint Dymphna, en un caso así Bea simplemente huiría volando a Everwhere.

Últimamente, Bea pasaba mucho tiempo observando el vuelo de los pájaros. Quería congelarlos, estudiar cada movimiento, cada momento, cada pluma. Lo que más le atraía eran los cuervos. Los mirlos también, pero los cuervos más. Le gustaban los cuervos por su tamaño, su estatura, el grito de guerra de su llamado. Bea quería anunciarse así: entrar en picada en las habitaciones, con los brazos extendidos, el pecho hacia delante, gritando su nombre con un aullido gutural, y no entrar suavemente con una tímida sonrisa.

Últimamente, Bea se sentía enojada. ¿Por qué en un sitio podía ser tan fuerte (podía elevarse a los cielos y gritar hasta lo más alto) mientras que en el otro todos esperaban (todos, menos su mamá) que fuera dulce y pequeña, que pareciera bonita y actuara de la misma manera?

A Bea ya no le importaba la belleza. Solía llevar vestidos con lazos y volantes, solía dejar que su abuela, sus tías y sus madres adoptivas le hicieran trenzas y las ataran con cintas. Ya no. Ahora quería destrozar todas las cintas que tuvieran la mala suerte de enroscarse en su camino, quería hacer agujeros en todos los vestidos de lentejuelas, vestir solo de negro y fingir que era un cuervo. Últimamente, Bea se preguntaba si sería posible ir a Everwhere una noche y no volver nunca a la Tierra.

Scarlet

—¿Sabes qué arde bien? —le dijo Bea a Scarlet, mirando con atención las hojas que caían.

Scarlet frunció el ceño.

—¿Qué?

Bea sonrió.

—No tienes secretos para mí.

—No sé a qué te refieres.

Bea alzó la mano para atrapar entre el dedo y el pulgar una hoja que caía. La hizo girar lentamente, de un lado a otro.

—Oh, creo que sí lo sabes.

—¿De qué hablas? —preguntó Liyana.

Scarlet guardó silencio, pero la sonrisa de Bea se amplió.

—A nuestra hermana le gusta quemar cosas —dijo—. ¿Verdad, hermana?

Scarlet se encogió ligeramente de hombros, como si ese dato en particular no tuviera ninguna importancia, como si Bea estuviera hablando del color de su pelo.

—Está demasiado húmedo aquí —dijo Liyana—. Una chispa no lograría hacer fuego.

Bea se dejó caer de la roca en que estaba sentada.

—Ah, dudo que algo tan pequeño como el agua pueda detener a nuestra Scarlet, ¿verdad?

Liyana parecía ligeramente perturbada por ese comentario, aunque también parecía que no alcanzaba a entender del todo por qué.

—Scarlet podría incendiar todo este lugar —dijo Bea—. Si quisiera.

Miré a Scarlet y vi un destello de una sonrisa con gratitud y orgullo, y me sentí orgullosa de ella también.

—Pero —protestó Liyana— ¿por qué querría hacer eso?

Bea rio.

—Oh, tranquilízate. Ni siquiera nuestra Scarlet es tan suprema. Además, nadie puede destruir este lugar. Ni siquiera él.

Miré a mis hermanas, una a una, y me pregunté cuál de ellas sería la primera en preguntarle a quién se refería.

Leo

En las noches en las que el cielo estaba despejado, cuando las nubes se alejaban de los bordes de la Tierra y la luna brillaba, Leo se acurrucaba en el frío alféizar de piedra de la ventana de su dormitorio y miraba, sin pestañear, las estrellas. Mientras los ronquidos de Christopher agitaban el aire, Leo alzaba la palma de la mano contra el cristal, como si intentara alcanzar el cielo y situarse entre ellas. Esas noches, Leo se sentía atraído por ellas con más fuerza que nunca. No podía entenderlo, aunque lo intentaba. Pero más extraña que su atracción por el cielo nocturno era su sensación de que esta atracción era recíproca, de que las estrellas lo deseaban tan profundamente como él las deseaba.

17 de octubre
15 días...

3:33 a. m., Goldie

A la semana de estar soñando, algo empieza a cambiar. El paisaje sigue siendo el mismo: los sauces blancos, los pájaros blancos, las miles de rosas blancas... Y, aunque no puedo verlo, sé que Leo también está allí.

Esta noche me siento más profundamente conectada a este lugar que antes. Como si las venas de las rosas fluyeran en mi sangre, como si los pájaros se elevaran con mi aliento, como si la vida de este lugar fuera impulsada por los latidos de mi corazón. Siento que si flexiono los dedos, las ramas de los árboles se moverán en respuesta; si piso la hierba, las rosas levantarán sus raíces y me seguirán; si dibujo un ocho en el aire, el vuelo de los pájaros seguirá el patrón de mis manos...

La sensación aumenta hasta que mis dedos empiezan a moverse nerviosamente. Entonces, de repente, vuelvo a sentir ese poder, como si me hubiera caído un rayo y mi cuerpo condujera diez mil voltios de electricidad. «Puedo comandar ejércitos. Puedo derrocar naciones. Puedo...».

Elijo un sauce y me fijo en las abundantes hojas que caen de una sola rama. Estiro la mano, con los dedos largos y planos. Muevo mi dedo más largo imaginando que es la rama.

Observo y espero. Pero la rama no se mueve. La brisa ha disminuido y ahora hasta las hojas están quietas. Respiro profundamente y lo vuelvo a intentar.

Nada.

Tal vez lo que siento no es real en absoluto. Quizá sea solo imaginación, un deseo. Estoy de pie, descalza en la hierba, preguntándome qué hacer. Quizás he sido demasiado ambiciosa. Un árbol es demasiado robusto, demasiado inflexible. Debería empezar con algo más pequeño. Miro a mi alrededor. Una rosa.

Escudriño los arbustos y elijo uno de los cientos que están a mi alcance, un pequeño capullo blanco apenas abierto, cuyos pétalos rizados empiezan a desplegarse. Me concentro, fijo mis ojos, mi respiración y dirijo mi cuerpo hacia esa única flor, hasta que todo lo demás en el jardín se vuelve borroso, hasta que solo veo esa rosa. Entonces extiendo la palma de la mano, estiro la muñeca y levanto ligeramente el dedo más largo en el aire.

Observo. Espero. Nada.

Bajo el dedo y, tras unos minutos, lo vuelvo a intentar.

Y otra vez. Y otra vez.

7:35 a. m., Bea

Cuando Bea cruza las puertas del Trinity College, Vali la está esperando, recargado en la pared. Se acerca cuando la ve, con dos cafés para llevar y una bolsa de papel café en la mano.

—Hoy solo tenían croissants de chocolate.

—Gracias. —Bea toma su vaso desechable y la bolsa, y le entrega un sobre—. Es un regalo.

—¿Qué es? —Vali deja su vaso apoyado en la pared. Ya se había terminado su croissant.

—Ese es el objetivo de abrirlo, que lo descubras.

Vali aprieta el sobre entre sus palmas.

—Estoy disfrutando el momento. No recuerdo la última vez que alguien me hizo un regalo.

—Me rompes el corazón —suspira Bea—. Solo abre la maldita cosa, ¿quieres?

—Está bien, está bien, gracias. —Vali lo abre y saca una tarjeta negra brillante, con letras plateadas en relieve.

—No lo entiendo.

—Es un vale —dice Bea—. Para una noche en el Hotel Clamart.

—Sí, eso veo. Pero... ¿por qué?

—Porque no voy a tener sexo contigo en la universidad —dice Bea—. Dios sabe que ya es bastante embarazoso sin que lo presencie todo el alumnado. —Vali la mira fijamente—. Lo sé, lo sé —dice Bea—. Puedes agradecérmelo después. —Comienza a caminar, pero Vali permanece plantado en el pavimento—. Vamos. —Bea suspira de nuevo—. Ya, de acuerdo, tal vez tú y tus expectativas tenían razón después de todo. Tal vez el hecho de que pienses que soy una buena persona está empezando a convertirme en una, tal vez no soy una perra malvada como dice mamá.

—Yo, yo... —Vali trata de responder, pero no puede formar palabras.

11:01 a. m., Liyana

—No sabía que tuvieras una hermana —dice Kumiko.

—Yo tampoco.

—Entonces, ¿cómo la encontraste?

—Yo... bueno... —Liyana juguetea con el borde de su pan tostado, para evitar responder. ¿Cómo debería decirlo? ¿Podría admitir que soñó con esa hermana desconocida? ¿Que vio su cara, que escuchó su voz? ¿O Kumiko pensará que está realmente desquiciada? No, Liyana necesita invocar de nuevo a BlackBird y decirlo: dejar de ser ese pálido fantasma de sí misma, ser valiente y audaz, sin miedo a las consecuencias.

—¿No era legítima? ¿Tu padre tuvo una aventura? ¿Se ha puesto en contacto contigo?

—Sí —dice Liyana. Lame la mantequilla derretida que gotea sobre su pulgar—. Así es. Exactamente eso.

—¿Qué de todo es lo correcto? —dice Kumiko—. ¿Todo lo que acabo de decir?

—No, quiero decir... Quiero decir... Sí, me encontró. No estoy segura del resto. Todavía no.

—¿Pero no te lo ha dicho? —Kumiko da un mordisco a su propio pan tostado con mantequilla—. Seguro le preguntaste.

—Bueno, no… yo… Fue todo muy rápido y, eh... emocional.

—Sí, supongo que sí. —Kumiko frunce el ceño—. Pero una hermana. Diecisiete, casi dieciocho años pensando que no tienes hermanos, y entonces... mierda.

—Exactamente —dice Liyana, deseando no haber mencionado nada en primer lugar. Aunque, por fortuna, la inesperada y dramática noticia ha desviado la atención del asunto de los matrimonios concertados. Pero Liyana no puede pensar en eso ahora. Solo quiere encontrar a su hermana. Y Liyana no tiene ni idea de quién es, solo de su aspecto: blanca, pelo rubio, ojos azules. En el sueño estaba puliendo un espejo y llevaba un uniforme con un logotipo con las siglas F. H. No hay más pistas a seguir. Aun así, es un comienzo.

9:14 p. m., Scarlet

Scarlet no puede explicar por qué va a ver a Eli esa noche. Su razonamiento fue que lo mejor era confrontarlo lo antes posible. Pero cuando llama a la puerta de su habitación de hotel, se da cuenta de que quizá es un error. Debieron acordar en un lugar neutral. En un café, una biblioteca, una iglesia. En cualquier sitio, menos en una habitación.

—Vaya, señorita Thorne —dice Eli, mientras abre la puerta—. Qué gran sorpresa, y un placer aún mayor. Pase.

Scarlet no lo hace.

—¿Estás solo? —pregunta, intentando mantener un mínimo de formalidad—. Me gustaría... necesito discutir el contrato.

—Por favor, entra. —De alguna manera se las arregla para parecer inocente y culpable, sorprendido y engreído, todo a la vez—. No seas tímida. —Abre la puerta y se aparta.

La habitación es más pequeña de lo que ella imaginaba, ya que la ha imaginado más veces de las que debería. Es diminuta. Casi se ve obligada a sentarse en la cama para no estar demasiado cerca de él, pero lo piensa mejor.

—¿Quieres algo de beber? —Eli hace un gesto hacia el minibar—. ¿Agua? ¿Vino? ¿Whisky?

Scarlet sacude la cabeza. Nada de alcohol. Absolutamente no.

—Agua está bien, gracias —dice, y luego recuerda que está ahí para anular el contrato—. En realidad, no tengo sed.

Eli se encoge de hombros.

—Como quieras. —Abre el minibar y saca una botella de vino tinto medio vacía—. Hazme saber si cambias de opinión.

—No lo haré.

—Está bien. —Eli casi se llena el vaso, se sienta en el borde de la cama y se recuesta.

Su mirada se cruza con la de Scarlet y esboza una sonrisa perversa. Ella se voltea a estudiar el mediocre cuadro de colores que hay en la pared por encima de su cabeza (dos caballos que retozan en un prado). Lo observa con mucha más atención de la que merece.

—Entonces —dice Eli—, ¿qué te trae a mi habitación a estas horas de la noche?

Scarlet frunce el ceño a modo de afrenta.

—No vine a tu habitación. Vine a hablar contigo aquí porque no sabía dónde más encontrarte.

—Sí, como tú digas —Eli Wolfe se encoge de hombros con indiferencia—. Entonces, ¿en qué puedo servirte? —Tose—. Perdón, es decir: ¿en qué puedo servirle, señorita?

—Detente.

—¿Que detenga qué?

—¿Sabes qué? —Scarlet se concentra en el cuadro—. De cualquier manera, no te va a gustar lo que vine a decirte.

Eli se incorpora, con una expresión de seriedad fingida.

—¿De qué se trata?

—Bueno...

—Anda, dímelo ya.

Scarlet apoya su peso en un pie y luego en el otro, nerviosa.

—Está bien, sé que esto es muy poco profesional y todo eso, pero...

Eli frota la copa de vino entre sus palmas.

—Vamos, sigue, ¿quieres? Estaré dormido antes de que termines. No es la actividad que prefiero en un viernes por la noche.

—Muy bien. —Scarlet hace un esfuerzo por tranquilizarse—. Me temo que yo... Tengo que retirar mi, eh, acuerdo, bueno, nuestro... acuerdo.

—Ah. —Él toma un sorbo de vino—. ¿Así que viniste a decirme que quieres romper nuestro trato?

—Yo, eh, sí, a eso vine. Y sé...

—Bueno, lamento oír eso.

Scarlet frunce el ceño.

—No parece que lo sientas —dice ella.

Él se encoge de hombros.

—¿Qué puedo decir? Disfruto de nuestras negociaciones.

—Oh, no —dice Scarlet—. Esto no es parte de una negociación, no estoy intentando conseguir más dinero ni nada por el estilo...

—Muy bien, porque no lo conseguirás.

—Bueno, está bien, porque no lo quiero.

Eli parece escéptico.

—Según mi experiencia, todo el mundo quiere más dinero si puede conseguirlo.

—Bueno, yo no.

Él vuelve a encogerse de hombros.

—Como quieras. Entonces, ¿qué quieres?

—Nada —dice Scarlet—. Solo vine a decirte lo del… contrato. Lo decidí anoche y no quería esperar. Es que no me pareció justo.

—No lo es. —Eli acaricia el edredón—. Así que por qué no vienes y me compensas...

—Por supuesto que no —dice Scarlet, intentando sonar como si lo dijera en serio—. No sé qué clase de chica crees que soy, pero...

Eli sonríe.

—Oh, sé exactamente qué tipo de chica eres.

—No lo sabes.

Eli se levanta y da un paso adelante.

—Claro que sí.

Scarlet da un paso atrás. Eli se acerca y Scarlet se detiene. Cuando apenas los separan unos centímetros, él estira la mano, como si tratara de acariciar a un ciervo salvaje, y la toma suavemente de la cintura. Scarlet no tiene que mirar para saber que de las yemas de sus dedos saltan chispas. Cuando se besan, todos los fusibles del hotel se queman y las luces se apagan.

9:33 p. m., Goldie

—¿Qué demonios fue eso?

Leo se sienta en la oscuridad.

—No tengo ni idea. —Se desliza de la cama que estamos ocupando en la habitación 49—. Pero tengo que investigar. El nuevo portero del turno de la noche es un maldito inútil.

«Debe ser un corte de energía», pienso, mientras Leo azota la puerta detrás de él. Aunque justo antes de que ocurriera sentí un cambio en el aire, así como cambia la luz antes de una tormenta.

Es un poco desconcertante. Vuelvo a sentir esa oleada de energía en mis venas, como si me palpitara electricidad en vez de sangre. Pienso en Leo para tranquilizarme. Nunca en mi vida imaginé que fuera posible sentirse así con otro ser humano: tan atrevida y tan segura a la vez. Pensé que, después de mi padrastro, nunca más me sentiría segura con un hombre. Nada, nunca. Y, sin embargo, aquí estamos. Sonrío para mis adentros. Un pequeño milagro.

11:59 p. m., Leo

Leo mira a Goldie mientras ella duerme, observa el ascenso y el descenso de su pecho, escucha su respiración. De vez en cuando le acaricia la mejilla con la punta de sus dedos.

De todas las cosas despreciables que Leo ha hecho, esta debe de ser la peor. El asesinato no le molesta tanto como el método. La forma en que mataba antes tenía un sentido de simetría, cierta limpieza, una inevitabilidad sin culpa. Hasta ahora, ha seguido los dictados de la naturaleza o las reglas de la guerra. Así ha matado a todas las chicas Grimm hasta la fecha.

Pero con Goldie ya no es simplemente un asesinato, sino también el engaño y la traición. Y no solo hacia ella, sino a ambos. Cada día se siente más destrozado. Mientras está con ella, tiene la certeza de que no será capaz de hacerlo. Pero mientras están separados, siente que el soldado que lleva dentro se fortalece: su sistema nervioso y sus instintos depredadores anulan lo que siente su corazón.

«Qué extraño es el corazón humano», piensa Leo. Debería luchar por su propia supervivencia, pero no lucha, al menos no siempre. Ha visto bastantes ejemplos de heroísmo desinteresado en la Tierra, incluso extraños que sacrifican sus vidas para salvar a otros. Respecto a los animales, Leo no está seguro. Pero respecto a las estrellas, los soldados, su instinto de supervivencia es tan fuerte que anula todo lo demás, incluso el amor.

18 de octubre
14 días...

9:06 a. m., Goldie

—Nunca pensé que tendría esto —digo.

—¿De qué hablas?

Hundí mi cara en su pecho desnudo.

—Esto. —Me toma la cabeza con la mano y envuelve sus dedos con mis rizos rubios.

—Me alegro.

Intento dar forma a mis sentimientos con palabras.

—Supongo que siempre me sentí... como si nunca fuera a ser amada solo por ser yo misma... —Leo asiente—. Solo por mí, sin hacer cosas que no... Gracias.

—¿De qué?

Me encojo de hombros.

—Por todo.

Nos quedamos tumbados juntos durante una hora larga y perfecta; el silencio se interpone entre nosotros como la luz del amanecer. Finalmente, me incorporo para tocar la pequeña cicatriz en forma de luna creciente en su omóplato.

—¿Qué es esto?

Llevo esperando para hacer esta pregunta desde la primera vez que vi las cicatrices. Me dije que debía esperar a que el mismo Leo me lo dijera. Pero estoy demasiado impaciente, demasiado curiosa. Paso la punta de mi dedo a lo largo de su columna vertebral y a través de su espalda, dibujo en los espacios entre las cicatrices un mapa de caminos y ríos que siempre rodean, pero nunca tocan.

—No tienes que decírmelo —digo.

—Lo haré. —Respira profundamente—. Solo que no sé cómo.

—Sea lo que sea, no me importará.

Se queda en silencio. Quiero acariciar sus cicatrices para demostrarle que no tengo miedo, aunque sí tengo, un poco. Quiero asegurarle que no sentiré repulsión hacia él, sea cual sea su confesión.

—Lo juro —digo—. No importa.

Siento un calor repentino bajo las yemas de mis dedos y retiro la mano.

—No digas tonterías. —Leo se encoge hacia atrás, se repliega sobre sí mismo, aunque no se aleja de mí. Es la primera vez que siento su fuego, y por primera vez me pregunto si tal vez él grabó las cicatrices en su propia piel. Pudo haber sido miembro de una secta de sádicos. Me doy cuenta, de nuevo, de lo poco que sé sobre él. Lo que de pronto parece peligroso, dado lo mucho que siento por él. Como no habla, le pongo una mano en la espalda.

—No tienes que decírmelo —repito—. No importa.

—Sí importa —dice Leo—. Más de lo que crees.

—No debería haber preguntado. Olvídalo.

Nos quedamos en silencio. Espero, decidiendo no volver a hablar hasta que él lo haga. Pasa tal vez un minuto, tal vez una hora.

—Te lo diré un día —dice—. Lo haré, es solo que... —Espero—. Cuando lo haga, cuando te lo cuente... todo esto... —No ha volteado a mirarme—. Quiero estar al menos un poco de tiempo contigo antes de que… Quiero que me recuerdes con… No quiero que me odies.

—¿Recordarte? ¿Odiarte? —Me acerco a él—. ¿Por qué dices eso, cuando yo te…?

—Cuando te lo diga —baja la mirada y la voz— no querrás volver a verme.

Me rio.

—Eso no es posible, nada de lo que digas podría... —Trato de levantarle la barbilla, de llamar su atención—. Oye, si te contara algunas de las cosas que he hecho, creo que a ti tampoco te gustarían.

Leo me mira.

—Sé todo sobre ti.

—No, no lo sabes. Apenas sabes algo de mí. —Vuelvo a reír, con la esperanza de levantarle el ánimo, de hacerlo sonreír—. No es como si hubiéramos pasado mucho tiempo hablando.

Leo se queda callado de nuevo y yo también.

¿Qué puedo decir para mejorar la situación? ¿Qué puedo decir para volver a hace unos momentos, antes de preguntarle? Ojalá hubiera esperado, ojalá me hubiera callado, ojalá no hubiera dicho nada.

9:06 a. m., Leo

Es un cobarde egoísta. Debería advertirle a Goldie lo que se avecina. Cuando está con ella, se imagina que podría hacerlo. Pero sabe que si lo hiciera la perdería. Y ¿cómo podría decirle a Goldie que dentro de catorce noches, en el próximo cuarto menguante, uno de ellos morirá? Sus dedos se crispan con anticipación. Cada vez que están juntos, Leo tiene que reprimir esos impulsos. Cuando le acaricia el cuello, sus dedos palpitan con el deseo de quitarle la vida, la luz.

La tentación es tan grande que todo su cuerpo siente dolor por contenerse. Cuando Goldie está debajo de él, mientras Leo besa su piel, ve la luz que late con el latido de su corazón. A veces es dorada: la puesta de sol en un lago. A veces, plateada: la luz de la luna sobre la nieve fresca. Y lo llama, como si fuera suya, como si fuera un animal que él tiene derecho a sacrificar. Leo debe hacer acopio de todas sus fuerzas para contenerse, para no apagar su luz, para no robarle la vida.

No puede evitarlo. Es su naturaleza, lo que ha hecho durante siglos. Al menos eso siente. Casi en cuanto sus bocas se tocan, la mano de él se posa sobre el corazón de ella. Incluso mientras se besan, mientras él se llena de alegría, imagina que le quita la vida, que saca el espíritu de su cuerpo, el último aliento de sus labios. Sigue besando a Goldie, sigue abrazándola mientras la niebla se hace más espesa y la bruma los envuelve, se mezcla con la esencia de ella. Tarde o temprano se desvanecerán juntas, hasta que a Leo solo le quede el eco de Goldie, que apenas se vislumbrará a la luz de la luna. Entonces ella se irá y él se debatirá entre la pena y la alegría.

Leo no puede evitar anticipar aquella alegría, ya que, cuando el último aliento de una niña Grimm graba la cicatriz en su piel, cuando su luz entra en él, Leo se llena de una oleada de vida, como si de repente le diera el sol. Es lo que necesita para vivir. Pero la pena está presente como nunca antes. Y Leo se pregunta si, llegado el momento, será eso lo que lo detenga, lo que permitirá que ella gane.

7:17 p. m., Scarlet

—¡Scarlet!

Scarlet entra corriendo a la cocina de la cafetería y encuentra a su abuela clavando un tenedor en la tostadora. Avanza a toda velocidad por el suelo de linóleo para arrebatárselo de las temblorosas manos.

—Abuela, ¿qué demonios estás haciendo? Te vas a electrocutar —dice. De repente, le llega el recuerdo de su abuela diciéndole exactamente lo mismo al descubrirla, a los diez años, sacando un pan para té con un cuchillo de la misma tostadora.

—¿Qué quieres hacer? Yo lo hago. ¿Estabas tostando pan? —Scarlet baja la manija de metal, pero esta vuelve a saltar—. Mierda, de seguro se botó un fusible. Todo en este maldito lugar se está cayendo...

—Cuida tu lenguaje, Scarlet.

Scarlet se detiene y se voltea para sonreír a su abuela, emocionada por la inesperada reprimenda. Hoy podría ser un buen día. Al menos por este pequeño momento tiene a su abuela de vuelta.

—Lo siento, abuela. Pero de todos modos es la hora de la cena, ¿por qué no te preparo algo apropiado para comer? —Esme sacude la cabeza, como una niña testaruda—. Como quieras. —Scarlet saca de la tostadora las dos rebanadas de pan aún sin tostar—. Podemos usar la parrilla.

Pero, mientras se acerca al horno, a Scarlet se le ocurre una idea mejor.

—Oye, abuela, ¿quieres ver algo especial? —Su abuela frunce el ceño—. ¿Recuerdas las chispas de mis dedos? —Scarlet contiene la respiración—. ¿Mientras bailábamos al ritmo de Bessie Smith? Te quemé un poco las manos, aún lo siento, por cierto, y dijiste...

Los ojos de Esme se iluminan de reconocimiento y sonríe.

—Como Ruby.

—Exactamente. Pero eso no es todo lo que puedo hacer. Mira esto.

Pone los dos trozos de pan sobre la barra y luego pone las manos a un palmo de distancia.

—Así es como caliento de un tiempo a la fecha tus rollos de canela. Pensé que lo preferirías al microondas.

Su abuela se queda mirando las rebanadas de pan, como una niña que espera un truco de magia. Al principio no ocurre nada, pero luego el aire entre el pan y las manos de Scarlet empieza a ondularse, como las olas de calor que salen del asfalto en un día caluroso. Entonces, el pan empieza a chamuscarse en los bordes y, lentamente, se tuesta por completo. Esme aplaude.

—Bastante genial, ¿eh? —Scarlet sonríe y le da la vuelta al pan. La emoción de ver a su abuela tan encantada, de ser la causa de ese deleite, hace que los dedos de Scarlet lancen nuevas chispas que, al mismo tiempo, queman el pan. Un amargo olor a chamusquina inunda el aire. Por un segundo, Esme parece sorprendida. Luego se ríe, como si nunca hubiera visto algo tan divertido en toda su vida.

Scarlet observa a su abuela, sonriendo. Hay momentos, breves y transitorios, de inesperada alegría en esta espantosa enfermedad. Momentos en los que su abuela vuelve a ser la misma de antes, en los que está serena, o asombrada y maravillada. Momentos que hay que apreciar. Momentos que se van demasiado rápido.

Todavía riendo, su abuela mira al techo y se queda callada.

—¿Qué es eso? —Esme frunce el ceño—. Es un… eh… —La palabra se le escapa, y luego la alcanza—: error.

—¿Dónde? —Scarlet sigue la mirada de su abuela—. Ay, no.

Hay una larga grieta atravesando diagonalmente el techo.

—Mierda —suspira Scarlet.

Esta vez, Esme no dice nada.

8:25 p. m., Liyana

—¿En qué estás pensando?

Liyana mira a Mazmo al otro lado de la mesa.

—Oh, lo siento, solo estaba... No es nada.

—¿Estás bien?

—Estoy bien.

Después de un centenar de búsquedas minuciosas en internet, Liyana aún no ha podido identificar a su hermana; su frustración e impaciencia aumentan a cada momento que pasa. Intenta concentrarse en la cita. La tía Nya tiene tantas esperanzas de que sea fructífera, en especial si ambos son capaces de arreglar los detalles más delicados respecto a las libertades sexuales y las obligaciones financieras, que Liyana siente que al menos debe dar lo mejor de sí misma. Y, aunque todavía se resiste a admitirlo, la promesa de tres años de financiación completa para el Slade es una ventaja nada desdeñable.

—Lo siento, yo... —Además, el hecho de que él pague la cuenta de esta cena ridículamente cara implica que debería prestarle a Mazmo al menos un poco de atención—. Estoy bien.

—¿Qué te parece el suflé? —dice Mazmo, mientras entierra su tenedor en el chocolate pegajoso que sostiene el plato—. ¿No es el mejor suflé que hayas comido?

Vuelve a mostrarle esa sonrisa, aquella que la lleva mediante hilos de plata hasta un recuerdo: una luna que se abre paso entre las nubes, proyectando su luz sobre el agua oscura. Ella le devuelve la sonrisa.

—Debería serlo, a este precio.

Mazmo se ríe.

—Bueno, esto es Le Gavroche, querida. ¿Qué esperabas?

—Un poco más por veinte libras. Después de todo, solo es chocolate y aire con, ¿qué?, un poco de espuma de leche quemada y algo de caramelo salado al lado.

—¿Solo chocolate y aire? Qué sacrilegio. —Mazmo pone las manos sobre su plato para protegerlo—. No dejes que el suflé te oiga decir eso.

Liyana sonríe. No le dijo a Kumiko que vería a Mazmo esta noche y se siente culpable por ello. Y, aunque no diría que se siente atraída, tampoco puede negar que, sin duda, es un espécimen espectacular de hombre.

—Eres divertido —le dice—. Y dulce.

—Ay, no, por favor. —Mazmo pone los ojos en blanco—. Esa palabra no. Es la sentencia de muerte de las citas. Te diré que soy extremadamente amargado e increíblemente masculino —guiña—, a pesar de mis tendencias pansexuales. Por lo demás, soy todo un macho. Tengo la desagradable costumbre de saltarme las filas, insultar a los conductores lentos y no hablar nunca de mis sentimientos. En ocasiones, incluso, le arrebato sus dulces a niños pequeños.

Liyana se ríe.

—Por supuesto que no has hecho eso.

—Bueno, quizás no en realidad —admite Mazmo—. Pero lo he considerado varias veces.

Liyana toma un bocado de suflé.

—¿Por qué los hombres, incluso los pansexuales, odian tanto que los llamen *dulces*? Es un cumplido.

Mazmo toma un trocito de caramelo salado del mantel y se la pone en la punta de la lengua.

—Quizá porque es como si me compararan con una ardilla, cuando prefiero que me consideren un león o un oso. O… —Se le ocurre una imagen aún más atractiva—: un gorila de lomo plateado.

Liyana lo mira por encima de su copa de vino.

—¿Es tu fantasía favorita?

—¿Por qué no?

—Pues bien, eres un gorila fuerte, oscuro y de lomo plateado. ¿Así está mejor?

Mientras toma el vino dulce de postre, Liyana se da cuenta de que está coqueteando y debería dejar de hacerlo. También debería dejar de beber. Ha bebido… ¿cuánto? Demasiado si no lo recuerda. Entonces tiene un pensamiento que la hace sentir aún más culpable, la idea de que casarse con Mazmo Owethu Muzenda-Kasteni, con todos los beneficios incluidos, no sea tan espantosa después de todo.

—Sí —dice. Esa sonrisa de nuevo. La esquirla de una luna inquebrantable en el cielo de medianoche—. Eso está mucho mejor.

11:39 p. m., Liyana

Más tarde, esa misma noche, Liyana, todavía un poco borracha y ahíta, está sentada en su cama barajando sus cartas del tarot. Cada vez que mira hacia abajo, el Diablo aparece. Ella lo vuelve a meter en la baraja, una y otra vez. Pero, cuando Liyana reparte cinco cartas sobre su edredón, es el primero en estar a la vista. Lo sigue el Cuatro de Bastos: un hada toma una rosa de su jardín florido, las torretas de su castillo se elevan hacia el cielo. «Prosperidad, celebración, romance». El Cuatro de Espadas: una guerrera sale de un bosque oscuro hacia el sol, buscando una cueva para descansar y recuperarse. «Retirada, soledad, preparación para el conflicto». La Emperatriz: con un vestido verde hierba, la emperatriz baila con la naturaleza a sus pies y una corona de estrellas en la cabeza. «Sexualidad, placer, abundancia». Y La Estrella: una bailarina en puntas flota sobre una hoja de lirio en un lago, una rana salta hacia ella y un pájaro vuela hacia su mano abierta. «Curación, fuerza, confianza».

Al principio, las imágenes no tienen sentido. Luego, gradualmente, parecen reorganizarse en una historia. Durante una fracción de segundo, Liyana siente que su madre está sentada en la cama a su lado, leyendo la historia que cuentan las cartas. Una historia de cuatro hermanas, sus aventuras infantiles, sus secretos familiares, sus fuerzas ocultas, sus poderes no reclamados, su padre distante observándolo todo...

—¿Qué significa, *Dadá*?

El deseo de reafirmación, de aprobación, persiste.

Pero su madre ya no está.

Los ecos del costoso champán le aflojan los párpados, así que Liyana reclina la cabeza y se acurruca en torno a las cartas, que aún están repartidas por el edredón. Justo antes de quedarse dormida, cree ver algo en la alfombra: la pequeña pelusa negra de una pluma. Pero cuando estira el cuello para asegurarse, ve que solo era una mancha en su campo de visión. Entonces, piensa en BlackBird, pero el último pensamiento que tiene antes de cerrar los ojos se dirige hacia sus hermanas.

11:59 p. m., Bea

—No estuvo mal. Todo estuvo, sorprendentemente, bien.

—¿Bien? —Vali prácticamente grita y luego suelta un largo y profundo suspiro—. Fue absolutamente fenomenal.

—Yo no iría tan lejos. —Bea se recuesta en la cama a su lado—. Pero estuvo bastante bien. Sobre todo para ser tu primera vez.

—Gracias, pero creo que fue sobre todo gracias a ti. Eres excelente para dirigir.

Bea asiente con la cabeza, como si fuera evidente. Se apoya en el codo.

—¿Sabes?, eres bastante grande.

Vali sonríe.

—¿De verdad? Bueno, me alegro de que te hayas sentido satisfecha.

Bea pone los ojos en blanco.

—No estaba hablando de tu pene.

—Ah. —La euforia de Vali se convierte en abatimiento—. Sí, yo...

—Me refiero —Bea lo recorre con la mirada— a ti por completo. Eres grande.

—Quieres decir gordo.

—No, yo digo lo que quiero decir, no me ando con eufemismos. Sí, eres gordo y digo que eres gordo. Pero también eres grande. Robusto. Fuerte. No me había dado cuenta de eso antes. —Vali se anima—. Sí —continúa Bea, como si estuviera debatiendo una teoría filosófica particular—. Me siento bien cuando me abrazas. —Hace una pausa, mientras Vali parece tan feliz como si ella le hubiera propuesto matrimonio—. Entonces, ¿quieres volver a intentarlo?

Vali se levanta, como impulsado desde un asiento propulsor.

—¿Qué? ¿Eso está en el trato? ¿De verdad? Creía que esto era algo de una sola vez.

—¿Por qué no? —Bea se encoge de hombros, como si no le importara nada. Tenemos la habitación para pasar la noche, así que podemos aprovecharla al máximo.

Hace poco menos de una década

Everwhere

Cuando despiertas estás mirando la cara de un hombre de ojos dorados, pelo blanco y piel tan arrugada que podría tener diez mil años. Te preguntas si has muerto y él es el Diablo, porque te lanza una mirada como nunca antes habías visto y que desearías no volver a ver, aunque te das cuenta de que eres incapaz de apartar la vista. Es una mirada de una malicia tan absoluta que empiezas a temblar, como si de repente tuvieras muchísimo frío.

Cuando puedes darte la vuelta, el alivio es palpable. Quieres correr, pero estás congelada. Les dices a tus piernas que se muevan, pero parecen estar lejos, separadas de ti, como si fueran de otra persona.

Cuando vuelves a mirarlo te das cuenta de que, en realidad, no te estaba observando de ninguna manera en particular, se trata simplemente de la forma de sus rasgos. Cuando sonríe, un espasmo se dispara por tu columna vertebral, una cicatriz al rojo vivo, un dolor rabioso. Su sonrisa disminuye y el dolor se calma. Te das cuenta de que está evaluándote, decidiendo, sopesando opciones indeterminadas. ¿Sus ojos brillan un poco más, o te lo estás imaginando? Parece que está contento, aunque no sabes por qué. Tal vez vea algo en ti: una promesa, potencial, alguna posibilidad...

Da un paso atrás y levanta la barbilla: una insinuación, una instrucción, una oferta. Lentamente te levantas del suelo. Tus piernas están tan débiles que tropiezas. Luego, al encontrar un punto de apoyo, te tambaleas hacia adelante mientras él observa cómo caes una, dos veces. Te arrastras de nuevo hacia arriba, sigues tropezando, pero encuentras el equilibrio. Entonces, con toda la fuerza que tienes, corres.

Esta vez te deja ir.

Goldie

Me dijo que era mi culpa. Mi culpa por ser bonita. Mi culpa por estar ahí. Como si simplemente hubiera estado caminando y, ups, él hubiera resbalado con una cáscara de plátano y caído en mi cama. Comenzó después de que Teddy naciera. Mamá dormía con él en su cama y mi padrastro se quejaba de que no podía dormir con «esa maldita cosa graznando todo el tiempo». El afecto por su hijo siempre disminuía por la noche. Durante el día adoraba a Teddy casi tanto como mamá, lo mecía y lo arrullaba y todo eso. Pero cuando Teddy no lo dejaba dormir, se acababa el entusiasmo. Y así, en algún punto, supongo que decidió aprovechar al máximo esas interrupciones.

La primera noche se acostó a mi lado. La segunda, su mano se posó sobre mi camisón. La tercera, encontró camino por debajo. A final del mes no había parte de mí que no hubiera tocado.

Liyana

Liyana estaba acostada boca arriba, flotando. Podía flotar durante horas, dando vueltas de vez en cuando como una foca, la piel resbaladiza por el agua. Y, aunque no estaba nadando en el mar, sino descansando en su cama junto a tres botellas de agua caliente, su sensación de estar en el mar era tan fuerte que podía saborear la sal en su lengua. Cuando por fin cerró los ojos, fueron las olas de aquel mar las que la sacaron de sus sueños y la llevaron a Everwhere.

Esta noche siguió a sus hermanas por los caminos de piedra que serpentean junto a los ríos y los árboles, y atraviesan los claros de hiedra y musgo. Bea encabezó la fila de las cuatro hermanas, como siempre. Aunque, de vez en cuando, Scarlet se las arreglaba para ponerse delante. Liyana siempre era la última de la fila. Lo cual significaba que, cuando se detenía de repente, nadie lo notaba.

—¡Esperen! —gritó Liyana.

Nos giramos y la vimos señalando un riachuelo con forma de serpiente, de agua oscura y quieta bajo un banco de sauces.

—Vamos a nadar.

—Pero no trajimos nuestros trajes —dije.

—No importa. —Liyana dejó que nuestras palabras se las llevara el viento mientras tiraba de la manga de su camisón y se lo acomodaba encima de la cabeza.

—Gran idea —dijo Scarlet, desabrochando su camisa mientras corría por el musgo y la piedra—. A que te gano.

Miré a Bea, esperando que no quisiera unirse. Crucé los dedos por detrás de mi espalda. Bea miró el río y luego se encogió de hombros, cruzó las piernas y se sentó en un trozo de musgo.

—Vayan. No quiero mojarme, hace mucho frío.

Tembló, aunque ni siquiera hacía frío. Quise abrazarla, mi repentina e inesperada aliada. En cambio, temiendo que me abofeteara si lo intentaba, me senté a su lado.

—Yo tampoco —dije, mientras Scarlet se deslizaba por el banco de musgo para unirse a Ana.

Bea y yo nos quedamos observándolas.

—Está bien. —Bea se inclinó hacia mí, hablando en susurros, pero demasiado alto—. Hay una chica en mi clase que tampoco sabe nadar. No deberías avergonzarte.

Me puse tensa. Todos mis sentimientos de afecto hacia ella se habían ido, lo único que podía hacer era rezar para que mis otras hermanas no la hubieran oído.

—¿De qué hablas? —Scarlet se tiró al agua—. Goldie nunca dijo que no supiera nadar —Volvió a mirarme—. Claro que puedes, ¿no?

Asentí con la cabeza.

—Por supuesto. Es que... no me gusta.

—Entonces ve —dijo Bea—. Muéstranos.

—Ya basta. —Scarlet se hundió en el agua hasta que su pelo se enredó alrededor de su cabeza—. Ella no tiene que probarlo.

Presioné la tierra con un dedo. Sentí la sonrisa autocomplaciente de Bea.

—Tengo razón, ¿no?

Hundí el dedo y me sentí ligeramente aliviada por esa tierra húmeda, pero solo un momento.

—Déjala en paz. —Scarlet estiró los brazos y juntó las manos en forma de flecha apuntando a las copas de los árboles, y luego se sumergió bajo el agua.

Observé la ondulación plateada de su cuerpo deslizándose. Pensé en un silencioso agradecimiento; de repente amaba a Scarlet tanto como ahora odiaba a Bea.

—Te enseñaré, si quieres —dijo Bea—. Solo tienes que admitirlo.

—¡Basta!

Las dos nos giramos en dirección al río. Pensé que Scarlet habría salido a la superficie, pero era Liyana quien gritaba. La miré, saliendo de repente del agua, erguida, con la piel oscura brillando casi azul, el pelo negro de diente de león cargado de gotas.

—¡Basta! —Golpeó con las palmas de las manos la superficie, con tal fuerza que nos salpicó—. ¡Dejen de pelearse!

—Ay, hermanita, eres tan sensible. —Bea sonrió—. Esto no es una pelea, ni siquiera está cerca de ser una pelea.

Liyana murmuró algo que no pude oír, pero, mientras hablaba, el agua empezó a ondularse. La ola se formó tan rápido que ni siquiera la vimos venir, no tuvimos la oportunidad de movernos antes de que a Bea la golpeara una gran lámina de agua y lo dejara empapada.

Scarlet salió a la superficie, como si sintiera que algo emocionante había sucedido. Todas miramos fijamente a Bea. Miré a Liyana, que parecía tan sorprendida como el resto de nosotras. Quería besarla. La hermana que siempre había considerado como la bebé, la que necesitaba protección, ahora me protegía a mí. Esperamos a que Bea gritara, que levantara la piedra más grande a su alcance y la arrojara al río. Pero no se movió. Entonces se echó a reír.

—Vaya, vaya, hermanita. Qué sorpresa. —Miró a Liyana como si se tratara de un emocionante y volátil experimento científico—. Eres mucho más interesante de lo que pensaba.

Bea

Bea corrió más rápido de lo que jamás hubiera corrido, se precipitó a través de la niebla. Sus pies atravesaban musgo, piedras y troncos con tanta rapidez que parecía que nunca tocaban el suelo. Sonrió contra el viento con el pelo revuelto, el corazón palpitando y los pulmones punzando.

Siguió corriendo.

A medida que los segundos y los minutos pasaban, Bea adquirió tal velocidad que de pronto ya no se limitaba a dar grandes pasos sobre las piedras, sino que saltaba por encima de troncos de árboles caídos, con las piernas estiradas en una perfecta línea paralela de bailarina primeriza. Y entonces, con otro salto, se elevó en el aire. Cada vez más alto, por encima de los ríos y las rocas, a través de las hojas que caían, más allá de las finas ramas de los árboles más altos, se elevó a la luz de la luna.

Por fin volaba, era libre.

—Está bien, está bien, te daré una pista si dejas de dar lata —dijo Christopher—. Diablos, eres peor que mi madre.

Leo sonrió y se sentó en su silla.

—Vamos, entonces dilo.

Pero Christopher negó con la cabeza.

—Aquí no. —Se puso de pie—. Ven conmigo.

Diez minutos más tarde habían abandonado la biblioteca del colegio para dirigirse a las puertas de la institución.

—¿Por qué aquí? —preguntó Leo—. ¿Conoces un túnel secreto? ¿Estamos escapando hacia la libertad?

Christopher rio.

—No exactamente. Al menos no todavía, y no de la manera que tú crees.

—¿Qué quieres decir?

—Vienes aquí a veces, ¿no? —Christopher levantó la mano para frotar su pulgar sobre una hoja de hiedra de hierro—. En las noches en que el cuarto menguante se muestra en el cielo. No sabes por qué, pero lo haces. ¿No es así?

Leo frunció el ceño.

—¿Cómo lo sabes?

—Porque yo hago lo mismo.

—No es cierto. —El ceño de Leo se frunció—. Nunca te he visto.

—Eso es porque siempre te vas antes de que yo llegue. Vengo a las tres y media de la mañana. A las 3:33, para ser exactos.

—¿Por qué?

Christopher dejó caer su mano para mirar a través de los gruesos piquetes de hierro de la puerta.

—Porque, cuando atraviesas estas puertas, entras en otro mundo.

Leo rio.

—Deja de decir tonterías.

—Es la verdad.

—Me estás timando.

—Lo sabes. Si lo piensas, te darás cuenta de que estoy diciendo la verdad.

—Cállate.

Christopher no respondió, no negó nada ni se defendió. Y, en aquel silencio, Leo se vio obligado a hacer lo que su amigo le sugería. Pensó. Pensó en todas las cosas extrañas e inexplicables: su anhelo por las estrellas, sus paseos nocturnos, sus vigilias de medianoche en esta puerta, su idea de que tal vez algo sobrenatural estuviera más allá...

—Está bien, continúa —dijo por fin.

—Es Everwhere —dijo Christopher. Es el lugar en donde se libra una guerra entre el bien y el mal. Tú y yo somos soldados en esa guerra.

De nuevo, Leo frunció el ceño.

—No somos soldados, somos niños.

—Solo en la Tierra. Allá arriba —señaló con la cabeza el cielo— fuimos estrellas, alguna vez. Y allí — ahora señaló más allá de la puerta— somos soldados.

—¿Qué? Si eso es cierto, y, la verdad, no tiene ningún sentido, ¿de qué lado estamos luchando? ¿Del bien o del mal?

Christopher rio.

—¿Tú qué crees? Del bien, por supuesto. Pero apuesto a que, si le preguntaras a la otra parte, dirían lo mismo. De todos modos, no tienes que pensar en eso todavía. Primero necesitas aprender cómo protegerte, cómo luchar, cómo matar. Después llegará el resto.

Leo pensó en sus ataques de furia incontrolables, en Jekyll y Hyde, y se preguntó si ese era el motivo.

—Pero... ¿cómo? ¿Cómo puedo hacerlo?

—Puedo enseñarte algunas cosas —dijo Christopher—. Pero la primera vez que vayas a Everwhere, la noche que cumplas trece años...

—¿Por qué trece? —interrumpió Leo—. ¿Por qué tenemos que esperar tanto? ¿Por qué no podemos ir ahora?

—Porque es cuando nos volvemos hombres —dijo Christopher, como si fuera un hecho evidente—. Y es cuando las chicas Grimm ya no pueden entrar en Everwhere. —Sonrió—. Pierden su poder cuando nosotros ganamos el nuestro. Eso demuestra que somos mucho mejores.

Aunque todavía no lo entendía realmente, Leo le devolvió la sonrisa para demostrar que sí lo hacía.

—Ahí es cuando conocerás a nuestro padre. Y va a...

—¿Padre? —interrumpió Leo de nuevo—. ¿Nuestro padre?

—Sí. Quiero decir, no lo es físicamente, sino en todos los demás aspectos que importan. Es nuestro líder, nuestro capitán, él...

Pero Leo había dejado de escuchar. Había tenido razón todo el tiempo. Charles Penry-Jones no era su verdadero padre. Era adoptado. Y Christopher, ese chico al que quería tanto como a sí mismo, era su hermano.

19 de octubre
13 días...

3:03 a. m., Leo

Leo no descubrió su destino hasta que tuvo trece años y atravesó una puerta Grimm por primera vez. Para entonces ya sabía toda la verdad sobre quiénes eran él y Christopher: *lumen latros*, estrellas caídas, soldados.

Las hojas en cascada, las brumas, la niebla y la luz de la luna habían hipnotizado a Leo, lo cautivaron de tal manera que estuvo a punto de correr con la misma suerte que su querido amigo. Excepto que resultó que él tenía un sexto sentido que Christopher no tenía, al menos no esa noche. Los amigos se habían perdido de vista temporalmente y solo se reencontraron cuando la chica Grimm (quizá de veinte años, aunque a él le pareciera tan mayor entonces) rodeaba el cuello de Christopher con sus manos.

Leo trató de alcanzarlo mientras su amigo caía. Pero ya era polvo y ceniza antes de que Leo tuviera la oportunidad de tocarlo, de abrazarlo con fuerza. Esa noche, Leo adquirió la primera cicatriz en su espalda. Una pequeña luna creciente en la punta de su omóplato izquierdo. No era a ella a quien quería matar, pero sabía que tendría que hacerlo. Y mientras el último aliento de la chica Grimm se grababa en su piel, mientras la niebla envolvía su espíritu y la tierra empapaba su alma, el ánimo de Leo se había disparado y su pecho se hinchó de orgullo.

En el eco de la muerte de la muchacha, en el aire cambiante, en la apertura momentánea del cielo y el infierno, Leo había sentido a su amigo: el sonido de su risa en los vientos, su sonrisa iluminada a la luz de la luna, su tacto transportado por la niebla.

Un momento después se había ido para siempre y Leo se quedó una vez más desamparado. Esa herida le causaba un dolor ardiente, que se fue agitando y avivando a medida que crecía, alimentaba el deseo de vengar a su amigo, de matar a todas las chicas Grimm que pudiera, con la esperanza de que un día pudiera detener el corazón del responsable de aquel dolor.

3:33 a. m., Goldie

Vuelvo a estar entre las rosas blancas. Pero esta noche soy una rosa. Soy todo. Mi pelo son las hojas blancas de los sauces; mis dedos, los tallos de las flores; mi aliento, el canto de los pájaros; mis lágrimas, las margaritas; mi corazón, el gato acechando en la hierba; mi espíritu, la brisa que lo atraviesa todo...

Hoy no creo simplemente que puedo mover todo en el jardín, *lo sé*. Con la misma facilidad con que respiro, con la misma facilidad con que levanto la mano. No hay dudas, ni intentos, ni esfuerzos.

Sí puedo.

Durante unos minutos, me concentro. Y, efectivamente, esta vez no tengo que esperar y rezar, intentar y fallar.

Ahora, con un solo movimiento de mis dedos, arranco una docena de margaritas del césped. Se levantan y revolotean pacientemente en el aire, esperando mi orden. Presiono el índice con el pulgar y las margaritas se reúnen en un círculo suspendido. Chasqueo los dedos y se enroscan lentamente hasta formar una aureola floral. Sonrío cuando la corona de margaritas se posa en mi cabeza.

—Te queda bien.

Ma está ante mí en la hierba, vestida de blanco. Por un momento pienso que es un fantasma; solía pensar lo mismo después de que naciera Teddy, las secuelas del parto le daban un aspecto etéreo, como si no estuviera segura de pertenecer a este mundo o al siguiente. Quizá por eso murió inexplicablemente joven.

—Gracias.

—Te encantaba hacer cadenas de margaritas cuando eras pequeña —dice—. Lo hacías durante horas. Nos sentábamos en el parque con Teddy y antes de la hora del té ya tenías pulseras, collares y cinco coronas de margaritas en la cabeza.

La miro.

—No recuerdo eso.

—De verdad. —Ma sonríe—. Me acuerdo de todo.

3:53 a. m., Goldie

Abro los ojos. Siento el calor de Leo a mis espaldas. Me he apartado de él mientras dormía. Me volteo hacia él.

—¿Ves?, tenía razón. Nunca duermes.

—Te estaba observando.

—Acabo de soñar con mi mamá. No recuerdo cuándo fue la última vez que lo hice.

Me parece ver una mirada de asombro en el rostro de Leo, y que sus ojos verdes se entrecierran por un segundo. Pero ocurre tan rápido y desaparece tan pronto que me pregunto si solo lo imaginé.

—¿Qué estaba haciendo? —pregunta Leo—. ¿Qué te dijo?

—Que de niña me encantaba hacer coronas de margaritas.

Arrastra sus largos dedos por su pelo desordenado.

—¿Nada más?

—Ma era una mujer de pocas palabras —digo.

Leo duda.

—¿Cómo crees que se sentiría ella respecto de...?

—¿Qué? —Leo dice la palabra en voz tan baja que no puedo oírla—. ¿Perdón? —Parece que le duele.

—A mí.

—¿A ti? —digo, aliviada—. Ella te amaría.

8:36 a. m., Scarlet

Cuando Walt entra en la cocina, Scarlet levanta la vista de la bolsa de harina que está tamizando. Está experimentando con panadería. Si la cafetería no puede sobrevivir como tal, cree que le irá mejor como panadería.

—Hay una fila de clientes ansiosos y expectantes ahí fuera. —Walt asiente en dirección al mostrador.

—¿De verdad? —se alegra Scarlet, mientras se limpia las manos llenas de harina en el delantal.

—Sí —dice—. ¿Te gustan las estanterías?

—Me encantan. El color es estupendo —dice, al dirigirse al mostrador. Aunque si él le hubiera preguntado de qué color eran, ella no habría podido decirlo. Ni siquiera recuerda si las pintó o no.

Una vez que el pequeño revuelo de clientes se ha calmado con café y pasteles, Scarlet se apresura a volver a la cocina para seguir examinando el libro de la masa madre y encuentra a Walt de pie junto a la barra.

—¿Cómo quedó el lavavajillas?

—Excelente. —Scarlet pasa la página—. Gracias.

—Entonces... —Él da una ligera patada contra el piso.

—¿Entonces...?

—Me preguntaba... Como ya arreglé el lavavajillas, puse algunas estanterías, cambié los empaques de la tarja... prácticamente agoté todas mis excusas... —Scarlet levanta la vista de su libro abierto, preguntándose si está intentando conseguir más trabajo—. Estaba, bueno, esperando que tal vez quisieras... salir alguna vez. —Walt toma un rápido respiro—. Para tomar algo, comer, lo que sea.

Scarlet lo mira.

—Eh...

—No importa, si… —Walt ofrece una sonrisa de autodesprecio—. Pensé que, tal vez... No hay nada malo en preguntar, ¿verdad? Excepto por la notable abolladura a mi ego.

—No, lo siento —dice Scarlet—. No quise sonar tan...

—¿Indiferente? —propone Walt—. ¿Desinteresada? Ligeramente… ¿aterrorizada?

Scarlet ríe.

—¿Así me veía? Lo siento. No, solo me sorprendió.

—Bueno, eso demuestra lo malo que soy leyendo señales —dice Walt—. Pensé que tal vez había percibido una... *frisson* entre tú y yo, algo así. —Se aleja de la barra. Está a medio camino de la cocina cuando se detiene y se gira—. ¿Esto es porque... tienes... ya estás saliendo con ese tipo sumamente guapo?

—¿Qué tipo sumamente guapo? —pregunta Scarlet—.

Sabe muy bien a quién se refiere, aunque apenas ha pensado en Ezekiel Wolfe desde aquella noche, cuando hizo todo lo que quería hacer con él... y más; y piensa que es un deplorable espécimen de la humanidad que espera no volver a ver.

—El que me ofrecí a asesinar —dice Walt—. La oferta sigue en pie, por cierto. Especialmente si sales con él.

—No digas... ¿qué te hace pensar que estamos saliendo?

—Puede que sea un desastre leyendo señales —dice Walt—. Pero hasta un ciego podría sentir la *frisson* entre ustedes dos.

Scarlet sonríe.

—Te gusta bastante esa palabra, ¿no?

—Memorizo palabras en francés para parecer sofisticado. —Señala con la cabeza el cinturón de constructor que lleva en la cintura—. En caso de que alguien piense que soy tonto porque no tengo un título o algo así.

—Yo tampoco.

—Cuando tengas mi edad, puede que tengas dos doctorados.

Scarlet ríe.

—No creo. ¿Cuántos años tienes?

—Veintiocho.

—Oh —dice Scarlet, realmente sorprendida—. Creía que eras más joven.

Walt sonríe.

—De mente sabia y rostro agradable.

—Sí, bueno, ciertamente no eres horrible.

Walt se mira las botas.

—¿Ciertamente no soy horrible? Dios, es un gran cumplido.

Scarlet ríe de nuevo.

—Lo siento, no quise decir eso.

Ella echa una mirada curiosa a Walt. Él, a diferencia de Ezekiel Wolfe, es claramente un espécimen de la humanidad muy bueno. Y, aunque no se siente en realidad atraída por él, cree que la bondad debe ser recompensada. Al fin y al cabo, cuando el deseo sexual se desvanece, una se queda con la esencia del hombre.

—Bueno, mira, ya estamos prácticamente en una cita, ¿no crees? No es un salto tan grande hacerlo oficial.

—Entonces no estás... con él...

—No —dice Scarlet—. Los tipos sumamente guapos no son mi tipo.

Walt sonríe.

—Gracias a Dios.

10:37 p. m., Liyana

Por fin, Liyana tiene una pista. Lo cual es una excelente noticia, ya que la entrevista que acaba de tener en Tesco fue un humillante fracaso. Ella tiene, según se ha visto, muy poco sentido común o, de hecho, ninguno en absoluto. Sin embargo, es obvio que estaban desesperados por conseguir personal, pues le habían ofrecido un turno de prueba el miércoles. Pero, aunque Liyana odia admitirlo,

Kumiko tenía razón: llenar estanterías la haría sentir miserable. Lo supo nada más recorrió los pasillos. Un falso matrimonio con Mazmo sería una forma infinitamente preferible de mantenerse en la escuela de arte y de mantener a su tía en Givenchy.

Y lo más importante: Liyana encontró el logotipo que coincide con el uniforme de su hermana. El escudo verde bordado con las letras FH en dorado. Ahora se sienta frente a su laptop para seguir buscando. Milagrosamente, no tarda en encontrar el lugar. Y, aún más milagrosamente, el Hotel Fitzwilliam está en Cambridge. Liyana solo tiene que tomar un tren, lo que hará mañana a primera hora. Pero ¿qué le dirá a la chica cuando la conozca? Esta chica de pelo rubio y ojos azules que no podría parecerse menos a ella. Esta chica que es tan pálida como Liyana es oscura, tan pobre como Liyana alguna vez fue rica. Y aunque la chica no parece una racista desquiciada, ¿cómo saberlo, si no tiene tatuajes visibles que la marquen como una supremacista blanca? E incluso si la chica es perfectamente encantadora, ¿cómo demonios la convencerá Liyana de que son hermanas?

Si Liyana le menciona el sueño, su hermana-espejo seguramente pensará que está loca. Podría llamar a la policía o a un centro psiquiátrico. Por lo tanto, debe ir con cuidado, debe adoptar una actitud sutil. Empezará con una pequeña charla inocua y seguirá a partir de ahí…

Cierra su laptop para consultar el tarot en busca de respuestas. Baraja, luego saca cinco cartas y las coloca sobre su escritorio, sus imágenes e historias se entrelazan para contar una historia única. El Dos de Bastos: un extravagante tamborilero con bigotes giratorios y alas que brotan de su sombrero marcha junto a dos pavorreales blancos que blanden varitas en sus picos. El Siete de Copas: una mujer glamurosa con plumas rizadas en el pelo camina entre la bruma, mientras contempla con expresión soñadora las copas flotantes que se le ofrecen. El Loco: una muchacha de pelo púrpura, con una gola y vestida como un gallardo paje, se pasea hacia el borde de un acantilado sin darse cuenta, mientras brillantes pájaros decoran el cielo sobre su cabeza. El Cinco de Bastos: cuatro criaturas aladas, de dientes afilados y largos picos, con colas serpenteantes, chocan sus varitas como espadas en la batalla. Una quinta varita de filigrana se eleva entre ellas. La Rueda de la Fortuna: la rueda del zodiaco gira entre las estrellas, flanqueada por una sirena, un águila, un toro y un gato. Dos serpientes entrelazadas emergen del suelo, mientras los duendecillos y las libélulas bailan entre las flores.

Liyana se ve a sí misma en el cuento, su viaje encarnado en el Dos de Bastos: ser audaz, vivir al máximo, caminar al ritmo de su propio tambor. Pero también El Loco: optimista, impulsiva, inexperta. El Siete de Copas no es un buen presagio, sugiere que está atrapada en ilusiones. Pero lo peor es el Cinco de Bastos, que promete discordia, conflicto y lucha. Sin embargo, la Rueda de la Fortuna, con su posibilidad de buena suerte, le da motivos para renovar sus esperanzas.

11:35 a. m., Bea

Bea se despierta enredada en las sábanas del hotel, que estarían tersas y frescas de no ser por el sudor que las empapó la noche anterior. Hace un ligero gesto de incomodidad cuando vuelve a recordar los detalles. Las cosas que él hizo. Las cosas que *ella* hizo. Oh, Dios. Bea no sabía que era capaz de hacer esas cosas, ni emocional ni físicamente. Desde luego, no esperaba que Vali lo fuera. Lo peor de todo es que lo volvería a hacer sin dudarlo. No sabe qué tiene este tipo regordete y con barba, pero le provoca hacer cosas perversas y deliciosas.

Voltea hacia él, que sigue durmiendo. Quiere agacharse y besarlo, tiernamente, en la mejilla, pero se contiene.

—Despierta, Romeo.

Vali no se mueve, aunque Bea cree oír un suave ronquido.

—Muy bien, holgazán, entonces voy a hacer uso de las instalaciones elegantes. Me temo que gastaré todo el jabón, en un vano intento de limpiar mi cuerpo y el alma.

Mira a su lado, esperando que él responda a este comentario con una réplica como «No hay suficiente jabón en este hotel para conseguirlo», o algo así. Pero se queda callado. Bea suspira. Se acabó el abrazo matutino. Lo cual está bien, se dice a sí misma, porque no le gustan los abrazos en ningún momento del día.

Se desliza fuera de la cama y arrastra los pies hasta el cuarto de baño. Le encantan los baños de los hoteles. Este tiene dos lavabos de mármol, la enorme bañera tiene llaves doradas y su base termina en forma de garras. Mientras Bea observa el agua que cae de las llaves doradas como cascadas en miniatura, se pregunta cómo debe ser vivir así. Estar rodeada de lujo, sin preocuparte de cómo vas a pagar las facturas o las hipotecas, o toda esa mierda de mediana edad de la que habla el doctor Finch cada vez que no están teniendo sexo. Al menos su mamá nunca...

«¡Mierda!».

Se levanta de un salto para cerrar las llaves. Se había olvidado por completo de Cleo y de su cita para comer en la calle Trinidad. «¡Mierda!». Bea abandona la bañera de garras doradas y los dos lavabos de mármol, y casi se resbala y se golpea la cabeza contra el reluciente piso al salir a toda prisa del baño y entrar en el dormitorio para empezar a buscar su ropa.

—Tengo que irme —le dice a Vali—. He quedado con mamá para comer. —Se pone los jeans—. Y no, no puedes venir. —Se mete debajo de la cama para recuperar su camisa—. Y no es por ti. Es... Te lo explicaré más tarde... ¿Nos vemos esta noche en la cafetería?

Vali sigue sin decir nada. El hombre podría dormir durante un terremoto. Bea se pone los zapatos. ¿Dónde está su sostén?

—Quiero decir, anoche fue increíble, no me malinterpretes. —Bea mira la habitación—. Y Dios sabe... —Revisa las sábanas enredadas, se mete debajo de la cama y vuelve al baño—. Bueno, tal vez podríamos hacerlo de nuevo, pero tendríamos que... ¿Dónde está mi maldito brasier? —Bea está a punto de dejarlo definitivamente, cuando se da cuenta de que hay un lugar en el que no ha buscado. En tres pasos está de pie sobre él.

—Bien, Romeo, levántate —ordena Bea—. Necesito que me devuelvas mi brasier. Y supongo que lo tienes escondido en algún lugar.

Vali no se mueve.

—Vamos, flojo. Solo siéntate, yo haré el resto.

Cuando Vali sigue sin moverse, sin reaccionar, Bea se agacha para sacudirlo. Le alza la mano. «¡Mierda!».

—¿Val? —Las yemas de los dedos de Bea sienten el frío pegajoso de la piel de Vali—. ¿Estás bromeando?

Espera. No hay respuesta. No cabe duda de que incluso alguien tan oscuro y dañado como Vali no haría una broma como esta.

—Por favor. Por favor, Val, por favor dime que esto es un juego enfermizo y retorcido.

Pero no lo es. Y ella lo sabe. Cuando Bea se arrodilla junto a él, ya no le queda duda. Vali no se mueve. No respira. No está vivo. Está... no se atreve a usar la palabra.

Bea se levanta de nuevo. ¿Qué puede hacer ahora? ¿Llamar a un médico? Demasiado tarde. ¿Una ambulancia? Lo mismo. ¿A un forense, una funeraria, o a la policía?

Bea retrocede, y de pronto desea estar en cualquier otro lugar que no sea este.

«¡Mierda!».

Entierra la cara en las palmas de las manos. Quiere llorar, gritar, sollozar. Pero no puede. Tiene que aguantar. No debe derrumbarse ahora o estará en serios problemas. Porque de alguna manera, Bea sabe que ella es responsable de esto. Su mamá tiene razón. Ella es mala. Y tiene que salir de aquí sin llamar a nadie.

Ahora. Gracias a Dios que usó un nombre falso para reservar la habitación. Pero ¿el brasier?

Bea aprieta los ojos.

«¡Mierda! ¡Mierda! ¡Mierda!».

Cuando los abre de nuevo, una repentina oleada de buena suerte, el batir de las alas de su ángel de la guarda, dirige la mirada de Bea hacia el pie expuesto de Vali y el tirante rojo oscuro del brasier, que cuelga de su dedo gordo. Un toque extrañamente cómico en una situación por lo demás trágica y, a su pesar, Bea sonríe.

Tarda más de lo que debería en extraer el brasier, ya que, al principio, intenta hacerlo sin tocar el pie de Vali. Ella todavía resiente el escalofrío desde el hombro hasta las yemas de los dedos y se resiste a sentirlo otra vez. Pero, tras mucho tanteo, se rinde ante el hecho de que tendrá que tocar el cuerpo. Contiene la respiración, se muerde el labio, sujeta el frío pie muerto con una mano, su brasier con la otra, y jala. La mirada de Bea se fija en los peludos dedos de los pies de Vali y, por alguna razón, eso la hace llorar. El sostén tarda un minuto más en arrancarse de mala gana y Bea no puede evitar tambalearse hacia atrás, después lo aprieta contra su pecho.

Está a punto de correr, pero algo la impulsa a acercarse a la cabecera para despedirse. «No es *tan* feo», piensa Bea. Hay algo encantador en él, es casi guapo. Se inclina para desearle a Vali un buen viaje al más allá. Quiere decir algo, algo adecuado, conmovedor y profundo, pero no se le ocurre nada. En lugar de ello, coloca su mano izquierda sobre el corazón de él, con suavidad.

—Adiós, Val.

Cuando su cálida mano se encuentra con la fría piel de él, un chasquido de electricidad la atraviesa y la arroja de la cama y contra la pared. El dolor le sube por la espalda y se desvanece lentamente. Deja escapar un largo gemido. Cuando mira hacia abajo, nota una cicatriz en su mano izquierda: fina, roja y que serpentea desde el dedo índice hasta la muñeca. «¿Qué demonios?». La recorre con el pulgar, suavemente. Es curioso: aunque está caliente al tacto, no le duele. Por un momento, se pierde en la conmoción de la marca y en el asombro por el deslumbrante e inesperado poder que la creó. Por un momento, se olvida de Vali.

Cierra los ojos y coloca la palma de su mano marcada por la cicatriz sobre su rostro. En la oscuridad aparece un recuerdo y luego otro. Ella está sentada a horcajadas sobre Vali mientras él sonríe en un éxtasis preorgásmico, gimiendo mientras ella presiona sus manos contra el pecho de él. El latido de su corazón se acelera, cada vez más fuerte, cada vez más rápido. Ella lo aprieta con ímpetu; él jadea. Tiene fuerza y quiere disfrutarla. ¿Qué hay de malo en ello? Bea aprieta y suelta, Vali jadea y gime. Lo está disfrutando tanto como ella. Ella no se da cuenta, no al instante, cuando su mano se siente caliente y húmeda y pesada, como si estuviera sosteniendo el corazón de él, palpitando en sus manos. Y de pronto ella siente más poder de lo que jamás imaginó posible. La energía la recorre como la electricidad.

Bea grita. Las pulsaciones se detienen. El jadeo se detiene. Ella abre los ojos para ver la forma de Vali todavía postrada bajo la sábana, su cadera jalando el algodón, dos dedos de los pies peludos todavía expuestos. La conmoción y el asombro, el arrepentimiento y la pérdida se unen para desgarrar lo que ella creía que era real y verdadero, y lo hacen pedazos. Bea se sienta en medio de la destrucción, todavía desesperada por recomponerla, y empieza a llorar. Al principio, las lágrimas resbalan por sus mejillas; luego, de repente, una ráfaga de dolor se apodera de ella y llegan grandes sollozos que la estremecen, una y otra vez.

1:33 p. m., Goldie

Llego al hotel y hay dos ambulancias estacionadas afuera. Lo primero que pienso es en Leo. ¿Le habrá pasado algo? Seguro que no. Eso es ridículo. Leo es invencible. Uno de los huéspedes debe haberse atragantado con su desayuno inglés sobrevalorado, o un idiota con sobrepeso y privilegios ha sufrido un ataque al corazón. Ocurrió una vez en el Fitz mientras trabajaba ahí.

Subo los escalones de dos en dos y me tropiezo al llegar al vestíbulo. Me empujan los paramédicos que pasan sacando una camilla que sostiene un cuerpo; no puedo verle la cara porque está cubierto por una sábana blanca, una de las sábanas del hotel, un sudario. Él, ya que el cuerpo parece demasiado largo y voluminoso para ser una mujer, debe haber muerto mientras dormía. Sí, seguro fue un infarto. Mientras avanzo pienso en mamá, en encontrarla muerta y fría en su cama.

Entonces veo a la chica que está a su lado: bajita, delgada, con el pelo y la piel color café nuez. Es hermosa, de una forma llamativa que regularmente solo se ve en el escenario o en la pantalla, no en la vida real. Me pregunto si la he visto antes, en televisión. ¿Es una especie de celebridad? Debe serlo, porque estoy segura de que la conozco, pero no recuerdo su nombre. Aun así, curiosamente, no me parece una extraña. Me siento atraída por ella. Quiero decirle algo, aunque imagino que a los famosos no les gusta que los molesten las camareras. Pero no es por eso que no la detengo; es porque parece demasiado agitada y asustada. Entonces veo por qué: ama al hombre bajo la sábana blanca y lo ha perdido.

11:57 p. m., Bea

En algún momento, después de levantarse del suelo, Bea debió llamar a la ambulancia, porque esta llegó con las sirenas sonando y las luces parpadeando, e interrumpió el silencio de la habitación. Los paramédicos intentaron reanimarlo, pero no lo consiguieron. El hospital. La policía. Las preguntas, respetuosas pero irreflexivas. Las imágenes, horribles e insistentes. Y el recuerdo de todo ello no es piadosamente borroso. Cada momento: la sábana sobre la cara de Vali, las voces insistentes para romper su silencio, los desconocidos dirigiéndola de un lugar a otro, está grabado en la mente de Bea tan vívidamente como la cicatriz de su mano. Y cuando todos los pensamientos desaparecen de su cabeza, perdura el insistente estribillo: «¿Qué he hecho?, ¿qué he hecho?, ¿qué he hecho?».

20 de octubre
12 días...

9:45 a. m., Liyana
El tren llegará a la estación de Cambridge en cuarenta y cinco minutos. «Cuarenta y cinco minutos». Liyana está sentada en un asiento que se tambalea y contempla si debe cambiarse a otro, cuando suena su teléfono.

Es su tía. Le contesta.

—Hola, *Nɔḍi*. ¿Cómo va todo?

—¿Dónde diablos estás?

—Buenos días a ti también —dice Liyana, luchando contra el impulso de colgar y así evitar que su conversación, que a todas luces será desagradable, sea escuchada en vivo y en directo por el caballero que se sienta a su lado.

—¿Buenos días? —dice su tía—. ¿Buenos días? Lo serían si estuvieras aquí, como prometiste.

Liyana tose dos veces seguidas.

—Estoy… —Baja la voz a un susurro ronco y nasal—. Quería llamarte, pero… —Tose de nuevo—. Me sentía demasiado... débil para tomar el teléfono.

Silencio. Liyana siente las vibraciones de la sospecha a través de la llamada.

—Hasta hace cinco segundos no sonabas ni remotamente enferma —dice la tía Nya.

—Pero lo estoy. Tan, tan enferma... —Liyana estalla en otro ataque de tos.

Sus compañeros en el tren se mueven cohibidos, se distancian tanto del rocío de gérmenes como de cualquier indicio de racismo. Es entonces cuando el locutor del tren decide informarles que pronto entrarán en Finsbury Park.

—¿Estás en un tren?

—Por supuesto que no —dice Liyana, intentando hablar con un tono entre el riesgo de muerte y la negación vehemente—. No, no. Kumiko dejó la radio encendida. —Liyana carraspea de nuevo—. Estoy demasiado débil para levantarme y apagarla.

—¿Ah, sí? —responde su tía—. Díselo a Mazmo, que está sentado en la mesa de la cocina esperando a que te unas a nosotros para desayunar.

Liyana maldice para sus adentros.

—Mierda, lo siento, *Nɔḍi*, lo olvidé totalmente. Y yo... Kumiko y yo decidimos hacer un rápido viaje improvisado a Cambridge.

—¿Cambridge? —Su tía suena incrédula—. ¿Para qué?

—Para, eh, ver el King's College.

—¿King's College?

—Bueno, Kumiko nunca lo ha visto, así que...

—Está bien, está bien —dice su tía con un suspiro de cansancio—. Basta de excusas. Llama a Mazmo y discúlpate, ¿quieres?

—Sí, por supuesto —dice Liyana—. En cuanto regrese.

—Ahora.

Liyana suspira.

—Muy bien, claro. Le llamaré ahora mismo.

—Bien —dice la tía Nya y cuelga.

11:16 a. m., Liyana

Liyana está frente a la entrada del Hotel Fitzwilliam practicando lo que va a decir. Los árboles en miniatura flanquean la escalinata de piedra. Las grandes puertas de roble, con cabezas de león doradas colgando en el centro, permanecen cerradas. Por encima de la cabeza de Liyana, un toldo de terciopelo verde intenso con la leyenda «Hotel Fitzwilliam» en elaboradas letras doradas, ondea con la brisa.

Cada vez que llega al final de la primera frase, las palabras se borran de nuevo. Estuvo practicando en el tren y las pronunciaba a la perfección, incluso el caballero que estaba a su lado se desplazó subrepticiamente al otro lado del vagón. Y ahora no puede recordar nada además de esa única línea.

Finalmente, Liyana respira profundo y convoca el espíritu de BlackBird. «Sé valiente, sé audaz». Sube los escalones de piedra y atraviesa las pesadas puertas de roble. En el reluciente vestíbulo, Liyana eriza las plumas, recoge sus alas y avanza hacia la recepción.

Detrás del mostrador hay una mujer llamativa, con el pelo rubio brillante y los labios de un rojo intenso, que tararea para sí misma. De inmediato reconoce la melodía. Los Beatles. *Blackbird.* Y, de repente, vuelve. Esa era la canción que su madre solía cantar.

Se queda de pie unos instantes, cantando la letra en silencio para sí misma, pensando en su madre. «Exhala. Todo saldrá bien. Todo saldrá bien».

—Buenos días —dice la mujer cuando Liyana entra en su campo de visión—. Bienvenida al Hotel Fitzwilliam. —Liyana vacila—. ¿En qué puedo ayudarle?

—Yo, eh, estoy buscando... —Se esfuerza en recordar su guion—… A mi hermana. Ella trabaja aquí.

La mujer (Cassie, según su placa) la mira con escepticismo.

—¿Y cómo se llama tu hermana?

—Yo... bueno, hace tiempo que no nos vemos y...

Cassie espera a que termine su frase. Liyana intenta sonreír con seguridad. ¿Qué pasó con la valentía y el coraje? ¿A dónde fue a parar su determinación? La sospecha empieza a desvanecer la sonrisa de Cassie.

—Entonces, ¿cómo se llama tu hermana?

—Bueno, sí, yo...

Los dedos de Cassie se ciernen sobre el teclado de la computadora.

—¿Cómo te llamas?

«Miente. Miente. Miente».

—Eh… Ana, Liyana.

Cassie empieza a dar golpecitos con los dedos, impaciente.

—¿Li-ya-na qué?

—Oh, sí, lo siento... Chiweshe.

—Me temo que estás equivocada —dice Cassie, después de consultar la computadora—. No tenemos ninguna empleada con el apellido Chi-we-she.

—Ah, bueno, pero ella... —Liyana se queda pensando hasta que finalmente le llega la inspiración—: No tiene mi apellido. Somos medias hermanas. Diferentes madres, diferentes apellidos... Es muy bonita, rizos rubios, ojos azules...

Ante esta descripción, el reconocimiento ilumina los ojos de la recepcionista y Liyana sabe que ha llegado al lugar adecuado.

—¿Y aun así no sabes su nombre de pila? —La sonrisa de Cassie se afina, sus labios se tensan. Tiene una expresión reseca, como si necesitara beber un largo trago de agua—. Eso me indica que no debería darte sus datos, sino invitarte a irte.

—No. —Liyana frunce el ceño. Se pregunta, no, no se lo pregunta, lo sabe: si ella fuera blanca y su hermana negra, esta conversación se desarrollaría de forma diferente—. Por favor —dice, odiándose a sí misma por suplicar—. Por favor, es que no nos conocemos.

Cassie entrecierra los ojos.

—¿No se conocen? Entonces, ¿por qué estás tan segura de que trabaja aquí? —Se desplaza en dirección al teléfono—. ¿Has estado siguiéndola...?

—¡No! —interrumpe Liyana—. No, claro que no. Yo, yo... La vi en mi...

Cassie toma el teléfono.

—Lo siento, señorita Chi-we-she, pero o se va ahora mismo o llamo a la policía.

Liyana sacude la cabeza con los ojos llenos de lágrimas y se aleja de la recepción. Abre de un empujón las antiguas puertas de roble, con la vista tan nublada que tropieza y cae por los escalones de piedra.

5:15 p. m., Liyana

Después de dejar transcurrir la tarde vagando sin rumbo por la ciudad, de haber pasado por el Saint Catherine's College, luego por el King's y el Gonville & Caius, con la sensación de que las ventanas enrejadas la observaban, brillando, guiñando a modo de burla, diciéndole que no encontraría a su hermana en esta ciudad ni aunque la buscara durante mil años, Liyana sube ahora la escalera de la torre medieval del Great Saint Mary, resoplando y avanzando con dificultad por los ciento veintitrés escalones antes de salir a tropezones en medio de la lluvia fina, ya que el tiempo cambió de sol a nubes mientras subía la escalera. Esto hizo que el viaje valiera la pena, pues la ciudad estaba resplandeciente bajo la lluvia.

Debajo de ella, Cambridge parecía surgir del agua como la Atlántida: calles que se arremolinaban y brillaban como ríos, banderas ondulantes enganchadas como algas en las cimas de torres brillantes, algunas otras torres con agujas de filigrana, gárgolas bruñidas y puertas de hierro forjado relucientes, céspedes lustrosos que se extendían como algas en el fondo del mar. Liyana se imaginó a su hermana como una sirena que se desplazaba sin ser vista entre los edificios sumergidos y se subió a la torre con la esperanza de vislumbrarla, hasta que se empapó por completo.

Después de agotar todos los esfuerzos, volvió a la calle, se desplomó en un banco con vista a los pilares de la entrada del Museo Fitzwilliam, justo pasando el hotel.

Una hora más tarde, cuando estaba intentando decidir si volver directamente a casa, a Londres, o buscar un lugar para comer primero, Liyana ve a Cassie caminando hacia ella. Se levanta, dispuesta a huir en dirección contraria por si la policía viene detrás. Pero al ver la expresión de Cassie, se contiene.

—Me alegra que no hayas llegado lejos —dice Cassie—. Hace demasiado frío para buscar en las calles.

Liyana se sienta.

—Lo siento —dice Cassie— por lo de antes. No sabía quién eras. Podrías haber sido una especie de acosadora.

—Y... ¿por qué ahora crees que no lo soy?

—Mi jefe ha estado despotricando contra Goldie: pelo largo y rubio, grandes ojos azules... Hermosa, ¿verdad?

Liyana asiente, sabiendo, aunque no puede explicar cómo, que Goldie es su hermana.

—Sí.

—Entonces sé que está en problemas. Se fue hace dos semanas sin decir nada. Ninguno de nosotros sabe qué pasó y pensé que tal vez tú podrías... —Cassie mira a Liyana de forma apreciativa—. Pero no lo sé, ¿cómo es que eres...?

—¿Negra?

—Bueno, sí —dice Cassie, incómoda—. Es decir: no quiero ser... Antes, no estaba siendo...

«Sí, lo fuiste», piensa Liyana. Pero necesita mantener a esta chica de su lado hasta que consiga la importantísima dirección.

—No pasa nada. —Liyana le dedica a Cassie una sonrisa irónica—. Diferente madre, diferente color.

—Ah, claro. Bueno, de todos modos no sé qué pasó, por qué se fue tan repentinamente, pero... estuve pensando en ti y tengo la sensación de que tal vez puedas ayudarla.

Liyana frunce el ceño.

—¿En serio?

—A veces tengo estos presentimientos... —Se encoge de hombros—. Intuición, supongo.

Liyana sonríe.

—Yo también.

—Bueno, eso es genial. —Cassie rebusca en su bolso, saca un papel doblado y se lo entrega a Liyana—. Es su dirección. Le dio a mi jefe una falsa, está furioso. No sé por qué me la dio, ya que nunca me invitó a visitarla, pero... —Cassie vuelve a mirar a Liyana—... supongo que tú puedes hacerlo. Y bueno... Envíale mi cariño cuando la veas. Dile que todos la echamos de menos, especialmente Jake. Sé que no puede visitarnos, pero dile que se cuide, ¿sí?

Liyana asiente.

8:35 p. m., Liyana y Goldie

Si Liyana sintió que se demoró demasiado afuera del Hotel Fitzwilliam, no fue nada comparado con el tiempo que lleva en el pasillo del departamento de Goldie, después de acceder al edificio colándose detrás de otro visitante. Ahora se pasea, de un lado a otro, apoyando de vez en cuando su oído contra la puerta de Goldie. Solo cuando Liyana se da cuenta de lo tarde que se hace, interrumpe sus paseos.

Mientras imagina cómo BlackBird abordaría la situación (derribando la puerta a patadas con sus botas de acero), ella da un golpe tímido. Goldie abre, pero deja puesta la cadena en la puerta.

—¿Qué quieres?

—Yo, yo... —Liyana extiende su mano—. Soy Liyana Miriro Chiweshe. Pero, eh, llámame Ana. Yo...

—No pedí tu acta de nacimiento —dice Goldie—. Pregunté por qué estás aquí.

Liyana traga saliva.

—Soy... Bueno... Cassie, la recepcionista del Hotel Fitzwilliam, ¿sabes?, me dio tu dirección. Me dijo que te enviara saludos, con cariño. Me dijo que te dijera que te cuidaras. Dice que también Jake te echa de menos.

Una mirada culpable pasa por el rostro de Goldie.

—¿Cómo conoces a Cassie?

Liyana desearía tener una historia mejor que la verdad, pero no la tiene.

—La conocí hoy. Le dije... Le dije que era tu hermana.

La cadena se desliza por la cerradura y la puerta se abre un centímetro. Goldie asoma la nariz. El ánimo de Liyana se levanta, con optimismo. Luego, al ver el brillo del gran cuchillo de cocina en las manos de Goldie, vuelve a caer.

—No tengo hermana. Además —dice Goldie, con una ceja levantada, mientras observa el color de la piel de Liyana y el movimiento de su pelo—, no te pareces en nada a mí.

Y, sin embargo, a pesar de las palabras de Goldie, Liyana ve reflejado en esos ojos azules su propio destello de reconocimiento, su propio despertar de memoria, la sensación de recobrar el recuerdo de algo perdido desde hace mucho tiempo. Su hermana la conoce, aunque no sabe cómo.

—Por favor, dame la oportunidad de explicarte. Si no me crees, puedes echarme y no volveré a molestarte, lo prometo. Por favor.

Goldie escudriña a Liyana con detenimiento. Luego, quizá considerando que es ella la que empuña un enorme cuchillo de cocina, abre la puerta.

9:59 p. m., Goldie y Liyana

—¿Cómo me encontraste?

Liyana parece confundida.

—Fui al hotel, Cassie...

Sacudo la cabeza.

—No, quiero decir: ¿cómo sabías que tenías que buscarme?

—Ah, claro. Por supuesto, sí... —Liyana hace una pausa—. Bueno, primero yo... Bueno, como que escuché tu voz en mi cabeza. Desde luego, no sabía que eras tú en ese momento.

—¿Qué te dije?

Liyana sonríe.

—Que ibas a matar a Cassie.

Sonrío.

—Eso suena bien.

—Y le preguntaste a tu abuela qué hacer. Luego llamaste a alguien hámster estreñido y...

—¿Un qué? —Frunzo el ceño—. Yo no tengo abuela.

Liyana imita mi expresión.

—Sí, me pareció extraño. ¿Conoces a alguien llamado Ezekiel?

—No.

—Entonces debió ser otra persona, supongo. —Liyana está pensativa—. De todos modos, soñé contigo, estabas en el hotel y...

—¿Soñaste conmigo? —digo, aunque, curiosamente, no me sorprende.

Liyana se relaja.

—¿Crees que estoy delirando?

—No lo sé. —Me encojo de hombros—. Puede que sí. Pero sé que no estás mintiendo.

—Gracias —dice Liyana, como si estuviera totalmente acostumbrada a que la gente piense que está delirando—. De todos modos, tuve esa extraña sensación de seguridad que se tiene en los sueños, ¿la conoces? Cuando no hay que explicar nada, simplemente lo sabes. Y en el sueño supe que eras mi hermana. Lo seguía sabiendo cuando me desperté. Eso fue lo raro, supongo...

—Todo esto es raro —le respondo.

—Sí, supongo —admite Liyana. Mira el piso y luego vuelve a mirarme a mí—. ¿Por qué me crees?

—No lo sé. Estoy segura de que no nos conocemos, pero... siento que te conozco.

Liyana asiente.

—Yo también.

Justo en ese momento, los ronquidos de Teddy flotan por la sala. Liyana se sobresalta.

—¿Qué es eso?

—Está bien, es mi hermano.

—¿Dónde?

Señalo con la cabeza el biombo de seda azul que oculta su cama en la esquina de la habitación.

—Duerme ahí. Está... —De repente quiero enseñarle a mi hermano dormido a mi posible hermana. Me pongo de pie—. Ven a ver sus fotos. —Cruzo la estancia y le hago un gesto a Liyana para que me siga. Aparto uno de los paneles del biombo y descubro a Teddy y todos los cuadros, sus magníficos diseños artísticos, pegados en las paredes alrededor de su cama.

Se queda mirando, claramente impresionada por el innegable esplendor de Teddy. Siento un profundo e inesperado afecto por los dos.

—Son... increíbles —susurra—. Pero ¿cuántos años tiene?

—Nueve —digo, no sin orgullo—. Casi diez.

—Y dibuja mejor que yo —dice Liyana—. Qué deprimente.

—¿Dibujas?

—Solo cómics. Y… bueno, solo los hago para entretenerme. Iba a ir a la… —Se inclina hacia un dibujo de un vestido de los años cincuenta. Teddy se mueve en sueños, murmurando. Doy un paso atrás, para que Liyana haga lo mismo, y cierro el biombo. Cruzo la alfombra, evitando aquel lugar, y vuelvo al sofá. Liyana me sigue, pisando aquel lugar, y se sienta a mi lado.

—¿Entonces viven solos, tu hermano y tú?

Asiento con la cabeza.

—Ma murió cuando yo tenía catorce años.

Ella frunce el ceño. Dios mío, es hermosa incluso con el ceño fruncido. Intento pensar en cómo la describiría en mi cuaderno. Su piel es tan suave y oscura, como... el brillo del ala de un mirlo. Sus ojos negros y brillantes como... pero no, ahora mismo me parece que no tiene comparación con la naturaleza. Siento un repentino deseo de despojarme de mi palidez anémica y mis rasgos poco marcados para parecerme a ella.

—¿Cuántos años tienes? —pregunta.

—Diecisiete —le digo—. Cumplo dieciocho en dos semanas.

—¿Sí? Yo también, en Halloween.

Ahora estoy sorprendida.

—También ese día es mi cumpleaños.

—Vaya —dice Liyana—. Qué extraño.

—Todo esto es bastante extraño —le respondo—. ¿No crees?

—Sí. —Sonríe—. Pero también es increíble.

10:39 p. m., Goldie

Es una locura. Una locura absoluta. Y, sin embargo, lo estoy haciendo. Liyana se quedó dormida en el sofá y yo estoy sentada en la alfombra, con las piernas cruzadas y una rosa a mis pies. Una rosa que robé impulsivamente de un puesto en el mercado ayer por la tarde.

Miro fijamente la rosa, tratando de convocar algo (no tengo ni idea de qué) dentro de mí. Bueno, sí, estoy tratando de mover la maldita cosa.

Después de diez minutos de intensa concentración, de intentar convocar algún tipo de fuerza mágica, de intentar recrear mis sueños recurrentes, no he conseguido absolutamente nada. La rosa sigue siendo una rosa y no se ha movido ni un poco.

«Mierda, mierda, mierda».

Dejo caer las manos, como hace Teddy cuando está frustrado con una ilustración que no funciona. Lo cual es apropiado, ya que solo un niño podría creer que puede hacer que sus sueños se manifiesten. ¿Qué será lo próximo que intentaré? ¿Saltar desde lo alto del edificio para ver si puedo volar?

«Estúpida, estúpida, estúpida».

Fulmino la rosa con la mirada y la tomo. Arranco los pétalos uno a uno, maldiciendo cada vez que rasgo su terciopelo. Luego me levanto, me dirijo a la cocina y tiro todo el desorden a la basura.

Algo más que no le diré a Liyana cuando se despierte.

11:11 p. m., Goldie

Me recuesto en el sofá, cubro mis piernas con una manta y me preparo para dormir, cuando Liyana se despierta. Se retuerce y bosteza.

Me giro para mirarla.

—Siento haberte despertado.

Liyana me mira, ligeramente sorprendida.

—Yo... estaba soñando contigo.

Sonrío.

—¿Sí? ¿Qué estaba haciendo?

Liyana frunce el ceño.

—Estábamos juntas en un bosque, pero era diferente, no puedo explicarlo... Encantado, quizá. Estabas frente a un árbol y hacías que las enredaderas de hiedra se desprendieran del tronco y alcanzaran las ramas...

—¿Era yo? ¿De verdad?

Liyana asiente.

—... y yo suspendía las gotas de lluvia en el aire y las hacía flotar hacia las nubes.

—Es un gran sueño. Me gustaría tenerlo...

—Sí —interrumpe Liyana—, pero la cosa es que no creo...

—¿Qué?

Se encoge de hombros.

—No creo que haya sido solo un sueño. Creo que ocurrió. Creo que es un recuerdo.

—¿De verdad? —Ahora frunzo el ceño—. Pero cómo... Si lo fuera, entonces yo también lo recordaría, ¿no crees?

Pero Liyana ya está negando con la cabeza.

—No. Bueno, no necesariamente, quiero decir. No era reciente. Éramos más jóvenes, solo niñas, y yo no recuerdo casi nada de cuando era niña, ¿y tú?

«Nada que te vaya a contar», pienso.

—No. No mucho.

—Yo tampoco —dice Liyana—. Pero fue tan real que yo, yo...

Estoy a punto de hablarle de mis propios sueños, de la flor. Dudo. Me tiende la mano y, cuando nuestras manos se tocan, encuentro la mirada de Liyana y creo, de repente e inexplicablemente, que tiene razón. Es la razón por la que la reconocí cuando llamó a mi puerta. Y entonces sé, aunque no puedo explicar cómo, que nos hemos encontrado no solo una vez, sino muchas veces antes.

11:28 p. m., Leo

Solo en su habitación en Saint John's, Leo intenta concentrarse en algo, cualquier cosa que no sea pensar en Goldie. Sin embargo, sus libros de Derecho no son lo suficientemente entretenidos para conseguirlo. Y lo más frustrante: incluso el deseo de entrenar lo ha abandonado esta noche. Dado que sus sentimientos por ella están debilitando su corazón, tendrá que fortalecerse en compensación, para que, cuando llegue el momento, aunque no tenga la voluntad de matarla, la memoria muscular se encargue de hacerlo por él.

Leo va de un lado a otro. Debería salir a correr. Levantar pesas. Ir al gimnasio. Pero, por muy agresivos que sean sus métodos de persuasión, por muy inventivos que sean sus insultos personales o por muy elaboradas que sean sus maldiciones, sigue sin poder obligarse a salir de su habitación. La verdad es que, aunque esté demasiado molesto para admitirlo, el único lugar en el que quiere estar ahora mismo es en la cama con Goldie y lo único que quiere hacer es lo que ella quiera.

Pero la realidad, la tragedia, es que si él no lucha contra Goldie, lo hará otro soldado. Así que ella necesita saber. Necesita ir a Everwhere antes de que la luna esté en cuarto menguante. Necesita entrenar, practicar, perfeccionar sus habilidades hasta que sea fuerte, tan fuerte como el mejor soldado. Después de eso, solo puede esperar que Goldie elija la oscuridad. Porque ella no podría vencer a su padre, no importa lo poderosa que sea. Ella nunca lo matará. Es imposible. Las hermanas anteriores lo han intentado y todas han fracasado.

Leo mira su teléfono, en el escritorio sobre sus libros de Derecho. Podría llamarla. Podría preguntarle qué está haciendo, invitarse a sí mismo a visitarla. Deja de pasearse, se acerca y toma el teléfono. Encuentra su número y lo contempla.

—Mierda.

Vuelve a dejar el teléfono. Luego apila los libros uno sobre otro. Y reanuda su deambular.

11:59 p. m., Scarlet

Cuando entra en la cocina, Scarlet se encuentra con una imagen que, tras un momento de inmovilidad, la hace llorar al instante. El techo. El mundo ha girado demasiado rápido, se ha inclinado por completo sobre su eje y ha volcado el pequeño café, hasta hacer que el techo se estrelle contra el suelo.

Con las mejillas mojadas, Scarlet mira fijamente el espacio donde, hace solo dos días, una grieta cruzaba el techo.

Ahora está abierto, y al abrirse dejó un gran agujero.

Hace poco menos de una década

Everwhere

Piensas en Everwhere. Te preguntas si alguna vez volverás. Te gustaría, pero, al menos por ahora, la nostalgia se ve superada por el miedo.

Tratas de olvidar, pero cada vez que pasas por una puerta especialmente ornamentada, te preguntas si podría llevarte de vuelta a Everwhere, siempre y cuando estés ahí la noche correcta, a la hora correcta. Sigues pasando por esas puertas, sabiendo que no volverás la noche concreta, a la hora precisa. Tienes demasiado miedo de lo que pasó la última vez, de que pueda volver a pasar. Sin embargo, la pregunta de qué podría pasar si lo hicieras persiste mucho después de que la puerta en cuestión ha desaparecido de tu vista.

Goldie

Durante casi una semana no fui a Everwhere. En vez de eso, me quedé despierta hasta tarde viendo dormir a Teddy (lo llamaba así por mi oso extraviado). Era divertido verlo. Hacía caras tontas y arrugadas como si tuviera sueños extraños. Pataleaba y agitaba los brazos, como si tratara de escapar de su cuna. A veces abría los ojos, de un azul más oscuro, pero con forma parecida a los míos, y entonces yo volvía a recordar que era mío. Hermano. Mío. Era una pena que sus pequeñas manos estuvieran siempre cerradas, ya que yo quería tomarlas. Quería que todos sus dedos rodearan uno de los míos. A veces metía mi dedo más pequeño entre sus dedos apretados hasta que se agarraba como si no fuera a soltarme nunca. Esperaba que algún día hiciera lo mismo a propósito.

Día a día, me impactaba lo profundo de mis sentimientos hacia Teddy. Era más de lo que nunca hubiera sentido por nadie, ni siquiera por Ma. Quería a mis hermanas, incluso a Bea, pero no era lo mismo. Quizá tenía que ver con que era un bebé. Quería protegerlo. A veces, cuando Ma y el bastardo de mi padrastro se gritaban, arrojaban palabras por encima de la cama de Teddy, y yo quería tomarlo en brazos y salir corriendo. Me preguntaba si podría llevarlo a Everwhere. Lo más seguro es que no. Parecía un lugar solo para chicas, por lo que había visto. Pero tal vez. Bea lo sabría, naturalmente, aunque no le daría la satisfacción de preguntarle. Le encantaba burlarse de nosotras, sus ignorantes hermanas. Le encantaba dejar caer migajas de pan con mantequilla en las conversaciones y esperar a que picáramos. Las otras siempre caían en su cebo, pero yo había aprendido a no hacerlo. Todavía no nos había dicho quién era «él».

Así que, como probablemente no podría llevar a Teddy conmigo, en vez de eso le susurraba historias, le contaba todos los secretos que sabía sobre mi lugar especial. No sabía si me oía o no. Aun así, pensaba que las palabras lo tranquilizaban, como lo hacía la tela que Ma usaba a veces para envolver su cuerpecito y así calmar sus extremidades inquietas y ayudarlo a dormir. Incluso me enfrentaba a mi padrastro durante esas noches. Sentía su mirada en mi espalda mientras me agachaba sobre la cuna. No me importaba. Podía hacer lo que quisiera. Podía dejarme marcada con la peste de su sudor, la acidez de su aliento, la humedad resbaladiza de su lengua... Pero yo ya no estaba allí para sentirlo.

Me preguntaba: si no podía llevar a Teddy a Everwhere, ¿podría llevar a mis hermanas a Cambridge? Todavía no les había preguntado dónde vivían; podría ser en cualquier lugar del mundo.

Así que quizá fuera imposible, pero quizá no. Me gustaba la idea de conocerlas mejor en este mundo, aunque Bea me molestaba y Scarlet me daba un poco de miedo; Liyana en cambio me parecía dulce. Sería bueno tener hermanas de verdad, amigas de verdad. A Ma le daría demasiada vergüenza como para permitirme traerlas conmigo a tomar el té, pero yo podría sacar a Teddy a pasear en el cochecito cuando durmiera la siesta y encontrarme con ellas en el parque. Anoté en mi mente la idea para tenerla en cuenta la próxima vez que volviera. Aunque todavía no tenía prisa por ir.

Scarlet

—Hagamos algo divertido —dijo Scarlet.

Liyana levantó la vista.

—¿Qué?

—Vamos a jugarle una broma a Bea.

—¿Por qué?

Scarlet se encogió de hombros.

—Será divertido.

—Está bien —dijo Liyana—. Siempre y cuando no la haga enojar. No me gusta que se enoje.

—No te preocupes —dijo Scarlet—. La hará reír.

Si Scarlet tardó en convencer a Liyana de esto, más tardó en convencerla de la necesidad de subirse a un árbol para ejecutar el truco. Así que ella fue primero.

—Tienes que estar en lo alto si quieres llamar a la lluvia. —Scarlet persuadió a su hermana para que subiera a la segunda rama—. Apúrate.

Liyana se negó a subir más alto.

—Creo que esta rama está a punto de romperse.

—Muy bien, muy bien —Scarlet puso los ojos en blanco—. Entonces, cierra los ojos y trae la lluvia al claro, pero un aguacero, no una llovizna.

—¿Cómo lo hago?

—No tengo ni idea. ¿Cómo hiciste esa enorme ola en el río la semana pasada?

—No sé. —Liyana se sujetó más fuerte a la rama—. Simplemente sucedió.

—Bueno, cuando lo resuelvas, avísame. —Scarlet comenzó a bajar del árbol—. Entonces podremos divertirnos.

—¿Por qué? —preguntó Liyana, deseando poder seguirla—. ¿Qué vas a hacer?

Scarlet saltó al suelo cubierto de musgo.

—Lluvia caliente —dijo con una sonrisa—. Eso es lo que vamos a hacer.

Liyana

Liyana adoraba Everwhere, por las posibilidades, el compañerismo, lo grandioso de la vegetación, pero lo que más adoraba era el clima. Las brumas húmedas, la niebla fría, las hojas que caían como la lluvia. Londres era un lugar apropiado para una pluviófila, pero no podía compararse con Everwhere. En Londres llegaba de vez en cuando uno que otro rayo de sol, por raro que fuera, pero aquí el tiempo era siempre predecible: una llovizna constante e inmutable.

Además del clima, Liyana apreciaba la noche. De pequeña dormía toda la noche, algo que su madre valoraba mucho. Así que Liyana nunca había conocido la verdadera magia de la luna en su elemento, durante las primeras horas de la mañana, entre las tres y las cuatro. Ahora Liyana podía pasar una noche entera observando la luna, absorbiendo su fuerza, hasta imaginar que ella también podía brillar más que las estrellas, podía arrancar los mares de las costas, podía controlar la forma y la sustancia de los sueños de la gente.

Después del fracaso de la noche anterior, cuando intentaron empapar a Bea con lluvia caliente (un fracaso que le había dado un gran alivio), Liyana decidió ponerse a prueba para ver si la ola había sido una anomalía o si realmente podía controlar el agua. Ahora estaba de pie en la orilla de un río, observando el agua que fluía bajo sus pies, su propia sombra plateada y cambiante proyectada a través de la corriente, su silueta apenas quebrada por el movimiento del agua y las hojas que caían.

Mientras Liyana observaba los remolinos, imaginó que el arroyo era agitado por una cuchara invisible, por algún gran dios del agua que disfrutaba su particular taza de té.

Y mientras miraba, de repente lo supo. Ella era como la luna: podía balancear y dar forma al agua, con la misma facilidad que si estuviera removiendo su propia taza de té.

Sonrió y su silueta resplandeciente se quedó quieta. El arroyo ahora estaba lo suficientemente tranquilo y claro para albergar no solo su sombra sino su reflejo, tan nítido como si se mirara en un espejo. Estudió el agua durante un rato, manteniéndose recta e inmóvil. Luego frunció el ceño, simplemente para ver el efecto. En cuanto las líneas se dibujaron en su frente, la corriente comenzó a agitarse. Liyana frunció el ceño aún más y las corrientes se agitaron más; formando pequeñas olas que se estrellaban en las orillas, como si se avecinara una tormenta.

Liyana dejó de fruncir el ceño y sonrió. El agua se calmó y la tormenta amainó. No era, después de todo, la única hermana sin habilidades. Y ya que podía controlar el agua, ¿qué más podía hacer?

Bea

La primera vez que internaron a su mamá, Bea tenía ocho años. Al principio no le importó: disfrutaba quedándose con su abuela, que se enorgullecía de complacer todos los caprichos de su única nieta. Tras visitarla por primera vez en Saint Dymphna, Bea había rezado en secreto (cuando se arrodillaba con su abuela junto a su cama) para que Cleo prolongara su estancia unos años más.

Aquel día, tomaron el autobús número 6, se bajaron en la iglesia y caminaron un rato hasta llegar a las puertas del «hotel» donde descansaba su mamá. Entonces Bea se sentó en la banqueta y se negó a moverse.

—Vamos, niña —insistió su abuela, jalando a Bea hacia delante—. Tenemos que ir, tu madre te está esperando.

Pero Bea plantó los pies y sacudió la cabeza. No le importaba que su mamá la estuviera esperando. Incluso desde afuera, podía sentir la melancolía pesada en el aire, espesa como la niebla de Everwhere. Ella no iba a entrar.

—Por favor, mi niña. Tu mamá te extraña.

Pero Bea se mantuvo firme, negando con la cabeza.

—No, abuela. No voy a ir nunca.

Ningún truco, ruego o soborno consiguió que Bea cruzara el umbral. Así que, finalmente, su abuela la levantó del suelo y la llevó, rígida y escupiendo, hasta la habitación de Cleo. Cuando Bea se encontró con los ojos de su madre, la niebla era casi sólida. Había tenido miedo de su mamá muchas veces, pero nunca había sentido miedo por lo que pudiera pasarle a su mamá. Y entonces tuvo una ligera sensación de *déjà vu*. Recordó la vez que se sintió desolada al ver un gorila de lomo plateado en el zoológico de Londres, cuyos grandes y húmedos ojos estaban llenos de la misma tristeza derrotada que los de su mamá ahora.

—¿Mamá? —Bea se adelantó y acercó su manita a la pálida mejilla de Cleo—. ¿Qué pasa?

Su mamá no respondió, no dijo nada durante toda la visita. Cuando Bea y su abuela se fueron, Cleo no se despidió. A Bea no le importó, tampoco el escrutinio de las enfermeras, ni la mirada vidriosa de los otros pacientes, ni los gritos que resonaban en los pasillos. Pero la mirada de su mamá permaneció mucho tiempo después de que todo lo demás se hubiera desvanecido.

Leo

—¿Tienes miedo de ser soldado? —preguntó Christopher.

—No —dijo Leo—. ¿Y tú?

—A veces —contestó Christopher—. Creo que lo harás mejor que yo.

Leo, como no estaba en desacuerdo, no dijo nada. No quiso decir que no solo no tenía miedo, sino que ansiaba que ocurriera. Le gustaba la idea de cazar, de luchar. De estar en lugar donde pudiera descargar su ira sin ser castigado.

La idea de matar lo perturbaba, así que no pensaba demasiado en eso. Pero la existencia de otro mundo era emocionante. Otros chicos hablaban por la noche con entusiasmo sobre la Tierra Media, pero eso era una fantasía. Esto era real, un gran y glorioso secreto que solo él y Christopher conocían.

21 de octubre
11 días...

3:33 a. m., Leo
Leo está de pie en la banqueta empedrada frente al King's College y contempla la capilla, su antigua mampostería iluminada por la luna menguante, que parece acunarse entre las filigranas de las torres, como si estuviera durmiendo. Cómo desearía poder dormir, aunque solo fuera para aislarse del mundo durante un rato.

Se acerca a la baja y fría pared de piedra y se sienta. Piensa en Goldie, y después sus pensamientos se dirigen hacia su primer amor, su hermano, su mejor amigo. Leo tenía razón. Lo supo la noche en que por fin mató a la chica Grimm que había asesinado a Christopher.

Aquella noche, Leo había salido sigilosamente del departamento para buscar la puerta más cercana, mientras sus compañeros dormían en sus respectivas habitaciones. En realidad, no buscaba la más cercana; cuando volvía a la escuela, Leo no utilizaba la entrada más próxima a Everwhere, sino la más ilustre. Así que se apresuró y rápidamente dejó atrás las sencillas puertas del Royal Hospital Chelsea y caminó quince minutos más hasta las puertas infinitamente más notables de los Jardines de Cremorne. Desde que las encontró por primera vez mientras paseaba por las calles una noche, a Leo le encantaban estas puertas, con cuatro cabezas de león doradas y flanqueadas por pilares tridimensionales con incrustaciones de rosas esculpidas, coronadas con lámparas ornamentales. Las puertas siempre estaban cerradas, pero el pesado candado de cadena cedía cuando Leo empujaba en el momento preciso.

Aquella noche ella fue la primera chica Grimm que vio al pasar. Dio una buena pelea: chamuscó sus cejas con un aliento ardiente bien dirigido y fracturó su tobillo. Sin duda habría ganado contra cualquier otro soldado. Era excepcional (había sobrevivido a La Elección, después de todo) y mucho mayor que él. Pero Leo contaba con una ventaja singular: no tenía miedo. No le importaba si vivía o moría. Solo quería venganza.

No fue hasta que su último aliento grabó la pequeña luna creciente en su omóplato, cuando Leo se dio cuenta de a quién había destruido. Porque su aliento llevaba el aroma de su amigo, como si se hubiera tragado su sudor y su sangre, en vez de extinguir su espíritu, y como si lo hubiera hecho apenas una hora antes en vez de hacía dos años. Leo gritó mientras la niebla engullía el espíritu de la chica Grimm y el suelo empapaba aquella alma. Gritó para detenerla, para aferrarse a ambos un momento más. Pero el aroma de Christopher se había evaporado con ella y con cualquier satisfacción por la venganza cumplida. Leo se quedó una vez más desamparado, añorando a su querido hermano con la misma intensidad que la noche en que había muerto.

Todavía lo extraña así.

Leo aparta a Christopher y a Goldie de sus pensamientos, se levanta y, tras echar una mirada al exquisito edificio de la capilla del King's College, se aleja. Cuando llega al final de King's Parade, ellos han vuelto a su mente.

7:59 a. m., Liyana

Mientras el tren de Cambridge se precipita hacia King's Cross, Liyana solo puede pensar en Goldie. Su media hermana. Su hermana blanca. Mazmo, el Slade, incluso Kumiko se eclipsan junto a su luz. La conmoción de conocer finalmente a esta hermana incluso dejó de lado los extraordinarios acontecimientos que llevaron a Liyana a Goldie en primer lugar. Sin embargo, mientras que el pasado inmediato se desvanece en el fondo, el pasado más lejano comienza a imponerse. Algo que antes estaba envuelto por la niebla y la bruma está empezando a salir a la luz.

Con la mirada ausente, Liyana pone la mano en la ventana, mira pasar los campos, presiente algo que aún no puede ver. Se pregunta: ¿Es posible que ya se hubiera encontrado con su hermana en algún sitio?

Mientras sus pensamientos van a la deriva, empieza a soñar despierta con un lugar, un juego, una habilidad que alguna vez tuvo, el poder para manipular los elementos. El tren la arrulla y Liyana cierra los ojos, sus pensamientos flotan libres... Cuando el tren se detiene en Royston, abre los ojos, saca su cuaderno de dibujo del bolso y comienza a dibujar la historia de su media hermana.

9:01 a. m., Bea

«Parece un ataque al corazón», dijo el paramédico. «Muy inusual en alguien tan joven», dijo la paramédica. Debía tener una enfermedad cardíaca subyacente. Qué pronto habían empezado a hablar de él en pasado. Y, en realidad, ¿qué les importaba? No lo conocieron en tiempo presente.

Bea no se siente aliviada de no ser sospechosa de asesinato. Desearía serlo. Quiere sufrir el interrogatorio, ser procesada, recibir el castigo de la ley. Quiere sufrir, debe ser castigada.

Cuando llegó la policía, que solo hacía preguntas suaves y tímidas, Bea había estado a punto de entregarse. Muchas veces había estado a punto de gritar: «¡Yo lo hice, malditos idiotas! Fui yo». Pero ¿qué iba a decir después? ¿Cómo podría explicar que había detenido el corazón de un hombre? Eso la conduciría a un montón de situaciones incómodas y probablemente al manicomio, y ella preferiría cualquier cosa a eso, incluso la pena de muerte. «Es una lástima que se haya abolido», piensa, porque esas visitas obligadas los domingos por la tarde a Saint Dymphna dejaron a Bea con la firme determinación de no volver a poner los pies en una institución así.

12:08 p. m., Scarlet

—Por favor, no puedo esperar tres semanas... No, es mi medio de subsistencia, necesito que vengan hoy... Está bien, mañana... ¿la semana que viene? Falta demasiado... —Scarlet espera, mientras la mujer desconocida del teléfono, en una oficina desconocida y lejana, le explica que lo que pide es imposible—. Lo sé, lo sé. Pero yo... por favor. Por favor...

Cuando el estribillo de la negativa no cambia, Scarlet empieza a sollozar, por segunda vez en estos días.

—Nunca llamaste. —Walt llega al mostrador—. Esperaba que lo hicieras.

—Lo siento —dice Scarlet, mientras discretamente se quita el polvo de cemento del pelo un poco avergonzada porque la sorprendieron vistiendo un overol y unos tenis de entrenamiento rotos, aunque no está especialmente interesada en impresionar a Walt—. Es que... en los últimos días las cosas no han sido fáciles por aquí, yo...

Walt levanta la mano.

—Está bien. No hace falta que me lo expliques. Es... sé que no tuvimos lo que se dice un *frisson*, como tú y ese tipo sumamente guapo. Pero pensé que teníamos... algo.

—Tú y tus *frissons*. —Scarlet se acerca a la máquina de café—. No voy a vender la cafetería y no voy a volver a verlo. Bueno, ¿se te antoja un café? Podríamos tener nuestra cita ahora. Me vendría bien un descanso.

Walt se anima.

—Por supuesto. Y sí, te ves un poco... desaliñada... de una manera increíblemente atractiva, por supuesto.

Scarlet siente que las lágrimas vuelven a humedecer sus ojos.

—El techo de la cocina se derrumbó anoche. Llevo toda la mañana limpiando. La abuela sigue en la cama, gracias a Dios, si no, no sé cómo...

—Mierda, eso es horrible —dice Walt, arremangándose—. Oye, olvida el café, déjame ayudar. Lo limpiaremos en poco tiempo.

Los hombros de Scarlet se relajan. Debería negarse, Walt ya le ha hecho demasiados favores, pero está demasiado agotada, demasiado abrumada.

—¿Estás seguro?

—¿Estás bromeando? —dice Walt, que ya se ha remangado la camisa, aunque esta luce demasiado impoluta para el trabajo—. No puedo imaginar una cita mejor que esta.

Scarlet le dedica una sonrisa de agradecimiento.

—Podemos cenar rollos de canela después.

—Perfecto —Walt extiende su mano sobre el mostrador—. Es un trato.

Mientras le da la mano, Scarlet mira hacia abajo. Ni una sola chispa. Qué lástima.

7:29 p. m., Liyana

—¿Está todo bien?

—Sí.

Liyana está junto a Kumiko en el cruce de la calle Chantry, esperando a que el semáforo se ponga en verde. Le tiende la mano a su novia, pero Kumiko finge no darse cuenta. Para consolarse, Liyana piensa en Goldie y en Cambridge. Siempre pensó que Londres era la ciudad más concurrida de Inglaterra, pero no había tomado en cuenta las miles de bicicletas en Cambridge, con esas calles que serpentean como ríos mientras los ciclistas se lanzan como pececillos en todas direcciones. «Al menos los coches son más fáciles de ver al cruzar la calle», piensa.

—¿Estás segura?

—Estoy bien —dice Kumiko.

—No te creo. No pareces estar bien.

Liyana quisiera decir que sabe que Kumiko no solo no está bien, sino que está furiosa; de lo contrario, habría preguntado por su hermana. En vez de eso, está metida en una actitud pasivo-agresiva, finge que ha olvidado el tema. Lo cual significa que Liyana está condenada a ser la primera en hablar de ello. Comienza a caer una ligera lluvia y eso la reconforta. Puede que su novia no quiera hablar o tocarla en este momento, pero al menos la lluvia siempre lo hará.

—Bueno, pues sí estoy bien. Así que deberías creerme. O no. Depende de ti.

Liyana está a punto de preguntar de nuevo, pero se resiste. Eso solo molestaría más a Kumiko, porque sería una forma de sugerir que está mintiendo. Y Liyana no quiere cavar un hoyo aún más profundo después del desastre de Mazmo, sobre lo cual Kumiko ha dejado en claro su desaprobación.

Así que, por ahora, Liyana debe pasar todo por alto, incluso las mentiras.

—¿Te gustaría ver una película? —Liyana intenta acercarse.

—¿Dónde?

—El Everyman proyectará una retrospectiva doble esta noche —dice Liyana—. *Moby Dick* y *En el corazón del mar*.

Kumiko se encoge de hombros. Hace unas semanas, Liyana no habría tolerado ningún encogimiento de hombros. Pero eso fue antes.

—¿Vamos al bar? —insiste Liyana.

Esta vez, Kumiko no se encoge de hombros. En cambio, cruza la calle sin esperar a que cambie el semáforo. Un auto toca el claxon, pero Kumiko sigue adelante. Liyana duda, pero luego se apresura a seguirla.

—No he dicho que me casaré con él, ¿sabes? —dice Liyana—. Y tengo un turno de prueba en Tesco mañana.

No es cierto, estrictamente hablando, ya que solo recibió un correo electrónico ofreciéndole dicho turno; pero ha estado posponiendo su aceptación.

—Te doy un día —dice Kumiko, acelerando el paso—. No, ¿sabes qué? Me sorprendería que duraras una hora. Estarás en la cama de ese niño rico antes de que acabe la semana.

—¡Koko! ¿Cómo puedes decir eso?

—Porque te han mimado toda la vida, Ana. —Kumiko se detiene y se voltea hacia ella—. Y si te dan a elegir entre tener que ganarte algo o que te lo den gratis, sé muy bien qué opción tomarás.

11:59 p. m., Goldie

Volví a invitar a Leo a dormir conmigo. No quería estar sola esta noche. El sofá se siente extrañamente vacío sin mi hermana aquí. Y, de cualquier modo, quiero estar con él. Siempre quiero estar con él. Como si tuviera un dolor en el pecho que solo disminuye cuando estamos juntos.

—Gracias. —Lo beso, otra vez.

—¿Por qué?

—Por estar aquí. Por venir corriendo en cuanto te llamé.

—Por supuesto. —Leo se encoge de hombros—. Siempre vendré cuando me llames.

Sonrío, pero su expresión al responderme es seria.

—¿Qué pasa? —le pregunto.

Como no responde, le doy un codazo.

—Lo siento, es que... no importa. —Leo deja escapar un suspiro, un prolongado aliento que se interpone entre nosotros. Parece estar a punto de decir algo, pero se encoge de hombros—. No es nada.

Lo miro y pienso en esas cicatrices que no me ha dejado ver desde la última vez. Intento no pensar en ellas, centrarme solo en Leo, quedarme en la paz de estar con él, sin complicaciones ni manchas. Abro la boca, a punto de cambiar de tema, de contarle todo sobre Liyana, cuando empieza a hablar de nuevo.

—Tengo que decirte algo —dice—. Sobre quién eres.

22 de octubre
10 días...

1:01 a. m., Goldie

Estudio su rostro.

—Deja de hacer eso —me reclama, y se da la vuelta.

—Lo siento —le digo—. Me pregunto si hay más mundos encantados a los que tengas acceso secreto. ¿Narnia, quizás? ¿O el País de las Maravillas? Siempre he querido ir al País de las Maravillas.

Sonrío, pero Leo sigue serio.

—Entonces, si ese lugar es real, ¿por qué no puedes llevarme ahí?

—Ya te dije que solo puedo ir de noche, cuando la luna está en cuarto menguante —responde, con un toque de exasperación en la voz—. Y te llevaré entonces. Pero no deberíamos esperar tanto, tienes que ir tú primero, sin mí, para que puedas...

—Lo sé —lo interrumpo, porque no quiero volver a escuchar toda esa extraña historia. Quiero a Leo y me niego a enfrentarme al hecho de que pueda ser un lunático. Vuelvo a pensar en sus cicatrices. Vuelvo a preguntarme si es miembro de una secta satánica. Rezo por que no lo sea.

Aunque sería aún peor si estuviera diciendo la verdad. Encima, algunas de las cosas que dijo Leo, la forma en que describió Everwhere, traen de vuelta recuerdos negados y sueños desatendidos. Pero si siguiera esos hilos, tendría que permitir posibilidades peligrosas: que soy la hija de un demonio, que en mi cumpleaños dieciocho tendré que luchar contra un soldado hasta la muerte, y luego hacer una elección entre el bien y el mal. Y una cosa es una tierra fantástica, quizá no más improbable que la vida en otros planetas, y otra muy distinta un destino así.

11:11 a. m., Liyana

Liyana está sentada en su cama, dibujando. Le duelen los dedos. El turno en Tesco fue solo de cinco horas, la mitad de lo que se espera que haga en un día si acepta el trabajo. Intenta no pensar en lo que dijo Kumiko, pero no puede. ¿Está tan mimada? ¿Es cierto que siempre toma el camino más fácil, que prefiere que le den algo a ganárselo? No, eso no es justo. Suele trabajar en sus ilustraciones hasta que sean perfectas; ha nadado hasta desmayarse, no se llega a ser una aspirante olímpica sin trabajar muy duro para conseguirlo. Más duro que la mayoría de la gente. Pero... ella amaba la natación más que nada en el mundo y ama el dibujo casi igual. La pregunta es: ¿estaría dispuesta a trabajar sesenta horas semanales en turnos de noche en Tesco?

Prefiere ignorar temporalmente ese incómodo argumento y concentrarse en dar forma a las hazañas actuales de BlackBird para que reflejen las suyas. Se pregunta si su heroína podría encontrar una hermana perdida hace tiempo, cuya existencia ignoraba. De ser así, ¿qué tipo de mujer-pájaro sería? Una chica blanca de ojos azules y pelo rubio. Liyana busca en su lista interna de pájaros amarillos, pero no encuentra ninguno con potencial de superhéroe. ¿Un pichón? No. ¿Un jilguero? No. Pero ¿y los ojos azules? ¿Un pavorreal, tal vez?

Liyana mordisquea la tapa de su bolígrafo. Seguramente ella haría turnos de noche en Tesco para pagarse la escuela de arte, ¿o no? Se levanta y cruza el dormitorio hasta su escritorio. Toma las cartas del tarot que están bajo la lámpara. Las desenvuelve de su paño de seda y las baraja mientras camina. Vuelve a sentarse en el borde de su cama y las reparte sobre el edredón.

«¿Qué debo hacer ahora?».

El primero es el Ocho de Espadas: un hada, deslumbrantemente vestida, tiene los ojos vendados y está atada por zarzas espinosas que surgen del suelo y se enroscan alrededor de las espadas: cuatro amarillas, cuatro verdes. «Encierro, limitaciones, espera de ser rescatada». A continuación, el Cuatro de Oros: una muchacha delgada, sentada en las ramas de un árbol espinoso e invernal, aprieta los oros contra su pecho. Una criatura desamparada, parecida a un gato, se aferra a ella con una pata que resbala. «Propiedad, protección de las posesiones, materialista». Luego, el Dos de Espadas: una mujer isabelina sostiene las espadas de forma cruzada, desvía la mirada de un espejo detrás de ella. Los pájaros llenan el cielo mientras uno anida en su pelo. «Juicio comprometido, miedo, ocultamiento de la verdad». Seguido por el Diez de Bastos: un muchacho encorvado debido a los diez palos atados a su espalda y los diez peñascos que levantan sus pies mira con tristeza una planta marchita, mientras un perro reseco aúlla a su lado. «Abrumada, agotada, presionada».

—Sí. —Liyana suspira—. Dímelo a mí.

Reparte la quinta carta y la mira con el ceño fruncido. El maldito Diablo de nuevo: aquel Satanás de piel verde y ojos rojos con cuernos, acompañado por su novia de carnaval, que muestra una pierna cubierta con media. Ambos están sentados sobre un cofre del tesoro cerrado con llave, colocado en un suelo de mosaico. Cuelgan arañas por encima, están tejiendo sus telas.

Liyana recoge la carta de la cama, entrecierra los ojos en la oscura habitación. La mujer está encadenada a la pezuña de El Diablo, pero también le acaricia la mejilla. La mirada en su rostro no es desesperada, sino coqueta. ¿No se había dado cuenta de eso antes? El Diablo ha capturado a su novia, pero ella fue cómplice de su captura. «Codicia, tentación, egoísmo, trampa, adicción».

Liyana mira fijamente las cartas. Parece que le devuelven la mirada. Espera que cambien, que cuenten una historia diferente, que le den una respuesta distinta.

Pero eso no ocurre.

8:09 p. m., Bea

—¿Qué demonios te hiciste? —Su mamá se inclina sobre la mesa y le toma la mano.

Bea se mueve para zafarse de ella.

—Nada.

Una vez al mes, su mamá la visita y la lleva a comer a The Ivy. Es una tradición. Más bien, la tradición de Cleo. Diseñada, cree Bea, para mantenerla vigilada.

—No te creo. ¿Qué hiciste?

«¿Qué hice? ¿Y ahora, qué hice? ¿Qué carajos hice?». Desde aquella noche espantosa, todo pensamiento que no sea este ha abandonado la cabeza de Bea. Tres días después, sigue dando tumbos, aturdida, incapaz de concentrarse en nada más. No puede leer un maldito libro, no puede mantener el hilo de una conversación, no puede cerrar los ojos sin ver el cuerpo de Vali, sin sentir su corazón aún palpitante en la palma de su mano antes de... ¿Qué diablos hizo? Detener su corazón.

—Estaba lavando. Tomé un cuchillo del extremo equivocado.

Su mamá se inclina para ver más de cerca. Bea mete la mano en su regazo, la cierra en un puño.

—Sabes que estoy a favor de la mentira, niña —dice Cleo—. Pero a mí no intentes mentirme.

Bea pincha una papa asada con el tenedor, pero no se la lleva a la boca. Asiente con la cabeza.

—Vale, ya me lo dirás en su momento. —Su mamá engulle un trozo de filete ensangrentado—. ¿Por eso pospusiste tan groseramente nuestro almuerzo?

Bea suspira. Lleva tres días intentando racionalizar, explicar (en el infinito laberinto de internet cualquiera podría encontrar explicaciones para cualquier cosa, por muy extraña que sea), exculparse. Pero ha fracasado. Después de todo, se trataba de un hombre. *Un hombre.* ¿Cómo fue posible detener el corazón de un hombre? ¿Cómo diablos lo hizo?

Levanta la vista para ver a su mamá sonriendo.

—Tengo la sensación de que, cuando me cuentes por fin lo que pasó, voy a estar muy orgullosa de ti.

Bea da un mordisco a la papa, aunque no puede probarla.

—¿Cómo está Gatito?

—Está bien —dice Cleo, y permite que su hija cambie de tema—. Te extraña, anda de aquí para allá en tu habitación, protestando por tu ausencia.

—Yo también lo extraño —dice Bea, pensando en el alivio que supondría ahora mismo apoyar su rostro en aquel suave y ronroneante vientre.

Cleo compró a Gatito para Bea después de su salida definitiva de Saint Dymphna, un soborno peludo para alejar a su recelosa hija de la quinta madre de acogida, para que quisiera visitarla más a menudo, no solo una vez al mes, como ordenaba el tribunal. Y había funcionado. Bea quiere abrazar a su gato en este momento y así olvidar a Val, aunque sea por un rato.

—¿Por qué no nos visitas el próximo fin de semana? —Cleo toma otro bocado de carne ensangrentada—. Parece que necesitas un descanso.

—¿En Londres?

—Sí, claro. ¿Se te ocurre algún sitio mejor?

Bea empuja el resto de la papa asada alrededor de su plato, hace ruido para indicar que lo está pensando. En circunstancias normales, haría cualquier cosa para evitar volver a casa, a menos que fuera absolutamente necesario. Pero ahora lo único que quiere es acurrucarse en la cama de su infancia y llorar en las patas de Gatito. No, es mentira. Lo que realmente quiere es acurrucarse en Vali, apoyar su cara en su gordo y peludo estómago.

Piensa a menudo, mientras se adentra en las profundidades de las cuestiones filosóficas, que debe ser lo peor, la forma más cruel de tortura mental, no conocerse a una misma, creerse una cosa para descubrir de repente que eres otra. Y ahora se encuentra en ese estado. Es como una agente de la CIA a la que le han lavado el cerebro y que un día descubre que cometió un asesinato en masa porque el gobierno la programó, sin que se diera cuenta, para que fuera una máquina de matar. Excepto que a Bea no le han lavado el cerebro; un día se despertó y descubrió que era malvada cuando siempre creyó que solo era un poco perra. Ahora se arrepiente profundamente de haber sido tan cruel con Val. Si tan solo hubiera podido contener su lengua. Si tan solo hubiera sido más amable, más gentil con su corazón.

—Bueno, ¿qué te parece?

Bea levanta la vista.

—Perdón, ¿qué?

Su mamá entrecierra los ojos.

—Decía que deberías venir y quedarte el próximo fin de semana.

Bea duda. No quiere quedarse en el pequeño departamento de mamá en Kensington. Quiere estar cerca de Val, suponiendo, como hace, que él sigue en la morgue del Hospital Addenbrooke.

—Vamos a celebrar tu cumpleaños. —Su mamá sonríe—. Te llevaré a tomar el té al Ritz. Como hacíamos cuando eras pequeña.

«Una vez», piensa Bea. «Eso pasó una vez».

—Vamos —dice Cleo—. ¿Por qué no?

Su madre no dejará de insistir, lo sabe. Y Bea ya no tiene energía para luchar.

—Está bien —le responde—. ¿Por qué no?

11:33 p. m., Goldie y Liyana

—Te escribí una historia —dice Liyana.

—¿De verdad? —pregunto, tratando de no sonar demasiado emocionada.

Nos llamamos a menudo, varias veces al día. Pero todavía no he mencionado a Leo. Supongo que lo estoy saboreando como un dulce que aún no estoy preparada para compartir. Nunca he sido muy buena compartiendo.

—¿Quieres escucharla?

—Por supuesto.

—También dibujo. Te voy a hacer protagonista de tu propia novela gráfica.

—¿De verdad? Es increíble, Ana. Gracias. Creo que nunca me han regalado algo tan generoso. Teddy me da algunos de sus dibujos, pero jamás una historia completa.

—Te enseñaré el cómic cuando te visite —dice Liyana—. Por ahora, te leeré la historia.

—Genial. —Me vuelvo a sentar en el sofá—. Te escucho. —Cierro los ojos—. Un cuento para dormir. Tal vez me haga volver a dormir.

Liyana ríe.

—No será una gran historia si no puede mantenerte despierta.

—Lo hará —le respondo—. No me oirás roncar, lo prometo.

—Me alegra escucharlo —dice Liyana—. Bueno. Entonces: «Érase una vez una niña tan buena como bonita. Tenía grandes ojos azules, una larga cabellera dorada y una sonrisa tan encantadora que alegraba a todos los que la conocían. La niña criaba pajaritos que habían caído de sus nidos, rescataba gusanos que se habían desviado en el camino, hacía revivir flores marchitas...».

Cuando Liyana termina el relato y se queda callada, descubro que no puedo hablar. Debería decir algo, debería darle las gracias de nuevo, pero estoy tan sorprendida de que mi hermana pueda conocer mi vida y mi corazón con tanta exactitud que me faltan las palabras.

11:59 p. m., Scarlet

Esa noche, Scarlet sueña con un incendio y una inundación. Es una inundación que comenzó hace un mes con una fuga que pasó desapercibida y se extendió con sigilo. Una inundación que destruye el único hogar que ha conocido. Ese incendio es el de hace una década. Un fuego alimentado por sentimientos, por el miedo y la furia. Los sentimientos se acumulan hasta que saltan chispas de la punta de sus dedos. Una chispa cae sobre la alfombra en que está Scarlet, de ocho años. La ve brillar, incandescente. Observa cómo se consume, empieza haciendo un pequeño agujero, quema la lana, pero luego se apaga.

Otra chispa cae sobre el cojín del sofá. Esta vez se come el algodón y empieza a arder con más fuerza. De repente, se enciende, se vuelve una llamarada que rápidamente engulle el cojín, el sofá, las cortinas; lame las paredes hasta el techo.

Scarlet se despierta con un grito en la garganta y chispas en la punta de los dedos. Ella lo comenzó. Ese fuego, el fuego que quemó su casa, el fuego que mató a su madre. Ella lo inició. ¿Cómo es posible que no lo supiera? ¿Cómo pudo haber olvidado algo tan importante? A medida que sus gritos cesan, a medida que el ritmo de su corazón vuelve a la normalidad y las chispas dejan de aparecer, Scarlet comprende. Su mente no se volvió loca como la de su abuela, sino que fue un acto de protección, de defensa. Y entonces agradece que, aunque ella haya recordado por fin aquella situación espantosa, su abuela, en cambio, si alguna vez supo la verdad, la ha olvidado.

Hace menos de una década

Everwhere

Los recuerdos de Everwhere se mezclan con las imágenes cotidianas que aparecen en tus sueños, las adornan con un borde silvestre iluminado por la luna, con un pálido brillo sepia. A veces sigues despierta pasadas las tres de la madrugada, sobre todo las noches en que la luna está en cuarto menguante. A veces no puedes volver a dormir: la pregunta de si regresarás te mantiene despierta hasta que amanece. Durante un tiempo, te vuelves nocturna.

Bea

—Dentro de unos años ya no nos recordaremos —dijo Bea, de repente y a propósito de nada.

Estábamos sentadas en el claro, jugando sin entusiasmo: Scarlet encendía ramitas y luego las apagaba soplando, Liyana hacía malabares con tres densas esferas de niebla, Bea hacía flotar hojas sobre sus palmas abiertas y yo arrancaba intrincados brotes de hiedra de la tierra. Bea se sentó un poco lejos de las demás, por lo que rompió el círculo y nos observaba subrepticiamente a través de sus hojas. Era nuestra tercera noche consecutiva en Everwhere y todas estábamos más agotadas de lo que queríamos admitir. Aun así, me encantaba cuando estábamos juntas de esa manera; nuestro afecto mutuo siempre parecía más fuerte cuando todas estábamos en silencio.

—¿Qué? —Liyana levantó la vista y dejó caer sus esferas de niebla, que se evaporaron antes de tocar el suelo—. ¿Por qué no nos vamos a acordar? Creí que habías dicho que cuando cumpliéramos dieciocho años haríamos la voluntad de nuestro padre, para así poder...

—Habla por ti. —La ramita encendida de Scarlet soltó un flamazo—. Yo voy a luchar contra él.

Liyana ignoró esa aterradora idea.

—Pero hasta que él... No voy a dejar de venir aquí, ¿tú sí?

—Todas dejaremos de venir. —Bea sonrió con esa expresión que hacía cuando revelaba un secreto inesperado y desagradable. Dejó que las hojas cayeran al suelo.

—Pues yo no —dijo Scarlet—. Vendré aquí cada noche por el resto de mi vida.

La sonrisa de Bea se hizo más profunda.

—Solo hasta que tengas trece años. Después ya no podrás.

Las llamas de la ramita de Scarlet escupían fuego y chispas.

—Eso es una tontería —dijo, y blandió el palo hasta hacer un medio círculo. Todas nos apartamos de las llamas, incluso Bea—. ¿Por qué no podríamos volver?

Bea se encogió de hombros.

—Porque es así. Mamá me dijo cómo funciona. Mientras somos niñas podemos venir, pero cuando seamos adolescentes estaremos... nuestros pensamientos estarán demasiado atados a ese otro mundo, nuestros sentimientos demasiado apegados a la gente de ahí, nos olvidaremos...

—No. —Scarlet se puso de pie—. No te creo. Estás mintiendo.

Bea negó con la cabeza. Y, por alguna razón, supe que estaba diciendo la verdad, tal vez porque noté que ella estaba tan angustiada por transmitirnos esa información como Scarlet por recibirla.

—Dejaremos de soñar con tanta frecuencia. Solo creeremos en lo que podamos ver, en lo que podamos tocar en la Tierra. Empezaremos a pensar que Everwhere fue solo un sueño infantil.

—No —suplicó Liyana—. Eso no es verdad.

Bea no dijo nada y en su silencio mis hermanas comprendieron por fin que no estaba bromeando, que no decía aquello para escandalizarnos o molestarnos. De ser el caso, se burlaría y se divertiría a nuestra costa, pero su sonrisa había desaparecido al darse cuenta de que valoraba aquel lugar y a sus hermanas tanto como todas nosotras.

En ese momento, vi el corazón palpitante de Bea, el que fingía no tener, el que intentaba hacernos creer que era impenetrable, pero que, en realidad, no era distinto a nuestros propios corazones vulnerables y tiernos de ocho años. Un momento después, Bea recuperó su sonrisa socarrona y saboreó su siguiente frase como si fueran caramelos que no compartiría, no hasta que se lo pidiéramos. No fue ninguna sorpresa quién de nosotras lo hizo.

—¿Qué? —preguntó Liyana—. ¿Qué es?

Bea se lamió los labios, aquel dulce era realmente delicioso.

—Volveremos —dijo, alargando los espacios entre las palabras para conseguir un efecto dramático— cuando cumplamos dieciocho años.

—¿Dieciocho? —Todas hicimos eco de esta palabra, incluso yo.

—Pero ¿por qué? ¿Por qué tanto tiempo? —dijo Liyana, como si quejándose pudiera conseguir que Bea cambiara los hechos, que redujera la espera.

—Eso es ridículo —dijo Scarlet—. Es una eternidad.

Bea se quedó callada. Todas lo estábamos.

—¿Estás segura? —Scarlet rompió el silencio, con una nota de desazón en su voz que no había oído antes—. ¿Segura que será a los dieciocho?

Esa fecha estaba tan lejos de ser mañana o la próxima semana que parecía una eternidad.

—No lo sé —admitió Bea, que ahora parecía estar haciendo la confesión más dolorosa de todas—. Es cuestión de madurez.

—¿De qué? —dijo Liyana.

—Es... —Bea hizo una pausa, no quería revelar los límites de su omnisciencia—. Mamá me lo explicó, pero no puedo recordarlo exactamente. De todos modos, ese no es el punto...

—Entonces, ¿qué sentido tiene? —le espetó Scarlet, que seguía aferrándose a la posibilidad de que Bea estuviera mintiendo.

—La cuestión es que nos volveremos a ver.

—Pero ¿cómo lo sabes? —le reclamó Liyana—. Dijiste que este lugar era infinito. Entonces, ¿cómo vamos a encontrarnos de nuevo después de cinco años? Fue solo suerte que nos encontráramos en primer lugar.

—No, no lo fue. —Bea rio, encantada de haber recuperado su superioridad—. ¿Realmente pensaste eso? —Nos miró a Scarlet y a mí—. ¿Ustedes también lo pensaron?

Ninguna de nosotras, Scarlet, Ana o yo, lo confirmó ni lo negó. Pero Bea se dio cuenta.

—Oh, esto es divertidísimo —dijo ella, todavía riéndose—. No puedo creer que todas hayan pensado eso. Qué increíble...

—Basta. —Scarlet agitó su vara de fuego a modo de énfasis—. Solo explica.

Bea se sentó un poco más recta.

—Apuesto a que puedo adivinar cuándo cumplen años.

—¿Todas nosotras? —preguntó Liyana.

Bea asintió.

—Hazlo, entonces —dijo Scarlet.

Bea dio un rápido respiro profundo.

—Halloween.

Mis hermanas y yo la miramos con la boca abierta.

Ella esperó, como una actriz que hace su tercera reverencia para recibir otra ronda de aplausos. Pero estábamos demasiado sorprendidas, incluso para interrogarla.

—Nacimos el mismo día —explicó, como si fuéramos bebés, como Teddy—. A la misma hora, en el mismo minuto.

Liyana frunció el ceño.

—¿Estás segura?

—Yo ni siquiera sé el minuto exacto en que nací —dijo Scarlet—. Entonces, ¿cómo puedes...?

Bea se encogió de hombros.

—Es verdad. Pregunten a sus mamás, si no me creen. Por eso nos encontramos. Hay cientos de hermanas Grimm aquí ahora mismo, quizás miles...

—¿Hermanas Grimm? —repetí, sorprendida por sus palabras. Sonaba tan concreto, tan real. Un destino ineludible.

—Sí —dijo Bea, ignorando mi interrupción—. Pero nos sentimos atraídas por aquellas que nacieron al mismo tiempo que nosotras. Por eso nos conocimos ahora y así nos encontraremos de nuevo.

La miramos fijamente, todavía escépticas. Bea se cruzó de brazos, se sentó y nos miró con una sonrisa triunfal. Se había superado a sí misma.

Goldie

Tal vez Bea supiera mucho, pero no lo sabía todo. Es cierto que nací en Halloween, pero esa no es toda la verdad. Nací en el puente que cruza dos días: mis pies surgieron un momento antes de la medianoche del 31 de octubre y mi cabeza un momento después, justo cuando el reloj avanzaba hacia noviembre. Dos días totalmente opuestos: la víspera de Todos los Santos y el día de Todos los Santos. El primero marcado por la oscuridad y los demonios, el segundo por la luz y los santos.

Sin embargo, mi cumpleaños lo celebrábamos en Halloween (si es que a un pequeño regalo y un panquecito se le puede llamar celebrar), ya que en esa fecha me registró oficialmente la partera, que estaba obligada por las convenciones a elegir.

En secreto, celebraba mi cumpleaños ambos días. Me cantaba a mí misma *Feliz cumpleaños* dos veces y me obsequiaba un capricho cada tarde: más pudín a la hora de comer, robarle dos chocolates a la señora Patel camino a casa. Cada una de esas dos noches masticaba mi contrabando, ignoraba la tarea y me preguntaba, una vez que empecé a leer la Biblia y los mitos griegos, si mis cumpleaños significaban que era mitad demonio, mitad santa.

Leo

—¿Qué quieres ser cuando seas mayor? —preguntó Christopher.

—Pensé que íbamos a ser soldados.

Christopher rio.

—Solo lo seremos una vez al mes. De todos modos, no te pagarán por eso. Tendrás que ser otra cosa también.

—Vaya.

—Entonces, ¿qué vas a ser?

—No sé —dijo Leo, ya que no había pensado en ello. Estaban tumbados en la sección prohibida del Master's Garden, un ritual de verano que hacían después de la medianoche.

—¿Y tú?

Christopher inclinó la cabeza con convicción.

—Primer ministro.

Leo rio hasta que se dio cuenta de que su amigo no reía con él.

—¿En serio?

—Claro. —Christopher se encogió de hombros—. ¿Por qué no?

Mientras la luna se deslizaba tras las nubes, Leo lanzó una mirada disimulada a su amigo. En la oscuridad, percibió una oleada de sentimientos que no podía entender ni explicar: admiración, adoración, gratitud... En ese momento, si alguien hubiera preguntado, Leo habría dicho que era más feliz que nunca. Había encontrado a un amigo que creía en Everwhere (su gran y glorioso secreto) y también que cualquier cosa en la Tierra era posible. Y, en su presencia, Leo también lo creía.

23 de octubre
9 días...

9:28 a. m., Goldie

—Hay algo más que tengo que decirte —advierte Leo, después de que caminamos un rato, doblando por calles al azar, hasta salir a la orilla del río detrás del Trinity College.

—Bien. —Me pregunto si ese «algo» es bueno o malo. No estoy segura de poder soportar más malas noticias. Everwhere o, con suerte, la fantasía de aquel sitio, se interpone entre nosotros como un elefante hecho de niebla y luz de luna—. Entonces, ¿qué es? —pregunto, ya que Leo se queda callado—. Dime. Me estás poniendo nerviosa.

—Lo siento —dice—, es que me resulta difícil... —Se sienta en un banco junto al río. Me siento a su lado.

De repente, se me ocurre algo horrible.

—¿Es que no... no...?

—¿Qué?

Sacudo la cabeza, incapaz de pronunciar las palabras. Leo me toma de la mano.

—¿Qué pasa?

—No sé —murmuro—. Es que tú ya no —dejo caer las palabras en mi regazo— me amas.

—No, no. —Leo ríe—. Te amo, por supuesto que te amo. No puedo recordar un momento en que no te haya amado, incluso a pesar de mí.

Se levanta para limpiar mis lágrimas con la mano. No llores, ¿por qué estás llorando?

—Yo... yo no... —Sacudo la cabeza—. Estoy bien.

—No es eso —dice Leo, mientras pasa su mano por mi mejilla—. Es decir, son muchas cosas.

Sonrío, sonrojada de alivio. Si no quiere terminar conmigo, entonces no me importa. Puede decirme lo que quiera. Ya me estoy acostumbrando. Otro mundo más allá de una puerta. Hojas que levitan. Hermanas. Brumas, niebla y luz de luna. Que venga.

Leo respira profundamente.

—Yo… no soy del todo normal. —Me río—. No es broma, escucha —insiste—. No soy normal... ni tú.

Podría decirle que sé que yo no soy normal, pero todavía no estoy preparada para admitirlo en voz alta. En vez de eso, le dedico una sonrisa irónica.

—Si tú lo dices. —Pienso en los sueños, en las flores, en Liyana. Quiero hablar de ello y no lo hago—. Así que los dos somos anormales. Pero no estábamos hablando de mí, me ibas a hablar de ti.

Leo está tenso.

—Yo, bueno, no soy del todo... humano.

—Ay, por Dios —exclamo, con la esperanza de que no esté a punto de decirme que es un vampiro. Empiezo a sospechar que Everwhere podría ser real, y sé que soy capaz de hacer cosas inexplicables. Pero un personaje así de delirante es demasiado.

«Por favor, no dejes que el hombre que amo sea un lunático».

Leo exhala.

—Bueno, técnicamente soy, o al menos fui, una... estrella.

Frunzo el ceño. En lo que respecta a revelaciones, esto es mejor que un vampiro.

—¿Una estrella? ¿Como las que actúan en el escenario o las que brillan en el cielo?

Él mira hacia el suelo.

—En el cielo.

—¿Hablas en serio?

Asiente con la cabeza.

—Sé que parezco loco y que no me vas a creer, todavía no. Pero... en unas pocas noches iremos a Everwhere y entonces podré mostrártelo.

Lo miro. No creo en lo que está diciendo. Pero, curiosamente, lo entiendo. Mi alegría, mi alivio se evaporan. Leo me ama, sí. Pero también es evidente que está delirando.

—De acuerdo. —Respiro hondo—. Bien, lo tendré en cuenta. Entonces, ¿es todo? ¿Hay más revelaciones? Si es así, por favor dímelas ahora, es como quitar una curita, lo mejor es arrancarla de una sola vez.

Capto la atención de Leo justo antes de que desvíe la mirada.

—No, eso es todo —dice, y luego me dedica una débil sonrisa—. Lo prometo.

De pronto, tengo la certeza de que ha dicho la verdad (al menos *su* verdad) sobre todo el asunto. Lo sé porque puedo contrastarlo: sé que ahora mismo está mintiendo.

8:39 p. m., Scarlet

Scarlet tuvo un día difícil. Quemó varios bollos, el café le quedó amargo, dio a algunos clientes demasiado cambio o muy poco, olvidó al instante las respuestas a preguntas que acababa de hacer. Logró funcionar, pero a ratos se derrumbaba, pues sus pensamientos volvían con insistencia al fuego. La conmoción de ese recuerdo tardío incluso sustituyó su temor a la inundación. Las reparaciones, la limpieza del polvo y los escombros que se acumularon durante el día la dejaron agotada, pero cuando por fin arropa a su abuela, Scarlet no quiere irse a la cama. Quiere dormir, pero no soñar.

Así que vuelve a la cocina, enciende la tetera y rebusca en los botes de galletas para darse un festín a medianoche. La cocina de la cafetería es reconfortante, incluso en su estado actual (si no levanta la vista). Es cálida y parecida a un útero. Aunque no se esté horneando nada, está repleta de olores dulces, como si las paredes se hubieran impregnado del aroma de todos los rollos de canela y los pasteles horneados de los últimos cincuenta años.

Después de darle un bocado a un rollo de canela, Scarlet ordena la barra, mientras espera a que hierva el agua. Un puñado de cartas se desliza desde detrás de la tabla de cortar. Es el correo de hoy. Scarlet lo revisa. Entre las facturas hay una carta de la compañía de seguros informándole (aunque ya lo habían hecho por correo electrónico) que el perito llegará para evaluar la propiedad el veinticuatro de octubre a las 10:30. Mañana. Scarlet se pone a pensar en cómo hacer que su abuela se quede arriba en el departamento durante aquella visita, y entonces ve su nombre y dirección escritos a mano en un sobre, donde se arremolina la tinta.

Toma un cuchillo de pan, abre el sobre y saca una sola hoja. No es una carta, no hay ninguna «querida», ningún «atentamente», solo un título. Scarlet pasa la vista por el contenido de aquel texto.

Es una historia.

Caperucita Roja

Había una vez una niña que siempre vestía de rojo. Todos los días, hiciera el clima que hiciera, llevaba una capa color rojo sangre que le había hecho su madre. En verano sudaba, pero no le importaba. En invierno también sudaba a menudo, porque siempre tenía calor, como si por sus venas corriera fuego en vez de sangre.

Caperucita Roja, como la llamaba la gente del pueblo, era una niña tímida. Pero cuando llevaba su capa, se sentía valiente. Cuando la llevaba a la escuela, los otros niños no se burlaban de ella. Cuando la llevaba a la panadería, le ofrecían el mejor precio por el pan. Cuando se la ponía para dormir, mantenía a raya las pesadillas.

Un día, la abuela de Caperucita cayó enferma. La madre de Caperucita preparó una olla de sopa de pollo y le pidió a su hija que la llevara a la cabaña de su abuela en el bosque. Ahora bien, Caperucita temía al bosque, ya que era el hogar de un terrible lobo que se había comido a muchos niños extraviados y a algunos cazadores. Pero la madre de Caperucita, que no le temía a nada, le aseguró a su hija que estaría a salvo si se mantenía en el camino.

El bosque estaba lleno de sombras y sonidos extraños. Caperucita sostuvo la sopa y se aferró a los pliegues de su capa hasta que, por fin, tuvo a la vista la cabaña de su abuela. Comenzó a correr hacia ella salpicando la sopa y, accidentalmente, se desvió del camino.

—¿A dónde vas, pequeña?

Al voltear, Caperucita vio al lobo. Se quedó mirando sus colmillos, blancos a la luz de la luna, y su lengua que salivaba. El lobo saltó hacia ella. Caperucita corrió. Afortunadamente escapó, pero su capa quedó hecha jirones.

La madre de Caperucita insistió en que volviera a visitar a su abuela al día siguiente.

—No —dijo Caperucita—. No puedo andar en el bosque sin mi capa.

—Irás al amanecer, cuando el lobo esté durmiendo —le aseguró su madre—. Y cuando vengas de regreso a casa, tu abuela te encenderá una antorcha. Todos los lobos temen al fuego. No se acercará a ti.

Y así fue como Caperucita partió al amanecer, con un plato de sopa fresco. Y, efectivamente, el camino estaba despejado y no se veía al lobo por ninguna parte. Caperucita llegó sana y salva a casa de su abuela y pasaron un agradable día juntas. Pero, al anochecer, Caperucita le rogó a su abuela que la dejara pasar la noche en la cabaña.

—No —dijo su abuela—. Si te escondes, seguirás escondida el resto de tu vida. Eres más fuerte de lo que crees. No necesitas una capa para protegerte.

Llena de miedo y dudas, Caperucita se adentró en el bosque blandiendo la antorcha. Se reconfortaba con el calor de las llamas, vislumbraba el camino gracias a su luz.

Cuando el lobo apareció, Caperucita se congeló.

—¿A dónde vas, pequeña? —le dijo, mostrándole los dientes y lamiéndose el hocico.

Antes de que Caperucita pudiera hablar, el lobo se abalanzó sobre ella. Esta vez Caperucita recordó las palabras de su abuela y se mantuvo firme, empuñó la antorcha encendida y soltó un grito terrible.

El lobo retrocedió de un salto, con el rabo entre las piernas. Caperucita gritó de nuevo, mostró sus propios dientes, liberó toda su rabia en otro aullido espeluznante. Al ver que el lobo estaba a punto de huir, Caperucita lanzó la antorcha. Cayó en la hierba, a la altura de las patas del lobo; una chispa de su pelaje se prendió y lo incendió al instante.

El lobo aulló mientras se quemaba. Caperucita se calentó las manos en el fuego.

Nunca más tuvo miedo de ir al bosque.

Scarlet leyó la historia dos veces. Al empezarla por tercera vez, se da cuenta de que ya la había leído antes. O escuchado. Hace años. Desearía saber quién la escribió. También desearía ser la mitad de valiente que su heroína.

11:24 p. m., Liyana

—Lo siento —dice Kumiko.

Liyana, acostada boca abajo en la cama, levanta la vista de su dibujo de BlackBird a punto de encontrarse con su hermana Peacock, perdida hace mucho tiempo, y a la cual no conocía.

—¿Por qué?

Kumiko, que estaba acostada boca arriba, se sienta.

Ante la mirada de su novia, Liyana siente un atisbo de pánico.

—¿Qué pasa?

Bajo el edredón, Kumiko se mueve ligeramente, se aleja de manera casi imperceptible y luego sube las rodillas hasta el pecho.

—¿Qué?

Kumiko traza con la punta del dedo los lirios bordados que salpican el edredón.

—Koko, por favor. Dime.

Kumiko aprieta la barbilla contra las rodillas para que una cortina de sedoso pelo negro se deslice sobre su cara y la oculte de Liyana.

—No puedo seguir haciendo esto.

—¿Qué?

—Estar contigo sin estar contigo.

—Espera. —Liyana suelta el bolígrafo—. Yo no...

—Mira, entiendo lo que estás haciendo con este tipo Mazimoto, con esta ridícula tontería del matrimonio arreglado. Lo entiendo, sé que es la forma más fácil de conseguir lo que quieres, pero...

—Espera —dice Liyana—. Eso no es justo. Y, ya sabes, no es tan malo como pensaba. Quizá si lo conocieras, quizá podríamos...

Kumiko tira el edredón a un lado, enojada.

—¿Y por qué demonios querría yo hacer eso? Eres una tonta, Ana, si crees que puedes casarte con él y seguir teniéndome a mí.

—Pero dijiste...

Kumiko se desliza hasta el borde de la cama.

—Lo dije porque pensé que entrarías en razón y, cuando lo hicieras, me elegirías a mí.

—Pero te elijo *a ti* —dice Liyana con un tono agudo en la voz—. Por supuesto que te elijo. Te quiero. Yo no... Apenas me gusta, solo lo hago por mi tía...

—Dices eso, pero yo creo que en realidad lo haces por ti.

—No, yo... —Liyana se acerca a Kumiko, que se aparta.

—Por favor, no te vayas.

—Eres una cobarde, Ana. —Kumiko se levanta y cruza la habitación—. Estás tomando el camino más fácil. Y, francamente, no puedo estar con alguien a quien no respeto.

—Espera, Koko —dice Liyana—. Por favor, no te vayas.

Kumiko voltea.

—Aceptaste el trabajo en Tesco, ¿verdad? ¿Le dijiste a ese junior que no te casarás con él?

—Hice un turno de prueba —objeta Liyana—. Se supone que debo llamar al gerente esta semana para...

—¿Y el junior?

—Bueno, yo —Liyana vacila cuando Kumiko la mira con desprecio—… N-no. No, todavía no. Pero yo, yo... —Liyana se muerde el labio—. Yo…

—No —dice Kumiko, poniéndose la blusa—. No te creo.

11:59 p. m., Bea

—¿Estás lista, niña?

—Sí —dice Bea, y se da cuenta, tras el silencio de su madre, de que es la primera vez que habla con tanta seguridad, sin un rastro de duda.

—Bueno —dice Cleo—. Porque ya casi está aquí.

—Lo sé. Nueve días. Está bien.

—No te confíes. Tus hermanas son mucho más fuertes que las mías. Y te superan en número, tres a uno.

Bea se queda pensando.

—Puede que no tenga que hacer nada. No si eligen la oscuridad.

—Sí —admite su madre—. Pero deberías prepararte, niña, por si acaso.

Bea no le responde.

—En una pelea —continúa Cleo— no creo que tengas demasiados problemas con Liyana. Pero Scarlet y Goldie son asunto aparte.

—Cierto, ella era la más... —Bea rebusca en sus recuerdos—. Scarlet era la más fuerte, Goldie era por mucho la más feroz y Ana era… simpática, luchando por liberarse de las garras de su mamá.

—Pero más tarde se descompuso con su muerte —dice Cleo—. Le quitó la furia y las ganas de pelear.

—¿Cómo lo sabes?

Cleo ignora la pregunta.

—El hecho de que mi muerte no te desanime no significa que las demás hijas sean tan frías.

Bea piensa en aquellas visitas los domingos por la tarde, en los cumpleaños y las Navidades que pasó con desconocidos después de la muerte de su abuela.

—No eres un ejemplo de devoción maternal, mamá.

Cleo también ignora este comentario.

—Isisa Chiweshe era un ejemplo nauseabundo de maternidad. De esas mamás tigresas que proyectan sus ambiciones en sus hijas. Patética.

Bea frunce el ceño.

—¿Cómo conociste a la mamá de Ana?

—No lo hice, no personalmente —dice Cleo, y se encoge de hombros—. La observé, escuché sus pensamientos, sentí su corazón, no más que eso.

—¿Cómo?

—Cuando estás en la sombra puedes ver la luz —dice Cleo—. Pero cuando estás en la luz no puedes ver lo que se esconde en la oscuridad.

—¿Qué? —Bea abre los ojos—. ¿Mamá?

Pero está sola. ¿Fue un sueño? No, seguro que no, la conversación fue tan vívida como si su mamá estuviera sentada en la cama a su lado. Vuelven las palabras y las frases. Un plan. ¿Cuál es? Scarlet. Goldie. Ana. ¿Quiénes son ellas?

24 de octubre
8 días...

6:33 a. m., Goldie

Cuando me despierto estoy temblando, siento la adrenalina en mi sangre, lanzo un grito al aire. Cierro la boca y ruego que no haya despertado a Teddy. Me doy cuenta, al sentarme, de que mis gritos no eran de miedo, sino de valentía.

Los zarcillos del sueño se desenrollan… No era una víctima, sino una guerrera: Juana de Arco, Artemisa, Boudica. Iba a la batalla con los pechos desnudos y una lanza en alto. Aunque no me encontraba en un campo de batalla, sino en un bosque, un bosque diferente a todos los que había visto antes. Para empezar, todos los árboles eran blancos. Y sus hojas ondeaban al viento, pero también se dispersaban desde el cielo. Además, llovía y el aire estaba tan cargado de niebla que los árboles apenas eran visibles a la luz de la luna.

Everwhere.

No estaba sola. Estaba en un claro con tres chicas: Ana y nuestras dos hermanas. En el sueño sabía sus nombres, aunque ahora no los recuerdo. Hablé con ellas en el sueño. Mirábamos las hojas que caían junto con la lluvia. Nos reuníamos después de mucho tiempo separadas. Amábamos este lugar, siempre lo habíamos amado. Era nuestro hogar. Pero algo estaba mal.

Un hombre entró en el claro, yo tomé las manos de mis hermanas. Él nos miró y sonrió. ¿Quién era? ¿Por qué estábamos ahí?

Entonces recordé. Era nuestro padre. Y estábamos ahí para luchar contra él.

Apoyo mi cara en el pecho desnudo de Leo y él, siempre despierto, me rodea con un brazo. No hablo, no quiero comenzar una discusión sobre mundos fantásticos; simplemente lo huelo. Lo siento robusto y seguro, utilizo esa sensación para calmar mi corazón, hasta que dejo de ser un montón de hojas azotadas por el viento y me vuelvo la antigua e inamovible roca sostenida por él. Pienso en su afirmación de ser una estrella caída. Describe a la perfección su energía. En verdad se siente tan permanente, atemporal y etéreo como algo que ha estado en el cosmos durante un millón de años. Y ese sueño...

No puedo evitar preguntarme si Everwhere es tan imposible después de todo. ¿Será posible que Leo me haya dicho la verdad? El sueño parecía tan real, tan real como este hombre que está a mi lado ahora. A pesar de mis dudas, siento que la semilla de la esperanza se siembra en mis pensamientos, con la desesperación e insistencia de una mala hierba.

—Tuve una pesadilla —susurro, sin importarme que no me escuche. Ojalá pudiera dormir con él todas las noches de mi vida. En ese caso, tendría que presentarle a Teddy. Respiro profundamente. El padre de mis sueños era aterrador. Ojalá pudiera dejar de ver su rostro. Sin embargo, aunque me estremezco al recordarlo, ahora mismo me siento reconfortada, como si nada malo pudiera ocurrir estando Leo aquí. Como si su existencia en el mundo, por sí misma, me protegiera. Es muy robusto, parece sostenido por una especie de fuerza ancestral, como si estuviera hecho de piedra y acero.

Miro el reloj de la cocina y le doy un codazo.

—Tienes que irte, Teddy se levantará pronto. —Desde debajo de las sábanas, Leo se queja—. Lo siento —susurro—. Pero es terriblemente madrugador.

—¿No puedo quedarme? —murmura Leo, rodeando mi cintura y abrazándome con fuerza—. Por favor.

—Ojalá, pero Ted se asustaría mucho si se despertara y encontrara a un extraño en la cama de su hermana.

—Está bien. —Leo me suelta con un suspiro—. Supongo que no queremos eso. Entonces, ¿cuándo podré...?

—¿Qué?

—Nada —dice, mientras sale de debajo del edredón y se estira para tomar su suéter—. A veces pienso que tenemos todo el tiempo del mundo, es todo.

Tengo una repentina sensación de pánico.

—Lo tenemos, ¿no? Quiero decir, ¿por qué no habríamos de tenerlo?

Leo guarda silencio mientras saca su cabeza del cuello del suéter. Después me responde.

—Nadie tiene nada para siempre.

No puedo discutírselo, pero me parece que me oculta algo. Quiero preguntarle, presionarlo, pero intuyo que evadirá el tema o responderá cualquier cosa, y no quiero arriesgarme a despertar a Teddy.

—Bueno, supongo que tienes razón. Solo espero que tú y yo tengamos más tiempo que la mayoría.

6:43 a. m., Bea

Tras la muerte de Vali, soñar había sido una vía de escape. Pero ahora Bea no quiere dormir, no con los sueños que tiene y la sensación de premonición que dejan tras de sí. Quiere estar en otra parte. Quiere deslizarse por el cielo, dejarse llevar por las corrientes de aire. Pero no puede ir con el doctor Finch, no ahora. Hoy no. Así que evita la cama y se sienta en el suelo del baño, con la barbilla apoyada en las rodillas. Toma una navaja de afeitar y se la pasa con cuidado por el interior del muslo.

Aprieta los dientes, pero el dolor punzante le humedece los ojos.

—No llores —sisea—. No llores, carajo.

Observa cómo el hilo de sangre se desliza lentamente por su pierna. Piensa en volver a volar y espera que así sea la muerte, que no sea más que aliento y aire. Cuando la sangre se acumula en su tobillo, vuelve a empezar.

10:33 a. m., Scarlet

El perito que envió la compañía de seguros es perfectamente educado, aunque cortante, y rechaza la oferta de Scarlet de té y rollos de canela antes de que termine siquiera su frase. Además, es muy minucioso, investiga cada uno de los restos del techo que se ha estrellado contra el suelo (según las instrucciones, ella fue guardando los escombros en un bote junto a la puerta trasera), y resguardando cada centímetro del enorme agujero de donde provienen.

Mientras él está arriba, en el departamento, registrando el cuarto de baño con una lupa, o eso imagina Scarlet, ella se pasea por la cocina y reza.

10:13 p. m., Goldie

Cuando vuelvo a soñar no es con Ma o con Leo, sino con Liyana. Ana. Mi hermana. Estamos volando sobre los árboles, entre las estrellas. Estamos conectadas y no lo estamos. Estamos juntas y separadas. Compartimos los pensamientos, la respiración, los latidos del corazón, el alma. Las estrellas marcan sus sombras sobre nosotros, dibujan sobre nuestra piel el cielo nocturno.

«¿Dónde estamos? Ya habíamos estado aquí. Hace mucho, mucho tiempo».

Finalmente, nos cansamos y empezamos a descender, flotamos entre los árboles hasta posarnos en el suelo. En un claro vemos a dos mujeres jóvenes que nos miran. Estoy segura de que las conozco. Intento distinguir sus rostros, pero no puedo.

Entonces me despierto.

A medida que los zarcillos del sueño y de la memoria (esta vez estoy segura de que se trata de ambos) se desenredan, pienso que Leo dice la verdad, después de todo. La mala hierba de la fe empuja hacia arriba a través del suelo. Quiero llamar a Leo, interrogarlo. Tomo el teléfono y busco su número. Mi dedo se detiene. Siento como si la tierra retumbara debajo de mí: las placas tectónicas se mueven, se desgarran, se abren grietas. Y yo me aferro a la estabilidad, pospongo el momento de la caída hasta que ya no pueda más. Así que, en lugar de llamar a Leo, llamo a mi hermana.

10:59 p. m., Goldie y Liyana

Liyana suspira.

—¿Qué?

—No sé. Me he sentido rara últimamente.

—¿Rara cómo? —Brota una hoja fresca de la hierba de la fe. No soy la única.

—No sé, sigo con la sensación de que algo va a pasar —dice Liyana—. Como una premonición.

—¿Algo malo?

—Sí, creo que sí.

—He tenido sueños extraños —admito—. Solo que parecen más recuerdos que sueños.

—¿Sobre qué?

—Sobre estar en un lugar, en una especie de otro mundo. Contigo y otras dos chicas. Lo más extraño es que siento que he estado en aquel sitio antes, muchas veces, y que las chicas son nuestras...

—Hermanas.

De la sorpresa, el teléfono se me escapa de la mano y cae detrás del sofá. Me apresuro a recuperarlo.

—Hola, Ana, perdona, ¿todavía estás ahí?

—Sí, ¿estás bien?

Olvido que no puede verme y asiento con la cabeza.

—Sí, sí. Pero ¿cómo supiste lo de las hermanas?

—Quizá tenemos el mismo tipo de sueños —dice Liyana—. Pero los míos son, más bien, no sé... visiones. ¿Has visto algo que pueda ayudarnos a encontrarlas?

—No. Porque en los sueños no estamos aquí, sino en otro lugar. —Hago una pausa, siento que estoy a punto de caer en el abismo. Aunque tal vez no sea una caída, sino un salto—. ¿Sabes? Creo que viven aquí.

—¿En Cambridge?

Se me olvida de nuevo que no me está viendo y asiento con la cabeza.

—La pelirroja trabaja en una cafetería de King's Parade; de hecho, le pedí trabajo hace unas semanas. Pero no la había visto antes. Y a la otra la vi una vez en el hotel, pero no la he vuelto a ver.

—Entonces, ¿por qué no vuelves al café? Si sabes dónde está, puedes encontrarla. Podrías decírselo mañana.

Solo de pensarlo me dan ganas de esconderme bajo el sofá, de regresar a tierra firme.

—¿Y qué le diré? ¿Te vi en mis sueños?

—Es lo que yo te dije a ti.

—Es cierto. Y saqué un cuchillo de cocina.

—Sí. Buen punto.

Las dos nos reímos, un poco demasiado alto y un poco por demasiado tiempo, quizá porque queremos olvidar nuestros miedos y pretender, aunque sea por un momento, que somos dos hermanas comunes y corrientes charlando por teléfono en la noche, sobre cosas tontas e inconfesables.

11:43 p. m., Liyana

—¿Qué pasa, *vinye?*

—Nada —dice Liyana. «Excepto el deseo de estar deslizándome por el fondo de la piscina ahora mismo».

Su tía señala la televisión con la cabeza.

—No la estás viendo.

Liyana se encoge de hombros.

—Me la sé de memoria.

—Maldita sea, Ana. —Su tía suspira—. Si esto es un indicio sobre el estado de la juventud hoy en día, entonces su estado es lamentable.

—¿Qué?

—Cuando era joven nos aprendíamos de memoria a Du Bois y Ama Ata Aidoo —dice Nya—. Pero no a *La Mujer Maravilla.*

—Es un clásico moderno, *Nɔd̨i*—dice Liyana, sin levantar la vista—. Es la mejor película de empoderamiento femenino que se haya hecho.

—Oh, vamos. *Thelma & Louise* es sin duda la mejor.

—Superhéroes —interrumpe Liyana, contenta de discutir por una vez sobre algo que no tiene sentido—. Todo lo que teníamos antes de eso era Catwoman y Elektra, pero no eran tan buenas.

La tía Nya suspira y Liyana vuelve a pensar en Kumiko, Mazmo, Goldie, en los sueños de sus hermanas y en las historias que le cuentan las cartas del tarot. En la pantalla, mientras la Mujer Maravilla lanza un tanque contra Ares, su némesis y medio hermano, Liyana intenta ignorar su propio presentimiento, que surge como una ola del océano.

25 de octubre
7 días...

12:33 p. m., Goldie

—¡Hola!

Volteo y veo a Leo saludándome en el vestíbulo del hotel.

—Tu pelo —me dice, incluso antes de alcanzarme.

Mi mano sube a mi cabello. Me hice un *pixie*, lo había olvidado.

—¿Te gusta?

—Por supuesto. —me responde con una sonrisa—. Me gusta, y aunque fueras calva como una gallina, seguiría pensando que eres la chica más guapa del mundo.

Frunzo el ceño.

—No está tan corto.

—Largo, corto, no me importa —dice Leo.

Me acomodo un rizo suelto, cohibida. Espero a que Leo me pregunte por qué me lo corté.

—¿Quieres comer? —dice, en cambio—. No te preocupes, sé que no puede ser aquí. La operación «Amor escandaloso entre un directivo y el personal» sigue estando clasificada en el nivel cinco del Servicio de Seguridad. No debes preocuparte por eso. George, el portero nocturno más incompetente del mundo, pudo haber visto algo el domingo, pero le clavé alfileres bajo las uñas hasta que prometió no hablar.

—No estoy exagerando con esto —le digo—. En el Fitz todos sabían los asuntos de todos, lo que Cassie hizo con Garrick...

—No tienes que preocuparte por eso. —Leo sonríe—. Nadie va a pensar que estás tratando de conseguir un mejor puesto…

—No quiero que todo el mundo me odie.

—Tienes que dejarlo pasar —me dice, de repente serio—. Nunca serás lo suficientemente fuerte para luchar si te importan esas cosas.

—Basta —susurro. Anoche encontré una saliente con Liyana, una saliente diminuta, pero saliente al fin y al cabo, y ahora él está intentando empujarme hacia allá—. Deja de hablar de todo eso, pareces un lunático.

Leo toma aire, como si se estuviera conteniendo, como si quisiera decir algo más, pero supiera que no debe hacerlo.

—Tienes razón. Lo siento. Mira, déjame llevarte a comer. ¿Qué te parece The Ivy? Puedes pedir todas las bebidas del menú, ¿te gusta la idea?

—Me encantaría. Pero no puedo, ya tengo planes.

Leo frunce el ceño.

—¿Tienes una cita?

—Así es. Tengo una cita casual con George el Portero. Me gustan los hombres calvos con barba. Haríamos una buena pareja, ¿no crees? —Sonrío. Leo no lo hace—. Quedé de verme con una amiga, ¿de acuerdo? Nos veremos en Fitzbillies.

—Bien. No era, no es... — Leo sacude la cabeza—. Quiero decir, no pasa nada, tengo que ponerme al día con un montón de papeleo. Aún no escribo el informe sobre el muerto de la habitación cuarenta y siete, y también debería estudiar, así que todo bien.

Sé que está mintiendo, pero lo dejo pasar. Asiento con la cabeza y él mira a su alrededor, comprueba que nadie nos vea, me da un rápido beso en la mejilla y se da la vuelta para marcharse. Lo veo irse y me pregunto por qué sigo ocultándole a Ana a Leo y a Leo a Ana. Tal vez sea por simple egoísmo que no quiero compartir a ninguno de los dos todavía. O quizá sea algo más profundo, algo más oscuro. No lo sé.

3:33 p. m., Liyana y Goldie

—¡Vaya! —grita Liyana en cuanto me ve. Va entrando a Fitzbillies y aterriza de golpe en mi mesa—. ¿Qué demonios te hiciste en el pelo?

Siento que me ruborizo. A diferencia de Leo, a mi hermana en verdad le importa que me haya cortado casi todo el cabello.

—Pensé...

—¿Pero por qué? —interrumpe Liyana—. ¿Por qué?

Miro mi bollo de Chelsea y lo pincho con el tenedor.

—Oh, no —dice Liyana—. Espera, ¿no lo hiciste...?

Asiento con la cabeza, sin mirarla a los ojos.

—Por la historia. —Liyana se ríe—. ¡Te cortaste el pelo por mi historia!

—¿Vas a sentarte? —le digo, deseando que cambie de tema—. Te pedí un bollo de Chelsea.

Liyana se sienta, todavía sonriendo.

—Aún no puedo creer que lo hayas hecho. —Rompe el bollo con los dedos, ignorando el tenedor—. Oye, esto está delicioso.

—Sí —respondo—. Y son solo unas tres mil calorías por pieza.

Liyana mastica.

—Y cada una vale la pena. ¿Podemos ir al museo Fitzwilliam?

—Por supuesto. —Envuelvo mi taza de té con las manos—. Está al final de la calle. Una vez llevé a mi hermano a una exposición de Vermeer, pero no he vuelto desde entonces. Supongo que debería, ya que trabajé en el hotel de enfrente.

—¿Por qué no has regresado? —pregunta Liyana, como si no pudiera imaginar ninguna razón para justificar semejante descuido al arte.

Me encojo de hombros.

—Turnos largos, nunca tuve tiempo. —Es una mentira a medias, pero no voy a decirle a mi privilegiada hermana que me avergüenza entrar a ese lugar, que me siento como si no encajara.

—Podemos ir a la exposición de Quentin Blake —dice, mirando de reojo mi pelo corto y devorando el bollo de Chelsea—. Me encantaban sus ilustraciones cuando era niña. Pero tuve que leer a Roald Dahl en secreto. *Dadá*, es decir, mi mamá, me prohibía todos sus libros.

—¿Por qué?

—Pensaba que fomentaban la rebeldía contra la autoridad parental. Me dijo que daban mucho miedo. —Sonríe—. Creo que no quería que se me ocurrieran ideas, como un llamado a la libertad en un durazno gigante.

—¿Era sobreprotectora?

Asiente con la cabeza.

—De forma impresionante. Me pasé la infancia planeando mi huida. Pero, cuando ella murió... Yo...

Los ojos oscuros de Liyana no cambian, pero aun así siento el peso repentino de su tristeza, como si fuera la mía.

—Sí —le digo—. A mí me pasó algo parecido. Supongo que el hecho de que nos arranquen el nido demasiado pronto significa que siempre lo extrañaremos. —Tomo un trago de té—. ¿Trajiste mi cómic?

—No lo he terminado —dice Liyana, y mete la mano bajo la mesa para buscar en su bolso. Me entrega dos carpetas—. Este es el tuyo, el otro tiene unas cuantas ilustraciones de una novela gráfica en la que he estado trabajando durante un par de años y un cuento de hadas. Con todo esto, incluyendo tu historia, quisiera crear una serie.

—Fantástico. —Dejo mi taza lo más lejos posible de las carpetas y abro el que no es mío. Mientras Liyana se termina los últimos restos de almíbar de su plato, miro la primera página, una imagen tan impactante que la contemplo con detenimiento: una mujer que cae y se transforma en un pájaro que grazna por encima de un bosque oscuro, el cual se desvanece a la distancia. Intrigada, paso las páginas para ver una imagen tras otra: dibujos a pluma que son visualmente más magistrales y emocionalmente más atractivos que cualquier otra cosa que haya visto.

—Tus dibujos son... —Me quedo sin encontrar las palabras adecuadas—. Guau.

Liyana se lame los dedos.

—Gracias. Y ni siquiera son los que hice sobre ti.

Señala con la cabeza la otra carpeta. La abro con reverencia, hojeo con lentitud las páginas y veo a una mujer con mi cara y las alas de un pavo real.

—Es simplemente... estupendo —digo, deseando tener a la mano frases más elegantes y descriptivas, pero ante semejante belleza me quedo sin vocabulario—. ¿Todo esto lo dibujaste tú?

—Llevo años haciéndolo. —Liyana se encoge de hombros—. No es gran cosa.

—Lo es. Es increíble. Deberías dedicarte a esto, deberías publicarlos.

Una sombra de decepción pasa por su rostro. Quiero preguntarle por qué, pero no lo hago. Liyana cierra las carpetas, de modo que las imágenes brillantes se eclipsan y la mesa vuelve a ser aburrida y ordinaria. Miro sus manos, imagino sus largos y fuertes dedos tomando un bolígrafo con aplomo y determinación. Si yo pudiera escribir la mitad de lo bien que ella dibuja...

—Tengo novio —le digo. No tenía la intención de decírselo todavía, pero de repente necesito darle algo. Si no un cómic, un secreto. Aprieto mi cuello desnudo con los dedos, nerviosa.

—¿De verdad?

—Sí, se llama Leo. Es... —Me molesta mi incapacidad para describirlo de forma adecuada—. Es, eh, increíblemente genial.

Liyana sonríe.

—Me gustaría conocerlo.

—Sí, eso sería...

—Tengo novia. —Liyana juguetea con el borde de la carpeta de los cuentos de hadas y arruga el papel—. Ella es... ella también es increíblemente genial, pero...

—¿Pero?

Liyana no me mira.

—Es... complicado por ahora.

—Ya. Lo siento...

Liyana se levanta.

—Vamos al Fitzwilliam.

No quiero irme todavía. Quiero quedarme y leer mi historia, contemplar mis dibujos hasta que pueda verlos con los ojos cerrados. De mala gana, me pongo de pie, levanto las carpetas y las aprieto contra mi pecho. Pero no las sostengo con la fuerza suficiente y las páginas se escapan y revolotean libres por el suelo. La puerta se abre y una repentina ráfaga las arrastra bajo las mesas y las sillas.

—¡Mierda!

Me pongo en cuclillas sobre el piso de Fitzbillies para salvar las preciosas imágenes antes de que las aplasten zapatos llenos de lodo o alguien les derrame café. Me tumbaría y dejaría que me pisotearan antes que permitir que se dañe el mejor regalo que me han hecho jamás.

3:54 p. m., Bea

Momentos después, Bea entra en Fitzbillies. No está segura de por qué está allí, ya que no es un café que suela frecuentar. Siempre iba a Indigo con Vali. Pero, caminado por la calle Trump, sintió un repentino deseo de comer uno de sus emblemáticos bollos Chelsea.

Después de pedir, pagar y sentarse en una mesa junto a la ventana, lo ve. Se agacha, mete la mano bajo la mesa y toma un papel. Tiene una ilustración en blanco y negro: una mujer que vuela por un cielo oscuro y se transforma en pájaro. Bea lo examina con atención: su pico graznando, sus garras afiladas y sus enormes alas negras, que se abren mientras se eleva sobre un paisaje nocturno de ríos y valles, sobre las copas de los árboles imponentes. Se eleva en el cielo de medianoche, como si fuera a alcanzar la luna. Es un mirlo.

Mientras mira la imagen, Bea recuerda cómo se siente planear en un avión: no tener miedo, ser invencible, ser libre. Está tan absorta en la imagen, tan cautivada, que no ve cuando la mesera deja el plato. La ilustración es como de otro mundo, pero tan real. ¿Quién podría haber dibujado algo así? Bea busca un nombre, una firma, pero solo encuentra las iniciales T. L. M. C. garabateadas en la esquina inferior derecha. Bea delinea con el dedo las alas, los intrincados dibujos. Está tan hipnotizada que no siente las lágrimas en sus mejillas.

4:14 p. m., Scarlet

De camino al puesto de periódicos, Scarlet se detiene ante el muro palaciego del Saint Catherine's College. Cada otoño, las mil hojas que visten los ladrillos se pintan de todos los tonos de rojo, ámbar y amarillo. Cuando una ráfaga de viento las recorre, titilan: mil llamaradas que cubren el muro, como un fuego insaciable. Durante septiembre y octubre, e incluso hasta noviembre, Scarlet visita el muro al menos una vez al día. Es un peregrinaje que le lleva tres minutos desde el Café Núm. 33. Por lo general, aquella vista le ofrece auxilio espiritual. Hoy es el altar ante el que debe inclinar la cabeza y expiar sus pecados.

Su sueño se hace presente. La chispa. El fuego. Los gritos de su madre. Esto último no lo recuerda, pero debe haber sucedido. Y todo lo hizo por su propia mano. «Asesina». Antes de ponerse a llorar, Scarlet se apresura a seguir.

Al pasar delante de Fitzbillies, se detiene en seco. En la ventana está sentada una chica, que mira una hoja de papel. Scarlet se queda ahí, sin moverse, fingiendo que contempla las charolas de calientes y pegajosos bollos de Chelsea. Mira de lejos a la chica, que llora en silencio.

Scarlet tiene una fuerte sensación de *déjà vu*. Está segura de haber visto a esa chica antes. Pero es más que eso, es una sensación indescriptible. Siente que conoce a aquella extraña tanto como si fuera su hermana, si tuviera una. Pero ¿cómo puede alguien ser una extraña y una hermana a la vez? Aunque, piensa Scarlet, la relación con su abuela es así hoy en día.

«¡Esme!».

Tiene que volver. Ha dejado a su abuela sola durante demasiado tiempo. Tan solo salió por un litro de leche para hacer bollos de arándanos. Con una última mirada a la chica, y sin comprar la leche, Scarlet corre de vuelta al café.

5:05 p. m., Leo

En el edificio de la Facultad de Derecho, Leo está sentado en la sala de seminarios B16, intentando concentrarse en lo que el doctor Hussein dice, algo relacionado con el Derecho de Daños. Pero es inútil. Leo no entiende por qué se molestó en venir en primer lugar. Últimamente ha faltado a demasiadas clases y entrega redacciones miserables en las supervisiones, a las que a menudo llega tarde; no hay duda de que pronto será llamado por su director de estudios. De cualquier modo, no tiene importancia si lo dan de baja. Es probable que esté muerto en una semana, así que ¿qué diablos importa?

Lo único que le preocupa es mantener a Goldie con vida. En vez de conducir su mente a las complejidades del Derecho de Daños, necesita encontrar la manera de convencer a Goldie de que no está loco y, al mismo tiempo, no aterrorizarla hasta causarle un ataque de nervios. Tiene que encontrar un equilibrio entre ser convincente y cuidadoso.

—... por lo tanto, si se utiliza el caso de Beckett contra Hargreaves como ejemplo, se debe considerar...

Leo cierra de golpe su libro de texto, se levanta, toma sus cosas y sale a grandes zancadas del aula B16. Treinta estudiantes sorprendidos miran, de reojo, cómo se marcha.

6:01 p. m., Goldie

Cuando llego a casa esta noche decido volver a intentarlo, esta vez con una margarita que recogí en el parque, en vez de una rosa robada. Me dije que no me humillarían de nuevo mis ridículas esperanzas, pero mi ánimo mejoró al ver a mi hermana y leer los inicios de mi propia novela gráfica. Verme como una superheroína sembró en mi mente la idea fantasiosa, pero no del todo improbable, de que podría tener ciertos poderes sobrenaturales después de todo.

Mientras dejo la margarita en la barra de la cocina, miro mi bonsái. Entonces viene a mi mente un recuerdo que estaba antes fuera de mi alcance: El bonsái desnudo y desprovisto de hojas, mis manos se cierran como un horno, un latido que se desvanecía vuelve a la vida... Siento una oleada de emoción anticipada, una especie de promesa, nervios... Coloco mis manos a ambos lados de la flor y me concentro en ella. Esta vez, intento sentirme como una flor: el aliento de la brisa en los pétalos, el calor del sol en las hojas. Imagino que Leo está a mi lado, Ana también. Entonces pienso en mamá. Y, de repente, siento que esto era algo que ella podía hacer: pequeños trucos de magia, aunque quizá no lo supiera.

Mientras ellos me animan, la idea de levantar algo, en especial algo tan insustancial como una margarita, no parece tan fantástica. No más que los átomos, la electricidad o las ondas de radio. Después de todo, ¿la telequinesis o la telepatía son más extraordinarios que el correo electrónico o la mensajería instantánea? Junto los dedos índice y pulgar para que la margarita suba hacia el espacio intermedio. Miro fijamente la pequeña flor.

Nada. Cierro los ojos.

«Levántate».

Miro. Nada.

—Levántate.

Vuelvo a mirar. Nada. Abro los ojos.

—¡Levántate!

Y lo hace. Solo una fracción de segundo. Un movimiento en el aire. Unos cuantos milímetros. Estoy segura. Casi.

8:38 p. m., Bea

DR. JONATHON FINCH
LÓGICA Y LENGUAJE

Bea apenas mira la placa. Gira el picaporte y empuja con tanta fuerza que la puerta se estrella contra el librero de pared. Al entrar en la habitación, deja caer el bolso y se quita el abrigo y la ropa mientras camina, hasta que solo lleva la falda, que le llega a los muslos.

El doctor Finch, con el bolígrafo en la mano, la mira fijamente.

—¿Qué demonios estás haciendo? —Sin decir nada, Bea se sube a su escritorio y empuja los ensayos de los estudiantes, que van a parar al suelo como las hojas de Everwhere—. No, espera...

—Déjalos. —Bea se desliza hasta su regazo y se sube la falda.

—No entiendo —dice el doctor Finch, tanteando su cremallera—. La última vez, dijiste que no volvería a...

Bea se incorpora.

—¿Quieres que me vaya?

—No —dice, liberándose—. No, no, no.

—Bien —dice Bea—. Entonces, cierra la boca.

El doctor Finch frunce el ceño, abre la boca para decir algo, pero solo deja escapar un largo suspiro cuando Bea mueve las caderas y se desliza de nuevo sobre él.

—Oh, Dios mío...

—Dije que te callaras. —Bea lo empuja más adentro; él gime más fuerte. Ella alza su mano y, justo cuando él cierra los ojos, le da una fuerte bofetada.

Los ojos del doctor Finch se abren de golpe.

—¿Qué demonios hiciste...? —Bea lo abofetea de nuevo—. ¡Detente!

Ella alza la mano por tercera vez.

—Oblígame.

El doctor Finch sujeta la muñeca de Bea, luego rodea con sus dedos ambas manos y la sujeta con fuerza. Bea arquea la espalda, gira las caderas y se libera.

—Espera. —El doctor Finch la suelta—. Por favor, no...

Bea se pone boca abajo. Presiona su cuerpo, sus pechos y su cara contra el escritorio.

—Oh, por Dios. —Él agarra sus nalgas con ambas manos y se desliza dentro de ella de nuevo—. Oh, Dios mío.

—Pégame —susurra Bea—. Devuélveme el manotazo.

—¿Qué? No.

—Hazlo —dice ella. Él vacila—. Hazlo, idiota...

El manotazo le lastima la piel y le nubla la vista. Se muerde el labio con fuerza, absorbe la sangre.

—Otra vez.

—¿Estás...?

—¡Otra vez! —Bea muerde más fuerte y saborea la sangre en su lengua—. ¡Otra vez!

El dolor le sube por la columna vertebral.

—Dios mío, Dios mío, Dios...

—Otra vez.

Pero él se estremece y se detiene. Recarga la mejilla sobre la espalda de ella, que siente su respiración rápida y caliente. Ella se aparta y lo empuja, deslizando su cuerpo fuera del escritorio.

—Espera —dice él—. ¿A dónde vas? ¿No quieres...?

—No. —Se aleja de él, se pone la falda en su sitio y se agacha para recoger el suéter que había tirado a la alfombra—. Esto no va a volver a ocurrir.

—Ay, por favor —dice el doctor Finch, con su pene flácido aún colgando fuera de sus pantalones—. No puedes decirme que no fue una sesión de sexo increíble.

—Súbete el cierre.

Mira hacia abajo.

—Al diablo con eso. Dame diez minutos. La próxima vez lo haré mejor.

Bea lo ignora y cruza la habitación. Siente que algunas gotas de semen se deslizan por su muslo. Necesita bañarse. Ahora. Tiene que eliminar todo rastro de él. Se pone el abrigo, las botas y toma el bolso.

—Espera.

Bea levanta la vista y ve la mano del doctor Finch sujetando la puerta. Frunce el ceño: ¿cómo cruzó la habitación tan silenciosa y rápidamente?

—Quítate.

Él sonríe.

—No puedes cogerme así y luego decirme que no volverá a pasar.

Bea le sujeta la muñeca. La mano de ella tiene la mitad de tamaño que la de él, pero, en este momento, su furia la hace el doble de fuerte. Piensa en Vali, ¿habrá algún momento en que no piense en él? Si pudo hacerle eso a un hombre inocente, un hombre al que amaba, ¿qué no podría hacerle a uno que ni siquiera le gusta?

—Puedo hacer lo que quiera —dice Bea—. Ahora, quítate de mi camino.

Hace menos de una década

Goldie

Lo hizo. Sabía que lo haría. El bastardo de mi padrastro tiró a Juniper por el retrete. Al menos, lo intentó. Idiota. Podría haberlo descuartizado, incluso quemado. Pero el imbécil pensó que ahogarlo sería el método más efectivo para deshacerse de él. Supongo que debería estar agradecida por su estupidez. Estaba celoso por no poder hacer nada creativo. No sabía cocinar, no podía dibujar, no podía cuidar un árbol. Nunca creaba nada, solo destruía. Así como me destruía a mí, poco a poco, cada noche. Sentía sus manos sobre mí, dentro de mí, incluso cuando no estaba cerca. Sentía su mirada sobre mí incluso cuando se encontraba lejos.

Una mañana encontré a Juniper arrancado de su maceta de cerámica, con las raíces despojadas de tierra, las ramas sin hojas, ahogado. Metí la mano en el agua y saqué a mi arbolito. Lo sostuve, goteando, en mis manos, y mis lágrimas solo lo mojaron más. Nunca había sostenido algo muerto. Ni siquiera un insecto. Era extraño no sentir el pulso de la vida en él, solo el choque entre el cálido ritmo de mis venas y la fría quietud de las suyas. Cerré la puerta del baño y me senté en el borde de la bañera. Lo abracé durante mucho tiempo.

Mientras lo sostenía, mis manos se calentaban. Las cerré sobre él, como un horno. No sé cuánto tiempo estuve allí sentada, pero al cabo de un rato empecé a sentir un cambio, una sacudida. Como si el débil golpeteo de su latido, a punto de desvanecerse, volviera a la vida. Fruncí el ceño ante aquel hecho imposible. Pero, después de mis experiencias en Everwhere, mis parámetros de lo posible iban más allá del borde de la Tierra.

Abrí las manos ahuecadas para mirar a mi árbol. No parecía diferente, seguía desnudo y sin hojas y, al parecer, sin vida. Pero se sentía distinto, como si estuviera jadeando después de atravesar las olas del mar.

Él buscaba la vida y yo se la devolví. Toqué cada rama, cada raíz; le susurré para soplarle dióxido de carbono fresco y que se hiciera fuerte de nuevo. Incluso me levanté para buscar una nueva maceta en donde plantarlo. Encontré un viejo molde de margarina bajo el lavadero, que se utilizaba para recoger las gotas que se fugaban de la tubería. Llevé a Juniper al parque que está al final de la calle, desenterré puñados de tierra y lo volví a plantar ahí.

Tres días después empezó a brotar la primera hoja nueva de mi árbol, un brote verde, brillante e insistente.

Dos días después, la cocina se inundó. Ma enfureció.

Liyana

Liyana había estado discutiendo con su madre últimamente. Peleaban hasta por las cosas más insignificantes. Liyana decía que era lo suficientemente mayor para ir sola al colegio; Isisa decía que no, hasta que cumpliera los trece años. Liyana quería dejar el ballet y dedicarse al *kick-boxing*, pero su madre se negaba a pagar las clases. Liyana se negaba a tomar la mano de su madre cuando cruzaban la calle, así que Isisa la agarraba de la muñeca y la apretaba tanto que la piel de Liyana quedaba marcada durante horas. La semana pasada, Liyana exigió una cerradura en la puerta de su habitación; Isisa insistió en que la única puerta con cerradura sería la del baño.

Una noche, harta de seguir soportando la tortura del alaciado, Liyana se encerró en el baño y se cortó el pelo con las tijeras de la cocina, cercenó cada rizo alaciado hasta que varios cayeron en las baldosas como serpientes decapitadas. Por un momento, Liyana pensó en los mitos que había aprendido en la escuela, el de Medusa y el de Sansón, y se arrepintió. ¿Acababa de cortar la fuente de su poder? Pero, cuando se vio en el espejo, descartó ese pensamiento. Tenía el pelo corto, rapado hasta el cuero cabelludo en algunas partes, con mechones encrespados que sobresalían como pasto cortado por un borracho. Su madre sin duda la mataría cuando la viera, pero, por una vez, a Liyana no le importaba. Se veía total y absolutamente espléndida.

Por si acaso, Liyana buscó en el armario el frasco del alaciador sin cloro del Dr. Miracle y lo vertió en el lavabo; mientras la irritante sustancia blanca se deslizaba por el desagüe, ella sonreía. Pagaría por esto, pero cada bofetada valdría la pena.

Bea

—Qué buen peinado —dijo Bea—. Apuesto a que tu mamá tuvo un ataque. —Liyana se adentró en el claro, intentando acomodar los mechones desiguales de cabello—. Mamá me habría abofeteado muy fuerte —dijo Bea, sonriendo como si se tratara de un destino deseado con devoción—. Habría prendido fuego a la maldita casa.

Todas nos miramos sorprendidas y ella rio, el ruido perturbó el aire como un cuervo.

—Son muy sensibles, tengo que enseñarles a ser más duras… —Hizo una pausa para mirarnos una a una—. Antes de que sea demasiado tarde...

Sus palabras flotaron en el aire, separaron la niebla, intentaban captar nuestra atención. Quise preguntar a qué se refería, pero esperé a que una de mis hermanas lo hiciera, lo cual ocurrió de inmediato.

—¿Antes de que sea demasiado tarde? —preguntó Liyana, mordiendo el anzuelo como un pez.

Bea se limitó a esbozar su enigmática sonrisa.

Scarlet se bajó de la rama de un árbol.

—Vamos a hacer algo divertido —dijo—. Podemos hacer lo que queramos aquí. ¿Por qué perder el tiempo charlando o dejando que ella —señaló a Bea con la cabeza— se burle de nosotras con sus tontas adivinanzas?

—Me gusta charlar —dijo Liyana—. Es bueno conocernos. Ninguna de nosotras tiene hermanas en el mundo real, así que...

—Este *es* el mundo real —informó Scarlet a Liyana, y luego volteó hacia Bea—: Deja de ser tan pesada y dinos de qué estás hablando.

—La elección. —Bea suspiró, como si estuviera obligada, como si no hubiera sido ella quien sacó el tema en primer lugar—. Si no eliges la oscuridad, tienes que ser fuerte para sobrevivir.

—¿Sobrevivir a qué? —Liyana volvió a morder el anzuelo.

—Si no eliges a su favor, él enviará a sus soldados a matarte, o lo hará él mismo. Depende de qué tan especial seas —dijo Bea—. Así que debes perfeccionar tus habilidades y practicar mucho, fortalece hasta que tengas oportunidad de sobrevivir.

Parecía que estaba citando a alguien, probablemente a su madre.

—Nunca habías dicho que se trata de una elección de vida o muerte —dije.

—Pensé que era obvio —dijo Bea—. No esperabas que él te dejara vivir, ¿verdad? Así como si nada. Quiere ser el padre de un ejército que lo apoye, no de una fuerza que se le oponga.

—Supongo que tu madre...

—¿Y si decidimos matarlo? —interrumpió Scarlet—. ¿Entonces qué...?

Liyana tenía los ojos muy abiertos.

—¡No podemos hacer eso!

—Si es en defensa propia, no pueden mandarte a la cárcel —dijo Scarlet—. De todos modos, no pedimos nacer así, ¿verdad? No es nuestra culpa, es suya.

Quise hacer eco de lo que decía mi hermana, pero no fui tan valiente.

Liyana la miró, incrédula. Bea puso los ojos en blanco.

—No eres tan especial —dijo, volviendo a su arrogante modo adulto de nuevo—. Ninguna de nosotras lo es. Él es más poderoso de lo que cualquiera de nosotras podría ser. Él es como un roble milenario y nosotras somos... hierba insignificante. No tendrías ninguna oportunidad, no importa lo fuerte que seas.

—¿Por qué tu mamá te cuenta todo —dijo Liyana— y las nuestras no nos cuentan nada?

Bea suspiró, adoptando la postura de una maestra de escuela.

—Ya te lo he dicho. Es porque no lo saben. No son Grimm puras, ¿verdad? Si van a Everwhere en sueños, no creen que sea real.

—Mi madre sabe algo —dijo Scarlet, casi para sí misma—. A veces me mira, como si sospechara o tuviera miedo de algo.

—Probablemente tenga un poco de sangre Grimm —dijo Bea—. La suficiente para atravesar las puertas.

—No creo que mamá sepa nada —dijo Liyana.

Hace unas semanas habría dicho que Ma tampoco sabía nada, pero empezaba a dudarlo. Entonces tendría sentido que me abrazara tan fuerte.

—¿Y si, a la hora de elegir, nos escondemos en algún sitio y no volvemos aquí? —Liyana se retorció las puntas de su pelo rapado—. Entonces tampoco tendríamos que estar en un ejército ni morir ni intentar matar a nadie.

El silencio se apoderó del claro, como si todo sonido hubiera sido sofocado por una niebla densa y repentina. La sugerencia de no volver jamás era tan chocante, tan insostenible, que nadie se dignó a responderla. La muerte, no había duda, era mejor que la deserción.

—No puedes huir —dijo Bea, finalmente—. Seguirás viniendo, aunque sea en sueños, aunque no quieras.

—¿Por qué? —preguntaron Liyana y Scarlet al unísono.

—La necesidad de volver ha estado dentro de nosotras desde que fuimos concebidas —dijo Bea, luego hizo una pausa para recordar las palabras de su madre—. Es producto del anhelo blanco y brillante y del deseo oscuro. Somos como esos peces... los salmones, que siempre vuelven al lugar donde nacieron.

—Entonces, ¿cómo piensas sobrevivir a La Elección? —preguntó Scarlet—. Si no eres lo suficientemente fuerte para derrotarlo.

Por el rostro de Bea pasó una mirada que no pude descifrar. Cuando habló, todo rastro de burla había desaparecido.

—No tienes que derrotarlo —dijo—, si eliges la oscuridad.

26 de octubre
6 días...

3:33 a. m., Goldie y Liyana

—Todavía te quiere —le digo, acunando el teléfono entre la oreja y el hombro, susurrando para que Teddy no me escuche. Liyana me contó todo por fin: su madre, el tarot, Kumiko, el Slade, la tía Nya, Mazmo, Tesco... Bueno, creo que eso es todo.

—No estoy segura —dice Liyana.

—Yo sí. Aunque nunca he visto a Kumiko, estoy segura. El amor no desaparece de repente, Ana —afirmo, como si fuera, de repente, una experta en el tema—. Tienes que recuperarla. —Oigo que Liyana suspira—. Creo que tiene razón sobre tu tía. —Ahora hablo con cautela. Quiero decir algo sobre Mazmo y la escuela de arte, sobre tener que trabajar duro para conseguir las cosas y no avergonzarse de hacer trabajos de mierda, pero no estoy segura de cómo decirlo sin ofender. Así que me quedo con el tema más seguro—. No puedes dejarlo todo por ella.

—Lo sé —susurra Liyana—. Lo sé, pero es tan difícil. Ella ha estado, ha hecho tanto por mí. Ella es…

—Ella estará bien —le digo—. No necesita que la salves.

Oigo a Liyana suspirar de nuevo.

—Tal vez.

—Y en cuanto a Kumiko, tienes que... No te rindas.

—¿Qué quieres decir?

—No lo sé. —Intento pensar en un ejemplo—. Enséñale lo que significa para ti. Camina desnuda por Trafalgar Square, sube al Big Ben...

Liyana se ríe.

—No puedo hacer eso.

—¿La amas?

—Por supuesto.

—Si la amas, harás cualquier cosa por ella. —Liyana guarda silencio—. Ana… —Dudo.

—¿Sí?

—Por si sirve de algo, creo que Kumiko también podría tener razón sobre Mazmo.

Liyana está tan callada que empiezo a preguntarme si me habrá colgado.

—Pero... —Intento encontrar un tema menos doloroso—. Yo, eh, ¿podrías... podrías leerme el tarot?

Sin embargo, Liyana no dice nada y me pregunto si dije algo equivocado, otra vez.

—¿Ana?

—Lo siento —dice ella—. Eh… sí, supongo que sí.

—¿Estás segura?

—Claro —dice ella—. No me molesta, solo que nunca lo he hecho para nadie más. No sé si funcionará.

—Si pudieras intentarlo, sería increíble —le digo—. Hay… hay cosas que percibo, pero no tengo pruebas.

—Pero las cartas no te dan eso —dice Liyana—. Mis lecturas son más bien historias, que te dicen lo que está pasando y lo que podría pasar... Pero, la verdad, últimamente no he podido encontrarles mucho sentido.

Como no quiero presionarla, no digo nada.

—Espera —dice Liyana—. Voy por las cartas.

Espero a que vuelva a tomar el teléfono.

—¿Sigues ahí?

—Sí.

—Bien, te pondré en el altavoz mientras barajo y reparto.

Mientras corta la baraja, Liyana se centra en Goldie y le pide al tarot que le cuente una historia sobre su hermana. Baraja más tiempo que de costumbre, intentando impregnar a las cartas con la energía de Goldie en vez de la suya propia, antes de tirarlas. El Diez de Espadas: una chica de pelo azul se desmaya bajo las puntas de las diez espadas que revolotean, ajena a las mariposas que vuelan cerca o a las estrellas que brillan por encima. «El final, la entrada a la oscuridad». La Torre: una bestia de piedra gruñe y vigila la torre en ruinas, las llamas rugen desde las ventanas y se elevan hacia el cielo. Azotados por un feroz viento gris, los buitres se elevan por encima de la gente que se precipita a la muerte. «Pérdida, cambio repentino, devastación». El Nueve de Espadas: un fantasma aúlla y persigue a una mujer aterrorizada que, en vano, blande seis espadas para defenderse. Las tres espadas restantes atraviesan su vestido y la inmovilizan en el suelo. «Miedo, duda, sueños proféticos». El Siete de Espadas: un hombre con capa amarilla, rodeado de serpientes, apunta con cuatro espadas a un asaltante invisible que blande las otras tres. «Traición, engaño, desconfianza». El Tres de Oros: tres brujas triunfantes se reúnen en un exuberante jardín para lanzar encantamientos que cambian de forma, mientras conejos de ojos rojos juegan a sus pies. «Trabajo en equipo, unidad, hermandad».

Liyana no necesita esperar a que surja la historia para saber que, con excepción de la última carta, esta tirada en particular no es un buen augurio.

—¿Y bien? —insisto—. ¿Qué ves?

—Nada, no es... —Liyana tose—. Hice algo mal. Tengo que volver a hacerlo.

No necesito ver su cara para saber que está mintiendo.

4:00 p. m., Liyana

—¿Estás cocinando? —Liyana entra en la cocina.

—Sí —dice la tía Nya. —¿Es tan sorprendente?

—Bueno...

—Me subestimas. Yo cocinaba para mi quinto marido todo el tiempo.

Liyana levanta una ceja.

—De acuerdo, no *todo* el tiempo —corrige su tía, mientras acomoda los cubiertos—. Tal vez era un evento más especial. Pero, como en todo, se trata de calidad, no de cantidad.

Liyana decide no insistir en el asunto.

—Entonces, ¿quién es el afortunado esta vez?

—Invité a Mazmo a cenar. —Nya ajusta los tenedores para que estén perfectamente paralelos a los cuchillos—. ¿Podrías traer las copas de vino?

Liyana saca una silla y se sienta.

—¿Qué haces?

Liyana juguetea con un pesado tenedor de plata.

—No va a venir.

—Por supuesto que viene. —Nya abre un armario y saca tres copas de vino—. Yo lo invité.

—No puedo hacerlo.

—¡Habla más alto! —le dice su tía. No pagué treinta mil al año por una educación en Saint Paul para que murmures—. Enuncia. Proyecta.

Liyana levanta la vista.

—Yo… no puedo hacerlo, *Nɔḍi*. Lo siento, no puedo casarme con Mazmo.

—¿De qué hablas? —Nya sostiene las copas en alto. Liyana las imagina cayendo, estrellándose contra el suelo de piedra—. Lo invité ayer.

Liyana traga saliva.

—Lo llamé esta mañana, luego llamé al Tesco y acepté el trabajo nocturno de llenar estanterías. Sé que me llevará un tiempo ahorrar para el Slade y sé que tendremos que mudarnos, pero... —Con un profundo suspiro, Nya se apoya en la barra de la cocina—. Lo siento, quería hacer esto por ti, por mí también, pero... No puedo. —Su tía mira fijamente las copas de vino—. Pero está bien. —Liyana se inclina hacia adelante—. Mira, puede resultar algo bueno, *Nɔɖi*. Kumiko me dijo algunas cosas sobre ser mimada y tomar siempre el camino fácil, y ahora me doy cuenta de que estaba…

—Alto ahí. —Nya pone los vasos en la mesa—. No tienes ni idea de lo dura que ha sido mi vida. Absolutamente ninguna. Así que no te atrevas a juzgarme por cómo he...

—Espera —protesta Liyana—, yo no, yo no...

—No —dice su tía—. Tú espera. Fuiste criada sin que te faltara nada. Le di a tu madre todo lo que necesitaba para darte todo y más. Y, después de su muerte, te di todavía más. Nunca tuviste que hacer concesiones, nunca tuviste que hacer cosas que te retorcieran el alma para sobrevivir... así que no me hables de estar mimada.

Nyasha se calla y le da un manotazo a una copa de vino de la mesa. La copa cae al suelo de piedra. Luego se da la vuelta y sale de la cocina. Liyana se desploma en su silla.

Tiene la cara apoyada entre las manos; de pronto, el vino blanco de la botella empieza a ponerse rojo.

Liyana se levanta de la mesa cuando suena el timbre de la puerta. Lo primero que piensa es que se trata de Mazmo, ya que no recibió con especial entusiasmo la llamada que puso fin a su relación, así que vacila. Cuando vuelve a sonar, Liyana domina su reticencia y va a abrir. Más vale pronto que tarde.

—¿Sí? —Liyana mira a los dos hombres, uno bajo y gordo, el otro más alto y gordo, que están en los escalones de abajo. Testigos de Jehová, es su segunda impresión—. ¿Cómo puedo...? —El hombre más alto sostiene una carta y la retira antes de que ella pueda leerla. Nunca se había encontrado con misioneros de Dios tan agresivos.

—Esta es una orden de ejecución. —El bajo habla con un tono monótono—. Dice que estamos autorizados a entrar en su propiedad y embargar todos los bienes no alquilados con el fin de venderlos para liquidar sus deudas.

—¿Qué? —Liyana los mira fijamente—. ¿Qué? Yo no...

—Apártese, jovencita —dice el alto—. Preferimos una entrada pacífica a una forzada.

—Pero no dudaremos en emplear esto último si es necesario —dice el gordo bajito.

El más alto sube un escalón de la entrada y queda a la altura de Liyana, la mira de frente. Ella da un paso atrás y se tropieza en el pasillo cuando él la hace a un lado, seguido rápidamente por su compañero. Entran en la cocina antes de que Liyana los alcance.

Se queda mirando a los hombres, que ya desenchufaron la cafetera, y siente que el agua sube demasiado rápido, que las olas se estrellan.

—¡Deja eso! —Nya está de pie en la puerta, preparada e inamovible—. ¡En este instante!

Los hombres se voltean para mirarla. El hombre alto no se mueve, ni suelta la Magimix roja y cromada. El hombre más bajo se acerca a Nya.

—¿La señora de la casa, supongo?

—No tienen derecho a estar aquí. —La voz de Nya congela las aguas en que Liyana se siente ahogada—. Salgan inmediatamente.

—Pero tenemos todo el derecho, señora —se burla el hombre bajito—. Hace siete días se le envió una notificación de ejecución. No hizo ninguna apelación, así que ahora...

—No pueden entrar en mi propiedad sin permiso —dice Nya—. Váyanse. Ahora.

—En eso no se equivoca, señora. Pero su hija nos dejó entrar, por su propia voluntad, lo que nos permite llevar a cabo nuestros deberes con todo el rigor de la ley. Le hace una seña al hombre alto y gordo, que comienza a retirar el Magimix.

Nya mira a Liyana.

—¿Los dejaste entrar?

Liyana asiente.

—¡Por Dios, Ana! ¿Por qué hiciste eso? Ahora pueden hacer lo que les dé la gana, cuando sea.

—Yo… —murmura Liyana— Yo no...

—Tienen sesenta y dos horas para desalojar el lugar. —El más bajo sonríe—. Setenta y dos horas más si apelan. En cualquier caso, será mejor que para el viernes estén fuera.

Liyana se vuelve para mirar a su tía.

—Eso no está bien, ¿verdad? No pueden hacer eso, esta casa sigue siendo nuestra. Es nuestra, nosotras...

Nya no dice nada, pero su mirada de pura vergüenza y culpa es respuesta suficiente.

10:37 p. m., Scarlet

A su favor, la compañía de seguros no le hace esperar las noticias. El correo electrónico llegó esta mañana. Scarlet tardó una hora en reunir el valor para abrirlo. Mientras leía las frases que lo componían, en su mente escuchó de fondo la marcha fúnebre. «Le escribo en relación con su reclamo por las reparaciones del techo del café Núm. 33. Me temo que, tras el informe de nuestro perito...». No debió seguir leyendo después de esa segunda frase, pero tenía que retorcer el cuchillo para cortar el último brote de esperanza. «Dado que usted no ha mantenido el edificio de acuerdo con las instrucciones del propietario, no podemos hacernos cargo de los costes de la reparación. Me gustaría llamar su atención sobre la cláusula 12.3 dc su póliza de seguro…».

Ahora Scarlet está sentada en la mesa preferida de su abuela, junto al mirador, con la mirada fija en una taza medio vacía de café frío. El lugar está en silencio. Esme duerme arriba. Pero Scarlet debe decírselo. No puede mantener el secreto para siempre. Tendrán que mudarse, pero Scarlet no tiene ni idea de a dónde irán ni cómo pagarán el alquiler. Primero, tendrá que llamar a Eli, para humillarse y preguntar si su oferta sigue en pie. Tendrá que descontar 15 000 libras, más o menos, para reparar el techo. ¿Y qué les quedará después de eso?

La luna brilla a través del cristal, arroja una pizca de luz sobre su taza de café. Scarlet la mira fijamente, atrapada por el recuerdo de la luz de la luna en la superficie de un lago.

Frunce el ceño, tratando de retenerlo. Vio una vez a una chica que manipulaba el agua, creaba olas que salpicaban la orilla de un río, provocaba remolinos girando sus dedos índices en el sentido de las manecillas del reloj. Pero ¿quién era la chica?

Apoya la palma abierta sobre su taza de café, para eclipsar el reflejo de la luna. Mientras su mano se calienta, intenta recordar más. Luego toma la taza y bebe un sorbo.

11:48 p. m., Bea

Bea se despierta de golpe y por completo. Hay un hombre sentado en la silla junto a su escritorio. Lo ilumina la luz de la lámpara; es muy alto, muy delgado y muy viejo.

Curiosamente, no está asustada.

—¿Quién eres?

Él sonríe.

—Mi amor, no me digas que no reconoces a tu propio padre. —Bea se le queda mirando. Parece que lleva mil años sentado en esa silla—. Sé que ha pasado mucho tiempo, pero no creo que haya envejecido tanto. —Se toca con una mano arrugada la mejilla, también arrugada—. ¿O sí? —Bea se sienta en la cama. Es el hombre que vio en sueños—. Pero no era un sueño. Seguro que a estas alturas ya te diste cuenta. —Aturdida, Bea asiente—. Es un gran placer verte de nuevo, Bella. Te he echado de menos.

Su padre hace una pausa, quizás esperando a que Bea le diga que comparte el sentimiento. Ella no dice nada. Él la estudia. Bea evita su mirada. Si pensaba que su mamá era un halcón, su padre es un buitre de diez cabezas.

—Eras una niña bonita —le dice—. Pero te has convertido en una mujer realmente hermosa. De tal madre, tal hija. Aunque supongo que me puedo permitir tomar parte del crédito. La mitad, por derecho, tal vez más.

—¿Cómo entraste a mi habitación? —Él vuelve a sonreír. Su sonrisa la hace temblar—. ¿Dónde has estado los últimos dieciocho años?

—Eso es injusto —dice su padre—. Te visito de vez en cuando. Sé que estás empezando a recordar. —Bea no responde—. No te preocupes. —Él asiente, pensativo—. Esperaba que tuvieras sentimientos encontrados al volver a verme. Espero que, con el tiempo, podamos resolverlos.

—Entonces, ¿piensas quedarte por aquí? —Ella se sienta, más erguida—. ¿Decidiste quedarte?

—Bueno, mi amor, te has mostrado más prometedora estos últimos días. Después de los eventos de la semana pasada, pensé que ya era hora de que tuviéramos una charla. —Ella lo mira fijamente, sin decir nada. Después de todo, el fantasma de Vali ha vuelto a ella—. Sí, estoy bastante impresionado. —Se inclina hacia atrás en su silla, apoya los codos en los brazos de madera y junta los dedos—. Muchas de mis hijas son una decepción, pero tú… Tu madre lo ha hecho bien contigo.

Al mencionar a su mamá, Bea frunce el ceño.

Su padre sonríe.

—Y tú pensabas que estaba trastornada, como tantas otras pobres almas incomprendidas que simplemente ven lo que otros no pueden ver. —Levanta una ceja y sus ojos parecen brillar como los de un gato en la penumbra—. Estoy encantado de que también te parezcas a mí.

Bea parpadea.

—No sé qué crees saber, pero...

—Oh, sé lo que has estado haciendo —le dice—. Siempre lo supe. Solo que no habías dado señales de nada que valiera la pena, hasta hace poco.

—¿*Siempre* lo supiste? ¿Pero, cómo...?

—¿Es posible? —Parece decepcionado—. Sé que ignoras deliberadamente a tu madre, pero después de lo que le hiciste a ese cachorro enfermo de amor, pensé que habrías ampliado tu comprensión de lo que es posible. Y en caso de que te preocupe, el forense dictaminará que la muerte fue por causas naturales, un ataque al corazón.

Bea trata de ignorar sus manos temblorosas, el creciente golpeteo de su corazón.

—No sé cómo, pero no tienes ni idea de lo que pasó. Ni siquiera...

Su padre ríe.

—Bea, sé *todo* sobre ti. Sé que tu cereal favorito para desayunar era Coco Pops hasta que cumpliste cinco años y empezaste a preferir Cornflakes. Sé que perdiste la virginidad a los catorce años con Kevin Fitzpatrick. Una mala elección, estarás de acuerdo. —Ella lo mira fijamente, con la boca abierta. Su sonrisa es como el tajo de un cuchillo—. Sé que hiciste trampa en tu examen de matemáticas solo para ver si podías lograrlo. Sé que una vez dejaste que Lottie Granger asumiera la culpa de esa travesura que tú...

—¡Detente!

Su padre hace un gesto de desaprobación.

—Aguafiestas. Sentí un poco de orgullo paternal por lo que le hiciste a la pobre Lottie. De hecho, esperaba que... Lamentablemente, me hiciste esperar otra década antes de cumplir ese potencial. Pero siempre has sido un tanto rebelde, ¿no? —Sus ojos de gato brillan—. Probablemente, por eso aquel pobre cachorro gordo se sintió atraído por ti. Nunca pude entender por qué te sentías tan atraída por él. Pero supongo que en gustos no hay nada escrito.

—¿Qué demonios quieres?

Su padre sonríe; el cuchillo corta más profundamente.

—¿Aún no lo has descubierto? Me sorprende, una chica inteligente como tú...

—¿Qué estuviste haciendo todos estos años? ¿Dónde has estado? —reclama Bea—. Apuesto a que tienes una esposa, otros hijos...

—Sí, algo así. Ciertamente, tengo muchas hijas.

—¿Cuántas?

—Bueno, nunca he hecho un recuento exacto, pero algo así como cuatro o cinco... mil, supongo.

Ella entrecierra los ojos.

—No seas...

—¿Te preguntas cómo es posible?

—No, pienso que eres un *mentiroso de mierda* y un lunático, además, como mamá.

—No, eso no es lo que piensas, has visto demasiado como para pensar eso. —Otra vez el gesto de desaprobación—. La mala noticia es que, por desgracia, la mayoría de mis hijas están muertas. La buena es que pronto conocerás a tres de tus hermanas sobrevivientes.

Bea piensa en el sueño, en su mamá contándole de sus hermanas. Piensa en la ilustración del mirlo que encontró en Fitzbillies. El reconocimiento. Los recuerdos que vuelven.

—Pero ya llegaremos a eso —dice su padre—. Primero vamos a hablar de cómo te voy a volver mi protegida, te enseñaré todo...

—Yo no tengo padre —interrumpe Bea—. No tengo, no quiero uno, nunca lo necesité. Mamá es suficiente. Ahora lárgate y déjame en paz, como antes.

Su risa la hace estremecerse.

—Puedes negarlo, querida, puedes luchar contra ello todo lo que quieras, pero dentro de unos días... Bueno, solo tienes que esperar y ver.

Y, después de decir eso, se desvanece.

Durante un buen rato, Bea se queda mirando la silla donde se sentó su padre, la huella que dejó en el aire. Pasan horas antes de que sus pensamientos y su respiración empiecen a calmarse (aunque, piensa, quizá nunca lo haga), y entonces empieza a temblar.

11:56 p. m., Leo

Leo camina a grandes zancadas por el King's Parade. Esta noche ni siquiera se molesta en mirar hacia las ventanas iluminadas, ya no le importa quién pueda estar ahí. La luz que se derrama sobre las banquetas le sigue recordando yemas de huevo rotas, pero ese pensamiento no lo frena, simplemente atraviesa la luz y vuelve a la oscuridad.

Si quiere a convencer a Goldie, debe hacer algo dramático. La precaución y la consideración no están funcionando. Y, con solo cinco días para ir, no puede permitirse perder más tiempo. Sabe qué solo hay una cosa que podría decir para conseguir que le crea. Pero, si se la dice, la perderá. Lo cual significa que debe elegir entre conservar su amor o salvarle la vida.

Hace una década

Everwhere

No vuelves. Pasan meses. Años. Poco a poco, el recuerdo de Everwhere se desvanece. Cuando piensas en ello, si es que lo haces, te reprendes por haber creído que era real. No puede serlo. Fuiste una tonta al imaginar lo contrario. No debió ser más que un sueño.

Un sueño espeluznante e increíble.

Goldie

No quería olvidar y no quería morir. No estaba segura de a qué temía más. Olvidar Everwhere sería como olvidar la parte más esencial de mí misma: mi espíritu, mi alma. Pero ¿qué podía hacer?

Había algo más. Desde que Bea nos puso una fecha de en que esto terminaría, un plazo para esta vida, esta experiencia, comencé a pensar las cosas de otra manera. Ya no quería aguantar, sufrir lo que no debía. La espina más afilada en mi zapato era mi padrastro. Me tocaba a mí detenerlo, ya que mamá no tenía ni idea y Teddy no podía ayudar.

Me quedé pensando en otra cosa que dijo Bea. Sobre la vida y la muerte, sobre la lucha por sobrevivir. Puede que no tuviera la fuerza de Scarlet, pero era mucho más fuerte de lo que creía, mucho más de lo que nadie sospechaba. Y, aunque ninguna de nosotras fuera lo suficientemente fuerte para matar a nuestro padre, empezaba a pensar que no sería tan difícil deshacerme de mi padrastro. No sabía cómo lo haría, ni siquiera sabía si lo haría, pero empezaba a disfrutar pensando que podía hacerlo, era emocionante imaginarlo.

Liyana

Liyana leía las cartas, noche tras noche, con la esperanza de demostrar que Bea se equivocaba. Esperaba no tener que dejar nunca Everwhere, no tener que abandonar el lugar y la gente que tanto amaba. Pero las lecturas eran siempre las mismas. Las cartas eran diferentes, pero la historia que contaban, no. La Torre. El Cinco de Copas. El Diez de Espadas. El Nueve de Bastos... Una historia de pérdida, luto, anhelo, sufrimiento y dolor. Ella perdería a Everwhere, a sus hermanas y a sí misma.

Después de lamentar esto durante un tiempo, Liyana decidió dejar de lado las cartas. No predecirían su destino. Ella huiría. La noche anterior a su décimo tercer cumpleaños se iría a Everwhere y no volvería. Así, no lo olvidaría. Después de todo, ¿cómo podría estar demasiado atada a este mundo si se iba, y cómo podría olvidar el lugar donde ahora viviría?

Liyana dejaría una carta. No trataría de explicar la verdad. En vez de eso, diría que estaba huyendo a París o Manhattan. Al menos así su madre solo temería por su seguridad y no por su cordura. Liyana no sabía exactamente qué escribiría. Sin embargo, tenía varios años para pensarlo. Así que el plan estaba preparado. Liyana dedicaría los primeros trece años de su vida a Isisa Chiweshe. Luego se iría y viviría el resto de su vida como quisiera.

Scarlet

También Scarlet tenía un plan para burlar la profecía de Bea. Se escribiría a sí misma una carta, para abrirla el día de su décimo tercer cumpleaños, donde se contaría a sí misma todo sobre el Lugar, el Olvido y la Elección. Le explicaría todo a la Scarlet adolescente y así podría volver cuando quisiera.

Naturalmente, Scarlet se dio cuenta del fallo inicial del plan. Su yo de trece años tacharía los escritos de su yo de ocho años de ser una fantasía infantil. Al fin y al cabo, cualquier adulto al que le hablara de Everwhere pensaría que estaba inventando todo. Así que decidió tomar una fotografía. No del lugar, porque no sabía si eso era posible: ¿podría atravesar la puerta con la cámara Polaroid de su abuela? Lo más probable es que no. Es imposible capturar un sueño, fijarlo en el tiempo y el espacio, incluso uno real.

En vez de eso, Scarlet tomaría fotografías de las chispas que brotaban de las yemas de sus dedos cada vez que se enojaba. Solo ocurría a veces, pero era suficiente. Todo lo que tenía que hacer era esperar.

Cuando Scarlet tuvo por fin la fotografía (después de una serie de malabares que no había previsto), la metió en un sobre junto con la carta y la guardó bajo llave en el cajón superior de su escritorio. Había escrito en él, con letra elaborada pero clara, las palabras: «para abrir en mi décimo tercer cumpleaños».

Bea

Aunque había fingido ante sus hermanas que no le importaba, sí le importaba, quizá demasiado. Bea no podía soportar la idea de no volver a Everwhere, de no volver a ver a sus hermanas en media década. Suponía que podría visitarlas en la Tierra, pero no sería lo mismo. Nada lo sería. Y como no compartía su ingenuidad, como sabía que no podría volver, Bea intentó resignarse a pasar cinco años de soledad, en compañía de su mamá y su abuela.

27 de octubre
5 días...

8:58 a. m., Bea

Para su vergüenza, Bea tomó el primer tren a Londres esa mañana, aunque había quedado de visitarla dentro de cuatro días. Por mucho que odiara a su mamá, la experiencia de volver a ver a su padre en carne y hueso fue tan inquietante que hasta acudir a Cleo como fuente de consuelo era preferible a estar sola. Aun así, no piensa decirle nada sobre Vali, por muy riguroso que sea el interrogatorio.

—No entiendo por qué estás enfadada. —Cleo toma dos rebanadas de pan de la tostadora—. Deberías estar contenta. Ahora que tienes casi dieciocho años, él volvió por ti.

—Bueno, pues no me tendrá. Perdió esa oportunidad hace años.

—Por amor al… demonio. —Su mamá suspira—. Siempre has sido así.

—¿Cómo?

—Siempre que te sientes rechazada finges que no te importa. —Su mamá le pone mantequilla al pan tostado—. También eres buena para convencerte de que no estás llena de dolor, sino de odio. —Bea hace caso omiso de este comentario y, en vez de decir algo, presiona la punta de los dedos sobre la mesa—. ¿Mermelada o Marmite?

—¿Qué tipo de mermelada?

—De frambuesa.

—Marmite.

—Bueno. —Su mamá asiente—. No dejes que Gatito chupe tus dedos, el Marmite le hace daño.

—Eso no le sucedía.

—Se está poniendo viejo.

Bea imagina a su gato descomponiéndose bajo el manzano del jardín. Se imagina a Vali en la morgue.

Cleo deja de untar Marmite.

—¿Qué pasa, niña?

—Nada.

—Entonces, ¿por qué estás en casa tan pronto? La última vez que te vi, no tenías muchas ganas de venir.

—Quise tomar un descanso.

—Mentirosa.

—Está bien, rompí con mi novio, ¿de acuerdo? —dice con voz firme. Será fuerte, no permitirá que su mamá vea una sola grieta—. Y quería tomarme unos días...

—¿Cuántas veces tengo que decírtelo? —Cleo pone los dos platos de pan tostado sobre la mesa—. No me digas mentiras.

—No lo hago. Es la verdad.

Su mamá saca la silla junto a su hija y se sienta.

Bea se queda callada.

—Tu padre me contó lo que hiciste. —Cleo da un mordisco a su pan tostado—. Estoy impresionada.

Bea mira fijamente a su mamá, luego toma su propio plato de pan tostado y lo lanza contra la pared. El plato se rompe esparciendo fragmentos de porcelana por el suelo de linóleo. El silencio es agudo, expectante. Como si unos malévolos duendes de la cocina estuvieran observando y se preguntaran qué va a pasar a continuación. Bea vuelve a sentarse en su silla.

—¿Ahora quién es la loca? —murmura Cleo.

Unos minutos más tarde, Gatito entra en la cocina y empieza a lamer una rebanada del pan tostado con Marmite que quedó en el suelo.

9:38 a. m., Liyana

Liyana y su tía están en lados opuestos de la mesa de la cocina. En la tierra de nadie que hay entre ellas se amontonan cajas apiladas, como el fuerte de un niño. Llenas, selladas y etiquetadas. Vacías, abiertas y en blanco. Liyana envuelve los vasos en plástico burbuja, aunque preferiría estrellarlos contra el suelo de piedra y salir corriendo. El problema es que no tiene a dónde ir. Kumiko no la recibiría y Goldie no tiene espacio.

Nya retuerce tiras de periódico alrededor de cuchillos y tenedores, los que quedan después de que aquellos tipos secuestraran los cubiertos.

Liyana quiere preguntarle a su tía a dónde irán, pero se abstiene. Se pregunta si se quedarán en Londres. No puede imaginar que su tía se digne a vivir en otro lugar. Pero, si lo hacen, la casa tendría que estar muy lejos, más allá de los suburbios, en los límites de la ciudad, para que sea asequible. Pero, aun así, ¿cómo la van a pagar? Aunque ordenara estantes todo el día y toda la noche sin dormir nunca, su sueldo no le alcanzaría para pagar el alquiler más barato de Londres. Se pregunta si Nya también ha estado buscando trabajo.

Nya estornuda. Liyana no dice nada. El silencio se interpone entre ellas como un niño enfurruñado.

10:52 p. m., Scarlet

Ezekiel está atado a una gruesa estaca de madera, sobre una pira funeraria.

—Baja —dice Scarlet—. ¿Qué demonios haces ahí arriba?

—¡Hazlo! —le grita él—. ¡Sabes que quieres hacerlo!

—¡No, no, no lo haré!

—Quiero sentir tu poder, quiero arder.

—¡Detente! —Pero, incluso mientras habla, Scarlet siente el familiar picor en la punta de los dedos. Su piel está caliente y empieza a chispear.

Cuando vuelve a levantar la vista, Ezekiel ya no está atado a la estaca, sino Walt. Siente una ráfaga de decepción. Como madera, Walt no arderá bien. Es demasiado blando para encenderse. Ezekiel, en cambio, se incendiará rápido y arderá tanto que ocasionará un incendio forestal.

—¡Scarlet! ¡Scarlet!

Se despierta como una niña, pasa del sueño a la vigilia de un solo salto. Se levanta de la cama y corre, resbala dos veces en el pasillo antes de llegar al dormitorio de su abuela. Esme está sentada en la cama, llorando.

—Espera, abuela, está bien. —Scarlet se desliza en la cama, a su lado—. Está bien, estoy aquí.

—Corrí, no pude alcanzarla. —Esme jadea—. Yo... la dejé ir.

—Está bien, abuela. —Scarlet aprieta la mano de Esme entre las suyas, la sujeta con fuerza hasta que la respiración de su abuela empieza a calmarse—. Está bien.

—Se la llevó. —Esme retira la mano, se seca los ojos—. El Diablo se llevó a mi niña.

—Es una pesadilla, abuela. No tienes a una bebé, me tienes a mí y no iré a ninguna parte.

—Ruby no debió dejarnos. —Se queja Esme—. No debió irse.

—No nos abandonó —susurra Scarlet, y siente dolor al recordar el incendio que provocó, como si fuera un moretón que no desaparece—. Murió en un incendio. —En circunstancias normales, Scarlet se esforzaría por no decir esas palabras en voz alta, para no recordar y tampoco recordarle a Esme la muerte de su hija. Pero en este momento parece que es lo mejor que puede hacer.

Su abuela se incorpora, asustada.

—¿Fuego? ¿Dónde?

—No, no, ahora no hay fuego. —Scarlet vuelve a sujetar la mano de su abuela—. Fue hace años, el fuego que quemó nuestra casa, esa tragedia...

Esme sacude la cabeza y Scarlet puede ver que, afortunadamente, la niebla se está disipando.

—No hay fuego. —Le tiembla la voz—. No hay fuego.

—Es cierto, no hay fuego. Estamos a salvo —miente Scarlet—. Estamos bien.

—No hay fuego —dice Esme de nuevo—. Ella corrió... Huyó...

—No, abuela. Murió.

—No. —Esme sacude la cabeza, levanta la voz—. No está muerta. Ruby no está muerta.

—Tienes razón, abuela, no lo está. —Scarlet acomoda las mantas—. Ella está bien. Vamos, volvamos a dormir, ¿sí? Todo estará mejor por la mañana.

Su abuela parece confundida.

—No entiendo.

—Está bien, no te preocupes. —Scarlet la arropa—. Tuviste una pesadilla.

—Pero yo... yo...

—Tranquila, abuela. Vuelve a dormir.

Su abuela cierra los ojos y gime suavemente.

—Eso es, eso es, vuelve a dormir, vuelve a dormir.

Scarlet acaricia los hombros de su abuela, hasta que los gemidos se convierten en respiración y la respiración en ronquidos.

11:17 p. m., Goldie

—El otro día... me preguntaste por mis cicatrices. —Leo se sienta, juguetea con el borde de la sábana. Estamos en la habitación treinta y seis, haciendo cosas que no deberíamos hacer. Hoy no hemos hablado de Everwhere, y lo agradezco—. Quiero... Necesito decírtelo ahora.

Asiento con la cabeza, alerta, aunque he aprendido la lección. Esta vez no lo presionaré. Leo me mira como si intentara memorizar cada centímetro de mí. Es un poco desconcertante.

—Soy un soldado —dice por fin—. Las cicatrices son... muertes.

Lo miro fijamente y me pregunto si por fin perdió la noción de la realidad. Primero una estrella, ahora un soldado. Y cómo puede tener... Hay tantas, cientos y cientos de cicatrices. No es posible que alguien, un solo hombre, haya hecho tanto. Intento frenar mi respiración, intento calmarme.

—¿Muertes?

Leo asiente.

—Te lo dije, ¿no? Te dije que no dijeras que no importaba, que no prometieras que no te importaría. No puedes, ¿verdad? No puedes decir algo así. No ahora.

Me quedo en silencio. Tiene razón. Aunque solo la tiene si le creo.

—Pero dime... Explícame lo que pasó. Yo... solo quiero... entender.

—No puedes.

—Ponme a prueba.

Suspira.

—¿Qué dirías si te dijera que maté rebeldes en Irak? Terroristas.

—No, eso no es posible. No puedes, tú... No tienes la edad suficiente para...

Leo sacude la cabeza.

—Soy mayor de lo que parezco.

—Pero eres un estudiante. Estás estudiando...

—Ahora —dice Leo—. Pero no siempre. Y, de todos modos, las dos cosas no son mutuamente excluyentes.

Lo miro.

—Entonces, ¿tú...? ¿Mataste terroristas?

—Bueno... Eso fue lo que vi, en ese momento.

—¿Cuántos?

Suspira, sin mirarme a los ojos.

—Dos... cientos ochenta... y uno.

Me quedo en silencio. ¿Qué puedo decir? No hay nada que decir.

—Y eso no es lo peor —dice.

«¿Qué puede ser peor que eso?». No lo digo, pero Leo debe verlo en mis ojos. Se desliza para apartarse de la cama.

—Espera —digo—. Espera. Lo siento, yo...

—No tienes por qué disculparte —dice—. No me lo merezco.

Me quedo en silencio. ¿Es posible que haya hecho todo eso? ¿O es otra fantasía? No estoy segura de qué anhelo más: que sea demoniaco o delirante.

—Yo… yo… —No sé qué decir, pero tengo que decir algo.

Leo se abotona la camisa y se pone los pantalones.

—No digas cosas que quizás no quieras decir, solo porque te sientes... Tengo que irme. Tengo que trabajar...

—¡No! —Me está dejando. He dicho algo equivocado, hice lo que no debía y ahora se va y no va a volver. Me deslizo fuera de la cama—. No... No puedes decirme algo así e irte, no es justo. Por favor.

—Lo sé. —Su voz baja—. Lo siento. Pero necesitas algo de tiempo para procesarlo, antes de que yo, antes de que yo...

«¿Cómo puedo procesar el asesinato de doscientas ochenta y una personas?». Pero, antes de que pueda decir nada, antes de que pueda encontrar mi propia ropa, la puerta se cierra de golpe y él ya no está.

—¡Espera! —Corro tras él. Todavía estoy medio desnuda, pero no me importa. Sé que si lo dejo ir nunca volverá, nunca tendré otra oportunidad. Y aunque no estoy segura de querer una, no puedo dejarlo ir, todavía no—. Por favor —digo, cuando lo alcanzo—. Por favor, no te vayas, no así. —Leo no se detiene—. Mira, no me tienes que explicar. Démosnos tiempo. Esperemos, veamos...

Leo voltea hacia mí.

—No soy un soldado. No maté por una supuesta causa justa. Lo hice porque debo hacerlo, es mi función, para lo que estoy hecho, y lo hice también para sobrevivir: cada muerte me da vida.

—¿Qué? —No puedo creerlo—. ¿Cómo? No tiene sentido...

Él me interrumpe.

—Pero... sobre todo maté para vengar la muerte de mi amigo más querido.

Lo miro sin pestañear, sin poder hablar.

Finalmente, Leo llena el silencio.

—Y hay algo peor que eso —dice.

—¿Qué? —susurro—. ¿Qué podría ser peor que eso?

—Lo que le hice a tu madre —confiesa, en un susurro que apenas se escucha—. Y lo que podría haberte hecho a ti.

28 de octubre
4 días...

12:05 a. m., Bea

Bea se sienta en el piso del baño, con la navaja de afeitar intacta a su lado. Estudia el dibujo de la atractiva mujer-pájaro, hecho por T. L. M. C. Cuanto más lo mira, más siente que conoce a la persona que lo hizo, y, es más, que aquella persona lo dibujó para ella o, tal vez, inspirada por ella.

¿T. L. M. C.?

De repente lo sabe: la L es de Liyana. El sueño. El nombre que mencionó su madre. Y, sin embargo, no puede recordar el rostro de Liyana. Pero encontró el dibujo tan cerca (en Fitzbillies), que bien podría vivir en Cambridge. Durante casi un mes compartieron la misma ciudad. Estuvo cerca de su hermana. Bea siente una rabia repentina, cree que es injusto que su mamá posea más recuerdos que ella.

Sujeta la hoja con más fuerza; quizá pueda captar algo por ósmosis. Su hermana. Pensar en esa chica que aún no recuerda, pero cuya presencia percibe cada vez con más intensidad, hace que Bea se sienta menos sola. Es como un bálsamo sobre la herida que le produjo la muerte de Vali. Su hermana.

Ana.

1:13 a. m., Goldie

Goldie sueña. Sueña que está con Leo en un jardín, que están sentados juntos en la hierba. Pero no es hierba, es musgo. Y el musgo es pálido como nieve recién caída. Y no es un jardín, sino un claro rodeado de sauces de hojas blancas. Y no están sentados juntos, sino separados. Debería sentirse feliz. Pero no es así, se siente triste. No, más que eso: se siente furiosa. Y de una forma tan profunda e intensa que es como si estuviera respirando aquella ira del aire, que la absorbiera de la tierra, como una planta reseca que ingiere cada molécula de nutrientes.

A partir de este sentimiento, surgen flores en sus palmas abiertas.

Rosas blancas.

Goldie le tiende una rosa a Leo y él, con una sonrisa de alivio, la toma. Se lleva la flor a los labios y las espinas empiezan a crecer, se hacen más gruesas y largas. Él no se da cuenta, así que no deja de sonreír, hasta que una espina se enrosca en su cuello y comienza a estrangularlo. Aun así, él no se mueve, no lucha, no da pelea. Tan solo la mira con los ojos llenos de pena y arrepentimiento. Ella no hace ningún movimiento para ayudarlo. Se limita a observar cómo su rosa lo ahoga lentamente, hasta que él se convierte en un montón de polvo sobre el musgo.

Ella mira lo que sucede sin sentir nada.

1:59 a. m., Leo

Así como se siente Leo, quizá sea una suerte que no pueda entrar en Everwhere hasta dentro de unos días. Si pudiera, llevaría a cabo una masacre que rivalizaría con aquella tras la muerte de Christopher: cuatro o cinco asesinatos cada primer cuarto menguante, durante cinco años, casi trescientos... La cifra ahora lo horroriza, sobre todo después de ver la mirada de Goldie cuando, finalmente, le dijo la verdad. Ella pensó que era un monstruo. Y lo es. Sin embargo, eso no atenúa su furia; de hecho, solo la agudiza. Quiere destruir todo, a todos. Sobre todo, a sí mismo. La perdió, por su propia mano. Lo que siente es quizá peor que lo que habría sentido si ella hubiera muerto a manos de su padre.

Fue un tonto. Si pudiera, acabaría con su propia vida ahora. Lamentablemente, para eso debe ir a Everwhere. La estrella en él es indestructible, al menos en la Tierra. Si deja de asesinar, su luz y su vida acabarán por desvanecerse y se apagará. Pero es imposible para él intentar morir al instante. Leo no puede morir por métodos o medios de mortales, solo puede ser asesinado por una chica Grimm o por su padre, su capitán.

Sin embargo, no va a tener que esperar mucho. Si Goldie no lo mata cuando vuelva a entrar en Everwhere (y por cómo debe sentirse ahora, probablemente aprovecharía la oportunidad), entonces Wilhelm lo hará. Y Leo no se resistirá, no le importará un carajo, no se enfurecerá por la muerte de su luz. La muerte no lo asusta. Al contrario: desea que llegue cuanto antes.

2:23 a. m., Liyana

El café favorito de Kumiko, escondido en una calle secundaria de Camden, solo abre por la noche. Liyana espera que esté vacío. Espera que Kumiko la perdone. Espera que, al final de la noche, su novia la abrace con fuerza. Porque ahora mismo necesita con desesperación un poco de consuelo y calidez.

Siguiendo el consejo de Goldie, Liyana preparó un gran acto, que incluye poesía, diamantina y un mínimo de desnudez. Desgraciadamente, incluso a esta hora el café sigue lleno de gente. Liyana camina por encima de los vinilos (discos de los Beatles, Bowie y los Stones, todos prensados en el suelo como un Paseo de la Fama) hasta que llega a la mesa de la esquina, donde está Kumiko, recargada en la pared.

—Hola, Koko.

Kumiko levanta la vista de su libro.

Por un horrible momento, Liyana piensa que va a ignorarla.

Kumiko aparta lentamente de su rostro su cortina de pelo, oscuro como la medianoche.

—Hola, Ana.

Liyana sostiene su peso en un pie y luego en otro, intentando posponer el momento más profundamente espantoso de todo el plan: el comienzo. Estuvo practicando movimientos de baile para acompañar el poema, pero su desempeño sigue siendo tan torpe que da pena. Al menos eso servirá para aumentar el factor humillación.

—¿Por qué estás aquí?

—Quería verte.

—¿Y cómo supiste que estaba aquí?

—Porque eres un animal de costumbres.

Liyana ignora las miradas que la ven de reojo, ya que otros clientes empiezan a percibir que algo está pasando.

—Una vez a la semana vienes a leer *El Hobbit* y a ver si consigues que una taza de café te dure hasta la mañana.

Kumiko sonríe, con un movimiento en la comisura de los labios.

—Estoy aquí para hacer el ridículo —dice Liyana—. Porque soy una tonta.

—Lo eres. Y una idiota.

Liyana asiente.

—Una idiota. Una imbécil. Una cabeza de chorlito. Una estúpida. Una tarada. Todo eso y algo peor.

—Bueno, me alegro de que al menos estemos de acuerdo en eso. —La sonrisa de Kumiko se hace más profunda—. ¿Y qué vas a hacer al respecto?

—Intento merecer de nuevo tu corazón. Si me das la oportunidad.

Kumiko cierra *El Hobbit*.

—Continúa.

—No voy a volver a ver a Mazmo. Tomé el trabajo de ordenar estantes en Tesco. Unos agentes judiciales se llevaron todo lo que tenemos y nos vamos a mudar a una urbanización en Hackney. —Liyana siente que empieza a sudar bajo la luz cada vez más brillante de la atención. Baja la voz.

—Y te escribí un poema. Un poema terrible. Apenas rima, pero es...

—¿Aceptaste el trabajo en Tesco? —Kumiko levanta una ceja—. ¿De verdad? ¿Cómo es?

—Horrible, lo odio. Pero la cuestión es que tenías razón. Me mimaron demasiado y ahora estoy tratando de...

—Habla más alto. —Kumiko se sienta hacia delante—. No te oigo.

Liyana le dedica una sonrisa irónica.

—Estás disfrutando esto, ¿no es así?

—Sí, solo un poco.

3:33 a. m., Bea

En su habitación de la infancia, Bea sueña los sueños de su niñez. Esta noche persigue presas. Empieza con los pájaros, los acecha como un gato silencioso y sigiloso. Al principio le entusiasma atrapar cuervos mientras se acicalan o arrancan gusanos del suelo. Pero pronto se cansa de ello; la explosión de plumas entre las hojas caídas es demasiado fácil. Atravesar el corazón de un pájaro en vuelo con una sola púa de espino es mucho más placentero. Hasta que, después de las primeras docenas de muertes, también se cansa de eso.

Un efecto secundario gratificante de esas muertes es que la joven Bea absorbe la fuerza vital de cada pájaro, y entonces puede elevarse en el aire, planear sobre el musgo y la piedra, por encima de los mantos de hojas caídas. Cada muerte alimenta su vuelo. Una sola muerte la pone en contacto con un abedul plateado; tres seguidas la elevan por encima de un roble centenario; seis la llevan unos cientos de metros por el aire; doce la ponen al alcance de las estrellas.

En su sueño, Bea se pregunta por qué no está su padre. Pero, en cuanto se hace la pregunta, llega la respuesta. Él no interrumpiría su aprendizaje para tomarla de la mano. Su ausencia le permite sentir todo el impacto de sus acciones, absorber cada brote de orgullo, cada pizca de honor. La deja libre. No permite que su presencia le robe nada, lo cual Bea le agradece. Es algo que su mamá nunca ha tenido la generosidad de hacer.

Con cada hora que pasa, la fuerza de Bea aumenta y su sentido de sí misma se aleja más de su ser terrenal. Ella es diferente en Everwhere. No solo puede lograr lo que antes imaginaba imposible, también se siente más ligera. La sensación de soledad ha disminuido, tal vez porque este lugar está lleno de su padre: su presencia impregna cada árbol, cada río, cada hoja. Su voz atraviesa las sombras, lanza amenazas que afinan aún más su atención y perfeccionan sus habilidades.

Cuando se despierta, Bea no recuerda ni una sola imagen, pero se queda con el eco de los sentimientos evocados: coraje, seguridad, dominio de sí misma. Ha logrado deshacerse de su envoltura femenina. Es libre de ser feroz, de sentir rabia, de actuar exactamente como quiere.

8:33 a. m., Scarlet

Cuando abre la puerta del café, Scarlet pasa por encima de los sobres que hay en el tapete de la entrada sin detenerse a recogerlos. Pero, al ver una carta con el sobre rotulado a mano, se inclina, pensando en el narrador anónimo. Se pregunta, espera que sea otra historia. No le vendría mal que le levantaran el ánimo.

26 de octubre

Scarlet:

Mira cómo te envío una carta de amor y de buena fe. Impresionante, ¿no? Apuesto a que no me creías capaz. Sí, bueno, yo tampoco. Es la primera vez que escribo una carta, de hecho. De amor o de otro tipo. He enviado algunos textos de amor en mis buenos tiempos, aunque, estrictamente hablando, eran más sobre sexo, ahora que lo pienso... Bueno, como sea, estoy divagando. Siento no haberte llamado desde que prendimos fuego a la colcha del hotel. ¿Cómo diablos sucedió eso?

Estaba un poco distraído en ese momento. No fue barato (me cargaron la colcha a la tarjeta), pero valió la pena cada centavo. Mira, divagando de nuevo. ¿Creíste que me escapé después de haber hecho lo que quería contigo y que me largué a la Gran Manzana? No, no fue así. Estoy en Londres, pero solo porque, ya que anulaste nuestro contrato, mi jefe me llamó. Estaré aquí unas semanas. ¿Me visitarás? Te prometo que haré que valga la pena...

Eli x

Scarlet lee la carta dos veces. La ira, el deseo y el miedo se arremolinan en su cuerpo hasta que sus manos se calientan y las yemas de los dedos echan chispas, una de las cuales enciende la carta.

—¡Mierda! —Scarlet deja caer el papel, que observa mientras se quema—. Mierda, mierda, mierda. —Lo apaga y observa la dispersión de cenizas en el suelo. Es un presagio. Debe llamarlo. Ahora. No puede posponerlo más.

11:49 p. m., Goldie y Liyana

Nunca pensé que el amor y el odio pudieran estar tan ferozmente entrelazados. Desde luego, tampoco imaginé que pudiera odiar a Leo de esta forma. O quizá pensé que solo lo haría si ya no lo amaba. Por lógica, no debería amarlo ahora, debería borrar toda emoción, arrancarla, despojar mi corazón de todo sentimiento positivo hacia él. Pero no puedo. Por mucho que intente liberarme, sigo atada a él con tanta fuerza como siempre.

Tal vez solo necesito tiempo para que el odio se instale y destruya al amor. Espero que no tarde demasiado. No puedo soportar esta alquimia de amor y odio que me erosiona, como si mi corazón escupiera ácido en mi sangre. Todo lo que quiero es escapar de mí misma. Y, como no bebo ni tomo drogas (ahora sería un buen momento para empezar), mi única opción es la inconsciencia. Excepto que no puedo dormir, carajo. Así que llamo a Liyana.

Ella contesta al segundo timbrazo.

—Lo siento —digo—. Sé que estás en el trabajo, pero...

—Está bien —interrumpe Liyana, hablando sin aliento—. Empiezo hasta dentro de diez minutos—. ¿Qué pasa? ¿Por qué lloras?

—Yo... yo...

—Está bien. No pasa nada. No hay prisa, estoy aquí, voy a esperar, no me voy a ninguna parte.

Y mi hermana espera, simplemente escucha, sostiene el teléfono como podría sostenerme si estuviera aquí. Su presencia me permite llorar a mis anchas. Sentir su apoyo me da la seguridad para dejarme hundir en la desesperación: sé que ella no dejará que me ahogue.

Mis gritos son largos y agudos, mi respiración superficial y entrecortada, mi dolor viene de las profundidades de la tierra. Mis gritos son irregulares, pero constantes, intentan recuperar lo que ya no puedo alcanzar.

Luego empiezo a calmarme, a flotar hacia la superficie.

Con cada nuevo aliento, mis sollozos disminuyen.

—Estoy aquí —dice Liyana—. Todavía estoy aquí.

Asiento con la cabeza, aunque sé que ella no puede verme. Todavía no puedo hablar, no encuentro ninguna palabra que quiera decir.

—¿Es Leo? —pregunta ella, con cautela—. ¿Te hizo algo?

Vuelvo a asentir con la cabeza.

—Él... mató a mi madre.

—Pero... —La voz de Liyana es suave—. Pero pensé que había muerto hace cuatro años.

—Así es —le respondo, profundamente agradecida de que mi hermana no haya explotado, como yo. Ahora mismo, necesito que Liyana sea mi balsa salvavidas.

—No lo entiendo —dice Liyana, todavía imperturbable—. ¿No tiene nuestra edad? ¿No era un niño en aquel entonces?

—Sí. Pero —respiro profundamente—... sé que esto va a sonar como una locura, pero... no es solo, no es exacta o totalmente... humano.

—Oh.

—¿Crees que estoy loca?

—No.

Me debato entre el alivio y la sorpresa.

—¿Por qué no?

—No sé. Últimamente empiezo a preguntarme si lo estoy, si lo estamos... Al menos veo cosas, sé cosas, hago cosas que no puedo explicar. No racionalmente, al menos.

—Sí —respondo—. Yo también.

De alguna manera, admitir esto en voz alta, y que ella lo diga también, aligera un poco el peso de mi pena.

—Quiero decir —dice Liyana—, la forma en que nos conocimos. ¿Cómo te explicas eso?

—Sí. Y él me ha estado contando de un lugar. Y los sueños que he estado teniendo... Es el mismo lugar, Ana. Y ¿cómo lo sabría él? —Liyana espera, sin decir nada—. Nunca le dije, nunca le conté ninguno de los detalles. Pero ahora estoy pensando todo tipo de cosas, como que tal vez me drogó, me hipnotizó o...

—Pero si estaba tratando de engañarte, o seducirte, o algo así, ¿por qué te contaría lo que hizo?

—Exactamente. Sabía que me haría... Sabía que lo odiaría por ello. Sabía que no podría amarlo, ya no, no después de eso.

Liyana guarda silencio por un momento. Cuando habla, sé lo que va a decir antes de que lo diga.

—Pero lo amas, ¿verdad? Aunque no quieras, lo sigues amando.

29 de octubre
3 días...

12:01 a. m., Goldie y Liyana

Volvemos a quedarnos en silencio. ¿Qué podemos decir a estas alturas? Mi hermana es lo suficientemente sabia para entender que ella no tiene palabras, que no hay palabras. Comprende que lo único que puede hacer es estar aquí y, por ahora, eso es suficiente.

—He estado pensando en tus sueños —dice Liyana por fin—. Sobre nuestras otras hermanas. Creo que deberíamos intentar encontrarlas. —No le respondo—. Incluso sabes dónde trabaja una de ellas —insiste—. Si no… De todos modos, estoy segura de que las dos juntas podemos convencerla. ¿No crees?

—Supongo.

Sé que tiene razón. Y yo también quiero encontrarlas. Pero, ahora mismo, apenas tengo energía para respirar, mucho menos para confrontar a alguien.

4:01 a. m., Bea

—¿Dónde estás, Val? ¿A dónde diablos fuiste?

Bea se limpia los ojos y se da una fuerte bofetada en la mejilla. El escozor del golpe le proporciona un momento de alivio, pero no es suficiente. Solo cuando el dolor físico es lo suficientemente profundo y crudo para eclipsar el emocional, Bea siente que puede respirar de nuevo. Se rasca una costra en el muslo, hace una mueca de dolor al arrancarla de su piel, la carne que hay debajo está fresca y rosada.

—Tengo miedo, Val. —Cierra los ojos, imagina que él está a su lado—. Estoy tan enfadada todo el tiempo. No sé lo que podría...

Para calmarse, Bea piensa en el doctor Finch, en su último encuentro. Piensa en su cuerpo delgado bajo ella, su pecho casi cóncavo mientras jadeaba. Pero entonces surge el recuerdo del regordete cuerpo desnudo de Vali. Su bebé búho. Bea lo rechaza. Vuelve a recordar el rostro débil del doctor Finch, con el pelo revuelto y la barba incipiente. Pura afectación. «Pedazo de imbécil». Nunca lo encontró ni remotamente atractivo. Al principio, el sexo, tras conseguir la admisión en la Real Sociedad Aeronáutica, se alimentaba del deseo de conocerlo a profundidad: cada idea, cada chispa de inspiración en su supuesta mente magnífica. Hasta que pronto quedó claro que era más un cucú que un halcón y que solo lo impulsaba un deseo. A diferencia de su querido Vali, que era, en todos los aspectos, un ser humano más encantador que cualquiera que ella hubiera conocido. Sus ojos se humedecen de nuevo.

—Ayúdame, Val —suplica Bea—. Por favor, no puedo soportarlo más.

5:04 a. m., Scarlet

Scarlet sueña. Se mueve, se sacude, se estremece, se desliza dentro y fuera del sueño, se aferra a fragmentos de imágenes para recordarlas cuando despierte. Es un sueño que tiene a menudo, de un lugar que conoce, pero donde nunca ha estado. Un sitio de bosques y ríos, piedras y musgo, con bruma y niebla. Podría ser el Distrito de los Lagos, salvo que todo es blanco, como si estuviera cubierto de nieve. Pero no está nevando. En cambio, las hojas caen, siempre caen, no de los árboles sino del cielo. Y nunca es de día, solo de noche, que la luz de una luna ilumina inquebrantablemente.

Ahí, Scarlet vuelve a ser niña: pasea por algún sendero, salta de piedra en piedra, piensa que tal vez esta noche encienda algunas hojas, algunos palos o... De pronto ya no está sola. Scarlet se queda quieta, mira hacia las sombras. Una chica sale de la oscuridad y se deja cubrir por la luz de la luna.

—Hola, hermana —dice Bea, con una sonrisa.

Scarlet se despierta.

¿Quién es esta chica? ¿Cómo la conoce? Mientras lo piensa, el rostro de la chica se disuelve y Scarlet vuelve a quedarse dormida.

Ahora está sentada en un claro con las piernas cruzadas y recogiendo margaritas del suelo cubierto de musgo. Solo que las flores no crecen ahí, sino en el jardín de su madre, y ella las recogió antes del incendio. Scarlet coloca cada margarita en la palma de su mano y, una por una, las incinera. Sopla la ceniza hacia el aire, frunciendo los labios, y comienza de nuevo. Esas flores no deberían estar ahí. No deben estar ahí. Y es su trabajo erradicarlas.

De repente, Scarlet siente que la están observando.

Su madre está sentada en el borde del claro, encaramada a una gran piedra blanca. Ella está ahí. Pero nunca está ahí, no en aquel lugar.

—Hola.

Su madre no dice nada, es tan distante en el sueño como lo era en vida. Entonces hace un movimiento sin precedentes: se levanta y camina lento hacia Scarlet, con los pies desnudos, como los de su hija, sobre el musgo y la piedra. Se detiene, se agacha y arranca una margarita de la tierra. Toma el tallo entre sus dedos, lo coloca en la mano abierta de Scarlet.

—Encárgate de ello. Yo no pude, pero tú sí.

Luego, en esos extraños cambios de rumbo que tan a menudo ocurren en los sueños, Scarlet corre, pisa las piedras, salta sobre troncos de árboles caídos, estira las piernas y luego se eleva en el aire. Después está de pie en las ramas más bajas de un árbol, buscando un punto de apoyo con la intención de trepar hasta la cima. Scarlet no sabe por qué, pero el impulso insiste. Poco después está en la copa del árbol, mirando hacia abajo.

Alguien abajo le grita, le dice que salte, le dice que vuele.

—Okey —grita Scarlet. ¿Cómo llegó hasta allí? Ella solo quería correr, después fue arrancada del suelo y puesta en lo alto del árbol por la mano de Dios. Tal vez caiga y se estrelle contra el suelo como el hada de Navidad que rompió hace una década. Todavía puede ver los fragmentos de la cara de porcelana esparcidos por el piso. Pero no, no morirá.

Extiende sus brazos como alas y salta.

Scarlet se despierta, pero no abre los ojos. Aprieta la cabeza contra la almohada, intenta aferrarse a los rezagos del sueño. Pero la bruma y la niebla se evaporan y se alejan de su alcance. Suspira, se aparta el pelo de los ojos. Su dedo se engancha con algo atrapado en un rizo, ella lo sujeta entre el dedo índice y el pulgar.

Es una ramita blanca.

Veinte minutos más tarde, cuando por fin se arrastra fuera de la cama, al pisar la alfombra ve que las plantas de sus pies están manchadas de lodo.

11:59 p. m., Bea

—Bienvenida de nuevo. Te estuve esperando.

Bea levanta la vista hacia el hombre de ojos dorados que desciende en picada a través de la niebla, como las águilas-libros de aquella vez, y que separa la bruma con un solo movimiento de sus brazos extendidos. Su padre.

Ella retrocede, siente cómo su voz le corta la piel, pincha las cicatrices de sus muslos. Ella coloca sus manos en los costados.

—¿Sigues molesta? —Wilhelm Grimm extiende la mano—. Pensé que me había explicado. Pensé que lo habías entendido.

Bea lo mira, dividida entre el deseo de devolverle el saludo y el de huir.

Él mueve las puntas de los dedos.

—¿Hacemos las paces? —Bea no habla, no se mueve—. Ay, cariño, no seas rencorosa. —Sonríe—. Eres mi mejor chica, ¿no lo sabes? Estoy muy orgulloso de ti.

Bea vacila. Quiere resistirse a él, quiere odiarlo. Se niega a sucumbir al sentimiento contra el que ha luchado toda su vida: el anhelo de que él la ame.

—Ay, ya —insiste—. No puedes decir que te sientes en casa en aquel otro mundo. —Su mano sigue suspendida en el aire, esperando—. Dime que te sientes comprendida allí. Dime que tienes a alguien que te conoce tal y como eres, que ha vislumbrado tu corazón y te acepta tal y como eres. —Hace una pausa—. Si tienes a alguien así, vuelve y disfrútalo, porque no tengo nada más que ofrecerte aquí.

Bea mira a su padre a los ojos y le toma la mano.

Caminan juntos un rato, tomados de la mano, por los senderos de piedra con musgo, las hojas blancas caen sobre ellos y a su alrededor, y luego llegan a un valle donde los árboles se separan.

—Te traje un regalo —dice, y suelta su mano—. Para darte la bienvenida a casa.

—¿Qué...?

Su padre se lleva un dedo a los labios; su voz se reduce a un susurro.

—Espera. Está en camino.

Bea contiene la respiración y escudriña el valle. ¿Acaso su padre le trajo a un hombre? Si es así, ¿con qué propósito? Parece un extraño regalo de padre a hija. Pero él no es un padre convencional. Observa el arroyo que atraviesa el valle, sus aguas brillan cada vez que la luna se asoma por detrás de las nubes, los remolinos en la corriente levantan gotas como pequeños peces de plata. Mientras ella mira el agua, él aparece.

Un ciervo, con su cornamenta blanca como un hueso a la luz de la luna, se eleva por encima de la colina y separa la niebla como si fueran cortinas de humo. Baja corriendo hasta el río y se inclina para beber.

—Es... magnífico —susurra Bea—. Nunca había visto... No sabía que fueran tan... hermosos. —Esa palabra parece inadecuada para describirlo, pero es la única que tiene—. Majestuoso —añade poco después, pero también aquel término se queda corto y no parece que merezca la pena romper de nuevo el silencio para añadir algo más.

El ciervo mueve las orejas cuando Bea habla. Levanta la cabeza del río, la mira directamente, sus grandes ojos cafés sin parpadear. Mientras lo observa, Bea siente que la distancia entre ambos desaparece, como si ella estuviera a su lado, con la mano apoyada en su costado, sintiendo el músculo firme bajo el suave y grueso pelaje. La sensación es tan vívida que puede sentir el calor de la piel del ciervo bajo la palma, el pelaje profundo y suave de su melena en el borde de las yemas de los dedos. Desea levantar la mano para que la acaricie con su oscuro y húmedo hocico. Quiere apoyar la cara en su crin y respirar profundamente.

—Gracias —dice Bea—. Me encanta...

Su padre sacude la cabeza.

—No es para que lo ames —dice—. Es para que lo mates.

Bea levanta la vista, los ojos muy abiertos por la sorpresa.

—¿Qué? No, ¿por qué? No puedo...

—Comes carne —interrumpe su padre.

—Sí —admite Bea—. Pero...

—¿Y qué obtienes por ello? Aparte de un extra de hierro en tu sangre y un suculento sabor en tu lengua. Al matar a este animal obtendrás su fuerza vital: su ferocidad, su energía, su altivez, su dominio y su poder.

Bea sacude la cabeza.

—No, no puedo. No sería, no sería...

—Quieres saber lo que se siente, ¿verdad? —continúa su padre—. Quieres galopar por estos bosques, tener su enorme corazón latiendo en tu pecho, su sangre salvaje corriendo por tus venas, sus pezuñas golpeando el suelo a tus pies. —A pesar de sí misma, Bea asiente con la cabeza—. Pues hazlo.

—¿Cómo? —pregunta Bea, escuchando su propia voz como si estuviera escuchando a otra persona—. ¿Cómo puedo hacerlo?

—Oh, querida, qué pregunta tan ridícula. —Se ríe—. Es un juego de niños. Cuando eras más joven incluso tuve que intervenir, frenar tu ímpetu, impedir que masacraras a todo mi rebaño.

—No lo recuerdo —dice Bea—. No puedo...

—Tenías una gran habilidad, una gran destreza. Te gustaban las lanzas de espino, eran tu arma preferida.

—¿En serio? —dice ella sorprendida, incluso cuando siente el deseo de hacerlo. Piensa que no podría identificar aquel árbol ni a diez pasos, pero de repente su mirada se posa en sus letales púas. Cuando está a punto de preguntar cómo es posible extraer las espinas y convertirlas en flechas, lo recuerda. Ya sabe lo que tiene que hacer.

Se concentra en una sola rama, la despoja de todas las espinas con un movimiento de sus dedos, como si sus uñas fueran cuchillos. Junta el dedo índice y el pulgar para formar una línea con las doce espinas y presionarlas para que se adhieran unas a otras. Al final las espinas se funden, punta con punta, en una flecha.

Mientras deja volar la flecha, mientras ve cómo atraviesa el corazón del ciervo, mientras siente el golpe de aquel cuerpo cuando cae al suelo y su temblor vibra bajo las plantas de sus pies, Bea siente cómo la fuerza de aquella vida se filtra por sus venas.

En el eco de aquella muerte, descubre que no siente miedo, sino alivio. La muerte de aquel ciervo la transformó por fin en lo que realmente es: una asesina, una cazadora, una soldado.

30 de octubre
2 días...

3:03 a. m., Leo
Como todavía no puede morir, y como lo único en que piensa es en la manera de salvar la vida de Goldie, Leo intenta influir en ella a través de sus sueños, donde podría encontrarla, localizarla, hablarle en persona. Porque, puesto que Goldie no se presenta al trabajo desde que él se lo dijo, está claro que lo último que quiere es verlo. Así que la visitará en sus sueños. Lo más probable es que a ella no le agrade eso, pero ¿qué opción tiene?

Goldie puede llegar a Everwhere simplemente soñando, mientras que Leo debe esperar a que se abra una puerta que solo puede atravesar en una fecha y hora exactas. Pero sabe que es posible que un soldado que haya estado cerca del espíritu de una chica Grimm viaje rezagado en sus sueños, tal como lo hacen sus madres. Y, desde luego, él ha estado cerca de ella. Bastante cerca. Muchas veces. Leo sacude la cabeza, incapaz de pensar en aquellos momentos sin que una oleada de añoranza y pérdida le arrebate todas sus fuerzas y lo debilite.

No tiene mucha práctica en esto, nunca ha necesitado hacerlo. Además, no tiene mucho tiempo. Así que Leo se dedica por completo a ello. Encontró un bosque, caminó kilómetros para dar con el lugar adecuado: un tocón de árbol envuelto en hiedra y acolchado con musgo. Un asiento que evoca Everwhere, para así poder invocar su poder, para aprovecharlo en beneficio propio y esperar un maldito milagro.

Ahora está sentado ahí, con los dedos crispados a la luz de la luna, mientras intenta dar forma a los sueños de Goldie. Tiene que hacer un enorme esfuerzo y le toma mucho tiempo dominar incluso lo más básico de lo que está intentando hacer. Se queda sentado, sin moverse, durante horas. Hasta que, por fin, siente una oportunidad lo suficientemente buena y la entrelaza alrededor de las yemas de sus dedos. Puede alcanzarla, puede unirse a ella. Pero hay otro problema. Para que su conjuro funcione, ella debe dormirse primero.

3:33 a. m., Goldie

«Estoy aquí».

«He vuelto».

Miro las hojas blancas que caen, el cielo nocturno con sus millones de estrellas (muchas más y mucho más brillantes que las que haya visto jamás) y su trozo de luna. Un dosel de ramas oscuras por encima, árboles gigantescos, musgo y piedras a mis pies...

Entonces lo veo. Y sé, de alguna manera, que no estoy simplemente soñando; su aparición no es una evocación de mi subconsciente. Él lo hizo intencionalmente, se conjuró a sí mismo aquí. No tengo ni idea de cómo es posible (¿proyección astral?) pero, teniendo en cuenta todo lo que ha sucedido últimamente, ya no tengo una noción tan limitada de lo que es posible.

—¿Qué demonios haces aquí? —susurro.

Me siento tan frágil como un cristal roto que alguien intentó reparar con timidez, sus junturas frágiles, blandas. Verlo podría volver a hacerme añicos.

No avanza hacia mí. Mantiene la distancia, como si pensara que voy a atacarlo o a huir si se acerca más.

—Lo siento, tenía que venir.

—¿Por qué? —Me agito, muevo mi peso de un pie a otro, desesperada por irme, desesperada por quedarme. No quiero gritar. No lloraré. Mantendré un mínimo de dignidad y compostura, como me prometí que haría si volvía a ver a Leo.

—Porque volverás aquí dentro de unas noches —dice—, cuando cumplas dieciocho años, y tengo que contarte, tengo que enseñarte...

—Cómo defenderme de un soldado enviado para matarme —lo interrumpo—. De ti. Sí, lo recuerdo.

Comienzo a caminar. No tengo ni idea de a dónde voy, pero no me importa; de pronto no soporto estar delante de él. No soporto su mirada, sus ojos llenos de remordimiento.

—Pero sabes que es verdad, ¿no es así? —Leo se apresura a seguirme, pisa las resbaladizas piedras como si no estuvieran ahí—. Ya no puedes negarlo. —Me volteo para verlo, está alzando sus brazos hacia el cielo—. No ahora que estamos aquí.

Dejo de caminar tan repentinamente que casi chocamos.

—Sí, estamos aquí —digo, intentando no llorar—. ¿Qué vas a hacer ahora? ¿Besarme? ¿Matarme?

Doy un paso adelante, desafiante.

—Vamos, no opondré resistencia. —Leo no se mueve—. Vamos —vuelvo a decir, lo empujo con fuerza, mis manos golpean el centro de su pecho. Inesperadamente, se echa atrás—. Muéstrame, muéstrame lo que le hiciste a Ma, lo que planeabas hacerme.

Leo agacha la cabeza. Es mejor que no pueda ver sus ojos, con cada una de las tonalidades del color verde, un eco de todas las hojas que he sostenido.

—¿Alguna vez me quisiste —susurro— o fue todo un truco? —Las lágrimas resbalan por mis mejillas—. ¡Maldita sea! No, ya he llorado bastante. No te lo mereces, no... —Pero de pronto no puedo hablar, no puedo respirar; solo puedo llorar.

Leo da un paso hacia adelante, me acerca hacia él, me estrecha contra su pecho. Oigo su respiración acelerada y me doy cuenta de que él también está llorando.

—Te amo —dice, su boca pegada a mi pelo recién cortado. Siento su aliento en mi cuello desnudo—. Fui una mierda, sí. Y lo siento. Pero te amaba, incluso cuando no lo sabía, te amaba.

Me alejo de él.

—¿«Una mierda»? Eso ni siquiera empieza a...

—Lo sé —dice—. Lo sé.

—Entonces, ¿por qué lo hiciste?

—No lo sé —dice Leo, pasando el dorso de sus manos por sus mejillas—. No lo sé... Lo hacía desde que era niño...

—No tienes ninguna razón —digo, y doy un paso atrás. La niebla comienza a cubrirnos—. ¿Ni siquiera vas a decirme que estabas siguiendo órdenes? Esta estúpida guerra tuya... O eres uno de esos soldados que matan por diversión. Eres un psicópata.

Leo frunce el ceño, como si yo estuviera hablando un idioma que no puede comprender.

—Seguir órdenes no es una excusa. —Se pasa la mano por el pelo, desprende algunas hojas blancas, que caen sobre sus hombros—. Pero yo... tenía que matar para vivir.

—¿Qué? —Me tropiezo al pisar una resbalosa piedra mojada—. Tú... ¿Por qué?

—Todo es parte de su plan infinito. —Leo se encoge de hombros, como si la muerte no fuera nada—. Como las estrellas caídas en la Tierra, parte humana, parte celestial. Cuando cumplimos trece años, empezamos a desvanecernos.

—No lo entiendo.

—Nuestra luz empieza a apagarse —dice—. Y solo se alimenta cuando extingue otra alma: cuanto más fuerte es el espíritu, más brillante es la luz. Consumo comida y agua, pero no es suficiente para vivir.

Comienza a llover, el agua cae junto con las hojas.

—Espera —digo—. Ibas a... extinguirme. ¿Esto significa que, si no lo haces, morirás?

Leo se encoge de hombros, vuelve a pasarse la mano por el pelo mojado, y me acuerdo de la primera vez que lo vi, su aspecto de haber sido desalojado, transportado desde otro lugar. Ahora sé desde qué lugar. Nunca me pareció que perteneciera a Cambridge.

Pero aquí parece pertenecer absolutamente. Y ahora él mismo va a expulsarse de aquí.

—Pero, pero... —Mi corazón late demasiado rápido y no puedo recuperar el aliento—. En dos días no...

—No te preocupes —dice Leo—. Está bien. Es mucho menos de lo que merezco. Será rápido, me temo que no sufriré tanto como debería.

—¡No está bien! —le grito—. No seas tan estúpido. No es... No es... —No veo cuándo se mueve, pero Leo está de nuevo a mi lado, toca tímidamente mi cara con sus dedos.

—No llores, por favor, no. —Me roza con el dorso de su mano las mejillas húmedas y me limpia las lágrimas. No valgo la pena—. Soy un salvaje, un sádico, deberías odiarme, deberías...

—Así es —digo, queriendo aferrarme a él, queriendo alejarme—. Te odio. —Trago saliva—. Te odio por lo que has hecho y, sobre todo, odio amarte.

—Lo siento —susurra Leo—. Lo siento, lo siento, lo siento... —Lo dice una y otra vez.

3:33 a. m., Bea

Esta noche Bea regresa a Everwhere, viajando en las mareas de sus sueños. Despierta en cuanto llega ahí, como lo hacía cuando era joven. Cuando abre los ojos, todas las piezas del rompecabezas (los recuerdos a medias, las imágenes, los ecos) encajan de repente.

Así que ahora Bea tiene una prueba cierta e irrefutable, la verdad de quién era y quién es. Paradójicamente, está sorprendida y no, ya que esto lleva días, semanas preparándose. De hecho, años y vidas, si es que debe creerle a su mamá. Después de todo, Vali tenía razón al creer en el destino. Bea es oscura. No tiene elección. Sea la suerte o el destino, no es una decisión.

Si así fuera, sería libre de tomar una distinta.

9:17 a. m., Scarlet

—Levántate, abuela. Hace un día precioso. Vamos a dar un paseo. —Sentada en la cama, Esme se sube las mantas hasta la barbilla—. Salió el sol —insiste Scarlet—. Está brillando. Vamos, no podemos dejar pasar un día así. ¿Abuela?

Pero Esme sacude la cabeza y se niega a ver a los ojos a su nieta.

Scarlet se rehúsa a admitir que su abuela está empeorando. Cree que se trata de un bache, un ligero descenso antes de que vuelva a mejorar. Por supuesto, sabe que la enfermedad no funciona así. Puede sentir que Esme se repliega cada vez más en sí misma, por lo que a veces parece que ya está a medio camino del otro mundo. A veces es como si su abuela viajara a ese lugar y no estuviera segura de querer volver. En ocasiones, cuando Scarlet entra en la habitación, su abuela la mira como si deseara que no se acercara más, que se marchara de nuevo, para que así ella no tuviera que volver a la Tierra.

—Está bien, abuela, iré sola. —Scarlet mantiene su voz ligera, animada—. Pasaré al mercado y traeré tulipanes amarillos para hacerte sentir mejor. Se inclina para besar a su abuela en la mejilla, pero Esme se aparta.

Cuando Scarlet llega a la puerta, se detiene. Es una cobarde. Juró que hoy le contaría a su abuela la terrible noticia. Entonces, ¿qué va a hacer? ¿Esperar a que llegue el camión de la mudanza? Scarlet se da la vuelta y camina lentamente hacia la cama de Esme, como si se dirigiera a la horca.

—Tengo que decirte algo, abuela. —Se agacha junto a la cama— Yo, nosotras...

Los segundos se estiran y se hinchan, el tiempo se alarga y adelgaza, hasta que Scarlet está tensa como un cable de cobre a punto de romperse.

—Lo siento, abuela, ya no podemos vivir aquí. Tenemos que mudarnos, ya no podemos mantener el café. Nosotras... Intenté salvarlo, pero no pude.

Lo dijo todo en una sola bocanada de aire.

Inhala. Su abuela la observa como si viera algo totalmente distinto. Scarlet espera que grite, que la abofetee, que solloce. Cuando no hace nada de eso, se pregunta si tendrá que repetirlo hasta estar segura de que Esme lo entendió. Y entonces una lágrima se desliza al lado de uno de los ojos de su abuela y resbala por su mejilla. Y Scarlet siente como si un cirujano le metiera los dedos en los ventrículos del corazón y los separara lentamente.

Tendrá que repetir este momento una y otra vez. Cada hora de cada día. Cuando el café cierre. Cuando empiece a hacer las maletas. Cuando se vayan, cuando estén viviendo en un nuevo y extraño lugar. Scarlet tendrá que dar explicaciones. Revivirá la culpa y la vergüenza, una y otra vez, hasta el momento en que, finalmente, su abuela no recuerde nada.

10:52 p. m., Liyana

Liyana respira profundo y se sumerge poco a poco. Abre los ojos para ver el agua que se extiende por encima. Es su primera noche en el nuevo departamento (en Clapton Way, Hackney) y en la pequeña y lúgubre bañera. Se retuerce y se estira, intenta sumergirse por completo. Pero en este pedazo de plástico tan estrecho, Liyana solo puede sumergirse completamente adoptando una posición fetal.

Su turno comienza en una hora. Desde la medianoche hasta las diez. No puede soportar otra noche en Tesco. Pero lo hará. Liyana se imagina a su tía desplomada en el sofá, ignorando las cajas por desempacar, viendo repeticiones de *EastEnders.* Desde que se mudaron al departamento, Nya no se ha movido. Se encerró en el caparazón de la negación, comiendo galletas de queso de Waitrose (que los alguaciles le dejaron, caritativamente) y tomando Chardonnay barato. El caparazón es demasiado grueso para que la voz de Liyana la alcance, no importa lo fuerte que grite.

Liyana se incorpora. Las gotas de agua se adhieren a su pelo y a su piel, no quieren dejarla marchar. Estira las piernas. Tinita de mierda. Tesco de mierda. Vida de mierda. Los gritos chillones de Tiffany Butcher se filtran a través de las paredes endebles. Liyana siente que una repentina ola de furia cobra fuerza. Si la tía Nya no hubiera sido tan jodidamente egoísta e irresponsable, Liyana no estaría en este maldito lío ahora mismo. Estaría sentada en una bañera que no le acalambraría los músculos, seguiría viviendo en la casa familiar, estudiaría Bellas Artes en el Slade. Kumiko, que aún no la ha perdonado del todo, estaría en su cama.

La ola de furia disminuye, retrocede, solo para volver a hincharse. Se ondula en el fondo de la bañera mientras Liyana imagina que arrebata la copa de vino a su tía y la rompe contra el suelo. El agua le roza las rodillas cuando su mano golpea bruscamente la mejilla de su tía, una bofetada tan fuerte que la hace gritar, y la extrae por fin de su estado catatónico. Las olas salpican hacia los lados mientras Liyana imagina que sujeta a su tía por las trenzas, la arrastra por el pasillo y le hunde la cara en el agua. Nya se agita, pero Liyana se mantiene firme, empuja hacia abajo y no la suelta hasta que deja de luchar y su cuerpo se afloja.

«Maldita sea».

Liyana sale de su ensoñación. El agua de la bañera burbujea, está tan caliente que empieza a hervir. Ella se desliza para salir, resbala como una foca en el suelo mojado, se levanta temblando y contempla horrorizada el vapor que surge de la superficie del agua.

11:59 p. m., Goldie

Pasó un tiempo antes de que quisiera matar a mi padrastro. Pero, después de que viniera el pensamiento, supe que era cuestión de tiempo. Cuestión de cómo. Cuestión de cuándo.

Descubrí que era alérgico a los cacahuates por accidente. Nunca me lo dijo. Creo que lo consideraba una especie de debilidad, una vulnerabilidad, una grieta en su armadura. Fue Ma quien me lo hizo saber, gracias a Teddy. Yo había llegado de la escuela comiendo un Snickers y se lo había ofrecido. Ella salió gritando de la cocina, me empujó y metió sus dedos en la boca de Teddy. Él empezó a gritar de la impresión. Luego yo también grité. Cuando todos nos calmamos, me explicó por qué no debía volver a traer cacahuates al departamento.

—Prométeme —dijo—. Nunca más. Y por supuesto que la obedecí. Me aterrorizaba la idea de hacer daño a Teddy. —Tu padrastro —añadió Ma, como si lo recordara de pronto—. Él también la tiene.

La idea no se me ocurrió de inmediato, me avergüenza decirlo. Era tan simple. Y lo fue. Solo tuve que ser paciente, soportar sus visitas nocturnas hasta la noche en que Ma finalmente salió, abandonó a su familia para tomar unos tragos con sus amigas, y me confió la tarea de llevarle el té a mi padrastro y acostar a Teddy.

Fui meticulosa al planearlo. Tanto como puede serlo una niña de diez años, aunque sea superdotada. De camino a casa del colegio pasé por el puesto de periódicos y compré un paquete de cacahuates salados y un Snickers. Pulvericé los cacahuates y los puse en el curry que Ma preparó para la hora del té, añadí chile seco en polvo para disimular el sabor. Lo vi comer cada bocado. Estaba tranquilo. No sentí ningún remordimiento, ningún arrepentimiento. Si hubiera tenido que empujar su cara al plato para que comiera, lo habría hecho.

Después lavé los platos, limpié la tarja, todo lo hice media docena de veces. Él se desplomó en la alfombra, la manchó de orines, después de caerse de la silla sobre aquella parte del piso que nunca he vuelto a tocar. La televisión seguía encendida. El Tottenham ganaba al Arsenal tres a uno. Me metí el paquete de cacahuates vacío en los calzones para tirarlo al bote de basura camino al colegio a la mañana siguiente, mordí un centímetro del Snickers y dejé el resto a su lado. Alcancé a ver el sonajero de madera de Teddy, que había rodado por debajo del sofá, y sentí un repentino impulso de estrellarlo contra la cara de mi padrastro. Quería apalear cada centímetro de su perezoso cuerpo, golpearlo hasta dejarlo irreconocible. Por supuesto, no podía. Y, aunque lo hubiera hecho, no habría sido capaz de hacerle ni la mitad del daño que él me había hecho a mí.

Así que apreté los puños, me clavé las uñas en las palmas hasta que la rabia se desvaneció y empecé a llorar. Entonces llamé a mamá. Ella nunca entendió qué había pasado. Se preguntaba por qué había comido algo a lo que era alérgico. No tenía sentido. La policía estaba de acuerdo, pero, aunque me interrogaron, nunca parecieron sospechar de mí. Ma tenía una coartada sólida. Así que eso fue todo. Y cuando mamá murió, cuatro años después, la pregunta murió con ella.

31 de octubre
1 día...

3:13 a. m., Bea

Bea está sentada en el suelo del baño en un charco de su propia sangre. Acaba de descubrir que abrirse viejas heridas es mucho más doloroso que hacerse nuevas. Así que pasa la navaja de afeitar a lo largo de la carne roja y cruda de los cortes hechos hace apenas unos días. El dolor sube por su columna vertebral y las lágrimas ruedan por sus mejillas cuando los cortes se abren de nuevo.

Cada día que pasa desde la muerte de Vali, su rabia no hace más que aumentar. Eso explica los sueños de plumas negras y ciervos sacrificados. Es una rabia que debe expulsar, lo que implica volcarla sobre sí misma, para no embarcarse en una matanza por todo Londres. Incluso teme por su mamá, que duerme en la habitación de al lado, ya que el deseo de infligir daño suele surgir tan repentinamente, con tanta fuerza, que esto es todo lo que Bea puede hacer para no actuar en consecuencia. Un grito se acumula en su pecho como una espantosa ola de náuseas, pero, aunque su cuerpo está desesperado por expulsarlo, consigue tragárselo.

Mientras pasa un dedo por la sangre en el piso de linóleo, Bea comprende a dónde la va a llevar esto. Es inevitable. No puede contener esta furia para siempre, porque encontrará la forma de escapar. Así que lo correcto es que la dirija contra ella misma y detone la bomba en condiciones controladas antes de que explote en medio de inocentes. Y todos son inocentes, excepto ella.

Bea no está segura de cómo lo hará. Las cuerdas son poco fiables, las pistolas demasiado rápidas, las píldoras demasiado indoloras. Probablemente seguirá con las navajas. Tiene afinidad con ellas, producen la cantidad adecuada de dolor. El momento es la única cuestión. Es simplemente demasiado morboso hacerlo la noche que ella cumple dieciocho años. Y demasiado cruel con su mamá, algo de lo que Bea se siente culpable.

«No harás nada de eso. Ahora levántate de ese piso y ven a mí».

Bea se gira. Pero está sola en el baño y la puerta sigue cerrada.

«Levántate. Levántate. ¡Levántate!».

Y así lo hace.

3:33 a. m., Goldie

Anoche, Leo me rogó que volviera con él. Mis ojos se cierran y me esfuerzo en abrirlos. Estoy agotada. Todo lo que quiero hacer es dormir. Pero sé a dónde me llevará el sueño, y tengo miedo de volver a verlo. Mis ojos se cierran. Los abro a la fuerza. No quiero verlo y a la vez sí e, incluso, sé que lo haré.

Ahora voy por un camino de piedra con árboles a los costados. Leo está de pie frente a mí. No me detengo. Se acerca a mi lado.

—No espero el perdón y no lo pido —dice, como si ya hubiera mantenido una conversación conmigo—. Ni siquiera lo quiero. Lo que hice fue imperdonable. Aun así, espero que sepas... —Dejo de caminar—. Tú sabes que... —Sus ojos verdes se nublan con lágrimas—. Que te amé, que te amo, que te amaré...

Lo miro. Lo miro durante mucho tiempo sin decir nada. Luego asiento con la cabeza. Después de todo, ¿cómo podría ser de otra manera? Él está en mi corazón.

—Entonces, ¿dejarás que te enseñe? —me pregunta con timidez—. ¿Dejarás que te ayude a aprender a luchar?

Vuelvo a asentir. Y trato de no pensar que va a morir si no mata pronto.

3:33 a. m., Esme

Esme siente que se desliza, como si su cama se convirtiera en un barco que la llevará a un viaje del que nunca regresará. No tiene miedo. Tan solo desearía que su nieta estuviera sentada a su lado ahora, para poder tomar su mano mientras se va.

El nombre de su nieta está en los labios de Esme. Si tan solo pudiera reunir la energía para decirlo, para gritarlo. Sin embargo, Scarlet debe de estar aquí, porque lo último que siente Esme es la mano de su nieta. Lo último que ve es el rostro de su hija. Ruby le habla, pero Esme no puede oír. Las palabras pueden adivinarse en la mirada de Ruby: palabras de gratitud, disculpa, oración.

Los labios de Esme se mueven, aunque ningún sonido escapa. Aun así, no importa. En este espacio entre la vida y la muerte, madre e hija vuelven a estar conectadas. Aquí, en lo desconocido, todo es conocido. Todo se entiende. Y todo se perdona.

6:29 a. m., Scarlet

—¡Scarlet! ¡Scarlet!

Scarlet se despierta, se incorpora antes de haber abierto los ojos. Esme la llama. Scarlet va dando tumbos por el pasillo, cuando se da cuenta de que no la llamaba su abuela, sino que la que gritó fue ella misma. Estaba diciendo su propio nombre.

Se calla y se detiene ante la puerta. No quiere entrar en la habitación de su abuela. No esta noche. Quiere dormir, quiere soñar, quiere fingir que está en otro mundo. El de los ríos y los árboles, el de la luna inamovible y el de las hojas que caen todo el tiempo.

Pero algo ha cambiado.

La quietud se aquieta aún más, el silencio es más silencioso. Hay ausencia, pérdida.

Scarlet no necesita entrar en la habitación de su abuela para saber que ya no está allí; no necesita acercarse hasta su cabecera para ver que no respira; no necesita tocar su mejilla para saber que está fría.

Aun así, Scarlet avanza sigilosamente, pisa la alfombra como si Esme fuera a sentir cada paso. Se detiene junto a la cama de su abuela, observa su pecho inerte, le roza la mejilla con la yema del dedo. Luego besa los labios de su abuela. Se sienta y sostiene la mano de Esme, mientras vienen los recuerdos: ambas bailando en la cocina, prendiendo fuego al pan tostado. Al borde de esas imágenes aguardan decisiones, necesidades, la pregunta de qué hacer a continuación.

Sin duda, los médicos creen que es imposible morir de un corazón roto. Pero, cuando le den a Scarlet el informe oficial, ella sabrá la verdad. Su abuela, que ya rozaba el borde del otro mundo, fue empujada al precipicio por el shock y el dolor. Así que Scarlet debe enfrentarse al hecho imposible de haber matado a las dos mujeres que la criaron, amaron y mantuvieron a salvo.

Mira por la ventana del dormitorio hacia el cielo que se ilumina. Afuera, el amanecer es fuego moribundo, las estrellas que quedan parpadean como brasas grises en la parrilla.

11:15 a. m., Goldie y Liyana

—¿Estás bien? —pregunto.

—Sí, estoy bien —dice Liyana.

Espero, ya que adivino que no lo está; puedo sentir la ansiedad que se desprende de ella en forma de olas que se estrellan en la orilla, a mis pies.

—Es que... Hay un montón de... Kumiko todavía no me perdona, mi tía tiene un ataque de nervios, nos echaron de casa...

—Mierda. —Espero, y aunque no agrega más, no pregunto. Conozco a mi hermana lo suficientemente bien para no presionarla. Me pregunto qué diría si le contara lo de Leo.

Liyana me sigue por Trumpington Street hacia King's Parade. Al pasar el Saint Catherine's College y el muro de hojas rojas, acelero el paso y mi hermana se apresura a seguirme.

—Ya casi llegamos.

Liyana me sonríe.

—Todavía no puedo creer que te hayas cortado el pelo por mi historia.

—Cállate —le digo, acariciando mi cuello desnudo.

Cuando veo el cartel del Café Núm. 33, camino más despacio. De repente, no estoy segura. ¿Qué le diré a la chica pelirroja? ¿Que soñé con ella y creo que es mi hermana? Cuando Liyana hizo lo mismo conmigo, la contuve a punta de cuchillo. Y esta chica trabaja en una cafetería. Tiene acceso a muchos cuchillos afilados.

—Aquí. Me detengo lentamente.

Las dos miramos el cartel de «Cerrado» en la puerta.

—Vaya —digo, sin querer admitir mi alivio—. Es una pena, pero podríamos...

—No seas tan derrotista —dice Liyana.

—Oye, tú no eres la que...

—Mira. —Liyana se agacha para tomar algo del pavimento y al levantarse de nuevo, sostiene una pluma negra. Sonríe. —Es una señal.

—Lo sé —digo con sorpresa, ya que mi hermana no había dado muestras de estupidez hasta ahora—. Dice «cerrado».

—No. —Liyana hace un gesto con la cabeza hacia la pluma—. Eso no. *Esto* es una señal.

La miro, sin saber qué responder.

—¿La pluma?

—Es... No importa. —Liyana la deja caer, la pluma flota hacia a la banqueta—. Llamemos a la puerta. ¿Qué puede decir?

—Mucho —le respondo—. Volvamos otro día cuando esté abierto.

—No puedo, no tengo otro día libre hasta dentro de dos semanas. —Liyana mira a través de la puerta de cristal—. Mira, ahí está.

Nuestra hermana pelirroja se sienta en una mesa con un hombre. Él no es guapo, no es un hombre en el que te fijarías si no lo conocieras. Pero le toma la mano con ternura, como si tratara de contener su dolor. Porque parece que un fuego la ha atravesado y ha destruido toda emoción excepto la pena.

—¡Vaya! —dice Liyana, sin darse cuenta. Quizá yo noté la pena de la chica porque también estoy así de triste—. La he visto antes.

—¿En serio? —pregunto—. ¿Dónde? ¿Dormida o despierta?

—No estoy segura. —Liyana se muerde el labio—. No tengo sueños como tú. Al menos no lo creo, pero sí estoy recordando cosas...

Vemos cómo nuestra hermana baja la cabeza y el hombre extiende la mano para acariciar su mejilla. El gesto es tierno, cauteloso, y siento que mis ojos se humedecen.

—Vamos —suplico—. Volvamos otro día.

Liyana me pasa el brazo por la cintura y me da un rápido y fuerte apretón. Nos damos la vuelta juntas y nos alejamos.

Primero de noviembre

Revelación

Empiezo a cerrar la puerta antes de abrirla del todo.

—Espera, por favor —me ruega Leo. Se detiene antes de meter su pie entre la puerta y el marco, pero su desesperación me conmueve tanto que yo misma atrapo la puerta antes de que se cierre de golpe.

Sacudo la cabeza. Una cosa es verlo en mis sueños y otra muy distinta verlo ahora. Es demasiado real, demasiado intenso, demasiado pronto. No estoy preparada. Necesito más tiempo.

—No tenemos más tiempo. —Ya no me sorprende que escuche mis pensamientos—. Por favor. —Su voz se cuela por el hueco—. Es esta noche. Vas a ir a Everwhere esta noche. Y todavía tengo que enseñarte...

—Me enseñaste.

—Unas cuantas cosas. Hay mucho más. Ni siquiera recuerdas cómo controlar tu elemento, y mucho menos... —Siento que su ansiedad aumenta, espesa el aire.

Dejo que la puerta se abra un centímetro y me complace ver su aspecto devastado.

Me sonríe con cautela.

—Feliz cumpleaños.

—No lo creo —le respondo, descubriendo que todavía quiero hacerle daño.

Amor y odio entrelazados.

Leo asiente.

—Mira, no tienes que venir conmigo ahora. Puedo encontrarte allí esta noche, pero si vamos ahora tendremos más tiempo. Puedo enseñarte…

Miro mis pies descalzos y atoro con los dedos del pie izquierdo la jamba de la puerta.

—Por favor —suplica Leo—. Por favor.

No es por su mendicidad. Es porque me doy cuenta de que nunca antes había oído a Leo tan asustado. Pienso en mi hermano en Londres, después de ver la obra de *Macbeth*, que duerme a pierna suelta (o tiene pesadillas), rodeado de sus amigos. Si Leo ha dicho la verdad, puede que no vuelva a verlo. Le escribí una carta. Espero que nunca la lea.

Solo deseo que esté aquí esta noche para poder darle un beso de despedida.

Puerta de enlace

—No entiendo. ¿A dónde vamos?

—No me creerías si tratara de explicártelo —dice Leo—. Y sé que es mucho pedir, después de todo, pero, por favor, confía en mí.

Lo sigo. No porque confíe en él, sino porque confío en mí misma. Mis sentidos se agudizan cada día, y ahora me fío de mis instintos. Leo camina con rapidez por las banquetas iluminadas por la luna, así que debo correr cada pocos segundos para mantener el paso.

Los pináculos de filigrana del King's College se alzan a mi lado mientras paso corriendo. Miro las torres talladas de la Great Saint Mary's Church, las anchas chimeneas de la Senate House, las torres cortas de Gonville & Caius... Parece que todo está cambiando, como si la cortina de luz diurna se hubiera retirado para dar paso a la oscuridad, y ahora, iluminada por la luz de la luna, se mostrara la verdad del mundo. No como lo he visto siempre, sino como creía que era. Imagino que las agujas de piedra se alargan hasta convertirse en las finas ramas de los abedules, que las torres cinceladas se transforman en los troncos de los fresnos, que las chimeneas aserradas se vuelven avellanos, que las gruesas torres se convierten en jóvenes robles...

Leo comienza a disminuir el paso a lo largo de la calle Trinity, luego se detiene fuera del Saint John's College. Todo se desvanece mientras admiro los enormes pilares de ladrillo rojo que flanquean las puertas de madera y culminan en torretas tan venerables e imponentes que bien podrían ocultar a caballeros con cota de malla, listos para arrojar ollas de alquitrán caliente sobre nuestras cabezas. Una escultura de piedra de un santo o un rey desconocido se alza sobre el escudo del colegio pintado en oro. Doy un paso atrás.

Leo se encuentra con mi mirada; por un momento olvido quién es y lo que ha hecho.

—¿Estoy a punto de ser iniciada en un anticuado culto universitario? —digo, para aligerar el ambiente—. No voy a hacer ningún ritual raro... No me gusta la sangre de pollo.

Leo me regala una sonrisa de oreja a oreja. Saca una llave de su bolsillo y abre una pequeña puerta cortada dentro del gran portón de madera. La mantiene abierta. Dudo.

—Vamos. Es casi la hora.

Atravieso la puerta, pensando que tal vez debería haberle dicho a alguien a dónde iba, qué estaba haciendo. Pero ¿a quién? Y ¿qué le habría dicho? Leo se apresura a cruzar el patio, siguiendo los caminos de piedra. Miro las hileras de ventanas oscuras, talladas en los antiguos muros que bordean el césped. Me pregunto si habrá alguien despierto a estas horas. Sigo a Leo por un pasillo de piedra y nuestros pasos resuenan como los de un niño que corre detrás de su padre. Cruzamos otro patio antes de que Leo se detenga bruscamente ante un jardín amurallado. En la puerta hay un cartel: «Master's Garden».

—No creo que se nos permita entrar ahí —le digo—. Incluso a las tres y media de la mañana.

—Por suerte, no vamos a ir ahí —dice Leo. No le respondo—. A las tres y media de la madrugada, la luna saldrá de entre las nubes para iluminar la puerta. Entonces la abriremos y pasaremos, no al Master's Garden, sino a tu mundo...

—Mira —interrumpo—. Esto es demasiado y demasiado pronto. Creo que quizás... no creo que deba salir tan tarde. Debería volver...

Leo se acerca a mí mientras me alejo del camino de piedra, mis talones pisando la hierba.

—Espera, Goldie, no... ¿No confías en mí?

Asiento y vuelvo a pensar en Ma.

—Es que...

—¿Qué? Crees que te traigo aquí para... Realmente crees que sería capaz de... —No puede terminar la frase, pero oigo las últimas palabras como si las hubiera pronunciado en voz alta.

—No, pero... con Teddy no puedo permitirme correr riesgos.

Leo parece atribulado.

—Mierda, Goldie. ¿Cómo puedes... cómo puedes pensar eso de mí? Sé lo que he hecho, pero después de todo lo que hemos...

—¿Yo tengo la culpa? —La ira se dispara en mi pecho—. Mataste a mi madre. Tenías la intención de matarme. Ahora has cambiado de opinión, pero aun así...

Mientras hablo, las lágrimas llenan los ojos de Leo y resbalan por sus mejillas. Me sorprende el hecho de que nunca lo había visto así. El odio retrocede y, a medida que el amor aumenta, empieza a desplegarse en mi interior el deseo, como ocurrió la primera vez que nos conocimos.

Leo da un paso vacilante hacia mí, como si yo fuera un ciervo asustado al que quiere alimentar.

—Sabes... Sabes que nunca, nunca...

Asiento con la cabeza.

—Lo sé. —Estoy segura.

Leo se adelanta de nuevo. Esta vez dejo que su mano toque la mía y deslizo mis dedos entre los suyos.

—Ojalá no hubiera dejado esto para tan tarde. Ojalá te hubiera traído aquí la noche del primer cuarto menguante justo después de conocerte, entonces al menos tendrías oportunidad de luchar...

Estoy a punto de completar sus palabras, de señalar que cuando nos conocimos su objetivo era exterminarme. Pero sé que él está pensando lo mismo, que se odia a sí mismo, así que no lo hago.

—Bien. —Me adelanto para que estemos uno al lado del otro frente a la puerta—. Estoy aquí. Solo dime qué hacer.

—Sucederá en cualquier momento.

Y, efectivamente, la luna sale de entre las nubes y la verja de hierro se ilumina, cada uno de sus adornos curveados brilla con un tono plateado. Leo levanta la mano libre para empujar la puerta y, juntos, la atravesamos.

Llegada

Leo tiene razón, definitivamente no es el Master's Garden. No es Saint John's. No es este mundo en absoluto. Es el lugar de mis sueños. Mis ojos tardan unos minutos en adaptarse a la densa niebla que flota en el aire, hasta que puedo distinguir las formas de los altos árboles y los troncos caídos, hasta que me concentro lo suficiente y oigo el ruido de un río cercano, del agua que corre sobre las rocas.

—¿Por qué todo es tan pálido? —susurro, como si alguien pudiera estar escuchando—. Es... Es como entrar en una fotografía en blanco y negro.

Levanto la mano para quitarme del pelo una hoja caída y veo las hojas blanqueadas que caen sobre mí y a mi alrededor, como si fueran lluvia. O copos de nieve muy extraños.

Todavía de la mano de Leo, sigo caminando. Pasamos de piedra en piedra, a veces nos hundimos en cuencas de musgo, todo está salpicado por hojas blancas y secas. Se juntan en montones, apuntalan los bordes de los troncos caídos y las largas raíces de los árboles. Flotan a lo largo de los arroyos, se arremolinan en las corrientes de agua. Siento la tierra que vibra bajo mis pies, el estira y afloja de un crecimiento invisible en las profundidades. Cuando mi pie cae en algún haz de luz de la luna, siento calor en mi piel.

Siento algo que no puedo ubicar, que no puedo recordar. Y entonces lo identifico: es la sensación de volver a casa.

Bea

Bea camina rápidamente por las calles de South Kensington. No tiene ni idea de a dónde va, ni le importa. Solo quiere estar lo más lejos posible del departamento de su madre. No ha vuelto a oír la voz de su padre desde que salió al aire frío de la noche, pero eso tampoco le importa. Irá a donde le plazca. Y, ahora mismo, lo único que quiere es seguir caminando.

En Cromwell Road se frena. A Bea siempre le ha atraído el Museo de Historia Natural y, al verlo, se acuerda de las excursiones escolares, de admirar el esqueleto del diplodocus por primera vez, quedar impresionada por su enorme poder.

Se detiene en la entrada, la mano apoyada en la gruesa cerradura de latón de la puerta que le impide acceder a los escalones del museo. Contempla las torres que flanquean los enormes portones, las docenas y docenas de grandes vitrales, las torretas que se extienden hacia las estrellas.

Cuando la luz de la luna cae sobre la verja, el recuerdo de aquel lugar vuelve, de repente y por completo, tan vívido y real como cada cristal y ladrillo que conforman su museo favorito. Bea levanta la vista hacia la luna, luego empuja la puerta y la atraviesa. Deja atrás una calle de South Kensington y entra en Everwhere.

Liyana

Liyana se despierta con los acordes de una guitarra. Arruga la nariz y se frota los ojos antes de vislumbrar su habitación oscura. Molesta por estar despierta a las tres de la mañana (mira la hora en su teléfono), vuelve a cerrar los ojos y mete la cabeza bajo las almohadas. Pero, aunque aprieta las almohadas con fuerza, sigue oyendo la música.

—¿Qué demonios? —Echa el edredón hacia atrás y se desliza fuera de la cama. Cruza la alfombra, aparta las cortinas, abre el pestillo y saca la cabeza por la ventana. Con un gesto de dolor por el aire frío de la noche, se asoma a la calle. De pie en un haz amarillo de luz artificial, un hombre toca una guitarra. Liyana lo mira con los ojos entornados.

—¿Mazmo?

—¡Hola, Ana! —Saluda con gran entusiasmo, como si llegar bajo su ventana en medio de la noche fuera una cita perfectamente respetable o, de hecho, anticipada—. ¡Feliz cumpleaños!

—¿Qué demonios estás haciendo? —susurra Liyana—. ¿Estás borracho?

Mazmo se ríe.

—¡Estoy siendo romántico! Te estoy dando una serenata, como ese tipo, ¿cómo se llama? Cyrano de algo, o… Romeo.

—Eso no es romántico. —Liyana levanta una ceja—. Es muy inapropiado, dado que, ciertamente, no soy Roxane o Julieta.

—Oh, yo no diría que estés tan lejos de dos de las mujeres más bellas de todos los tiempos.

—Mazmo —advierte Liyana—. Te dije que no íbamos a...

—Lo sé, lo sé, pero ¿no puedes dejarme jugar un poco a la fantasía? —Mazmo suelta su guitarra—. Es divertido.

Liyana bosteza.

—Sería mucho más divertido a una hora decente. No sé, cualquier hora antes de medianoche o después del amanecer.

Mazmo sonríe.

—Vamos. —Le hace señas para que baje—. Tengo una sorpresa para ti.

—¿No puede esperar hasta la mañana? —pregunta Liyana—. Hace mucho frío.

—Entonces ponte una bata y tenis. Valdrá la pena cada dedo del pie perdido por congelación, lo prometo.

Liyana pone los ojos en blanco. Mazmo Owethu Muzenda-Kasteni es uno de los pretendientes más persistentes que ha tenido, pero es bastante inofensivo y, ahora que Liyana está algo más despierta, siente curiosidad.

—Dame cinco minutos —dice ella, y cierra la ventana.

Scarlet

Scarlet está cerrando la puerta del café cuando la ve a través del cristal. Hoy no abrió, apenas ha salido de su cama desde que volvió de la morgue, excepto cuando Walt le hizo una breve visita sorpresa. Scarlet entrecierra los ojos para ver a la mujer, que se entretiene con las sombras que proyecta el King's College al otro lado de la calle. Lleva un cigarro entre los labios, exhala largas bocanadas de humo. Scarlet se queda mirando mientras aquella mujer se termina el cigarro, sale de las sombras y cruza la calle. Cuando pasa por debajo de un farol, Scarlet se da cuenta de que la mujer se cortó el pelo y lo tiñó de negro, pero sus ojos castaños siguen siendo los mismos, al igual que su forma de caminar: lista para atravesar cualquier cosa que se interponga entre ella y su destino.

La reconoce al instante, pero sin comprender. La confusión tarda en aclararse. ¿Cómo la mujer que una vez fue su madre puede estar cruzando la calle? Su madre está muerta.

Scarlet no está segura de cómo entra Ruby Thorne en la cafetería, ya que no recuerda haber dejado la puerta abierta, pero sigue tan aturdida, tan desorientada, que ya no está tan segura. Lo único que sabe es que su madre, que no está muerta, se encuentra ahora muy cerca, incluso podría tocarla, aunque sigue sintiéndose tan inalcanzable como siempre.

—Estás... viva —dice por fin, cuando queda claro que su otrora madre no será la primera en hablar—. Pero tú...

Su madre muerta asiente.

—Lo siento.

—Esto no es... No lo entiendo. ¿Cómo es que estás aquí? Yo no, yo no...

—No tengo excusas —dice Ruby—. Sé que lo que hice fue imperdonable. Yo…

—Tú. Moriste. —Scarlet pronuncia las palabras—. Moriste en un incendio que quemó nuestra casa, un incendio que yo...

—Quizá deberías sentarte. —Ruby señala con la cabeza una mesa rodeada de sillas.

Scarlet no lo hace.

—¿Cómo...? ¿Qué...?

La mujer respira profundamente.

—Necesito un cigarro. ¿Te importa si fumo aquí?

Scarlet la mira fijamente.

—Es ilegal.

—Oh, sí. —Ruby Thorne suspira—. Estuve fuera demasiado tiempo, lo sigo olvidando. Pero no creo que nadie se dé cuenta, ¿verdad? No a esta hora de la noche.

Scarlet entrecierra los ojos, la sorpresa empieza a diluirse un poco.

—Dime por qué estás aquí. Dime por qué no estás muerta.

Su madre resucitada saca un paquete de cigarros del bolso y juguetea con el envoltorio de plástico.

—Nosotras... Tu abuela pensó que sería mejor que no lo supieras. Pensó que sería menos traumático, que la muerte era mejor que la deserción.

—¿Qué? —Scarlet tropieza con una silla y se sienta—. Pero... No, eso no... No.

Ruby Thorne asiente.

—¿La abuela lo sabía? —Salen chispas de las yemas de los dedos de Scarlet—. No. Estás mintiendo. Ella no lo haría, ella...

Y entonces Scarlet recuerda el sueño de su abuela.

Esme lo sabía.

—Ella pensó que sería mejor...

—Sigues diciéndome lo que ella pensaba —dice Scarlet—. Y puedo perdonarla *a ella*. Lo que me parece cruel es el momento, ¿por qué diablos me lo dices ahora?

—Porque tenía que...

—¿Por qué no te quedaste muerta? —Las manos de Scarlet arden—. Después de todo este tiempo, habría sido mejor. —Ruby guarda silencio—. Pero todavía no... ¿Por qué ahora? Supongo que sabes lo de la abuela, así que, ¿por qué manchar mi recuerdo de ella? ¿Realmente eres tan cruel?

Ruby suspira.

—Lamento hacerlo justamente ahora, de verdad, pero no pude venir antes y no podía esperar más...

—¿Por qué? —interrumpe Scarlet—. ¿Qué viniste a decir? Que nos has estado observando todos estos años y no querías aparecer en el funeral de la abuela, ¿pensaste que sería de mal gusto?

—Mira, sé que estás furiosa, tienes todo el derecho a estarlo. Y puedes gritarme todo lo que quieras, como debe ser. Pero en este momento necesito que me escuches.

—Gracias por tu permiso, «mamá» —dice Scarlet—. Pero no lo necesito, ya lo sabes. Yo…

—Tu padre —la interrumpe Ruby—. Tienes que saber… Intentó matarme una vez; me escapé. —Se encuentra con la mirada de su hija—. No me di cuenta entonces de que tú estabas en más peligro que yo.

Scarlet mira fijamente a la mujer que solía ser su madre. Por un momento, la sorpresa supera a la furia, y quiere saber más.

—¿De qué carajos estás hablando?

—Tu padre es... —El miedo en la voz de Ruby enfría incluso el fuego en la punta de los dedos de Scarlet—. Es extremadamente peligroso.

—Eso dices tú. ¿Y por qué debería creerte? Sin duda, has demostrado ser la zorra más mentirosa. —Las manos de Scarlet empiezan a calentarse de nuevo— La más indigna de confianza que jamás...

—¿Leíste mi carta?

—¿Qué carta?

—El cuento. Caperucita Roja —dice Ruby—. Te lo leía cuando eras una niña. Esperaba que te ayudara a recordar momentos más felices...

—No —dice Scarlet, sin querer creerlo, sin querer dar crédito a Ruby Thorne de algo tan conmovedor—. No lo hacías, no te creo.

—Esperaba que supieras que era yo.

—No, ni sabía, ni lo imaginé.

—Te lo leí todas las noches durante años.

Scarlet sacude la cabeza. De las yemas de sus dedos salen chispas azules.

—Pensé que te ayudaría a recordar que confiaste en mí una vez, para este momento.

—¿Ayudarme? —Scarlet está fuera de sí—. Quieres decir ayudarte a ti.

Ruby se encuentra con el ceño fruncido de su hija y le sostiene la mirada. Scarlet mira a los únicos ojos del mundo que reflejan exactamente los suyos. Y entonces recuerda: acurrucada en brazos de su madre, escuchaba las palabras que tan bien conocía, se adormecía con la misma historia una y otra vez.

—Tienes que venir conmigo.

—¿Por qué? —Hace un momento, Scarlet la habría mandado al infierno. Ahora al menos permitirá una explicación.

—Porque, si no lo haces, tu padre intentará seducirte. Y, si te resistes a él, te matará.

Scarlet frunce el ceño.

—Si es tan peligroso, entonces iré a la policía...

—No puedes —dice Ruby—. No es aquí donde te atrapará. Está en Everwhere.

—¿En todas partes? —Scarlet mira a su madre como si hubiera perdido el último asidero a la realidad—. ¿De qué mierda estás hablando?

—Sé que me odias, Scarlet. Y deberías hacerlo. Pero te pido que al menos me dejes ayudarte, llevarte a ese lugar, mostrarte lo que puedes hacer, para que tengas una oportunidad de sobrevivir a tu padre. Por favor.

Es esta última palabra la que hace la diferencia. Su madre nunca ha suplicado.

—Está bien —concede Scarlet—. Puedes mostrarme, y luego puedes irte.

Goldie

—Deberías dejarte los zapatos —dice Leo—. No sabes cuándo vas a tener que correr.

Estamos caminando junto a un río. Me quité los zapatos y los llevo encima, así puedo sentir el musgo húmedo en las plantas de los pies. Me gustaría meterme en el arroyo para sentir la corriente entre mis dedos, pero sospecho que Leo no lo permitiría.

—¿A dónde vamos? —pregunto—. Me los pondré cuando lleguemos.

—A un lugar donde puedas practicar tus habilidades —dice Leo—. Para que cuando luches tengas una oportunidad de...

—Sobrevivir —lo interrumpo. Leo no dice nada.

—Pero no tengo ninguna habilidad. —Me preocupan sus elevadas expectativas. Está claro que tiene ideas equivocadas sobre mi potencial y me resisto a decepcionarlo. Paso los dedos por el tronco dc un árbol y desprendo una larga tira de corteza. La desmenuzo con una mano mientras camino y veo cómo los copos de leña caen en las piedras bajo mis pies.

Leo sigue advirtiéndome de lo que está por venir, me dice que esté en guardia, trata de asustarme para que esté alerta. Pero es difícil creerle porque aquí no siento miedo. De hecho, a cada paso me siento más fuerte y más segura que nunca.

Bea

—¿Doctor Finch? —Bea frunce el ceño cuando lo ve, rezagándose en las sombras. Tiene la sensación de que lleva un rato aquí, observándola, absorto entre las hojas que caen infinitamente y los altísimos sauces que alcanzan la luna—. ¿Qué mierda haces aquí?

—¿Por qué no debería estar aquí? —Da un paso adelante sobre el musgo—. Tengo tanto derecho como tú.

Bea se encoge de hombros y empieza a caminar.

—No habría creído que tuvieras sangre Grimm en las venas. No eres un gran hombre, y mucho menos...

Pero sigue sin recordar del todo las reglas, las leyes que rigen este lugar. No sabe quién puede estar aquí y quién no. Lo único que recuerda ahora es que está aquí para conocer a sus hermanas y a su padre, y que siente mucha curiosidad y entusiasmo por conocerlas, por él no.

—Espera. —El doctor Finch se apresura a alcanzarla.

—¿No deberías estar en casa con tu mujer? —pregunta Bea, deseando que ojalá estuviera lejos.

—Está dormida —dice—. No me echa de menos.

—Sí, bueno, yo tampoco. ¿Por qué no tomas otro camino? —Bea señala con la cabeza en dirección a un río que se aleja de ellos.

El doctor Finch no dice nada, pero sigue caminando a su lado. Y, como está en silencio, ella le permite quedarse. La luna desaparece tras las nubes. Algo denso y oscuro se abalanza entre ellos, antes de elevarse de nuevo hacia el cielo negro.

«Un mirlo». Bea piensa en la ilustración que encontró en Fitzbillies. Un recuerdo la atrae.

—Un murciélago —dice el doctor Finch. Bea lo ignora.

El recuerdo se eleva.

«Podía volar. Hace tiempo podía volar».

La luna se desprende de un banco de nubes e ilumina el camino. Bea acelera el paso, camina cada vez más rápido hasta que echa a correr, levantando las piernas en grandes y rápidas zancadas. Mientras corre, Bea suelta gritos de alegría que se transmiten por la niebla y llegan hasta el doctor Finch, que corre a su paso.

Scarlet

—¿Dónde diablos estamos? —Scarlet está de pie sobre un trozo de musgo y se niega a moverse—. ¿Cómo...? No entiendo... ¿Cómo fue que llegamos hasta aquí?

—Has estado aquí antes.

—¿De verdad?

—Y últimamente has soñado con este lugar.

Esto no es una pregunta. Scarlet asiente de mala gana.

—Venías aquí de niña —dice Ruby—. Y te has estado preparando para volver.

—Pero... —Scarlet quiere desafiar a su madre, negarlo todo, pero no puede.

—Es un lugar para que te des cuenta de tus puntos fuertes, para que perfecciones tus habilidades —dice Ruby—, para que te vuelvas lo suficientemente agresiva y tengas una oportunidad de ganar el combate.

—¿Qué combate? —Scarlet frunce el ceño—. Yo no tengo ninguna...

—Deja de hacer eso —dice Ruby—. Basta. La modestia, dudar de ti misma, esas cosas podían conseguirte aprobación en casa, pero aquí harán que te maten.

—No estoy siendo modesta. —Scarlet se sacude una hoja blanca de la cabeza—. Simplemente no sé de qué estás hablando.

—Vamos, por favor. —Ruby pone los ojos en blanco—. No me digas que no has notado nada extraño, nada...

—¿Qué?

—Esa mirada... Se te acaba de ocurrir algo, ¿no? Conozco esa mirada.

—No, no es cierto. —Scarlet aprieta sus cálidos dedos en los puños.

—Claro que sí. Soy tu madre, yo...

Scarlet suelta una risa irónica.

—¿Lo eres? No me había dado cuenta.

Ruby suspira.

—Scarlet, lo siento, pero no tenemos tiempo para esto. Lo que hice fue horrible. Te abandoné. Me odias. Lo sé, me lo merezco. Pero ahora estoy arriesgando mi vida para intentar salvar la tuya. Y si no dejas de castigarme al menos lo suficiente para dejarme ayudar, entonces ambas estaremos muertas antes...

—Está bien, está bien. —Chispas de frustración brotan de las yemas de sus dedos—. No tengo ni idea de lo que estás hablando, pero fingiré que no te odio, solo por esta noche. ¿De acuerdo?

A decir verdad, el odio ya se está convirtiendo en aversión, aunque Scarlet no lo admita. Todavía está lejos de sentirse preparada para dejar a su madre libre de culpa. El amor pesa menos que la furia (plata frente a plomo en la escala química), pero aún podrían equilibrarse. Algún día.

—Gracias. Ahora, vamos. —Ruby camina por el sendero de piedra, pisando la hiedra serpenteante, hundiéndose en el musgo. Se detiene y se voltea—. Vamos.

Scarlet da un paso tímido. Toma una hoja del aire y observa cómo sus bordes se chamuscan y se enroscan en la palma de su mano, antes de estrujarla hasta convertirla en polvo.

—¿Qué pasa con todas estas malditas hojas? ¿De dónde demonios caen?

—No sé —admite Ruby—. Nunca conocí a alguien que lo supiera.

—¿No tengo que agradecerte mi mente brillante entonces? Supongo que mi padre es quien tiene el cerebro.

Ruby se detiene tan bruscamente que Scarlet casi se tropieza con ella. Cuando se da vuelta, el miedo en sus ojos vuelve a enfriar el fuego en las puntas de los dedos de Scarlet.

—Cuidado con lo que dices de él.

—¿Por qué? —Scarlet frunce el ceño—. No puede oírme.

—¿Eso es lo que crees? —dice Ruby, ahora incrédula—. No necesita estar aquí, solo tiene que pensar en ti para escuchar tus pensamientos. Yo tengo alguna posibilidad de ocultarme, pero tú... Él te creó. Mientras estés viva, nunca escaparás de él.

Liyana

—Estoy impresionada, Maz —dice Liyana, sin aliento—. De verdad.

Mazmo, que dejó su guitarra en la puerta, hace una reverencia cortés con una floritura de su mano extendida.

—Mi objetivo es complacerla, mi señora.

—No sé cómo demonios lo has hecho, ni siquiera qué has hecho. —Liyana camina en círculos, con la cara vuelta hacia las estrellas—. Pero es... Nunca vi estrellas tan brillantes, y todo está tan blanco como si estuviera cubierto de nieve. Sinceramente, no me imaginé que tuvieras un secreto así.

Sonriendo, Mazmo se acerca a Liyana con la mano abierta. Ella se encoge de hombros y apoya su mano en la de él.

—Eres tan hermosa, Ana. Me haces olvidar a todas las mujeres, hombres y seres que he conocido...

—Maz, no —advierte Liyana—. Todo esto es... sorprendente, pero no cambia nada. Ya sabes lo que pienso sobre...

—Lo sé, lo sé. —Mazmo arranca una hoja del aire, la hace girar entre el dedo y el pulgar—. Pero no puedes culpar a un chico por intentarlo, ¿verdad?

Liyana suspira.

—No entiendo a los hombres. Los tiene sin cuidado seducir a una mujer mediante un proceso de desgaste de sus defensas hasta que, ¿qué?, finalmente cede y acepta casarse.

—Algo así.

—¿Pero por qué querrías a alguien que no esté loca por ti?

Mazmo se encoge de hombros.

—No importa mucho cómo se sientan al principio, lo que cuenta es cómo se sienten al final. De todos modos...

—Y ahí tienes, el patriarcado resumido en una sola frase. Dios, si tuviera solo una gota de tu confianza.

—Es injusto. Es más animal que eso. Se trata de la emoción de la persecución.

Liyana suspira.

—El cortejo no es la caza del zorro. —Suelta su mano y sigue caminando sola, con una repentina nostalgia por Kumiko. Si tan solo Liyana pudiera traerla aquí. Sería el gesto más grande de los grandes. Aunque no sabe muy bien cómo han llegado, así que debe asegurarse de que Mazmo se lo explique todo antes de que se vayan.

—¿Dónde estamos exactamente? ¿Seguimos en Londres? ¿Este lugar es como el País de las Maravillas, pero de invierno? Todo parece tan real, pero... ¡Ay!

—Lo siento, ¿te asusté?

—N-no, no me di cuenta de que estabas tan cerca, eso es todo... —Liyana vuelve a distanciarse—. Pero quizá deberíamos irnos. Es tarde. Nunca he estado fuera toda la noche. Si mi tía...

—Mentirosa. —Liyana frunce el ceño—. No me digas que nunca has salido toda la noche. Apuesto a que algunos fines de semana ni siquiera te acuestas. —Mazmo sonríe—. No para dormir, al menos.

Liyana lo mira a los ojos, a punto de negarlo. Pero la forma en que la mira ahora (como si él fuera una caballa y ella un pez más pequeño) es tan inquietante que no quiere llevarle la contraria, no quiere irritarlo. Siente la fuerza de él a su lado. ¿Cómo la llamó una vez?, ¿atlética? Aun así, ella no es rival para él.

—Bueno, supongo... —Liyana se da la vuelta para volver por donde habían llegado. Al menos cree que es así, aunque no puede estar segura. Todos los árboles imponentes son iguales a los demás, sus troncos envueltos en zarcillos de hiedra, sus hojas pálidas arrastradas por el viento y... una brisa achurada. Y las piedras parecen haberse dispersado de nuevo, de modo que el camino se bifurca cuando antes no lo hacía, y el confeti de hojas cae más rápido, amenaza con cubrir todo de blanco en cuestión de minutos y dejar el suelo intransitable—. Tal vez lo haya hecho, no lo recuerdo.

—No nos vamos todavía —dice Mazmo, con una voz suave como el agua sobre las rocas. No hasta que te haya mostrado algo. No puedes irte sin verlo, ya que es la razón por la que te traje aquí.

Liyana se pone rígida cuando él vuelve a tomarle la mano.

—¿Qué pasa?

—Es una sorpresa. —La empuja tan bruscamente hacia delante que tropieza con una piedra—. Vamos. Tendremos que caminar un rato, pero la espera valdrá la pena, lo prometo.

Liyana parpadea mientras las gotas de lluvia caen en sus pestañas: ¿cuándo empezó a llover? Entre un segundo y otro se ha formado una espesa niebla, y Liyana se da cuenta de que ahora no tiene más remedio que acompañar a Mazmo porque, si corriera, ¿por dónde tendría que irse?

Goldie

—Entonces, ¿qué es lo que crees que puedo hacer? —Me subo a un tronco caído y me doy cuenta demasiado tarde de que, como es más ancho que yo, no será tan fácil subir como había previsto. Le tiendo la mano a Leo—. ¿Puedes ayudarme?

Se adelanta y me levanta torpemente, su hombro empujando bajo mi muslo. Una vez que estoy sentada, a horcajadas sobre el tronco, Leo se levanta en un rápido y elegante movimiento.

—Así que... —Clavo un dedo en la corteza—. ¿Cuándo me lo vas a decir?

—¿Decirte qué?

—Cómo planeabas matarme.

—¿Qué? —Leo se sobresalta.

Me encojo de hombros.

—¿No debería saberlo si espero defenderme? Estaré mejor preparada si sé lo que me espera.

—Es difícil de decir. —Leo hunde su uña en el tronco del árbol—. Cada soldado tiene sus propios métodos. Algunos juegan con sus presas antes de...

—¿Tú lo hiciste?

Leo sacude la cabeza.

—No. Yo era rápido. La mayoría de los soldados somos extremadamente fuertes y tenemos el elemento sorpresa a nuestro favor, ya que la mayoría de las hermanas no saben a lo que vienen. Pero…

—Bueno, al menos tengo eso a mi favor.

—Más que eso —dice Leo—. Tendrás la ventaja definitiva esta noche. Cada soldado tiene su objetivo. Tú eras el mío. Así que ningún soldado contra el que luches sabrá lo que le espera.

—¿Qué?

Leo levanta una larga tira de corteza.

—Necesitamos un poco de tiempo para prepararnos, pero después estarás bien. Tus hermanas, en cambio... será mucho más difícil para ellas...

—Espera. ¿Qué? —Lo miro fijamente—. Nunca dijiste nada sobre mis hermanas.

Leo frunce el ceño.

—Pensé que te habías dado cuenta. Lo siento, no lo hice...

Pienso en Liyana. ¿Por qué no tomé en serio a Leo antes, por qué no le advertí?

Leo extiende la mano y toma la mía.

—Estoy seguro de que estará bien. Es fuerte.

—¿Cómo lo sabes? Nunca la conociste.

—Es una hermana Grimm —dice Leo, como si eso lo dijera todo.

Respiro profundamente.

—¿Y él qué te hará cuando se dé cuenta de lo que has hecho?

—No estoy seguro. —Intenta sonreír—. No creo que un soldado haya desobedecido nunca una orden directa.

—Te castigará —sugiero, con la esperanza de que ese sea el peor panorama.

—Sí —reconoce Leo—. Es muy probable.

—Pero... ¿él no te…?

—No te preocupes por mí —dice.

—Pero ¿y si...? —Todavía no me atrevo a decirlo.

—Bueno —dice Leo, intentando sonreír—. Dada tu capacidad para dar vida, estoy seguro de que podrías resucitarme, incluso si lo hiciera.

Lo miro fijamente, horrorizada.

—No lo digas ni en broma.

—No... No estoy bromeando —me responde—. Me imagino que con la combinación de tus poderes y la potencia del éter aquí, serás capaz de hacer cualquier cosa.

Frunzo el ceño. No voy a preguntar por el éter. No quiero saberlo.

Leo me dedica una sonrisa de disculpa.

—No te preocupes… Me ocuparé de mí mismo. Tú tienes que prepararte para la matanza.

Miro a Leo pero, con mis instintos sobrepasados, no sé si está mintiendo. ¿Sabe lo que le hará su padre? Pienso en este soldado.

No quiero luchar contra él; desde luego, no quiero matarlo. No importa lo que me diga sobre la necesidad de hacerlo.

—Si no lo haces —dice, leyendo de nuevo mis pensamientos—, no tendrás ninguna posibilidad de sobrevivir. Tu padre te matará esta noche. Sin duda.

—Sí, pero...

—Lo siento, pero no tenemos tiempo para discutir los méritos y la moral de todo esto. —Leo rompe un trozo de corteza—. Esta es una guerra eterna y tú has sido reclutada en ella. Cualquier soldado de aquí te matará a la menor oportunidad. Si te ayuda a hacerte más fuerte, piensa que es en defensa propia.

Pienso en mi padrastro.

—Muy bien. —Me siento más erguida—. Entonces, ¿qué crees que puedo hacer?

Bea

—Espera —dice el doctor Finch—. Vas demasiado rápido, ¡espera!

Pero Bea no espera, no puede, sus piernas tienen vida propia y se niegan a frenar. Y está contenta de dejarlo atrás, no le importa ser grosera, no le importa nada, solo correr lo más rápido posible.

No recuerda la última vez que corrió así. De vez en cuando se ha lanzado para alcanzar un tren en el metro, acelerando entre las puertas que se cierran, sin aliento. Pero hacerlo con los pulmones doloridos, los músculos acalambrados y partes del cuerpo tambaleándose no es una sensación agradable. En Everwhere es diferente. Es magnífico.

Corre más rápido que nunca, se precipita a través de la niebla, sus pies se lanzan sobre el musgo y la piedra tan rápido que parece que nunca tocan el suelo. Es ligera como una pluma, una rápida flecha de músculo y aliento. Es aire y la fuerza de su cuerpo es tan poderosa como un huracán. Bea sonríe al viento con el pelo echado hacia atrás, el corazón palpitando y los pulmones bombeando. Corre sin parar.

A lo lejos, un susurro en los vientos distantes. Ella lo escucha todavía, la está llamando.

Bea alcanza tal velocidad que ya no da grandes pasos sobre las piedras, sino que flota sobre troncos de árboles caídos, estirando las piernas en perfectos saltos de ballet. Con otro salto, Bea se eleva en el aire. Se eleva más alto, más alto aún, por encima de los ríos y las rocas, a través de las hojas caídas, más allá de las ramas más finas de los árboles más altos, se eleva hacia la luz de la luna.

Ahora que está volando lo recuerda todo.

Scarlet

—Si todo esto es cierto —dice Scarlet—, entonces no veo qué se supone que puedo hacer en defensa propia. Lo mejor sería rendirme ahora mismo.

Además, tras perder a su abuela, a Scarlet no le importa mucho la vida, no en este momento. Está sentada con su madre resucitada en un claro, un círculo de piedras clavadas en el suelo musgoso. Scarlet está en un extremo, Ruby en el otro.

—No seas ridícula —dice Ruby—. No harás nada de eso. Eres mucho más fuerte de lo que crees, y ni siquiera te has puesto a prueba todavía, así que ¿cómo vas a saberlo? Siempre te dije que nunca te rindieras, nunca...

—Lo siento. —Scarlet arranca una liana de hiedra de una rama cercana—. Perdóname si no puedo recordar tus perlas de sabiduría materna.

Ruby ignora la puñalada.

—Tienes fuego en la punta de los dedos, ¿no? En la Tierra no puedes hacer mucho más que chispas. Pero aquí puedes encender campos, puedes quemar bosques enteros, puedes...

Scarlet frunce el ceño.

—¿Cómo lo sabes?

Ruby se encoge de hombros.

—¿Qué crees que he estado haciendo durante los últimos diez años?

—No sé, unirte a algún circo, robar bancos... Lo que se te antojara. Me imagino que estar por fin libre de una hija que nunca quisiste.

Ruby se queda callada. Cuando habla, su voz es un susurro.

—Eso no es verdad. Te quiero más que nada en el mundo.

—Tienes una forma divertida de demostrarlo.

—Vendí mi alma para conseguirte. Las consecuencias fueron peores de lo que esperaba. —Scarlet frunce el ceño, pero no dice nada—. Durante los últimos diez años me he escondido de tu padre y he estado haciendo mi investigación.

—Yo...

—Por el amor de Dios. —Ruby encuentra la mirada de su hija y la mantiene—. Hay un soldado acechándote aquí, ahora mismo. Si te encuentra, te matará. Así que, por favor, ¿quieres intentarlo?

Scarlet está a punto de protestar de nuevo, pero, ante la furiosa determinación en el rostro de su madre, cierra la boca y aprieta los dientes. Es consciente de que siempre echa chispas cuando sus emociones están en su punto más intenso. Scarlet mira a Ruby, se concentra en canalizar todos sus sentimientos de odio y rabia en las palmas de las manos.

Al principio, Scarlet no siente nada.

Entonces sus manos empiezan a calentarse como si sostuviera dos carbones ardientes. Mientras las mira fijamente, una repentina llamarada de electricidad sale del centro de cada palma, atraviesan la niebla y se unen en un solo rayo. Durante unos instantes, mientras Scarlet mira con la boca abierta, el rayo se enrosca y chispea como una anguila eléctrica. Luego, de repente, se sumerge y atraviesa el tronco de un antiguo roble, lo parte por la mitad. La poderosa caída del árbol quebrado envía ondas de choque que hacen temblar el suelo a sus pies.

Por un segundo, las hojas que caen quedan suspendidas, inmóviles en el aire. Scarlet mira fijamente a su madre, que le devuelve la mirada, sin palabras.

El soldado que observa desde detrás de un sauce da un paso atrás.

Liyana

—Sé lo mucho que te gusta el agua —dice Mazmo cuando se detiene, de repente.

Liyana tropieza y se golpea el dedo del pie con una piedra.

—No recuerdo habértelo dicho —dice, agachándose para sobarse el dedo.

—La primera vez que nos vimos, en la piscina, ¿recuerdas? Bueno, pues te traje a este lugar porque tiene los lagos más bonitos que haya visto.

Liyana no puede ver nada a través de la espesa niebla, pero oye cómo se filtra el agua al fondo de su voz.

—El lago más hermoso que he visto para la chica más hermosa que he conocido. Es apropiado, ¿no? —Liyana no responde—. No seas así. —Le aprieta la mano—. No es divertido si te enojas.

—Yo... solo estoy pensando que es... una pena que no pueda verlo con esta niebla —dice Liyana—. ¿Tal vez deberíamos volver otra noche?

—¿Y desperdiciar este paseo? No, el clima siempre cambia aquí. Esperaremos. No tardará mucho.

—Está bien —dice Liyana, ya que está claro por el tono de Mazmo que ella no tiene autoridad en el asunto. Espera que no sea mucho tiempo. Quiere ir a casa. Quiere volver a su cama. Desea no haberse ido nunca. ¿En qué pensaba cuando decidió seguir a un casi desconocido a un lugar desconocido?

Entonces, efectivamente, la niebla comienza a disiparse.

—¿Ves?, te lo dije —dice Mazmo—.

Y ahora ella puede ver su sonrisa.

Están de pie en la orilla de un lago. El agua está inmóvil como el cristal, la luna proyecta un trozo de plata sobre ella, como la costura de un vestido. Los sauces bordean la orilla y sus largas y frondosas ramas se mecen con la brisa. Las hojas blancas siguen cayendo, aunque ninguna en el lago: el agua permanece intacta, sin fisuras, sin romper.

Liyana exhala.

—Dios mío, es tan...

—¿Ves? —Mazmo sonríe, emocionado como un adolescente—. ¿No te dije que la espera valdría la pena?

Ella asiente, incapaz de dar forma al enorme desorden de sus sentimientos y expresarlos en palabras inteligibles.

—Es tan, tan, tan... —Y, de repente, se acuerda. Estuvo aquí antes, cuando era una niña. Es real, especial, secreto. Solo algunas personas pueden...—. Es Everwhere.

Todavía sonriendo, Mazmo le da un empujoncito.

—Así es. Lo has recuperado.

—Gracias. —Liyana le besa la mejilla, repentinamente desbordada de gratitud—. Siento no haberte… Gracias.

Las imágenes parpadean en los bordes de su memoria, pero ella las observa en las profundidades del agua, cambiantes y borrosas. Las voces la llaman, pero están demasiado apagadas para que Liyana pueda distinguir lo que dicen.

—¿Sabes? —susurra Mazmo—, no hay nadie por aquí. Podríamos ir a nadar.

—Pero no tengo mi... Ah. —Liyana le da un codazo—. Eres un descarado.

A pesar de lo imprudente que sería desvestirse en las circunstancias actuales, quiere hacerlo. Quiere sentir el agua fría en su piel desnuda, quiere sumergirse, no oír nada más que el rumor del lago, su latido en sus oídos. No quiere ver nada más que el agua a su alrededor, desde el final de su nariz hasta el borde de la tierra.

—Bueno... —Liyana duda—. Yo no...

No llega a decir la siguiente palabra, porque, al momento siguiente, se está cayendo. Ha resbalado en la orilla húmeda del río y está cayendo al agua. Su pecho es lo que golpea primero, el impacto es un golpe fuerte en las costillas, pero luego se sumerge, contiene la respiración, abre los ojos, empuja hacia atrás contra la fuerza de succión del agua, como si sus brazos fueran las alas de un pájaro en vuelo. Debe haberse hundido más de lo que pensaba, ya que el aire y la respiración no llegan todavía. Pero no pasa nada, será solo un momento, el lago no era tan profundo. Los pulmones de Liyana empiezan a picar, doloridos ante la espera del aire. Necesita abrir la boca, necesita que el aire entre ahora mismo. Es entonces cuando se da cuenta de que no cayó al agua. La están empujando hacia abajo.

Goldie

«No podré hacer esto», pienso, incluso mientras lo estoy haciendo. «No puedo, es imposible». Sigo sentada a horcajadas sobre el tronco caído de cara a Leo, quien me anima a seguir adelante mientras un largo zarcillo de hiedra se desenrolla de la rama de un árbol cercano y se extiende en el aire. Chasqueo mi dedo índice y la hiedra comienza a balancearse hacia adelante y hacia atrás como una serpiente encantada.

Leo aplaude.

—¿Ves? Te dije que sería fácil, ¿no?

Me encojo de hombros, aunque admito que me siento aliviada.

—Pero sigo sin entender cómo... Es un bonito truco de magia. Pero ¿cómo va a impedir que un soldado me mate?

—Es solo intención —dice Leo, como si fuera lo más sencillo del mundo—. Una vez que sabes que puedes hacerlo, solo es cuestión de dirigirlo.

—¿Qué quieres decir?

—Bueno, puedes hacer que la hiedra baile —dice Leo, y un destello de luz vuelve a sus ojos verdes—. O puedes enroscarla en mi cuello y ahogarme.

—Ah.

—¿Lo ves?

Asiento con la cabeza. Ojalá no estuviéramos aquí. Ojalá estuviéramos todavía en el hotel, hace días. Antes de saber nada, cuando aún podía acariciar la suave piel de sus cicatrices y preguntarme por su origen.

—Entonces, ¿quieres hacer la prueba? —dice Leo, como si me sugiriera hacer un collar de margaritas.

Mis dedos caen, con desánimo.

—¿Quieres que intente ahogarte?

La hiedra encantada cae al suelo.

Leo me mira, como si yo no entendiera el propósito de este lugar.

—Goldie. —Su voz baja—. ¿Te das cuenta de que Everwhere está repleto de soldados esta noche? No solo han venido por ti y por tus hermanas; cada mes, en el primer cuarto menguante…

Miro sus manos apoyadas en el tronco. Quiero extender la mano y pedirle que me abrace.

—Piensa en Teddy —dice—. Si no haces esto, no tendrás ninguna oportunidad contra tu padre.

No tengo elección, me doy cuenta. Este es mi destino. No puedo escapar de él. Así que asiento con la cabeza y, con gran esfuerzo, me pongo de pie.

—Muy bien —digo con ligereza, como si yo también estuviera solo hablando de hacer un collar de margaritas—. Vamos a intentarlo.

Bea

Bea es el viento entre los árboles, la luz de la luna, el aliento de los pájaros. Se imagina a sus hermanas caminando sobre las rocas y el musgo que hay más abajo. En el cielo las hojas blancas no caen, lo que le hace preguntarse de dónde vienen.

¿El doctor Finch sigue llamándola? Bueno, puede esperar. Ella podría volver. Puede que no. Por ahora, Bea es más ligera que el aire, más rápida que la luz de la luna, más fuerte que cualquier superhéroe. Vuelve a pensar en la ilustración del pájaro negro que bien pudieron dibujar para ella. Le llama la atención lo ordinario que es volar. Qué natural, qué normal. ¿Cuándo fue la última vez que se sintió así? ¿Cuándo fue la última vez que voló?

«Iba a volar», piensa, mientras se eleva sobre las puntas de los árboles más altos. «Iba a volar hasta el infinito y no volver jamás a la Tierra». Ese pensamiento la hace ir más despacio y planear, dejarse llevar por las cálidas corrientes de aire. Piensa en Vali, en lo que le arrebató, en que nunca experimentará esto. La tristeza y la culpa se agolpan en sus pulmones en la siguiente respiración, se apoderan de su pecho.

Poco a poco, Bea empieza a bajar desde los cielos para flotar bajo las copas de los árboles. Pronto está tan cerca del suelo que sus pies rozan las piedras blanqueadas. Intenta sacudir los pensamientos de su cabeza, desalojar los sentimientos de su corazón. Apunta su nariz hacia la luna y patea con sus piernas, como tratando de reiniciar un columpio de parque infantil, para impulsarse hacia arriba.

Unos dedos rodean su tobillo. Bea mira hacia abajo y descubre que el doctor Finch la está jalando.

—¡Suéltame! —Le lanza una patada. Quiere volver a estar en el aire, sin ataduras, sin grilletes, sin nada que la retenga. Quiere volar, quiere ser libre. El doctor Finch vuelve a agarrarle el tobillo.

—¿Qué mierda estás haciendo?

—Quiero enseñarte algo. —La sujeta más fuerte—. Puedes jugar más tarde.

«No estoy jugando», piensa Bea. «El resto de mi vida es un desastre. Esto es lo único que quiero que sea real, lo único que quiero que sea verdad».

—¡Suéltame! ¡Suéltame!

Él sigue jalándola hacia abajo.

—Vamos.

—¡Vete a la mierda! —Vuelve a pensar en Vali, en cómo debe ser cuidadosa y controlarse para no herir a alguien más—. Está bien, está bien.

Bea se posa en el suelo cubierto de musgo.

El doctor Finch la toma de la mano.

—Déjame mostrarte algo hermoso.

«¿Pero qué puede ser más hermoso que volar?».

—Está bien. —Bea se dice a sí misma que debe ser más amable, más agradecida, más gentil—. Pero vamos rápido.

Y comienzan a caminar de nuevo, uno al lado del otro, por el camino.

Liyana

«Así es como voy a morir: a manos de Mazmo Owethu Muzenda-Kasteni». Con el torrente de agua en sus pulmones, todos los recuerdos vuelven: sus hermanas, los soldados, la lucha eterna. Lo recuerda todo. Pero demasiado tarde.

La muerte es un pensamiento impactante, un pensamiento aleccionador. No es la forma en que Liyana imaginó que moriría y, ciertamente, no pensó que sería tan pronto. Mientras se agita en el agua, piensa en la tía Nya, en Kumiko, en sus hermanas. Mientras agita los brazos, con los ojos escocidos y los pulmones reventados, piensa en su despedida.

De pronto, un recuerdo se hace presente.

Liyana se encuentra en la orilla de un río observando el agua. Proyecta una sombra plateada y cambiante, solo interrumpida por la corriente y las hojas que caen. Observa los remolinos en el arroyo, parece que lo agitara la mano de algún dios del agua. Cae otra hoja. Ahora sabe lo que puede hacer con el agua. Puede agitarla y darle forma. Como una diosa del agua, puede dominarla. *Esto* es lo que puede hacer.

De repente, Liyana deja de agitarse. Se queda quieta. Cierra los ojos. Abre la boca, bebe agua fresca como si tuviera sed, como si no hubiera bebido una gota durante días. Exhala, suelta gordas burbujas que suben y salen a la superficie. Entonces, Liyana abre los ojos.

En la punta de sus dedos, el agua comienza a agitarse.

Bea

—Entonces —dice Bea, mientras sigue al doctor Finch al claro—, ¿cuál es la sorpresa?

—Eres la chica más impaciente que he conocido. —Se sube a una piedra alta de forma cuadrada—. No me apresures o lo arruinarás todo. Ven aquí.

Bea da un paso adelante. No quiere hacerlo y, en ese momento, tiene la repentina sensación de que debería volver a correr, tan rápido que él nunca pueda alcanzarla, ni en este mundo ni en el siguiente. Pero él tiene razón, ella es impaciente, y eso es lo menos desagradable de su personalidad. Así que Bea deja que el doctor Finch le ponga las manos alrededor de la cintura, que la acerque hasta que no haya ni una pizca de luz de luna entre ellos. Ojalá que no esté intentando seducirla.

—Mira, no quiero ser grosera, pero...

El doctor Finch se inclina.

—Tomará un momento —susurra—. Terminará antes de que te des cuenta. Si no luchas, no te dolerá.

—Espera, ¿qué mierda? —Trata de retirarse, pero él la sujeta con fuerza. Y entonces recuerda—. Eres un soldado.

El doctor Finch sonríe.

—Así es.

La sujeta con más fuerza, atrapa la respiración de Bea en sus pulmones.

Ella sacude la cabeza, frenética.

—N-no... —Le da una patada y se aparta.

—No te resistas. —Su voz es suave, tierna—. No te dolerá, lo prometo…

Bea aprieta los dientes mientras una ráfaga de furia la atraviesa. Ella-lo-masacrará.

La tormenta empieza a crecer, la rabia pulsa en sus venas mientras ella recupera su fuerza. Entonces Bea piensa en Vali, en lo que le quitó, en lo que ella merece que le quiten. De pronto, la tormenta se apaga. La furia se desvanece. Ella no merece matar, merece morir. Y no necesita las navajas de afeitar, esto servirá. Es mejor, más apropiado. No es correcto que ella se quite la vida. Ella asesinó a Vali y ahora este soldado la asesinará a ella. Como debe ser. Ella no luchará, no volará. Se hará justicia. Val tendrá su venganza.

—No —dice Bea, con la voz ya flotando—. Quiero que me duela.

El doctor Finch frunce el ceño. Él es demasiado delicado y es demasiado tarde. La cabeza le pesa. Cierra los ojos, no quiere que el rostro de él sea lo último que vea, y recuerda a Vali tal y como era: riendo, comiendo, amando. Después, ve Everwhere desde debajo de la luna.

Es una caída suave, una caída hacia el sueño.

Y el soldado es fiel a su palabra: no siente dolor.

Scarlet

«Me escribí una carta», piensa Scarlet, mientras observa cómo arde el árbol partido. La madera se resquebraja y escupe chispas ardientes que abrasan el musgo. «Cuando era pequeña, me escribí una carta sobre este lugar».

—He estado aquí antes —susurra—. He estado aquí muchas veces antes.

Su madre está de pie junto a ella, observando las llamas.

—Lo sé.

—¿Cómo lo sabes? Y lo que pasó con... —«Se quemó en el fuego».

—Te lo dije, he estado investigando. Hay más chicas como tú de las que crees. —Sonríe—. Bueno, tal vez no como tú.

—No, eso no puede ser... —Hipnotizada por las llamas, Scarlet olvida a su madre, se olvida de sí misma. Tiene más que hacer, está segura, pero no le importa. Quiere ver el fuego hasta que se consuma, hasta que solo queden brasas y cenizas.

—Scarlet, tenemos que irnos. No…

Su madre le está hablando, pero no puede oír sus palabras. Mientras Scarlet mira fijamente, las llamas parecen estar formando una imagen, una imagen ardiente de cuatro chicas sentadas en un claro. Una hace crecer plantas, otra hace malabares con bolas de niebla, una más hace levitar hojas y otra... prende fuego a unos palos. Son sus hermanas.

—... no estamos seguras aquí —dice Ruby. Tenemos que... —Una rama cruje y ambas se vuelven. Un hombre sale de detrás de un árbol. Sonríe y levanta la mano.

—Ah, está bien. —Scarlet exhala—. No es... Él es Walt, mi... electricista.

Su madre lo mira fijamente.

—No. No lo es, es...

El asentimiento de Walt la interrumpe.

—Un soldado. Así es, querida. *Tu* soldado. Aunque, me temo, no en el sentido caballeresco.

Scarlet se le queda mirando, sin palabras.

—Creíste que pasé tanto tiempo con ese lavavajillas porque me gustabas. —Sus rasgos parecen de repente más nítidos, ya no son suaves e indistintos. La llama que chisporroteaba se ha encendido en un infierno—. Sin embargo, debo decir que conocerte ha sido un placer, tanto como preparar la comida antes de probarla. ¿Sabes a lo que me refiero?

Scarlet abre la boca. Antes de que pueda responder, Walt está detrás de ella, las manos en su garganta. Ella jadea para respirar, para hablar, para no perder el sentido. Pero él es demasiado rápido, demasiado fuerte y no puede hacer nada para detenerlo.

Ruby grita.

—¡Scarlet! ¡Scarlet, mátalo!

«¿Dónde está su fuego? ¿Por qué tiene las manos tan frías?».

—Me temo que ahora mismo no tiene fuerzas para tostar un malvavisco. —Walt sonríe—. Y mucho menos a mí.

Durante un eterno segundo, Ruby se queda clavada en su sitio, observando los ojos de su hija, abiertos de par en par por el miedo mientras se retuerce, se agita y patalea. Y de pronto se lanza para liberar a Scarlet. Pero Walt retrocede, se desliza como si el suelo fuera de hielo en vez de musgo y piedra; Ruby cae a sus pies y se rompe la muñeca contra una roca. Mientras el dolor le desgarra el brazo, Ruby levanta la vista y se percata de que el rostro de su hija empieza a palidecer.

—Esto te enseñará —Walt presiona su boca contra el oído de Scarlet— que los ángeles pueden ser demonios disfrazados.

«Y viceversa», piensa Scarlet mientras empieza a desvanecerse. Su madre, Ezekiel, ninguno de los dos era como ella había imaginado. Intenta luchar contra él, sigue agitándose para librarse. Pero Walt la sujeta con fuerza.

Entonces, Scarlet deja de moverse.

Lentamente, Walt la desliza hasta el suelo. Sus manos flácidas se abren con los brazos extendidos, cuando Walt deposita su cabeza en el suelo, se forma un charco de rizos rojos sobre un trozo de musgo blanco. La mira, acariciando su mejilla con el pulgar.

—La muerte es un momento tan hermoso, no sé por qué todos luchan tanto contra ella. —Mira a Ruby—. Celebran el nacimiento y lloran la muerte. Es todo al revés. Una de las muchas razones por las que su mundo es tan...

En respuesta, Ruby grita. Es un grito de agonía impotente y anhelo frenético, de furia y desesperación, de sangre y hielo.

Walt sonríe, como si el sonido fuera dulce para él. Para Ruby, teje el aire, cosiendo cada espacio entre madre e hija, conectándolas con hilos invisibles, de modo que, de repente, está al lado de Scarlet.

Pero Scarlet está quieta, silenciosa, de piedra.

Walt mira cómo Ruby junta las manos. Su tibieza se convierte en calor cuando las pone sobre el pecho de su hija. Para dar consuelo en un día frío, para curar un rasguño, para curar un cáncer. Con todo lo que tiene, Ruby trata de darle vida a Scarlet. Pero su hija no se mueve. Ni un milímetro, ni una molécula.

—Lo que sea que estés tratando de hacer —dice Walt—. No creo que esté funcionando.

Ella lo mira.

—¿Me llevarías a mí en su lugar?

Walt se ríe.

—¿Y de qué me servirías tú? Puedo vivir medio año con su luz, la tuya no me dará más que un mes. —Se encoge de hombros—. Pero las llevaré a las dos, ¿por qué no?

—Bien —dice Ruby, que ya no quiere vivir.

En una fracción de segundo, Walt está a su lado, con las manos en su garganta. Cuando el aliento empieza a abandonar su cuerpo, Ruby se rinde. Es un alivio no tener que luchar más por la vida, no tener que correr, no... y entonces Ruby lo ve, o cree que lo ve: el leve movimiento del dedo de Scarlet, una chispa que parpadea y chisporrotea, intentando encenderse. Su madre se concentra, invoca todo su aliento, toda la vida que le queda, en su hija.

Scarlet está quieta.

Ruby cierra los ojos. Walt sonríe.

De forma repentina un rayo brota de la mano inmóvil de Scarlet: se arquea en el aire y se curva hacia Walt; es un destello de fuego que va directo al centro de su pecho.

Está muerto. Incinerado, como si ella hubiera detonado una bomba en su corazón. Su rastro es apenas un montón de cenizas sobre el musgo blanco y una vívida cicatriz en la mano de Scarlet, que serpentea desde la punta del dedo meñique hasta el pulgar.

Ruby se arrodilla, el aliento fresco le inunda los pulmones, su cuerpo cubre a su hija tendida. Pone la palma de la mano en la mejilla de Scarlet, cuya energía calienta la piel de su hija.

Scarlet parpadea.

—Oh, gracias a Dios —susurra Ruby—. Gracias a Dios.

Goldie

—Es demasiado pronto. No estoy preparada.

—Lo estás. —Leo empuja las palmas de las manos contra el tronco y, en un solo y rápido movimiento, pasa de estar sentado a estar de pie—. De cualquier modo, cuanto más mates, más fuerte te harás. Entonces podrás tener una oportunidad contra él.

—¿Qué? Pero... —Ahora está a unos metros de mí, con los pies sobre el musgo y la piedra—. ¿No podemos quedarnos aquí?

Leo toca la marca roja y ardiente en su cuello, la huella de mi cuerda de hiedra. Siento la desnudez de mi propio cuello expuesto.

—Hemos hecho todo lo posible. Ahora tienes que salir a cazar.

Sonrío.

—Lo dices como si no fueras a venir conmigo.

—No lo haré. —Leo respira profundamente—. Esto es algo que tienes que hacer sola.

—¿Qué? —Me siento con la espalda recta—. No. ¿Por qué?

—Porque...

—No, no, no. —Me bajo del tronco—. No, no puedes dejarme aquí, no puedo, no sé cómo...

—Sí puedes. Sabes cómo hacerlo. Y lo harás. —Leo toma mis manos—. Confía en mí.

Me da un beso rápido y se aleja.

—No, por favor —le ruego, mientras me suelta—. Por favor, no...

Una espesa niebla comienza a aparecer, se levanta en el claro como si fuera humo.

—No puedo quedarme —dice—. Ningún otro soldado se acercará mientras yo esté aquí.

—Pero necesito más tiempo. —Sujeto a Leo, sostengo las puntas de sus dedos—. Necesito practicar, perfeccionar mi...

—No tienes tiempo y no lo necesitas —dice Leo—. Eres mucho más fuerte de lo que crees.

—No. No, no estoy...

—No te preocupes, me reuniré contigo más tarde. Después. Cuando hayas encontrado a tus hermanas.

—Espera. —Necesito tocarlo de nuevo, necesito sentir su calor, su fuerza—. ¡Espera!

Pero ya va a la mitad del claro.

—No sé dónde encontrarlas.

—Lo sabes —dice Leo—. Las encontrarás en el mismo lugar de siempre.

—¿Y tú...? —La niebla se traga mis palabras.

—Volveré. Nos enfrentaremos a él juntos. Entre los cinco, tenemos una oportunidad.

Asiento con la cabeza, quiero creerle, aunque me doy cuenta de que ni él mismo se lo cree.

—Solo será un momento.

—Espera. —Intento alcanzarlo de nuevo. Pero se ha ido.

Liyana

Liyana sabe el momento exacto en que Mazmo ve la ola que se

aproxima, porque siente que aquellas manos, que la siguen sujetando de la parte posterior de la cabeza con los dedos enroscados en su pelo, se congelan. Haciendo acopio de todas sus fuerzas, Liyana empuja hacia atrás, levanta la cabeza del agua y logra tirar a Mazmo en el lago.

Él se apresura a enderezarse y levantarse, pero Liyana es más rápida.

Tal vez él sea una caballa, pero ella es un tiburón. Con un rápido tirón, lo arrastra hacia abajo. Las corrientes agitadas cobran fuerza, se arremolinan debajo, atan cuerdas líquidas a los pies de Mazmo, lo sujetan al lecho del río. Él se agita, dando brazadas salvajes y gritos aterrorizados. Las olas caen sobre él una y otra vez.

Liyana se queda observando; el agua violenta es suave con su piel, un bálsamo húmedo que trae tanto consuelo como la lluvia. Cuando Mazmo por fin empieza a cansarse, cuando sus miembros se debilitan y sus ojos se cierran, Liyana se retira del lago de mala gana. Se queda de pie, empapada, en la orilla, observando cómo disminuyen las olas hasta que el lago, extrañamente intacto porque las hojas dejaron de caer, se queda casi quieto, excepto por el agitado cuerpo, que provoca ondas irregulares en el agua.

Liyana estrecha los ojos. En la superficie comienzan a aparecer pequeñas burbujas, como si una olla de caldo que se puso a fuego lento estuviera empezando a hervir. Con un movimiento de dedos, Liyana le sube al fuego. La piel del lago empieza a llenarse de ampollas, mientras suben y estallan burbujas más grandes. El agua empieza a hervir.

Los gritos de Mazmo se abren paso como un rayo en el aire.

Por fin, la niebla vuelve a cubrir el agua como un manto que aporta un agradable silencio.

En la tranquilidad, las hojas comienzan a caer de nuevo, envían nuevas ondas a través del lago estancado.

Liyana sonríe. Esperará a que el agua se enfríe un poco antes de volver a nadar.

Goldie

Maldigo a Leo por dejarme. Lo maldigo y lo llamo. Lo espero por mucho tiempo, hasta que entiendo que no va a volver. Todavía no. No hasta que haya hecho lo que tengo que hacer. Y sé que tiene razón, aunque desearía que no fuera así, desearía tener más tiempo para practicar, para posponerlo. Pero no lo tengo.

Aun así, esperaré a que se vaya la niebla. Me quedaré pegada al tronco caído hasta que pueda volver a ver, al menos lo suficiente para seguir caminando. Leo no me dijo cómo rastrear un soldado, así que sé que confía en que siga mis instintos. Y aunque la niebla me hace invisible, también me deja ciega.

En cuanto se desvanece, salgo del claro; aquí me siento como un conejo cojo e indefenso, acurrucado en una madriguera.

Mientras camino, mi ánimo empieza a subir. Tengo un propósito, un objetivo. Aunque intento no pensar demasiado en el resultado. Si pudiera evadir mi misión, lo haría. Si pudiera escapar, lo haría. Si pudiera correr a casa para esconderme en mi cama, lo haría sin dudarlo. Sé que Leo tiene razón. Aun así, no haría esto si tuviera otra opción. Pero no la tengo, así que sigo avanzando.

A medida que me adentro en el bosque, empiezo a observar, escudriño mi entorno más de cerca, piso con más cuidado, evito el golpeteo de las ramas, el chasquido de la hojarasca. Intento moverme entre la niebla para no dejar mi olor en el aire. Flexiono los dedos y hago acopio de mis fuerzas, para prepararme. «Puedo hacerlo», pienso. «Ya he matado antes, puedo volver a hacerlo».

Y este hombre, este soldado, se lo merece. Es un asesino, el asesino de mis hermanas. Al oír el chasquido de una rama, me paralizo. Permanezco inmóvil durante varios minutos antes de atreverme a avanzar, lentamente, hacia adelante.

Oigo la voz de Leo. «Recuerda: tú eres el cazador. No la presa».

Y eso es todo lo que necesito para hacer el cambio. Ahora soy quietud y sigilo. Silencio mi mente, sin pensar en nada más que en buscar mi objetivo.

Lo veo junto a un sauce, mordiéndose la uña del pulgar como si estuviera considerando una opción, como si no estuviera seguro de lo que va a hacer a continuación. Sé que solo tengo uno o dos segundos antes de que me vea o me perciba.

«Eres depredador o presa. Si tú no matas, te matarán».

Me concentro en las enredaderas de hiedra que envuelven el sauce y serpentean por el suelo a sus pies. Me concentro en mis dedos. Me concentro en cómo hice que la hiedra se enroscara alrededor del cuello de Leo como una boa constrictora. Pretendo que eso es lo que estoy haciendo. Lentamente, las venas de las hojas de hiedra comienzan a hincharse y a palpitar, como si fluyeran con mi propia sangre. Con dos movimientos de mis dedos índices, las plantas del suelo se desprenden de la tierra y se deslizan por los pies del soldado, rodean sus tobillos y lo atan a la tierra. Está tan asustado que casi se cae, pero se estabiliza a tiempo.

Cuando me ve, cuando nuestros ojos se encuentran, veo que es tan extraordinariamente bello que me sobresalto. Me mira con tanta nostalgia, con tanta pena. Mis manos caen a los lados. Sin que yo lo ordene, las lianas de hiedra se aflojan y comienzan a desenrollarse. De repente, el soldado se abalanza sobre mí; ahora hay deleite en sus ojos, deseo.

Caigo hacia atrás, me golpeo con piedra en vez de musgo, y me levanto mientras él intenta tirarme de nuevo hacia abajo. Le doy una patada, pero él es fuerte, mucho más fuerte que yo, y me aprieta contra su pecho con un solo brazo. Me retuerzo, pero cuanto más lucho más me aprieta y siento que mis pulmones se estrechan, que mi fuerza se desvanece en el aire con cada respiración que disminuye. La cabeza me pesa tanto que mi cuello se dobla con su peso. Mis ojos se cierran. Todo lo que antes era blanco ahora es oscuro.

Dentro de mí parpadea una luz: un rastro de amor, una llama a punto de apagarse. Pienso en Leo, en Teddy y en Liyana. Recurro a esa última luz, a su calor, a su poder. Enrosco mis dedos en débiles puños; invoco la hiedra bajo mis pies. Pero no tengo la fuerza suficiente. Entonces la luz se apaga y todo se vuelve negro.

En la oscuridad, voy a la deriva, me hundo en la tierra y floto en el cielo. Mi alma vuelve a la tierra; mi espíritu, al cielo.

Entonces, surge un destello rojo, como un chorro de sangre arterial. Cuando se desvanece, no veo ni el negro ni el rojo, sino nada en absoluto.

La respiración regresa como una descarga eléctrica, recorre mi pecho y reaviva mi corazón. Mis ojos se abren de golpe para ver al soldado retorciéndose en el suelo mientras la hiedra lo envuelve con sus hojas apretadas. Se extiende tan rápido que en un momento queda momificado, solo se distingue un ojo aterrorizado y asombrosamente azul que me mira parpadeante, luego se lo traga la tierra. Desaparece.

Bea

«No te atrevas. Ninguna hija mía va a morir así».

Bea oye la voz de su padre en el horizonte, un débil eco a través de la densa niebla. La ignora. Su reclamo se hace más agudo, sus palabras arañan el aire, abrasan su piel, queman su carne.

«No», piensa, «déjame ir».

Se impone el silencio. La oscuridad. Bea vuelve a flotar. «¿Dónde está tu honor? ¿Dónde está tu espíritu, tu dignidad?». Su padre mete la mano dentro de ella, sus dedos en sus venas, inyecta su propio veneno: una refinada solución de pura rabia.

Bea abre los ojos.

Le lanza una mirada inflexible al soldado. En su asombro, el doctor Finch afloja sus manos y Bea se libera.

«Mátalo. Es tu deber, tu destino. Mátalo».

A medida que el veneno late en sus venas, siente una fuerza, un poder que nunca antes había sentido. Late con su corazón, enciende la ira que se convierte en un tornado de furia incontenible, que la arrastra hacia su vórtice. Lucha contra aquella atracción, trata de liberarse.

«Ríndete a ella. Serás invulnerable. No volverás a sentir dolor».

Finalmente, Bea sucumbe. Es un alivio dejar de luchar, permitir que la rabia se la trague entera.

Se endereza. El doctor Finch retrocede. Las hojas que estaban cayendo quedan suspendidas en el aire. La bruma se disipa. Bea levanta ambas manos y la piedra más grande del claro se eleva en el aire, flota entre las hojas. Con un movimiento de los dedos, Bea la hace caer sobre el hombro del doctor Finch: le atraviesa la piel y le rompe varios huesos. Él se desploma. Sus gritos romperían la piedra si fuera de cristal.

Bea sonríe mientras se acerca a aquel hombre. Coloca su bota sobre su inexistente corazón, le da una patada fuerte y le aplasta el pecho. Lo sujeta de los pies y empieza a elevarse en el aire, cada vez más alto, hasta rozar las copas de los árboles. Entonces lo deja caer.

Después de un rato, Bea se posa de nuevo sobre el musgo y la piedra. Pasa por encima del cuerpo roto del soldado muerto y sale del claro para encontrar a sus hermanas. Su padre guarda silencio, pero hace ruido dentro de ella. Bea tiene la certeza de que, si ahora se pasara una navaja de afeitar por el muslo, su sangre ya no sería roja, sino negra como la tinta.

Las hojas que habían quedado suspendidas continúan con su caída.

Scarlet

—Me gustaría que huyeras.

—No. —Scarlet sigue pensando en Walt y en lo equivocada que estaba—. No puedo.

—¿Por qué no? —Su madre duda—. Tu abuela... ya no te necesita.

—No voy a abandonarla ahora —dice Scarlet—. Se sienta junto a su madre en una manta de musgo blanco y piedra, a escasos centímetros de una pequeña pila de cenizas. —Yo... no puedo. No hasta que la haya dejado descansar.

—Ojalá tuviera la fuerza o las habilidades para luchar contra tu padre. Pero iré contigo. Podría servir como...

Scarlet se acaricia el cuello, haciendo una ligera mueca de dolor. Mira a su madre como si la viera por primera vez.

—Has estado huyendo de él durante casi diez años, ¿y ahora vas a dejar que te mate?

—Sería una distracción, podría darte una pequeña ventaja. —Ruby arranca una hoja de hiedra de la enredadera que se enrolla bajo sus pies—. Es lo menos que puedo hacer.

—No —dice Scarlet, su voz suena feroz como el fuego e inamovible como la piedra.

—Quiero... —empieza su madre, pero Scarlet niega con la cabeza. Se quedan sentadas en silencio por un rato.

—¿Segura que...?

Scarlet asiente.

—Estaré bien.

—Entonces, yo... —Con la ayuda de una roca cercana, Ruby se levanta del suelo para ponerse de pie. Scarlet nota que le implica un esfuerzo—. Debería irme.

Y aunque Scarlet le dijo que podía irse, descubre que esperaba que su madre decidiera quedarse, a pesar de la inutilidad de todo ello. Pero el sacrificio y el amor propio habían luchado dentro de su madre y, finalmente, este último había ganado. Como siempre.

—Quiero decir, ya que no vienes conmigo. Si no puedo quedarme, si no quieres que me quede...

—Está bien —dice Scarlet—. Vete.

Ruby estira la mano y la coloca sobre el hombro de su hija (el calor enrojece el brazo de Scarlet), luego se da vuelta y se aleja.

Liyana

Liyana está de pie al borde del lago, con la cara vuelta hacia la luna, mientras el agua se evapora. Ha demostrado su fuerza, ha matado a su soldado; ahora debe encontrar a sus hermanas, enfrentarse a su padre. Liyana mira hacia abajo, hacia las gotas que se aferran al dorso de sus manos. A la luz de la luna, su piel negra tiene el brillo azul del ala de un cuervo. Piensa en BlackBird. Ya no es su ídolo, sino su igual, su homóloga.

Ahora lo recuerda: era su hermana. Se basó en Bea, la hermana como la que siempre aspiró a ser, para crear a BlackBird. Tan feroz y furiosa, tan llena de confianza y desprecio, tan brillante y valiente. Poco a poco una sonrisa se extiende por el rostro de Liyana. Ya no aspira a nada. Ha llegado. Ahora es más fuerte y más espectacular de lo que jamás soñó que podría ser.

Cuando se defendió, cuando arrojó a Mazmo, fue el momento en que Liyana se reivindicó. Ella no es BlackBird, ni tampoco un cuervo. Ella es incluso más grande que su hermana. Es un tiburón, un depredador sin igual.

Está preparada para todo.

Sacude por última vez la cabeza, arroja gotas en todas direcciones y se voltea para alejarse del lago. Ya no está perdida. Sabe exactamente qué camino tomar.

Goldie

Cierro los ojos. «¿Dónde estás?».

«Ya voy».

Estoy caminando por un sendero sin saber qué dirección tomar, pero continúo de todos modos. No tengo ni idea de cómo encontraré a Leo o a mis hermanas, pero no tengo duda de que lo haré. De cualquier modo, no puedo esperar hasta entonces para hablar con él. Así que lo busco en mi mente; no me sorprende ni remotamente poder hacerlo, no aquí.

«Intentará matarte, ¿verdad?».

Leo está en silencio.

«Querrá matarte», insisto. «Porque tú no me mataste».

«No fue una elección».

«Si no fuera por mi hermano, no te habría dejado hacerlo». Sigo adelante. «Lucharé contra él».

«Yo también lo haré».

Recojo una hoja que cae del aire y me aferro a ella. «Te amo».

No responde nada. No es necesario.

Bea

—Pensé que había venido a conocer a mis hermanas.

—Eso puede esperar. Primero tenemos que hablar.

—Pero mis hermanas... —insiste Bea—. ¿Sobrevivieron?

Los ojos amarillos de Wilhelm brillan, alegres.

—Goldie sobrevivió, naturalmente. Se necesita mucho más que un soldado para vencerla. —No puede reprimir el orgullo en su voz—. Cuando pienso en los estragos que podría causar si quisiera... Scarlet y Ana me sorprendieron de forma bastante espectacular. A las dos les gusta matar, así que es posible que les guste la oscuridad. —Una sonrisa se dibuja en el rostro de su padre, una sonrisa que Bea desearía tener ella misma—. Pero Goldie... ¡por el diablo que es gloriosa!

—¿Y si no eligen la oscuridad? —Bea interrumpe el elogio. El alivio que sintió al escuchar que vivían ya se había evaporado—. ¿Entonces qué?

Su padre se queda callado y, por un momento, una brisa de temor recorre a Bea. Pero entonces se da cuenta de que no está a punto de reprender su insolencia, sino que está contemplando la posibilidad de perder a su hija favorita. Parece reunir las palabras con gran reticencia.

—Entonces será el momento de que intervengas y hagas lo que hizo tu madre.

La tristeza le nubla los ojos a Bea. La atraviesa y luego desaparece. Antes de que se apodere de ella, suprime su amor, su tristeza; luego de años de anular sus emociones, es fácil.

—¿Y qué hago antes de eso? ¿Qué les digo cuando las vea?

—Prepara el terreno. —La mira con ojos dorados—. Di lo que quieras para influir en ellas, para seducirlas hacia la oscuridad.

Bea asiente, su corazón se eleva. Goldie puede ser la más fuerte, la más especial. Pero es a ella a quien su padre confía sus secretos. Y eso, quizás, supera a su rival. Eso convierte a Bea en su favorita, por apenas un suspiro.

Reunión

Recorro un camino de piedras salpicadas de hojas. Trepo por rocas y troncos caídos. A veces las nubes se deslizan por la luna y el camino se oculta por un momento, lo que impide saber qué dirección tomar, pero no importa. No tengo ninguna duda de hacia dónde ir.

Y, de pronto, ya no estoy sola. Entro en un claro donde la hiedra se enrosca en los troncos de cuatro sauces gigantescos y se entrelaza con el suelo, conforma una alfombra de hojas blancas. Ya estuve aquí antes. Hace mucho tiempo.

Entonces, veo a mis tres hermanas.

Mientras me acerco a ellas pienso en Teddy y su *Macbeth*. «¿Cuándo volveremos a encontrarnos los tres? No oigo ningún trueno, no veo ningún rayo, pero lo siento venir. El mundo está a punto de romperse. Cuando se acabe el ajetreo / cuando la batalla esté perdida y ganada...». «¿Quién de nosotras vivirá», pienso, «y quién morirá?». Detengo estos pensamientos como si fueran malas hierbas.

Mis hermanas tienen un aspecto espectacular. La niebla se arremolina a su alrededor, como si su presencia agitara el aire. Se mantienen erguidas como lanzas y parecen tres veces más afiladas: sus lenguas se bifurcan, sus dedos son garras, sus cabellos son serpientes, como si hubieran matado a seis soles antes del desayuno sin pensarlo dos veces. Sus venas palpitan odio y sus pieles brillan a la luz de la luna, como si irradiaran luz. Son tan feroces como tiernas, tan furiosas como tranquilas, tan malvadas como buenas. Igual que yo. «Lo bello es lo sucio, y lo sucio es lo bello; / sobrevuela la niebla y...».

—¡Goldie! —grita Liyana, alegre— ¡Lo lograste!

Mi hermana. Mis hermanas. Doy un paso adelante para alcanzarlas.

Hermanas

Estamos sentadas en nuestro claro una vez más. En círculo, como lo hacíamos hace una década. Me sorprende lo feliz que me siento al estar de nuevo con mis hermanas. No me había dado cuenta de lo mucho que las echaba de menos. Siento que he vuelto a casa, a un hogar distinto a los que he tenido en la Tierra. Con ellas puedo, por fin, ser exactamente como soy.

Pronto, volvemos a la vieja rutina. Scarlet enciende varas de madera, Liyana hace malabares con tres densas bolas de niebla y yo extraigo apretados brotes de la tierra. Bea nos observa, sonriendo. Y, como de costumbre, nos ilumina con toda la información vital que ignoramos. Siempre la fuente de conocimiento, siempre la sabelotodo.

Scarlet suspira y la llama de su vara se enciende. Si el relato sobre la muerte de su soldado es cierto, podría incendiar un bosque entero ahora mismo, al igual que Liyana podría convertir un lago en un tsunami y yo podría arrancar todos los árboles de Everwhere. Bea es la única que no ha divulgado ningún detalle de su propia batalla, lo cual no es una sorpresa.

—Entonces… —Bea alarga la palabra—. Esta noche elegimos.

—Sí. —Liyana asiente—. ¿Qué han pensado todas?

Me doy cuenta de que Liyana no está asumiendo que la decisión es una conclusión inevitable, o que naturalmente favoreceremos la luz. De todas nosotras, ella es la que más ha cambiado. De niña era muy tímida, quería caerle bien a todo el mundo, siempre estaba ansiosa por complacer, tratando de mantener la paz. Ahora es imprudente, temeraria, como si todo le importara un bledo.

El silencio cae sobre el claro, como la estática que precede a la tormenta. Me muevo, con la piel irritada por el pinchazo del aire.

—¿Y bien? —pregunta Liyana.

—Lo dices como si estuviéramos eligiendo qué cenar —dice Scarlet—. No entre el bien y el mal, por el resto de nuestras vidas.

—Y la vida y la muerte —nos recuerda Bea—. Si no elegimos a favor de nuestro padre, no viviremos para contarlo.

—Sigues diciendo eso, pero somos mucho más fuertes de lo que éramos antes. —Liyana pasa un dedo a través de una bola de niebla: se disuelve en gotas que caen como lágrimas—. Yo digo que luchemos contra él.

—No tienes ni idea. —Bea deja escapar una risa irónica—. Para nada.

—No seas tan derrotista. —Liyana se incorpora—. Somos, como yo lo veo, las Cuatro Jinetes del Apocalipsis. Si combinamos nuestras fuerzas, apuesto a que tendríamos el poder suficiente para matarlo.

—¿Matar? —El tono de Bea se debate entre la burla y el elogio—. Recuerdo cuando ni siquiera podías decir esa palabra.

—Parece que recuerdas más que cualquiera de nosotras. —Liyana la mira—. Pero también eres la más reservada.

—No veo que tengamos otra opción —digo—. Si no lo intentamos, nos matará de todos modos, ¿qué podemos perder?

Pienso en Leo y en que no tendrá más remedio que luchar por su vida. Me costaría mucho explicarles a mis hermanas quién es él realmente, así que espero que llegue en cualquier momento y se explique. Después de todo, está cursando una carrera en Cambridge; tiene más facilidad de palabra que yo. No me sorprende que Bea también esté estudiando allí. Lo sacó a colación, casi enseguida. Pero, aunque me sigue irritando, sé que la defendería a muerte. Es mi hermana, mi sangre, mi espíritu. Me atrevo a decir que incluso más que mi hermano. Adoro a Teddy mucho más que a Bea, pero es... distinto. No puedo explicar cómo, pero lo es.

—Tenemos otra opción —dice Bea—. Podemos ir a la oscuridad. —Sus palabras flotan en el aire, como hojas blancas, excepto que no caen—. Oh, vamos. —Se levanta para mirar a Liyana, que la mira fijamente—. No me digas que no estás tentada. ¿No estás harta de ser tan... débil, tan patética, tan...?

—Habla por ti. —Scarlet expulsa chispas de las yemas de sus dedos que chamuscan el musgo a los pies de Bea.

—Cuidado, hermana. —Bea retrocede—. Matar a un soldado es una cosa, te muestra cómo es la oscuridad. Pero matar a tu hermana... eso sería ir demasiado lejos.

«Leo, ¿dónde estás?». Espero, pero no lo escucho.

—No creo que la oscuridad sea la respuesta —le respondo—. Quiero decir, ni siquiera sabemos las consecuencias.

—Oh, por favor, ¿qué necesitamos saber? —Bea empieza a caminar por el claro, como un general que acorrala a las tropas—. En la Tierra no tenemos ningún poder. Además, nos subestiman en todo momento, nos desdeñan, nos tratan como objetos sexuales, nos pagan menos, nos consideran segundas de a bordo...

—Puede que sea cierto —interrumpo—. Pero no es razón suficiente para volvernos malvadas.

Bea levanta una ceja.

—¿No quieres saber cómo es vivir tu vida sin miedo? —Se encoge de hombros—. La única manera de ser tan poderosa es volverse oscura.

Nos quedamos en silencio. No sé qué piensen Ana y Scarlet, pero recuerdo las palabras de Leo: «matar o morir, depredador o presa». Pienso en Garrick, en mi padrastro. Pienso en las manos de ese soldado intentando quitarme la vida. No puedo negar que sería glorioso no volver a tener miedo.

—Serás impenetrable en todos los sentidos. Y no solo físicamente. —Bea mira a Scarlet—. Todo el dolor que sientes, la pena... ya no sentirás nada de eso.

Pienso en Leo, en Teddy.

—¿Y el amor? ¿Seguiremos sintiéndolo?

Bea vacila, casi imperceptiblemente.

—Sí. Así va a ser.

Pienso en Leo otra vez. Me pregunto si, yendo al lado de mi padre, podría hacer un trato para que le perdone la vida.

—¿Cuánto tiempo tenemos hasta que llegue? —pregunta Scarlet, de nuevo dirigiéndose a nuestra experta—. ¿No debería estar aquí pronto?

Parece tranquila, pero noto que mi hermana está mucho más asustada de lo que parece. Al igual que el resto de nosotras, a excepción de Bea, que evidentemente ya tomó su decisión. Me pregunto si seguiremos recordándola después, claro, si sobrevivimos. Me pregunto si nuestras vidas serían las mismas, al menos en la Tierra, si nos volvemos oscuras. Me doy cuenta de lo poco que sé sobre todo esto, y desearía, aunque intuyo que ya es muy tarde, no haber sido demasiado orgullosa para preguntar. Me doy cuenta, entonces, de que Ana no ha respondido a la propuesta de Bea. De hecho, no ha vuelto a decir nada.

—Tengo la sensación —Bea deja de pasearse— de que llegará en cualquier momento.

Nuestro padre

—Las cuatro victoriosas.

Su voz es un trueno por encima de los árboles. De pronto aparece, emerge de la bruma y la niebla y entra en el claro. A su paso, levanta un viento helado que agita las hojas que caen. Cuando pone el pie en la hiedra y el musgo, un temblor retumba en el suelo, sacude la tierra bajo nuestros pies.

Puedo sentir a mis hermanas a mi lado. Siento que sus corazones comienzan a latir más rápido, como el mío. Nuestro padre es antiguo e inamovible como una secuoya, en su núcleo guarda una fuerza de ferocidad sin igual. Me doy cuenta de que no hay nada que no pueda hacer.

—Felicidades, queridas.

Nuestro padre nos observa, sus ojos dorados brillan a la luz de la luna. Es alto, delgado, y su pelo es tan blanco y su cara tan arrugada que podría tener diez mil años. Se acerca a nosotras con las manos extendidas. Ya que no hacemos ningún movimiento para acercarnos a él, se detiene en medio del claro y junta las manos.

—Así que mis cuatro hijas favoritas por fin han alcanzado la mayoría de edad. Me siento como si hubiera estado esperando este momento durante dos siglos. —Levanta ambas manos—. Bienvenidas a casa, mis niñas.

Docenas de brotes emergen del suelo, se engrosan y se alargan rápidamente, las ramas frescas se extienden, crecen las hojas y las flores, hasta que los rosales se hunden bajo el peso de cientos de flores color rojo sangre, que parecen casi negras. Ha convertido nuestro claro en su jardín.

—Un pequeño regalo. —Nos sonríe una a una.

Estamos tensas, incluso Bea, que se mantiene recta y rígida como si estuviera en equilibrio en una cuerda floja y un solo resbalón de cualquiera significara la muerte de todas nosotras.

—Debo admitir que pensé que no todas sobrevivirían a la iniciación. Muy pocas lo hacen. Me temo que mis hijas a menudo me decepcionan con su... voluntad de rendirse. —Se quita una hoja caída de la solapa—. Pero sigamos a otra cosa. ¿Cómo se sienten ahora?

Lo miramos fijamente, en silencio, quietas.

—Oh, vamos. —Sonríe, el halcón observa la jaula de ratones en sus garras—. No pretendan ser hembras pasivas, son mucho mejores que eso. Ahora tienen la oscuridad dentro de ustedes y deberían estar agradecidas por ello. —Junta sus manos y otro viento frío sopla a través del claro—. Miren sus pequeñas y miserables vidas: ni siquiera empezaban a reflejar lo magníficas que son en realidad. Yo les ofrezco escapar de la monotonía de ser ciudadanas de segunda clase. Les ofrezco grandeza y gloria: *¡carpe diem!*

Quiero mirar a mis hermanas, pero no puedo, no puedo apartar los ojos de él, como si estuviera observando la premonición de mi propia muerte. Estoy viendo cómo mi corazón será arrancado de mi pecho y no puedo apartar la mirada.

—Miren, queridas. —Wilhelm Grimm da un paso al frente—. Quiero tener la oportunidad de ser un buen padre para ustedes ahora. ¿Y no es lo que todo padre quiere, ver a su hija florecer en todo su potencial? —Se detiene—. Pero no las obligaré a hacerlo. En última instancia, la decisión es suya.

Pienso en el soldado que maté, pienso en mi padrastro.

—Oh, Goldie. —Mi padre sonríe, como si yo hubiera pronunciado mis pensamientos en voz alta—. Me temo que el asesinato de ese mortal apenas cuenta. Y el exterminio de los soldados es inmaterial. Tendrás que hacer algo mejor que eso.

Lo miro fijamente, sin decir nada. ¿Qué puedo decir al que pone las reglas?

—Así que... —Comienza a caminar, de forma mucho más escalofriante que como lo hizo hace unos momentos Bea—. Dado que todas tienen deliciosas cantidades de muerte y oscuridad corriendo por sus venas en este momento, creo que están preparadas para asimilar —junta el dedo y el pulgar, deja un trozo de luz de luna entre ellos— un poco más de maldad... ¿Qué les parece?

Miro furtivamente a mis hermanas. Pero sus miradas siguen fijas en él, aterrorizadas. Excepto Bea, que mira a nuestro padre como si fuera un ángel, un profeta, el amor de su maldita vida.

—Ay, por favor. —Deja de pasearse para suspirar—. No pretendan ser tan puritanas. Ya casi lo logran. Solo tienen que dar el último y diminuto paso. Sé que le tomaron el gusto, ¿verdad, querida Ana?

Volteo hacia Liyana, que ahora está callada. Toda su valentía se ha evaporado. Yo también me marchito en presencia de mi padre. Aprieto los pies sobre el musgo y me pregunto cómo reaccionará Ana. No se mueve.

—Oh, vamos, no sean tan aguafiestas. Denme la oportunidad de ser padre, después de tanto tiempo. Yo seré papá oso, ustedes mis cachorras, y les enseñaré lo bien que la pueden pasar en la oscuridad.

Espera que una de nosotras hable. Ninguna lo hace.

—Debo decir que me decepcionan sus modales. —Frunce el ceño, lo que hace más profundos los surcos grabados en su rostro—. ¿No les enseñaron nada sus madres?

«¿Dónde diablos está Leo?».

Siento que Scarlet se estremece a mi lado. Instintivamente, le tomo la mano, pero la suelto al instante: su piel está tan caliente que es como meter los dedos en el fuego. Me muerdo el labio para no gritar.

—Entonces —continúa nuestro padre—, veo que tendré que educarlas yo mismo. Está claro que debemos ponernos al día.

Liyana levanta la vista, se encuentra con sus ojos.

—No aprenderé nada de ti.

Miro con sorpresa a mi hermana. Scarlet y Bea también la miran, incrédulas.

—Al contrario, mi pequeña Ana —dice Wilhelm—, a juzgar por el regocijo con el que has hervido vivo a tu soldado, diría que ya has aprendido bastante. —Vuelve a sonreír, la boca como un horno y la lengua convertida en llamas—. ¿Y qué hay de ti, Caperucita? Disfruté mucho viéndote incinerar a ese muchacho, pero no tanto como tú, seguramente.

Scarlet no dice nada.

—¿Qué? —la increpa—. ¿El lobo te comió la lengua?

Me pregunto si es posible que Leo haya desertado, que me haya abandonado a mi suerte para salvar su propia vida.

—Puede que tengas razón. —Mi padre me llama la atención—. Ya debería estar aquí, ¿no?

Intento encogerme de hombros, pero no puedo. Mis hombros están congelados en su sitio, como si finalmente me hubiera convertido en un árbol, un pequeño arbolito blando. Mi padre, la secuoya, se eleva por encima de mí.

—No te preocupes. —Sonríe—. Leo tendrá lo que se merece. Hablando de eso, el tiempo está corriendo. Así que, si no van a acompañarme, me temo que tendremos que separarnos.

Ante esta amenaza, Scarlet da un paso atrás. Intenta dar otro, pero, de repente, se queda atascada, como si hubiera echado raíces en el suelo.

—Tu madre tenía razón en una cosa, querida. —Los ojos de Wilhelm brillan—. Si no eliges la oscuridad, me temo que tendré que… ¿Cuál es la palabra justa? Sacrificarte.

—Si... si la elijo —mi voz es un susurro en la brisa—, ¿permitirás que Leo viva?

—Interesante propuesta. —Sonríe, como si lo animara un pensamiento particularmente divertido—. ¿Matarías a una de tus hermanas para salvarlo?

—Por supuesto que no —respondo, sin dudarlo.

—Es una pena. —Suspira—. Ya que no puedes conseguir algo por nada. Ni en la Tierra, ni en Everwhere.

—Pero, yo... —Quiero protestar, negociar, pero he perdido las palabras y la razón. Siento la conmoción de mis hermanas a mi lado. Hasta ese momento, teníamos una idea abstracta del mal, pero claramente ninguna de nosotras había considerado lo que podría suponer.

—Como sea, no importa. —Wilhelm pasa una mano por encima de los pétalos en los rosales—. No puedo perdonarlo. Rompió las reglas. Sin reglas hay anarquía. Y no podemos permitirnos eso ahora, ¿verdad?

Cierro los ojos y rezo.

—Oh, eso no te servirá de nada —dice mi padre—. Aquí no. Bien, sigamos con esto, ¿de acuerdo? —Mira a Bea, que asiente—. Pero no es justo que Leo se pierda este espectáculo, ¿verdad? Ya que se supone que él mismo iba a matarte. No es lo mismo, pero tiene cierto sentido de justicia poética, ¿no crees?

Bea da una palmada y, con el eco del sonido, aparece Leo: de pie bajo un roble, conmocionado y confuso. No sé qué lo que lo mantuvo alejado, pero no fue por su voluntad.

—Muy bien. —Wilhelm arranca un pétalo de rosa—. Ahora que estamos todos aquí para presenciarlo, les daré una última oportunidad de elegir. ¿Qué será? ¿Oscuridad o luz? ¿Vida o muerte?

Nos quedamos en silencio.

—Estoy esperando. —Lentamente, comienza a rasgar el pétalo de la rosa—. No me gusta que me hagan esperar.

No miro a mis hermanas. Ojalá hubiéramos tenido la oportunidad de hacer un plan. Aun así, espero que el ladrido de nuestro padre sea peor que su mordida. Me recuerda a mi padrastro cuando exageraba sus amenazas: cuanto más agresivas eran, más desesperado se sentía y eso cambiaba el equilibrio de poder entre nosotros.

—Vamos, no puedo esperar para siempre. —Nuestro padre suspira—. Bueno, la verdad sí. Pero no voy a seguir esperando. —Hace una pausa para reflexionar—. ¿Estoy pidiendo demasiado?

Me mira y siento que me marchito bajo su mirada, como una flor bajo una lámpara caliente. Volteo a ver a Leo.

—¡Buena idea! —Los ojos de mi padre brillan de alegría—. Deja que te enseñe a atar a alguien; a tu primer intento le faltó un poco de delicadeza.

Al instante, las ramas colgantes del árbol se levantan y se enroscan alrededor de las muñecas y los tobillos de Leo, lo atan tan rápido al tronco que no puede correr, con tanta fuerza que no puede moverse. Tengo las manos húmedas y el corazón acelerado. Me equivoqué. No hay equilibrio de poder en lo que respecta a mi padre, yo no tengo ninguna ventaja. Él la tiene toda.

—Bueno, Bea —dice Wilhelm—. ¿Te gustaría hacer los honores?

Por un segundo, me quedo congelada por la confusión y el shock. Veo a mi hermana levantar las manos.

—¡Espera! —grito—. No, ¡espera! ¿Qué vas a hacer?

Corro hacia Leo, me concentro en esas ramas, chasqueo los dedos y aprieto los puños. Pero no pasa nada. Sus ataduras no se aflojan, ni siquiera un poco.

Cuando me detengo, estoy lo suficientemente cerca para ver las lágrimas en los ojos de Leo. Bea vacila, luego da un paso adelante. Levanta las manos por encima de su cabeza de nuevo y oigo un desgarro todopoderoso, como si el antiguo roble se hiciera pedazos. En cambio, cientos de espinas se desprenden de cientos de rosales. Se elevan en el aire, se reúnen como un enjambre de abejas. Levanto las manos y empiezan a caer. Bea junta las manos y se levantan de nuevo. Nos separamos, luchamos por el control de las espinas. Me parece ver un destello de arrepentimiento en sus ojos, pero queda anulado por la intensidad de su determinación. Ahora somos soldados en bandos opuestos. Pero ella es más fuerte, más experimentada que yo. Y su concentración es íntegra.

Las espinas giran en dirección a Leo: cien flechas apuntando a su corazón.

—¡No!

Corro a través de los rosales, sobre las piedras, el musgo. Corro mientras las espinas vuelan. Me lanzo delante de él, un momento después de que cada centímetro de Leo queda atravesado. Demasiado tarde. Está clavado en el árbol, crucificado.

Mientras caigo al suelo, rezando para que sobreviva al ataque (al fin y al cabo no es humano, es un soldado, una estrella), el hombre que amo explota como si un fuego artificial hubiera detonado en el centro de su pecho, salta por los aires, esparce su polvo por los cuatro rincones del claro.

Se ha ido. Más rápido que un latido, más rápido que una respiración.

Un gran relámpago atraviesa el cielo oscuro mientras grito. Golpeo el tronco del roble, desuello su corteza y dejo una reluciente cicatriz blanca que se retuerce desde las raíces hasta la copa.

Batalla

Grito mientras me precipito hacia mi hermana. Soy todo grito, y avanzo impulsada por la fuerza del sonido. Choco contra Bea tan rápido, tan fuerte, que ella cae y se golpea la parte posterior del cráneo contra una piedra. Me estremece el crujido, aunque espero que se muera. Se levanta de inmediato. Aprieto los dedos y jalo la hiedra para que enrosque sus zarcillos alrededor de sus tobillos y muñecas y la jale de nuevo, la sujete en el suelo.

Alcanzo a ver una roca y la alcanzo, pero Bea apenas se inmuta.

—¿Quién te crees que soy, un soldadito de pacotilla? —Me mira con desprecio—. ¿Tu novio llorón? Tus cuerdas no pueden atraparme. Se libera, rompe cada una de las gruesas ataduras con un solo movimiento de muñeca. El asombro y la rabia se apoderan de mí.

—¡Cuidado!

Siento un dolor punzante al caer. A lo lejos, oigo los aplausos de mi padre. Rasco el suelo, mis dedos rodean algo: ¿un cuerno? Toco el pedazo de hueso que me atraviesa el cuero cabelludo. La sangre gotea cerca de mis ojos. Mi vista comienza a nublarse, como si la niebla se extendiera y la oscuridad regresara. Me llevo la mano a la sien, el dolor disminuye y el calor se extiende lentamente por mi piel. Siento que las hojas caen y se posan sobre mi cuerpo. Pienso en Ma, en cómo me tapaba con una manta cuando dormía la siesta.

Las hojas. Ma. Siento algo, pero no puedo verlo.

En algún sitio, oigo a Bea gritar. Una de mis hermanas está luchando para defenderme. Tengo una oportunidad, un poco de tiempo. Entro y salgo de la conciencia, de la luz y la oscuridad. El dolor fluye por momentos, pero el calor se extiende. Poco a poco, al igual que curo a mis plantas, me estoy curando a mí misma.

Oigo los gritos de mis hermanas. Comprendo de inmediato. La respuesta son estas hojas: guardan el espíritu de cada hermana y de cada madre que él y sus soldados han matado. Ellas *son* las hojas. Su poder es palpable: un rayo, cien mil voltios. Si tan solo pudiera aprovecharlo.

Me levanto, después de resbalar un par de veces, con las piernas temblando. Una cornamenta de ciervo yace a mis pies, la punta pegajosa debido a mi sangre. Parpadeo y veo a Scarlet conteniendo a Bea con llamas abrasadoras que brotan de la punta de sus dedos. Liyana se interpone entre nosotras.

—Vaya, eso no es jugar limpio, ¿verdad? —dice nuestro padre—. Atacar así a tu hermana.

No hace nada que yo pueda ver, pero Scarlet cae hacia atrás, como si hubiera sido lanzada en el aire, y aterriza en un montón de hojas blancas en la base de un sauce. Una rama se abre para golpearle los nudillos. Bea sonríe mientras Scarlet grita y, en esa fracción de segundo de distracción, saco una piedra pesada del suelo y la arrojo por encima de la cabeza de Bea. Ella ve la piedra al caer y se desplaza justo a tiempo, de modo que solo le golpea el hombro y la tira al suelo.

En un instante estoy de pie a un lado de ella, con la roca de nuevo en mis manos, sosteniéndola sobre su cabeza. Bea me mira. Yo la miro desde arriba. Le aplastaré el cráneo con esta piedra una y otra vez.

«No».

Soy puro grito, puro odio, pura oscuridad. Yo…

«¡No!».

Mis venas son de tinta, mis dedos patas de araña sobre la piedra pálida. Las enredaderas de hiedra ondulan bajo mis pies. Las hojas caen, pero no me tocan. La niebla se adentra en la noche iluminada por la luna, pero puedo ver tan claramente como si fuera un día de verano.

Le doy impulso a la roca.

«No, no pierdas tu luz, no por mí».

La hiedra se enrosca sin previo aviso alrededor de las manos y los pies de Bea y la atan al suelo. La estoy preparando para la crucifixión. Intenta retorcerse y agitarse, pero no puede moverse. Me observa con una mirada de puro asco.

Estoy a punto de dejar caer la piedra, cuando veo que, más allá del asco, hay desesperación. Y entonces puedo sentirla, proviene de mi hermana, llega en oleadas. Ella habla, pero no puedo escuchar. No oigo nada más que la sangre que late en mis oídos, el poder que corre por mis venas.

Lo único que puede alcanzarme es la voz de Leo. «No lo hagas».

Retiro la piedra, pensando en lanzarla lo más lejos que pueda. Respiro profundamente. A lo lejos, oigo el grito de mi padre.

—¡Oh, sí! A la vencedora le corresponde el botín.

Pero yo no me muevo.

—Vamos —dice—. ¿Qué estás esperando?

Miro a mi falsa hermana. Ella me mira. Oigo el eco de sus palabras: «Matar a un soldado es una cosa, te muestra cómo es la oscuridad. Pero matar a tu hermana... eso sería ir demasiado lejos». Ninguna de los dos se mueve. La impaciencia de nuestro padre crepita en el claro. La lluvia empieza a caer del cielo.

—¿Qué vas a elegir, Goldie? —grita—. ¿Luz u oscuridad? ¿Muerte o vida? ¿Fragilidad o poder? ¿Tu hermana o yo? Es hora de elegir.

Enfrentamiento

Dudo. Recuerdo esa chispa de arrepentimiento en los ojos de Bea, antes del asesinato. Quiero que sufra, quiero que muera, quiero ser yo quien... Pero ¿se lo merece? Es mi padre quien exige mi rabia. Es él quien nos cambió y nos manchó a todas. Sigo en mi sitio.

—¡Vamos! ¡Apresúrate! —Su voz es un látigo que cruje sobre mis nudillos—. ¡Decídete, maldita sea!

Arrojo la piedra lejos. Se eleva en el aire, se mantiene ahí durante un segundo y luego cae. Veo la sorpresa en los ojos de Bea, también el miedo y después el alivio. Luego, su rostro desaparece.

Me doy la vuelta y veo a mi padre, con los ojos dorados brillando, sonriendo como un escolar travieso al que han atrapado con la mano en la lata de galletas.

—Ups.

—¿Qué hiciste? —grito—. Querías que la matara, ¿por qué lo hiciste?

Se encoge de hombros, como si no hubiera hecho más que matar una mosca.

—Ella cumplió con su propósito. Ya no me sirve.

Me alejo del cuerpo de Bea.

—¿Su propósito?

Mi padre suspira.

—Es a ti a quien quiero, Goldie. Es a ti a quien he querido todo este tiempo. Desde el principio, desde el momento en que naciste, la oscuridad en ti… Por el diablo, sí, pero es magnífica. —Arranca el pétalo de una rosa, lo frota entre el dedo y el pulgar. Bea tenía oscuridad, ciertamente, pero su motivación estaba fuera de lugar: solo quería complacerme. —Se encoge de hombros—. Problemas con papá. Pero tú...

Mi padre me mira como si fuera la única chica del mundo, ya sea en la Tierra o en Everwhere. Solo Leo me ha mirado así. Es embriagante. Es todo lo que siempre he querido, ser amada así.

Mi padre se acerca a mí. Lo miro y levanto la palma de mi mano hacia su cara. Me cubre la mano con la suya y me abraza. Mi pequeña mano se apoya en la suya y miro sus ojos dorados, tan suaves, tan seguros.

—Imagina lo que podríamos hacer, tú y yo. —Su voz es un susurro, su sonrisa amable, sus ojos llenos de amor—. Imagina, una eternidad juntos...

Asiento con la cabeza. Mi padre se inclina para besarme la mejilla. Cierro los ojos.

«No, esto no es amor».

Me sacudo a Leo. No quiero escucharlo ahora. Mi padre me rodea con sus brazos. Suspiro en su pecho. Mi primer amor. Sin él, ni siquiera existiría...

—Las hijas como tú aparecen una vez en un siglo —susurra—. He estado esperando toda tu vida para que te unas a mí. Tienes tanto poder, tanto potencial —me abraza con más fuerza— que me da vértigo pensar en toda la destrucción que podríamos infligir juntos, la devastación, la desesperación... —Inclina la cabeza para besar mis labios—. Así que ¿te gustaría hacer los honores, o los hago yo?

Me retiro para mirarlo.

—¿Hacer qué?

Un destello de fastidio arruga su rostro.

—¿Qué? Matar a tus hermanas, por supuesto.

La conmoción que me causan sus palabras me inmoviliza. No puedo soltarme, no puedo alejarme. El aire es denso, me presiona, no me deja respirar bien, empaña mis pensamientos.

—Me encantaría hacerlo —dice y se encoge ligeramente de hombros—. Pero pensé que te gustaría que fueran tus primeras... —Sacudo la cabeza—. Vamos, no lo descartes tan rápido. —Su sonrisa se extiende lentamente, como si anticipara la masacre—. Puede que incluso lo disfrutes. Y después —el deseo llena sus ojos dorados— podemos... celebrarlo.

—No —digo, encontrando por fin mi voz. Me alejo, doy un paso atrás—. No lo haré.

—Oh, Goldie. —Su voz se suaviza por la decepción, por la pena—. ¿No quieres una eternidad juntos? —Lentamente, sacudo la cabeza—. Eres tan fuerte. —Suspira—. ¿Por qué tienes que ser tan débil?

Lo miro con fijeza, y encuentro el asco en sus ojos dorados. Las hojas se posan sobre mis hombros mientras me acerco a mis hermanas. Las astillas de los relámpagos cortan el aire y atraviesan el suelo, destrozan las piedras, abrasan los mantos de musgo, encienden la hiedra, envían rayos ardientes a través de mi camino.

«Pero», pienso, «¿y si mi fuerza no tiene nada que ver con la oscuridad? Soy odio y amor, oscuridad y luz. Soy poderosa más allá de toda medida. Puedo comandar ejércitos. Puedo derribar naciones». Las llamas abrasan mis pies, pero no siento dolor. La lluvia cae a cántaros, pero estoy seca. Mis venas de tinta laten con una fuerza acelerada. Soy más feroz que todas las grietas del cielo.

Me alejo de mis dos hermanas y fijo la mirada en mi padre.

Chasqueo el dedo y el pulgar juntos.

El sonido del sauce, de sus raíces desgarrándose, de su tronco estrellándose contra el suelo, es tremendo. Siento cómo las ondas de choque estremecen mi cuerpo, la tierra, a mis hermanas. Siento la conmoción de ellas y de él. Pero, incluso si lo toma por sorpresa, Wilhelm es demasiado rápido, esquiva el árbol antes de que esté a medio camino del suelo.

—Oh, Goldie. —Está de pie frente a mí. La niebla retrocede, la lluvia se levanta, las hojas se quedan suspendidas en el aire—. Pensé que eras especial —dice Wilhelm—. Pensé que eras… Permití que la esperanza nublara mi... —Suspira—. La intuición requiere imparcialidad. Otra lección aprendida. Y ahora...

El fuego se enciende en sus ojos. Levanta la mano derecha. Me paralizo.

Un rayo gigantesco sale de su mano, llena la distancia que nos separa y se dirige a mi corazón, pero lo detiene una llamarada disparada desde la dirección opuesta. Me giro y veo que Scarlet concentra toda su fuerza para contener a nuestro padre.

No es suficiente. Vuelvo a mirar las hojas que caen. Su poder se intensifica, hace vibrar el aire. Si supiera cómo aprovecharlo.

—Ay, no, por favor, eso otra vez no. —Wilhelm gira su muñeca y envía a Scarlet a estrellarse contra el sauce caído—. Aplaudo sus esfuerzos, queridas. Pero me temo que —da un paso hacia adelante—, si no se deciden por la oscuridad, van a morir. Hermana por hermana.

Un relámpago cae del cielo y se estrella contra el cadáver de Bea, que se extingue. Tal como sucedió con Leo.

«Polvo eres y en polvo te convertirás».

Vemos cómo el alma de Bea se hunde en la tierra, mientras su espíritu se eleva en el aire por el cielo negro y plateado.

No somos lo suficientemente fuertes. Me equivoqué, Leo se equivocó. Siento que mis fuerzas empiezan a menguar; intento recuperarlas. ¿No soy acaso una guerrera? Cierro los dedos en un puño y todas las piedras del claro se elevan en el aire, cientos de rocas suspendidas durante un segundo y que enseguida vuelan hacia mi padre. Pero él es demasiado rápido, un rayo en el aire. Atrapa todas y cada una, las hace pedazos. Lo miro fijamente, derrotada, con desánimo. Pero él está mirando a Liyana.

—Muy bien, Ana. Muéstrame lo que puedes hacer. Hazme sentir orgulloso. —Saca el pecho—. Vamos, te dejo dar el primer golpe.

Incluso antes de que haya terminado de hablar, Liyana levanta los brazos, parece implorar al cielo. Enormes nubes se acumulan sobre nuestras cabezas y vacían cascadas de lluvia de forma tan repentina que tremendos charcos de agua inundan el claro. Con las manos en forma de cuenco, Liyana recoge los lagos y los canaliza en un gran muro de agua. Luego estira los brazos, con los puños cerrados, y empuja hacia delante como si fuera a golpear el muro: el agua se convierte en un tsunami que se precipita sobre nuestro padre, lo derriba y le llena los pulmones hasta que no puede respirar. Lo miro ahogarse, inmovilizada en el suelo por la inundación.

Liyana relaja las manos y el agua se calma, se hunde en el suelo. Nuestro padre yace sobre el musgo y la piedra, los ojos abiertos mirando a la nada. Observamos su cuerpo en busca de movimiento, pero no hay ninguno.

Entonces: una tos.

Wilhelm Grimm estornuda y se levanta, se quita las gotas de lluvia de encima como si acabara de caminar bajo una ligera llovizna. Lo miro, desesperada. ¿Qué sentido tiene luchar? Es invulnerable, invencible. Miro a mis hermanas y veo que piensan lo mismo. «Lo siento, Teddy». Empieza a caer una fuerte lluvia. Me pongo de rodillas y cubro mi rostro con las manos. Entonces, la escucho.

La voz de Bea resuena a través de la lluvia.

«Incluso la hermana más fuerte no puede derrotarlo sola. Deben hacerlo juntas».

Me mantengo firme, escuchando.

«Utiliza las hojas, los espíritus de todas las hermanas, madres, tías. Conduce el poder de todas las mujeres que ha matado. Juntas tendrán la fuerza suficiente».

—¡Detente! —La orden de mi padre resuena en el claro y hace desaparecer cualquier otro sonido. Me mira fijamente, con sus ojos dorados centelleando, furiosos.

Siento que mis hermanas me miran, dudando. Ellas también la escucharon. Pero no sabemos cómo. Por un momento, me quedo paralizada. Luego pienso: «juntas». Cada uno de nuestros poderes reunidos como uno solo. Recuerdo la primera vez que vi a Leo, la primera vez que le hablé en mi mente. Hago lo mismo con mis hermanas.

«Mírenme, sabrán qué hacer».

Respiro rápido y profundo para prepararme. Recurro a mis sueños. Concentro cada sinapsis, cada célula. Siento la fuerza, el poder que recorre mi cuerpo una vez más. Miro las hojas que caen. Sacudo mis dedos, los jalo. Susurro, hago un llamado. Una invitación, una petición, una indicación. «Síganme».

«Levántense».

Las invoco con más fuerza.

«Levántense, hermanas mías. ¡Levántense!».

Una a una, las hojas que caen en Everwhere se quedan quietas, suspendidas en el aire. Entonces, empiezan a juntarse, a dar vueltas y formar ráfagas y embudos, las impulsa la lluvia cada vez más intensa; cada gota que cae reúne varias hojas, hasta que se forma una torre en el aire, un remolino blanco brillante.

Mi padre levanta la mirada, sorprendido. Dentro del rugido del agua escucho un grito, el de una mujer en la agonía del nacimiento y la muerte, un grito penetrante, primitivo. Luego se transforma en un grito de guerra, un toque de clarín. Y después en cien mil truenos, cien mil aullidos de destrucción y aniquilación.

El rugido lo penetra todo y a todos. Me llena de tal manera que tiemblo ante el sonido de mis hermanas y sus madres; mi pecho es una catedral de gritos. Y veo que mi padre también tiembla, se estremece desde lo más profundo, como si lo desgarrara por dentro.

Volteo hacia Liyana. Está empapada, de sus dedos corren ríos mientras conduce la lluvia. Veo que también está gritando, aunque no la oigo.

«Ahora».

Impulsada por el rugido, Liyana salta hacia delante y canaliza el gran torrente de agua y hojas hacia nuestro padre. Su fuerza es como una espada clavada en una piedra. Liyana arrastra aquel filo líquido hacia abajo, para destruirlo. Me uno al rugido, al grito de guerra de nuestras hermanas, de nuestras madres, de todas las mujeres que él ha matado, de todas las hermanas Grimm. Estoy segura de que escucho el grito de Ma entre ellas, también el de Bea.

Durante un segundo, todo está quieto, suspendido, petrificado. Liyana levanta las manos y el torbellino de lluvia, el tornado de hojas, se remueve en el aire, arrastrado por los gritos, y embiste hacia abajo, conduce un río de sangre blanca hacia nuestro padre y lo parte en dos.

Me vuelvo hacia Scarlet.

«¡Ahora!».

Scarlet frota sus manos. Las chispas se encienden. La electricidad se despliega. Los relámpagos salen de las puntas de sus dedos, forman enormes arcos en el aire. Ella le prende fuego.

Y todas lo vemos arder.

Herencia

Cada una de nosotras siente la oscuridad en la punta de los dedos. Sentimos el temblor. Las llamaradas. La hemos repartido, como deberían hacerlo todas las hermanas, así que ninguna tiene demasiada. Pero no podemos deshacernos de ella. Está ahí. No la usamos. Bueno, solo en ocasiones, cuando es necesario. O cuando no podemos controlarla. Pero nos moderamos. Y no ocurre nada terrible. Todavía no, por lo menos.

Conmemoración

Tras la muerte de Leo, fui a Everwhere todas las noches durante un año, aunque nunca se lo dije a mis hermanas. Tenían demasiado miedo de volver, pensaban que podrían encontrarse con el espíritu de nuestro padre. Yo también lo temía, pero no me importaba. Me atrevería a cualquier cosa, me adentraría en cualquier oscuridad, para volver a sentirme cerca de Leo.

Todavía lo visito.

A veces veo a un soldado extraviado merodeando por el bosque y pienso por un momento que es él. Luego lo distingo y mi ánimo decae antes de que apenas haya podido subir. Creo que los soldados restantes se han dispersado, ya que apenas los veo.

Voy al claro donde murió, donde el aire está impregnado de su espíritu y el suelo de su alma, y me siento en el tronco del roble caído. Me elevo con uno de los largos y gruesos zarcillos de hiedra que invaden todo lo inerte, cada árbol, arbusto y piedra. Después me siento y cierro los ojos. Pienso en los espíritus. Recuerdo lo que Leo dijo sobre el éter y me pregunto sobre la posibilidad de resucitarlo: sentir su aliento en el viento, su tacto en las hojas que caen, su voz en el torrente del río. Imagino que se sienta a mi lado. Hablo con él, le pido que me cuente secretos. Y, algunas veces, cuando la lluvia cae con fuerza, cuando las nubes se separan y un rayo de luna ilumina los abedules plateados, lo hace.

Comunicación

Donde el alma de Bea se filtró en la tierra, crece una sola rosa: roja como la sangre, suave como el terciopelo. Una salpicadura de color en un lienzo blanco. Su espíritu, sin embargo, está en el aire. Cae con las hojas que caen en cascada, flota en la niebla y se deja llevar por ella. Se desliza con el viento, al volar por los bosques y rozar las puntas de las alas de los pájaros. Se eleva por encima de todo, entre las estrellas, la luz de la luna y el aire.

Bea observa a sus hermanas. A veces les envía mensajes: una pluma de mirlo aparece en el camino de Ana, una imagen en los sueños de Goldie, una sombra que Scarlet ve de reojo. Ahora que Bea tiene acceso a la humanidad en todas sus tonalidades y matices, se maravilla de la extraordinaria capacidad que tienen los humanos para el bien y el mal, para el amor y el odio, la naturaleza contradictoria que hay en todos ellos. Es una fuente de asombro, incluso ahora.

Sigue extrañando a Vali, sigue lamentando aquella noche, sigue pensando en él todos los días. Se pregunta dónde está su espíritu y desea que esté aquí con ella. De vez en cuando, Bea siente una punzada de celos porque sus hermanas están juntas. No de que estén vivas, sino de que se tengan la una a la otra. Entonces, deja de ser el aire bajo las alas de los pájaros y se transforma en cuervo para volar por encima de Everwhere: con sus plumas negras brillando a la luz de la luna, se lanza en picada bajo las estrellas.

Solitaria, fuerte, libre.

Futuro

Visitamos juntas Everwhere. Encontramos a nuestras demás hermanas cuando la luna está en cuarto menguante. Les mostramos quiénes son y lo que pueden hacer. Enseñamos a nuestras jóvenes aprendices lo poderosas que pueden ser. Les mostramos que aquí no están limitadas por nada, ni siquiera por las leyes de la gravedad, solo por los límites de su propia imaginación. Las vemos encender palos de madera, crear olas y hacer bailar zarcillos de hiedra.

Les recordamos, una y otra vez, su potencial ilimitado, para que no lo olviden. Porque, aunque ya no tendrán que luchar contra el diablo cuando cumplan dieciocho años, el peligro potencial de los soldados sigue existiendo, por lo que habrá muchas batallas en sus vidas que requerirán una gran fuerza. Les advertimos lo que les espera en la adolescencia: que estarán sujetas a la Tierra, con los tobillos atados por la duda y el miedo. Les decimos que escriban cartas, tomen fotografías (y las guarden en cajas ignífugas) y, la noche antes de su décimo tercer cumpleaños, nos ofrecemos a tatuarles las muñecas. La mayoría recibe un símbolo de su poder particular: una llama, una gota de agua, una pluma, una hoja. Debajo escribimos estas palabras:

Validior es quam videris, fortior quam sentis, sapientior quam credis.

Eres más fuerte de lo que pareces, más fuerte de lo que sientes, más sabia de lo que crees.

Les decimos que busquen a las otras Grimm, sus hermanas dispersas por el mundo. Ya no nacerán más, así que debemos encontrar a la familia que nos queda. Y aparecen. Hacen correr la voz. Hablan de magia oculta, de susurros que cuentan cosas desconocidas, señales que apuntan en direcciones no vistas y posibilidades no imaginadas.

Espero que te encuentren pronto, para que no tengas que vivir más tiempo sin darte cuenta de quién eres realmente.

Ricitos de Oro

Érase una vez una niña tan buena como bonita. Tenía grandes ojos azules, una larga cabellera dorada y una sonrisa tan bonita que alegraba a todos los que la conocían. La niña criaba pajaritos caídos de sus nidos, rescataba gusanos que se habían desviado por los caminos, hacía florecer las flores marchitas. Daba comida a los hambrientos, refugio a los que no tenían casa y sus posesiones más preciadas a los pobres.

La niña era tan buena que pronto se hizo famosa en todas partes. Los padres, con la esperanza de redimir a sus hijos, les contaban sus hazañas a la hora de dormir, y los que tenían la suerte de conocerla juraban que era tan santa que su pelo brillaba como un halo de oro.

El padre de la niña estaba tan orgulloso de su hija que le puso el nombre de Ricitos de Oro. Cada noche la sentaba en sus rodillas y le pedía que le contara todas las buenas acciones que había hecho ese día.

—Hoy vendí mi collar de plata —le dijo—. Y compré una vaca para un granjero que acababa de perder la suya por una enfermedad.

—Muy bien —dijo su padre—. Eres una bendición y un ejemplo para todos nosotros.

Todos los días Ricitos de Oro aliviaba el sufrimiento y aportaba alegría. Y cada noche se dormía imaginando las cosas que podría hacer mañana para que el mundo fuera un poco más feliz que hoy. Y cuando veía las sonrisas en los rostros de la gente y la aprobación en los ojos de su padre, se sentía satisfecha.

Sin embargo, a medida que crecía, Ricitos de Oro se dio cuenta de que ya no siempre sentía el deseo de ser buena, ni tampoco alegría cuando se comportaba así. Descubrió que la gente a menudo le pedía más de lo que ella quería dar y, a veces, no solo regalaba sus preciadas posesiones, tenía que darse a sí misma también. Poco a poco, Ricitos de Oro cayó en una profunda tristeza. Aun así, hizo todo lo posible por seguir sonriendo y siendo amable, ya que no sabía qué otra cosa hacer, ni cómo ser. Y un día nació su hermanito.

Al principio, Ricitos de Oro lo quería y lo mimaba con la misma ternura que a cualquier otro ser vivo. Pero, a pesar de sus esfuerzos, lo vio crecer hasta convertirse en un niño tan perversamente salvaje como guapo. Urso, llamado así porque le gustaba recorrer el pueblo rugiendo como un oso y asustar a las lecheras para que derramaran sus botes de leche. Se pasaba el día comportándose de forma salvaje.

Lo que más le sorprendió a Ricitos de Oro fue que a Urso no le importara que su padre gritara o que los aldeanos le lanzaran piedras y maldiciones. Simplemente seguía con sus costumbres salvajes, riendo con desprecio.

Al ver lo bien que se la pasaba su hermano, libre de codiciar la buena opinión de los demás, Ricitos de Oro empezó a seguir su ejemplo en secreto. Dejó de ser simplemente buena y empezó a ser algo mala. A veces robaba, a veces mentía y otras no era nada agradable. En las noches sin luna, Ricitos de Oro se ponía la piel de oso de Urso y realizaba rituales chamánicos; evocaba a sus espíritus ancestrales, que la envalentonaban aún más. Ricitos de Oro se cortó la aureola de rizos dorados, dejó de pintarse los labios y se deshizo de sus vestidos con volantes, por lo cual la gente ya no la consideraba hermosa. Se reía muy fuerte y hablaba demasiado pronto y ya no hacía lo que no quería hacer.

—Ya no serás famosa por tu bondad —le advirtió su padre—. La gente ya no te querrá como antes.

Ricitos de Oro descubrió que esto era cierto. Los aldeanos que antes la habían idolatrado ahora la rechazaban y susurraban palabras duras a sus espaldas. Entristecida por esto, Ricitos de Oro trató de volver a sus antiguas costumbres, de sonreír siempre y ser amable. Pero descubrió que no podía. Ahora que era libre, no podía volver a meterse en una jaula.

Así que, en vez de pasar sus días buscando sonrisas amorosas y miradas de aprobación, buscó otras satisfacciones. Se vestía de forma exótica, cantaba mal y bailaba con desenfreno. Se complacía en todo y, por primera vez en su vida, conoció la felicidad pura y la verdadera alegría. Un día, al descubrir que tenía talento para cultivar cosas, Ricitos de Oro empezó a crear jardines tan hermosos que los visitantes venían de todas partes para ver cómo sacaba los brotes reacios de la tierra y hacía que se abrieran las flores más brillantes. Pronto, Ricitos de Oro viajó por todos los reinos y convirtió los jardines públicos en un espectáculo sin igual.

Hasta que, un día, Ricitos de Oro se hizo famosa en todas las tierras no por su bondad, sino por su grandeza.

Y aprendió que, aunque seguía riendo demasiado fuerte, hablando demasiado pronto y haciendo exactamente lo que quería, algunas personas, sobre todo Urso, la querían sin importar nada. En cuanto al resto, Goldie descubrió que ya no le importaba.

Agradecimientos

Con gran agradecimiento a...

Mi inigualable agente Ed Wilson, por tus ideas y tus gruñidos. Tus comentarios superlativos transformaron esta historia en algo espectacular. Simon Taylor, por el toque suave pero preciso de tu pluma editora, por amar el Jack's Gelato (casi) tanto como yo y por ver a las Hermanas con tanta claridad. A los diez segundos de hablar, supe que eras el Elegido. Este libro es mejor de lo que jamás imaginé gracias a ustedes dos.

A todos los de Transworld que acogieron el libro en su corazón, estoy más que encantada de que *Las hermanas Grimm* haya encontrado su hogar con ustedes. Especialmente a Dredheza Maloku, por todos los excelentes correos electrónicos y por tolerar los míos. Beci Kelly, por crear una portada que adoro. Tom Hill, por sus magníficas habilidades publicitarias. Sophie Bruce, por sus maravillosos talentos de marketing. Elizabeth Dobson, por su aguda mirada y su mente aún más aguda. Vivien Thompson, por su infinita paciencia y por captar todo lo que se nos escapa.

A Ova y Umut por crear PaperCharm y todo el revuelo en las redes sociales: ¡todos los autores se merecen unos ángeles brillantes como ustedes!

A Bridget Collins, por ser la primera en decir que sí y de forma tan bonita (ella dice que no estaba siendo amable, pero lo estaba siendo).

A Alastair Meikle, por convertir mis palabras en imágenes más magníficas de lo que jamás pude soñar. Realmente eres un genio y agradezco a todas las musas que nos hayamos reencontrado.

A Naz, por hacer realidad un sueño al crear mi primer libro-mapa, y tan espléndidamente.

A Ash, por ser el guardián de la flama y escritor de las cartas más mágicas. A Anita, por celebrar las subidas y hacerme reír durante las bajadas. A Al, siempre mi primer editor, por decirme que tenía que reescribir el acto final cuando yo no quería. A Laurence, por sus brillantes comentarios, especialmente sobre el guion. A Natasha, por ser mi primera instructora en la ficción fantástica, por las hadas y los mundos fantásticos. A Sarah, por todos los gloriosos libros y la brillante charla sobre ellos; Heffers es mi librería favorita gracias a ti y a Richard. A Virginie, por saber lo mucho que importa. A Steve, por ofrecerte a enseñarme hace tantos años en la cafetería y por todos los pasteles a partir de entonces. A Alice, por emocionarse cada vez que hablo de este libro y por ser la mejor dando regalos. A Ova, por creer antes de leer una sola frase. A Bea, por corregir tan hábilmente mi español.

A Idilia, por ser mi hermana del alma y hacer siempre eco de mi entusiasmo. A Jack, por su helado, su generosidad y nuestras noches de cine. A Papá, por contarnos cuentos a la hora de dormir y por haberme dado mi primera lección en materia de narración. A Oscar, por inspirarme con sus hermosos escritos y su enorme corazón. A Raffy, la razón por la que escribía cuentos a las cuatro de la mañana, sin la cual este libro nunca habría visto la luz. A Fátima y Manuel, por las porras más ruidosas y cariñosas. A Artur de sá Barreto, el hombre más generoso que he conocido, que me guio a través de la oscuridad y hacia la luz. A Vicky van Praag, por absolutamente todo: a pesar de ser escritora, no tengo palabras.

Y para todos los amigos y lectores que alegran las partes librescas y no librescas de mi vida, no puedo meterlos a todos en estas páginas, pero están en mi corazón.